# La tentación del fracaso

Seix Barral Biblioteca Breve

# Julio Ramón Ribeyro

# La tentación del fracaso

## Diario personal
(1950-1978)

Prólogo de Enrique Vila-Matas

Obra editada en colaboración con Editorial Planeta – España

*La tentación del fracaso*
TOMO 1 (1950-1978)


Bajo el sello editorial SEIX BARRAL M.R.
Avenida Presidente Masarik núm. 111,
Piso 2, Polanco V Sección, Miguel Hidalgo
C.P. 11560, Ciudad de México
www.planetadelibros.com.mx

Primera edición impresa en México: septiembre de 2025
ISBN: 978-607-39-3312-4



Impreso en los talleres de Impregráfica Digital, S.A. de C.V.
Av. Coyoacán 100-D, Valle Norte, Benito Juárez
Ciudad de México, C.P. 03103
Impreso en México - *Printed in Mexico*

## APARTARSE DE UNO MISMO

### 1

Julio Ramón Ribeyro imaginó un libro que sería desde la primera hasta la última página un manual de sabiduría, una caja de sorpresas, un modelo de elegancia, un valioso conjunto de experiencias, una guía de conducta, un regalo para los estetas, un enigma para los críticos, un consuelo para los desdichados y un arma para los impacientes. Y tras describirlo en las páginas de *Prosas apátridas*, se preguntó por qué no llevarlo a cabo y, poco después, en una de sus habituales vacilaciones, se preguntó para qué.

Esto último no es tan extraño, pues a fin de cuentas Ribeyro era un adicto a *Pentotal paqué*, el venenoso verso de Oliverio Girondo. Lo verdaderamente extraño —o, mejor dicho, lo más curioso— es que la descripción de ese libro utópico se parece, casualmente o no, al libro que la incluye entre sus páginas (*Prosas apátridas*), que es un sutilísimo conjunto de fragmentos que, viendo su autor que no se ajustaban a ningún género concreto, decidió reunir en un volumen inclasificable, genial e injusta y misteriosamente poco celebrado, aunque en la Barcelona de 1974, editado por Beatriz de Moura en Tusquets, causó una pequeña revolución; de hecho, se convirtió en la obra de cabecera de algunos de mis mejores amigos.

Tampoco ha sido tan celebrado como merecería *La tentación del fracaso*, cuando en realidad es uno de los más fascinantes diarios literarios del siglo pasado; un siglo en el que abundaron, por otra parte, los más brillantes diarios de escritores, hasta el punto de que Robert Musil, en el suyo, se sintió obligado a alzar la voz para preguntarse qué pasaba con tantos cuadernos íntimos: «¿Los diarios? Un signo de los tiempos. ¡Se publican tantos! Es la forma más cómoda, la más indisciplinada [...]. No es arte. No debe serlo. ¿De qué sirve escucharse ahí?»

Que no sean arte es muy discutible. Pero la pregunta sobre «qué hay que escuchar ahí» tiene, en cambio, pleno sentido, por mucho que, al formularla, Musil diera muestras —siempre mirando con resquemor a sus rivales literarios— de que a duras penas podía él soportar su propio diario, y en consecuencia aún menos los que escribían sus colegas. Pero la pregunta sobre «qué hay que escuchar ahí» está claro que es bien razonable. Y es más, juraría que atraviesa el diario entero de Ribeyro, y hasta favorece la transformación de su autor en alguien que, si bien empieza *ahí escuchándose* —consciente de que un diario personal tal vez se reduzca a una sola fórmula, antiquísima pero eficaz: conocerse a sí mismo—, acaba situándose admirablemente a las puertas de su propia disolución como personaje. Y es que es muy probable que, entre otras cosas, *La tentación* cuente la historia de la transformación de un diarista (obsesionado, como tantos, por sí mismo) en un *fracasista*, es decir, alguien especializado en las derrotas propias, pero también en las ajenas; alguien que, a la vista de lo que sospecha que le espera, busca *ir disolviéndose* lentamente en el anonimato de un mundo de paisajes tan abstractos como inciertos y escapar así tanto del relato sombrío de su vida como del recuento del universo de los otros. A fin de cuentas, seguramente se descansa mejor perdiéndose uno en un mundo sigiloso y sereno, sin personajes.

## 2

Ya estaba la pregunta en *Prosas apátridas*: «¿Por qué dentro de cien años se seguirá leyendo a Quevedo y no a Jean-Paul Sartre? ¿Por qué a François Villon y no a Carlos Fuentes? ¿Qué cosa hay que poner en una obra para durar?»

Es una pregunta que por suerte no ha tenido nunca una respuesta mínimamente creíble. Por suerte. Porque, de llegar a saberse qué hay que escribir para subsistir en el tiempo, estoy seguro de que se abonarían a la fórmula mágica miles de mediocres y con sus inmortalidades nos lo arruinarían todo.

En cualquier caso, aun careciendo de respuesta fiable, no hay duda de que un buen escritor ha de hacerse esa pregunta esencial acerca de cómo hacer para durar, pues, de lo contrario, mejor sería que se dedicara a otra cosa. Algunas veces he pensado que si esa pregunta nos parece esencial es básicamente porque nos recuerda a la muerte; a la muerte que tanto nos molesta, pero que debemos reconocer que le da *pleno sentido* a la vida al otorgarle precisamente esencia.

Es el mismo pleno sentido que planea sobre *La tentación*. Recuérdese, a fin de cuentas, que un pacto mortal convive siempre con ese diario del «enfermo» Ribeyro. De hecho, es el pacto de tantos diaristas literarios. Ya decía Alan Pauls, en su introducción a una antología de diarios íntimos, que hay una fatalidad sensacionalista del género: «Ese cadáver que acompaña el hallazgo del diario es, casi siempre, el cadáver de su autor. A juzgar por la posición en la que suele encontrárselo, es evidente que muere casi durante el acto de añadir la última entrada a su maniático inventario de hechos y de días.»

## 3

La intensa pregunta de fondo de *La tentación* —qué diablos tendríamos de poner en la obra para perdurar— crece a medida que avanza el inventario de hechos y de días, y desemboca en lo que Ribeyro escribe en mayo del 92, en el prólogo a su propio inventario vital, donde habla del peligro de que su diario haya acabado sustituyendo a su obra de creación. Máxima inquietud acaba creándole ese temor que, bien mirado, es sólo un presunto peligro, ¿o acaso no hay diarios que demuestran lo contrario? Pero Ribeyro pertenece a una época en la que el diario literario, especialmente en el ámbito de la lengua española, estaba considerado un género menor, y eso le lleva —decía temerlo ya en sus *Prosas apátridas*— a ver en sus anotaciones privadas una ocupación peligrosa que podría estar cerrándole la comunicación con los otros y confinarle, además, a un soliloquio estéril y secreto que podría, además, conducirle a escribir solamente acerca de los problemas y perplejidades que le planteaba su oficio de literato, de modo que su diario podía acabar simplemente suplantando a *la obra potencial* que había en él.

**4**

No deja de ser curioso que descubriera este peligro en el *Journal Littéraire* de Paul Léautaud, que precisamente ofrece otros peligros pero no éste, porque escapa por completo a la idea de que la obra clave de un escritor no pueda ser su cuaderno íntimo: «Leyendo el diario de Léautaud me doy cuenta del carácter estéril, irritante de este tipo de obras, refugio de escritores fascinados por su propia persona y que no pudieron nunca emanciparse de la autocontemplación para acceder a la esfera verdaderamente creativa y superior de la impersonalidad.»

Precisamente para Paul Léautaud la gran literatura era un espanto, un horror, algo de lo que había que huir, pues le parecía que en lo trivial y secundario estaba la verdad y no en la grandilocuencia. Así que Léautaud andaba bien tranquilo con su diario u obra maestra y en modo alguno le preocupaba *la obra potencial* que tan inquieto tenía a Ribeyro y que le creaba esa insistente desazón que hasta le llevó a vivir un momento que para mí es el fragmento de fragmentos, el párrafo que a lo largo de todos estos años más he memorizado de su diario: «Leyendo hace poco a Cervantes pasó por mí un soplo que no tuve el tiempo de captar (¿por qué?, alguien me interrumpió, sonó el teléfono, no sé), desgraciadamente, pues recuerdo que me sentí impulsado a comenzar algo... Luego, todo se disolvió. Guardamos todos un libro, tal vez, un gran libro, pero que en el tumulto de nuestra vida interior rara vez emerge o tan rápidamente que no tenemos tiempo de arponearlo.»

Ese párrafo —que, por cierto, ya estaba también en *Prosas apátridas*, demostrando el trasvase que hay entre un libro y otro— lo relaciono a veces con Gombrowicz y *Ferdydurke*: «¿No ocurre acaso que cualquier llamada telefónica o cualquier mosca pueden distraer al lector de la lectura justamente en ese supremo momento en que todas las partes y tramas se juntan en la unidad de la solución final? ¿Y si en ese momento entrase, digamos, su hermano y dijese algo? La noble labor del escritor se echa a perder a causa de una mosca, un hermano o un teléfono. ¡Oh, malvados moscardones...!»

Siempre un insecto de alguna clase —un hermano y un teléfono también pueden serlo— acaba estropeándolo todo, permitiéndonos así poder echarle la culpa de que no hayamos escrito o leído algo que supere al *Quijote*. Sólo una vez, y en cualquier caso a lo largo de dos escuetas aunque fulgurantes décimas de segundo, accedí a ver con claridad la totalidad de un libro que estaba destinado a escribir y que comprendí que era tan bueno que superaría al *Quijote*. No es que me entrara miedo de dedicarme a la tarea de escribirlo, sino la más profunda de las perezas, quizás porque me vi prisionero para siempre de mi *potencial* obra maestra, lo que con el tiempo me facilitó muchas cosas, pues me llevó a descubrir que aquélla no era obligatoriamente, como tanto había creído, mi máxima aspiración en la vida. ¿Cuál era pues? ¿Tener buena salud, una posición económica estable, creer en el amor? Poco propenso a confesar mi intimidad —soy aficionado a leer diarios literarios, pero no me siento diarista—, todavía hoy, cuando los amigos me hacen la pregunta, sigo respondiendo —cargado quizás aún de la perplejidad que me causara aquel descubrimiento— que tan sólo aspiro, con perdón, a la vida del moscardón.

**5**

Lector de muchos diarios literarios, Ribeyro cita bastantes a lo largo de *La tentación*. Los de Paul Léautaud entre ellos, pero también los de Anaïs Nin, Charles Du Bos, los hermanos Goncourt, Gombrowicz, Stendhal... Llega a nombrar en un momento determinado a sus preferidos: Amiel (fundamental, porque fue el origen de su adicción al género), Jünger, Kafka, Saint-Simon, Chateaubriand, Casanova...

La gran mayoría de estos famosos diarios nos han llegado completos, pero no es el caso de los de Ribeyro, que terminan algo abruptamente en 1978 cuando en realidad él los siguió escribiendo prácticamente hasta el fin de su vida, en 1994. Tal vez este dato pueda explicar mejor esa área final en *La tentación*, esa área que es más autocrítica y parece de vez en cuando estar anunciándonos hacia qué abstracto conjunto de paisajes sin personajes podrían estar dirigiéndose las páginas que cubren los años setenta: esas páginas en las que se percibe y se nota —como si la estuviéramos tocando— la lenta pero firme transformación del diarista en *fracasista*, un escritor no en retirada ni mucho menos, pero sí a la busca de *disolverse* de alguna forma en su propio diario, de dejar atrás «los personajes» y perderse en el paisaje que él consideraba «incomprensible» de nuestro mundo: «“Basta mirar mucho rato una cosa para que ésta se vuelva interesante”, dice Flaubert en su correspondencia. Sí, pero se le olvidó añadir: “y también incomprensible". Así las cosas, los edificios que veo por el balcón, sobre la Place Falguière, van perdiendo a medida que los observo su naturalidad, su seguridad, su realidad...»

**6**

Y desde luego, el tono de Ribeyro —tanto del escritor joven como del de la segunda parte de su diario— es indisociable del fragmento, algo de lo que era lógicamente consciente cuando decía tener «alguna dificultad para construcciones muy grandes y de mucha envergadura y además no poseer la capacidad de hacer proyectos a largo plazo». El fragmento en Ribeyro viaja y baila por todas las líneas de su literatura, porque no pertenece a ningún tipo de registro concreto, sólo es literatura. «Es en verdad la obra de Ribeyro —escribe Cristian Crusat— un *continuum* en el que las fronteras entre géneros literarios son particularmente frágiles, dúctiles; catalogar un texto de una manera u otra responde a un asunto circunstancial, a cualquiera de las fluctuantes irisaciones del ánimo. Su latido literario —"yo no tengo un estilo: tengo sólo una tonada"— es fácilmente reconocible. "Lo importante —afirmó— no es ser cuentista, novelista, ensayista o dramaturgo, sino simplemente escritor".»

Pero también es verdad que cuanto más creemos conocer su tono, más nos vamos dando cuenta —como si estuviéramos impregnados de su propio punto de vista sobre el mundo— de que no sabemos nada sobre él, lo que dificulta cuanto podamos decir sobre su obra. Y nos salva la campana cuando encontramos su más lúcida declaración de principios: «Me gustan las personas sobre las que no podemos formarnos una opinión, en otras palabras, las que nos obligan a renovar constantemente la opinión que tenemos de ellas.»

## 7

Es sólo una conjetura, pero a ciertos lectores del diario de Ribeyro puede dejarles huella el punto de vista tan cambiante que éste va adoptando cada vez más a partir de ese fragmento del 23 de marzo de 1974 en el que se dedica a analizar el punto de vista de Henry James en contraposición a un cierto totalitarismo en las miradas de Balzac o de Flaubert.

Un fragmento del que da la impresión Ribeyro de salir muy reforzado, como si hubiera pasado a ser James en su propio diario y empezado a verlo todo de una forma más incompleta, trabajando más los vacíos y dejando al lector activo que también los complete. De hecho, se empieza a observar en Ribeyro de tarde en tarde, a partir de ese momento, cierta tendencia a dejar de ser un diarista intensamente concentrado en sí mismo y omnisciente y a distanciarse de él mismo y a adentrarse en cierta modalidad del *fracasismo*, consistente en abandonar a su suerte al autor y pasar a adoptar el punto de vista de un personaje que abre más el juego y no desea exactamente *conocerse a sí mismo*, sino hallar su renovación en el fractal punto de vista del que parece haberle contagiado el Maestro, el gran James.

## 8

«Ahora que leo *Washington Square* me doy cuenta de que [...] Nosotros sabemos perfectamente lo que piensa y siente y quiere cada uno de sus personajes, salvo Morris Townsend, el pretendiente, del cual sólo nos da lo que los demás personajes saben de él. Gracias a este recurso crea un clima de misterio, de suspenso, de tensión, por momentos de angustia que le da a la novela —aparte de otras cualidades— su encanto y su interés. Qué lejos estamos entonces de un Balzac o un Flaubert, que sabían todo de sus creaciones y al no dejarle al lector ninguna posibilidad de completar los silencios los vuelve completamente pasivos.»

## 9

Si bien Ribeyro es inseparable del papel que representa el fragmento en su obra, tampoco puede comprendérsele por completo sin saber que éste fue fuente de algunas desgracias para él; desgracias sólo pasajeras, porque el tiempo ha jugado a su favor y hoy leemos, con una leve sonrisa en los labios, declaraciones tan ingenuas como ésta: «Todos o casi todos los escritores de mi generación han escrito un gran libro narrativo que condensa su saber, su experiencia, su técnica, su concepción del mundo y la literatura. Vargas Llosa, *La casa verde*; Roa Bastos, *Yo el supremo*; Carlos Fuentes, *Terra nostra*; Goytisolo, *Recuento*; García Márquez, *Cien años de soledad*; Donoso, *El obsceno pájaro de la noche*, etc. Sólo yo no he producido un libro equivalente y a los 48 años no creo que lo pueda producir.»

Y algo más adelante, en el mismo fragmento y a modo de tétrica conclusión, se lamenta de no haber escrito nada importante: «Casi un centenar de cuentos y otras cosas menores. Nada de eso me permitirá permanecer, durar. Jugador de tercera división...»

Parece una pérdida de tiempo esa amargura absurda de Ribeyro por llegar a creerse que no estaba a la altura de esas novelas de narradores sumamente omniscientes que algunos lectores de hoy percibimos ya un tanto monstruosas en todos los sentidos. De algún modo, Roberto Bolaño acabó con ellas y de paso, por caminos vagabundos, fulminó el mito de la exuberancia del *Boom* de la literatura latinoamericana al llevar la exuberancia a sus últimos extremos en *Los detectives salvajes* y en *2666*.

Aquella amargura de Ribeyro la veo hoy como un simple y muy deliberado fingimiento de un complejo de inferioridad. Un complejo que no tenía, ya que creo que en el fondo adoraba la comodidad de vivir como un marginal de la literatura, con las ventajas que esto le ofrecía: alejado de pompas banales, poder dedicarse plenamente a la literatura.

Y es que, a fin de cuentas, Ribeyro sabía que en el fondo no era problema alguno que sus colegas del *Boom* se mostraran tan pujantes y que más bien todo era cuestión de tiempo, porque al final todo pasa y acaban quedando siempre los mismos: su majestad el fragmento, su alteza el cuento.

**10**

Venía sabiéndolo desde el principio y no por nada, el 9 de mayo de 1955 había escrito en su diario que veía y sentía la realidad como un cuento y sólo podía expresarse de esa forma: «En otras palabras, mi inteligencia está dispuesta de tal manera que todos los datos que percibo se ordenan de acuerdo con cierto molde interior —¿categorías?— cuya estructura no puedo modificar. De allí que hasta el momento no pueda escribir novelas...»

Catorce años después, en 1969, en *Problemas del novelista actual*, insistía en arremeter contra la idea de totalidad en la obra literaria, haciendo hincapié en la importancia de la mirada, de la parcialidad. Y en el *Prólogo a la tesis de Marc Vaille-Angles* de 1974, texto que se encuentra en *La caza sutil*, decía que intentó, al escribir los cuentos de *La palabra del mudo*, representar la sociedad peruana, pero que pronto vio que su intento iba a tener que quedar en un esfuerzo fragmentario, inconcluso y parcial.

—¿Niega que la literatura pueda ofrecer una lectura total del mundo? —le preguntaron en cierta ocasión.

—Así es —respondió encendiendo un cigarrillo—, porque creo que ésa no es la misión de la literatura, sino de la filosofía.

## 11

Fracasar, en su significado prístino y en su primer uso en castellano remite al «naufragio de un barco al chocar con escollos» (el vocablo procede del italiano *fracassare*, «romper algo estrepitosamente»). Y ésta es la definición conspicua de fracaso que cristaliza la práctica artística de escritores como Beckett o Ribeyro, que se encuentran entre los que más y mejor supieron naufragar. Pero quizás el que más se avenga a la imagen del siniestro en la mar sea nuestro escritor de Lima. «Como barco que sale en busca del naufragio / levo anclas cada día para hacerme a la vida», anota en su diario un 6 de noviembre de 1974. Para mí es indudable que se enfrentó al fracaso saliendo en su búsqueda, luchando con la escritura, narrándolo, haciendo de él un arte supremo. De algún modo, fue un náufrago de sí mismo, pues sobrevivió a su propio instinto de autodestrucción, a su adicción alcohólica y fumadora, a su enfermedad sin tregua, y supo salir airoso y convivir con el temor a la obra perfecta.

## 12

Vamos a aceptar al vuelo la posibilidad —como lectores activos— de completar los silencios. Y vayamos a la frase que Katherine Mansfield anotó con la temible perversidad que destilaba en su diario: «Aquí estoy, haciendo ver que escribo.»

Esta frase habría encajado como la seda en el diario de Ribeyro si éste, por ejemplo, la hubiera incluido sobre todo al final de la que para mí es la primera parte del libro, es decir, si la hubiera incluido en el momento en que empezó a no ser un diarista intensamente concentrado en sí mismo y a adherirse al *fracasismo* que le conectaba con los lectores, con el mundo.

Esa adhesión a la derrota de los demás —después de todo, los otros también tienen derecho a fracasar— la sintetizó bien su descripción del salto que dio el género novelístico desde el gran Flaubert al gran James, una descripción que le permitió de paso dejar atrás sutilmente la línea que hasta entonces había ido recorriendo su libro y que no era otra en realidad que la línea del Stendhal más autobiográfico, el de *Recuerdos de egotismo*, ese texto del que solía contarse que su autor lo inició bien confiado, convencido de que iba a resultarle fácil hablar de lo que más conocía —de sí mismo— y lo terminó desasosegado al ver que su personalidad era mucho más compleja y problemática de lo que había supuesto.

**13**

La conciencia de esa inutilidad de «escucharse ahí» le ayudó a seguir adelante y a apartarse felizmente de sí mismo: «En mi diario de la década del sesenta [...] Me preocupo mucho de mis propios asuntos, pero no digo nada del telón de fondo, de las personas que frecuentaba, de mi trabajo no literario, de lo que pasaba en París y en el mundo [...] Mi diario no ha sido nunca el reflejo del mundo sino la crónica sombría de mi propia vida, en lo que ésta tenía de más personal.»

Para mí en este fragmento ya no hace ver que escribe, sino que *realmente pasa a escribir*, a escribir la historia de una transformación de la que nos falta conocer la última etapa, pero que intuyo que es el dramático y profundo relato de alguien que se pierde por descripciones de paisajes anónimos en los que comienzan a faltar los personajes, empezando por él mismo.

**14**

Descripciones de paisajes como ésta, por ejemplo: «En la meseta gris, crepuscular, pelada, se desliza a lo lejos una mancha oscura, acompañada por una música de cencerros. No es una alucinación ni un sueño...» (3 de junio de 1977).

**15**

*La tentación* en unas breves notas de cierre.

La trama: autocrítica y distanciamiento del yo.

Puesta en escena: un viaje desde la introspección a un paisaje metafísico, probablemente sin personajes.

Estado de ánimo: aferrado a sus páginas con desesperación, como si formaran parte de su paciencia y le ayudaran a no hundirse.

Impresión póstuma: la de un silencio litoral, sin pájaros.

¿No encaja esto con lo que prevemos para las páginas inéditas del diario y sobre las que acerca de ellas dijera en 2014 Juan Ramón, el hijo de Ribeyro: «Los diarios que están en casa de mi madre seguirán inéditos hasta que alguien los corrija [...] Se trata de unos diarios *que no tienen personajes*»?

Se desliza a lo lejos su mancha oscura.

ENRIQUE VILA-MATAS

## INTRODUCCIÓN

*Mi afición a los diarios íntimos data de muy temprano, desde que a los catorce o quince años leí el de Amiel, en una edición en dos volúmenes que encontré en casa. El libro me apasionó y a partir de entonces leí cuanto diario cayó en mis manos: diarios de poetas, de pintores, de músicos, de políticos, de viajeros, así como de cortesanas, de policías o de rateros. Con el tiempo logré reunir una apreciable colección y me convertí, si no en un erudito, en un buen conocedor de la materia.*

*Paralelamente a esta afición —pues uno tiende a imitar lo que le interesa o le gusta— empecé a escribir mi diario hacia fines de los cuarenta. Al comienzo mis anotaciones eran muy breves y espaciadas, pero a medida que transcurrían los años se fueron haciendo más largas o por lo menos más seguidas, llegando en algunas épocas a ser cotidianas. El diario se convirtió para mí en una necesidad, en una compañía y en un complemento a mi actividad estrictamente literaria. Más aún, pasó a formar parte de mi actividad literaria, tejiéndose entre mi diario y mi obra de ficción una apretada trama de reflejos y reenvíos. Páginas de mi diario son comentarios a mis otros escritos, así como algunos de éstos están inspirados en páginas de mi diario.*

*Al publicar este primer volumen —de los diez o doce que comprenderá bajo el título general de* La tentación del fracaso—* *creo*

* De la idea original del autor, sólo se publicaron en Perú, en 1992, 1993 y 1995, las tres primeras entregas, que comprenden los textos de 1950-1960, 1960-1974 y 1975-1978, respectivamente. La presente edición reúne por primera vez esos tres volúmenes. *(N. del e.)*

*inaugurar una forma de expresión literaria nunca utilizada en nuestro medio, al menos bajo la forma específica del* diario del escritor. *En el Perú, hasta que yo sepa, aparte de diarios de exploradores, viajeros o funcionarios,* no existen este tipo de obras. Como tampoco existen, o muy raramente, en el ámbito de la literatura en lengua española. Todo lo contrario de lo que ocurre en Francia, Alemania o Gran Bretaña, donde* el diario del escritor *es muy frecuente y forma parte, por tradición, de los géneros a los que se recurre para expresarse.*

*No me arriesgaría a decir que, al publicar mi diario, quisiera incitar a los escritores de mi país a redactar y publicar el suyo. El diario íntimo es una ocupación peligrosa, que puede cerrar la comunicación con los otros y confinarnos a un soliloquio estéril y secreto. Puede también servirnos de coartada para, en el caso de los escritores, no escribir lo que deberíamos escribir y escribir solamente acerca de los problemas y perplejidades que nos plantea nuestra vocación, de modo que el diario termina por suplantar a la obra potencial que conteníamos. En mi caso confieso que he tratado de sortear estas dificultades, si bien sé que por épocas y en muchos casos he sucumbido a ellas.*

J. R. Ribeyro

Barranco, mayo de 1992

* Ver al respecto el artículo de mi libro *La caza sutil*, Milla Batres, Lima, 1976.

# PRIMER DIARIO LIMEÑO (1950-1952)

*Lima, 11 de abril de 1950*

Se ha reabierto el año universitario y nunca me he hallado más desanimado y más escéptico respecto a mi carrera. Tengo unas ganas enormes de abandonarlo todo, de perderlo todo. Ser abogado, ¿para qué? No tengo dotes de jurista, soy falto de iniciativa, no sé discutir y sufro de una ausencia absoluta de «*verbe*».

*30 de abril*

Ya no ingresaré al estudio de Lavalle. Mi tío Carlos F. me ha informado que en dicho estudio hay quince practicantes, los cuales tienen que turnarse para poder trabajar. Más bien me ha ofrecido colocarme en el departamento legal de alguna compañía o banco del que sea Director o Presidente.

*Más tarde*

Horroroso domingo este. He conocido el aburrimiento en todo su esplendor. Mi hermano se fue al fútbol; Del Solar no salió por estar mal de fondos; Perucho se fue a beber cerveza a los portales con el poeta Carlos Germán Belli y Teodoro al cine con su enamorada. Yo quedé en casa. Quise leer y no pude. Quise planear un cuento y no tuve ideas. Intenté dormir, pero como estaban limpiando la casa, hallábase todo en revolución. Y esta larguísima tarde de cinco horas la pasé yendo de una pieza a otra, deteniéndome delante de todos los muebles, dejándome caer en todos los sillones, prendiendo un cigarrillo en todos los umbrales. A ratos salía a la calle. Casi sin gente. Una estúpida tranquilidad dominguera. Uno que otro burgués en su automóvil y los ómnibus, los eternos ómnibus atestados de gente somnolienta y torpe...

*3 de junio*

¿Por qué estaré hoy tan decepcionado? Sin dinero, sin éxitos, sin amores, mis días van cayendo como las hojas secas de un árbol. Rodeado de oscuridad, de cenizas. Hoy me siento incapaz de todo. Una pereza moral irresistible. Sólo ansío viajar. Cambiar de panorama. Irme donde nadie me conozca. Aquí ya soy definitivamente como han querido que sea. Conforme me aleje irán cayendo mis vestiduras, mis etiquetas y quedaré limpio, desnudo, para empezar a ser distinto, como yo quisiera ser. Pero, ¿adónde ir? Si llevo dentro de mí el germen de todo mi destino, ¿para qué hacer rodar por todos los paisajes, como un circo ambulante, el espectáculo de mi vida equivocada?

*5 de julio*

En cuatro días tengo cien cosas que hacer. Ver a mi tío Carlos F. para el asunto del malhadado puesto; ocuparme del caso Cannock, juicio ejecutivo que estoy siguiendo para ganarme unos soles; dar los exámenes de Jurisprudencia Médica y Derecho Procesal Penal; preparar una exposición sobre el liberalismo económico; jugar un partido de fútbol en el colegio Santa María; e ir a un paseo a Chosica con mi prima Teresa y unas amigas. Y para colmo estoy agripado y el estómago me vuelve a fallar.

Perucho partió ayer a las seis de la mañana en el Ferrocarril

Central hacia Ayacucho, a ocupar el cargo de secretario de la Prefectura, con sesenta libras mensuales de sueldo. Su papá es Prefecto. Lo vamos a extrañar. Yo, sobre todo, mi amigo de correrías, bares y amoríos. Lector además de mis cuentos y admirador de mi estilo.

Alberto Escobar me ha obsequiado uno de sus libros de poesía *De misma travesía*, con una dedicatoria muy halagadora, en la que es muy gentil con mis condiciones de cuentista. Ha leído, por su parte, mi estudio acerca de *Madame Bovary* y *El primo Basilio*. Su impresión es favorable.

*1.º de agosto*

Hoy día, oficialmente, empecé a trabajar en la Casa F., sección legal. En realidad no hice nada. Como mi jefe no concurrió, tuve que regresarme.

*17 de agosto*

Estoy inferiormente dotado para la lucha por la existencia. Estos quince días de trabajo en la Casa F. me han aniquilado. El piso frío de la oficina me produjo un resfrío del cual hasta hoy quedan los resabios, y las caminatas hacia las escribanías han hecho recrudecer una antigua almorrana. No puedo pasearme, ni echarme a dormir, ni comer lo que me agrada. Flaco, demacrado, irascible, estos días me han parecido horribles. Y me han revelado que para la actividad y las cosas prácticas soy hombre perdido. Con una naturaleza enfermiza, yo debía moverme lo menos posible y resignarme a alcanzar prestigio en pequeñas cosas espirituales que pueda hacer con paciencia y gusto, tranquilamente instalado en mi hogar, sin derroche de energías. Si entrara a competir con los demás en la arena del gran mundo no dudo que sería vencido. Debo buscar mi terreno. Sé que en la literatura, la filosofía, la crítica, podría hacer algo... pero nunca como ahora tengo la evidencia de que me va a ser imposible regresar.

*9 de setiembre*

Sí, porque en esta nueva senda he tomado una rara velocidad. Ando rápidamente por un camino en cuyo horizonte vislumbro un buen bufete, una buena secretaria y una extraña locuacidad forense. ¿Será cierto? A ratos no lo creo, ¡haber cambiado tanto! Debería escribir otra vez, pero ¿a qué hora?, ¿qué cosa? No tengo tiempo. Nada se me ocurre. ¡Ah, lindo ocio inspirador y malsano! Echado en mi cama veía condensarse en el humo de mi cigarrillo a mis personajes y en el silencio de la siesta los oía dialogar. Ahora también fumo, pero fumo sin poesía, mientras redacto demandas o reviso expedientes. ¿Es esto fumar acaso? Pero me consuela la idea de que este abandono de las letras ha de ser temporal. Vendrán tiempos mejores... ¿Vendrán? Hace un instante lo creía, ahora no. Es raro: tengo dificultad no únicamente para escribir, sino hasta para razonar literariamente.

*21 de noviembre*

Ayer di examen final de Contratos, obteniendo el buen calificativo de 19. Pero esto es lo de menos. Lo más importante es el festejo que hicimos Alberto Escobar, Fico Luna y yo con motivo de haber aprobado el primer curso. En el bar Continental estuvimos bebiendo trago corto y jugando al cacho hasta la una y media del día. Salimos semiembriagados. Delante de la iglesia de La Merced, Luna se despidió, dejándonos en pleno jirón de la Unión, en un aspecto que no era precisamente muy honroso. En un taxi nos trasladamos a Santa Beatriz y de allí a un chifa, donde con sendas tazas de café fuimos ahogando lentamente la borrachera. De allí al cine Arequipa, luego al salón Copacabana y por último a casa de Escobar. Me leyó versos, casi toda su producción, incluida su colección de sonetos, que data de sus primeros empeños poéticos. Facilidad para convertir en poesía lo que le acontece. A pesar de ello me parece que en sus últimos poemas está ya vaciando el concho de su barril. Que busque en su bodega un nuevo tonel de una lírica más objetiva, donde el amor no sea motivo sino ornamento.

*5 de diciembre*

He releído un poco mi diario. Hay en él diez páginas bien escritas que justifican tal vez la locura de haberlo comenzado. Todo el resto es una colección de hechos nimios, pésimamente redactados, donde la insipidez de mi vida está pintada con la elocuencia de un picapedrero.

*12 de febrero de 1951*

Estoy decidido a liquidar de una vez por todas este diario. No puedo escribir una página más en él. Ha sido una ocupación inútil. Basura, como todo lo que he escrito fuera de él. No me ha de servir a mí ni ha de servir a nadie. Más tarde lo reduciré a cenizas. ¿Por qué estaré tan desalentado? La estúpida oficina tiene la culpa. Está visto que jamás podré apartarme de sus tediosos compartimientos. No veo las horas de recibirme de abogado y fundar en mi bufete un pequeño reino liberal. ¿Podré hacerlo? ¡Quién sabe! La única libertad que existe es la del dinero. Quien más tiene depende menos de los demás y quien tiene todo no depende de nadie.

*19 de febrero*

Es necesario enmendar rumbos. En vacaciones me siento fácil presa del desorden. Teniendo que cumplir con la oficina no puedo llevar el mismo tren de vida que mis amigos, en su mayoría ociosos. Y sin embargo la llevo. Si no salgo, me tildan de puritano. Si no brindo, de cobarde. Pero estoy convencido de que no se puede servir a la oficina y a las amistades. El lunes llegué a la casa a las seis de la mañana, ebrio. A las siete tuve que estar derecho, pulcro, rumbo a la oficina. ¡Qué mal me sentí durante la mañana! Por eso me propongo apartarme un poco de esta irresponsabilidad en que malgasto mi salud y expongo mi porvenir. ¿Porvenir? Tanto nos hemos burlado de esta palabra, que el sólo pronunciarla me produce hilaridad. No tiene fuerza. Es hueca. ¡Porvenir! Me parece escuchar a Del Solar: «¡Porvenir! ¿Qué importa el porvenir? Burgués, esclavo del trabajo... Deja al porvenir que venga, que nosotros nos vamos.»

*24 de febrero*

Ahora no enciendo el radio, ni busco a mis amigos con discoteca, ni voy a los conciertos. ¡Cómo añoro esas mañanas que pasaba en el teatro Municipal, oyendo los ensayos de la sinfónica, en lugar de asistir a mis cursos de la Facultad de Derecho! Entraba por la puerta de los artistas. Los porteros me conocían. Allí, desde las bambalinas, vi desfilar a pianistas, violinistas, directores: Arrau, Giesekin, Thibault, Weissenberg, Busch, Scherhen, Kleiber... Mi oído se educó. Aprendí a distinguir el sonido del oboe, del corno inglés, del violín, de la viola... en los descansos, conversaba con los maestros... ¿Para qué seguir? El fin de la página marca a menudo para mí el fin de una idea.

Ahora quiero imponerme. «La encrucijada», hermoso cuento he escrito. Primera vez que elogio algo mío. ¡Vanidad! Quisiera saber más, escribir algo importante, pero he perdido mucho tiempo. Otros condiscípulos tienen ya su diploma de bachiller en Letras o Filosofía... yo, yo, yo estoy aquí frente a este cuaderno luchando contra el estilo, contra el pensamiento, contra la belleza, sin poder hacer nada, vencido... El radio suena.

Reconozco a Verdi. Mi hermano lo confirma. ¡Otelo! Coros, violines en segundo plano, timbales, una aguda voz de soprano, el tenor que es siempre apuesto y arrogante, aplausos...

Ayer en la fiesta, simpáticas muchachas, reconozco que tuve cierto éxito. Ahora incluso podría haber estado en el parque Salazar con una enamorada, una chiquilla de quince años, morena... ¿Por qué no fui? Tal vez vaya otro día. «Tal vez.» ¡Odio las palabras! Son siempre las mismas: trilladas, inexpresivas, chatas. Cuánta razón tenía Flaubert: «Y hacemos danzar a los osos cuando lo que queremos es enternecer a las estrellas.»

*27 de febrero*

Camilo... ¿quién es Camilo? Camilo está aquí sentado, silbando. Camilo es un hombre como todos nosotros y sin embargo distinto a todos nosotros. Lo han botado de su casa por insolente, por corrompido, por ocioso y nosotros (mi hermano y yo), que nos gusta coleccionar tipos raros y rodearnos de saldos de la especie humana, le hemos brindado albergue en nuestro dormitorio, primero a escondidas, ahora abiertamente. Es como de la familia. Canta, enciende el radio, usa el baño y duerme en un colchón hasta la hora que le da la gana... ¡y tiene un diente! Mejor dicho un apetito, porque los dientes los perdió de un culatazo. Camilo está frente a mí, con sus veintidós años bien corridos, por aquí, por allá, gitaneando, aprovechando. En la montaña, en los centros mineros, en los desiertos de la costa, ha paseado su figura de vagabundo y de bohemio. ¿Ahora? Ahora está sin trabajo, ahora no quiere trabajar. Con él compartimos nuestros cigarros, nuestras botellas de cerveza, nuestros cinemas. Y él nos da de vuelto únicamente su buen humor y su cordialidad. Camilo, a pesar de su incultura, es digno de admiración, porque como los personajes de la picaresca posee esa sabiduría de la vida, consistente en haber aprendido mucho en pocos años sin haber estudiado.

*11 de marzo*

Estoy asqueado de la bohemia. Ayer me he codeado con la hez de la vida nocturna, he conocido de cerca al hampa de la ciudad. Camilo y yo salimos con cuatrocientos soles y los dilapidamos en un abrir y cerrar de ojos. No es en la carne donde está el absoluto, no en el dinero, ni en los amigos, ni en la alegría, ni en el licor. Tal vez esté en los viajes que aún no he realizado, en el amor que todavía no he conocido, en la gloria que es mi ambición íntima o en Dios, a quien creo haber perdido. He de probar esos caminos, para ver si al fin puedo hacer algo que no me hastíe y de lo cual no tenga que arrepentirme. Para ello sin embargo es necesario seleccionar mis amistades, ordenar mis hábitos, trabajar con método, creer en el futuro. Tendré que cambiar. Evitaré las trasnochadas, ahorraré, seré más amoroso con los míos. La memoria de mi padre será mi estímulo. En ella encontraré fuerzas para enderezar esta vida.

*1.º de abril*

¿Tienes acaso inventiva, talento creador, clarividencias o fuerza dramática? No, no tienes nada de eso. Y así quieres vanagloriarte de hallazgos y así quieres escribir y así continuar alimentando sueños de literatura. ¿Hasta cuándo? ¿Por qué perseveras en una empresa tonta, ajena y sin porvenir? ¿Qué te fuerza a ello? Fuera de Perucho, que es tu amigo, no has recibido una palabra de aliento, no has encendido ni un ápice de admiración. Eres pedestre, vacío, apagado, sin originalidad. Tal vez poseas un poco de observación, algo de estilo, unos granos de ironía, pero todos esos ingredientes sólo sirven para hacer mixturas anticuadas y son inútiles para construir un cuento moderno.

*20 de mayo*

Quiero terminar este cuaderno con una página que espero sea definitiva. No quiero continuar este diario. Gregorio Marañón me ha abierto los ojos a una realidad presentida: «Todo diario es un lento suicidio.» Soy muy cobarde para quitarme la vida. Por lo demás, mi «yo» es un motivo decepcionante de observación. El mundo es más atractivo. Debo volcarme en él.

...

*19 de octubre*

Cuando uno se ha acostumbrado al diálogo interior, es doloroso interrumpirlo. Después de algunos meses de silencio vuelvo a tomar la pluma para escribir este diario, sintiéndome algo desmoralizado y hasta cierto punto culpable. Desmoralizado, porque a pesar de haber tornado la decisión de seguir estudiando seriamente Derecho, vacilo sobre la validez de esta decisión. Culpable, por haber abandonado este cuaderno a expensas de mi poca fortuna en la arena de los fuertes. Debo esperar, sin embargo, mantenerme a la expectativa y ponerme en las manos de la sola casualidad.

*28 de octubre*

Quién va a imaginar que este hombre que fuma cigarros rubios y que viaja en taxi a la oficina tiene tan sólo un par de zapatos y que para colmo le ajustan. Quién va a pensar que debe tres cuotas de hipoteca, la matrícula de la universidad, el valor de un terno en una sastrería... Quién va a pensarlo, pero las deudas se acumulan y la situación parece no tener remedio. Vuelven los malos días de 1948. ¿En quién habremos de esperar ahora? Yo me siento impotente para librar mi hogar del hundimiento. Las 45 libras que gano por aquel trabajo mecánico y mensajeril me alcanzan apenas para mantener mis vicios y de ninguna manera para cultivar mis virtudes. Dentro de un año seré abogado, ¿para qué? Seguiré lo mismo, como ahora, en la sección legal de una Compañía, sufriendo la rigidez de la jerarquía, el desdén de los potentados y con cuatro o cinco clientes tan paupérrimos que tengo que pagarles los gastos judiciales. La mañana de este domingo está muy bella y yo no sé si estudiar mi curso de Derecho Tributario o si continuar escribiendo mi novela camusiana.

*17 de noviembre*

La compañía de Escobar me hace daño, en todo sentido. A su lado siento renacer mis ambiciones de hombre de letras, que él se encarga de avivar y todo ello acarrea mi apartamiento absoluto de la realidad. De su escritorio salgo con deseos de escribir y muy pocas ganas de estudiar. Mis buenas resoluciones prácticas, forenses, se van al diablo y vuelvo a encontrarme en la encrucijada.

Por otro lado su triunfo (acaba de ganar el Premio Nacional de Poesía) me anonada. No le tengo envidia, porque es generoso y comprensivo conmigo. Pero su fortuna es la medida de mi propia incapacidad. Menor que yo y ya es un poeta laureado. Y no solamente poeta sino, probablemente, el crítico de nuestra generación.

*6 de abril de 1952*

Alfredo Castellanos ha llegado de Arequipa definitivamente. A las siete de la noche vino a verme a casa. Ha adelgazado treinta kilos en sólo un año de permanencia en dicha ciudad. Su venida tiene todas las apariencias de una fuga precipitada. «Allá la bohemia era espantosa —dice—. Un tiempo más y me moría o me suicidaba.» Tuve oportunidad en fin de que me leyera una obra suya, «Crisálida», un cuento que me pareció bellísimo, de una intensidad que me dejó pasmado.

*3 de julio*

La charla que he tenido este atardecer con Pablo Macera y Alberto Escobar me ha dejado confuso. Todos mis proyectos pueden tomar un rumbo nuevo si es que decido plegarme a los planes del primero y si acepto los consejos del segundo. Macera piensa en suma trabajar lenta, subterránea, inteligente, armónicamente para apoderarse de la Facultad de Letras de San Marcos en el término de diez años. Dicho plan, viniendo de un joven de 22 años, podrá parecer pretencioso y utópico, pero según he conversado luego con Escobar, no es así. Hay una serie de circunstancias favorables al plan. En primer lugar, la crisis de catedráticos en la Facultad de Letras; en segundo lugar, la cohesión y capacidad de nuestra generación; en tercer lugar, la posición de Macera dentro de la universidad, que contando con el apoyo de Porras Barrenechea y gracias además a su prodigiosa inteligencia puede garantizarnos, a quienes colaboremos con él, un acceso a las cátedras fundamentales. Naturalmente que nuestras aspiraciones deben estar respaldadas por una preparación académica que nos permita en el momento oportuno ocupar con lustre y derecho las cátedras vacantes. Y aquí viene mi problema. Macera y Escobar tienen ya su ascensión asegurada, el primero en Historia como asistente de Porras y el segundo en Literatura como ayudante de Puccinelli. Yo no tengo especialidad ni padrino. Escobar me aconseja dedicarme a la Literatura Francesa. Todo esto además me alejaría del Derecho, que con tanto esfuerzo terminaré este año.

*4 de julio*

Estoy en un estado de sobreexcitación espantosa que podría conducirme a cualquier locura. Será la proximidad de mi viaje a España con una beca para periodismo, el examen de Derecho que tengo que dar mañana, la charla que tengo ofrecida sobre Kafka o el estómago que me fastidia, no lo sé. En el fondo, me parece que es la súbita conciencia que he tomado de mi responsabilidad. En el círculo de Puccinelli muchos esperan de mí más de lo que yo mismo me puedo exigir.

*22 de julio*

Dentro de dos meses saldré para Europa, Madrid, con una beca que sólo dura nueve meses y me habilita mil quinientas pesetas mensuales. Podría muy bien haber sido este viaje por tiempo indeterminado y una renta de veinte mil pesetas, si hubiera entrado a trabajar en 1947 al Ministerio de Relaciones Exteriores. Tendría ya cinco años de servicios y estaría expedito para salir al extranjero como tercer secretario, con cuatrocientos dólares de sueldo. Mis amigos y condiscípulos que hicieron lo que yo no hice se encuentran actualmente en Europa: Angell en Lisboa, Aransaenz en París, Castro Mendívil en Londres y Valdivieso en Roma. Y yo acá en quinto de Derecho, con mi limosnita para España y un porvenir enteramente brumoso. Demasiado tarde además para enmendar rumbos. Este maldito Derecho que nunca practicaré ha reventado mi vida para siempre. Pasado mañana examen final de Derecho Marítimo, que daremos adelantado quienes viajamos a Europa.

*23 de julio*

¿Cuándo me corregiré? Ayer no vine a dormir a mi casa. Pasé toda la noche con Paco Bendezú y Tulio Carrasco. Estuvimos en el Negro-Negro, luego recorriendo los bulines. Terminamos tomando desayuno en La Parada y alquilando un cuarto de hotel en el Mercado Mayorista para dormir la borrachera. Todos los gastos corrieron por mi cuenta, con dinero que reservaba para mi viaje. Podría arrepentirme, pero según Paco el arrepentimiento es inútil y nocivo. Él se perdona todos sus desarreglos amparándose en su talento poético. Frivolidad de la bohemia.

*7 de agosto*

No puedo olvidar la impresión que me causaron ayer los antebrazos de Castellanos tajados por la navaja suicida. Estábamos en La Sevillana tomando un agua mineral cuando no sé por qué motivo hablamos del suicidio. Levantándose las mangas del saco y de la chompa me mostró los surcos de sus muñecas: dos cicatrices en la derecha y unas seis u ocho en la izquierda. No estuvo en Arequipa, como todo el mundo creía, sino en una clínica de Lima desintoxicándose de la morfina. Allí con una hoja de afeitar trató de suicidarse. Para coserlo le pusieron en ambos brazos treinta y cinco puntos. Mientras lo acompañaba hasta su casa me contó sus aterradoras experiencias con la droga y su propósito de no recaer. Como sucedáneo, fuma ahora sesenta cigarrillos diarios.

*14 de agosto*

Lectura de cuentos en el Negro-Negro, presentación de Sebastián Salazar Bondy. Leímos Tulio Carrasco, Carlos Zavaleta, Lola Thorne (un texto de Rubén Sueldo Guevara) y yo. Leí «El caudillo» y «Campo». Impresión de haber causado buen efecto en el público. Carrasco leyó «La mujer de los guantes rosados», con un tono de voz melifluo, engolado, con modulaciones de radioteatro casi femeninas, que no resultaron afortunadas. Zavaleta no estuvo muy feliz, no por la calidad de sus cuentos, sino porque éstos no se prestan a la lectura en alta voz. El de Sueldo Guevara fue un error: larguísimo, fatigó al auditorio. Castellanos fue excluido de la lectura, a pesar de que su cuento «Crisálida» había recibido el visto bueno de Zavaleta. Asistió con Eleodoro Vargas Vicuña al evento y salió rajando de todos. Con razón, naturalmente, pues su cuento, escrito en un estado de inspiración incandescente, hubiera opacado a todos los demás.

*13 de octubre*

La úlcera al duodeno, las almorranas, las opresiones nocturnas, todo lo que me atormenta en estos días, debe tener alguna finalidad o merecer alguna recompensa. No se puede sufrir impunemente.

(EL 20 DE OCTUBRE PARTIMOS HACIA BARCELONA, EN EL *AMERICO VESPUCCI*, ALBERTO ESCOBAR, ALBERTO ARRESE, CÉSAR DELGADO, MICHEL GRAU, LEOPOLDO CHARIARSE Y YO. LLEGAMOS A BARCELONA EL 14 DE NOVIEMBRE.)

# PRIMER DIARIO PARISINO (1953–1955)

*París, 3 de agosto de 1953*

Aquí en París, faltando poco para cumplir los 24 años, he querido reiniciar este diario, después de un año de silencio y de una vida un poco más expansiva y volcada hacia el exterior. No es que quiera girar en semicírculo para volver a encontrarme conmigo mismo, como en el pasado. Quiero tan sólo anotar algunas impresiones fugaces que más tarde placería recordar, estimular un poco mi reflexión sobre ciertos tópicos que el pensamiento meramente pensado no alcanza a sistematizar, hacer un poco de ejercicio de estilo y sobre todo reunir material —frases, descripciones, ideas— aprovechables más tarde en mis artículos o creaciones literarias.

Muchas son las experiencias que he tenido antes, en el transcurso y después de mi viaje a Europa. Libros, amigos, ciudades han desfilado delante de mí con su pequeña carga de enseñanzas. Alguna vez estuve tentado de reseñar algunas de esas experiencias, pero el temor de caer nuevamente en el diario íntimo me detuvo. Ahora lo lamento. Momentos preciosos para mí han muerto o yacen confundidos en la maraña de mis recuerdos.

Es extraño y a veces aterrador cómo mis deseos, en este plazo, se han ido realizando. He escrito cuentos que me han valido elogios y galardones, he tenido mujeres que me han querido o se me han entregado, he conocido ciudades que siempre despertaron mi curiosidad. Las soluciones vinieron siempre sorpresivamente y sin embargo diríase que yo las esperaba. Mi propia pasividad, mi constante situación de espera eran como una garantía, como una certeza de que todo habría de llegar.

No soy sin embargo un hombre feliz, lo reconozco. En estos seis o siete días que llevo en París he tenido momentos de depresión comparables a los que sufrí en Madrid en los días más bellos o en el barco ante los paisajes más encantadores. Hay algo que anda mal en mí y que me hace inepto para la felicidad. Mis goces más puros están repartidos entre mis recuerdos y mis proyectos. El presente me fastidia, porque no lo siento. Me fortalece pensar en mis días en Salamanca o en mi próximo viaje a Inglaterra. Pero el momento actual, el segundo en que escribo esta palabra, es para mí un momento anodino que sólo el tiempo coloreará o cargará de sentido. Será por ello tal vez que en mis cuentos hay un tono sombrío, que precipita los desenlaces o pide prestada ayuda, a veces, a la exageración.

*7 de agosto*

Ayer J. A. me invitó a su departamento, situado en Neuilly, cerca del bosque de Boulogne. Una sola pieza, más baño y cocina, pero adornada con tanto gusto que muy bien podría exhibirse como un modelo de decoración. Alfombras, sillones, tapices en las paredes, porcelanas, ceniceros, todo revela minuciosidad de solterón y pasión por la antigüedad cara. Música de Chopin en la radiola, whisky escocés añejo, almendras, aceitunas, queso, cigarrillos ingleses, americanos e hindúes. Después de tanta magnificencia nos pusimos a conversar.

Conversar no es el término apropiado. Él habló todo el tiempo; habló de París, de Roma, de Londres, de modas, restaurantes y museos, con la facilidad de un hombre mundano y supercivilizado. Yo observaba la perfecta armonía que había entre su manera de coger el cigarrillo, el nudo de su corbata, las rosas que se deshojaban en un búcaro de cristal, el preludio de Chopin y el rayo crepuscular que atravesando el follaje refulgía en un marco de plata. Todo ello exhalaba un aroma de refinamiento, pulcritud y sensibilidad extremas. Pero también de enrarecimiento, de putrefacción, como si de pronto fuese a surgir, de esa apariencia, lo inmundo.

*10 de agosto*

La vida en el Barrio Latino sería insoportable, a no ser por tres o cuatro francesitas con las cuales existe siempre la posibilidad de una aventura. Aparte de esto, todo es ficción, mala comedia, hipocresía llevada a extremos de cinismo. Ahora en el Old Navy estuve tomando una cerveza y antes de terminarla tuve que abandonar el local. Me era intolerable la visión de esa veintena de muchachos, entre los 18 y 25 años, vestidos de las maneras más estrafalarias, llenando el tiempo con las conversaciones más anodinas. En su mayoría sudamericanos y franceses. Borrachos de independencia, no saben qué hacer con su cuerpo ni con su espíritu y disfrazando el primero y mistificando el segundo se convierten en actores gratuitos de un sainete que el Ayuntamiento francés ve desarrollarse con gusto y el turista extranjero observa con curiosidad y paga con dólares.

*20 de agosto*

La gran huelga francesa entra a su decimoquinto día sin trazas de concluir, extendiéndose más bien hacia la industria privada. Graves perjuicios para mí, que no recibo de Lima cartas ni dinero. Situación de indigencia. Si no fuera por préstamos recibidos de compatriotas, objetos empeñados o invitaciones a comer, estaría muerto de hambre. En el Hotel Jeanne d'Arc tengo asegurado el techo, pero ¡qué difícil procurarse todos los días el pan, el café y los cigarrillos! Al principio esto me parecía interesante, pero su prolongación me alarma. Decididamente, la miseria es una cosa desagradable.

*26 de agosto (2 de la mañana)*

Después de dar vueltas en la cama durante más de una hora he tenido que levantarme porque no podía dormir. Pensaba en Lima, en mis amigos, en mis familiares, en mis cuentos. Sobre todo en mis cuentos. He tomado conciencia, sólo ahora, de que mi pequeña obra no es del todo despreciable, de que hay tres o cuatro cosas que pueden salvarse y que justifican todos mis esfuerzos.

*7 de setiembre*

Fui ayer al hospital de la Ciudad Universitaria a visitar a Leopoldo Chariarse que se encuentra bajo tratamiento médico, pues tiene un principio de tuberculosis pulmonar: No sé exactamente cuál es la gravedad de su estado, pero me dijo que después de un mes de cama en París se trasladará a una colonia climática de los Alpes franceses. ¿De cuándo data su enfermedad? Él físicamente jamás ha sido muy fuerte. Su peso ha sido siempre inferior al que le corresponde por su talla, y el color de su cara, de un amarillo opaco, hace sospechar trastornos hepáticos. Sin embargo, lo que tiene es tuberculosis. La noticia me la dio jovialmente, casi con alegría, con esa alegría que él pone en cada aventura por emprender. Conociendo no obstante lo nervioso e inquieto de su temperamento, me imagino que el reposo forzado lo ha de mortificar mucho, aunque trate de disimularlo. Solamente en un momento me dio a entender, con una expresión vulgar, su estado de ánimo. Cuando le pregunté cómo había recibido el diagnóstico del médico, respondió: «Como una patada en el culo.» Luego me pidió prestada *La montaña mágica*, aduciendo que era la única y mejor oportunidad de leer esta larga novela.

Su enfermedad debe haberla contraído en Europa. Su vida ha sido bastante desordenada. Es cierto que no bebe ni fuma, pero adolece de un donjuanismo exacerbado y a veces grotesco. Aborda a cuanta mujer encuentra en el camino. De cien diarias, noventa y nueve lo rechazan, pero siempre queda una que acepta, lo que hace ya, por acumulación, una suma apreciable.

*10 de setiembre*

Mi sensibilidad se ha agudizado en París hasta límites enfermizos. No puedo soportar a una persona más de cinco minutos, un resplandor crudo me produce desvanecimientos, una mujer bonita me sacude como un puñetazo, una situación embarazosa me pone al borde del llanto. Parezco un molusco cubierto de pequeños cuernos retráctiles, que se repliegan al contacto del mundo exterior.

Tal vez esto sea efecto de la propia soledad en que me encuentro, la soledad que se siente en los cafés atestados, las calles populosas o los salones de clase. Estoy rodeado de gente, pero continúo aislado y hermético, cargándome de una energía que no tiene aplicación ni derivativo. Necesidad del amigo o de la novia, como en Madrid. Es cierto que aquí en París tengo amigos que me aprecian, como Morros Moncloa, Michel Grau, Paco Pinilla o Leopoldo Chariarse.

Pero no me entrego a ellos sin reservas. Menos mal que en Londres veré a Perucho. Quince años de una amistad sin mancha. Cada uno guardamos algo del otro, que al encontrarnos recuperamos. La jovialidad, la fantasía, el coraje se acrecientan en mí cuando estoy a su lado. Es increíble cómo la amistad puede adquirir el carácter de un absoluto, como el amor o el arte. ¡Sin embargo, qué superioridad la de la amistad sobre el amor! Es más desinteresada, más generosa e igualmente capaz de aproximarnos a la felicidad.

*10 de octubre*

Otra vez en París, en mi hotelito de la rue de Buci. Diríase que anhelaba instalarme nuevamente aquí. En Londres y Amsterdam no veía las horas de regresar. Ahora, sin embargo, me encuentro a disgusto. Estoy empezando a descubrir que París no me agrada. Estoy harto de Saint-Germain-des-Prés, del café Mabillon, del mercado que funciona bajo mi ventana. No comprendo bien a qué se debe esta aprensión. Tal vez el barrio no sea propicio. Sin embargo, creo que en ninguna otra parte de París podría vivir tranquilo. No me habitúo aún a la vida parisiense. No soporto los restaurantes de estudiantes, la congestión de los metros. Pienso que en Madrid podría vivir más a gusto. Pero regresar a esa ciudad sería, como le decía a una amiga, una claudicación. Debo hacer aún un esfuerzo para luchar contra mi naturaleza de incorregible solitario, hacer amigos entre los franceses, aprender bien el idioma y tratar de integrarme al medio en que vivo.

*11 de octubre*

Carta de mi hermano y unos recortes de prensa por los que me entero de que mi cuento «Interior L» ha sido publicado en Lima, en una pequeña antología del relato peruano actual. Cinco cuentistas más figuran, de los cuales sólo conozco a Raúl Galdo y Eleodoro Vargas Vicuña. Mi hermano publicó el cuento sin esperar mi autorización y en realidad hizo bien, pues si esperaba a tenerla el cuento no habría salido. «Interior L» es la versión que escribí en Madrid de mi viejo relato «El colchonero», que data de hace siete años.

*12 de octubre*

La primera lluvia de otoño me sorprende en mi hotel, muy de mañana, sin un franco en el bolsillo y el estómago vacío hace veinte horas. Nuevamente la imprevisión, la aventura, me han puesto en este estado, pues la apreciable cantidad de dinero que recibo por la beca debía ponerme al abrigo de toda carencia. Menos mal que recibí de Madrid carta de Yola, mi linda catalana, lo que me ha levantado el espíritu. Contento a pesar de todo. Tengo cigarrillos holandeses. Mientras pueda fumar no siento esta miseria a la que deliberadamente me encamino.

*20 de octubre*

Perucho llegó hace cinco días de Londres, sin equipaje y sin dinero, de tránsito hacia Madrid, un tránsito bastante singular, como él lo entiende, y que consiste en mantenerse en un lugar hasta que las circunstancias hagan insostenible su permanencia.

*5 de noviembre*

Vino, amigos, soledad, poesía china, papeles antiguos, cartas a Lima. Días intensos e inútiles.

*16 de noviembre (2 de la mañana)*

Hoy día hace exactamente un año que a esta misma hora me encontraba con Leopoldo Chariarse en la tercera clase de un tren correo, haciendo el viaje entre Barcelona y Madrid. He recordado aquel viaje porque fue mi primer contacto con los trenes europeos. Después he recorrido miles de kilómetros en trenes franceses, ingleses, holandeses. Y ha dejado de ser para mí una novedad. Aquella vez, sin embargo, qué de emociones, qué de sorpresas, qué de descubrimientos significaba para mí cada kilómetro recorrido. No dormí en toda la noche. Caminé diez veces con Leopoldo de la locomotora al último vagón, conversamos con los demás viajeros, bebimos vino de botas, descendimos en todas las paradas. Recorríamos por primera vez tierra europea.

*20 de noviembre*

El pintor Eduardo Gutiérrez tiene razón: lo que yo tengo enfermo es la voluntad. Ha observado cómo sistemáticamente voy aplazando las cosas, hasta que una hecatombe cercana me hace despertar. ¿Qué hago en París? ¿Qué espero para ir a La Sorbona? ¿Por qué no recibo clases de francés? ¿Cuándo buscaré un alojamiento que no sea un cuarto de hotel? Todas las noches digo: mañana será. Ha pasado casi un mes y nada ha cambiado. Estoy enfermo, además, y esto me quita fuerzas para la acción. Enfermo de los nervios, del corazón, del estómago o qué sé yo. Y además de la voluntad. Tengo que empezar por creer en la voluntad si quiero sanarme.

*22 de noviembre*

Domingo propicio a la reflexión. Sábado tormentoso: borrachera, mujeres, despilfarro. Evidentemente, París no me conviene. Tampoco me conviene tener dinero. Mi situación se hace cada día más crítica. Necesitaría estar completamente solo, no tener un solo amigo. El aburrimiento, después de todo, tiene sus compensaciones. Por lo menos no destruye ni deja remordimientos.

Lucidez extraordinaria. Conciencia descarnada de mis debilidades. Pesimismo envolvente. Ganas sin embargo de escribir algo bello y grandioso. Carácter liberatorio de mi literatura. Olvido de mí mismo e identificación con los demás. Refulgencia de la definición kafkiana: «Escribir es invocar a los espíritus.»

*24 de noviembre*

Olor a mujer en mi cuarto. En la cama Marie-Jeanne. De ella sólo sé su nombre y nada más. Situación enojosa, pues no hay amor de mi parte. Sin aquel ingrediente, el acto es animal y causa desazón. No veo las horas de que se vaya.

*2 de diciembre*

El tiempo pasa. Hace más de un mes que no escribo nada. Desde «Mar afuera» no he escrito ni concebido un solo cuento. Mis conversaciones con los pintores Alfredo Ruiz Rosas, Emilio Rodríguez Larraín y Carlos Bernasconi me han desorientado un poco. Comienzo a meditar con más seriedad acerca de los problemas sociales. He observado que en mi pequeña biblioteca hay ya algo de literatura comunista. Emocional y racionalmente me aproximo cada vez más al marxismo. Sin embargo, no quiero comprometer mi obra creadora. Trataré en lo posible de que se mantenga al margen de toda propaganda política. Puedo llegar a la crítica social, a la pintura descarnada y sin complacencia, pero no me siento autorizado para plantear soluciones ni tengo fe suficiente en ellas para aconsejarlas.

(VIAJE A MADRID PARA NAVIDAD. ENCUENTRO CON YOLA Y RUPTURA CON ELLA. RETORNO A PARÍS PARA AÑO NUEVO. ENCUENTRO CON C.)

*29 de enero de 1954*

Todo diario íntimo surge de un agudo sentimiento de culpa. Parece que en él quisiéramos depositar muchas cosas que nos atormentan y cuyo peso se aligera por el solo hecho de confiarlas a un cuaderno. Es una forma de confesión apartada del rito católico, hecha para personas incrédulas. Un coloquio humillante con ese implacable director espiritual que llevan dentro de sí todos los hombres afectos a este tipo de confidencias.

Todo diario íntimo es también un prodigio de hipocresía.

Habría que aprender a leer entre líneas, descubrir qué hecho concreto ha dictado tal apunte o tal reflexión. Por lo general se analiza el sentimiento pero se silencia la causa. Las páginas se cubren de alusiones, de un simbolismo personal, como si quisiera promoverse un juego de adivinación. Yo mismo cuántas veces me he sorprendido de hallar en mi diario párrafos oscuros, que sólo un poderoso esfuerzo de memoria me ha permitido desentrañar.

Todo diario íntimo nace de un profundo sentimiento de soledad. Soledad frente al amor, la religión, la política, la sociedad. La mayor parte de los diaristas fueron solteros. Los hombres casados, activos, sociables, que desempeñen funciones públicas, difícilmente podrán llevar un diario, ocupados como están en vivir por y para los demás.

Todo diario íntimo es un síntoma de debilidad de carácter, debilidad en la que nace y a la que a su vez fortifica. El diario se convierte así en el derivativo de una serie de frustraciones, que por el solo hecho de ser registradas parecen adquirir un signo positivo.

En todo diario íntimo hay un problema capital planteado que jamás se resuelve y cuya no solución es precisamente lo que permite la existencia del diario. El resolverlo, trae consigo su liquidación. Un matrimonio logrado, una posición social conseguida, un proyecto que se realiza pueden suspender la ejecución del diario.

Todo diario íntimo se escribe desde la perspectiva temporal de la muerte. (Ahondar esta idea.)

*12 de febrero*

¿Cuándo podré anotar en este diario «he encontrado al fin lo que tanto buscaba»?

*13 de febrero*

En quince horas todo se derrumbó. Ahora, en el bosque de Boulogne, bajo la fina lluvia, la conversación moría constantemente, el hastío flotaba entre las hojas muertas y mi corazón se estrellaba contra mi garganta muda. La culpa es mía, naturalmente, no de C. Una estúpida pasividad, una conciencia extremadamente alerta sobre los detalles secundarios y un olvido de lo esencial. Despedida fría, como dos desconocidos. Deseo vehemente de llegar a mi cuarto en el metro interminable. Mi buen coñac Courvoisier está sobre la chimenea y no se opone a que lo tome. Como decía el padre de mi fallida obra de teatro: «Qué de misterios, qué de matices, qué de silencios contiene cada trago.»

*16 de febrero*

El sueño se realizó, sin embargo. Cansado y pensativo, en lugar de estar contento. El conformismo es tan arraigado en mí que me puedo acostumbrar a todo, hasta a la felicidad.

*20 de febrero*

La lectura de *Adolfo* de Benjamin Constant, ¿habrá influido en mi temperamento? Recuerdo haberle dicho a Perucho hace un mes —durante una de sus nuevas, pasadas por París—: «Estoy haciendo lo posible para que una mujer se enamore de mí.» En el fondo he ceñido mi conducta a este plan, gesto por gesto, palabra por palabra, y en menos de treinta días la obra estaba hecha.

*22 de febrero*

De común acuerdo C. y yo hemos pactado una tregua de treinta días. Durante ese tiempo no nos veremos. La idea surgió simultáneamente en ambos, después de una noche de una excitación extraordinaria. Convinimos en que nos estábamos haciendo mutuamente daño. En la última semana prácticamente no he comido ni dormido, no he estudiado, no he escrito, he dado en La Sorbona unos exámenes desastrosos. Por su parte, ella lo mismo. Nuestra decisión ha sido un acto de prudencia; peor aún, de egoísmo.

*4 de marzo*

Rota la tregua. Bastó una llamada telefónica para ello.

*11 de marzo*

Descubro con sorpresa que el afianzamiento de una relación sentimental, lejos de ordenar mi vida, la desorganiza completamente. Más de veinte días sin ir a La Sorbona, sin leer, estudiar ni escribir. Poseído por C.

*14 de marzo*

Anteayer me trasladé a la casa de C. —los dueños habían partido hacia los Alpes— y me instalé como en mi propio hogar. Desayuno en la cama, música en el salón, ventana al Sena. Visitas más tarde a los amigos. Es C. ahora la que toma las iniciativas. Ella concierta las citas, fragua los proyectos, guía las conversaciones al terreno sentimental. Yo estoy absorto y mudo. Me pregunto si realmente la quiero o si sólo la deseo.

*18 de marzo*

Dos hechos por consignar: terminé mi cuento «Mientras arde la vela» y escuché por primera vez en el teatro la novena sinfonía de Beethoven.

*23 de marzo (11 de la noche)*

He analizado detenidamente todos los matices de la depresión que en estos momentos me domina. Me parece haber desmenuzado sus causas: 1.º Ha llovido interminablemente desde las ocho de la mañana, en que me levanté. 2.º He bebido más de una botella de vino en el almuerzo. 3.º C. ha salido esta noche con unos ingenieros peruanos que están de paso por París. 4.º Hace exactamente un mes que no asisto a una clase en La Sorbona. 5.º He leído las últimas páginas de la *Ética* de Spinoza. 6.º Se me ha terminado el dinero y aún no concluye el mes.

No puedo negar que el haber llevado a cabo este análisis me ha aliviado en algo. Pero éste es un consuelo muy tonto que puede en último término halagar mi inteligencia pero en ningún caso apaciguar mi corazón.

He buscado el remedio inmediato y he ido rechazando todas las soluciones: 1.º Emborracharme. 2.º Ir al cine. 3.º Dormir. 4.º Leer. 5.º Trabajar.

Quizás esta última sea la única apropiada. «¡Hay que trabajar, hay que trabajar!», recuerdo el retintín del teatro de Chejov *(El tío Vania)*.

*24 de marzo*

Todas las causas que ayer mencioné eran adventicias. La prueba es que habiendo desaparecido muchas de ellas el malestar persiste. Lo he sentido en mi hotel, en la calle, en la universidad. Un sentimiento de profunda disconformidad con mi naturaleza y con mi sistema de vida. Una necesidad de evitar la dispersión de mis fuerzas, de afirmarme en ciertos principios o convicciones. Pero sobre todo un deseo tenaz de lograr la felicidad.

La idea de ser feliz se me ha hecho obsesiva. Necesito multiplicar mis momentos de placer o de paz. Hilvanar en el tiempo el máximo número posible de horas agradables. Me gusta estar al lado de C., escuchar a Hernando Cortés en la lectura de una obra de Calderón o Lope, asistir a una ópera, leer un buen libro, escribir cuando tengo fe en lo que escribo, pasear por un bosque de París, beber vino en una terraza. Pero todos estos placeres, además de tener un límite temporal, son superficiales. Agotada mi sensibilidad o mi resistencia, quedo vacío, inconsistente, flotando en una atmósfera sosa, sin conservar el recuerdo del placer o el placer del recuerdo. Por lo demás toda evocación, cuando la realizo, me hiere profundamente, pues en el acto considero lo evocado no solamente pasado sino imposible de repetir.

*1.º de abril*

La felicidad consiste en la pérdida de la conciencia. Los estados de éxtasis que producen el amor, la religión, el arte, al desligarnos de nuestra propia conciencia reflexiva, nos aproximan a la felicidad absoluta. La conciencia: horrible enfermedad que le ha sobrevenido al género humano. ¿La suprema felicidad la constituye la muerte? Conclusión ilógica. El hombre necesita de la conciencia para darse cuenta de que ha carecido de ella, vale decir para comprender que ha sido feliz. Necesitamos tener conciencia de nuestra felicidad para que ésta tenga alguna significación. Pero apenas nos percatamos de nuestra felicidad ésta desaparece, pues el solo pensar en ella es como un conjuro que desvanece su presencia. La contradicción es irresoluble. Conciencia y felicidad se excluyen y sin embargo no pueden comprenderse la una sin la otra.

*8 de abril*

Días de desorden, de indecisión, de sistemáticos aplazamientos. Vuelvo a las malas épocas del verano: vino, trasnochadas, lenta destrucción de mi organismo. Relaciones ondulantes con C. Proyecto de viaje a España. Reducción de mi vida intelectual.

*15 de mayo*

Podré decir alguna vez que éstos han sido los días más hermosos de mi vida, aquellos que me gustaría repetir con gusto. Mi viaje a España en el automóvil de Manuel Aguirre, en compañía de C., mi nueva instalación en 15' rue de la Harpe, mis hermosos libros, mi ancha cama, mi botella de vino, mi música querida, mi ventana abierta sobre el corazón del Barrio Latino, ¿todo esto no era acaso lo que tanto había deseado? Sé sin embargo que todo ha de terminar, que todo termina. La beca antes que nada, y con ella tantas otras cosas.

*1.º de junio*

Hace cuatro días que estoy viviendo en el cuarto de C., una *chambre de bonne* en un séptimo piso del bulevar Malesherbes. Fue ella misma quien me sugirió esto al enterarse de que mi beca expiraba y que me encontraría por consiguiente sin medios para subsistir. Fue también ella la que transportó día a día en una pequeña maleta mis libros y demás enseres. En todo ello ha puesto un entusiasmo y una abnegación que no han podido menos que conmoverme. Confieso sin embargo que me siento algo incómodo. En primer lugar mi adorada libertad ha sufrido un impacto demoledor. Tengo que venir a comer y a dormir a buena hora, tengo que observar un horario estricto completamente reñido con mis hábitos desordenados. Tengo también que soportar pequeños caprichos de ella —traducirle un artículo de una revista, cambiarme todos los días de medias, cortarme el pelo, etc.—; en fin, mil detalles de este género que constantemente me constriñen y me ponen en un estado de dependencia y de curatela que con mucha paciencia puedo soportar...

*26 de junio*

La proposición que me hace Alberto Escobar de publicar una colección de mis cuentos en Losada o en alguna editorial limeña es bastante seductora pero la considero por el momento impracticable. La última relectura que he hecho de mis cuentos ha sido un poco desalentadora. Yo quisiera que mi primer libro fuera invulnerable y no una de las tantas y anodinas publicaciones. Para ello tengo que trabajar con ahínco. Debo liberarme de la vieja retórica, buscar la simplicidad, la expresión directa, combinar la cotidianidad de los temas con el interés de la anécdota, el esquematismo del estilo con el buen gusto literario. De este modo todo lo que he hecho hasta ahora me parece una encarnizada tentativa por acercarme a cierto modelo ideal, un escalón en el cual es necesario impulsarme hasta quebrarlo. Por lo demás aún tengo tiempo. Los treinta años será mi punto de referencia. Si a esa edad no me encuentro en condiciones de publicar algo duradero, podré reconocer que me he engañado lamentablemente sobre mi vocación y que es tiempo de cambiar de oficio. Mientras tanto esperemos sin perder la esperanza.

*5 de agosto*

El momento previsto ha llegado: tengo apenas cien francos en el bolsillo y tres meses de permanencia en París por delante. Se acabaron ya las becas, las bolsas para estudiantes, los congresos literarios, como el de la Coruña al que asistí en julio pasado y en el cual encontré a Chariarse y a Belli. No quedan ya recursos a qué echar mano. Momento serio, el único importante. París dejó de ser la ciudad de las terrazas, la pereza y el vino.

*6 de agosto*

Empezó la batalla. Inútil búsqueda de un amigo a quien pedirle prestado. Acaba de pasar José Malsio bajo mi ventana. Se excusó de no poderme invitar, pues tenía lo justo para su almuerzo. Manuel Aguirre se ha esfumado. La única que podría auxiliarme es C., pero se encuentra trabajando en la Chevreuse y no veo la forma de comunicarme con ella.

*10 de agosto*

Estoy convencido de que hay un poderoso espíritu que vela por mí y que se encarga de resolver por su cuenta mis problemas. Cuando mi situación en París se hacía insostenible, el mismo patrón del hotel donde vivo me ofreció el puesto de conserje, pues el que desempeñaba este cargo tenía que salir de viaje. Inmediatamente acepté y hoy comenzaron mis labores. Se me ha dado una gran habitación en el primer piso, que me sirve al mismo tiempo de oficina y que me he apresurado a colmar de libros y cuadros. Se me ha fijado asimismo un sueldo de 10.000 francos mensuales. Esto es una miseria si lo comparamos a los 85.000, que recibía por la beca, pero en fin, tengo por lo menos ahora asegurada la habitación y en parte la comida. Mis obligaciones por otra parte son sencillas y en parte heterogéneas. Ser conserje de un pequeño hotel de la rue de la Harpe implica el monopolio de todas las funciones administrativas. Alquilo las habitaciones, cobro el precio de ellas, extiendo certificados de domicilio, confecciono las fichas para la policía, pero aparte de esto debo limpiar diariamente las ocho habitaciones y una vez a la semana lavar las escaleras. De modo que soy gerente y al mismo tiempo camarero. No diré que me encuentro muy feliz, pero como solución provisional —hasta que reciba noticias de Alemania— la considero excelente. Además tengo en las tardes largas horas de ocio que me permiten leer mis libros y escribir algo. Entre mis inquilinos: Jorge Benavides, Morros Moncloa, Blanca Varela.

*11 de agosto*

Mi primer accidente de trabajo: no pude sacar a tiempo los cubos con desperdicios y el carro de la basura se fue sin recogerlos. La culpa fue del despertador que sonó a las siete y media y no a las seis. Veremos la forma de arreglar esto.

Es curioso que tenga yo ahora que ocuparme de cubos de basura, cuando estoy escribiendo precisamente «Los gallinazos sin plumas». Espero que esto le otorgue a mi cuento un poco más de exactitud psicológica.

*19 de agosto*

¡Qué miseria de vida! Gastar el dinero ajeno en vino y en mujeres que nunca volveré a ver... Teniendo por delante tantas cosas importantes que hacer, no puedo evitar cada cierto tiempo una de estas escapadas a Saint-Germain en las que disperso las pocas fuerzas acumuladas y me inutilizo para la vida intelectual. La última carta de Víctor Li Carrillo me ha puesto nuevamente sobre aviso de que si no actúo con prontitud perderé la beca de Alemania. Hasta la fecha no he escrito la carta decisiva, a pesar de las recriminaciones de C. Las noches están cargadas de lujuria.

*27 de agosto*

Lucidez inútil. Hago esfuerzos tenaces para no comenzar una novela. Me agoto levantando y derribando objeciones. Todavía es temprano, me digo, no hay que apresurarse. Hace años, sin embargo, que me digo lo mismo. Françoise Sagan, una chica de 18 años, ha escrito una novela maestra. Tengo la certeza de que si tuviera ella 25 años como yo jamás la habría escrito. El tiempo me vuelve cauteloso y estéril. Ya pasó mi edad de la autobiografía. Me seducen los frescos, los vastos cuadros de costumbres. Mis taras culturales son sin embargo gigantescas. La novela es un producto social, no individual. Brota del genio colectivo, de la herencia cultural acumulada durante siglos. Françoise Sagan no hace más que recoger el rédito del vasto capital almacenado por el genio narrativo francés en el curso de su historia. Yo, detrás de mí, sólo tengo leyendas, tradiciones y sainetes. Para un sudamericano más fácil es hacer una revolución que escribir una novela.

*31 agosto*

Recibí mi cumpleaños (25) con Jorge Benavides y Manuel Aguirre en un barcito de la rue de la Hachette. Bebimos vino y escuchamos jazz. Serenidad y alegría.

*1.º de octubre*

Últimos acontecimientos: salida de la conserjería del hotel para alojarme en el cuarto de Jorge Benavides, comienzo de mi novela, ida y regreso de C. a Italia, estada de Víctor Li en París, llegada de Esperanza Ruiz, malas noticias de la beca en Alemania, proyectos de regreso a Lima.

*5 de octubre*

Tengo la impresión de que «Los gallinazos sin plumas» es el mejor cuento que he escrito hasta ahora. Tal vez «Mientras arde la vela» sea más redondo, técnicamente más acabado, pero no tiene la vitalidad ni la fuerza del otro. Facilidad con que puedo sentir un estado de ánimo ajeno, de la forma como me posesiono de mis personajes o, en otras palabras, de la forma como ellos me poseen. Frente a mí, en el café Petit Cluny donde escribía, había un espejo. Me sorprendí haciendo muecas de cólera, de asco, de frío, según el curso de lo que escribía. Los mozos me miraban. La anécdota de Flaubert sintiendo el sabor del arsénico cuando moría Madame Bovary me parece verídica. La potencia creadora reside, creo, en la capacidad de impresionarse con estímulos imaginarios.

*11 de octubre*

Me causa sorpresa enterarme por recortes que me envían de Lima que la crítica de casa me considera como el mejor cuentista joven del Perú. Es una gran ventaja indudablemente ausentarse y publicar poco. Desde que estoy en Europa he publicado creo sólo dos cuentos y dos artículos. Ello ha bastado para rodearme de una aureola de escritor de talento que soy el primero en poner en duda. Esta opinión me preocupa pues me crea una suerte de responsabilidad. Más que nunca me parece ahora necesario publicar un pequeño volumen de cuentos que sea al menos testimonio de trabajo, si no prueba de capacidad.

*20 de octubre*

C. parte la próxima semana hacia el Perú. Quedaré nuevamente solo, después de ocho meses de camaradería. ¿Qué será de mí? ¿Iré a Inglaterra, a España, a Alemania? ¿Seguirán mis amigos dándome la mano? El invierno se acerca. Mi renta está liquidada. *Et l'amour s'en va.*

*30 de octubre (2 de la tarde)*

C. partió hacia el Perú. A las ocho de la mañana fui a dejarla a la estación de Austerlitz. En este momento debe estar llegando a La Palice, de donde sale el barco para el Callao. ¡Qué desaliento, qué angustia, qué inseguridad! No imaginé que la separación me iba a resultar tan dolorosa. He pasado toda la mañana en el cuarto de hotel (rue Cujas) recordando las horas comunes, emocionándome con los objetos que ella ha tocado. Curioso: tenía la impresión de que de un momento a otro vendría al hotel, que renunciaría a su viaje para reunirse conmigo. ¡Esperanzas tontas!... Decidimos casarnos hace poco, cuando yo retorne a Lima o ella a Europa. Dos condiciones inciertas: ¿cuándo regresaré yo?, ¿cuándo ella? En el fondo hubo falta de coraje, por ambas partes.

*3 de noviembre*

Pienso obstinadamente en C. Recuerdo cada uno de sus gestos, de sus palabras, de sus vestidos. La frecuentación de los amigos, de los libros, del vino, todo me conduce ciegamente a ella. Es en las noches, sobre todo, cuando veo la enorme cama vacía, cuando aparto las sábanas blancas, el momento más doloroso. He pensado regresar a Lima en el próximo barco, recibirme de abogado, trabajar fieramente, ganar dinero, posibilitar mi matrimonio. Esta vida de eternos aplazamientos carece de sentido. No creo que mi felicidad resida en el estudio, ni en la formación interior, ni en la creación literaria. Para todo eso tendré tiempo más tarde. El amor y la juventud, en cambio, son fugaces, y debo asirlos desesperadamente antes que se reduzcan a mera invocación.

*4 de noviembre*

Me he venido a pie desde el consulado porque no tenía billete de metro. Únicamente la carta de C., que llevaba apretada en el bolsillo, me ha permitido realizar esta caminata. Me escribe de Santander, carta breve y sentida. Tengo tiempo de contestarle a La Habana, pero me falta plata para estampillas. Mi situación económica es mala, desastrosa, verdaderamente sin salida.

*8 de noviembre*

Desasosiego, inquietud, deseos de lanzarme al bulevar y mezclarme con la multitud. He pasado todo el día encerrado en mi hotel, tratando de concluir mi cuento «junta de acreedores». La cosa marcha lentamente, el tema es ripioso, *embêtant*. Quiero beber, quiero ver mujeres bonitas, quiero buscar otra forma de liberación. No soporto este espejo que me devuelve mi figura escuálida cada vez que lo miro. El café frío, el tabaco amargo en los labios, el temor de recibir la cuenta del hotel, la correspondencia que se almacena y no puedo despachar, la falta de C. que debe estar en el trópico, qué sórdida, qué sistemática acumulación de factores adversos.

*18 de noviembre*

Otra vez en la rue de la Harpe, pero ahora en el número 10, Hotel des Sports. Ventana sobre restaurantes orientales, sobre pequeños hoteles de argelinos. Cartas de C. de Bermudas y de La Habana. Proyecto de viajar a España lo antes posible. Deseos de dejar expedito mi libro de cuentos para ordenar su edición en Lima. Escobar me ofrece desde Madrid hacerme el prólogo. Seis cuentos ya listos, falta el séptimo. El tema ya lo tengo en estado de nebulosa. Tal vez esta noche escriba las primeras líneas.

*20 de noviembre*

Comienzan las dificultades en mi nuevo hotel. El séptimo cuento fue un fracaso. No se puede escribir en serie.

*21 de noviembre*

Conversación con Enrique Peña Barrenechea. Deliciosa anécdota sobre la pérdida y la reconquista de su gato. Sensibilidad y fineza femeninas. Impresión de que pertenece a otra época, diríase a otra especie. Preocupación por la cita elegante, por la cultura. Desinterés, imparcialidad, modestia.

*25 de noviembre*

Firme resolución de partir para Madrid lo antes posible. Mi permanencia en París se hace insostenible. No puedo ni escribir. Mi último cuento paralizado. Ida C., esta vida de sacrificios me parece inútil. Ya nada me retiene aquí.

*30 de noviembre*

Noche tormentosa. Primero en La Pérgola, luego en La Romance. Soledad absoluta. Terminé en el mercado de Les Halles, tomando *soupe à l'oignon*. Creo que es la cuarta vez desde la partida de C. que me emborracho solo, en lugares sórdidos. Es un síntoma claro de la falta que ella me hace. Mis energías han perdido su objetivo, mi carga de afecto y de sociabilidad su receptor. Estoy verdaderamente al garete, dando manotazos a diestro y siniestro, tratando de asirme a algo, de resucitar en mí por cualquier medio la felicidad de los días perdidos. Una mujer que se le parezca, un bar donde estuvimos juntos, una melodía que tarareaba, son pequeños instantes de reconquista, de «revivencia». Efímeros, sin embargo, angustiosos.

*4 de diciembre*

Ayer pasó Víctor Li Carrillo por París rumbo a Londres. Almorzamos y comimos juntos. Hablamos naturalmente de Stendhal, por quien Víctor siente una admiración que se acerca al fanatismo. Es curioso cómo conoce la literatura francesa, sobre todo la contemporánea, cómo «está al día» desde su refugio de Friburgo de cuanta revista, novela o libro interesante se publica en París. Sus opiniones son siempre concienzudas y exactas, aunque da la impresión de que tiene poca sensibilidad para la poesía o, mejor aún, para lo poético. Él admira de los escritores franceses a los más intelectuales, a los más lúcidos, aquellos de quienes puede desprenderse una filosofía de la vida o una moral: Stendhal, Gide, Valéry, etc. No comparte mi entusiasmo por Flaubert, a quien considera injustamente un poco pasado de moda.

Su conducta, por otra parte, es extraña y para quien no lo conozca como yo, puede sorprenderle. Hace constantemente la defensa del cinismo y él mismo realiza esfuerzos para serlo. Dice cosas frívolas sobre el amor, el dinero, la política, convirtiendo estos conceptos en meros instrumentos de la comodidad o el triunfo. Él en el fondo no cree absolutamente en lo que dice y el tono de ligereza que adopta para hacerlo —D'Aurevilly recomendaba la gravedad en estos casos para lograr la ironía— lo vuelven a veces lamentable. Solamente cuando reviene sobre la literatura, la crítica, la metafísica, cuando deja caer esa careta mundana que no le va, es cuando se torna su conversación aguda e ilustrativa. Sin ser su inteligencia muy ágil es rigurosa y lógica a fuerza de ejercicio, una inteligencia de glosador, de traductor, y que puede llegar a ser muy bien una inteligencia de expositor. Su cultura en todas las ciencias del espíritu, tan precoz y selecta, su magnífica memoria, lo invitan constantemente a efectuar citas siempre oportunas, a relacionar entre sí sus conocimientos y de vez en cuando, al chocar unos contra otros, salta una chispa de verdadero talento. Mi estima por él se acerca a la admiración. En muchas cosas podría considerarlo como un maestro. Si no pierde la velocidad, podrá ser uno de los grandes valores de nuestro grupo.

*(7 de la noche)*

Acabo de terminar «En la comisaría», último cuento para mi libro. Tuve necesidad de beber media botella de vino rosé para realizar esta proeza. No sé qué tal habrá quedado. Temo releerlo para no sufrir una decepción. Mañana lo haré. Hoy es sábado, merezco una recompensa.

*6 de diciembre*

Dos de la mañana. Insomnio, gran fatiga física. Me he leído íntegramente *Los ríos de la noche*, de Leopoldo Chariarse. He comprobado ahora, como en otras relecturas, pero quizás con mayor certeza, que Leopoldo es un poeta magnífico. Este libro que en la fecha de su publicación pasó casi desapercibido y al cual se le dedicaron tanto en Lima como en Madrid comentarios de compromiso, es un libro de primer orden. Lo primero que sorprende —salvo tres o cuatro poemas cortos y campestres— es su profunda unidad. Unidad de tono, unidad de tema, unidad de lenguaje. Esa melancolía evocativa provocada por la memoria del tiempo y del amor perdidos, va ganando lentamente al lector.

Su poesía no está concentrada en una metáfora o en un verso sino que está repartida en todo el poema, encerrada en el seno de un largo concepto, de modo que para gustarla es necesario leerla reflexivamente, sin la avidez de un cazador de figuras. En todo el libro circula como un temblor reprimido, como un grito amordazado, que sobrecoge y por momentos espanta. La alternancia de paisajes brumosos con detalles concretos —un armario viejo, un balde en la arena— crea una atmósfera o como se dice «un clima espiritual» y éste es quizás uno de los méritos del libro: el contacto con un mundo sombrío, húmedo, donde los personajes, aparte de la mujer, son los ríos, la lluvia, el mar, la resaca, las enredaderas, las cosas envejecidas.

*9 de diciembre*

Teatro Olympia: Lionel Hampton y su orquesta de jazz. Hipnosis colectiva. Qué dirían Baudelaire o Debussy si se encontraran en esta sala transfigurada. Retorno a lo primitivo. Rito expiatorio. Uno queda mentalmente limpio, físicamente laxo, como después de un baño turco o de un orgasmo.

*15 de diciembre*

Casi en vísperas de mi viaje a Madrid se ha apoderado de mí nuevamente la duda. Creo que debo hacer lo posible por permanecer en París. Después de todo sólo son seis meses, hasta que pueda viajar a Alemania. Morros Moncloa está dispuesto a comprarse un carro usado para hacer juntos *ramassage* de periódicos viejos. Me veo ya en las mañanas de invierno subiendo y bajando escaleras con los paquetones de diarios. Podré alquilar una vieja mansarda, perfeccionar mi francés, seguir algún curso en La Sorbona. Esta noche lo decidiré.

*18 de diciembre*

Nada me produce una melancolía más penetrante que la revisión de mis cartas, fotografías y papeles íntimos. Constatar el paso del tiempo es siempre doloroso. Dentro de quince días hará un año que conocí a C. De todo esto sólo quedan papeles y recuerdos, cosas a la postre inútiles. Me pregunto a veces por qué no nos está permitido hacer un alto para girar y penetrar en nuestro pasado.

*19 de diciembre*

Aún no me puedo mover de París. El dinero solicitado a mi tío Héctor García Ribeyro no llega. Comienzo a temer que su carta se haya extraviado.

*21 de diciembre*

Cada vez tengo más dudas acerca del éxito que pueda tener en Lima mi volumen de cuentos. Creo que hay tres o cuatro que están verdaderamente logrados. Los demás me inspiran desconfianza.

Si un mérito tiene mi libro es el de mantener la unidad del conjunto. Esta unidad reside más que en la forma, en la materia trabajada. Todos ellos —mis cuentos— transcurren en Lima, en las clases económicamente débiles, en ambientes deliberadamente sórdidos. Sirvientas, albañiles, pescadores, encomenderos, traficantes, recogedores de basura, lo que yo he visto de más tocante y significativo en nuestro pueblo, he tratado de animarlo, de infundirle vida y movimiento. La visión resulta al final un poco miserable, pero exacta y verosímil.

Mi segunda preocupación ha sido la de la exactitud psicológica. En realidad, los hechos me interesan poco en sí. Me interesa más la presión de los hechos sobre las personas. Podrían definirse mis cuentos —con algunas excepciones— como «la historia psicológica de una decisión humana». En «Mar afuera» la decisión de Dionisio de dejarse asesinar, en «Interior L» la decisión del colchonero de prostituir a su hija, en «La tela de araña» la decisión de María de rendirse a su protector, en «Mientras arde la vela» la decisión de Mercedes de eliminar a su marido, en «junta de acreedores» la decisión de don Roberto de suicidarse (?). ¿Cuáles son los móviles, para mí, de una decisión humana? La respuesta está en los cuentos mismos y para cada caso es diferente. La ambición, los celos, la soledad, el temor, la dignidad amenazada, etc., se combinan o actúan aisladamente sobre cada personaje.

Mi última preocupación ha sido vigilar el estilo y mantener cierto nivel de gusto literario. Creo y seguiré creyendo que la duración de una obra reside en gran parte en sus cualidades estrictamente literarias. Por «literarias» entiendo el estilo, las metáforas, la armonía de la frase y de la construcción, elementos en suma sensoriales, sensuales, que muchos escritores negligen. Las ideas pasan, la expresión queda. Debemos aferrarnos a ella si aspiramos a cierta supervivencia, sin recaer por ello en el preciosismo.

Una última observación: mi concepción técnica de considerar el cuento como una unidad de tiempo, lugar y acción. Esto tiene por objeto evitar la dispersión del relato y lograr una especie de «condensación dramática». Pero esto es discutible en fin y no me siento muy convencido para defenderlo.

*24 de diciembre*

Mi tercera Navidad en Europa. Como en los años anteriores me encuentro ahora también resfriado. No creo que sea simple coincidencia. Debe haber alguna razón más profunda, de orden psicológico o religioso, no puedo precisarlo. El resfrío en mi caso es «un estado de ánimo». He pensado en mis viejas navidades de Lima, cuando la Nochebuena tenía para mí un sentido místico y un agradable ambiente familiar. A medianoche se tomaba el chocolate, se reventaban los cohetes, se iba a misa de gallo. En Navidad aprendí a beber y a fumar.

Menos mal que Jorge Benavides me ha invitado a su casa y así podré disfrutar de una atmósfera hogareña, con su mujer e hijo. Olvidaré tal vez que en esta ocasión no he recibido ni una sola línea de C. ni de mi casa.

*26 de diciembre*

Darle a mi vida una orientación más práctica. Todo lo que he hecho desde que salí de Lima no tiene aplicación inmediata. He conocido ciudades, leído libros, observado personas y cosas, pero esto a la postre, ¿para qué me sirve? Con todos mis libros, mis experiencias y mis manuscritos, cuando regrese al Perú no podré hacer nada para «ganarme la vida». La mayoría de mis condiscípulos deben estar ya recibidos de abogados, trabajando en sus bufetes, concentrando sus energías o su talento en grandes pleitos lucrativos. Yo en cambio continúo en mi plan de eterno aprendiz. Mi viaje a Europa me parece que en el fondo fue un acto de cobardía, el expediente de que me valí para aplazar o rehuir toda seria responsabilidad.

*28 de diciembre*

Impresión de que cada día escribo peor. He perdido fuerza y audacia. A veces pienso que «El hijo del montonero» (1946) fue lo mejor que he hecho en toda mi vida.

*1.º de enero de 1955*

Este último año ha sido para mí —no creo equivocarme— el más importante de mi vida. He conocido la abundancia y la necesidad, la soledad y el amor, la desesperación y el delirio. Un año de experiencias profundas y terribles contrastes. He viajado, amado, escrito, trabajado, leído. No puedo quejarme.

*7 de enero*

Hace ya treinta días que espero la carta de mi tío Héctor, la famosa carta con el giro que me permitirá viajar a Madrid. Espera inútil y desesperante. No sé qué pensar, qué hacer. Ayer, en un gesto de desesperación, hice *ramassage.* Total: 650 francos y tan fatigado que no pude dormir.

*10 de enero*

La carta: la espera se ha convertido en mi actitud habitual. Subalimentación. Trastornos digestivos.

Lecturas intensas. Diarios íntimos de Kafka, Charles du Bos, André Maurois, André Gide, Barbey d'Aurevilly. Poesía: Mallarmé, Milosz, Geraldy. Otros: Camus, Curtius, Alain Fournier, Jean-Louis Curtis, Dostoievski.

Proyecto de un estudio sobre la crítica literaria.

Proyecto y comienzo de una novela autobiográfica.

*19 de enero*

Si no surge ninguna dificultad mañana emprenderé viaje a Madrid. Termina así mi *séjour* en París. Un año y medio. ¿Cuándo regresaré? No puedo saberlo. Ayer pensaba precisamente que el carácter esencial y hermoso de la vida es su «coeficiente de imprevisibilidad». Todo nos puede suceder: la vida es una posibilidad infinita. ¿Qué será de mí en España? Puedo sacarme la lotería, puedo casarme, puedo ser víctima de un injusto proceso, puedo escribir un libro, puedo naturalmente morirme. No puedo prever las circunstancias, pero una vez presentadas debo enfrentarlas e incorporarlas a mi vida. Vivir es resolver, es actuar, es apoderarse constantemente de una fracción de la realidad.

# DIARIO MADRILEÑO
# (1955)

*Madrid, 24 de enero*

Nuevamente en Madrid. Reencuentro con Alberto Escobar. Impresión provinciana e irrisoria de la ciudad. Añoranza de París. Desadaptación. Ausencia de mis antiguos camaradas del Colegio Guadalupe. Necesidad de construir nuevamente mi vida, mi tela de araña. Preocupaciones de dinero. Fetidez de la prensa española. Deseos de escribir.

*2 de febrero*

Al fin he podido pasar a máquina todos mis cuentos con vistas a su próxima edición en Lima. Al ver reunidas las cien impecables hojas he tomado conciencia de la magnitud de mi trabajo. Creo que es una buena colección. Constantemente me lo digo para no dejarme invadir por la nostalgia de París, de C., de mis antiguos amigos y para no sufrir un colapso en este Madrid tan extraño al de otra época, en el cual vivo encerrado, enfermo y pobre.

Ahora, además, me siento desligado de una etapa literaria: la del cuentista. Por el momento no pienso escribir más cuentos, por lo menos no tengo ninguno en mente. Me seduce la idea de la novela, pero ¿cómo escribirla? Creo que Escobar tiene razón cuando dice que no debo hacer sólo la novela de Lima sino la novela de la clase media, del mundo pequeñoburgués.

Esto hacía tiempo que lo tenía yo pensado y las pocas cuartillas que llevo escritas están encaminadas en ese sentido. El peligro, sin embargo, es que ellas se están desarrollando por las vías de la autobiografía. No puedo eludir, como sí lo consigo en el cuento, mis propias experiencias. De este modo sólo podré escribir un vasto cuadro evocativo donde yo sería el centro y los demás la decoración. No me desagrada pintarme a mí mismo, pero me parece injusto y hasta trivial. Debo abordar problemas más generales, para lo cual necesito rebasar mi propia vida. Esto es lo que no puedo conseguir. Sólo podría tocar un tema colectivo a través de una figura individual si yo me considerara un arquetipo de la clase burguesa. Pero mi experiencia europea me ha desarraigado y me ha dejado en la situación flotante del estudiante becado o pobre, sin una ubicación social precisa. En París he alternado la época del señorito con la del obrero. Hay una contradicción insalvable que no sé cómo solucionar.

*5 de febrero*

Hoy día de desesperado porque no tenía cigarrillos, porque no tenía para viajar en tranvía, porque no podía tomarme un café en la calle, fui al Monte de Piedad y empeñé la máquina de escribir que había alquilado la semana pasada para pasar en limpio mis cuentos. Como mi obligación de devolver la máquina a la propietaria se debía hacer efectiva a fin de mes, contaba aún con veinte días largos por delante para desempeñarla. He aquí que cuando llego a la pensión me llaman por teléfono. Era la propietaria de la máquina. «Oiga usted, me dice, voy ahora a llevarle otra máquina en mejor estado a fin de cambiársela por la que usted tiene.» Había previsto todo, menos esta estúpida contingencia. Menos mal que conservé la sangre fría. «Parto en este momento para El Escorial y no regreso hasta el lunes. Pase usted el lunes a mediodía para cambiar las máquinas.» De modo que de aquí al lunes debo recuperar el aparato del Monte de Piedad, es decir, conseguir 400 pesetas en este Madrid inhóspito, donde no veo quién pueda ayudarme.

...

No sé si será hoy catorce, quince o veinte de febrero. Esto para mí no tiene ninguna importancia. Se arregló el asunto de la máquina. Las 600 pesetas que recibí de mi tía Clorinda Málaga han volado en tres días. La llegada de Víctor Li Carrillo ha sido para mí un desequilibrio. Comidas en la calle, aperitivos, etc. Sólo hoy recién pude enviar mis cuentos a Lima. Viajan al azar, en busca del mejor postor.

Veo que se me cierran todas las puertas que había previsto. No haré la antología para Cultura Hispánica, lo que me hubiera representado cinco mil pesetas. No he solicitado la beca provisional a este mismo instituto porque ya se venció el plazo. No me he presentado a un concurso de cuento que podía rendirme algo. En revancha, en colaboración con Paco Pinilla he escrito una obra de teatro, *El tractor quedó atascado*, para el concurso del Club de Teatro de Lima. En seis días terminamos los cuatro actos. Su capacidad de trabajo es envidiable. Al releer la obra la he encontrado sin embargo floja, por momentos disparatada. He comenzado a recrearla por mi cuenta. Conservaré muchas de las indicaciones de Paco y en general la estructura original. Paco tiene talento pero le falta orden, su imaginación es rica pero indisciplinada, concibe con facilidad pero realiza defectuosamente. Es un caso típico de multiplicidad de capacidades (música, teatro, cine, novela, poesía) y de dispersión de energías.

*16 de febrero*

Me pregunto a qué proceso de concentración, a qué rigurosa disciplina, a qué metódico aprendizaje se habrá sometido Víctor Li para haber asimilado a su edad tan vasta cultura. Ahora en Madrid al conversar con él y al escucharlo conversar con otras personas he observado cómo su palabra es precisa, cómo su reflexión es profunda, cómo su información es exacta. Conmigo habla de literatura francesa, con Escobar de filología románica, con Aníbal Ísmodes de sociología, con Rafael Gutiérrez de metafísica, con Carlos Castillo de política. Sus datos son siempre de primera mano, sus juicios son más bien enjuiciamientos. El antiguo y brillante alumno es ya un pequeño maestro.

*28 de febrero*

Es curioso, pero en Madrid pierdo la capacidad de concentración y tiendo a extrovertirme. Me resulta difícil permanecer solitario, reflexionar, en consecuencia mantener con regularidad este diario. Prueba de ello es que durante los ocho meses de mi primera residencia en esta ciudad (noviembre de 1952 a julio de 1953) no escribí ni una sola línea en este cuaderno y más bien frecuenté los cafés y a los amigos. En París todo resulta distinto. Es una gran escuela de soledad. La resistencia del medio obliga a definirse, a medir sus fuerzas, a fortificar sus convicciones, a explorar constantemente su capacidad de defensa. En Madrid, en cambio, se confunden las fronteras entre la vida personal y la colectiva y uno se identifica rápidamente con el espíritu de la ciudad. He decidido por lo tanto partir hacia alguna pequeña ciudad de las inmediaciones —El Escorial, Aranjuez, Alcalá de Henares— en busca de una atmósfera apropiada al aislamiento y a la meditación. Nunca como ahora siento la necesidad de rectificar puntos de vista, de afirmarme en una posición. Como siempre floto entre dos aguas, pico de aquí y de allá, rechazo y acepto con la mayor sangre fría ideas contradictorias, carezco en absoluto de «opiniones». Mi incapacidad de elección es fundamental. No por riqueza de razones sino por insuficiencia de información. Cuando Ísmodes me preguntó hace poco qué opinaba sobre la situación política en el Perú me tomó tan de sorpresa que le respondí que «prefería reservarme mi opinión». En realidad no supe qué responderle en ese momento. Luego en casa me di cuenta de que hubiera podido responderle una serie de cosas y que si no lo hice fue porque nunca había reflexionado en ellas. Es necesario tener siempre su reserva de respuestas, su arsenal de opiniones. Y esto sólo se puede conseguir si mantenemos vivos en nuestra conciencia, por la discusión o el diálogo interno, los problemas generales y sobre todo los de actualidad. Falta de lucidez, falta de «sentido de lo contemporáneo» son imperfecciones de mi inteligencia y por ello soy un mal conversador. Vivo siempre con algunos tiempos de retraso —en sentido musical— y por eso mi nota desafina o lo que es peor no se escucha. Éste es un defecto casi insalvable. No puedo yo, como Víctor Li, leerme cinco diarios y otras tantas revistas todos los días. Estar «al tanto» de las cosas nunca me ha preocupado. Para formarse primero hay que informarse. Yo anhelo lo primero sin someterme al sacrificio de lo segundo. Grave error que debo corregir a la brevedad.

*2 de marzo*

Situación económica apremiante. Carta de mi hermano comunicándome sus dificultades para encontrar un editor.

*13 de marzo*

Cada vez el licor me hace más estragos. Hoy después de mucho tiempo de abstinencia más o menos forzada he bebido en casa de Escobar una fuerte dosis de coñac y de vino. Total que ahora son las siete de la mañana y no puedo conciliar el sueño. Extraño mis viejas épocas de estudiante en que con la mayor tranquilidad del mundo bebía media botella de pisco y luego dormía como un bendito.

*17 de marzo*

La carta que he recibido hoy de mi hermana Josefina anunciándome que el 9 de este mes contrajo matrimonio me ha producido una invencible melancolía. En ello veo un indicio más de la desintegración de mi hogar. Mis dos hermanas casadas, yo ausente, mi padre muerto, sólo quedan en casa mi madre y mi hermano mayor. Imagino las angustiosas veladas que debe pasar mi madre cuando —mi hermano en la calle— se encuentre sola en esa casa que hace algunos años estaba siempre alegre, bulliciosa y concurrida.

*24 de marzo*

He empeñado todo lo que tenía de valor. Me he quedado sólo con un vestido y mis libros, naturalmente. Hoy he podido cortarme el pelo, después de tres meses de usar una peluca abyecta. Trabajo con entusiasmo en mi novela.

*26 de mayo*

¡Qué miseria de vida! He pasado una noche sin dormir, caminando por las calles de Madrid, porque no tenía alojamiento. Recién he conseguido un cuartito en la calle Santa Clara. Tengo una de esas fatigas profundas en las cuales hasta se pierde el sueño. Para colmo no recibo de Lima ni noticias ni dinero. Solamente C. me escribe unas líneas frías y calculadoras que han sido como el golpe de gracia sobre mi abatimiento. Aquí en Madrid mi tío Ramón García Ribeyro parece haberse esfumado. Hace quince días que lo llamo por teléfono sin resultados. Mi formulario para la beca alemana duerme hace un mes en su cartapacio y aún no puedo enviarlo. La primavera naciente ha despertado la carne en las mujeres, las está dorando a fuego lento, sabe Dios para qué cópulas secretas. Y yo sigo solo —una vez más— lamentando la distancia, los amores perdidos.

Me pregunto si vale la pena estar así, sufrido, golpeado, humillado. ¿Cuál será la compensación a todo este sacrificio? Supervivencia de la vieja concepción cristiana: me digo que merezco un premio, una forma de felicidad inatacable y duradera. En París creí haberla conseguido en los bellos días de abril a octubre. ¡Qué ilusión! Ahora en esta covacha miserable todo huele a aceite, a ropa tendida, a humedad, a condenación. Hay tres radios encendidos que me destrozan los nervios. Una pensionista bonita pasa insistentemente bajo mi ventana.

*29 de marzo*

Me conozco muy bien y me temo mucho que Silvia vaya a comprometer mi tranquilidad en esta pensión. Nuestras breves conversaciones han estado cargadas de sobreentendidos. Sus ojos celestes desprenden chispas inquietantes. Su fino perfil castellano me obsesiona.

*11 de abril*

Es extraño: he notado desde hace algún tiempo que he perdido mi capacidad para enamorarme. En otras circunstancias Silvia, mi simpática vecina de pensión, me hubiera trastornado. Ahora sin embargo la dejo deambular por las habitaciones, sola y aburrida, mientras encerrado en mi cuarto medito sobre cosas útiles e inútiles, solo también y también aburrido. De vez en cuando echo una ojeada por la ventana y observo su frágil, sugestiva belleza. Luego me curvo sobre mi pupitre y escucho sólo el rumor de sus pasos. Aún le debo ser fiel a C. o la seguridad de contar con su afecto me impide acercarme a otras mujeres. Mis apetitos sin embargo no han disminuido. La primavera ha comenzado y las mujeres, como especie, continúan siendo una de mis grandes preocupaciones y mis más delicados placeres. Pero sólo busco llegar a ellas por vías expeditivas, evitando las complicaciones del sentimiento.

(Quizás la persona que me está espiando en este momento —son las 4 de la mañana— es ella. Siento perfectamente que alguien tiene el ojo clavado en la cerradura. Hay rumor de pasos. ¡Qué extraña sensación!)

*23 de abril*

Debo confesar una vez más que soy incorregible. En cuatro días he gastado íntegramente el dinero que recibí de Lima, ese dinero que he esperado durante tantos meses y cuya sabia administración me había tantas veces jurado. Ropa, mujeres y libros... La única constante que advierto en mi naturaleza es una fría pasión por el desorden.

*27 de abril*

Hoy día la imagen de C. me ha perseguido con una insistencia y una carnalidad que llegaba casi a la presencia física. No he podido evitar hacia ella un movimiento de añoranza y de ternura. He repasado mentalmente cada una de nuestras entrevistas. Precisamente en este mes de abril nos veíamos diariamente en mi habitación de la rue de la Harpe. La primavera había comenzado. Bebíamos rojos vasos de vino, mientras abajo, en la calle, un trovador cantaba acompañándose de la guitarra. Esa vieja canción viene a mí cargada de sol, de ricos aromas, de sensaciones eróticas. Cuando miro a mi alrededor y me veo en mi minúsculo cuarto, enclavado en una sórdida casa de vecindad, me parece que estoy dormido, que sufro una condena y que alguien vendrá un día a despertarme o a liberarme.

*29 de abril*

Desde el punto de vista del trabajo humano toda obra de arte es una excepción a la ley del menor esfuerzo.

*5 de mayo*

Es curioso cómo a veces en la vida, a pesar de su radical irreversibilidad, algunas situaciones parecen repetirse. Me encuentro casi en el mismo estado que hace dos años, viviendo en Madrid, con una bolsa del Instituto de Cultura Hispánica que termina en junio, sin un plan trazado para el futuro, padeciendo de la misma enfermedad física, dentro de la órbita magnética de la misma mujer, inquieto y aburrido como antaño, esperando la llegada de un verano tórrido.

*9 de mayo*

Hacía probablemente tres meses que no me levantaba tan temprano como hoy día. Esto ha venido a alterar todos mis hábitos. Son las ocho de la mañana y estoy ya desayunado, peinado, sentado ante mi mesa de trabajo. Como era de esperar, a esta hora padezco de una absoluta falta de lucidez. He tratado en vano de escribir algunas páginas de mi novela; luego, de terminar una carta. Ausencia total de ideas. El asunto de mi novela me preocupa, sobre todo. Veo con pavor que día a día pierdo el entusiasmo. No puedo añadir una línea si previamente no releo todo lo escrito, si no me someto a un proceso de autoexcitación intelectual. Todo esto requiere paciencia y reflexión, cualidades cada vez más extrañas en un espíritu vehemente e intuitivo como el mío. El hecho de que hasta ahora sólo haya escrito cuentos es significativo. Vendría a confirmar la teoría de Víctor Li de que los géneros literarios tienen su más profunda raíz no en determinados esquemas formales, sino en ciertas disposiciones subjetivas.

Yo veo y siento la realidad en formas de cuento y sólo puedo expresarme de esa manera. En otras palabras, mi inteligencia está dispuesta de tal manera que todos los datos que percibo se ordenan de acuerdo con cierto molde interior —¿categorías?— cuya estructura no puedo modificar. De allí que hasta el momento no pueda escribir novelas, poemas ni piezas dramáticas y cuando lo he intentado he conseguido sólo cuentos deformados.

*(10 de la noche)*

Los olores y la música son para mí los instrumentos de evocación más poderosos. Esta mañana mientras descendía las escaleras sombrías de mi pensión fui sorprendido por un raro perfume que me inmovilizó. En el acto evoqué el viejo depósito de la casa de mi tío Esteban Santa María, en Tarma, donde yo descendía a jugar hace quince años. Permanecí un minuto de pie, aspirando bocanadas de recuerdos. Olor a tierra húmeda, a madera podrida, a hierro enmohecido, a telarañas, a polvo, un mundo extraño donde pasaba largas horas removiendo trastos, un mundo perdido que bruscamente recuperé al influjo de una sensación olfativa.

Ahora, mientras estudiaba alemán, vino a mis labios un estribillo. Era un vals que el año pasado bailé mucho en París. Al tararearlo sentí contra mi pecho el cuerpo de C., vi sus ojos, sus cabellos, al fondo una decoración imprecisa donde se destacaban botellas de vino, caras de algunos amigos, paredes pintadas donde esa música resonó.

*10 de mayo*

Tercera noche en que al llegar a casa para acostarme abro maquinalmente este cuaderno. Tengo, sin embargo, poco que reseñar. Larga conversación con Víctor Li sobre la felicidad y con Lucho Loli sobre el humorismo. Visión de una mujer maravillosa en la Gran Vía que ha despertado todas las potencialidades de mi carne. Lectura de *Le temps des morts* de Pierre Gascar. En suma, nada que a pesar de su interés puede decirse que pertenezca al «ámbito de mi intimidad». Precisar esta noción es algo que me inquieta. Los verdaderos diarios íntimos son el testimonio de lo que penetra, se ordena y transfigura en ese ámbito profundo y muchas veces inescrutable que se denomina «intimidad». Este ámbito es un compartimiento de la vida interior que no se identifica con la conciencia, ni con la subconciencia ni con la memoria. Imágenes, sensaciones, recuerdos, ideas, proyectos coexisten en él bajo el doble aspecto de la anarquía y de la tendencia a su formulación. Este ámbito, siendo el más confidencial, es al mismo tiempo el más fácilmente comunicable; a pesar de su complejidad, es discernible en sus componentes. Curiosas antinomias que parecen caracterizarlo. Podría definírsele como la zona fronteriza de la vida interior donde se produce un tránsito constante entre la oscuridad y la claridad o el punto ideal donde la emoción se convierte en palabra. Esto es sin embargo un poco vago y no alcanza a explicar por qué motivo sólo determinados elementos tienen la posibilidad de penetrar en este ámbito. Forzando un poco el análisis, podría concluirse que la «intimidad» solamente admite aquellas experiencias —en su más amplia acepción— que para nosotros tienen un carácter de intransferibles. ¿Cuáles son sin embargo estas experiencias? He allí el nudo del problema.

*12 de mayo*

Mi novela va creciendo con una lentitud vegetal. Al releer las cien páginas que llevo escritas he recogido una impresión pesimista. El conjunto se encuentra demasiado fragmentado. Mi obsesión de reducir los capítulos a escenas —en el sentido teatral— me obliga a efectuar cortes violentos en los momentos menos oportunos. Si una virtud le encuentro es la de haber logrado perfilar con nitidez dos o tres personajes de los muchos que contiene y de haber reelaborado un mundo con cierto sello personal. El calificativo de Kayser para designar a los artistas épicos, «los portadores de mundo», me parece haber cobrado ahora para mí un sentido inteligible.

*19 de mayo*

Curiosa noche la de ayer, después de la lectura de cuentos en la Asociación Cultural Iberoamericana. Salí con E. y con A. a recorrer tascas. Bebimos más de la cuenta hasta que se produjo la situación que había previsto: verme entre dos fuegos. Lo desagradable del asunto es que ninguna de las dos mujeres me gustan lo suficiente como para decidirme a una elección. De este modo tuve que compartirme dignamente. Mientras besaba a una cogía a la otra por debajo de la mesa... No me gusta jugar al cínico y he tenido que hacerlo. Debo poner fin a esta situación con la mayor elegancia posible.

*24 de mayo (3 de la mañana)*

Más de treinta días sin recibir carta de C. Comienzo a preocuparme. La posibilidad de que se llegara a olvidar de mí me produce un sofocamiento. Si aquello es posible después de tantos juramentos y horas en común, ya no creeré en nada. Me digo que aún estoy joven, que tengo por delante muchas cartas por jugar. Llego incluso a exagerar mentalmente sus defectos, a revivir las pocas escenas desagradables de nuestra larga compañía. Pero todo es inútil. Lo bello regresa siempre y expulsa a lo enojoso.

*24 de mayo (6 de la tarde)*

La relectura del párrafo anterior, escrito unas horas antes, me ha producido un ligero malestar. Es siempre desagradable constatar que tenemos el corazón vulnerable, donde una mujer con sus caricias o sus uñas puede dejar eternamente su impronta. Siempre me ha parecido vergonzoso lamentarse. Mas aún, de mal gusto. Gide: «Con buenos sentimientos se hace mala literatura.»

*25 de mayo (1 de la mañana)*

Es imposible resolver los misterios de mi destino asomado al patio de una casa de vecindad. De los cordeles cuelgan pijamas, camisetas, calcetines, intimidades femeninas. Al fondo los gatos se alborotan cada vez que lanzo un salivazo. Asciende un olor a cocina. Por las ventanas abiertas veo circular hombres en tirantes, viejas que trabajan infatigablemente. Arriba un cuadrilátero de cielo oscuro donde no brilla una estrella. Rumor de voces. Preparativos para el sueño. La noche crece sordamente como la marea de un mar invisible.

*29 de mayo*

Inútiles esfuerzos por continuar mi novela, por escribir algo conmovedor y bello. Estoy anclado en la mitad de este domingo, como una barca en un banco de arena, dejándome mecer por el oleaje de las horas. El sol cae a plomo. Siento cómo pasa el tiempo por cada una de mis células y va dejando en ellas un eco, una vibración. Deseos de cerrar los ojos y dormir profundamente. Despertar luego con la barba crecida, en un remoto país, en la estación de los frutos.

*3 de junio*

Marañón en su libro sobre Amiel afirma que existe cierta incompatibilidad entre los diarios íntimos y la vida matrimonial. Hace algún tiempo había yo formulado la misma observación. Marañón cita en su apoyo el caso de Tolstoi, quien redactaba dos diarios: uno que conocía y que copiaba su mujer y el otro, el verdadero, que escondía en sus botas. Esto me invita a reflexionar nuevamente sobre el tema de la intimidad. La incompatibilidad aludida tendría una explicación interesante: el amor correspondido implica la destrucción de la intimidad. En otras palabras: entre los amantes se produce una fusión de intimidades. En estas condiciones sería imposible llevar un diario íntimo, salvo que, extinguido el amor, es decir, separadas las intimidades, el «diarista» recupere la propiedad de su yo y sus secretos. (Una mala noticia me impide todo ejercicio mental: la patrona toca la puerta y dice que me denunciará a la comisaría si no le pago las 2.000 pesetas que le debo por el cuarto.)

*4 de junio*

No, no ha sido sólo la mala noticia de ayer, sino la carne podrida que comí en un restaurante lo que anoche estuvo a punto de matarme. He pasado más de una hora vomitando bilis. Hasta las siete de la mañana no pude pegar los ojos. Hoy, en parte por terapia y en parte por gula, me comí tres kilos de frutas —naranjas, manzanas, plátanos— y me enterré en mi pequeño catre rodeado de libros y de cigarrillos. Difícil trabajar. El año pasado para esta misma fecha fui con C. al Moulin-Rouge. Música y champán. ¡Vieja e irrepetible vida de millonario!

*12 de junio*

¡Volver a París, volver a París, qué obsesión! Escobar y Li parten dentro de una semana. ¡Qué me haré solo en Madrid? ¿Con quién conversaré? ¿Quién se apiadará de mi miseria? No veo la forma de realizar este viaje. Necesito por lo menos cien dólares juntos.

*13 de junio (12 de la noche)*

Dos meses sin recibir carta de C. Su extraño silencio despierta en mí aterradoras conjeturas.

*13 de junio (5 de la mañana)*

Imposible dormir. Nunca he sido hostigado con tanta fuerza por el recuerdo de C. Fumo interminablemente. Ante mi ventana se despliega el espectáculo de una tormenta de verano. Amanece...

*15 de junio (4 de la mañana)*

He encontrado en el diario de Charles Du Bos una frase que confirma una reciente intuición mía: «*Je suis plus que jamais le lieu de tout un faisceau de nécessités intérieures que se neutralisent l'une l'autre.*» En efecto, pensaba hace poco que lo que determina el éxito o el fracaso de una persona es la forma como se concilian sus diversas cualidades. No por una ausencia de aptitudes muchos fracasan sino por una interferencia de aptitudes. Parece que el genio exige la armonía o la inarmonía, pero jamás la incompatibilidad de cualidades. La imaginación y el poder analítico suelen entorpecerse mutuamente, tanto como la inteligencia y la memoria o la fuerza creadora con la erudición.

*24 de junio (4 de la mañana)*

Preparo mi retorno a París. Confío en que la próxima semana estaré en condiciones de tomar el tren.

¿Por qué habré decidido este viaje? En Madrid el calor es agobiante, el medio invita al ocio y la brutalidad, pero por lo menos se puede comer. Diríase que quiero nuevamente colocarme en situación de aventura.

*25 de junio (4 de la mañana)*

Hace ya varios días que me resulta imposible leer un libro, escribir una página, sostener una conversación. Me brutalizo a pasos agigantados. Mi viaje a París tiene casi la urgencia de una medida sanitaria. Es horrible pasarme largas horas en mi cuarto, tratando de excitar mi inteligencia con libros o papeles y terminar a la postre escribiendo un epigrama. Probablemente lo que me ha hecho falta en Madrid es una ventana a la calle. Aquí, en la pensión de Atocha donde actualmente vivo, tengo al igual que en Santa Clara un patio de casa de vecindad por todo panorama. Me asfixio entre ropa colgada, aparatos de radio sonando a toda voz, fámulas que se desvisten con la ventana entreabierta.

*26 de junio (1 de la mañana)*

Mi novela perece por inanición. He tomado la decisión de interrumpirla. En realidad el plan que me propuse era demasiado ambicioso. Para escribir la historia de una generación hace falta, además del conocimiento de los hechos, una vasta perspectiva histórica. Todos los juicios que pueda emitir hasta el momento sobre ella son aventurados. Los modelos que he tomado para mis personajes siguen viviendo, haciéndose, transformándose. ¿Cómo puedo escribir sobre ellos si no sé cómo serán mañana?

*(4 de la mañana)*

Inútiles esfuerzos por dormir. Sofocaciones, respiración difícil. Temor de una enfermedad cardíaca. A pesar de ello fumo locamente, echo fuego sobre la hoguera.

*28 de junio (10 de la noche)*

Después de los excesos de ayer en la noche —sólo comparables a los de aquella famosa encerrona con Jeanne-Marie, la obrera comunista de París— he quedado virtualmente deshecho. Los músculos laxos, el pulso arrítmico, sólo el cerebro trabaja con cierta lucidez. Nuevamente compruebo que el simple placer carnal no tiene para mí mayores incentivos. Y eso que Dani no era para mí una cualquiera. En la pensión de Santa Clara nos habíamos conocido y simpatizado. Pero faltó la plenitud del amor. Lo más grave es que la noche de ayer ha hecho peligrar la realización de mi viaje a París. Gasté mucho y estoy nuevamente al borde de la ruina.

*29 de junio*

Ayer en la noche, a pesar de la fatiga, fui al baile que anualmente ofrece el Instituto de Cultura Hispánica a los estudiantes hispanoamericanos en Madrid. Sólo permanecí una hora, pero me bastó para hacer algunas comprobaciones. En primer término: si juzgamos el porvenir de Latinoamérica por quienes ayer estaban en la fiesta debemos considerarnos irremediablemente perdidos. La improvisación, el chiste, la sensualidad, la superficialidad, el exhibicionismo nos caracterizan de un modo fatal. Llegó un momento en que me era imposible distinguir a un venezolano de un panameño o a un argentino de un chileno. Todas las pequeñas diferencias locales quedaban neutralizadas. Identificados por la música, el mestizaje, la lengua, la manera de vestir, parecíamos los delegados de un monstruoso país. Quizás los peruanos fueron los únicos que brillaron por su ausencia, su apatía, su falta de solidaridad. Fuimos los únicos que no participamos en las exhibiciones folclóricas. Los colombianos bailaron la cumbia, los argentinos el tango, los chilenos la cueca, los ecuatorianos el pasillo, los bolivianos el huaino, los brasileños la samba, los mexicanos el corrido, etc. Los cuatro o cinco peruanos que encontré —no había una sola peruana— permanecían refugiados entre la multitud, espiando con ojo crítico y burlón el desarrollo de la fiesta. Somos en el fondo demasiado tímidos, tememos al ridículo de una manera enfermiza, nuestro gusto por la perfección nos conduce a la inactividad, nos fuerza a refugiarnos en la soledad y en la sátira. Extraño sentimiento de vergüenza y al mismo tiempo de satisfacción me produjo observar esto último.

*30 de junio (4 de la mañana)*

Imposible dormir. Calor sofocante. En vano espío por la ventana, con la ilusión de ver moverse las hojas de los árboles. Cielo despejado y seco. La ciudad se cuece lentamente bajo el brillo impávido de las estrellas. Suena el pito de un tren en la estación de Atocha. Serenidad, plenitud, esperanza.

*1.º de julio (2 de la mañana)*

¿Será verdaderamente uno de mis proyectos —como le digo a mi madre en una carta— el llegar a ser catedrático de la Universidad de San Marcos? Confieso que la idea me seduce, pero siento en mí una radical incapacidad para este tipo de labores. Durante el curso de mis estudios he tenido pésimos profesores y la posibilidad de llegar a ser uno de ellos me aterroriza. Además, en mi caso existe una especie de compromiso tácito con la tradición familiar. ¿Cómo me resignaría a ser un profesor mediocre en una universidad donde dos de mis antepasados fueron rectores? Además, afrontando el problema con un sentido práctico, ¿qué cátedra podría desempeñar? ¿Literatura francesa? ¿Literatura contemporánea? Para ninguna de estas plazas me siento competente. Tendría desde ahora que ir organizando mis estudios. Mis buenas resoluciones, fatalmente, no duran más de quince días.

*2 de julio (1 de la mañana)*

He reiniciado mi novela con un brío renovado, a pesar del calor y de los contratiempos. He encontrado en el diario de Gide un bonito nombre que me tienta para el título: Los insumisos. Sin embargo, aún no lo cambio por el primitivo que, siendo menos sintético, es más exacto.

*2 de julio (1 de la mañana)*

Fetichismo que sienten algunos españoles por Alemania. Don Pablo, viejo español de 58 años, católico, tradicionalista, ultraconservador y falangista, se plañe de que Alemania haya perdido la guerra y dice en la mesa:

—¡Ah, ya verán los rusos! Dentro de diez o veinte años los alemanes tomarán Moscú.

Envidia sorda que le profesan a los franceses.

Don Pablo, que estuvo en París en el año 1925, dice:

—París, muy bonito, pero qué clima tan horroroso. ¡Esa niebla que sale del Sena! No se puede respirar. Prefiero el clima de Madrid, su cielo velazqueño.

Es curiosa la falta de sutileza, de ductilidad, de *souplesse* de los españoles en general. Tienen el cerebro endurecido y en él no entra ni a martillazos una idea nueva. «¡Que no!», «¡Ni hablar!», «De eso nada», «¡Pero si yo te lo digo!» son respuestas que siempre tienen a flor de labios y que lanzan contra toda opinión que amenace sus convicciones.

Don Pablo hablando de Franco:

—Indudablemente que es un hombre providencial, sí, elegido por Dios. Él nos ha salvado. Si no fuera por él estaríamos perdidos.

Nada me indigna más que la incomprensión, que el fanatismo. Don Pablo es en el fondo una persona generosa hasta el desprendimiento, cordial con los extranjeros, hombre de gran corazón. Pero todo esto, ¿para qué le sirve? De buena gana suscribiría lo que decía Stendhal: «Yo no puedo vivir en compañía de personas sin inteligencia, por virtuosas que sean.»

*5 de julio*

El gran secreto de mi fuerza moral reside en haber sabido sobrellevar, hasta el momento, con paciencia mi amargura.

*7 de julio (1 de la mañana)*

Sin noticias de C., sin noticias de mi casa, sin poder moverme de Madrid. Mi situación es angustiosa. Hoy, por desesperación, vendí un pantalón y comencé a escribir un artículo sobre Wolfgang Kayser.

*9 de la mañana*

Todos mis esfuerzos para reunir los 10 dólares que cuesta el pasaje a París resultan inútiles. Me parece increíble que por esa miserable suma, que yo tantas veces he regalado, prestado, perdido, dilapidado, invertido en dádivas e invitaciones, no pueda moverme de aquí.

(EL DUEÑO DE LA PENSIÓN ME PRESTA LOS 10 DÓLARES DEJANDO YO EN GARANTÍA UNA MALETA LLENA DE LIBROS QUE NUNCA PUDE RECUPERAR. CON ESE PRÉSTAMO PUDE VIAJAR A PARÍS.)

# SEGUNDO DIARIO PARISINO (1955)

*París, 10 de julio*

Me parece mentira: otra vez en 15' rue de la Harpe. La fatiga del viaje y la emoción de la llegada me cortan el aliento. Reencuentro con algunos viejos amigos. ¿Las ciudades nos gustan por sí mismas o por quienes las habitan? Deseos de ponerme inmediatamente a trabajar, de no perder esta vez ni un solo minuto. «Entre Francia y España», bonito tema para un artículo. No puedo negar el haber sentido al atravesar, quizás por última vez, los roquedales de Castilla, la nostalgia del fugitivo que huye de aquello que ama.

*18 de julio*

De mi casa me dicen con la mayor naturalidad que no podrán enviarme dinero hasta mi cumpleaños, es decir, hasta el 31 del mes próximo... ¿Qué hacer en estos cuarenta días que tengo por delante? Mi proyecto de crónicas regulares para *El Comercio* tendré que aplazarlo. No tengo libros, ni revistas, ni papel, ni dinero para estampillas. Así no se puede trabajar. La única solución que entreveo es el trabajo físico. Le diré a mi amigo Milton Zapata que me consiga una plaza de pintor —de paredes, se entiende— en la construcción donde él está enrolado.

*20 de julio*

El día más agitado de mi permanencia en París. Existe la posibilidad de que viaje a Varsovia, al Festival Mundial de juventudes. Desde las ocho de la mañana he estado en pie, tratando de conseguir los 25.000 francos que cuesta la inscripción. No podré olvidar el gesto de E., al haberse despojado de su pulsera y de sus aretes, en pleno patio de La Sorbona, para que sufrague con su venta los gastos de mi viaje No me he atrevido sin embargo a vender estas joyas y los esfuerzos que he hecho por empeñarlas han sido inútiles. Confío en que mañana o pasado encuentre una salida. El viaje me obsesiona, más que por razones políticas por mi necesidad de ver cosas nuevas. Es la gran ocasión de conocer por una suma irrisoria las repúblicas populares del oriente europeo. No me importan los riesgos. A pesar de que nos rodean todo tipo de garantías siempre existe el peligro de que se enteren en Lima y nos impidan el retorno al Perú.

(A FINES DE JULIO PARTIMOS EN TREN VÍA SUIZA, AUSTRIA Y CHECOSLOVAQUIA ALBERTO ESCOBAR, LUCHO LOLI, CARLOS CASTILLO, ABDÓN YARANGA, ENTRE OTROS, Y LLEGAMOS A VARSOVIA EN DOS DÍAS Y TRES NOCHES DE VIAJE.)

*20 de agosto*

Lamento no haber llevado este cuaderno a Varsovia. Podría haber consignado algunos datos interesantes. A los siete días de haber dejado esa ciudad mis impresiones se desvanecen. Me queda sólo la nostalgia de un mundo dinámico, entusiasta, que se reconstruye y se consolida. Un mundo diferente al mío, respetable y digno de ser querido. Desde aquella perspectiva, Occidente parece pequeño, senil y estridente. Ahora nuevamente en este maravilloso reducto del individualismo que es París encuentro mi centro de gravedad y veo las cosas de otra manera. La Cortina de Hierro no es sino la frontera ideal donde se estrellan dos ideologías, dos concepciones del mundo, dos maneras de vivir y de ser. Me sería difícil precisar por qué elegiría —en un caso extremo— este lado del mundo y no el otro. Quizás por inercia, por costumbre o por incapacidad para participar en las grandes tareas colectivas. Yo me siento mejor donde se me exige un mínimo de esfuerzo y de responsabilidad. Cobardía, egoísmo, ociosidad.

*22 de agosto*

Una de las sorpresas a mi retorno ha sido encontrar carta de C. Penetro por momentos nuevamente en su círculo mágico, del que había comenzado a liberarme. Hace un año en Saint-Rémy les Chevreuses, un sol hermoso, la maraña del boscaje... Hace un año, también, era yo conserje del hotel donde ahora vivo. No tenía un céntimo, trabajaba, pero era feliz porque no estaba solo. Me dice C. que ni se acuerda de mi cara...

*27 de agosto*

Nueva y larga pausa en la redacción de mi novela. Desde que salí de Madrid no he añadido una sola línea. Ayer, mientras conversaba con Víctor Li, me pareció determinar cuál es la razón por la que mi obra se ha detenido: el no haber encontrado aún «la actitud narrativa». En el fondo mi intención ha sido proceder como los artistas épicos, es decir, desde el plano de la omnisciencia. Sin embargo, mi vena creadora es predominantemente lírica. Me es necesario forjar mis personajes a través de mi propio calibre. Me resulta difícil en extremo organizar un mundo *en dehors* de mis experiencias. Y no es ausencia de capacidad inventiva, sino que la invención está en mí al servicio de lo imaginario y no de lo real. Querer inventar una novela realista es, dentro de mi mecanismo creador, un contrasentido.

*6 de setiembre*

Los días pasan sin que me resuelva por nada útil. No escribo, leo poco, paso los días de un lado a otro, buscando un desayuno por acá, una cena por allá. El ver la novela de Paco Pinilla copiada a máquina, lista para el concurso Mejía Baca, me ha producido una viva desazón. No es envidia lo que siento porque quiero a Paco, admiro su talento y he sido el primero en defenderlo y propagarlo. Lo que siento es la humillación de la infecundidad, la ausencia de fuerza creadora. La causa de todo esto es la vacilación permanente en que vivo, la pulverización de mis energías entre diversas solicitaciones. En este momento, frente a mí, tengo por lo menos diez cuadernos comenzados. En uno está mi novela, en otro algunos cuentos, más allá un estudio sobre Thomas Mann, unos apuntes sobre los diarios íntimos, los «cuadernos de Juan Tontín», las obras de teatro, etc. Cada vez que me siento a trabajar no sé por dónde comenzar. Cojo un cuaderno, pongo unas líneas, lo cierro para coger otro y así, entre correcciones, añadiduras, me paso la jornada sin haber podido concluir nada. Lo que necesito es romper con todo este lastre, archivar todo lo comenzado y empezar desde el principio una sola cosa. Vivo prisionero, limitado por mis viejos proyectos.

*8 de setiembre*

Malestar hoy al comprobar que E. ha salido de mi órbita de atracción. Me sentí casi traicionado. ¿Por qué? Nunca me ha pertenecido, salvo su afecto. Por delicadeza no me ha reclamado las joyas que me prestó para viajar a Varsovia y que yo empeñé.

Carta de C., equívoca como todas las últimas que me ha escrito. Me da la impresión de que se esfuerza por mostrarse afectuosa. Dice que ha decidido entrar a Air France como aeromoza para poder visitarme. Esas visitas sencillamente formarán parte de su trabajo, de su itinerario.

Carta de Barbara, mi amiga de Varsovia. ¿Qué me dirá? Está en polaco. Recuerdo sus ojos admirables, los valses de Strauss en la plaza Stalin.

Tres párrafos sobre mujeres. Necesidad de afecto. Confío en la alegre vida de Munich.

*11 de setiembre (1 de la mañana)*

He renunciado a proseguir mi novela. Su bello título *El amor, el desorden y el sueño* es todo lo que perdurará de este inmenso naufragio. Tal vez quede flotando aquí y allá una que otra escena bien construida, que archivaré para aprovecharla en su oportunidad. La única conclusión que he sacado de esta experiencia es que debo mantenerme aún dentro de los límites del relato corto. Una novela es para mí, en las actuales circunstancias, una tarea superior a mis fuerzas. Tiene razón Roland Barthes cuando sostiene que una novela es «una forma de muerte» porque «convierte la vida en destino». En otras palabras, si yo pretendo escribir una novela inspirándome en mis experiencias debo darles a éstas una coherencia, una dirección y un sentido que las vuelvan inteligibles y fijarles un límite que constituya un desenlace. Ambas cosas son en mi caso imposibles, no solamente porque me siento incapaz de encontrarle a mi vida una significación sino porque sería arbitrario señalarle un término.

*16 de setiembre*

Encontré en casa de Lucho Loli a E. que, según las apariencias, había estado esperándome al enterarse de que no tardaba en llegar. Me pidió que la acompañara a dar un paseo. Estuvimos una hora al borde del Sena. Se quejó de mi indiferencia. Me dijo que no me fuera a Alemania o que, en caso contrario, la llevara conmigo. Rehusé todas sus declaraciones con un estoicismo del cual ahora me arrepiento.

*30 de setiembre*

Relectura de las últimas páginas de este diario. Creo haber encontrado la razón intrínseca de los diarios íntimos: tenerse a sí mismo por interlocutor.

*2 de octubre*

He pasado esta semana haciendo *ramassage* de periódicos viejos por las calles de París. Este tipo de trabajo, el único que pueden hacer los estudiantes extranjeros que residen en París, no me ha parecido tan fatigoso y destructor como hace un año, esa memorable tarde en que me «hice» íntegramente el bulevar des Gobelins. El trabajo físico es además para mí, desde el punto de vista moral, un poderoso reconstituyente. Rendido de fatiga, tengo sin embargo el consuelo de no haber desperdiciado mi tiempo, de haberme «ganado el pan de cada día». Comprendo también ahora mejor la situación mental de los obreros, sus luchas, sus aspiraciones. Lo que los caracteriza radicalmente es su *ausencia de porvenir*. Jornaleros de su propia vida, cada día que termina es un destino, un combate, un epílogo siempre prorrogado. Por eso es que el ahorro, siendo en algunos casos posible, no tiene sentido en ellos, pues están «exonerados» del mañana.

...

Visita a Leopoldo Chariarse. Extraño departamento en la rue de l'Abbe Gregoire, donde vive con una amante polaca, dos laúdes, un gato, cientos de libros polvorientos y una hermosa barba a lo Francisco I. Me atendió magníficamente, esmerándose en todo momento en mostrarse ingenioso y espiritual. Mientras yo leía sus sonetos a la manera clásica, él, recostado en un diván, acompañaba mi lectura pulsando sobre el laúd una melodía de fines del medioevo. Cada día se acentúa más su afán de *épater*, su vicio por la originalidad. Nada lo obliga más que una alabanza a su carácter, su desgaire o su poesía. Cada día también, a pesar de conocer a tanta gente, le quedan menos verdaderos amigos. Quizás sea yo uno de los últimos en admitir en él ciertas innegables cualidades. No podrá negársele cierta elegancia natural, cierta cultura inteligentemente administrada, cierta facilidad para desenvolverse en medio de las contrariedades cotidianas, cierta nobleza y gratitud por la amistad. Su gran defecto es que no conoce el límite entre lo conveniente y lo inconveniente, su falta de «oportunidad». Es capaz de hablar en un grupo media hora seguida, invitarte a cenar y luego pedirte que pagues la cuenta, dejarte con la palabra en la boca para desaparecer tras una mujer. No puede posponer en ningún momento la satisfacción de sus impulsos. Él se place en llamarse a sí mismo «renacentista» por su aspiración voluptuosa a gustar en todo momento de todos los frutos de la vida.

En este espíritu torrentoso la poesía constituye un remanso. Un remanso cenagoso con sus profundidades, sus miasmas, sus flores admirables. Hoy día me he dado cuenta de que lo que caracteriza a su poesía es un doble sentimiento: el de la soledad y el de la inminencia del peligro. Aun en sus breves y claros poemas campestres se advierte la cercanía de un mal presagio. Sobre un paisaje alegre deposita una tumba en un cielo despejado la amenaza de una tormenta. Su vena creadora continúa siendo además de la mejor estirpe lírica. Su obra es como un espejo que le devuelve su imagen recreada. No es el limpio cristal de los épicos, a través del cual se irisa, se cristaliza la realidad.

*11 de octubre*

Para recuperar a C. sólo hay dos caminos: regresar a Lima lo antes posible o alcanzar una rápida celebridad. Ambas cosas, en mi caso, son irrealizables. Retenerla por la memoria o por la correspondencia son recursos infantiles, cuya eficacia soy el primero en poner en duda. Debo desde ahora resignarme a perderla, habituarme a la idea de que no me pertenecerá jamás.

*31 de octubre*

—Ayer se cumplió un año de la partida de C.

—Cada día tengo mayores razones para pensar que el secreto de mi desenvolvimiento, de mi éxito, reside en mi cantidad de horas de pensamiento, como para los aviadores en su cantidad de horas de vuelo. Lo cierto es, sin embargo, que el pensar no es la actitud natural de mi espíritu. Por lo general mi inteligencia sufre permanentemente como un estado de congelación y sólo al influjo de una incitación demasiado fuerte se produce el comienzo del deshielo. El acto de escribir, por otra parte, no sólo paraliza sino que a veces deforma mi pensamiento. El otro día Víctor Li me preguntó si yo escribía como hablaba, a lo que yo respondí que no sólo no escribía como hablaba sino que no escribía como pensaba. Reflexionando sobre esta respuesta veo que encierra algo más que una paradoja. La escritura posee una lógica rigurosa, funciona de acuerdo con un mecanismo propio, que una vez puesto en marcha expone a uno a decir cualquier cosa. El pensamiento actúa como un órgano de enlace entre los estados de conciencia y la escritura. Su misión es ordenar los materiales de nuestra vida interior y librarlos a la arbitrariedad de la escritura.

—Analizar el carácter español desde esta perspectiva: ausencia del necesario componente de *duda.* Pueblo de creyentes o de ateos. Es imposible hacerlos cambiar una opinión errada mediante un razonamiento. La verdad para ellos no viene desde fuera sino desde dentro: por un fenómeno de iluminación interior.

(PARTIDA PARA MUNICH EL 6 DE NOVIEMBRE CON UNA BECA DE UN AÑO.)

# DIARIO MUNIQUENSE (1955–1956)

*Munich, 9 de noviembre de 1955*

Solamente por un acto de disciplina consigno en este cuaderno que hace tres días llegué a Munich. No tengo ganas de decir nada más. *Vraiment, je n'ai pas envie de tenir ce journal. Il s'agit maintenant de vivre vers l'exterieur.*

*10 de noviembre*

Ayer me prometí dejar este cuaderno por algún tiempo. La razón no fue determinada por mi propósito de «vivir hacia el exterior», sino por el estado infinitesimal al que me redujo la lectura del tomo III del diario de Charles Du Bos. No he encontrado hasta el momento un *journal* donde haya acumulada tanta inteligencia en «estado puro», para utilizar una fórmula cara a su autor. Es el caso único de un mecanismo cerebral en movimiento perpetuo. Me da la impresión de que Ch. Du Bos respiraba por el cerebro, es decir que vivía en un constante proceso de inspiración y expiración de ideas, cuya interrupción podría ocasionarle la asfixia. Es el último caso también —o uno de los últimos— de un hombre de letras, a la manera clásica, que vivió toda su vida entre sus autores, sus libros, sus elucubraciones, como un químico vive entre sus elementos. La comparación es útil porque no hay nada más parecido al diario de Du Bos que un laboratorio... El producto, sin embargo, es muchas veces menos interesante que el proceso que lo originó y en esto reside precisamente el valor de su diario. Él nos enseña a pensar, a comparar, a discernir, a aprovechar una intuición, a tender un cerco cada vez más estrecho sobre el sujeto tratado, a reducir todo un razonamiento a una fórmula. Prodigioso monumento de análisis, su diario nos enseña, al mismo tiempo, una cosa casi imposible: a ser inteligentes.

—Podría definirse la experiencia como «la incapacidad para sorprenderse». Es curioso: estar en ese momento en Munich, en casa de una modesta familia de obreros, muy lejos del centro de la ciudad, en una habitación luminosa hasta donde llegan los ejercicios de piano de una niña bellísima, nada de esto me llama la atención. Adaptado completamente a mi situación no extraño nada, nada me arredra ni me lastima. Soy en este momento dueño de mí mismo y los acontecimientos giran a mi alrededor como los planetas en torno de un sol inmóvil.

*11 de noviembre*

Este año que termina ha sido para mí, desde el punto de vista literario, un año de infecundidad. Aparte de mis artículos sobre diarios íntimos y Thomas Mann, aparte de las cien páginas de mi novela,* no he escrito nada que valga la pena. El año pasado en cambio dejé expedito para la imprenta mi volumen de cuentos *Los gallinazos sin plumas.* Esta infecundidad me hace afrontar con desconfianza mi destino literario. Debo ahora plantearme esa pregunta que siempre he temido porque me parece que en su formulación existe ya el reconocimiento implícito de un fracaso: ¿Seré yo más bien un crítico? ¿Se estará operando en mi conciencia o se habrá ya operado subterráneamente el tránsito del poeta al analista? La crítica ejerce sobre mí una atracción vertiginosa. Mis lecturas han estado este año casi ín-

* *El amor, el desorden y el sueño.*

tegramente consagradas a ensayos y teoría literaria —Curtius, Kayser, Thibaudet, Du Bos, Grammont, Barthes, Van Tieghem, Vossler, Croce, etc.— y gran parte de mis escasas horas de pensamiento han estado destinadas a rumiar algunos de los grandes temas de la crítica: géneros, generaciones, poética, lenguaje, estructura de la novela, etc. Los síntomas son pues inequívocos y no debo seguir el ejemplo del avestruz. Confieso sin embargo que esta constatación me lastima en mi vanidad, hiere mortalmente una parte querida de mi ilusión. El meollo del asunto reside en que un crítico está expuesto siempre a ser contradicho o superado. La obra crítica se juzga por su coeficiente de verdad. La escala verdad-error en cambio no se aplica jamás a los creadores. Los creadores jamás se equivocan. Ellos solamente fracasan. Ser un mal creador sería para mí mucho más estimable que ser un buen crítico. El dilema sigue en pie y soy yo solamente quien debe resolverlo.

*13 de noviembre*

Día de plenitud. He vuelto a encontrar mi vieja, mi olvidada vena creadora. Durante catorce horas he escrito sin interrupción. El lapicero se me cae de las manos. La historia es trivial pero sincera, y creo haber logrado algunos aciertos de expresión.

*20 de noviembre*

Después de mucho tiempo he tenido esta tarde la experiencia del deber. A las tres de la tarde me senté en mi escritorio y hasta ahora —son las once de la noche— no he despegado los codos de la mesa. He escrito cartas, he leído a Du Bos, he estudiado concienzudamente mi alemán, he puesto cinco líneas de un artículo para *El Comercio*. En realidad lo que me ha impulsado a realizar esta fatigante jornada de trabajo ha sido la última carta que he recibido de mi casa. Me dicen que por mi culpa han tenido que endeudarse hasta llegar a una situación sin salida. Los últimos 200 dólares que me enviaron para poder viajar a Munich fueron el golpe de gracia sobre su ya precaria economía. Están contemplando la posibilidad de hipotecar la casa... Total que hoy decidí demostrarme que no pierdo el tiempo. Como no puedo hacer nada para ayudar a los míos, no me quedó otro recurso que punirme con un trabajo encarnizado. Quisiera por lo menos durante un mes someterme a esta disciplina y ver si algo resulta de ella. A veces me parece que el ejercicio de la virtud debería tener un poder resolutorio sobre la adversidad de las circunstancias. Verificar esta intuición a costa de cualquier esfuerzo.

*23 de noviembre*

Todo confluye para que estas primeras jornadas en Munich resulten provechosas en lo que a mi labor literaria se refiere. Vivo lo suficientemente aislado (Freimann) como para sufrir la visita de personas inoportunas. Mi habitación es grande, cómoda, abrigada. La casa está la mayor parte del día silenciosa. Desde las tres de la tarde, en que regreso del centro, dispongo completamente de mi tiempo. El frío engendra en mi cerebro una saturación de ideas. Sin embargo, llegado el momento, sufro una parálisis de mis recursos intelectuales. Quedo con la pluma en la mano tratando de encontrar un lugar vulnerable en el torbellino de mis solicitaciones. En realidad mi espíritu se asemeja a un carrusel al cual debo «subir al vuelo». Su velocidad me lo impide y de tanto esperar pierdo la paciencia. Esto me demuestra hasta qué punto yo no me identifico con mis ideas. Ellas están al lado y para tener acceso a su recinto debo actuar con celeridad, con audacia, casi como un ladrón. Este desdoblamiento entre lo que podría llamarse los instrumentos y la materia de mi inteligencia cada día se acentúa más. Entreveo una grave crisis, desde que mi capacidad de análisis, sin un objeto sobre el cual encarnizarse, terminará devorándose a sí misma. Análisis a la segunda potencia. Caso típico: Amiel.

La lectura del relato de Carlos Zavaleta «Los Ingar» me ha entusiasmado. Ninguna inteligencia, ninguna fineza, pero qué sentido del movimiento, qué vigor, qué habilidad para mantener la tensión del relato sin una sola caída. Él representa lo que podría llamarse «la poesía de la violencia».

*29 de noviembre*

El camino más corto para llegar a la santidad es el de la corrupción.

*7 de diciembre*

Durante una hora he pasado revista a mi vida, a partir de la época en que terminé el colegio. Este mes se cumplen diez años que abandoné para siempre mi extraña, a veces penosa, vida de escolar. Lo que más ha sorprendido en esta revista es el poco sentido que tengo de la continuidad de mi vida, en otras palabras, de la identidad de mi persona. Todas las escenas evocadas me han servido para comprobar hasta qué punto mi existencia ha sido incoherente —aún lo es—, sinuosa, sin un derrotero marcado, sin un ideal preciso. Estudios, lecturas, viajes, aventuras, me han sucedido, yo no los he buscado. Me veo siempre distinto de mí mismo, sea caminando por Madrid, por Londres, por París, como por Tarma, Chiclayo, Lima o Varsovia. Entregado al instante, sin conciencia del porvenir, sin gratitud por el pasado, me da la impresión de que nazco cada mañana y me desvanezco en cada anochecer. ¿Qué relación hay por ejemplo entre el hombre que ahora escribe una absurda novela *(Crónica de San Gabriel)*, con el que en París veía a C. sobre el Pont-de-Grenelle o con el que dormía en los baños turcos cerca de Trafalgar Square o con el que bebía manzanilla y cortejaba a una corista en el barrio de Argüelles? ¡Me resulta tan difícil encontrar un hilo conductor en toda esta maraña! ¿Qué cosa es lo que persigo, qué cosa es lo que espero? A la postre, todo me resulta igual, regresar o no regresar al Perú, llegar a ser o no un gran escritor, casarme o permanecer soltero. Soy incapaz de tomar una decisión porque me es imposible establecer una jerarquía entre mis deseos. Me gusta improvisar tanto mis ideas como mis sentimientos y mis aspiraciones. Hoy por ejemplo había resuelto quedarme en casa, embriagado de soledad, con un furor enfermizo por el trabajo. De pronto he cambiado de opinión: salir, comer, beber litros de cerveza, llegar borracho donde un amigo que tal vez me encuentre original y no me comprenda... ¿Por qué estos cambios repentinos? Creí por un momento que me estaba acostumbrando a la disciplina y ahora hasta el orden que hay en el cuarto; hasta su brutal comodidad —sillones, lámparas, alfombras— me resulta intolerable. Abulia, desilusión, pereza, todo esto unido a una invencible necesidad de ser golpeado, estrellado contra el mundo. No es la amenaza, es sólo el dolor o el daño lo único que puede arrancarme de mi estado de infusorio. La pasión es para mí palabra muerta.

*8 de diciembre*

Sería interesante precisar hasta qué punto Rimbaud es tributario de Baudelaire. Aparte de lo que llamo *gourmandise* de la frase —lo cual es una herencia de los parnasianos (recordar la dedicatoria de *Las flores del mal*)— hay tanto en el uno como en el otro un marcado tono de *irreverencia* (el surrealismo convertirá la irreverencia en provocación). Pero mientras la irreverencia de Baudelaire se da sólo en determinados planos —religioso y social— blasfemando y satirizando a los burgueses, Rimbaud la aplica como sistema. Rimbaud *méprise* no sólo a Dios, sino también al culto, a las formas exteriores de la creencia y el rito. Desdeña también el amor, la felicidad, el progreso, el matrimonio, todo aquello que para los poetas anteriores había sido motivo de *louange*. Rimbaud termina desdeñando su propia vida y algo más: la poesía.

*11 de diciembre*

¿Puedo acaso ambicionar algo más? Una espaciosa habitación al abrigo de toda visita, cinco paquetes de cigarrillos sobre mi escritorio, una botella de cerveza bávara, dos preciosas walkirias que ingresan a mi cuarto sin hacer ruido y me sirven pasteles y sonrisas, una música adorable de violines vieneses y afuera, tras los cristales, una purísima nevada de invierno. El papel blanco, la pluma dócil, el espíritu despejado, ¿qué me falta para sentirme feliz? Este ambiente de plenitud es sólo comparable al de la rue de la Harpe a mi regreso de España, hace dos años. Pero entonces —oh insalvable diferencia— no eran walkirias, era una mujer, una prodigiosa fruta terrenal, la que me servía y me mimaba... No debo entristecerme, sin embargo.

*12 de diciembre*

Me sería imposible explicar la impresión que me ha producido mi libro *Los gallinazos sin plumas*, cuyo primer ejemplar he recibido esta mañana. Lo he leído, lo he releído, lo he hojeado y examinado por todas partes. Mi opinión ha oscilado entre el entusiasmo más ardiente y la decepción más desgarradora. Por momentos he arrojado el libro con amargura, para cogerlo luego y al reconocer una frase o una escena preferidas reconciliarme con él. Ahora mismo, estando ya sereno, no puedo emitir un juicio y creo que tardaré mucho en poder hacerlo. El libro está aún demasiado presente en mí para poder mirarlo como algo diferente. Necesito la acción despersonalizadora del tiempo, la cuota de olvido que me permita leerlo con ojos inocentes.

*14 de diciembre*

He considerado ahora con la mayor sangre fría que mi viaje a Alemania es totalmente absurdo. La razón que durante mucho tiempo me he dado —aprender el alemán sobre el terreno— es en el fondo un subterfugio. Cada vez me interesa menos este idioma, a medida que lo encuentro más complicado. Si yo fuera a dedicarme a los estudios de filosofía o de filología, estaría justificado mi empeño. Pero a mí sólo me interesa leer a los autores alemanes que me atraen: Goethe, Hölderlin, Nietzsche, Hofmannsthal, Mann, Hesse, etc. Y creo que es un exceso de escrúpulos el no haberlos querido gustar más que en su idioma. Bien me podría haber contentado con las excelentes traducciones al francés. En realidad, desde todo punto de vista, es el inglés el idioma que me convendría aprender.

*19 de diciembre*

Mal de salud. He adelgazado prodigiosamente en estos días, sin causa aparente. Insomnios, inapetencia, lecturas voraces, aislamiento. Añoro París, sus imprevistos. ¿Qué hacer? La Navidad se aproxima.

*23 de diciembre*

He recibido multitud de cartas. Las de C. —una de Miami y otra de Panamá— son las que más me han conmovido. Me envía una foto suya maravillosa. Ayer, mientras bebía cerveza con Alberto Escobar, le confesé que quería casarme, que estaba a punto de viajar a Lima, de hacer alguna locura. Escobar, con su inalterable buen sentido, me aconsejó reflexión y prudencia. Hablamos largamente de los inconvenientes y ventajas de la vida matrimonial. Me ha parecido descubrir —en realidad, hace tiempo que lo había notado— que él lamenta haber abandonado su vida de soltero. Betty es una mujer admirable, dulce y resignada, que lo adora, sin embargo... Ahora recuerdo que hace poco Escobar me citó un verso de un amigo nuestro: «Un camino equivocado es también un camino», y añadió: «No sabes hasta qué punto este verso es significativo para mí.» Una frase suya ayer me sorprendió: «El matrimonio nos priva del derecho a la soledad.» Luego observó que desde que estaba casado le había resultado imposible escribir un solo poema.

Todo esto me hace meditar seriamente en qué forma podría yo arreglar mi vida con C. Sé por experiencia que no puedo soportar la presencia de una persona más de tres horas. Pasado este límite pierdo la lucidez, me embrutezco, las ideas se me ofuscan y al final o me irrito o quedo sumido en un profundo abatimiento. Estando con C., muchas veces, tuve que mantener artificialmente la atmósfera de cordialidad con unos cuantos vasos de vino. De otro modo hubiéramos terminado odiándonos sin pudor.

*25 de diciembre*

Extraña Navidad, esta de Munich. En casa de Wolfgang Luchting éramos cuatro personas: tres hombres y una mujer. Se hablaba alemán, inglés, francés y español. Recién me recupero del exceso de champán y de martini. A las tres de la mañana conduje a la mujer en taxi hasta su casa. No recuerdo ya casi su rostro ni de qué hablamos. Sólo sé que ella utilizaba el latín y que yo la entendía. Escena que me hace recordar al Félix Krull de Thomas Mann que al hacer el amor hablaba en alejandrinos.

*26 de diciembre*

Penoso abrir este cuaderno para consignar mi falta de salud. Presiento una enfermedad grave. En realidad hace muchos años que vivo presintiendo una enfermedad grave, pero en estos días los síntomas son más reveladores. La idea de estar tuberculoso me atemoriza. Debo tener presente que mi abuela paterna padeció esta enfermedad en una época y que mi padre murió de ella.

*1.º de enero de 1956*

Imposible escribir. Anoche he bebido con exceso. Recuerdo haberme caído a las cuatro de la mañana en medio de la nieve. Pasó gente y no me recogió. Mi instinto maravilloso me condujo a la casa. Profundamente confundido asisto a la inauguración del año.

*(6 de la tarde)*

¡Qué terrible es la soledad después de una borrachera! Algún día examinaré con calma el aspecto moral de la «resaca» o «perseguidora». Hace tres horas que me paseo por mi cuarto sin poder leer, escribir, dormir, pensar. Lo único que podría hacer en este momento es oír música, conversar con un amigo o amar a una mujer. En Madrid un amigo colombiano, prodigiosamente inteligente y precozmente alcohólico, recomendaba para curarse el «guayabo» ver películas de cowboys. En París, siguiendo el consejo de Jorge Benavides, ensayé los largos paseos por las márgenes del Sena... *(página perdida).*

*26 de enero*

Mover doce personajes de primera talla simultáneamente, combinar sus pasiones y sus problemas en un espacio reducido y en un tiempo mínimo, es un privilegio de los grandes creadores. Yo me siento un enano a su lado y me sofoco en mi propia trama.

*1.º de febrero*

Dieciocho grados bajo cero marca el termómetro. Imposible andar por la calle. La ciudad bloqueada por la nieve. He decidido no salir de mi cuarto en todo este mes. Viviré al lado de la estufa; en bata, fumando, maldiciendo, escribiendo mi novela —voy en el capítulo XIV— y estudiando alemán. Soy un hombre afortunado, después de todo, ¿para qué lamentarme?

*7 de febrero*

*J'ai fait une étonnante découverte: toutes les femmes se ressemblent à ma mère.*

*8 de febrero*

Extraño viraje: he abandonado mi novela y he comenzado a escribir una colección de cuentos humorísticos.

*11 de febrero*

Superávit de ideas. Escribí dos cuentos en un día.

*12 de febrero*

Hoy cumplo una semana de encierro, en parte forzoso porque el invierno ha asumido una forma violenta: 31 bajo cero marcó el termómetro hace dos días; en parte voluntario: crisis interior, deseo de calma, de recogimiento. Creo que he abusado mucho durante el mes de enero de mi incipiente fuerza creadora. Los catorce capítulos de mi novela escritos ininterrumpidamente me han dejado exhausto. Por añadidura suspendí su ejecución para escribir una serie de cuentos disparatados que han dejado maltratada a mi imaginación. Mi facilidad me fastidia y es quizás por esto que hoy «he parado la mano» para tomarme un descanso.

¿A qué se ha debido esta fiebre de creación? En parte ha sido un ejercicio, un deseo de adiestrar la pluma, de «poner la máquina en movimiento». Pero esta razón es secundaria... Todo se deriva de las palabras de Alberto Escobar en diciembre: «Tú terminarás escribiendo libros de crítica.» ¿Por qué me sentí herido o más bien apesadumbrado por esta observación? En realidad, yo sólo vi el revés de la frase: «Tú no podrás escribir un libro de ficción.» Fue al día siguiente que empecé a escribir mi novela. Sin embargo, en honor a la verdad, la relación de causa a efecto entre la frase de Escobar y mi decisión de escribir debe haber operado subconscientemente. Al comenzar a escribirla no tuve presente sus palabras. Fue un movimiento espontáneo, a tal punto indeliberado que al poner la primera línea no sabía qué cosa es lo que empezaba y aún ahora no sé qué cosa es lo que resultará. ¿Es una novela de aventuras?, ¿de costumbres?, ¿de caracteres?, ¿de amor? No es nada de eso y es todo a la vez. Es sobre todo una crónica, la crónica de una adolescencia imaginaria, de una familia extraña, de una tierra generosa y al mismo tiempo hostil, la crónica de un reino perdido.

Con los cuentos fantásticos el asunto fue diferente. Causa: el libro que me remitió Perucho y la tarjeta adjunta. Perucho cree en mis cuentos fantásticos. Ha sido siempre su infatigable alentador. Quiero darle gusto; quiero también aprovechar los cuatro o cinco que he publicado en revistas o diarios y que están amenazados de dispersión. Será un librito discreto titulado *Sonambulario*.

¿Es esto lo que he querido decir? En parte. Quedan todavía en el fondo cosas que preferiría callar: cartas que no recibo, confianza declinante en mis condiciones de escritor, sentimiento vivo de la fuga de mi juventud. Ayer me observé en el espejo pero no con los ojos de todos los días y me he visto viejo. Viejo y solo. Me viene a la memoria esa breve sentencia de Stendhal en *Rojo y negro*: «La soledad es horrorosa: es el emblema de la desgracia.»

*15 de febrero (miércoles de cenizas)*

Ayer, faltando un cuarto de hora para la medianoche, me di cuenta de que era el último día de carnaval, que durante cuarenta días la ciudad había danzado en torno mío sin lograr despertarme de mi torpor. ¿Es que en realidad he estado dormido? No me explico por qué el «alegre carnaval de Munich» no ha ejercido sobre mí ninguna seducción. En otras circunstancias no hubiera perdido la oportunidad de asistir a algunos bailes, de dar rienda suelta a mis instintos y confundirme con la multitud. Será quizás porque no tengo amigos. Mi profesor de alemán es cojo y sería una ironía ir a bailar con él. Alberto Escobar y Lucho Loli, desde que el primero está casado y el segundo amancebado, han perdido el cincuenta por ciento de mi confianza. Para este tipo de correrías Perucho era irreemplazable.

Lo cierto es que arrepentido quise aprovechar este último cuarto de hora y como mis patrones estaban en la sala irrumpí en ella, bebí su vino, fumé sus cigarrillos, bailé con la señora, charlé con las hijas. Mi gesto era desesperado. A las doce la música cesó. Quedé con un sabor de cenizas en la boca. Luego a dormir, hasta el próximo carnaval...

*17 de febrero*

He esperado vanamente carta de C. en estos últimos días. Creí que el 15 de este mes sería para ella una fecha tan preciosa como lo es para mí: segundo aniversario de nuestra excursión a la Place Blanche. Noche inolvidable.

Veo que cada día nos unen menos lazos, pues hasta los de la memoria van perdiendo su solidez. Mantener esta relación que segrega sólo melancolía y no proporciona ningún placer, me va pareciendo una empresa absurda. Estoy tentado de enviarle una carta de rompimiento.

*19 de febrero*

Lectura de libros peruanos: *El Cristo Villenas* (Zavaleta); *Lima, hora cero* (Congrains); *Nahuín* (Vargas Vicuña).

Al fin he podido tomar contacto con la obra de mi editor. Tres ediciones en menos de un año y más de cinco mil ejemplares vendidos me parece un poco exagerado para el mérito de *Lima, hora cero*. El libro tiene una fisonomía inconfundible de panfleto. Gran facilidad para relatar, inteligencia despierta, intuición, agilidad, pero ningún sentido de la composición, de la estructura interna de la obra. Dos de sus relatos, «Lima, hora cero» y «Los Palomino», terminan imprevistamente, cuando el lector comienza a interesarse por la acción. Libro demagógico, además, lleno de discursos, de gritos de indignación. Melodrama. Congrains ha pensado en sus lectores. Adulación, falta de gusto. Abundan las reiteraciones, las escenas inútiles traídas de los cabellos. A pesar de estos defectos, *Lima, hora cero* es un libro que se lee. Congrains tiene un público, ha sabido conquistarlo.

*Nahuín*, en cambio, me parece una pequeña obra maestra. ¿Por qué será que, casi contra todas las opiniones, yo me obstino en ver en este librito un ramillete de cualidades? Es el libro de un poeta rural, de un hombre enamorado de la tierra, de las estaciones, de los espíritus de la provincia. Todo en sus páginas está presentado con sencillez, con amor, con ingenuidad. ¡Qué poder de sugestión! Su estilo, a pesar de sus imperfecciones, quizás precisamente por eso, está a un paso de Vallejo. Lástima que el libro sea tan breve. Media docena más de relatos del mismo género y habría de qué estar contento para el resto de sus días.

¿Qué decir de Zavaleta? Está en posesión de sus fuerzas. Su

técnica es admirable. Sus relatos tienen sustancia, espesor. Tocamos en ellos la vida en toda su complejidad.

*3 de marzo*

*Dix jours d'un désœuvrement absolu, sans écrire, presque sans penser. Je suis plongé dans Balzac et je me suis laissé engloutir par ce monstre de la nature. Balzac réaliste? Quel affreuse erreur! Je ne connais pas d'auteur plus foncièrement romantique. Je suis convaincu aussi que Balzac n'était pas un écrivain, dans le sens ordinaire du mot. C'était un voyant, un magicien, un alchimiste, quelqu'un de surhumain. Il ne pensait pas par mots ni par phrases, mais par situations, par chapitres, par volumes. Au moment de mourir il avait l'intention d'écrire encore 50 livres pour finir* La Comédie Humaine.

*14 de marzo*

He recuperado el tiempo perdido. Trabajo febril. Me faltan sólo dos cuentos para dejar expedito mi libro *Sonambulario*.

*16 de marzo*

Carta de C. de Panamá. ¿Será posible? Acepta mi propuesta de regresar a Europa, pero no quiere que el reencuentro se realice en París. Quiere verme en Nápoles. ¿Cuándo será? No fija la fecha y por lo tanto a mí me toca señalarla. Debo trazarme un plan de acción y contestar a la brevedad.

*18 de marzo*

Me veo en la necesidad de modificar mis proyectos. En primer término mi libro *Sonambulario* es impublicable. Ayer conversé seriamente con Alberto Escobar sobre este asunto. Él ha leído con atención los originales y su comentario ha sido cáustico pero, en el fondo, justo. Me temía esa reacción. No se puede escribir en serie. Los cuatro últimos cuentos fueron escritos en una semana. De todo el conjunto se salvarán algunos relatos que trataré de publicar en *El Comercio*.

En segundo lugar, el probable viaje de C. a Nápoles me coge sin dinero, sin pasaporte válido, sin salud, sin medios para salir de Alemania.

*20 de marzo*

Estoy en los capítulos más difíciles de mi novela. El desenlace se aproxima y aún no sé cómo matizarlo. Presiento que en el capítulo XXIV debo poner el punto final. En estos cinco capítulos que me faltan debo concentrar con grandeza, sin estridencias, una cuantiosa sucesión de escenas: un temblor de tierra, la ruina de la cosecha, la fuga de Felipe y de Ema, mi ruptura con Leticia. Voy a tener que recurrir, como en el mes de enero, al estímulo de la cerveza. No es que el alcohol fecunde mis ideas, sino que templa mi voluntad, robustece mi entusiasmo y me permite mantener un tren de escritura sin sentirme doblegado por el aburrimiento.

*12 de abril*

Interrumpido este diario casi por espacio de un mes. Causa pueril: se me terminó el cuaderno donde lo escribía. Ahora mismo escribo estas líneas sobre un papel cualquiera que, como de costumbre, terminará traspapelándose.

*13 de abril*

Puedo considerar mi asunto con «la mujer del pueblo» como definitivamente concluido. Nuestra entrevista de hoy ha significado una ruptura implícita. Yo puedo compartir mi fruto con un concurrente, pero ya no con dos. Y el segundo que sospechaba ya salió a la palestra. En realidad, el que ha salido a la palestra soy yo, pues mis concurrentes tienen sobre mí un derecho de prioridad. Todo parece indicar que yo he sido el intruso, el que ha pretendido constituirse en el dueño de relaciones ya establecidas.

Si ella fuera una prostituta, es decir, una mujer que hace profesión de su cuerpo, yo admitiría la situación o, por lo menos, trataría de admitirla. Pero no siéndolo en el sentido corriente, permanecer en mi puesto es inmoral, con ese tipo de inmoralidad que apareja la vergüenza, la única inmoralidad en todo caso que yo admito. La única lección que puedo obtener de esta aventura es no pretender jamás con carácter de exclusividad a una mujer cuyas excelencias físicas la predisponen a convertirse en un bien común. Comprendo —y más desde el punto de vista de ella— hasta qué punto es injusto y enojoso enajenarse a un solo sujeto cuando la partición es no sólo posible sino agradable.

*17 de abril*

Cuando confronto mi vida cotidiana —lecturas, meditaciones, páginas de crítica, líneas añadidas a mi novela— con la vida real, con lo que sucede fuera de mi ventana, con lo que sucede implacablemente cerca y lejos de mí, no puedo evitar un sentimiento de angustia, de pesar, de (palabra horrible) descorazonamiento. Me siento inútil, incomunicado, una especie de larva viviendo artificialmente bajo una campana neumática. Mi madre me escribe contándome su convalecencia, la enfermedad de mi hermano, la desesperación de estar los dos en cama, sin poder prestarse auxilio, con las letras de cambio que se vencen, la vergüenza de pedir préstamos... Todo eso es horrible. Por momentos me provoca acabar con esta farsa de intelectual y regresar a mi casa para levantar con mi trabajo un hogar que se arruina. ¿Por qué no podré hacerlo? Respondo: por fidelidad a mi vocación. Tal vez esto no sea más que una miserable argucia.

*19 de abril*

Si todos los días fueran como estos dos últimos, no tendría jamás de qué arrepentirme. Los he compartido intensamente entre la lectura, el estudio y la escritura. He podido dormir bien, sin sobresaltos. Cumplir su deber: vieja máxima siempre eficaz.

He contemplado la posibilidad de llevar adelante mi librito *El cuaderno del insomne*, pequeños fragmentos escritos en noches de vacuidad y de desvelo, un poco dentro del espíritu del *Spleen de París* de Baudelaire...

Pero más me interesa por el momento concluir mi novela. Necesito para ello sólo cinco días de inspiración. Me desespera estar casi en el epílogo y no poder terminarla. Es que no veo claro el desenlace. No sé qué hacer de Leticia. Su carácter es rebelde y constantemente me sorprende. Se resiste a morir y creo que terminaré perdonándole la vida.

*21 de abril*

La eterna oscilación: ahora sufro. Dolor de cabeza, mala lluvia, invierno que no acaba, fatiga, náuseas. Artículos sobre Françoise Sagan y sobre Curtius que no concluyo. Dosis bárbaras de Gide y Valéry. Primer contacto con *El cementerio marino*, con *La Jeune Parque, Narciso*, etc. Admiración seguida de sospecha. Cerebralización magnífica. Cada palabra en su lugar, ¡qué prodigio! Pero frío todo, congelado. Prefiero Apollinaire. Nueva imagen de Gide a través de sus cartas a Valéry. ¡Qué lirismo, qué amor a la literatura la de ambos! Me hacen recordar al Flaubert de los quince años, el que admiraba a Byron y dormía con un puñal bajo la almohada. Gide sobre todo. ¿En qué momento surge el analista? A veces me parece que nunca. En *Thésée*, obra de vejez, encuentro al mismo pensador de mitos, la poesía de André Walter podada. Todo esto es extraño: Gide me parece un esteta concupiscente, nada más que eso. Y Valéry, ¡qué carrera la suya! Ver al desconocido provinciano de Montpellier reinar treinta años más tarde en los salones de París, suceder a France en la Academia, viajar por Europa dando conferencias... El hombre que después de «*la nuit de Gênes*» había descubierto la inutilidad de la literatura. «Literatura es prostitución», decía Baudelaire. En suma, Valéry-Gide, binomio incomparable, medio siglo de literatura francesa, inteligencia, fineza, gusto. ¿Y la grandeza?

*10 de mayo*

Me he levantado a medianoche para encender un cigarrillo y llenar algunas cuartillas de papel. Una vez la pluma en la mano, el pitillo en los labios me doy cuenta de que no tengo nada que decir. Hace algún tiempo que experimento la misma sensación. Proliferación de ideas, pero incapacidad para transcribirlas o mejor dicho *degoût* por el acto mecánico de escribir. Éste se debe en parte a la lectura de Valéry —que ha exacerbado mi desconfianza en las palabras— pero también a la especie de náusea que me producen los diarios íntimos. Cada día los encuentro más disparatados, más inútiles. Ahora estoy sumergido en el tomo II del diario de Stendhal. En realidad estoy por darle la razón a Víctor Li: el diario no es un género literario. El diario de Stendhal sería ilegible si su autor no lo fuera igualmente de *Rojo y negro, Lucien Leuwen*, etc. El novelista ha despertado la curiosidad acerca del hombre y el hombre es por momentos antipático. En las quinientas páginas que he leído no ha hecho otra cosa que tratar de *sot*, *plat*, *nigaud*, *bête* o *sans esprit* a todos sus amigos, parientes, contemporáneos. Esa obsesión por colocar el *esprit* en la cima de las virtudes humanas es inaceptable. Un hombre que se sentía feliz por haber hecho dos buenos *calembours* en un salón o por haberle pellizcado la pierna a la dueña de casa es en realidad un hombre sospechoso. Si no fuera por su estilo, que a fuerza de ser natural deviene invisible, no lo soportaría.

*11 de mayo*

La ventaja de no tener opiniones es que uno jamás se repite. He observado que yo no puedo frecuentar mucho a las personas de opiniones formadas, pues son terriblemente aburridas. La conversación gira siempre sobre los mismos temas y las respuestas ya las conozco de antemano.

Yo rara vez digo dos veces la misma cosa del mismo asunto, pues para mí todos los temas son una sorpresa y me obligan a improvisar.

—La única ventaja de la gloria es que hace soportable la vejez.

—Uno de los caracteres esenciales de mi temperamento es la avidez, la vehemencia, la voracidad. Me fumo en la mañana los cigarrillos de todo el día, antes de que el patrón se retire del cuarto ya me he engullido todo el plato de sopa. Lo mismo sucede con la lectura: en tres días he devorado los cuatro tomos del diario de Stendhal, de modo que mañana domingo moriré de aburrimiento. Previsión, economía, método, son palabras que no tienen sentido para mí. Jamás he podido distribuir mis bienes en proporción a mis necesidades. Mis apetitos no tienen otro límite que la fatiga y no se extinguen sino con el abuso. Cuando bebo es para emborracharme, cuando hago el amor hasta quedarme dormido, cuando leo hasta que mis ojos inflamados no distinguen las letras.

*13 de mayo*

La relectura de algunos capítulos de mi novela me ha devuelto la confianza. Hay partes que están realmente bien escritas. El capítulo titulado «La comedia» es casi irreprochable. Espero ansioso los informes que he pedido a Lima para terminarla. Luego irá a la imprenta y veremos qué pasa. No me hago ilusiones acerca de su éxito. Me conformaría con encontrar una docena de lectores atentos.

*19 de mayo*

Aniquilado. Cerca de un mes que no recibo cartas ni de casa, ni de C., ni de París. He pasado toda la semana con la cara pegada a la ventana, espiando la evolución del cartero. El tiempo ha cambiado. Llueve.

*20 de mayo*

La lectura de algunos libros sobre la vida política, literaria y mundana bajo la Restauración me ha confirmado en la vieja verdad de que la vida real presenta complicaciones mucho más extrañas que las que puede suministrar la imaginación más afiebrada, en otras palabras que la historia es más inverosímil que la literatura. ¿Qué tienen que envidiar personajes como George Sand, la condesa de Merlin, el marqués de Custine y su amante Sainte-Barbe, madame Récamier o Daniel Stern a las invenciones de Balzac, de Stendhal o del mismo Dumas? Entre lo real y lo imaginario no hay pues una diferencia de verosimilitud sino más bien una de comprensibilidad. Parece que la literatura es en todo caso una simplificación de la vida. Absurdo decir pues que el lector de novelas busca en su lectura sucesos excepcionales, porque si de ello se tratara le sería más conveniente sumergirse en los libros de historia. Lo que sucede es que el lector busca un destino coherente, lógico, explicado y como la historia presenta pero no explica, no le queda más remedio que recurrir a la novela, donde los hechos tienen una motivación. (Revisar.)

*26 de mayo*

Días agitados. Visitas de Paul Schneidewind y de mi tío Carlos Ferreyros, ambos procedentes de París, por diferentes rutas y motivos. Obsequios, agasajos, atenciones. Holgura económica.

—Fuera de los términos medios perezco. La abundancia me resulta tan perniciosa como la necesidad. Repleta mi despensa, sepultado bajo paquetes de cigarrillos, con cientos de marcos en los bolsillos, me siento tan inquieto, tan desesperado y tan inútil como en las etapas de peor miseria. Leo a Sartre.

*7 de junio*

Últimos sucesos: reencuentro con Torroba. Visitas al barrio de Schwabing. Natación intensiva. Extracción de una muela. Laguna en mi vida intelectual.

*Sin fecha*

Esperando el tranvía en una ciudad extranjera, rodeado de gente a la que nunca volveré a ver, viendo las tiendas, los letreros, el suave sol de la primavera esmaltando los tejados, he sentido uno de esos efluvios de plenitud, de optimismo, de amor a la vida que para los demás son una norma y para mí una excepción. Mi felicidad era tan grande que no cabía en mi corazón. Con los ojos empañados miraba a la gente como si quisiera abrazarla y contagiarle mi gozo y decirles que no se preocuparan por nada, que no se torturaran, que ya todo iba a pasar, que la dicha estaba allí en las veredas, en los árboles, en las campanas, al alcance de todos los que quisieran inclinarse y arrancarla como se arranca una rosa.

Media hora más tarde, sentado en el tranvía, sentí mi pecho cansado, pastoso e insensible el rostro de la gente, triste e inhumano el paisaje: por las ventanas desfilaban los galpones de un viejo campo de concentración.

*Julio*

Continúan las jornadas extenuantes de natación. ¿Adónde me conducirá esto? La única ventaja que he obtenido hasta el momento es la desaparición del insomnio. Duermo de un tirón, como en París en la época del *ramassage*. La contrapartida es la falta de vida interior. En mí siempre la reflexión ha estado unida a un estado de salud precario, a la falta de sueño, a ese exceso de energía no empleada que ahora la natación acapara y destruye. El culto del sol, del aire, del nudismo no conviene evidentemente a mis designios. El espíritu celoso de las prerrogativas concedidas al cuerpo ha decidido callarse.

—El gran error de la democracia consiste en creer que la desigualdad de los hombres proviene de su falta de libertad, cuando el fenómeno es precisamente el inverso.

*10 de julio*

Reapertura del diario en un cuaderno nuevo. Malos días a raíz del fracaso de mi beca en París. Incertidumbre. Largas jornadas perdidas, sin leer, sin estudiar. Natación. Decisión de presentarme a los Juegos Florales de San Marcos con mi relato «Invitación al viaje». Intoxicación de cigarrillo y del alcohol. Por consiguiente, angustia.

—Despaché a C. carta de ruptura. Me he preguntado enseguida por qué lo he hecho. Respuestas:

1. Para adelantarme a una posible carta suya en igual sentido.

2. Porque no me interesa como compañera.

3. Porque sentí la necesidad de escribir algo importante.

4. Por aburrimiento.

5. Por el estado de desasosiego en que me ha dejado la mala noche de ayer.

6. Por jugar una última carta a fin de retenerla.

7. Para, al echar la carta en el correo, cambiar un billete de cincuenta marcos.

Todas estas respuestas son posibles, ciertas en alguna medida. Lo que demuestra la complejidad de los actos humanos.

*12 de julio*

La propuesta que he recibido de Paul Schneidewind para pasar diez meses en Amberes, en la fábrica Gevaert, aprendiendo todo lo relativo a la fotografía, me ha desconcertado. Ello trastorna toda mi vida. A mi regreso al Perú tendría un trabajo, un sueldo, un porvenir. Su firma me ofrece pagarme el pasaje de regreso. Todo esto es inverosímil. Otra persona que yo estaría contenta. Pero...

1. Ello significa el abandono provisional de la literatura como yo la concibo —lectura de libros, aprendizaje de cuestiones de técnica literaria, escritura—, es decir, de todo aquello que no da dinero, que carece de aplicación, que nunca se termina de aprender, pero que desde hace cinco años constituye el centro de mi vida.

2. ¿No es un poco triste regresar al Perú, luego de cinco años de ausencia, para ocupar un lucrativo cargo de perito en fotografía, cuando algunos parientes o amigos esperan, tal vez, verme investido de alguna dignidad universitaria?

*25 de julio*

El acto material de sentarme al escritorio, sea para escribir, leer o trabajar, se me hace por momentos repugnante. La causa es fácil de discriminar: necesito hacer un viaje. Es la primera vez, desde que estoy en Europa, que he permanecido nueve meses seguidos en un solo lugar. El mismo paisaje, los mismos muebles, la misma gente, forman una decoración deprimente. La idea de que debo quedarme aún tres meses en este lugar me llena de pavor.

*29 de julio*

Ayer, las Fiestas Patrias nos sorprendieron en la más grande miseria. Escobar y yo tuvimos que vender unas botellas vacías para poder tomar una cerveza por el Perú. Luego conversamos hasta tarde haciendo, como de costumbre, proyectos. Volvimos a considerar la idea que lancé una vez en Madrid y que tanto Escobar como Víctor Li acogieron con entusiasmo: abrir en Lima un Instituto de Altos Estudios.

*30 de julio*

El inconveniente de una moral estoica, a la cual me siento inclinado, es que nos condena a una irremisible pasividad frente a los acontecimientos. La ventaja es que nos permite soportar fríamente los pequeños y grandes golpes de la vida. Cada vez que me ha sobrevenido una desgracia he pensado, como Epicteto, que estoy representando un papel y que esa pequeña desdicha que me conmueve era un incidente previsto en la función. Esta reflexión me permite desdoblarme, enfrentarme a la vida no como persona sino como personaje y ver en lo que podría ser un drama una interesante comedia. Esta actitud requiere cierta sangre fría, cierto coraje, pero ¡cuánto más humano y más hermoso es rebelarse, protestar, querer mudar de destino!

—Ahora, por ejemplo, debería lamentarme por la carta enviada a C. y por su silencio subsiguiente. Debería, además, enviarle una carta de retractación. En suma, modificar el curso natural de los acontecimientos, introduciendo nuevas circunstancias o variando las iniciales. Pero prefiero esperar, ver «qué cosa sigue», permanecer disponible para aceptar todas las sorpresas de la vida.

—Uno de los problemas que más me inquietan es la imposibilidad en que me encuentro de definir mi posición política. Mi espíritu es esencialmente problemático y por esta razón incapaz de aceptar cualquier forma de dogmatismo.

*2 de agosto*

¡Noche catastrófica! Reeditando una de mis viejas y estúpidas salidas nocturnas he perdido anoche 150 marcos.* Probablemente me los robaron en algún bar. Recuerdo haber terminado la noche en una comisaría, ebrio, discutiendo con una mujer de vida alegre. Única conclusión: no puedo seguir soltero. Mientras viví con C. jamás me ocurrió nada semejante. Mis incursiones nocturnas están dictadas por la angustia de la soledad. Ahora conozco un axioma que se le ha olvidado a todos los moralistas: el precio del amor solamente lo conocen los solitarios.

*6 de agosto*

«Lujo, voluptuosidad y pereza», este epígrafe tomado de *Las flores del mal* podría inscribirlo a la cabeza de mis últimos días. Cerveza, mujeres, comilonas, horas de sol sobre el césped

* El monto mensual de mi beca.

de la piscina, aperitivos en las terrazas... ¡qué dulce, qué deplorable vida!

*16 de agosto*

Abrir este cuaderno para decir que me arrepiento de la carta de ruptura que le envié a C., que daría cualquier cosa porque estuviera a mi lado. Falta de dinero, ausencia de noticias, todo conspira contra mi tranquilidad. Parece que se me ha reabierto la úlcera. Cómico.

*25 de agosto*

Tara incurable: debilidad de mis aspiraciones. Mis entusiasmos no duran jamás más de cinco minutos, mis proyectos se desvanecen ante la sola idea de llevarlos a la práctica. Desde hace un mes me repito que debo terminar mi novela, que es un crimen abandonar tanto trabajo acumulado, tantas horas de desvelo. Todas las mañanas me levanto pleno de energía, abro el cuaderno, releo las últimas páginas, añado una palabra y caigo abatido por un invencible aburrimiento.

*1.º de setiembre*

Cambio de residencia. Pequeño cuarto en Schellingstrasse con ventana al patio interior. Atmósfera ligeramente opresiva, adversa al trabajo de invención, favorable al análisis. Ayer cumplí 27 años. Recibí a Paco Pinilla en la estación de Munich.

*14 de setiembre*

Novedades: carta de C. por mi cumpleaños, segundo premio en los Juegos Florales de San Marcos, comienzo de un guión cinematográfico sobre *Salammbô*, abandono de los estudios de alemán, falta de noticias sobre el trabajo en Amberes, proyectos de regresar a París.

(EL 28 DE SETIEMBRE PARTÍ EN TREN RUMBO A PARÍS, CASI SIN DINERO, PARA ESPERAR ALLÍ LAS INSTRUCCIONES DE PAUL SCHNEIDEWIND A FIN DE VIAJAR A BÉLGICA.)

# TERCER DIARIO PARISINO
(1956-1957)

*París, 29 de setiembre de 1956*

¡En París...! Rue Dauphine, un quinto piso. En el pequeño cuarto descanso del viaje, de la noche sin dormir, de las emociones de la llegada. Bebo leche y a pesar de no tener dinero, a pesar de haber salido de Munich con un sentimiento de frustración, estoy contento. Es la décima vez que piso esta ciudad. La primera impresión —luego de haber visto en Alemania tanta reconstrucción— es la de encontrarme en una ciudad calcinada. Luego mis ojos han ido descubriendo los matices, todas las variaciones del gris. Los recuerdos han venido. Todo se puebla de colores.

*7 de octubre*

Fatigado por mis dos jornadas de trabajo en la Gare de Payol. Ocho horas diarias llevando bultos de un lugar a otro en una extraña carretilla que los franceses llaman *diable*. Si no fuera por el buen humor de mis camaradas no soportaría este trabajo. Ayer salí de la Gare con dos horas de anticipación, pues estaba a punto de desplomarme de cansancio. Le decía a Eduardo Gutiérrez que lo que más me molesta en este trabajo no es sólo el esfuerzo muscular que exige sino la calificación social y moral que implica. Haber estudiado doce años de colegio, siete de universidad en Lima, uno en La Sorbona, uno en Munich, 21 años de lecturas para terminar haciendo el trabajo de un cargador analfabeto.

*10 de octubre*

El agotamiento físico reduce la vida intelectiva, suprime en el hombre toda capacidad para elaborar ideas abstractas. Esta constatación la he hecho durante la pausa que nos dan a mediodía para almorzar. Mis compañeros y yo comemos en silencio, como los demás obreros, o cambiamos monosílabos sobre el tiempo, el trabajo, el deporte, el vino. Ninguna posibilidad, ningún deseo de entablar una conversación interesante. Cualquier intento por remontarse un poco es vano. Se recae constantemente en lo banal. En otras circunstancias una sobremesa era entre nosotros la apertura de un debate filosófico. Ahora, agotados por el esfuerzo, diríase que damos licencia a nuestro espíritu, y vivimos solamente en un mundo de sensaciones y de reflejos.

*11 de octubre*

Llegó Paco Pinilla de Berna. Me prestó dinero. De otro modo me hubieran echado del hotel.

Carta de mi casa. Irónica. Ofrecen mandarme dinero dentro de dos meses.

*14 de octubre*

No tiene objeto mirar por la ventana cuando no se espera a nadie. Las cinco calles que se cruzan frente a mi hotel son como los cinco rostros de la indiferencia. Preferible es cerrar la cortina y encender la luz. El domingo es largo, ajeno. Sólo mi soledad me pertenece.

*17 de octubre*

Jornada memorable la del lunes. Descargamos, entre cuatro personas, un vagón con veinte toneladas de carbón en polvo. Trabajo de caballo. A las cuatro horas estaba exhausto. Cuando terminamos me encontraba insensibilizado. Por la noche vomité la cena y no pude dormir. Hace dos días que no voy a la Gare.

*21 de octubre*

Decisión de interrumpir el trabajo. Un pequeño auxilio económico de Lima me permitirá descansar una semana. Aprovecharé para escribir cuentos «mercables» para *El Comercio.*

*30 de octubre*

Coincidencia: recibí hoy carta de C., justamente hoy, segundo aniversario de su partida al Perú. Frases cariñosas, a pesar de mi carta de ruptura. Vendrá a París el año próximo. ¿Para qué?

*3 de noviembre*

Nuevamente sin dinero. He tenido que vender algunos libros valiosos, entre ellos mi edición de *La Chartreuse de Parme.* Discusiones con el patrón del hotel. Perspectivas inciertas. Deseo y al mismo tiempo me repugna el probable viaje a Amberes. Será la única solución.

*7 de noviembre*

Empezó la migración por los hoteles del *quartier*. Ahora estoy en el Modern. Mañana, ¿dónde estaré? Conozco esta vida ambulatoria en toda su vergüenza. En el año 1954 hice toda la rue de la Harpe. Allí, en el Hotel de l'Esperance tuve un pequeño cuarto que era una maravilla de insalubridad.

Pensaba nuevamente que hay una extraña desproporción entre el esfuerzo acumulado en tantos años —colegio, universidad, lecturas, escrituras, aprendizaje de lenguas— y las condiciones materiales en las que actualmente vivo. Me parece que merezco un poco más de suerte. Yo solamente pido paz, el tiempo suficiente para escribir, dinero para libros y cigarrillos. Ahora en el jardín de Luxemburgo pasé un día horrible bajo el más hermoso sol de otoño: mi única preocupación era escaparme antes de que llegara la mujer que cobra por el derecho de ocupar una silla. No tenía ni un céntimo en el bolsillo.

¿A quién debo echarle la culpa de todo esto? Todos me parecen inocentes: mi familia que no me envía dinero, el patrón que me echa del hotel, el periódico que no me paga, etc. Si hay algún culpable soy yo, naturalmente. He querido vivir a mi manera, eso es todo. Pertenezco a la categoría de personas que, en nuestra sociedad, se pueden calificar de «improductivas». Yo no doy ni ofrezco nada, por consiguiente no tengo derecho a recibir nada de nadie. Si fuera un gran artista, un artista vigoroso, haría cosas bellas y múltiples que distribuiría gozoso entre mis semejantes, para que me toleraran a su lado. «Yo he pagado todo con ideas», decía Valéry. Yo no puedo pagar con una frase ni el precio de un pan. Mi pequeña obra carece de curso forzoso. Produzco para mi propio consumo. Soy autárquico desde el punto de vista literario y este grave defecto, este anacronismo, merece un castigo ejemplar.

*9 de noviembre*

Comenzaron los días de *ramassage. Avez-vous du vieux papiers?*

*11 de noviembre (9 de la noche)*

Si mañana no ocurre algún milagro, me veré obligado a vender mis libros, es decir, el centenar de volúmenes que desde hace algunos años me acompañan, a través de mil peripecias, y por los que siento un amor que no me atrevo ni siquiera a describir.

*(12 de la noche)*

Despierto insomne luego de tres horas de sueño turbulento. Sigo pensando en la manera de evitar la venta de mis libros. Ahora veo que aquello sería un crimen imperdonable, una forma de suicidio espiritual. Voy a malbaratar años de lecturas, de reflexiones, de hallazgos, de notas marginales que sólo para mí tienen sentido. Mis libros son mi pan, mi sombra, mi memoria, todo esto y más aún... ¿Dónde me voy a buscar y reconocer? Siento un dolor desgarrador y estoy a punto de echarme a llorar. ¡Cuántas veces me he privado de una comida por comprar un libro! Si ahora vendo mis libros no es para comer sino para pagar a los malditos, a los inhumanos hoteleros de París, porque si no les pago serían capaces de hacerme un daño horrible, de matarme tal vez; en una palabra, de impedirme que alguna vez vuelva a comprar libros.

*12 de noviembre*

¡Se salvaron mis libros! ¿Hasta cuándo?

*16 de noviembre*

Reunión con Haya de la Torre en un bar de Saint-Germain. Habló, gesticuló, representó de medianoche hasta las seis de la mañana. Impresión confusa. Por momentos me decía que durante muchos años aquel hombre había sido el más importante del Perú. En la mesa, frente a un vaso de vino tinto, es un hombre ameno, risueño, en apariencia inofensivo, inteligente, culto, improvisador, lleno de anécdotas. Dos o tres rasgos subyugantes. Una gran experiencia de los hombres, de los países, de las culturas. Tono intermedio entre el profesor y el *commis voyageur.*

En general se mostró un poco reticente acerca de sus proyectos políticos. Parece que no le interesa jugar un rol activo dentro del partido. Su deseo es ir a Lima para el Congreso Aprista de febrero y regresar a Europa luego de organizar a sus prosélitos. Aquí vive bien, sin mayores responsabilidades, viajando de un país a otro, rodeado de amigos importantes, como todos los políticos sudamericanos en disponibilidad.

Frente al comunismo se mantiene intransigente. Habla de descomposición, de crisis del marxismo con argumentos impresionantes. Admira la democracia norteamericana y la disciplina alemana. Cierta presunción aristocrática y un racismo subconsciente. En general, parece políticamente liquidado.

*24 de noviembre*

Una posibilidad, una sospecha, una esperanza.

*30 de noviembre*

Carta de mi casa conminándome a que regrese a Lima.

*1.º de diciembre*

Noche sin sueño a causa del hambre, de la preocupación. Sobre el cenicero cuatro colillas, imagen de la indigencia. Carta a Escobar lamentándome de muchas cosas. Sentimiento agudo de frustración. Ilusión de ser rico, de alquilar un hotel frente al

Sena, de comprar muchos libros, de escribir, de amar. Añoranza de los crepúsculos limeños.

*4 de diciembre*

Por tercera vez consecutiva aplazo mi viaje a la Gare de Payol para reanudar el trabajo. Me despierto con la intención de hacerlo, me visto con entusiasmo, pero al salir a la calle me doy cuenta de que no puedo tomar desayuno, de que no tengo cigarrillos, de que es necesario buscar treinta francos para el metro... en fin, de que la mañana está brumosa y triste. Dando media vuelta regreso a mi habitación y me encierro con la esperanza de poder escribir algo importante. Paso las horas sin hacer nada o escribiendo cartas que no podré despachar. Termino el día agobiado de pereza, de culpa, de una especie de agotamiento moral. Vendo un par de libros en Gibert y me acuesto con un cigarrillo y un café.

*(5 de la tarde)*

Alberto, el cambista, me ha prestado mil francos. Las personas más duras en apariencia, resultan a la postre sensitivas. He podido despachar mis cartas, comprar pan, queso y vino. Tengo una larga tarde por delante. Debo usarla a gajos, como a las mandarinas. Andrée me espera a las nueve en el Mabillon.

—Lucho Loli es una persona singular. Me gustan las personas sobre las que no podemos formarnos una opinión, en otras palabras, las que nos obligan a renovar constantemente la opinión que tenemos de ellas. Hasta ahora no puedo darme cuenta si es sincero, si es inteligente, si es generoso. La reserva, la discreción parecen ser sus principales virtudes. Conocimientos variados. Cuando discute responde a las argumentaciones con cifras. Ninguna de sus adquisiciones está librada al azar. Todo lo que recibe se ordena en su espíritu, adquiere un valor de posición. Su filosofía es simple: aceptar lo evidente, negar lo dudoso, mofarse de lo inexplicable.

*5 de diciembre*

Larga y cariñosa carta de C. La segunda que recibo de ella en París. Me sorprende que a los dos años piense todavía en mí.

*10 de diciembre*

Domingo de congoja.

*13 de diciembre*

Ayer en la noche, luego de beber un coñac en Le Trou, madame Françoise se me ofreció con una facilidad desconcertante. Cuando salimos del bar caminamos bajo la lluvia hablando, sin duda por asociación de ideas, del diluvio universal. Ella repitió varias veces que «ello tendría que suceder». Mi falta de malicia era tan grande que se mantuvo un largo equívoco, pues yo creía que se refería al diluvio. Cuando ya estaba decidido a detener un taxi para despacharla a su casa me di cuenta de que su «ello tenía que suceder» se refería a otra cosa. Estábamos cerca de mi hotel. Debe haber sido la falta de compañía lo que la ha movido hacia mí. Según me dejó entender, ella *«a besoin de vivre attachée à quelqu'un»*. Mientras la abrazaba yo también sentía que ella era para mí «*quelqu'une*». Hemos hecho el amor en género y no en persona.

*14 de diciembre*

Luego del tormentoso incidente con Haya de la Torre, hace cuatro días, he vuelto a verlo, esta vez en la Casa de Cuba, donde daba una conferencia. Mi opinión sobre él se ha modificado en parte. Al comenzar su charla estuvo un poco vacilante, como si tratara de observar con qué clase de auditorio tenía que vérselas. Pronto descubrió que la mayoría de sus oyentes lo escuchaban extasiados, en otros se presentía cierta hostilidad, había finalmente una fracción de izquierda a la cual sería necesario conquistar. Estuvo elocuente, seguro, por momentos apasionado. A las preguntas difíciles respondió con habilísimas evasivas, a las objeciones incontestables con algún juego de palabras. Se mostró además progresista, hizo una ingeniosa crítica del imperialismo yanqui, dejando entrever al mismo tiempo la necesidad de su existencia.

*(11 de la noche)*

*Le Grand Meaulnes* de Alain Fournier, *Dominique* de Fromentin y el *Benjamin Constant* de Du Bos, se convirtieron en un vaso de leche y un paquete de cigarrillos Gauloises.

*29 de diciembre*

Suspendido el diario por falta de lapicero. Hace diez días que vivo en el más profundo desorden de ideas y de sentimientos. Duermo dos o tres veces durante el día. Salgo hacia el atardecer. Veo a Françoise a determinadas horas y luego busco a Carmen. Lo curioso es que ninguna de estas dos mujeres me interesa. Puedo decir más bien que me aburren. Estas entrevistas me agotan desde todo punto de vista y me entristecen. Bebo con regularidad, pero sin exceso. Hace cuatro días que tengo media botella de whisky sobre la mesa y no me decido a tocarla. Esto demuestra que no amo la bebida en sí sino la decoración que la rodea: un bar, amigos, música, azares de la noche. Me encuentro, además, en la imposibilidad de realizar un esfuerzo intelectual serio. Cierto tedio por la lectura, terror por la escritura y una resistencia feroz para emitir una opinión. Lo que siento en el fondo es pereza de razonar. No sé qué hacer. Hace tres años que conocí a C., de quien hoy recibí postal amorosa. Crisis de fin de año.

*31 de diciembre (2 de la tarde)*

Es fácil confundir la indecisión con la impotencia. He pasado gran parte de la mañana paseándome de la puerta a la ventana, sobre un espacio de cinco metros cuadrados. Problema: ¿Partir a Londres? ¿Partir hacia Alemania? ¿Quedarse en París? Por todo sitio encuentro buenas y malas razones. En el fondo, toda mi irresolución proviene de una sola causa: que es materialmente imposible no sólo quedarme en París sino partir hacia Londres o Alemania. Si tuviera los medios adecuados no habría lugar para la duda. Precisamente porque nada puedo hacer, todo me parece posible.

*(3 de la tarde)*

Las caminatas sin destino por las calles frías, solapas levantadas y manos en los bolsillos, son sumamente propicias a la vivacidad de mi espíritu. Los reposos largos me embotan. Ayer, mientras recorría el bulevar Saint-Germain pensaba en los efectos corruptores de la soledad. Me acordé de Rousseau y su simpática teoría sobre la bondad natural del hombre y lo pernicioso de la vida social. Me asombré de adoptar en ese momento el punto de vista absolutamente contrario. Andaba a la caza de un amigo, harto de haber pasado todo el día solo y sabiendo que si esta situación se prolongaba iba a terminar durmiendo como un cerdo, emborrachándome como un soldado o hinchándome de quimeras como un loco. Tenía la certeza de que me bastaría encontrar a una sola persona dispuesta a acompañarme para poner un poco de orden en mi vida interior y para regular mis actos sociales de acuerdo con la cortesía y —tal vez— a la hipocresía. Tuve la fortuna de encontrar un amigo y pasé una tranquila velada en la sala Luxemburgo viendo el *Port-Royal* de Montherlant.

Al regresar me pareció descubrir una nueva causa de mi desorden: la imposibilidad de establecer una jerarquía entre mis placeres. Tan pronto me dejo dominar por unos como por otros.

Renuncio a veces a una corbata para comprarme un libro, luego a un libro por una botella de vino, más tarde a la botella de vino por una mujer, finalmente a una mujer por un cuento. Ninguna mañana sé cómo gastaré mi jornal ni mi jornada.

*12 de enero de 1957*

Pésimos días que sería mejor olvidar. Se frustró lo de Bélgica. Se insinúa algo por Alemania. Comienza mal el año. Salud precaria.

*15 de enero*

*Ma petite affaire avec Françoise vient de finir, comme c'était prévu. Elle a eu assez d'intelligence pour me faciliter le dénouement d'une situation de fait que devenait, par moments, intolérable. Nous avons été poussés l'un vers l'autre par les circonstances, sans éprouver de nous-mêmes le moindre intérêt.*

*16 de enero*

«La belleza es indivisible; quien la ha poseído enteramente prefiere aniquilarla antes que compartirla» (Goethe, segundo *Fausto*).

No sé por qué esta frase me ha hecho recordar mi conversación con Jacqueline Weller, la otra tarde. Hablábamos del amor y la amistad. Apoyándome en Montaigne, le decía que una de las condiciones de la amistad era la separación periódica de los amigos. La ausencia robustece más la amistad que la presencia. La presencia engendra la saturación, el hastío, a veces la antipatía. Me ha sucedido muchas veces desear que parta un amigo para no perderlo. Es por ello quizás que nunca he querido en París compartir mi habitación, a pesar de las ventajas económicas que ello ofrecía.

—Los amigos desarrollan en nosotros nuestras virtudes potenciales. Una persona sin amigos corre el riesgo de no llegar jamás a conocerse. Cada amigo es un espejo que nos refracta desde un ángulo distinto. Cada amigo crea en nosotros una zona de contacto, un campo propicio al desarrollo de un determinado tipo de amistad. Es por ello que podemos tener dos amigos íntimos que no lleguen jamás a comprenderse entre sí. Perder un amigo significa muchas veces neutralizar un sector de nuestra personalidad (la partida de Perucho significó la muerte de mi lado histriónico). Situación desagradable producida por el encuentro simultáneo con dos amigos, con los cuales tenemos contactos en zonas diferentes de nuestra personalidad. Es necesario comportarse de una manera especial con cada uno de ellos. Si complacemos a uno sorprendemos al otro. Si tratamos de complacer a ambos, nos sorprendemos a nosotros mismos.

*19 de enero*

El eterno problema: resignarse o quejarse. Complicada operación: fabricar un cigarrillo con tres colillas. Reducción, casi abolición de mi vida sexual. Contemplo con una indiferencia magnífica el comercio de mis amigos con sus amantes. Mientras ellos se besan pienso en otras cosas, en una historia que podría empezar, por ejemplo: «La pérdida de mi reloj fue simbólica: desde aquel día empecé a vivir en el desorden.» Sentimiento claro de la imposibilidad de acordarme con el mundo. Ayer asistí a una sesuda conversación sobre economía, pero tenía permanentemente el sentimiento de que, detrás de todos los razonamientos, se ocultaba algún poderoso sofisma.

*20 de enero*

Domingo brumoso, digno de ser recordado, a pesar de que en él no ha ocurrido nada extraordinario. Desde que me levanté me di cuenta de que tenía que usarlo con amor, con lentitud. Las calles estaban tranquilas, bañadas en esa maravillosa niebla que atenúa el frío.

Sin dinero, pude comer y conversar con mis amigos. Uno de ellos me dio su paquete de cigarrillos para que los fumara esta noche y su encendedor para que los alumbrara. Todo ha sido simple, amable. Una sensación de debilidad que de intensa es casi agradable me hizo flotar por las calles, por los cafés, sin tocar suelo diría, sin encontrar resistencia ni en mi cuerpo ni en las cosas. Todo ha sido ligero, neblinoso.

*15 de febrero*

Casi un mes que no llevo este cuaderno. Pensaba ahora que debía abandonar todos mis proyectos de ilustración para dedicarme exclusivamente a hacer fortuna. Bonita aventura. Empezaría por regresar a Lima, vender la casa, abrir algún negocio... Todo esto alegraría mucho a mi madre (su última carta, triste), me reconciliaría con C., despertaría la admiración de mis hermanas y de mis tíos burgueses. Sería la única forma además de prolongar una familia amenazada de extinción por la soltería obstinada de mi hermano y mía. Naturalmente que no haré nada de eso y que perseveraré en la vía que me he trazado, por «no dar mi brazo a torcer». Soy terco y si me he equivocado de camino debo seguirlo hasta el extravío total.

*28 de febrero*

Este prematuro día de primavera me ha bañado de pesadumbre. Sobre el bulevar Saint-Germain me detuve en seco para mirar todo con unos ojos nuevos. Miraba la calle, pero veía otras cosas, otras mañanas. Mi hipótesis de las imágenes superpuestas tuvo en esos momentos su más esplendorosa demostración. El tiempo, el uso de los mismos lugares, la repetición de los mismos actos, van debilitando nuestra percepción de las cosas, hasta que al final sólo aprehendemos un esquema del mundo. Hay calles de París por las cuales tantas veces he pasado que termino por no darme cuenta de que camino por ellas. A la imagen primera de aquel lugar, a la experiencia primera rica en contenido, en detalles, se han ido sumando otras imágenes. Es como una superposición de capas de pintura que esfuman o cubren los contornos del dibujo inicial. Pero, en determinadas circunstancias, la imagen primera renace, se impone en nuestra conciencia con la fuerza de una novedad. Y lo curioso es que no es una evocación lo que realizamos en esos momentos, sino una regresión. La imagen no viene hacia nosotros a través de etapas intermediarias, sino que somos nosotros los que penetramos en nuestro pasado, irrumpimos en ese mundo misterioso, perdido, volvemos a gustar las sensaciones concomitantes: olores, ruidos, combinaciones de luz y de sombras, sentimientos, etc.

El sol de esta mañana sobre el bulevar Saint-Germain me trasladó de una sola impulsión a la primavera de 1954. Me sentí joven, lleno de entusiasmo. Esperaba ver a cada momento la figura de M. en la terraza de un café, la silueta de C. surgiendo del metro. Si hubiera entrado a un bar, habría sentido el sabor del vino antiguo, de mis primeros vinos. Ingresé un largo momento a lo que podría llamarse «la esfera de las presencias fantasmagóricas».

Al llegar a la plaza Odéon mi encantamiento desapareció. Me di cuenta de que mi ropa estaba gastada; mis manos, amarillas de nicotina. La decoración cobró su tinte gris habitual. Caminaba por el presente, tres años más tarde, en el mundo de lo tangible. Pesadumbre.

*8 de marzo*

Bajo los efectos de la emoción, de la hipnosis absoluta luego de un cuarto de hora de conversación con Solange. Ninguna inteligencia, ninguna sensualidad, nada que pueda comparase a mis últimas experiencias. Lengua trabada, sensación de vértigo inminente.

(A COMIENZOS DE ABRIL VIAJÉ POR TREN A AMBERES PARA HACER UN *STAGE* DE SEIS MESES EN LA FÁBRICA GEVAERT POR CUENTA DE PAUL SCHNEIDEWIND.)

# DIARIO ANTUERPENSE
# (1957)

*Amberes, 25 de abril de 1957*

Amberes... ¡cuánto tiempo ha pasado desde mi última página de cuaderno! ¿Veinte días?, ¿cuarenta días? En aquella época me ocupaba de Solange, a quien no veré jamás. Ahora hay otras cosas que hacer. Un mandil blanco, las manos metidas todo el día en las sustancias químicas. ¿Para qué repetir lo que he dicho en mis cartas? Una vida nueva que empieza, una experiencia más. ¿Será éste el último ensayo? No lo creo. Diez años leyendo libros de ficción, flotando entre vaguedades, no corren en vano. Mi espíritu se ha adaptado a lo inconcreto. Mis manos han perdido la destreza de los trabajos manuales de la infancia. Mi memoria se ha acostumbrado a retener sólo lo que le place. Necesito voltearme, como un guante.

*27 de abril*

En Amberes la luz tiene una calidad especial. Aun en los días nublados, tan numerosos, se advierte una especie de transparencia en el aire. Por las ventanas la luz se derrama finamente en los interiores, rampa sobre las mesas y se adhiere a los objetos como una gasa. Ahora, mientras merendaba solo en el gran comedor de la pensión de Mortsel, estudiaba los efectos de la luz crepuscular. El plato de frutas que había frente a mí me recordaba algo numerosamente visto: las naturalezas muertas de los maestros flamencos. No era solamente el efecto de la luz en este caso; era también el efecto de la fruta: fruta de los trópicos, un poco fatigada por el largo viaje y que merecía estar en un lienzo antes que en una fuente. Los rincones de la habitación, con su espesa mueblería, me sugerían cuadros de Rembrandt. Quizás fue sugestión. O quizás son los flamencos —si creemos la paradoja de Wilde— quienes construyen sus interiores imitando las telas de sus pintores.

*29 de abril*

Yo creía que el no comer era un avatar típicamente parisino, pero he aquí que van dos días ya que la patrona de la pensión se manda mudar y me deja en la habitación con las tripas hechas un nudo. Con los últimos veinte francos que me quedaban he comprado cigarrillos. Tanto peor, y como escribir es para mí un acto complementario al placer de fumar, seguiré escribiendo la historia de Panchito y de su padre, que anda por buena vía. Mi Manual de Fotografía duerme sobre la mesa. Perduran las malas costumbres literarias.

*10 de mayo*

La ciencia tiene frente al arte una gran desventaja: que la ciencia es provisional, es decir, susceptible de mejora. Ahora nos reímos de las escopetas o de los telares del siglo XVII, pero no nos reímos de su pintura ni de su poesía. Las obras artísticas son, por definición, inmejorables.

La ciencia depende de la técnica en una medida mayor que el arte. Los progresos que se hagan en astronomía o en biología dependerán del perfeccionamiento de los telescopios y de los microscopios. La invención de la máquina de escribir no ha mejorado el estilo de los novelistas.

Origen de la reflexión: luego de haber pasado tres semanas

aprendiendo a desarrollar películas, a calcular el tiempo de pose, la duración del baño, la técnica del tiraje y del secado, etc., etc., me muestran un aparato que realiza automáticamente todos esos procesos en un tiempo cien veces menor y un volumen cien veces mayor. Todo lo aprendido se vuelve radicalmente inútil por el solo hecho de una invención.

*17 de mayo*

Envejecemos cuando nos damos cuenta de que empieza a sobrarnos un poco de pasado. Los recuerdos se acumulan y ya no sabemos qué hacer con ellos. Nuestra memoria parece tener una capacidad limitada. Vencida ésta, sobreviene el desorden, el embarazo y lo almacenado asoma a la conciencia.

Precisamente lo que me ha impedido dormir ha sido un exceso de recuerdos. Recuerdos en cadena que comienzan en París y se prolongan hasta Lima a través de mil peripecias.

Es maravilloso el mecanismo de la vida interior, ese proceso inagotable e irrepetible de la asociación de ideas. Todo empezó en una caja de cerillas belgas que miré y que me hizo recordar a las cerillas españolas. La caja de cerillas españolas se circundó inmediatamente de multitud de objetos. Vi botellas de coñac, el colegio Guadalupe, antiguos camaradas, mujeres que me importaron y que ahora me parecen personajes de sueño o de lecturas. Luego vino París, el París de mis once estadías, a cual más diferente, más digna de ser amada; Munich y mis largos días de anacoretismo forzoso; Varsovia, donde fui no sabré nunca cómo; Londres, con Perucho, con Romualdo, otra época, otro mundo. Todo aquello para terminar en Lima, mirando aquel pequeño calendario donde día a día anotábamos los hechos más importantes. Era una especie de diario público del cual nos servíamos todos, hasta nuestros amigos. Sus pequeñas páginas nos obligaban a ser breves, escribíamos en sentencias, muchas veces en clave o nos servíamos de dibujos para resumir una situación. Cuando murió mi padre en 1946 dibujé un ataúd con cuatro cirios.

*23 de mayo*

Algún día analizaré con calma los orígenes de mi incapacidad para la vida social. Me gustaría determinar la época exacta en que comienzo a sentirme incómodo entre mis semejantes, a sufrir su presencia como una agresión, a buscar la soledad y el silencio. Si me remonto a los años de mi infancia, descubro aterrado que mi reserva y mi hermetismo son tan antiguos como mi uso de razón. Ya en el colegio, a la edad de ocho años, huí de los grupos, los profesores, los condiscípulos, las mujeres. Recuerdo que cuando regresábamos del colegio por la avenida Pardo yo no veía las horas de llegar a la avenida Espinar porque allí podría separarme del resto de mis camaradas. Mientras todos hablaban y reían yo miraba hacia adelante buscando la pila aquella donde nos despedíamos. ¡Qué alivio cuando faltaban sólo cien metros! Mi hermano, en cambio, se comunicaba mejor con los demás muchachos. Yo había delegado tácitamente en él mis derechos en la conversación y en su presencia jamás abría la boca.

Recuerdo también otro incidente curioso cuyas consecuencias fueron gravísimas en la formación de mi carácter. Fue cuando regresé a Lima luego de haber pasado unas largas y extraordinarias vacaciones en Tulpo. Yo debía tener doce o trece años. La misma tarde de mi llegada me encuentro con un amigo que me pregunta: «¿Y qué tal te ha ido?» Yo no supe qué responderle. Desde aquel día perdí toda confianza en mis condiciones de narrador oral. Creo que nunca en mi vida conté más una historia.

*1.º de junio*

Larga carta a C. escrita en un momento de debilidad, de esas cartas que no se releen por el temor de no enviarlas. He pensado mucho en ella porque en estos días revelé sus viejas fotografías. En la cubeta del cuarto oscuro iban apareciendo, como en un ecran, mis días de aventura. Podía reproducirlos a mi gusto, ampliarlos, precisar sus detalles. La memoria de las fotografías es implacable. En el papel sensible he reconocido corbatas perdidas, zapatos en desuso, marcas de vinos que bebí, calles que había olvidado. Mundo de imágenes, historia de mi triste vida.

*(11 de la noche)*

Kermesse en Mortsel, se danza. Desde mi ventana veo los cafés iluminados, plenos de gente. Por momentos el viento se lleva a la música de modo que las parejas parecen danzar en el vacío, en el silencio. Parecen muertos abrazados.

*(12 de la noche)*

Paseo solitario en medio del distrito en fiesta. Sensación de abandono, de incomunicación, como en Freimann, hace un año. Al mismo tiempo placer morboso de deslizarse entre la multitud festiva como un aparecido. Pensaba un cuento: como el ángel vengador hubiera querido tener una espada y trazar un aspa sobre la frente de los que habrían de morir al alba.

*8 de junio*

Ahora estuve bailando en una *cave* de Amberes, cerca de Venusstraat. Había niñas adorables que no pasaban de los 18 años. Si yo hubiera sido más joven me hubiera quedado con ellas, solamente por gozar de la irradiación de su presencia. Pero a mi edad se aspira a placeres más completos. A la media hora me escapé avergonzado por mi falta de inocencia.

*9 de junio*

Lo que me impedirá —como hasta el momento me lo ha impedido— aquello que se llama «triunfar en la vida» es el carácter dilemático de mi inteligencia que me propone siempre un mayor número de soluciones que las que los problemas exigen sin esclarecerme sobre cuál es la que debo adoptar (frase irrespirable). Por esta misma razón mis decisiones adolecen de falta de convicción —como que las tomo casi al azar— y las acciones que originan, de falta de tenacidad. La consecuencia final de este defecto no es la inactividad sino la dispersión.

—Escribir es inventar un autor a la medida de nuestro gusto.

*14 de junio*

Nunca he conocido esos estados de alegría activa que por momentos admiro en mis amigos y por momentos aborrezco. Solamente conozco una alegría contemplativa que no se manifiesta por ningún signo exterior y se confunde más bien con el ensimismamiento. Por eso cuando estoy triste alcanzo una zona fronteriza con el idiotismo. Ahora he deambulado por las calles de Mortsel sin saber cuántas cervezas he bebido y sin guardar memoria del camino: pensaba en cosas terriblemente concretas, como por ejemplo, en que nunca podré formar un hogar porque nadie soportará mi silencio.

*16 de junio*

Jornada de calor. A las once de la noche la población de Mortsel vela en los pórticos de las casas, en los balcones, en las terrazas de los cafés. Paseo solitario hasta la estación del ferrocarril, hasta esa zona tranquila donde el distrito exhala sus últimas casas. Mi bar, el Monico, estaba atestado y no me decidí a entrar.

Ayer *petite débauche nocturne.* Recorrí los alrededores de la catedral, reducto de prostíbulos. Terminé en el Oberbayern bailando con una cuarentona que me convocó para hoy a medianoche. Iría, si no estuviera tan cansado, para gozar de una de esas siniestras experiencias baudelerianas.

*17 de junio*

Recibí carta de C. a la hora del desayuno. Ahora sí puedo decir sin temor a equivocarme que mi causa está perdida. A pesar de estar redactada con afecto, su carta segrega ese magnífico desapego de las personas que escriben sin pasión. Todo ha sido meticulosamente pensado. Y yo que soñaba con un reencuentro en París, el mes próximo... Se irá a Estados Unidos, a Montana, no sé para qué.

*23 de junio*

«Peruanos en París», título de un artículo que acabo de terminar. Humorismo fácil a lo Camba, a lo Pittigrilli, género que detesto porque las leyes que lo gobiernan son demasiado simples: se puede formar un recetario.

—Es curioso cómo el hábito de ver a una persona puede determinar una simpatía recíproca. Desde que me instalé en Mortsel he visto todos los días en la ventana del frente a una mujer horrible. Esa mujer pasa la mayor parte del día acodada en el alféizar. Su presencia se me ha hecho tan familiar que cuando desaparece tengo la impresión de que el paisaje ha perdido uno de sus elementos. Con el tiempo su figura se me ha hecho hasta simpática. Aforismo de Flaubert: «*Le suffit de regarder une chose longtemps pour qu'elle devienne intéressante.*»

*25 de junio*

Días de inquietud, de expectativa. Ligero malestar hacia el atardecer, fiebre de pasión y de avidez. Sensación de estar en la cima de la juventud y por la tanto en peligro inminente de despeñarme. Uno de estos días despertaré convertido en un hombre maduro y todo un mundo habrá muerto para mí. Aventuras extrañas con Marie Christine, con Lucienne y con «la maravillosa niña de la bicicleta».

*26 de junio*

El asunto de «la maravillosa niña de la bicicleta» se torna interesante, menos por lo que atañe a ella que por los fenómenos concomitantes. Aquí interviene quizás la ley de las afinidades electivas. Que Tony se me acerque en un bar, sin conocerme, y me diga que me invita a su casa; que llegando a su casa descubra que su hermana es la niña que durante un mes consecutivo he visto pasar en bicicleta bajo mi ventana; que la madre ame el desorden, tenga una magnífica biblioteca y escriba piezas de teatro; que Tony me confiese que lo único que le interesa es escribir... y que además de todo esto me diga que su hermana se encuentra sola, que nunca ha tenido un *flirt* y que yo soy el indicado para iniciarla y que esto a sus padres no les disgustaría. Todo ello no es normal, si partimos sobre todo del equívoco inicial: Tony creyó que yo era español y que me gustaba el flamenco. Por eso me invitó. Yo creí haber sufrido en su casa el más grande fracaso mundano de mi vida porque ni escuché los discos —como ellos esperaban—, ni batí palmas, ni me puse a reír ni a zapatear. Lo único que hice fue hablar durante dos horas consecutivas de Valéry y beberme toda la botella de vino descorchada en mi honor. Todo esto ha tornado en mi favor. Se espera mi próxima visita.

*27 de junio*

En mi segunda visita he perdido un poco de prestigio. La casa estaba llena de gente. Hace mucho tiempo que no tengo la costumbre de vivir en sociedad. Estar en una mesa, rodeado de diez personas desconocidas que hablan una lengua extraña, constreñido a correr con todos los gastos de la conversación, es una hazaña que mi naturaleza no soporta. A los diez minutos decidí callarme. A la hora me retiré.

Lo único digno de recordarse son los 500 metros que recorrí con «la maravillosa niña de la bicicleta» antes de llegar a su casa. La encontré en el camino y anduvimos juntos. Debo también recordar el *tête à tête* con su madre. Mujer ilustrada que adivina los gestos y entiende los silencios. Me sorprendió su frase: «*Je n'aime pas mon travail. Je prefererai de parler avec vous.*» Sería extraño que amando a la hija tuviera que conformarme con la madre.

*28 de junio*

Esta última hipótesis parece cobrar cuerpo. Esta tarde recibí la visita inesperada de Tony... y de su madre.

Mi reacción primera fue esconderme bajo las sábanas porque —el calor es horrible— estaba en paños menores. Cubierto como una momia sufrí pintorescamente su visita. Venían a proponerme un paseo. Rehusé en términos galantes y sugerí en cambio un encuentro sobre la terraza de un café. Media hora después estábamos reunidos. Se habló de aquello que hablan las personas que escriben.

En suma, mi terreno. Cuando nos despedimos, madame Ana me invitó nuevamente a visitarla.

*29 de junio*

Días de fiebre. Nuevos caminos se abren. Todo empezó el sábado cuando a las diez de la noche había caído en el café Monico en uno de esos estados de tristeza fundamental. Poco antes, al despedirme de Tony y de su madre, les había dicho que esa noche haría un paseo solitario por la periferia de Mortsel. A las once me puse en camino, ocupado en componer un aforismo sobre la complejidad de la vida. Bajo la influencia de Chamfort sólo pude pensar el siguiente:

«Es necesario elegir entre amar la vida o comprenderla.» De pronto me encuentro con Tony y con su hermana. Encuentro casual en apariencia, buscado en realidad, pues Tony sabía que esa noche yo haría un largo paseo. Anduvimos los tres. Hablé sin interrupción, cosa rara en mí. Mimí apenas despegó los labios. Antes de separarnos le propuse verla nuevamente. «¿Con Tony o sola?», me preguntó. «Sola», respondí sin vacilar.

Ayer sábado caminamos en el atardecer. Dejamos las casas, los faroles y penetramos en la campiña por un sendero de tierra. Me parecía inverosímil tener de la mano a esa maravillosa criatura que desde mi ventana tantas veces admirara sin esperanza. Los pájaros volaban en silencio, se ponía el sol tardíamente en la planicie flamenca. Era un paseo irreal, una de esas pequeñas concesiones que la vida hace a veces a la literatura. Pensaba en Amiel paseando por la campiña de Zurich con una de sus discípulas. Pensaba en Rousseau, no sé por qué motivo. Hablábamos poco, sin mirarnos, un poco turbados quizás o temerosos. Mimí me recordó todas las veces que me había visto, ya sea en la calle, en la ventana, en los cafés. No creí nunca haber sido tan minuciosamente observado. Interiormente me preguntaba a qué obedecía ese interés, si yo soy diez años mayor que ella, si en mi aspecto físico no hay nada que pueda interesar a una mujer joven y bonita... La evidencia de su simpatía por mí, que yo reconocía en cada una de sus miradas, de sus temblores, me dejó anonadado.

Cuando oscureció regresamos al centro del distrito. Andábamos con mayor soltura, nos animamos a hacer proyectos. Se habló de un paseo al campo, de una visita a los museos. Me acosté después de medianoche, fatigado y feliz.

*4 de julio*

Quién iba a pensar que en una ciudad como Amberes, desde la cual se ve la estrella polar, iba a padecer tan horrible ola de calor. A las tres y media de la mañana tengo ya al sol instalado en mi cuarto y de allí no se retira hasta las diez de la noche. Añoro el invierno, los grandes fríos que muerden nuestras manos y hacen circular sin descanso nuestra sangre.

Mis visitas a casa de Mimí están revestidas de la más pura teatralidad. Su sala es espaciosa como el escenario de una obra de Chejov, los muebles están distribuidos de tal manera que se pueden desarrollar simultáneamente varias acciones. Los pintores escuchan jazz alrededor del tocadiscos; el padre bebe vino en la mesa mientras lee el periódico; la madre corrige en el escritorio una obra de teatro; Mimí y yo hablamos en voz baja en el sofá; Tony, encaramado en el alféizar de la ventana, observa la sala con un aire celoso y desdeñoso. El desplazamiento de una persona produce el trastorno de todo el microcosmos: Mimí se levanta, su madre se acerca a mi lado, Tony se dirige donde su hermana, el padre camina hacia el *pick-up* para poner un disco de Schubert, los pintores se instalan en la mesa para beber vino. El juego continúa. Las combinaciones son infinitas.

*6 de julio*

Esplendorosa tormenta de verano. La ventolera me cogió en plena calle, derribando toldos y barandas. Refugiado en una *épicerie* asistí al desmoronamiento de las nubes. Durante media hora el cielo se convirtió en un castillo de fuego. Regresé a mi pensión evitando los relámpagos como quien salta charcos de agua. Pavor animal, pavor en estado puro.

—Estado de ánimo, además, en concordancia con el estado del tiempo. Resolución de no regresar a la casa de Mimí durante una temporada. Estoy a punto de enajenarme. Todo esto es grave.

—La madre de Mimí me ha mostrado unos versos de una insospechada delicadeza. Yo se los pedí un poco en broma, preparándome de antemano a esa literatura que hacen las mujeres de cincuenta años que no han sido felices en su matrimonio. Sorpresa: poesía cristalina, ligera, construida casi sin materia, con las palabras y los sentimientos de todos los días. Poemas cortos, de tres líneas, cuatro líneas, simples y perfectos, como los proverbios chinos.

—Atardecer propicio a la desesperación. Pienso insistentemente en París, en mi juventud perdida. Después de todo, los días de *ramassage* con el español Emilio Revueltas y con Lucho Loli no eran tan malos. Eran días de sudor, de disputas, de inmensas fatigas que terminaban al anochecer en una mesa de billar. ¡Esas sesiones de cocina en el hotel de Gît-le-Cœur en la cual cada uno de nosotros preparaba un plato! En ese pequeño cuarto nos reuníamos a veces hasta quince personas a cenar. Lo triste era que la mayoría de las veces nadie pagaba su cena y éramos nosotros tres quienes con el producto de nuestro trabajo sosteníamos los festines. Pero qué nos importaba si estábamos contentos, si corría el vino, si creábamos una atmósfera de fraternidad. Fraternidad de la pobreza, única fraternidad.

—Víctor Li, a pesar de no trabajar con nosotros, venía todas las noches al hotel y era el más entusiasta de nuestros cocineros. En esa época se encontraba mal de dinero, como casi todo el mundo y por esa razón no colaboraba más que con su trabajo culinario. Era un artista cortando la cebolla y ponía en esa tarea el mismo amor y la misma paciencia que para estudiar sus declinaciones griegas. Respetábamos su talento y sentíamos un placer vivo en verlo entre nosotros, recogedores de papel. Su generosidad, por otra parte, no tenía límites. Cuando recibía cheque nos invitaba a cenar en un restaurante o aparecía con una enorme bolsa cargada de provisiones. Luego de lavar la vajilla empezaban las infinitas charlas de política. Emilio, que no comprendía nada de eso, refunfuñaba en un rincón, sorbiendo su vino. Un día no pudo más y estalló: «¡Qué APRA ni qué puñeta! Hace un mes que no los oigo hablar de otra cosa. ¿Me van a decir al fin qué cosa es eso?»

*11 de julio*

Imposible dejar de pensar en Mimí. Mi pasión por ella se ha tornado violenta, obsesiva. Su sola presencia me produce como un gozo sensual difuso, no localizado, que me extasía y me extenúa. Días maravillosos estos últimos, días de caminatas por los atajos comunales, hacia el anochecer, bajo la luna inmensa. Mortsel se convierte para mí en un país de cuento. Los paisajes se convierten en grabados. Irrealidad de las grandes dichas.

*14 de julio*

A los 28 años uno se vuelve estúpido, mezquino, terriblemente egoísta. Antes de resolverse a la acción piensa en mil detalles insignificantes. Pienso, por ejemplo, que si me casara con Mimí no podría nunca llevarla a un salón. Su timidez, su insociabilidad, no harían más que acentuar las mías. Me acuerdo al respecto de C., su polo opuesto. La noche que ingresó a la recepción que daba Jorge Aransaenz en el Palace Atenea produjo conmoción. Nunca la había visto yo tan bella, tan elegante, tan radiante de simpatía. Yo tuve casi miedo de acercarme a ella y me contenté con observarla de lejos, de ver cómo departía y brindaba con un grupo de diplomáticos. Interiormente estallaba de gozo y me decía: «Es mi mujer, es mi mujer y cuando esta reunión acabe, ella vendrá conmigo y con ningún otro.» C. era una mujer de mucha experiencia, de mucha envergadura y yo me sentía a su lado potencialmente un cornudo. ¿Por qué no me casé con ella cuando me lo propuso? Prometí pedir mis papeles a Lima, cosa que nunca hice...

Mimí no va a los bailes, ni al cine, ni a misa, ni a los paseos, ni a los museos, ni a los espectáculos. No sé qué cosa ama, si no se ama a sí misma. Hace excursiones solitarias en bicicleta. Pasa horas íntegras trepada en un árbol de su casa. Puede permanecer callada. No tiene amigos ni amigas. Cuando está conmigo se contenta con coger mi mano, no me pregunta nada y sólo cuando yo la interrogo me habla, de su infancia, de su colegio, de sus gustos y disgustos. El francés que no practica mucho parece limitarla. En alemán se expresa mejor, lo mismo que en inglés, pero sólo en holandés puede dar una medida de su personalidad. Envidio a sus hermanos que pueden entenderla en esta endemoniada lengua.

*17 de julio*

Días llenos de incidentes. En primer término: el *pater familiae* me expulsa brutalmente de la casa de Mimí sin que medie razón alguna, sólo por ejercer su autoridad y contrariar a su mujer que me distingue. Segundo: Mimí, su madre y los hermanos menores se solidarizan conmigo y el mismo día de la expulsión me invitan a dar un largo paseo por el Escaut del cual volvemos pasada la medianoche. Tercero: la madre me comunica su proyecto de alquilar una pieza donde pueda tranquilamente visitarlos sin que el padre se entere ni nos estorbe. Cuarto: el hermano mayor, de cuya adhesión desconfiaba, me invita ayer a cenar a la calle, luego a recorrer los cafés pintorescos de Anvers y me ofrece, por último, venir a mi habitación a pintarme un retrato. Quinto: Mimí parte al mar, a Nieuport, por quince días. Le despaché carta esta mañana.

—Cosa extraña es el amor. No sé qué cosa es lo que amo en Mimí. Su juventud, su inocencia, su manera de andar. Sus vestidos, sus dedos largos. Amo su vida misma o, mejor dicho, su forma de vivir: su pasado triste y aislado, su porvenir cargado de sueños inciertos. Me amo en ella, revivo mi adolescencia.

*20 de julio*

Lectura de Proust. Por coincidencia *À l'ombre des jeunes filles en fleurs*. Lo que me gusta en Proust —más que su vocabulario, que sus figuras sorprendentes, que su análisis llevado al paroxismo— son sus frases o, en otros términos, la densidad de sus oraciones que no se sabe nunca dónde y cómo van a terminar. En Proust, como en Du Bos, la oración larga que se diversifica y se complica en el curso de su crecimiento —como las ramas de un árbol— es el signo de una inteligencia dinámica, de una ebullición de ideas a las cuales el autor no se resigna a renunciar y de un dominio perfecto de la improvisación.

*24 de julio*

Hace apenas una semana que Mimí partió y diríase que me he olvidado de ella. Debe ser la costumbre de las separaciones o tal vez la certeza de que pronto regresará. Pero lo cierto es que no me he ocupado de su imagen o en otros términos su imagen no me ha ocupado. Su recuerdo sólo ha sido suscitado por la visión de alguna niña parecida, por alguna casaca de ante. Frecuentando el café Monico he retomado con una facilidad admirable mis antiguos hábitos (cerveza, música, máquinas eléctricas que devoran dinero), hábitos que Mimí me obligó a reemplazar por las fatigantes caminatas.

En este olvido pasajero debe haber influido la mujer que hace tres días come en el restaurante de la fábrica Gevaert, en la mesa de al lado y con la cual he cambiado esas miradas de curiosidad, casi de reconocimiento, que denotan cierta afinidad de temperamento y prometen una amistad virtual. Miradas inútiles, amistad sin esperanza, pues la mujer parte el sábado Dios sabe hacia dónde. En esta mujer se reúnen una serie de elementos pertenecientes a diferentes rostros familiares que siempre he admirado. Pero esto es largo de explicar. Vano, además. Lo único interesante es la incomodidad, la penetrante tristeza que me producen sus ojos líquidos cada vez que (entre las cabezas, los brazos que accionan, las sirvientas que pasan) los veo llegar directa, infaliblemente a mí.

*27 de julio*

He sido educado en la escuela de la prodigalidad. Casi sin excepción, todos los parientes y amigos que he frecuentado me han enseñado a no darle ninguna importancia al dinero. Ayer cuando Tony me dijo que no quería salir conmigo porque yo siempre pagaba las cuentas, le respondí que al hacerlo restituía en su persona todos los favores que había recibido de mis mayores y que no hacía otra cosa que pagar una deuda.

*29 de julio*

Sentado frente a mi ventana espero la visita de Mimí y de su madre, quienes hoy regresaron de la costa. Afiebrado, sufriendo múltiples e inexplicables dolencias, lo único que me provoca es arroparme en la cama y tratar de encontrar el sueño. Solamente la ansiedad de ver nuevamente a Mimí me mantiene en pie. Su rostro, que creía haber olvidado, va surgiendo pleno de luz en mi memoria. Sufro, sin embargo; desearía casi que no vinieran.

*3 de agosto*

Me pregunto si mi carrera de escritor habrá ya terminado. En lo que va del año no he escrito absolutamente nada, si exceptuamos este diario. Los primeros meses del año los perdí proyectando y esbozando una colección de pequeñas piezas representables, aconsejado por Hernando Cortés. En Amberes comencé algunos cuentos, que ahora duermen en ese folder devorador de ideas que lleva por título «Cuentos en preparación». Eso es todo, creo, aparte de cartas, de articulitos para los diarios, de breves notas sobre libros. La verdad es que comienzo a preocuparme.

No es tanto la falta de tiempo, de ideas, ni de entusiasmo. Es una crisis de otro orden y donde veo una influencia hasta cierto punto nefasta de Valéry: la concepción de un estilo geométrico, transparente y precioso, la necesidad de decir cosas inteligentes y decirlas de la única manera como pueden ser dichas. En resumen: el sacrificio de la fuerza a la lucidez. Esta concepción del estilo sería útil en un ensayista, en un filósofo, en un redactor de editoriales, pero en un escritor de mi naturaleza que necesita trabajar con situaciones dramáticas, con personas en movimiento, valdría más un estilo simple y activo, exento de sutilezas, un estilo de narrador. Si Valéry no escribió novelas no fue seguramente por falta de argumentos sino por su resistencia a la escritura de todas esas frases banales que constituyen el cuerpo de una narración: «avanzó resueltamente hacia la esquina», «pidió una cerveza y un paquete de cigarrillos», etc. Ésa es la misma resistencia que cada día se acentúa en mí, de modo que cuando debo narrar un hecho con frases banales renuncio a la narración del hecho por escribir una frase redonda que lo resume. La diferencia: el hecho narrado con frases banales es un cuento. La frase redonda es una frase.

En realidad —tengo casi la evidencia— si alguna vez escribo un libro importante, será un libro de recuerdos, de evocaciones. Este libro lo compondré no sólo con los fragmentos de mi vida, sino con los fragmentos de mis estilos y de todas mis imposibilidades literarias. Un libro de memorias —en un grado mucho mayor que la novela— es un verdadero cajón de sastre. En él caben las anécdotas, las reflexiones abstractas, el comentario de los hechos, el análisis de los caracteres, etc. Es un libro, además, sin problemas de composición.

*4 de agosto*

El amor no es un producto consumible, fruto de una sola estación. He vuelto a escuchar en Mimí expresiones que me había resignado a no volver a escuchar jamás, inflexiones de voz, miradas de la misma familia. Diríase que Mimí ha encontrado, para observarme, la única perspectiva, la perspectiva de C. Cómo la ha encontrado, es un misterio.

*5 de agosto*

Situación catastrófica esta noche con Mimí, compuesta a última hora por una de esas inspiraciones que se tienen pocas veces en la vida. Desde que comenzamos a caminar me di cuenta de que algo extraño sucedía. Mimí durante un cuarto de hora no pronunció palabra, marchaba rígida a mi lado, el ceño fruncido, las manos cruzadas sobre el pecho. Mis tentativas por saber qué le ocurría fueron vanas. Mi viejo presentimiento renació y me dije que con Mimí se produciría lo mismo que con Yolanda, en Madrid, es decir, una hermosa aventura interrumpida de una manera súbita, arbitraria y brutal. Cuando nos sentamos yo estaba preparado a todo, pero aún trataba de inventar algunas excusas: pensaba que en la tarde me había visto tomándole fotografías a Jeannine. De pronto me dijo: «Te voy a escribir una carta.» Mi primera proeza fue disuadirla de esta resolución, que más valía la pena explicarse mediante la palabra. En resumen me habló y me dijo exactamente lo que me temía: «*Je t'aime beaucoup, mais je ne suis pas amoureuse de toi. Il vaut mieux de ne pas nous revoir, ou en tout cas de nous revoir comme des simples amis.*»

En los primeros momentos de confusión no sé qué cosa dije. Pensaba en otras cosas. Pensaba en que yo era un hombre insignificante, que era un iluso además al haber creído todos estos días en el amor de Mimí.

Pensaba también que si me había sido imposible enajenar a esta criatura, nunca más en el futuro podría enajenar a ninguna otra. Mientras tanto Mimí también hablaba, hacía alarde de su franqueza y trataba de convencerme de que su conducta era la más honesta, que había sido dictada por una verdadera simpatía.

—*C'est ta faute à toi* —añadió—. *Tu me regardes tout le temps, tu me dises des gentillesses toujours. Je ne peux pas devenir amoureuse d'une personne si empressée. J'espère, enfin, que tu ne seras pas fâché.*

Como yo no replicara, insistió:

—*Tu ne seras pas fâché, n'est-ce pas?*

Esta pregunta tuvo una virtud mágica. Calando profundamente en mi naturaleza me di cuenta en ese momento de que no estaba molesto, que tampoco estaba triste, que ni siquiera estaba humillado, que por el contrario como una invencible alborada se abría ante mis ojos. «Estoy libre, estoy libre, me repetía. Esto se acabó, adiós citas, adiós paseos, de ahora en adelante puedo disponer de mí mismo, puedo dejar la fábrica si quiero, puedo irme de esta ciudad, puedo regresar a París...»

—*Qu'est-ce que tu as?* —me interrogó—. *Tu as une expression si drôle.*

—*Vraiment, je ne suis pas fâché, Mimí* —le respondí—. *Je ne suis pas fâché, parce que tu m'avais obligé à changer mes anciennes habitudes, et maintenant je puis les reprendre. J'étais devenu un homme presque convenable, seulement pour toi. J'avais fait le projet de mener une vie ordenné, sage, pratique, seulement pour toi. J'avais même renié mon passé, mon passé que tu ne connais pas, seulement pour toi... Maintenant tout change, je redeviens ce que j'étais, je me récupère avec allégresse, je vais même te montrer tous les cotés de ma nature que tu ignores et qui peut-être te feront peur... Qu'est-ce que tu sais de moi? Rien. Pour toi je suis un mon-*

*sieur d'un pays lointain qui te fais la cour, un homme riche peut-être, en tout cas un homme d'avenir qui travaille dans une importante société, un homme serieux, sans vices, sans secrets... Mais je veus te dire la vérité: je suis un aventurier. J'ai été toute ma vie un aventurier. Toi, Mimí, toi aussi, tu n'es autre chose qu'une partie de mon aventure... Si tu me fais mal, si tu me rends malheureux, je le regretterai, c'est vrai, mais je ne t'en voudrai pas, car dans mon système de vie le malheur est prévu ou, en employant d'autres termes, parce que seulement les malheurs succesifs peuvent me permettre de mener cette aventure à sa fin...*

Mi discurso prosiguió. Le hablé de París, de otras mujeres que me habían querido o que me habían abandonado, de mis épocas de miseria, de mis épocas de grandeza, de todos los expedientes que había utilizado para sobrevivir... Yo veía sus ojos dilatarse en la oscuridad. Cuando terminé quedó pensativa. Encendí un cigarrillo y pude al fin echar una mirada a mi alrededor: estábamos cerca del foso de un castillo español del siglo XVI. Había una media luna hermosa.

El silencio proseguía.

—*Et maintenant, qu'est-ce que nous allons faire?* —preguntó.

—*Ce que tu veux. Il y a seulement deux solutions: ne pas nous voir ou nous voir quand tu en éprouves l'envie.*

—*Et que ferais-je quand j'éprouve l'envie?*

—*Tu m'enverras une lettre.*

Regresamos. Yo andaba silencioso, distraído. Pensaba nuevamente en otras cosas. Era ahora Mimí la que me observaba. Veía en la penumbra sus ojos volverse insistentemente hacia mí. Para romper el silencio comencé a hablar de cosas indiferentes. Me di cuenta de que nunca me había comportado con Mimí de una manera tan natural, tan libre. El hecho de saber que no me quería me había vuelto menos prudente, más expansivo. Yo me decía: «Pero si estoy con una niña. Yo puedo ser su padre.» Le conté historias de crímenes, de sueños, le hablé de cosas que en otras circunstancias nunca le hubiera hablado. En ningún momento le hablé de lo que acababa de ocurrir, de lo que ocurriría en el porvenir. Cuando llegamos a su casa me di cuenta de que Mimí estaba inquieta, temblorosa, que quería decirme algo pero que no se atrevía. Cerca de la «puerta estrecha» le tendí la mano diciéndole que, como estaba convenido, me escribiera o me enviara un mensaje, cuando buenamente quisiera. De pronto, Mimí se arrojó contra mi pecho, me enlazó con sus brazos y durante un tiempo interminable permaneció con su frente apoyada en mi hombro. Nunca, ni en nuestros mejores días, había osado algo semejante. Yo le acariciaba la cabeza, con una mezcla de ternura y de lástima... Al fin se separó de mí para decirme, con un poco de vergüenza —como si me pidiera un favor —, que mañana vendría a visitarme.

*6 de agosto*

Todo está perdido. El final de esta aventura ha sido desastroso. He pasado una jornada horrible. Tiranía de los pequeños detalles: la bicicleta de Tony, causante de mi desgracia.

Primer acto: Conforme lo había prometido, Mimí viene a mi casa a las ocho de la noche, sola. Al llegar a la puerta de la pensión ve la bicicleta de Tony apoyada contra el muro —su hermano había venido a casa accidentalmente unos minutos antes— y por esta razón siente vergüenza y pasa de largo sin tocar la puerta.

Tony parte —presintiendo sin duda que Mimí vendría— y media hora más tarde regresa con Mimí y con su madre. La madre me saluda con una terrible frialdad en ese momento inexplicable y llevándose a Tony nos deja solos a Mimí y a mí, en la calle. Paseo. Silencio. Mimí me dice al fin que su madre está molesta, que no quiere dejarla venir a mi pensión, que las clases de español que le doy son una comedia. «Desde hace tiempo mi mamá está rara, ya no es mi amiga como antes.»

Sospecha mía: ¿celos? Andamos media hora. Frialdad. Mimí reitera su decisión del día anterior, pero con un carácter más grave: no vernos, no buscarnos, encontrarnos al azar, como amigos. Acepto su propuesta, pero sin sentir el sentimiento de libertad del día anterior, junto al castillo. La acompaño a su casa. Le digo adiós.

Segundo acto: Café Monico, once de la noche. Bebo cerveza al lado de Jeannine y pienso en Mimí. Trato de serenarme, de convencerme de que este fracaso no tiene importancia, que he conocido momentos peores. Haciendo un esfuerzo sobrehumano lo consigo. Cuando abandono el café rumbo a mi casa me encuentro con Tony. Me dice que su madre me espera en el café Le Chasseur Ardennais. La encontramos. Me invita a un martini. Si he acudido a la cita es con la esperanza de que tal vez me hable de Mimí. Nada. Pienso: tal vez habrá que esperar un poco. Como ella me propone con Tony ir al centro de Amberes, acepto. Tomamos el tranvía.

Tercer acto: Un café existencialista en el viejo Amberes. Música de jazz. Otro martini. La madre comienza a hacerme extraños avances. Tony está un poco bebido y no se da cuenta de nada. La madre me coge la mano. Tercer martini. El asedio continúa. Yo no me doy por aludido, no respondo, me hago pasar por bestia o por descortés. Cuarto martini: le digo que Tony está presente. Ella lo envía a la calle a comprar patatas fritas. Situación embarazosa. Pienso en Mimí, en Tony, mientras mi instinto se despierta. Horrible idea: vengarme en su madre del abandono de Mimí. Respondo a su iniciativa. Cuando Tony llega con las patatas, somos la madre y yo quienes salimos a dar una vuelta. Calle desierta. En la oscuridad la abrazo o mejor dicho me dejo abrazar, besar. Toco sus senos, su sexo, pienso en Mimí, sufro de una manera horrible. Pasa gente, de modo que regresamos al bar. Luego salimos los tres y tomamos un taxi rumbo a Mortsel.

Cuarto acto: Mortsel, cuatro de la mañana. Los acompaño hasta su casa. La madre me dice que ella entrará con Tony, pero que luego saldrá por «la puerta estrecha». La debo esperar cerca de la verja para luego ir juntos a mi pensión. La madre y Tony entran a su casa. Yo parto a mi pensión sin esperarla.

Me es imposible esperarla. Pienso en Mimí, veo sus ojos y recuerdo su frase: *«Il y a des jours où je me reveille avec une peur horrible, une peur qui dure des semaines, une peur qui vient je ne sais pas d'où.»* A mi pensión llego casi corriendo. Entro y me acuesto sin encender la luz.

Hoy he trabajado hasta extenuarme y he dado orden a la patrona de mi pensión de no permitir en adelante entrar a nadie a mi habitación.

—*Même à vos élèves?* (Mimí y Tony.)

—*Même à mes élèves...*

*(12 de la noche)*

Dos hechos: la madre me envía carta convocándome a cita a la cual no he asistido.

Mimí pasó a las diez bajo mi ventana y la miró. Sólo vio los visillos, que yo había prudentemente corrido.

*7 de agosto*

He tenido que hacer un terrible esfuerzo para no descender a la calle ahora que Mimí ha vuelto a pasar bajo mi ventana y me ha hecho un saludo con la mano.

*8 de agosto*

Por tercera vez consecutiva Mimí pasa bajo la ventana. ¿Qué cosa es lo que quiere? Si le soy indiferente debería escoger otra ruta... Todo esto es un misterio. El más grande: mi rigidez detrás de los visillos.

*13 de agosto*

¿Cómo terminará todo esto? Renuncio a consignar los últimos detalles. Impotencia para conocer la verdad.

*16 de agosto*

Mañana ventosa, con oscilaciones de luz y de sombra. Una alta tormenta cruza el cielo sin decidirse a tocarnos. Con Mimí en su casa larga entrevista que me ha llenado de dulzor, de sosiego, de una melancolía soportable y casi tonificante. A las dos semanas de nuestra separación reanudamos el diálogo con facilidad, en otro terreno, bien entendido. Ninguna explicación, ninguna rendición de cuentas. Cada cierto tiempo solamente alguna alusión fina que era comprendida y devuelta. Al verla ovillada en el sofá, con sus blue-jeans y su cabello revuelto —el mismo sofá donde antes, en mi presencia, jugaba a la señorita— no resistí la tentación de decirle: «*Tu es devenue pour moi comme un petit garçon*», lo que la dejó pensativa. El lunes parte para España, por un mes.

*17 de agosto*

*Repris mes habitudes de lecture. Fermina Marquez*, de Valery Larbaud, *La Chute* de Camus, los tres volúmenes de *À l'ombre des jeunes filles en fleurs*, la correspondencia Rilke-Merlina... *Plaisirs paisibles et comme détachés de toute humaine atteinte. Cependant, régret de la vie brutale des instincts.*

*18 de agosto*

Es curiosa la impresión que me produce madame Ana, la madre de Mimí. Es una mezcla de miedo, de opresión y de irritación. Su mirada verde y acerada —fría, terriblemente fría, fija y taladrante—, sus labios delgados fruncidos en el más desesperante silencio; su voz sin modulaciones, sin melodía, voz apagada que parece brotar de un muerto, su voz que jamás se eleva, por lo cual es necesario hacerse repetir las cosas o avanzar incómodamente el oído hacia sus labios; su rostro inmutable en todas circunstancias, donde los rasgos inmóviles no cambian ni en el dolor, ni en el placer, ni en la alegría, ni en la pena y expresan mediante los mismos signos petrificados los sentimientos más contrarios.

*20 de agosto*

Nosotros tenemos una personalidad compuesta de lecturas y que pide prestada —cuando escribimos— su ética, sus sentimientos, sus convicciones y su lenguaje, no al hombre cotidiano que la porta, sino a los cientos de personajes confundidos que encierra nuestra memoria.

*24 de agosto*

Lectura de Ernst Jünger, de su admirable diario 1939-1940. Resolución de adquirir la continuación del mismo, de reunir informaciones en torno de su persona. Personalidad cautivante, prosa de gran artista. Detalle: es un diario donde no habla de sí mismo. O mejor: habla de sí mismo pero sin coquetería, con la misma frialdad con que describe las más espantosas escenas de destrucción de la última guerra. Como todo erudito que se dedica a estudiar los insectos y otros animales, termina por observar el mundo con una perspectiva de entomólogo. Lo que me sorprende en un hombre de su espíritu: ninguna protesta contra la guerra, la acepta como un hecho inevitable, participa en ella sin remordimientos, ordena tan pronto disparar como dar de comer a los prisioneros, con una sangre fría perfecta. Escenas deliciosas: leer a Herodoto mientras las bombas estallan a su alrededor, emplear el teléfono de la compañía no para transmitir una consigna sino para informarse de qué clase de cuadrúpedo ha atravesado la floresta, escoger el día de su aniversario para realizar una peligrosa empresa de salvataje que casi le cuesta la vida.

*25 de agosto*

Si quisiera recuperar una parte de mi pasado tendría que dejar de fumar algunos días y de pronto, una mañana, antes del desayuno, encender un cigarrillo. La primera bocanada de humo despertaría todas las sensaciones concomitantes que decoraban este acto, en el año 1947. El tabaco penetrando en vías respiratorias aún no usadas por la nicotina es una experiencia asociada a la calle Dos de Mayo, a los eucaliptos, a la universidad, a las mañanas neblinosas de Miraflores. La memoria de los sabores —así como la memoria de los olores y de la música, que Proust ha tan espléndidamente analizado— me son hace mucho tiempo familiares. La taza de té con leche, especialmente, es para mí una fuente inagotable de recuerdos, la única vía que me permite penetrar en el mundo de hace veinte años. Hay además otra forma de memoria que a Proust se le ha escapado: la memoria motriz, especie de condicionamiento entre actos e imágenes. ¿Y qué decir de la memoria de los colores? Hay combinaciones de colores que sólo percibimos a grandes intervalos de nuestra vida. Hace unos días, viajando en un tranvía de Bruselas, divisé un aviso de propaganda compuesto de letras ocre sobre un fondo verde marino. La asociación fue instantánea: vi el corredor de losetas de Montero Rosas, donde vivimos en el año 35, su complicado arabesco donde se combinaban estos colores. En realidad, nosotros contenemos toda nuestra vida. Todo se halla inscrito en nuestra naturaleza, sea como recuerdo, como gesto, como defecto, como opinión. Nada se ha perdido. Nuestras percepciones más antiguas e insignificantes pueden ser recuperadas por el empleo de un excitante adecuado. Si la conciencia se resiste a esta operación es porque la vida es enemiga de la memoria. Nosotros dejamos de vivir en la medida en que recordamos. Toda evocación es tiempo robado al tiempo.

*27 de agosto*

Recibo de Lima dos cartas de C. Me dice que está enamorada de un hombre. Mi viejo presentimiento se confirma. Lo cierto es que la noticia no me ha producido ningún trastorno. El tipo de relaciones que me liga a ella es de tal naturaleza que aun en el caso de que me anunciara su matrimonio yo tendría la evidencia de que me sigue perteneciendo. Planeamos un reencuentro en París el año próximo.

*29 de agosto*

Una tercera carta de C. Su viaje a París parece decisivo. Sólo podré verla si consigo la proeza de permanecer en Europa hasta abril del año entrante.

*9 de setiembre*

Ayer y hoy vanas tentativas por escribir. Interrumpí tres relatos a las pocas líneas. Impedimento de siempre: dificultad de abordar el tema con una actitud tal que me permita un estilo denso, rico en materia verbal. Voluntad de eliminar el diálogo para evitar la teatralidad. Proyecto irrealizable de un relato largo donde no sobre una palabra y tan inatacable que su existencia aparezca como necesaria.

*11 de setiembre*

Días gripales, días de reclusión forzosa que me hacen recordar otros días, otras gripes: las gripes de Lima que olían a trementina, las gripes de Madrid ahogadas en coñac, las gripes de París que nunca reposé sino derramé por los bulevares. Esta mi primera gripe flamenca carece de carácter. Es en todo caso una gripe solitaria y letrada: lo único que hago es leer en la cama hasta la irritación de mi sistema óptico. Terminé la correspondencia Rilke-Merlina, libro precioso y empecé el diario de Eugène Dabit.

—De mi reciente viaje a París no queda nada en este diario. Hubiera querido anotar algunas cosas. Mis entrevistas con Leopoldo Chariarse, mi reencuentro con Solange en el bulevar, mi cumpleaños solitario en el Modern Hotel de la rue Boutebrie, con una botella de vino sobre la mesa...

*12 de setiembre*

Terminé la correspondencia del marqués de Custine (cartas a La Granje), libro curioso, escrito en el más puro estilo pregidiano. Es interesante notar en un grupo de escritores nacidos a fines del siglo XVIII y enraizados en la primera cincuentena del XIX, un estilo más cercano a nuestra época que el estilo de los románticos. Quiero decir que Constant, Stendhal, Custine están más cerca de Valéry por la exactitud, por la transparencia, que Balzac, por ejemplo, Hugo o Michelet.

*21 de setiembre*

Pienso obstinadamente en Berlín, a pesar de que mi viaje no es seguro. Paul Schneidewind me propone proseguir mi aprendizaje en fotomecánica, una vez que termine mi *stage* aquí, es decir, dentro de tres o cuatro semanas.

—¿Recomenzaré mi *affaire* con Mimí? He notado en ella, desde hace dos semanas, un movimiento de aproximación. Cada vez que me ha encontrado en la calle me ha retenido para contarme las incidencias de su viaje a España. Hace dos días vino trayéndome un paquete de libros que me enviaba su madre. Ayer fui a su casa, pues me invitó a probar unos dulces que había preparado. Luego me ha propuesto un viaje en *auto-stop* a Brujas. Todo es curioso. La política de la indiferencia surte sus frutos. Pero, en realidad, demasiado tarde.

*29 de setiembre*

La lectura de Chejov, de sus deliciosos cuentos, ha despertado en mí una vieja veta creadora que creía agotada: la del relato lineal, vivo, vívido sobre todo, rico en diálogo, exento de frases y de análisis. Este fin de semana he sido invadido por un torrente de ideas que me poseen y me fatigan. Temas para los que no veía solución literaria me han parecido más que nunca fácilmente gobernables. He trazado la lista de una docena de relatos simples y he puesto hoy la primera piedra de un volumen que llevará el título modesto de *Cuentos para leer en el ómnibus*. No me propongo otra cosa. Lo que en estos últimos meses me ha paralizado es mi obsesión de escribir cuentos de antología. Pero en fin, ya tendré tiempo y ocasión de escribir ese tipo de cuentos. Lo que quiero solamente ahora es desembarazarme de esta docena de argumentos y de pequeños personajes que me hostigan. La tónica del conjunto la daría «El profesor suplente», relato en el que ahora trabajo.

—Comprobación interesante: hasta qué punto la labor creadora implica la autodestrucción del creador. Escribir es como hacer el amor: una cosa brutal, fatigante, en la cual morimos y renacemos. Luego de escribir una página caigo extenuado en la cama, los ojos ardientes, la náusea del tabaco y la sensación de la consumisión física. Y ello es el precio de veinte líneas, ni buenas ni malas, que serán probablemente corregidas o eliminadas, pero en cuya elaboración hemos puesto lo mejor de nosotros mismos.

*6 de octubre*

Relectura de mi novela *Crónica de un reino perdido (Crónica de San Gabriel)*. Me acongoja ver tanto trabajo acumulado y vano, donde hay cuatro o cinco páginas inspiradas que merecen un mejor destino. Decisión de concluirla a cualquier precio, renunciando a mis nuevos y tentadores proyectos. Más tarde me será difícil reencontrar el tono. Mientras continúe inconclusa no podré formarme una idea acerca de su valor, ni aventurar ninguna corrección. El trabajo será duro y aburrido, pero me apoyo en una frase de Proust: «Quién sabe si muchas obras maestras han sido escritas entre bostezos.»

*8 de octubre*

Parece en efecto que mi *affaire* con Mimí recomienza. Sus pasadas bajo mi ventana no han sido inútiles. Ayer abandoné a Leticia en el capítulo XXII de mi novela y descendí a conversar con Mimí. Repetimos un viejo paseo y proyectamos otro, para el sábado. Todo esto ha coincidido con un distanciamiento de la madre. Las leyes que gobiernan este singular triángulo y que constantemente crean y destruyen valores de relación entre las aristas, escapan a mi gobierno.

—Los rusos han lanzado una luna artificial. Los americanos prometen otra. Todos estos satélites artificiales son inoportunos. Ellos volarán sobre la cabeza de los amantes, de los pastores, de los excursionistas solitarios como un enjambre de abejas.

*12 de octubre*

Toda esta semana he trabajado metódicamente en mi novela, en las dos horas que en la tarde me deja libre la fábrica. He escrito apenas cuatro páginas, me las he arrancado verdaderamente del tuétano. Esperaba ansiosamente este sábado para dar el *coup de pouce* y terminarla. Estoy en las postrimerías... No quisiera dejar Amberes sin poner la última línea. Bastará este hecho —comparado con mi enorme aprendizaje en fotografía— para que mi estada en esta ciudad no me parezca inútil.

*20 de octubre*

*Je suis tombé dans un état de tristesse nocturne qui me dévore. Excepté la présence d'une personne, rien ne sera capable de me consoler. Je suis, comme jamais, aliené et languis d'amour et de détresse. Mes derniers jours à Mortsel, seront-ils malheureux? Je m'étais promis des joies charitables et justes et voici que la souffrance me fais déperir. Vanité, malentendus, combien de forces invincibles s'interposent entre moi et l'objet de ma folie! Je renonce à comprendre et maudis les complications de l'esprit et regrette la simplicité des bêtes, leur pur présent sans mémoire.*

*—Cinquième anniversaire de mon départ du Pérou.*

*21 de octubre*

Dentro de diez días debo estar en Berlín, dentro de tres meses en Lima. Se acaba mi vida de *nomade.*

*24 de octubre*

*Je n'ai rien éclairci, malgré mon long entretien avec Mimí, cet après-midi. Cependant, je suis sorti de chez elle un peu rassuré. Elle était ravissante, sa chair avait l'éclat et la rondeur qu'on voit seulement dans les tableaux des maîtres flamands.* Frase suya: «*A coté de toi je me sens bête, tu es si intelligent, tu sais tellement de choses.*» Ayer cumplió dieciocho años.

*25 de octubre*

Terminó al fin este largo *stage*. Mi última tarea: rodar sesenta metros de *film* en las calles de Amberes. Parece que toda la fatiga de estos meses me hubiera venido de golpe hoy día. Como me es imposible dormir, beberé algunas cervezas. Espero instrucciones de Lima para viajar a Berlín.

*(10 de la noche)*

La forma como sufro por Mimí está por encima de todo lo imaginable. Es un sufrimiento persistente, corrosivo, que me consume físicamente pero deja intacta mi inteligencia. De esta manera puedo seguir su curso, registrar sus oscilaciones, contemplar fríamente sus estragos. Lo curioso de este sufrimiento es que no le veo solución ni remedio. Aun la posesión carnal de Mimí no me aportaría consuelo. En este caso el instinto —cosa rara en mí— juega un papel secundario. Lo que experimento es una necesidad de dominio, de sometimiento moral: abolir su voluntad y su discernimiento. En el fondo —esto lo presiento de una manera confusa— lo que deseo es su muerte espiritual o, disyuntivamente, su destrucción física. La filiación amor-muerte, cara a poetas y filósofos, me parece en estos momentos perceptible. Matar por amor, morir por amor: fenómenos racionales. La tragedia clásica y los sucesos policiales ilustran este tipo de fiebre.

—Cuántos hombres se han suicidado por angustia cuando lo que tenían en realidad era una indigestión. Un vaso de sal de frutas los hubiera salvado. (Frase publicitaria que debería vender a una firma de laxantes.)

—*Être content de soi-même: voilà une chose que je ne comprends pas. Je voudrais être un monstre d'ignorance, un animal aimé.*

*26 de octubre*

La crisis de ayer fue demasiado intensa para durar.

*27 de octubre*

Ayer, una de las mejores noches en casa de Mimí. Estuvimos reunidos en pleno hasta las cuatro de la mañana. Bebimos dos litros de chianti, dos de martini, tres de borgoña. Estas reuniones serán mi mejor recuerdo de Amberes. Madame Ana es admirable por haber sabido crear en su casa ese ambiente de liberalidad y de bohemia inconcebible en una familia burguesa. Me preocupa, sin embargo, la educación de Mimí. La atmósfera de su hogar es perfectamente amoral, sin que por esto deje de ser honesta. No se reconocen principios, normas, convenciones de ninguna naturaleza.

*29 de octubre*

Tengo miedo de escribir porque todo lo que avanzo sobre este papel es generalmente desmentido, traicionado por los hechos. Pero mi paseo ayer con Mimí ha sido de una maravillosa dulzura, me ha hecho recordar «*les grands jours de l'été*» como llamamos nosotros, en nuestro lenguaje simbólico, al comienzo de nuestra amistad («*La nuit du Château*», otra expresión nuestra, sirve para designar la noche de nuestra ruptura). Mimí pasó bajo mi ventana a las ocho de la noche, justamente en el momento en que yo estaba tan obsedido por ella que su presencia me pareció, como se lo dije, «*une exhalation de ma pensée*».

Algunas cosas se han aclarado, por ejemplo el rol jugado por la madre, su política ambigua de sacrificada y de sacrificadora. Lo cierto es que mi ruptura con Mimí le produjo bienestar, porque me veía libre y disponible.

*31 de octubre*

Ayer visita a Gaston Martens, en su villa cerca de Gand. Yo había preparado una andanada de preguntas sobre teoría y estética teatrales, pero apenas lancé la primera me di cuenta de que estaba frente a un hombre sencillo que no se interesaba ni comprendía mucho de esas cosas. Salí decepcionado, con una especie de horror por la celebridad y confirmando una vez más que el talento creador no tiene nada que ver con la inteligencia.

(Fragmento de conversación con Gaston Martens)

—*Et, d'où venez-vous, Monsieur?*

—*Je viens du Pérou.*

—*Du Pérou?... Ah, oui, oui... oui... oui, et, et, il fait chaud chez vous, Monsieur?*

—*En l'été il fait chaud mais l'hiver il fait froid.*

—*Ah, oui, oui, oui... et combien d'habitants il y a chez vous, Monsieur?*

—*Il y en a dix millions.*

—*Ah, oui, oui... un million, formidable, oui, oui.*

—*Dix millions, Monsieur.*

—*Dix millions? ah, oui, oui... formidable, oui, oui, oui... Vous venez de Bolivie, n'est-ce pas, Monsieur?*

—*Je viens du Pérou.*

—*Du Pérou? Ah, c'est vrai, du Pérou, oui, oui, oui, et, et, et qu'y a-t-il comme industries dans votre pays, Monsieur?*

—*Le pétrole, la canne à sucre, le coton...*

—*Ah, oui, oui, oui... et, et la température, Monsieur? Il fait chaud chez vous?*

—*Je vous ai déjà dit, Monsieur, que ça dépend de la saison. En été il fait chaud, en hiver froid.*

—*Ah, excusez-moi... oui, oui, les Andes, votre pays la Bolivie c'est dans les Andes...*

—*Le Pérou!*

*—Le Pérou?... Ne m'aviez-vous pas dit que vous veniez de la Bolivie?*

*—Je vous ai dit que je viens du Pérou...*

*—Ah, oui, oui, excusez-moi, oui, oui, et, et, et il fait chaud chez vous, Monsieur?*

Por la noche, a pesar del cansancio, largo paseo con Mimí por nuestros viejos caminos, luego por el Escaut desierto, por las calles sin paseantes del centro. Extraña, incomprensible personalidad. Mi capacidad de análisis se ha hecho trizas contra ella. No la conoceré jamás.

—Ayer, igualmente, tercer aniversario de la partida de C. hacia el Perú.

*1.º de noviembre*

Día de los muertos, día soleado y ventoso que me hace recordar mis primeras semanas en Mortsel. Desde mi ventana veo pasar a la gente que viene de la iglesia. Sentimiento de soledad, de vejez. A los seis meses y medio termina mi aventura flamenca, el ciclo se cierra sobre mi pobre alma vencida. Deseos de llorar sin motivo alguno, porque cada cierto tiempo es conveniente hacerlo. Hombre débil soy, no me reconozco.

—Ayer, confidencias de Tony, el hermano de Mimí, hasta las seis de la mañana. ¿Por qué haber esperado hasta mi partida para hablar de estas cosas? Ahora sé cuándo Mimí ha estado enamorada de mí, cómo ha evolucionado su amor, cómo lo he perdido, recuperado, vuelto a perder... en fin, todo se vuelve transparente. Una vez más he equivocado mi política. Cosa terrible: saber conquistar a una mujer pero no poder conservarla.

En fin, pronto olvidaré como he olvidado tantas cosas. Mi naturaleza desencadenará sus reflejos saludables. La memoria sólo conservará lo bueno. De Berlín pensaré en Mortsel como en una pequeña ciudad donde fui feliz algunas horas. Suficiente.

*5 de noviembre*

Esta tarde, víspera de mi partida, último paseo con Mimí por las calles de Mortsel. Luego en el jardín de su casa, bajo un tiempo infernal y un diluvio de hojas secas, larga despedida, una de esas despedidas que recomienzan constantemente y no terminan nunca. Mimí un poco sorprendida de lo difícil que es a veces decir adiós. Yo seco, lúcido, recordando otras despedidas y pensando en un próximo, improbable encuentro.

(EL 6 DE NOVIEMBRE PARTÍ POR TREN RUMBO A BERLÍN, PARA HACER UN *STAGE* DE TRES MESES EN LA FÁBRICA ROTAPRINT.)

# DIARIO DE BERLÍN, HAMBURGO Y FRANCFORT (1958)

*Berlín, 22 o 23 de febrero de 1958*

Interrumpido este diario por cerca de cuatro meses. Interrupción voluntaria nacida en la idea curiosa de que la notación del diario absorbe mi vida activa. Esta creencia ha sido confirmada en algunos planos. Suspendido el diálogo conmigo mismo, mi contacto con el mundo se ha desarrollado con más facilidad. Uno que otro amorcillo pasajero, amistades, conversaciones, proyectos. Idos ahora mis amigos —Hernando Cortés hacia Italia, Luciano Herrera hacia Dinamarca—, desaparecidos aquellos que materializaron a mi interlocutor interno, quedo nuevamente a merced de mí mismo. Me veo cansado, aburrido, triste, sin ganas de hacer nada en este inmenso domingo berlinés nevado. Cuatro días bebiendo café luego de la bancarrota de los carnavales han descompuesto mis nervios. Mi comedia interrumpida, mis cigarrillos que se acaban, el gran minutero del reloj de pared que apenas quiere andar y toda la tarde inútil por delante.

*3 de marzo*

La imposibilidad de tomar en serio mi vida. Las situaciones más enojosas, por un desplazamiento particular de mi óptica, me llegan soportables y divertidas. Las cinco semanas que espero dinero de Lima me dictan sólo esta palabra: «¡Abandonado!», que repito hasta volverla cursi. ¿Qué hacer? Me encierro en mi cuarto y comienzo a hacer la lista de los libros que he leído, de las cartas que debo escribir, porque en atmósfera semejante es imposible hacer algo serio. Luego a la cocina a tomar un café. Breve conversación con Frau Weber. Flirteo con la gorda Gisella. Eso es todo. Los días pasan. G. me espera inútilmente, al otro lado de Berlín. Ni para el pasaje. De la fábrica me convocan para que vaya a controlar unos trabajos. Ni para el pasaje. Todo esto es vano, ridículo, no da ni para una página de diario secreto.

*5 de marzo*

¿Quién conoce mi faceta de animal nocturno? Cuántas veces en mi cuarto, estando ocupado en alguna lectura, he sentido penetrar por las ventanas, por las rendijas de la puerta, el llamado de la noche. Ponerse el abrigo y comenzar a caminar. Pequeñas luces, cielos opacos o estrellados, gente que sale lavada, peinada, en busca del placer. Estaciones en los bares, sin precipitación, bebiendo a pausas un trago fino, mirando, pensando, sintiendo operarse la transfiguración... De pronto ya somos otro: una de nuestras cien personalidades muertas o rechazadas nos ocupa. Nuestro cuerpo la portará, la soportará hasta el alba. Luego la enterraré en alguna mala cama de hotel, en alguna última copa que no debió nunca venir. Rostros de mujer, bellas cortesanas, besos pagados, comedia del amor, mis largas, mis incontables noches de bebedor anónimo en Europa, ¿qué cosa me han enseñado?

*13 de marzo*

Preparativos de viaje. En mi cuartucho maletas abiertas donde las cosas no entran. Papeles, papeles, papeles... Ropa en el suelo, colgando de la silla, prendida en los clavos de la pared. Magnífico desorden, símbolo de mi vida europea. Mi último reducto tenía que ser algo como esto: una covacha donde todo se encuentra mezclado: un libro de Hölderlin junto a una botella de coñac y un preservativo. Más allá una manzana, pastillas para la gripe. *Le Monde*, fotografías de mujeres, cartas, una liga, pasado y porvenir confundidos. ¿Qué significa todo esto? ¿De dónde vengo? Dentro de una semana en Génova, dentro de un mes en Lima.

*19 de marzo*

Nuevo aplazamiento. ¿Hasta cuándo? Berlín me harta. Llevo una vida estúpida. No escribo, apenas leo. El sexo, Gisella, y esa angustia vespertina, ese deseo de ver el mar italiano, los buenos días claros del Sur. Basta de nieve ya, de abrigos, de zapatos húmedos, de coñac que ni siquiera detiene la gripe, de estas bellas estatuas frías que nunca han visto un bigote... Cigarro tras cigarro espero el sueño que no vendrá sino tarde cuando allá, en la esquina que sé, haya bebido una cerveza y observado a los borrachos. Y mientras tanto en Lima la gente viene de la playa, duerme la siesta y en mi casa se sufre —mi hermano— y se me espera.

*20 de marzo*

Ayer por la noche mi estado de depresión nerviosa alcanzó el paroxismo. Efecto tardío de las cuatro tazas de café bebidas en el almuerzo. A las diez de la noche sentí algo así como la proximidad de la locura. Nadie con quién conversar. Vertiginosa salida hacia los bares. Reflexiones sobre la soledad. ¿Qué hacía yo caminando por las calles de Berlín? En una esquina me aposté en un mostrador para beber una cerveza. Mi expresión debía ser tan atormentada que un hombre que bebía a mi lado me preguntó: «*Warum sind Sie so nervös?*» Y luego me comenzó a hablar, incluso me dio consejos, me entretuvo. Era un obrero.

Lo dejé hacer. A la media hora, con el esfuerzo que había hecho para comprenderlo, mi intranquilidad había desaparecido. Salí reconfortado por este pequeño, incompleto pero invalorable contacto humano. Así basta a veces una palabra, un gesto, un mínimo ademán de comprensión para darnos cuenta de que no estamos solos, de que a pesar de todo, el hombre se interesa por el hombre. ¿Hasta qué punto? He allí lo grave. Como dice La Bruyère: «Ninguna persona gana en ser profundizada.» Los amigos que más estimo son aquellos que no conozco completamente, es decir, que no he querido conocer hasta el revés de la figura. La amistad tiene una frontera natural que nunca debíamos sobrepasar: más allá de ella el contacto se convierte en colisión.

*Hamburgo, 29 de marzo*

Viniendo del barrio de Saint-Pauli, en la estación del metro, el tipo sucio, barbudo, mal trajeado, con pinta de borrachín portuario, que en francés le dice a la mujerzuela cuarentona, a la cual parece haber conquistado: «*Mais, n'oubliez pas que je suis ingénieur.*» Luego, en el vagón, cogidos de la mano, se daban besitos discretos, se emocionaban con las instalaciones iluminadas que les ofrecía la ventana. «*Regardez, que c'est folie les lumières sur l'eau*», decía ella. Bajaron en Hauptbanhof y se perdieron abrazados por las calles lluviosas, rumbo hacia alguna covacha, hacia alguna cópula grotesca.

—¿En qué medida el hecho de hablar una nueva lengua crea una nueva personalidad? ¿Nuestra naturaleza es tan poderosa que puede utilizar a su servicio, sin traicionarse, un nuevo sistema de expresión? H., en español, es comunicativo, cariñoso, atento, sensible, pródigo. En alemán es seco, reservado, tímido, orgulloso, económico. Cuando dice: «Aquí tengo treinta centavos», los gasta con facilidad. Cuando dice: «*Hier habe ich dreizig Pfennig*», piensa dos veces antes de hacerlo.

*Francfort, 30 de marzo*

Paseo matinal por Kaiserstrasse. Domingo soleado y capitalista. Elegancia, grandes almacenes, prosperidad. Efecto de la dominación yanqui: películas en cinemascope, elevado estándar de vida, muchas heladerías. Soldados por doquier, vestidos de civil, pero inconfundibles. Al norteamericano se le reconoce porque anda en grupo, lleva el pelo rapado, usa ropa cómoda y ancha y muestra en sus ademanes la soltura, la indiferencia y el desprecio del conquistador.

—Aquí los pobres no tienen derecho de ciudad. Deben huir o perecer. Hay lugares en cambio, como París, donde sólo a través de la pobreza es posible comunicarse con el espíritu de la ciudad.

*31 de marzo*

Luego de pagar el hotel, arruinado. Pagar un dólar solamente por el desayuno. ¿En qué país vivimos? En Madrid con un dólar se paga desayuno, almuerzo, comida y habitación. ¡Y si fuera todavía un gran hotel! Pero no, un viejo caserón convertido en cueva de ladrones. Si no fuera por mi *stage* en Klimsh, huiría hacia una ciudad donde no se vean soldados ni mercaderes. Y con los tres dólares que me quedan debo pasar quince días en este infierno. ¿A quién pedir dinero? Una carta a Lima y su respuesta demora dos semanas.

—Pensando en C. Haberla esperado casi cuatro años para partir quince días antes de su llegada. Me embarco el 20 de abril en Génova y ella llega a París en los primeros días de mayo. ¿A qué atribuir esto? ¿Un error de contabilidad en la gran máquina de la providencia? Dejemos de lado a la providencia. Un simple azar, como lo fue el haberla conocido.

—A Mimí tampoco la veré. El 15 de abril, cuando viaje a

Colonia, se producirá el «solsticio de primavera», pues entonces me separarán de ella solamente tres horas de ferrocarril. Esta astronomía sentimental obedece a leyes ciegas, arbitrarias.

*3 de abril*

Saludar a los franceses del clasicismo por haber empleado la palabra «objeto» para designar a la mujer. En el teatro de Racine, en los *Caracteres* de La Bruyère se encuentran a menudo frases como *«un si charmant objet», «un objet si precieux»*, etc. Ayer, en la taberna donde con mis compañeros de trabajo bebía Apfelwein, visión de una mujer donde la perfección de los rasgos la reducía a la condición de un bibelot. La belleza es en cierta forma inhumana o, mejor dicho, deshumaniza. Una mujer bella no es ya una mujer: es un «objeto» con el cual no cabe otra relación que la de uso, usufructo y posesión.

—Conversación con el patrón de mi hotel. ¡Qué paradójica, qué insondable es la persona humana! Media hora de conversación sobre política me bastó para formarme de él la peor de las opiniones: fascista, militarista, admirador de Hitler, partidario de las dictaduras, de aquellos que prefieren la tiranía al desorden. Luego cambia de conversación y comienza a hablar de los pájaros. Resulta un erudito. Me enseña libros sobre la materia, hermosos libros con heliograbados en colores. Me conduce a su pajarera donde alberga centenares de pájaros de toda especie. Me los describe, se emociona al hablar, me doy cuenta de que vive sólo para los pájaros. Me ruega enviarle de Lima un papagayo y otras aves cuyas características me obliga a registrar en mi libreta. ¿Qué decir, en suma, de un nazi que colecciona pajaritos?

*4 de abril, Viernes Santo*

Hay personas para las cuales ser simpáticas constituye su única profesión. Viven de su simpatía como otras viven de su ciencia medicinal, de su habilidad para el comercio o de su pericia en tocar la flauta.

Ellas son la versión moderna del bufón medieval. No están adjudicadas a ningún castillo ni son propiedad de ningún señor, pero los ricos las usan a su manera, pagan en especie su compañía y establecen con ellas una convención que se resume en «Hazme reír, que te invito a cenar».

*6 de abril, Sábado de Gloria*

Escribir no es un acto continuo. Generalmente va acompañado de largos intervalos de distracción durante los cuales se hacen dibujitos al margen del papel, se enciende un cigarrillo, se mira por la ventana, se piensa en cosas que no tienen nada que ver con la literatura. Por esta razón, si a las ocho de la mañana nos sentamos en nuestra mesa de trabajo y a las ocho de la noche hemos escrito una página, no puede decirse que hemos tardado doce horas en escribirla. Es necesario deducir de este tiempo todas las pausas enunciadas.

—Pero todas estas pausas han sido importantes porque ellas forman parte del tiempo de la creación. Creación y escritura son dos actos diferentes, entre los cuales no existe una relación de necesidad sino una relación convencional. La verdadera creación se efectúa al nivel de la inteligencia pura y la escritura no es sino el signo que la transporta al mundo sensible, le da fijeza y curso obligatorio. La escritura es el signo visible y universal de un proceso invisible y personal. Un creador no es forzosamente un escritor. Existen, sin duda, creadores incapaces de expresarse. Un gran creador es aquel que ha encontrado el correlato perceptible de su proceso interior.

—Pero este fenómeno no es tan simple. Entre creación y escritura hay interdependencia. En la mayoría de los casos la escritura no es sólo la traducción simbólica de la creación, sino que a su vez opera sobre ella, hasta el punto de convertirla en una consecuencia de la escritura. Las nociones de ritmo, de consonancia, de armonía, de aliteración, reactúan desde el plano del signo y condicionan la marcha de la creación. Cuando este condicionamiento se convierte en predominio caemos en lo que se llama «formalismo». (Revisar.)

*7 de abril*

Escribo porque el placer que me produce el acto de escribir es de una calidad tan especial que no puedo compararlo con ningún otro que pueda ofrecerme la vida. Bien entendido, no se trata de un placer físico, y justamente lo que no sé es en qué plano de nuestra sensibilidad se da este placer. Biológicamente, escribir me daña: fumo demasiado, muchas veces bebo, se me entumecen los dedos, me arden los músculos del cuello, y siento todos los síntomas de una tortura. Pero todo esto va acompañado paralelamente de un gozo tan singular que podría hablarse casi de un caso de masoquismo si es que no fuera más justo invocar el ejemplo de los místicos que se disciplinan. Lejos de mí sin embargo darle al acto de escribir un carácter sacral o religioso. Pero sí sostengo que escribir es una inmolación consciente y razonada que el escritor —el verdadero— hace de su tiempo, de su salud, de sus intereses materiales, de su vida, en suma, para crear un orden de palabras que lo satisfaga. ¿Qué es escribir si no inventar un autor a la medida de nuestro gusto?

*13 de abril*

Yo me pregunto, ¿qué relación hay entre mi cuento «Los huaqueros» que acabo de copiar y esta espléndida mañana primaveral de Francfort? Por la ventana veo a mujeres que no hablan mi lengua, que no comprenden mis reclusiones y que sacuden, apoyados en los alféizares, alfombras y colchones. Espiritualmente nos separan miles de kilómetros. Yo mismo me siento ausente, animal americano y extraño, recibiendo un sol ajeno, mi memoria muy lejos, allá, sobre las arenas peruanas.

(EL 20 DE ABRIL TOMÉ EL BARCO EN GÉNOVA CON HERNANDO CORTÉS Y EMPRENDÍ RETORNO AL PERÚ LUEGO DE CINCO AÑOS Y SEIS MESES DE AUSENCIA.)

# SEGUNDO DIARIO LIMEÑO CON INTERLUDIO AYACUCHANO (1958-1960)

*Lima, 14 de junio de 1958*

Nuevamente estas páginas... ¿Para qué? Escribir cosas que a nadie interesan, consignar lo irremediable. Hablar de C., luego de tanto tiempo. Mi encuentro con ella en la Plaza de la Inquisición, esos primeros días de gran amor, de recuerdos comunes. Después el lento distanciamiento. Ahora la situación de expectativa, la imposibilidad física de renunciar a ella. Conozco todos sus defectos, su historia ni me es extranjera ni me avergüenza. Lo único que me inspira —su historia— es un sentimiento de culpa. Ella, mi discípula, ha llevado mis teorías hasta límites inadmisibles. Los consejos de París, mi cinismo juvenil, esas ideas ruines que sólo expuse por seducirla, convertidas en sistema dentro de su pequeña cabeza. Su gusto por la bebida —oh coñac, aquella noche, en la rue De Buci—, que yo inculqué, ahora me fastidia. Y muchas otras cosas más. ¿Qué hacer? Sufro de una manera extraña. No tengo celos ni avidez de posesión. Mi conducta para con ella es de vigilancia, de tutela. «Tú tienes para conmigo una conducta paternal», me dice. Es cierto. C. es hechura mía en muchos puntos y yo me siento responsable si la abandono.

*Julio*

Mis relaciones con C. no tienen porvenir ni compostura: encuentros, distanciamientos, rupturas, reconciliaciones, horas de amor, horas de indiferencia, traiciones recíprocas seguidas de arrepentimiento, escenas de verdadera ternura, lágrimas, protestas, todo esto repitiéndose, confundiéndose, transformándose —¡y esa necesidad de buscarla cada cierto tiempo!— para terminar de pronto secos, sin gratitud ni dolor, o abrazados como hermanos o amantes.

*Julio*

Reconocer a una persona a la cual no se ha visto luego de 22 años. César G. apoyado en el mostrador de El Patio me restituyó automáticamente al Santa Beatriz de 1936, al patio del colegio Montesoriano. La gran escalera, la pila del centro, niñas con mandiles blancos y lápices de cera en sus cajitas y ese olor en el aire, ese color dorado de las mañanas, esos libros de lectura con sus letras enormes y sus dibujos de Simón el Bobito, todo esto brotando de un pelo amarillo, de un rostro rojizo y ya barbado que no me reconoce ni sabe que lo contengo en mí, pequeñito y de pantalón corto, tallando un anillo en pepa de durazno o haciendo rodar una bolita de piedra.

*Julio*

Todo trabajo en el cual no tenga que ejercitar mi inteligencia y donde este ejercicio no signifique un enriquecimiento de mi inteligencia es indigno de mí y me entristece.

—Es triste llegar a los treinta años sin tener un solo enemigo.

—El día en que pueda liberarme de la mujer, pero no de ésta o de aquélla sino de la mujer como especie, ese día podré tomar resoluciones verdaderamente irrevocables. Ahora vegeto a la sombra de un gran amor desgraciado, sufro y me pudro el espíritu reinventando recuerdos que no me aportan ningún consuelo o trazando proyectos —miles— que no tengo el coraje de realizar. Indeciso, extraviado entre mi apetito de poder —indispensable para organizar mi vida sentimental— y mi inclinación al ocio —que reclama mi vocación de escritor—, parto todas las noches en direcciones opuestas y me desgarro como una hoja de papel. Busco en vano la coherencia, la unidad y no sé en torno de qué pasión, de qué vicio, de qué terrible virtud ella terminará por cristalizar.

*2 de agosto*

Los que no sienten a la mujer como una potencia extranjera, ingobernable y maléfica; los que no consideran a la sociedad como un círculo erizado de espadas; los que no ven en las cosas más simples —una piedra, un boleto de ómnibus, una mancha del pantalón— el signo de la adversidad, ésos, no sé cómo pueden vivir, pero son, sin duda, los triunfadores.

*8 de agosto*

Ayer en el óvalo de Santa Cruz gasté mis últimos soles bebiendo un whisky para festejar —digamos mejor «memorizar»— mi rompimiento definitivo con C. Todo fue el resultado de una conversación muy serena en la terraza de su casa, luego de una cena donde Jorge Benavides. Ella estaba preparada a mi obertura, pues sin permitirme acumular datos ni pretextos me acordó fácilmente toda su razón.

¿Cómo puedo decir que estoy contento? C. ha sido, si exceptuamos pequeñas aventuras, el más grande amor de mi vida. Nuestro año en París, luego nuestra correspondencia, en fin, nuestro reencuentro... todo ha sido hermoso a pesar de las nubes y de las controversias. Qué de defectos tenía esta mujer y cómo recibía sólo irritación de mis virtudes —nunca comprendió ni mi desinterés ni mi discreción—, pero yo he amado cada gesto suyo, cada centímetro de su piel.

*9 de agosto*

Si partí para Europa fue quizás para evitar esos vagares solitarios por mi casa vacía, esas mañanas enormes rodando de una habitación a otra, tocando los muebles, mirando las fotografías y los candelabros Ahora, como hace años, ando de nuevo entre mis cosas, las reconozco, pero trato en vano de encontrar un indicio. El gran ropero paternal con sus tres cuerpos guarda los mismos álbumes, conserva su olor a polilla muerta. Su espejo me devuelve mi cara, la misma, que se ha conservado no sé cómo luego de mil peripecias. El tedio difuso de estas mañanas, el sabor del cigarro... todo permanece idéntico. También mi deseo de partir, sin lucha alguna, vencido.

*Setiembre*

Me gustan las personas que tienen dificultad para expresarse porque ellas son las que hacen, en el curso de la conversación, los mejores hallazgos. De los que hablan fácilmente, en cambio, no podemos esperar otra cosa que un discurso razonable, rutinario o previsible. El lento, el vacilante en expresarse se sorprende a sí mismo y sorprende a los demás. Su esfuerzo, cuando es inteligente, da siempre frutos. Puede hablarse en este caso de una «conversación creadora».

*7 de setiembre*

Ironía de recibir el mismo día y con una semana de tardanza saludos de cumpleaños de las dos únicas mujeres que me interesan. Mimí me escribe del Viejo Dios y C. me llama por teléfono, rompiendo así la tregua concertada. Ambas se percataron de mi aniversario releyendo mis cartas. ¡Qué de tiempo, qué de quietud perdidos en estas aventuras y qué poca esperanza de reavivar la llama extinguida! Ahora que he renunciado a mi trabajo y que me propongo vivir miserablemente preparando conferencias que no rentan un céntimo, me considero más que nunca al margen del amor, perdido en aquella triste vía donde sólo cabe esperar lo que Proust llama «los placeres de la inteligencia».

Yo me digo: estas cosas no debía escribirlas. ¿Por qué no hablar de Gide, por ejemplo, que leo con avidez o de mis amigos que triunfan o de este complicado país o de lo que sucede en Asia? Pero de todo ello hablan personas sabias y perspicaces y lo hacen además con placer. Yo no puedo dar testimonio más que de mí mismo —al menos en este diario amarillo—, de mis andanzas, de mis 29 años cumplidos sin ninguna gloria, rico en virtudes, pero con las manos vacías, sin biblioteca, sin hijos, sin profesión, sin diplomas, sin títulos, sin porvenir...

*18 de octubre*

Atmósfera propicia al diario. Ayer rompí mi dieta, bebí y me achispé. Me enteré de que C. había partido para Huallanca y a tal punto me trastornó la noticia que volé a su casa en taxi para verificar la mala nueva. ¡Era verdad y sin despedirse! Llegará a Lima cuando nadie se lo imagine y un tercero me dirá: «He visto a C. en tal sitio.» Enterarme de sus andares por terceros. Como Swann con las andanzas de Odette. Saberla lejos me tranquiliza en parte, ya que me pone a salvo de los encuentros y del daño moral que ellos me causan. Sin embargo, ayer, en mi conferencia en la ANEA, me hubiera gustado verla entre el público.

¿Cuándo esta inicial, C., desaparecerá de este cuaderno? Hablemos mejor del papagayo de Jorge Benavides, de cómo no ha alcanzado su absoluta condición animal y continúa siendo un poco planta. Las plumas verdes de su cola, ramillete de hojas; las de su cuello, una flor silvestre; y sus patas, ramas que apenas se distinguían del tronco de árbol al que estaba aferrado.

*4 de noviembre*

A punto de terminar mi novela *(Crónica de San Gabriel)*. Me faltan apenas cuatro o cinco páginas. Avanzo a una réplica por día. Escribo fríamente, como si se tratara de concluir una obra ajena. Hay algo en esta novela —mucho tal vez— que no me pertenece. Leticia es un personaje viviente. Es el único que desde el comienzo no me ha obedecido y ha hecho de mí un servil perseguidor de sus antojos. ¿Consistirá en eso el secreto de la creación novelística? Mis dudas acerca del éxito de esta novela me atormentan. Creo que habrá un público para ella, pero desgraciadamente será un pequeño público. Desde ahora preveo las críticas más agrias: desconocimiento del ambiente, ignorancia de los problemas sociales, exceso de fantasía, etc. Pero a mí, esta vez, no me interesa más que el juicio de los literatos. Los sociólogos y los etnólogos me demolerán. Si deseo que triunfe es solamente para justificar ante mí tanto tiempo, tantas ocasiones perdidas. El «reino perdido» no es en realidad el que figura en la novela: es el tiempo del escritor, los innumerables días de belleza que sacrifiqué por imaginar esas historias.

He encontrado en Montaigne una frase que me puede servir de epígrafe: «No enseño nada, cuento...»

*11 de noviembre*

Para escribir necesito un mínimo de irresponsabilidad que sólo puede dármelo el alcohol hábilmente dosificado. Lúcido soy tan incapaz como borracho. Alcanzar esta embriaguez media es una operación arriesgada. Solamente al corregir actúo con plena conciencia.

—Me complace, por una parte, que desde mi llegada a Lima mis apetitos sexuales hayan caído en un letargo sabio y soportable. Ayer que estuve en un cabaret rodeado de «ombliguistas» me asombré de la frialdad con que las vi evolucionar a mi alrededor sacudiendo sus carnes. Unos años atrás no hubiera podido dormir o hubiera dormido inquieto o hubiera dormido con alguna de ellas. Ahora las mujeres que me incitan a la licencia son escasas. Esto —desde el punto de vista de Marañón— es un síntoma de madurez sexual. Pero a veces añoro mis noches de fiebre cuando, incontenible, salía a la calle para atrapar cualquier fantasma femenino.

*12 de noviembre*

Los recuerdos involuntarios de que habla Proust. De pronto me vino la imagen del monasterio de La Rábida, sin que nada, en el contexto de mis ocupaciones, hiciera presumir que este recuerdo afloraría. Mientras el monje conducía a nuestros compañeros por el claustro, C. y yo nos rezagamos y delante de un cuadro —un martirio creo o una crucifixión— fuimos impelidos el uno contra el otro con tanta avidez —inexplicable, dado el lugar y las circunstancias— que de no haber escuchado las voces del grupo hubiéramos sorbido el máximo placer casi sin esfuerzo. Era un lindo día de primavera. A la salida bebimos un vino dulcete en una tasca del camino. C., achispada —sólo ahora me doy cuenta—, se negó a cruzar el brazo de río con nosotros y se arrojó con peligro de su vida a un barco cargado de monjas que partía.

*19 de noviembre*

Marte, astro guerrero, es el único que atraviesa esta otoñal niebla limeña. Desde el taxi he mirado el firmamento. Las luces de la ciudad ponen un reflejo lechoso en el cielo. El hombre modifica el paisaje. Hace apenas unos siglos este mismo cielo era oscuro, ni siquiera hubiéramos podido ver la alta neblina.

—Larga entrevista con C., teatro, cena en La Pizzeria. Gasto el producto de *Cuentos de circunstancias*. Conversación de viejos amigos, de los cómplices de una antigua comedia. Confidencias, absoluta libertad de juicio y de palabra. Sensación de plenitud a la vista de la amante perdida. Sensación de tristeza, también. C. parte para Estados Unidos. En esta misma máquina he redactado las cartas que le hacían falta. Era como escribir su carta de despido.

—Incertidumbre acerca de mi porvenir. Si no fuera por la aciaga úlcera que me maniata y me hace esclavo del dolor, siempre artero, podría hacer tantos viajes: Tarma, Huancayo, Cusco, Chimbote... Deseo de curarme antes que nada, tener por lo menos en reposo mis heridas materiales y dejar que las otras se curen solas o las cure el olvido.

—En el teatro vimos a G. Supe en ese momento que ida C. reiniciaré con ella, inevitablemente, mi aventura berlinesa.

*6 de diciembre*

En cama desde el domingo, día en que sufrí la hemorragia. «La floresta se venga», dice el abuelo de *El pato salvaje* cuando Edvige se suicida. La úlcera se venga también, se venga de mi magnífico desprecio. Leche, pastillas, emulsiones, todo puedo soportarlo, salvo la falta de cigarrillos.

—Vino C. a visitarme. Espléndida, luego de sus primeros baños marinos. Por la puerta abierta veo el jardín soleado. Resolución de curarme por el solo ejercicio de mi voluntad. «No te puedes morir sin escribir tu obra maestra», me dice C. Nunca me siento más lejos de la muerte que cuando estoy enfermo.

*7 de diciembre*

Nueva visita de C. Dejamos, mientras conversábamos, que la noche entrara en la habitación. Sólo los faros de los automóviles, penetrando por la ventana abierta, alumbraban de cuando en cuando su rostro: veía sus enormes ojos y entre ambos, la cicatriz.

*10 de diciembre*

Ayer por la noche terminé mi novela, sentado en mi cama a la manera oriental. Fumé, naturalmente, cigarrillo clandestino traído por mi madre contra las prohibiciones del médico. Esta mañana copié los últimos párrafos. Sensación de alivio, más que de alegría, al ver escrita la palabra «fin». Ahora viene la parte más difícil y pesada: la copia en limpio.

*12 de diciembre*

El joven doctor S. R. —en cuyas manos he encomendado mi úlcera— trata de presentarse a sus pacientes como una persona segura de sí misma y por ello da a sus palabras una entonación enérgica y las acompaña de gestos que revelan convicción. Sin embargo, un ojo avisado como el mío ha calado bajo esta apariencia de firmeza a un hombre tímido e inseguro. Mientras me detallaba el tratamiento a seguir, yo no desprendía mi mirada de la suya, de modo que al fin, el doctor terminó por tartamudear, por confundirse y cosa extraña hasta por sonrojarse. Para reinfundirle confianza no tuve más remedio que bajar los ojos y elevarlos cada cierto tiempo con un aire de estupidez y obediencia.

*15 de diciembre*

Mi amor por C. ha llegado a tal grado de incandescencia que me basta pensar en ella para sentir en todo el cuerpo una crispación que me desespera. Llamo amor, sin embargo, a este fenómeno tan diferente al conocido en París hace cuatro años, cuando vivimos juntos. Sería quizás porque entonces, si bien no consumábamos totalmente el acto, nos procurábamos un placer absoluto. Ahora no descansa ni mi espíritu ni mi cuerpo. Es rara la noche en que no sueñe con ella —sueño siempre la traición—, lo que revela que me encuentro bajo el imperio de una idea fija, en un estado peligroso, vecino a la paranoia. Es curioso cómo mi poder de disimulación ha logrado despojar de mi aspecto exterior todo síntoma de tormento. Todos ignoran —amigos y familiares— que desde hace meses no vivo sino en función de un encuentro, de una llamada, de una confidencia de C. Ella se opone tenazmente al matrimonio, en primer lugar porque yo no le ofrezco ninguna garantía material —sin trabajo como estoy y sin independencia— y luego porque es muy escéptica con respecto a la duración de las pasiones. Pero la primera razón es la más poderosa. Ahora, como en París, la pérdida de C. será un gran dolor de origen esencialmente económico.

*19 de enero de 1959*

Mi primera página de este año nuevo será para consignar la terminación de una peregrina obra de teatro escrita casi a vuelapluma en estas dos últimas semanas. Se titula *Vida y pasión de Santiago el pajarero*. Me parece que está bien. La corrección de mi novela sigue paralizada.

*26 de enero*

Probablemente mi úlcera no es sino un expediente creado por mi naturaleza para protestar contra el trabajo y sustraerse a todo tipo de responsabilidad. He observado que me basta acercarme o pasar por mi antigua oficina para sentir un vago malestar que se acentúa para convertirse en angustia y finalmente en el dolor típico del ulceroso. En estas condiciones vivo, desde mi convalecencia, en un estado de pereza forzosa. Hace ya más de un mes que, en medio de la protesta general, vago por todas las habitaciones de la casa, muchas veces en pijama, sin hacer otra cosa que releer los periódicos, hojear mis libros, apuntar pequeñas ideas en mis cuadernos o contemplar el verano y sus productos por encima del muro familiar. Si no hubiera escrito en dos semanas de entusiasmo mi obra de teatro, me consideraría maldito entre los malditos. Sea buena o mala, aquella obra me ha devuelto confianza en mi capacidad de trabajo y me ha reconfortado un poco desde el punto de vista moral. Sin embargo, la visión de mis amigos y colegas, tanto de colegio como de universidad y viajes, amigos todos que prosperan, procrean, gastan y se multiplican, me atormenta. No hay uno solo, creo, que se encuentre en peor situación que yo, es decir, sin trabajo, sin renta, sin independencia. Todo esto es inexplicable, dado que pocos han tenido tantas oportunidades como yo. He hecho universidades, he viajado, he aprendido lenguas, pero todo aquello de nada me sirve en la vida práctica. Ni siquiera mi oficio técnico de experto en tricromía y selección de colores. Todos estos aprendizajes se estorban y se neutralizan. Embarazado de posibilidades, vivo en la más lamentable inactividad.

*5 de febrero*

Ayer, visita de cumpleaños a Perucho, quien se encuentra recluido en su granja de Santa Inés. Cuando llegamos se encontraba ya ebrio, circulando entre sus familiares, sin zapatos, sin camisa y con un pantalón de pijama andrajoso por donde asomaba su sexo. Se negó resueltamente a probar las viandas preparadas en su homenaje. No hizo otra cosa que beber y tocar el piano. Después del almuerzo se puso a llorar encima de la mesa. Más tarde se lanzó sobre mí con intenciones equívocas y tuve que repelerlo a viva fuerza sin poder evitar que me mordiera el brazo. A su sobrina le arrojó una botella; a una amiga, un vaso con limonada. A las cuatro de la tarde se tiró a dormir. Cuando atardecía subimos todos al automóvil y en el momento de partir Perucho salió a la calle envuelto en una bata roja y recogiendo una piedra la lanzó con tal fuerza y dirección que a pesar de la distancia nos alcanzó abollando un guardafango. Parece que esta semana lo internarán en forma definitiva. Es posible que el doctor Roca decida hacerle una lobotomía.

*20 de febrero*

Pequeño paseo nocturno por mi barrio de Santa Cruz.

En realidad, esta zona carece de poesía. La poca que existió —eucaliptos de Dos de Mayo, viejos *ficus* de Pardo, caserones abandonados— ha desaparecido víctima del progreso. Pero, aparte de esto, hay calles como Enrique Palacios que llevan en sí la predestinación de una incurable fealdad. Esta calle sólo puede ser salvada por la destrucción. He permanecido cinco minutos mirándola desde una perspectiva arbitrariamente escogida y he visto sucesión de fachadas pequeñas, sucias y tristes: un callejón, luego una peluquería, luego una tapicería, luego un verdulero, luego un sastre, luego una pulpería. Obreros o pequeños empleados en su mayoría. Mucha gente en la calle. Atmósfera densa de verano.

*21 de febrero*

Quisiera explicarme los orígenes y los alcances de mi pereza mental. Hace días que no hago absolutamente nada, a no ser releer algunos libros de poemas. Escribir esta página me exige ya un esfuerzo tan serio que siento contracciones en el estómago y un ansia infinita de beber líquidos turbadores y estimulantes. Trato de imputar esta molicie al calor estival, pero veo aquí una coartada dispuesta por mi amor propio. Mi estado de ánimo debe tener raíces morales, sentimentales. Como siempre, el sentimiento de culpa y de frustración. Todo aquello sólo puede ser abolido escribiendo una obra apreciable. Pero me siento incapaz del menor esfuerzo espiritual. Presiento una crisis y deseo casi precipitarla. Algo debe suceder. No puedo seguir más tiempo en mi pantano de Miraflores, viviendo entre libros, papeles y recuerdos a los cuales he chupado toda la savia.

*23 de febrero*

He tomado casi la determinación de interrumpir la corrección de mi novela. Su flagrante naturalismo me aburre. Más que nunca veo la necesidad de encontrar una nueva técnica que me permita construir un mundo que no tenga nada de común con los ya conocidos. Hay demasiada lógica, demasiado raciocinio, demasiada claridad, demasiado orden, demasiada psicología. Todo aquello lo hicieron los franceses hace cien años. El origen de todo este embarazo está en que mi actitud frente a la vida es una actitud intelectual y no una actitud novelesca. Explico e interpreto los hechos en lugar de presentarlos en su violenta confusión. Por ello es que incurro en el uso fatigante de un lenguaje abstracto, lenguaje de analista, de sociólogo, de expositor científico, en lugar de emplear el lenguaje del poeta. Lo peor de todo es que no veo dónde recoger los elementos de una nueva técnica narrativa. De los franceses no cabe esperar nada. Menos aún de los españoles y latinoamericanos. Quizás los yanquis puedan ser los únicos que puedan serme útiles. Pero tampoco tengo mucha fe en las fórmulas importadas. Necesito yo mismo renovar mis recursos expresivos. Yo que odio el lugar común, veo mi obra plagada de lugares comunes. ¿Cómo evitar, en efecto, en una obra naturalista y objetiva, expresiones como «montó en cólera», «volvió la cabeza», «no despegó los labios», etc.? Se necesitaría afrontar la materia literaria desde una perspectiva tan singular que todos estos lugares comunes quedaran automáticamente excluidos. Tal es el caso del poeta que al hacer poesía no siente la necesidad de emplear locuciones explicativas o discursivas, como «en consecuencia», «por ejemplo», etcétera, porque dentro de la tónica de su creación dichas expresiones no son necesarias. Pero, ¿existe una técnica que apareje el uso de una nueva sintaxis y de un nuevo vocabulario?

*24 de febrero*

*Je ne conçois ma vie que comme un enchainement de morts successives. Je traine derrière moi les cadavres de toutes mes illusions, de toutes mes vocations perdues. Il y a un avocat sans titre, un professeur sans chaire, un journaliste tari, un bohémien médiocre, un imprimeur obscur et, presque, un écrivain raté. Soirée de grand pessimisme.*

*9 de marzo*

No sé de nada más difícil que penetrar en las determinaciones de una mujer, especialmente de una mujer como C. Ayer, luego de una ausencia de casi tres meses, recibí su sorpresiva visita. Paseamos por la vieja Lima hasta medianoche. Luego fuimos a una *boîte* popular en La Victoria. Estuvo sumamente complaciente y cariñosa. Mi frialdad inicial se esfumó, sobre todo cuando recorrimos el Puente de Piedra, viendo el caudaloso Rímac de los huaicos —como en París cruzábamos el Pont-Grenelle sobre un Sena invernal que arrastraba pedazos de hielo. Me ha invitado a pasar el fin de semana a su casa de la playa. Hernando Cortés irá también con su novia. Serán días decisivos y desde ahora les atribuyo una importancia capital en mi conducta futura.

*16 de marzo*

Inquieto, apesadumbrado por haber caído nuevamente en la tentación de C. Me pregunto para qué sirve la experiencia. En estos tres meses de separación me decía que mi pasión había desaparecido por incandescencia. Falso. Han bastado estos días de playa para que se reabran todas mis heridas. He sentido otra vez esa sensación de sufrimiento total y de paz indecible que me produce alternativamente su presencia.

En general al lado de C. jugaré siempre el papel de la víctima. Tengo que referirme a ella en términos maléficos. Ella tiene sobre mí una especie de potestad diabólica. Como soy mucho más sensible que ella y muchísimo más débil, me siento casi femenino a su lado y a ella terriblemente varonil. Ella me toma y me deja, como los hombres hacen con las mujeres y yo lo consiento todo. Pienso que un recurso extremo para dominarla sería la fuerza física, incluso la violencia, pero dudo que llegue a utilizarla si hubiese oportunidad.

*22 de marzo*

Cuando hace dos días le confesé a C. que mi vida se me presentaba como una trama de problemas sin resolver, ella tuvo el tino de responderme: «soluciona primero tu problema económico, que todos los demás se resolverán por añadidura». Es una verdad que siempre me he resistido a aceptar. Mientras siga viviendo en esta oscura pobreza y ociosidad no podré curarme, ni vestirme, ni cultivar relaciones, ni viajar, ni escribir, ni hacerme amar por nadie. Cuando añadí: «Dentro de tres meses podré alquilar mi departamento y espero que tú me ayudes a decorarlo», su respuesta fue de un terrible realismo: «Es demasiado tarde.» Desde que llegué de Europa —al menos durante los tres primeros meses—, C. me preguntaba todos los días: «¿Ya conseguiste tu departamento?» Siempre le respondía: «La próxima semana.» Al fin terminó por no hacerme más la pregunta. Se sentía frustrada por un hombre que no tenía dónde recibirla o a quien ella debía brindar su casa para pequeñas e íntimas reuniones. Tuve una vez el descaro de decirle: «Deberías tú alquilar el departamento», a lo que me respondió con razón que eso correspondía al hombre.

*29 de marzo*

Nuevo fin de semana en la casa que C. tiene en la playa de Punta Negra. Fui sabiendo de antemano que habría de sufrir. En esos tres días C. no tuvo un solo momento de acercamiento o de simpatía hacia mí. En cambio se prodigó con sus otros invitados. La casa estaba llena. Parecía una pensión marina.

—Lo más importante fueron las conversaciones con G. El caso de ella es muy semejante al mío. Ella vive bajo la dominación sexual de un hombre hermoso pero intelectualmente inferior, al cual desprecia pero a quien no puede renunciar. A instancias suyas evité el escándalo que estaba decidido a realizar. Hubo un momento en que me encontré a punto de darle una bofetada públicamente a C., movido por los celos y para castigar su desdén. G. me dijo: «Haz el escándalo si la persona que lo motiva vale la pena.» Su observación me hizo reflexionar, luego me incapacitó para la acción.

—Me pregunto: ¿hasta qué punto C. me interesa por ella misma o más bien porque atrae a los demás hombres? ¿Hasta qué punto interviene la vanidad?

*2 de abril*

Ayer, saliendo de La Pizzeria, S. me llama a su lado y me dice: «Julio Ramón, ¡eres un idiota! Estás terriblemente enamorado de C. y ¿puedes creerlo? C. también lo está de ti. Lo que sucede es que no sabes tratarla. Ayer estuvimos hablando de ti y se convirtió en un mar de lágrimas. ¿Qué les sucede a ustedes? Para casarse no esperen los cuarenta años.»

Esta inesperada confidencia, viniendo de una mujer como S., que no tiene interés alguno en engañarme, me ha dejado enfermo. Lo peor de todo es que C. parte para Estados Unidos en estos días.

*6 de abril*

A esta hora —cuatro de la mañana— el mar parece invadir el cielo: todo el aire huele a conchas marinas a purísima sal, a yodo navegante. Regreso de un largo día en el cual C. ha jugado un rol estelar. Al amanecer parte para Estados Unidos. Sufrí mucho hace pocas horas y me dije que la vida se volvía estúpida, perdida esta mujer. Más tranquilo ahora pienso que nada me impide olvidar y que sería grato empezar una vida distinta, bajo una distinta constelación. Después de todo, esto ya dura demasiado: hace más de cinco años que la conocí. Es necesario renovarse por ciclos o estar condenado a morir de tristeza.

*7 de mayo 59*

Arte del relato: sensibilidad para percibir las significaciones de las cosas. Si yo digo: «el hombre del bar era un tipo calvo», hago una observación banal. Pero puedo también decir: «Todas las calvicies son desdichadas, pero hay calvicies que inspiran una profunda lástima. Son las calvicies obtenidas sin gloria, fruto de la rutina y no del placer, como la del hombre que bebía ayer cerveza en el Violín Gitano. Al verlo, yo me decía: ¡en qué dependencia pública habrá perdido este cristiano sus cabellos!»

*Fines de mayo*

Últimos acontecimientos: puesto de traductor nocturno en la agencia France-Presse; amanecidas de licor y poesía y discusiones con Paco Bendezú, Leslie Lee, Hernando Cortés, Pepe

Casapía; inminente venta de la casa; vago proyecto de regresar a Europa...

*1.º de junio (2 de la mañana)*

Pronto, forasteros ingresarán a esta casa. Se pasearán por sus habitaciones vacías diciendo: «Fíjate, allí pondremos el sofá», o «Esa pared la pintaremos de rosado». Luego saldrán al jardín para mirar el césped amarillo, la gran enredadera criadora de arañas y el barro de los pasajes transitados, donde ya no quedan ni las huellas de nuestra infancia. Pero sólo cuando contemplen los cipreses sentirán un temblor, pues allí creerán respirar el perfume de una antigua felicidad.

*Julio*

Espero que mi temporada en Chosica me sirva para poner un poco de orden en mi vida. Estos últimos días han sido desastrosos. En posesión del dinero,* mi virilidad ha renacido y he vuelto a encontrar el gusto de la mala noche y la bohemia desenfrenada. He gastado cerca de mil soles diarios. Quiero buscar la paz, la lectura, la meditación. Angustiado por el temor de gastar mi herencia.

*22 de julio*

Termina hoy mi temporada chosicana. Un mes que se ha pasado volando. Encontré menos tranquilidad de la que esperaba. Aparte de mis escapadas nocturnas a Lima, aquí mismo he sufrido y sucumbido a vergonzosas tentaciones. Hubiera sido necesario buscar un pueblo más pequeño e incomunicado, tal vez Ricardo Palma, seis kilómetros más arriba. En resumen, he

* Venta de los departamentos.

trabajado poco. Corregí apenas doce capítulos de la malhadada novela. El esfuerzo, el tiempo y el dinero que me va costando esta novela son completamente injustificados.

*30 de agosto*

Cuando era más joven me decía: «Antes de cumplir los 30 años debo hacer algo importante.» Mañana los cumplo y no he realizado nada que valga la pena. Otros han hecho dinero o se han casado. Yo no he hecho sino gastar el dinero y perder o renunciar a las mujeres (C. se ha casado en Estados Unidos con un médico italiano y Mimí espera en Amberes desde hace mes y medio una importantísima respuesta mía que todos los días aplazo). Todo esto es el precio de una carrera literaria, en este pobre país. ¡Si por lo menos me dieran el premio de teatro! Sería suficiente para justificar todo mi último año de vagancia, de mala noche, de enfermedad y de despilfarro. Con su importe podría también incrementar mi ya escuálido capital y tentar el regreso a Europa. Pero pasan los días y nada, nada, nada. Interrumpido mi relato «Al pie del acantilado». La casa a punto de alquilarse y no sé dónde iré a vivir. Hay algo que cruje en medio de todo esto, algo que va a derrumbarse. Hace dos noches con Hernando Cortés en un bar sentimos pesar nuestro desánimo y nos dijimos que ya no teníamos juventud.

*15 de setiembre*

Lo que deseamos se nos da, pero muy pocas veces en el momento oportuno. Todo llega, sin duda, pero cuando ya no lo necesitamos o cuando lo necesitamos menos o cuando ya no tiene importancia. En Hamburgo estuve a punto de enloquecer porque no veía cómo procurarme los 500 dólares que necesitaba para viajar a Amberes y tentar el rapto de Mimí. Ahora llegó ese dinero y lo gasté estúpidamente porque no sabía qué hacer con él. El año pasado, durante dos meses, me desviví por encontrar un departamento y perdí a C. por no tener dónde llevarla y amarla. Ahora tengo el departamento a mi disposición, con terraza sobre la avenida Arequipa, pero ni siquiera vivo en él y lo único que hago es ir de vez en cuando a beber una cerveza y mirar los cuadros y espiar el tráfico de la avenida. Es terrible pensar que uno se priva de tantas cosas bellas y definitivas —en el sentido de que pueden definir una vida— por una falta de concordancia entre diversas situaciones. La felicidad, desde esta perspectiva, no es otra cosa que la coincidencia del mayor número de circunstancias favorables.

(VIAJE A AYACUCHO PARA DIRIGIR EL DEPARTAMENTO DE EXTENSIÓN CULTURAL DE LA UNIVERSIDAD DE HUAMANGA.)

*Huamanga, 23 de setiembre 1959*

Vísperas de primavera. En la Plaza Mayor, farolillos, bandas, carros alegóricos, desfile de reinas. Desde la ventana del Hotel de Turistas observo todo, amargado, herido ridículamente en la punta del pie. Por una uña en verdad pierdo esta bella fiesta de la cual tanto me prometía. En el baile de esta noche —ya se escucha la orquesta— sentirá su primer escalofrío toda una promoción de adolescentes huamanguinas. En pijama, fumo, escribo, pienso en cosas nefastas —en por qué no le escribí a Mimí, una vida que cambia por una carta no respondida— y contemplo mi dedo tronchado de donde mana, intermitente, el dolor.

*30 de setiembre*

Tiranía de las asociaciones. En el cuarto del hotel se apagó dos veces la luz. «¡La señal!», pensé de inmediato. Sin transición me encontré en París, en mi cuarto del Hotel Jeanne d'Arc, en 1954. Cada vez que C. me llamaba por teléfono, el conserje, para no subir los tres pisos, cortaba por dos veces la luz de mi habitación si era de noche o la encendía dos veces si era de día. Cuántas noches, tendido en mi cama, miraba fijamente la bombilla encendida hasta enceguecerme, esperando la señal. De pronto el cuarto quedaba a oscuras y de un salto yo me precipitaba al pasillo, descendía a zancadas las escaleras y entraba como un bólido a la conserjería. «*Doucement*, decía el patrón, *vous risquez de vous casser une jambe.*» Todo esto lo conserva mi memoria preciosamente y yo me digo: «¡Qué hago aquí, Dios mío, qué maldición ha caído sobre mi pobre corazón!»

*21 de octubre*

Consignar la atracción que ejerce sobre mí la alumna H. Es la primera vez que me intereso por una mujer que, para la mayoría, debe ser fea. Ninguno de sus rasgos es atractivo. No tiene ni ojos, ni nariz, ni labios, ni cutis, ni piel, ni cabello agradables. Lo que tiene es la simpatía de la expresión, del gesto y del movimiento. Es extraño: le basta desplazarse o acompañar cualquier frase suya de un ademán, de una entonación, de una mueca para que me produzca una irresistible gracia. En este aspecto me hace recordar a Mimí, a quien debo ver en París, si todo sale bien, dentro de tres meses.

*26 de octubre*

¿Por qué esa tendencia a huir o evitar lo que me conviene? Ni entré al Ministerio de Relaciones Exteriores cuando tenía 16 años ni me recibí de abogado, ni hice estudios regulares en Europa —lo que me representaría estar ahora en San Marcos como profesor *full-time*— ni perseveré en Duplotécnica... Ahora, Huamanga me ofrece la oportunidad de reintegrarme a la comunidad, no sólo desde el punto de vista académico. Aquí puedo no solamente trabajar sino ahorrar y aun hasta casarme.

Hay una candidata lugareña, bastante bonita, quizás la única de toda la ciudad, afortunada además aunque un poco gris de temperamento, a quien cortejé en un bautizo. Cualquier hombre razonable echaría aquí el ancla. En mis escasos momentos de pragmatismo me digo: «Es la oportunidad.» Pero siempre ese horror a las raíces, esa fobia por el sedentarismo. Sé que dentro de tres meses me iré de esta universidad, gastaré mis mil dólares en viajar a Europa, perderé —una vez más— a esta simpática regnícola. ¿Para qué? Para vagar por el Barrio Latino, sabe Dios en busca de qué amores, de qué escrituras, de qué recuerdos fantasmales. Mimí me espera, es verdad, y los hoteles donde viví con C. Pero, ¿qué significa esto desde el punto de vista positivo? Diríase que busco furiosamente la frustración, el aniquilamiento.

*28 de octubre*

Gran noche huamanguina de tristeza. Detalles adversos que se acumulan y, de pronto, nos han rebasado. Parte de mala salud, parte de mal tiempo —¡esos cielos nebulosos de tormenta seca!— pero sobre todo la espada, la eterna espada de la incertidumbre. ¿Qué haré cuando parta de Huamanga? Ya en Lima no tengo casa. Me digo: ir a París, gastar en el pasaje mis ahorros y luego morir allá de olvido o quizás en un último y gran amor que me consuma. Pero eso no es vida, Dios mío, al garete voy, sigo viajando.

*1.º de noviembre*

¿Quién dice que la provincia es aburrida? Cuando hay de por medio una mujer no existe ciudad pequeña. Ayer por la noche, en el baile de la Corporación de Estudiantes —largo salón municipal, banda infame que parodiaba mambos—, grandes progresos con la bella regnícola. Hubo un conato de escándalo incluso, en el que estuve a punto de que me rompieran la cara. Cuando sobre el balcón besaba esos deliciosos labios, llegó el enamorado, estudiante fornido, con diez años menos que yo y treinta kilos más de peso, bella estampa de hombre, y se llevó a mi pareja para increparla. Tuve que salir en su defensa y abandonando el baile salimos el mozo y yo a trompearnos al costado de la catedral. Pero la sangre no llegó al río. Un oportunísimo mediador nos separó. Cuando regresé al salón la bella se había ido, temiendo verse comprometida en un pugilato. Pero esta mañana estuvo rondando por la plaza y por el restaurante donde almuerzo. Me vio acodado en el mostrador, tomando un whisky tempranero. No me acerqué, simplemente por teoría de amor.

*6 de noviembre*

Hermosa tormenta seca. Centellas y truenos, pero ni gota de agua. Caminar por los portales viendo ese cielo partido y recompuesto. Extraña sensación de inquietud, algún presagio. Lo mismo en Mortsel, durante las tormentas veraniegas. Además, las mujeres, Dios mío, esos raros compuestos. Me felicito de no conocerlas, de tenerlas siempre como enigmas renovados. Hay brutos que las aman y las golpean y las saben de memoria. Para mí son una charada, algo que incita a mi inteligencia y hace bullir mi corazón.

*1.º de diciembre*

La pequeña indígena, de apenas unos tres años, que vi hoy en los portales. Descalza, inmunda, con un cabello que de sucio parecía de trapo, pero con el rostro más hermoso y terriblemente humano que he visto jamás en un niño. Parecía encarnar el destino de toda una raza. Los profesores que estuvieron conmigo convinieron en que era excepcional. Uno de ellos —el pintor

Enrique Camino Brent— preguntó a la dueña del café si podía llevársela a Lima. «Claro, respondió, si no tiene a nadie. Una mujer la cría.» Luego nos dijo que sabía cantar en quechua. Nosotros le pedimos a la pequeña que cantara. Para esto, se había reunido mucha gente a su alrededor. La niña se resistió, pero presionada por la dueña del café empezó a cantar, con una voz que apenas se escuchaba, una voz que era un llanto, no sé si de miedo, de vergüenza o de pena. Cuando terminó de cantar estaba llorando. Lágrimas grandes salían de sus ojos y limpiaban su cara. Yo me sentí mal en ese momento. Luego vino «la mujer que la criaba» y se la llevó de la mano. El pequeño ángel —porque no podía ser otra cosa— se fue por la plaza, con sus pies llenos de barro, volteando la cabeza. «Verla de nuevo», me digo. Siento una emoción particular, distinta, al pensar que podría recogerla y librarla de toda una vida abyecta y servil. ¿Instinto paternal? Es posible. En todo caso es absurdo vivir aún en el país de la caridad y que el destino de un ser humano dependa de un capricho o un rapto de bondad.

*23 de diciembre*

Si no se suspende el vuelo, como sucedió ayer y hoy, ésta será mi última jornada huamanguina. Mañana debo estar en Lima, vísperas de Navidad. Un poco perturbado por dejar esta ciudad, en la cual mis vicios y mis pasiones trazaron sus pequeños itinerarios. Idos los alumnos y la mayoría de los profesores y empleados del claustro, la ciudad me parece desierta. Me paseo por la plaza soleada, rodeada de cerros secos y rajados, miro los campanarios, la espadaña de los jesuitas y siento desasosiego. Busco en vano la silueta de H., por quien fui concibiendo un creciente interés. En su lejana provincia. Nunca más la veré.

*Miraflores, 27 de diciembre*

Otra vez en Miraflores, pero ahora viviendo en la buhardilla de mi abuela, viejo cuarto enclavado en el fondo de una quinta, cuarto lleno de muebles antiguos, de fotografías de parientes muertos, y de objetos que antaño fueron floreros, perchas o quizás lámparas y que, inservibles en el presente, observo con un poco de curiosidad y muchísimo fastidio.

*3 de enero de 1960*

Este año nuevo me sorprende en la buhardilla de 28 de Julio, leyendo diarios íntimos, escuchando música de Sidney Bechet y de Vivaldi, matando el tiempo en el cine, bebiendo cerveza en el Violín Gitano, consumiendo en la pereza y el desorden lo poco que resta de mi capital. Espero, además, una promesa sobre un posible viaje a París. Quizás se realice pronto: me darán el pasaje y allá me las tendré que arreglar. Llegaré al aeropuerto de Orly en pleno invierno, ciudad nevada, y sin un céntimo. Sé que sufriré, pero no me resisto. Por momentos pienso que viajo a buscar mi propia muerte, en el sentido en que habla Rilke: «*de la mort à nous, de celle que nous appartienne*». No sé si veré a Mimí, de quien no recibo carta hace dos meses. Desasosiego, miedo y a pesar de ello deseo de partir.

*8 de enero*

Relectura de mi diario, un poco a vuelo de pájaro deteniéndome aquí y allá. Empecé por el cuaderno más viejo: el del año 1950. Hace algún tiempo destruí los de los años 47, 48 y 49 que estaban dedicados en su mayor parte a comentar los libros que leía. El cuaderno del 50 es casi ilegible, salvo cuatro o cinco páginas que no he tarjado. El cuaderno verde de París es interesante, pero tiene mucha basura. El cuaderno verde de

Munich es flojo. Las páginas de Mortsel están mejor. Sólo entonces comencé a darme cuenta de que el diario formaba parte de mi obra y no solamente de mi vida. Los mejores son los diarios de Berlín y de Lima a mi regreso. En ellos creo haber encontrado el estilo del diario íntimo: un estilo apretado, expresivo que interesa no solamente como testimonio sino también como literatura. Si continúo por el mismo camino creo que mi diario, de aquí a algunos años, será probablemente la más importante de mis obras. Esto no me alegra, ciertamente.

*18, 19 o 20 de enero (?)*

A veces pienso que podría hacer temblar al mundo desde esta miserable covacha si, liberándome de todas las ataduras, escribiera brutalmente, como sé que puedo hacerlo. Pero me detiene el pudor, un exquisito amor por las formas y la cobardía de todos los escritores que sienten interponerse, entre ellos y la vida, una biblioteca y veinte años de lecturas. Sin embargo, llegaré quizás algún día a tal grado de comprensión que estallarán mis ligamentos y saldrán disparadas las palabras como piedras.

*(Más tarde)*

Como en París, me hago la siguiente reflexión: hasta qué punto nuestras necesidades materiales limitan la altura de nuestras aspiraciones. Para un hambriento, todo el mundo está contenido en un plato de sopa. Para el que ha saciado su hambre, la vida puede tomar la bella apariencia de un vaso de vino. Aplacada la sed y el hambre, aspiramos a fumar un cigarrillo. Satisfechas estas necesidades, buscamos un lugar cómodo para reposar. Si lo encontramos, apetecemos una mujer. Poseída ésta, nos dedicaríamos placenteramente a escuchar música o a leer o a viajar o a escribir. Se trata de toda una jerarquía a la cual vamos gradualmente aspirando. Un hombre que no ha aplacado su hambre podrá difícilmente sentir la necesidad de ilustrarse, así como tampoco escribirá con placer el fumador que no ha chupado un solo cigarrillo. Los más grandes proyectos espirituales se edifican sobre la base de la satisfacción de los apetitos primarios. Origen de la reflexión: esperé inútilmente todo el día la visita de algún amigo que pudiera invitarme a comer. El resto de la vida no me interesaba.

*12 de febrero*

Contemplar una reproducción de Brueghel en colores, ¿nos consuela de nuestras miserables decepciones? He tenido tantas y tan seguidas estos días que miro en vano, casi sin alterarme, esta hermosa litografía de *Los ciegos*, iluminada apenas por mi lámpara. Se frustró el viaje a París —tanto la beca como el pasaje gratuito— y no sé qué responderle a Mimí que me espera a fin de este mes en el jardín de Luxemburgo. No tengo el coraje de entrar en complicados detalles y sería capaz de mandarle tan sólo un telegrama diciéndole: «*Inutile de nous rencontrer à Paris. Tout l'edifice s'est écroulé. Adieu.*» Por otra parte, me persiguen mis acreedores y he hecho una vana pesquisa por la despensa buscando algo que cenar.

*30 de abril*

¿Por qué será que en los ojos de ciertos niños se encuentra ya contenido todo su miserable destino? Miré esta mañana a mis dos vecinitas —cuarto de abajo, poca luz, madre costurera— y vi que sus ojos eran pozos de terror. Negrísimos, pura pupila, líquidos, miraban el jardín de la quinta, las palmeras, los hombres que pasaban, como si sólo las cercara el daño y no cupiera esperar del mundo otra cosa que lo atroz.

*5 de mayo*

Días desarreglados, viviendo en dos casas, amando aquí y allá, estúpidamente, perdiendo salud en los bares, en las caminatas, pasando entre las charlas de mis amigos —dejar a uno para ver a otro y luego a otro y así...— como una tea que se consume. Todo a causa de la ausencia de convicciones, de maestros espirituales y de un estilo de vida por elegir. Y como ha venido la niebla me ahogo bárbaramente por las noches.

*30 de mayo*

Tengo miedo de dormir esta noche y un hambre de los cojones. Me pregunto donde qué amigo ir, quién podrá recibirme, invitarme un trago, emborracharme y mandarme a la cama sin sentido. Releí viejos cuadernos diciéndome que estaban bien, muy bien, pero eso no me quita la tos ni alivia mi soledad. Tomo conciencia de que soy un artista y eso no me consuela. Un pequeño artista solamente, pero honesto, que jamás ha hecho trampa en su oficio. Largo camino y apenas un aprendiz. Pero es cierto que me falta decisión, que soy un poco cobarde. No me resigno a vivir sin amor y el camino del gran arte se tiene que hacer forzosamente solo.

*8 o 9 de julio*

Después de tantos días de bruma, después de tantas noches de vinosa francachela, qué agradable encontrar una tarde soleada y caminar por la ciudad viendo respirar a los árboles y sintiendo vivir parsimoniosamente a las personas. Todo parece fundirse en un maravilloso silencio: camino entre los autos de la avenida Larco, cruzo delante de las tiendas atestadas, pero no escucho otra cosa que la voz de mi corazón que canta.

*18 de agosto*

El ingenio avasallador de Sofocleto. Ayer, cena con él, Monguió, Juan Gonzalo Rose, Paco Bendezú, Gustavo Valcárcel, Genaro Carnero Checa. Sucesión ininterrumpida de chistes. Es verdad también que el auditorio era receptivo, estimulante y preparaba a menudo sus golpes de humor. Pero Sofocleto tiene una limitación: todos sus chistes son verbales. Juegos de palabras. Intraducibles. Limitados al español, muchas veces al peruano. No posee la gracia de las situaciones ni de los gestos.

*22 de agosto*

Últimos acontecimientos: beca para París de la Embajada Francesa. No me produjo mayor alegría, para qué decirlo. Debo partir a fines de setiembre y ando buscando la plata para el pasaje. Por coincidencia, tal vez viaje en el *Americo Vespucci*, el mismo barco que me llevó a Barcelona en 1952. Nelly, la bella camarera genovesa.

Regresó C. de Estados Unidos con su flamante esposo, un italoamericano muy seguro de sí mismo, inteligente, un poco agresivo y rasgos faciales de alguna austera orden religiosa: lentes, pelo corto sobre la frente, nariz recta, barba afeitada pero muy compacta, azul y varonil. Discutí con él en casa de S. acerca de Fidel Castro. Me interrumpí porque sorprendí una mirada de C., la única en toda la noche en la que me pareció descubrir nuestro antiguo lenguaje. Esa mirada decía a ciencia cierta: «Cállate, Julio, por favor, no dejes mal a mi marido.»

*25 de agosto*

¿Cómo explicar estas mañanas lentas de mi tierra, esta pereza del tiempo, las palmeras, el grito del frutero, la paz de los gatos en las enredaderas, las sirvientas que regresan con sus bolsas de fruta, nuestro cielo plomizo de invierno, el canto de una cuculí, el jardinero arrancando una plantita, perros que ladran en las grandes mansiones, la tristeza de la quinta, los árboles que se mueren con tanta servidumbre y de pronto una perla de agua y otra y otra más y la garúa que llega sobre nuestros ojos fatigados?

*30 de setiembre*

Vísperas del estreno de *Santiago el pajarero*. Confusión y desorden. Hernando Cortés abandonó la dirección hace cinco días. Se dio cuenta de que su escenografía estaba mal concebida, de que muchos movimientos estaban mal marcados, de que el vestuario no lucía sobre los actores como en los bocetos. En una palabra, tuvo miedo de responsabilizarse de un fracaso artístico. Esto revela un rasgo típico del carácter de Hernando: huye siempre ante el peligro, es incapaz de afrontar una situación que implica riesgos personales. Y es quizás la persona que sabe más de teatro en todo el Perú. Total, que ido el capitán, son los grumetes quienes hemos quedado a bordo tratando de evitar el naufragio. Nos hemos amanecido días tratando de corregir los errores graves, ajustando los cambios de escena y tratando de sacar algún partido del inutilizable decorado. Mañana, gran prueba para mí.

*Octubre*

Admiro la regularidad de este burgués, su culto de la propiedad, su «patriótico peinado». Es mi reloj, porque infaliblemente llega a las doce y media de su oficina. Sé que es sábado cuando trae paquetes en las manos (mantequilla, aceitunas, sabe Dios qué más). Los domingos hace jardinería. Para él no existen los demás habitantes de la quinta. Él y su familia viven solos, no solamente aquí, viven solos en todo el distrito, en toda la ciudad, en todo el mundo. No saludan a nadie. Pequeño autito y televisión. Ropas modestas, un poco pasadas de moda. Lo importante es la buena mesa, sin duda, una higiene discreta y la comodidad de las sillas y los sillones. Qué importa que la camisa tenga el cuello un poco ancho o doblado. Hoy ha traído una corvina en una mano y las *Selecciones del Reader's Digest* en la otra. Linda tarde sabatina. Así vale la pena vivir.

(EL 30 DE OCTUBRE PARTÍ POR BARCO RUMBO A EUROPA POR SEGUNDA VEZ, CON BECA FRANCESA Y UNA CITA CON MIMÍ FRENTE A NOTRE-DAME.)

# 1960

*París, 20 de noviembre de 1960*

Día de confusión. Llegar en domingo, a las siete de la mañana, casi sin dinero, a fines del otoño, con tiempo brumoso, cansado de tan largo viaje, muerto de sueño, condiciones poco favorables para un reencuentro con París, luego de más de tres años de ausencia. Paseé por las calles desiertas del Barrio Latino, presa de desánimo. Antiguos hoteles donde viví, con sus fachadas grises, que mi recuerdo había embellecido tanto. Más tarde la ciudad se animó un poco, pero en vano espié desde el café Mabillon el paso de algún conocido. Una ciudad de extraños y yo el más extraño de todos. Vano intento de dormir en mi cuarto sin ventana a la calle.

*21 de noviembre*

Comienzo a reencontrar mi dispersa personalidad parisina. Ayer, al salir de las *frites* con el sabor del vino ordinario en la boca, luego la vaharada de aire caliente viniendo de una estación de metro. Hoy, al leer carta de mi madre mientras caminaba por los grandes bulevares cortando ágilmente la niebla. Más tarde, frente al Sena, en un café viendo los árboles pelados por el frío, diciéndome: «Es verdad, estoy en París, en medio del otoño.» Así, cada pequeño detalle me devuelve parte de mi imagen y voy reconstruyendo minuto a minuto mi lejana juventud.

*24 de noviembre*

Como estaba acordado por carta, ayer estuve desde las siete y cuarto en la puerta de Notre-Dame, esperando a Mimí.

Nervioso, deprimido, sin confianza alguna, con malos presentimientos. Pasaban los minutos. Comencé a fraguar mentalmente la carta que le enviaría en caso de no asistir a la vieja cita (¿no ha sido acaso planeada con perfecta exactitud desde hace tantos meses?). A las siete y veinticinco me sentí profundamente desgraciado. A las siete y media, hora crucial, me dirigí con resolución hacia un bar al costado de la iglesia. Una figura cruzaba la pista: la reconocí en el acto. Me vio, los autos no nos dejaban acercarnos, fue un minuto de angustia. Al fin crucé la pista y me encontré en sus brazos. Larga caminata por el Sena. Incredulidad. Necesidad de observarla, de tocarla. Sólo a la media hora, bebiendo frente a frente un aperitivo en el Quai Voltaire, supe la verdad: mi sueño de tres años realizado. ¿Por qué?, me pregunto. Como en mis grandes momentos de felicidad, ando sin apetito, demacrado, enajenado. Pero ayer, cuando estábamos ya en mi hotel, me cruzó una sombría reflexión: quizás hay besos que llegan demasiado tarde.

*27 de noviembre*

Momentos en los cuales es fácil tomar una determinación definitiva. Satisfechos mis deseos primarios, me siento desapegado de todas las servidumbres del instinto y me parece reencontrar mi verdadera, mi esencial naturaleza.

Lucidez extrema la de esta noche, coraje a pesar de la fatiga y sobre todo deseo ferviente de poner en marcha la máquina de mi talento. Sé, tengo la viva conciencia de que me prodigo en pequeñas e inútiles observaciones, en páginas como éstas, escritas a vuelapluma, en levantar el frágil andamiaje de una obra que por ese camino nunca llegará. Sé también, o diría mejor presiento, que puedo llegar a la concentración. Para ello, claro está, debo empezar por aniquilar al enano maléfico y devorador del diario, de la introspección, del registro mortal de mi persona.

*30 de noviembre*

Mi semana con Mimí en París se inscribe en las páginas de oro de mi vida. Nadie, nada podrá arrebatarme estos días de plenitud. Venga lo que venga, después de esta experiencia, no podré renegar de la vida. Diríase que estoy reconciliado con todo y conmigo mismo, que descubro en el mundo una justicia inmanente, pues nos es dado aquello que deseamos con paciencia y vigor. Mi reencuentro con Mimí ha iluminado mis últimos tres años, los ha dotado de coherencia y sentido. Ha sido como la coronación de una larga etapa de prueba y de penitencia.

*4 de diciembre*

Domingo lluvioso. Casi todo el día encerrado en el cuarto, leyendo el escalofriante *Journal d'un voleur* de Genet y tratando de escribir algunas páginas superiores.

*20 de diciembre*

Vanas llamadas telefónicas en busca de algún amigo.

Depresión nocturna, como hace varios días. Deseo de conversar con alguien. Sólo el contacto humano puede reconfortarme. Mis lecturas, mis escrituras, mis siestas, mis sueños, taladrados, implacablemente, por el recuerdo de Mimí. Enajenado. Vieja enfermedad contra la cual no puedo nada. ¿Por qué seré tan vulnerable a sentimientos como éste? Me detesto a veces. ¿A qué raza pertenezco? Pariente pobre y tardío de Constant, de

Stendhal, no tengo derecho a vivir en este siglo, salvo que me resigne a ser marcado, consumido por amores que no duran a veces ni lo que vive una mariposa. ¡Ah, debíamos hacer sólo las cosas que nos embellecen! Amar, por ejemplo, o estar contentos. Pero yo me siento envejecer en los espejos de París, como he envejecido frente a tantos otros espejos. Las «páginas de oro» de mi vida, de que hablaba hace días, están allí, es verdad, pero el libro se encuentra lejos, en una parte inaccesible de mi pasado.

*28 de diciembre*

De nuevo en la rue de Beaune, luego de mi breve, preciosa y ruinosa excursión a Amberes, donde pasé tres días con Mimí en el Tourist Hotel. Confundido por este segundo reencuentro. Hay algo que se me escapa de Mimí, algo que no es su cuerpo, ni la parte de su espíritu que ilumina mi inteligencia. Es la zona a la cual no puedo llegar y que ella no muestra: la cara oculta de la luna. Puedo considerarme su amigo preferido o, si se quiere, su amante, pero no soy sencillamente su hombre. Para serlo necesitaría acceder a la totalidad de su mundo interior e incorporarlo al mío. Pero ese mundo me sobrepasa y soy en definitiva un continente que padece por tratar de abarcar un mayor contenido.

# 1961

*París, 14 de febrero de 1961*

A veces, al recorrer el bulevar Saint-Michel, me acuerdo de C. y me parece estar caminando sobre los pasos muertos de mi antigua primavera feliz. Mi imagen está en el fondo de cada vitrina de zapatería. Hay bares donde el vino aún se acuerda de mí, del sabor de mi boca dichosa. ¿Y cómo sé yo si alguna de mis amadas palabras de entonces no resuenan todavía entre las ruinas del museo Cluny?

*16 de febrero*

Anoche, juegos literarios en casa de Claire. Fui proclamado poeta luego de componer un cuarteto en alejandrinos sobre dos rimas dadas: *binocle/socle, prairie/canari*. Mi poema fue así:

*Je vous laisse en mourant l'etui de mon binocle*
*Une Venus absente dont ne reste que le socle*
*De la fenêtre ouverte l'éclair de la prairie;*
*Et une cage ambulante en quête d'un canari.*

Cualquier literato ducho percibirá de inmediato las *sources* de esta composición: el testamento de François Villon y la frase de Kafka (en su diario): «*Une cage partit à la recherche d'un oiseau.*»

*19 de febrero*

Domingo brumoso y pobre. Desde hace una semana, régimen forzoso de dos a tres cafés por día. Los espejos de mi cuarto, testigos de mi vertiginoso adelgazamiento. Me da casi vergüenza desnudarme, vergüenza ante mí mismo. Y pensar que mucha gente envidia en Lima lo que se llama «vivir en París».

*3 de marzo*

La sensación de fracaso en la que permanentemente me encuentro reside en haber querido establecer un compromiso entre los «placeres de la inteligencia» y los «placeres de la vida». He querido llevar una existencia intelectual, pero sin renunciar a las perspectivas de una vida holgada, cuando teniendo en cuenta mi escasa capacidad de acción, la obtención de uno de estos objetivos apareja el sacrificio del otro. De este modo, careciendo de fortuna y no poseyendo un gran talento, estoy condenado a ser un mediocre vividor y un escritor mediocre.

*5 de marzo (Hotel Notre-Dame)*

Mi consabida angustia dominical. Escribo para exorcizarla. Los malecones del Sena están llenos de sol, de paseantes y de palomas. En los castaños la primavera cercana abre sus primeros sarmientos. (Habituados a la ciudad, ignoramos, hombres de medio siglo, todas las formas de la naturaleza. Somos incapaces de reconocer un árbol, una planta, una flor. Nuestros abuelos, por pobres que fuesen, tuvieron siempre un jardín o una huerta, y aprendieron sin esfuerzo el nombre de la vegetación. Ahora, en departamentos u hoteles, no vemos sino flores pintadas, naturalezas muertas o esas raquíticas plantas de maceta que parecen sembradas por peluqueros.) Sin duda soy un animal nocturno. Estas largas y luminosas mañanas me exceden. ¿Qué hacer con este sol inesperado que casi me desvanece?

*23 de marzo*

Larga interrupción del diario. Pérdida del sentido de lo pintoresco. Búsqueda de lo esencial. Inquietud. Esperanza de realizar algo importante. Buscar la tensión, en la que brotan chispas del lenguaje. Imaginar el lenguaje como un material forjable, el cual bajo el efecto de una temperatura determinada, entra en incandescencia y cambia de naturaleza. Muy pocas veces he conseguido ese estado, poquísimos ejemplos entre las miles de frases que he escrito. Imagino un libro o aunque sea un relato, que constituya una alineación de períodos tensos. Pero eso debe ser quizás la poesía.

Por ejemplo: lo que he pensado sobre mi padre y el rostro de Dios. Debe haber una fórmula que me permita expresarlo en el mínimo de materia y el máximo de intensidad. Tal vez: «He observado que, en mis sueños, Dios posee el rostro de mi padre», o «Mi Dios personal aparece siempre en mis sueños con el rostro de mi padre».

De esta afirmación pueden sacarse muchas conclusiones: deificación del recuerdo paternal, complejos infantiles de temor reverencial frente a la figura paterna, etc. Pero esto debe también estar expresado en fórmulas definitivas.

*1.º de abril*

¿Por qué existirán habitaciones que estrangularán en quien las habita toda tentativa de creación? Esta que tengo ahora en la Avenue des Gobelins es el nicho del ingenio: estrechísima, larga, oscura, amenazada por el bullicio de tanta carrocería. No se trata, sin embargo, de una habitación miserable (la sordidez a veces estimula la imaginación) sino de una pieza donde se ve con demasiada evidencia la mano ecónoma del previsor e insoportable patrón de hotel parisino. Es lo que se puede llamar una habitación mezquina. No hay la posibilidad de dejar correr el agua en el lavabo, ni la de conectar un tocadiscos porque los plomos estallan. No hay una repisa donde poner libros, ni un escondrijo donde sepultar la maleta para evitarnos la impresión de ser los eternos viajeros. Por el contrario, toda la configuración de la pieza parece destinada a recordarnos que somos pasajeros, que no tenemos la más remota esperanza de estabilidad y que debemos eliminar de nuestra imaginación el proyecto de establecer aquí nuestro domicilio. Si las habitaciones hablaran, ésta diría: «Extranjero, te consiento que duermas, pero vete lo más pronto que puedas y no dejes el menor recuerdo de tu persona.»

*3 de abril*

Mis grandes citas de amor no han sido con las mujeres —si exceptuamos la de la Plaza de la Inquisición y la más reciente frente a Notre-Dame— sino con un cuarto de hotel, por lo general sombrío, donde no me esperaba otra cosa que una máquina de escribir y una página en blanco. Quienes me han visto pasar, raudo, obsedido, habrán tal vez imaginado un caluroso abrazo al final de tanta prisa. No saben que todo terminaría en una carilla, en una frase, a veces ni siquiera en eso, pues en estas citas también hay frustraciones. Ahora he subido la montaña de Saint-Geneviève, he descendido por la rue Mouffetard, he retomado la Avenue des Gobelins, bajo la fina lluvia primaveral, con la esperanza de escribir tan bellas cosas... Más me valiera, me digo, haberme detenido en algún *bistrot* del camino para escuchar, modestamente, el rumor de la vida.

*9 de abril*

Bach y vino en este tristísimo domingo, agobiado por mi gran cuarto, su comodidad sin uso, mi soledad. Todo había sido amorosamente preparado, en este Hotel de la rue de la Harpe, para recibir a Mimí. Ayer, en la Gare du Nord, desgarramientos sucesivos ante la llegada de los trenes de Bruselas, que sólo depositaban cadáveres en el andén. Sufro ahora, pero con lucidez, como en Mortsel hace cuatro años, por la misma mujer. Espero recibir mañana carta explicatoria. De lo contrario, creo que tomaré la gran decisión.

*12 de abril*

Ayer, día nefasto, la esperada carta de Mimí, con todas las malas noticias que presentía. Fracaso de un amor en el que puse tantas esperanzas. Su carta, de una franqueza admirable, por momentos cruel, me llegó a mi hotel de la rue de Boutebrie, donde hace siete años fui feliz con C. y hace cinco años con Françoise. Ayer consumí todo mi dolor en el silencio y la reflexión y hoy me encuentro en un estado de lasitud y abandono. Le respondí de inmediato, haciéndole aclaraciones desagradables acerca de *nos nuits d'amour*, pero procurando no herirla. Omito toda moraleja porque aún estoy confundido y porque sé, oscuramente, que aún faltan algunos episodios a esta historia para tornarse en verdadera catástrofe.

*14 de abril*

Complacencia morbosa por las situaciones límite, como la que vivo actualmente. A pesar de estar enfermo (úlcera), sin dinero, abandonado por la mujer que me ocupó durante cuatro años, sin noticias del Perú, en una habitación horrible, encuentro fuerzas para arrastrar mi carcasa por la primavera de

París. Miro el sol, las alegres parejas, los automóviles descubiertos, los pájaros que anidan en árboles y grietas y me digo: «Algo tiene que resultar de tanta adversidad.» Y en verdad espero, porque sólo tocando el fondo del dolor uno puede darse impulso para salir a flote.

*21 de abril*

Días de agitación, que me han hecho olvidar casi por completo mis pequeñas miserias. Por un lado la invasión de Cuba: correrías por París, redacción de manifiestos, participación en mítines. Por otro lado, mi incorporación al equipo de redactores de France-Presse —donde trabajan Vargas Llosa y Lucho Loayza—: seis horas de trabajo diario, a menudo fatigante, pero decorosamente pagado. Todo esto me ha sacado un poco de mí mismo y me ha sumergido en este tipo de vida activa donde no caben reflexiones finas de amor. Ahora que Fidel Castro ha triunfado y estoy más habituado al trabajo, vuelvo a encontrar horas libres de fatiga o de acción, puro ocio donde el dolor florece. Por el momento lo ocupo con la lectura de libros —Pavese, Musil, Jünger, Carpentier— que al fin puedo comprar. Hago también proyectos vagos, basados en mi próxima prosperidad, y en todos ellos veo, a pesar de no declarármelo, todo un montaje encaminado a la reconquista de la ocasión perdida. Pero esta vez es también posible que todo lo que necesité hace poco —dinero, departamento, automóvil— llegue demasiado tarde.

*24 de abril*

Documento gracioso: carta de ediciones Du Seuil rechazando mi novela *(Crónica de San Gabriel)*. Este rechazo me lo esperaba bien, pero lo que me divierte son las razones que dan. El lector habla de una «aplastante influencia» de Faulkner. Ahora bien, jamás en mi vida he leído una sola línea de Faulkner (de lo cual me avergüenzo). Es uno de esos autores frente a los cuales, por ignorarlo, siento un complejo de culpa.

*29 de abril*

Consolando a René Rodríguez, anonadado por la traición de Michelle. ¡Triste tarea! Y a mí, ¿quién me consoló después de la carta de M.? Tan necesarias como son en esos momentos ciertas palabras, pues observé que las mías —y allí reside el poder balsámico del lenguaje— reconfortaron a René, y lo hicieron contemplar con mayor serenidad la tentación del suicidio. Mi vocación de confesor laico es antigua y eficiente. Puedo comprender a las personas y dedicarles los mejores frutos de mi inteligencia, cuando las estimo. ¡Lástima que estas mismas palabras no sean válidas para mí mismo! Hoy día reincidí en mi vieja debilidad y fui al consulado con inconfesable esperanza de recibir carta de M. ¡...! y sólo encontré carta de C. Carta extraña, es verdad, y que abre en mí una vaga, una lejanísima expectativa.

*11 de mayo*

¿Por qué esa maldita costumbre de beber mientras escribo? Ayer, que me levanté temprano, me senté a la máquina con una botella de coñac por delante: a mediodía estaba completamente borracho. Es verdad que culminé el primer capítulo (de *Los geniecillos dominicales*) en forma brillante: vomitando como Ludo. ¡Y por la tarde tener que ir a trabajar! La bebida me es necesaria durante el acto, no sólo porque aumenta mi inventiva gramatical, sino porque suprime la fatiga, o mejor dicho, la va guardando para más tarde. Además no creo que beber sea una rareza entre los escritores. Creo que es la ley, por el contrario (Flaubert, Faulkner, Hemingway, Steinbeck, Beckett, etc.).

Otra cosa: ahora, mientras almorzaba en un restaurante del bulevar Saint-Michel, comprobé que me gustan todas las mujeres, todas. Renacimiento primaveral de mis cualidades viriles, pero empobrecimiento de mi capacidad de selección. Vi sobre todo a una que me hizo pensar en la reveladora nota de Stendhal en uno de sus manuscritos: «¿Qué hubieras preferido, tener a X. o escribir *La cartuja de Parma*?»

*3 de junio*

Mi soledad, sin grandes frases, es una prueba demasiado larga. La buena comida me sabe a cartón, cuando la masco arrinconado, olvidado en el ruidoso restaurante. Ríen las mesas, ríe el vino en la garrafa, pero la luz no me penetra. Todo resbala sobre mi piel, como sobre el lomo de una piedra ahogada.

*8 de julio*

Comprobación: la vida activa absorbe, en mi caso, la redacción del diario. ¡Y debía haber anotado tantas cosas! Asustado un poco por la acumulación de tantos acontecimientos felices: no sólo el trabajo en la France-Presse (pesado es verdad, pero que me permite alimentar la mayor parte de mis vicios), sino mi mudanza al lindo estudio de Saint-Severin, mi convenio con Gallimard para la publicación de mis cuentos, el posible otorgamiento de una beca sabrosa, y la conquista de K., detrás de la cual hace meses había iniciado una marcha oblicua pero eficaz. He creado todas las condiciones para llevar, provisionalmente, una vida soportable. Sin embargo, me aburro, me canso y, secretamente, sufro. No sé qué cosa espero. Quizás, como dice René, soy de aquellos que no pueden vivir sin un «pozo de angustia».

*(Más tarde)*

De pronto el luminoso domingo se oscureció y mi cuarto se llenó de esas sombras espesas, de esa densidad de penumbra que sólo he visto —¿por qué sólo allí?, qué extraña asociación— en las horas de tempestad serrana, en las viejas casas de hacienda hundidas bajo el aguacero. ¡Qué poderosa nostalgia, qué ansiedad por revivir mi niñez! Caserones de Tarma o de Tulpo, hacinados de muebles antiguos, como mi cuarto de ahora.

*14 de julio*

Atardecer luminoso, en la fiesta nacional.

Estallan petardos. Solo, en mi habitación, veo las gárgolas, la calle Saint-Severin desierta hoy día. Todo el mundo pasea por el bulevar Saint-Michel. A las diez vendrá J. ¿Qué haré con ella? Probablemente tengamos que acostarnos. No me atrae físicamente. Ayer la «horda» invadió mi casa: comieron y bebieron todas mis reservas, lo que mi *coté fourmi* había almacenado para uso del mes. Oigo música. Espero, espero no sé qué. Mario Vargas me ha invitado a bailar con sus sobrinas en las plazas de París. Falta de entusiasmo. Ayer leí buenas páginas de Pablo Guevara, nuestro pequeño genio domiciliario. Hugo Orellana bailaba todo como huaino. ¡Cómo corrió el vino sobre la consola Luis XV! Todos están de acuerdo en que ésta es la *chambre d'une cocotte.*

Me siento un poco corrompido por esta atmósfera que sólo invita a la lubricidad. Contraste con mi caverna de la rue de Boutebrie. De allá salieron buenas páginas. De aquí no sé qué podrá salir: hasta ahora borracheras y acostadas con extrañas mujeres. Estoy dispuesto a abandonar todo esto si es perjudicial a mis proyectos. Esta mañana, que llegué con hora y media de retraso a la Agencia, tuve el deseo vago, lejano pero sincero, de ser echado del trabajo.

*19 de julio*

Escritor: triste vejez. Pienso en Léautaud, en Céline, en Hemingway. Por diferente que sea su destino o su popularidad, el escritor termina por recluirse, por esconderse. Algunos se suicidan (Hemingway, Pavese, Nerval, sin llegar a veces a viejos); otros mueren de cólera y de asco, como Flaubert; otros enloquecen, se vuelven idiotas o paralíticos, como Baudelaire; muy pocos, como Goethe, soportan con grandeza la vejez, y con serenidad y optimismo. Lo ideal, para un artista, es tal vez morir antes de los 50 años, como Camus o Vallejo, cuando aún se espera mucho de él. No acabar su vida, hacer de ella solamente un esbozo. Entre nosotros, la vida de Valdelomar, más bella, más sugestiva que la de Palma. Horror por la vejez. Deseo de no vivir más de medio siglo.

*19 de julio*

Tengo tantas cosas que hacer: novela por continuar, cuentos por terminar, cartas por responder, páginas por corregir, piezas de teatro por esbozar, que paso mis pocas horas de libertad sentado ante mi montaña de cartapacios, fumando como un demonio, sin saber por dónde comenzar. Cojo un papel, leo un poco, lo archivo; cojo otro, añado una línea, lo guardo; cojo un tercero, lo rompo... Y así pasa el tiempo, perdido entre mil despojos, mil ideas movedizas, y nada, nada realizado. Lo último escrito fue hace tres meses: «El último cliente.»

Profesionalización del trabajo literario: nefasto. De saber que debo entregar dos cuentos largos a Gallimard, mi novela dentro de tres meses a la Nymphenburgerverlag, obras de teatro a Histrión o la AAA, me siento seco como una piedra. Además, este cuarto, qué vana comodidad, qué lujuria, y esta cama albergadora de sabe Dios qué vieja tradición erótica.

*23 de julio*

La vieja venía gritando por la rue Saint-Severin, se detenía cada diez pasos, e insultaba al hombre gordo. El hombre gordo, que venía veinte metros detrás de ella, a paso de paseo, con solemnidad y parsimonia, y que llevaba del brazo a su mujer, le respondía con una voz atronadora, que contrastaba con la tranquilidad de su marcha. Pronto de todas las ventanas asomaron los curiosos. La vieja continuaba su marcha roja de rabia: «*Salaud! Je vais t'enculer!*» El gordo seguía avanzando, con sandalias, sin exaltarse: «*Moi aussi! Ordure!*» Desde la rue Saint-Jacques hasta la rue de la Harpe, el juego continuó. La vieja siempre avanzando y deteniéndose, el hombre gordo avanzando también, solemnísimo, conversando de vez en cuando con su mujer y lanzando de pronto un insulto como para retener a la vieja que tenía trazas de alejarse demasiado. A veces, una grosería tremenda del gordo hacía a la vieja regresar unos pasos en dirección a su ofensor, pero como éste seguía avanzando, ella reemprendía de prisa su camino, trotaba un poco, volvía a detenerse y a chillar. Al llegar al *carrefour* de la rue de la Harpe, la vieja tomó en dirección al bulevar Saint-Germain y el gordo con su mujer en dirección a la rue de la Huchette. Conforme se alejaban unos de otros, dándose la espalda, la vieja continuaba sus gritos y el gordo, sin volver la cabeza, sus insultos.

¿Cómo explicar esta situación? ¿Conocía el gordo a la vieja? ¿Esta última estaba borracha? ¿Ambos estaban borrachos? ¿Estaban representando una comedia? ¿Por qué la mujer del gordo iba tranquilamente de su brazo, como si no sucediera nada? ¿No sería que no era el gordo el que insultaba sino otra persona que venía detrás suyo? Esto es lo enigmático de la escena: el gordo creó y animó todo este escándalo, como si fuera extraño a él, como si no le incumbiera.

*24 de julio*

Por mi ventana: medianoche, calle desierta, un argelino afilando su navaja en los muros de la iglesia Saint-Severin.

*26 de julio*

Desaliento, mientras redacto el manifiesto sugerido por Vargas Llosa, «Estamos en país ocupado: resistir», sobre el papel que deben jugar en el Perú los intelectuales. Me doy cuenta de la inutilidad de la palabra. Los artículos de Sofocleto, ¿han mejorado la condición del indio? La declaración antiimperialista de Congrains, ¿ha reducido el poder de la reacción? Y en Francia, el manifiesto de los 121, ¿ha terminado con la guerra de Argelia? En estos casos, nada vale la palabra.

Más importante que mil intelectuales firmando un manifiesto virulento es un obrero con un fusil. Triste papel el nuestro. Además, ¿qué sentido, qué decencia puede haber en pergeñar esta declaración en París, escuchando a Armstrong y bebiendo un vaso de Saint-Emilion?

Tentación de la política, grave escollo de los escritores que se acercan a la madurez. Evitarlo.

*27 de julio*

Memorable: reanudación de mi relación epistolar con Mimí. Carta amable suya. Es probable que el mes próximo viaje a Amberes. Quizás realice mi *proyecto*. ¿Formará él parte de un «plan de reconquista»?

*30 de julio*

Entre los despojos de mi fiesta: absoluto desorden, la alfombra arrumada, colillas y cajetillas de cigarros por el suelo, una docena de botellas vacías sobre la consola, cuatro vasos rotos en los rincones, más vasos por todo sitio (en la chimenea, en la mesa de noche, en los estantes) llenos aún de vino o de coñac o vacíos o a medio beber, discos apilados (de quién serán), quemaduras de cigarros en los forros de los muebles, manchas de licor en la pared, platos sucios, cubiertos sucios, olor a comida y a tabaco y a vinagre, corchos y destapadores, ropa ajena olvidada... y en medio de la pieza una guitarra y un cajón, cosas que hacen recordar al Perú.

En realidad, todo no fue sino un pretexto para reunirse, cantar y bailar. Y beber. Estuvieron Pepe Durand, Lucho Loayza, Mario Vargas, Pablo Guevara (eximio bailarín), Pablo Macera (se fue temprano diciendo que no podía tolerar que esa música —mambos, merengues, etc.— inventada por los esclavos fuera ahora aceptada y bailada por los señores), el agrónomo González (triste como de costumbre), Aurelio Gálvez y Hugo Orellana. Entre las mujeres, las encantadoras sobrinas de Vargas, 15 y 16 años. Wanda, lindo tipo de morocha peruana.

*1.º de agosto*

El gesto directo, espontáneo, invencible, con que K. alargó la mano sobre la mesa para acariciar mi recio cabello. Eso vale más que una posesión, que mil posesiones. Aun si no hubiera dormido con ella me hubiera sentido reconfortado. La caricia, cuando es franca y, si se quiere, cuando está despojada de todo erotismo, es el presente más bello que puede recibir una persona. Es el reconocimiento de nuestra condición de «cosas» en el mundo, de cosas acariciables.

*7 de agosto*

Mimí pertenece a otra raza, no sólo diferente a la mía, sino a una raza nueva que puebla lentamente el planeta. Es ese tipo de mujeres altas que nos envía el Norte —Suecia, Noruega, Dinamarca, Amberes, Hamburgo—, altas y esbeltas, de piernas largas y fibrosas, de caderas estrechas, senos puntiagudos, de hombros más anchos que lo normal en el tipo clásico de belleza femenina, sin vientre ni blanduras, ni manos ni pies minúsculos. Espiritualmente: desdeñosas, conscientes de su poder y desromantizadas por completo. Es, en suma, un tipo de mujer fuerte, de carácter, y que dentro de cincuenta años vencerá a los hombres en las carreras de velocidad.

*10 de agosto*

El argelino que al doblar la esquina se encuentra cara a cara con cuatro policías que acaban de bajar de un carro-patrulla para poner papeletas a los autos mal estacionados. Su actitud espontánea de levantar las manos. Los policías aprovecharon para revisarle los bolsillos. Uno de ellos se agachó para palparle las piernas a todo lo largo, mientras otro le hundía las manos por las axilas. Luego verificaron su documentación. Debía estar en regla porque le dejaron ir. La escena me pareció *révoltante*. Vivo en una ciudad, concretamente en una calle, que se encuentra en estado de guerra.

*(Página transcrita)*

Amberes, bar del Hotel de Londres, 13 de agosto, medianoche, un vaso de whisky.

Mis cortos días en Amberes me han servido para convencerme de una verdad inquietante: que es posible iniciar —si es que no está ya iniciada y a mitad cumplida— la reconquista de Mimí. Justamente porque he venido sin planes precisos, sin ninguna esperanza, todas las dificultades parecen haberse allanado. Mi falta de iniciativa, que adoptó la forma de un desapego total, la sorprendió.

Rechacé su invitación para pasar un día más en Amberes y aquella otra, más velada, de reiniciar nuestros ensayos eróticos. Quise y lo obtuve, que nuestras entrevistas se realizaran en el plano puramente espiritual. Los cien metros que caminamos juntos por la avenida de las Flores, los últimos, estuvieron impregnados de esa emoción, de esa dulzura, de esas repentinas confidencias, de esos silencios, de ese embarazo, que presidían nuestros paseos en «los grandes días del verano», hace cuatro años. Y el último beso, de una absoluta castidad, pero mucho más turbador que todas nuestras experiencias de los meses pasados.

*París, 20 de agosto*

La inútil espera de Mimí, hace tres meses, en la Gare du Nord, me sirvió, al menos, para registrar una visión que ahora, no sé por qué, he recordado.

Como era sábado en la tarde, la estación y sus alrededores estaban atestados de gente: pasajeros que corrían hacia su tren, grupos que desembarcaban, multitudes que salían y entraban del metro, viajeros corriendo tras los taxis, cargadores, soldados, paseantes, una masa compacta, abigarrada, ruidosa, sudorosa, chillona... De pronto, por una calle apareció una niña en patines, una niña desprendida de un friso egipcio, alargada, elástica, melena al viento, que avanzaba balanceando sus brazos esbeltos, inclinado el talle hacia adelante, lanzando una pierna, luego la otra, a una velocidad inverosímil. Esta niña se precipitaba hacia la multitud y a medida que avanzaba, todos le abrían paso, los carros se detenían, los ómnibus frenaban, los hombres se pegaban contra la pared, y ella seguía avanzando, cada vez más rápido, sin preocuparse de los obstáculos, porque todo, sin excepción, hasta las cosas, parecían hacerle reverencias y retirarse para ni siquiera rozar el vuelo de su vestido.

Así la vi atravesar la pista, las veredas, los corredores de la estación, aérea casi, intocable, inalcanzable, rauda, mientras el río de personas y objetos se cerraba detrás de ella con la misma rapidez con que se había abierto y no dejaba ni huellas de su paso.

¿Adónde iría? ¿Por qué tenía tanta seguridad en su movimiento? ¿De dónde vendría? ¿Existirá realmente? ¿No sería una de esas diosas burlonas que a veces se complacen en mostrar su vertiginoso perfil a los hombres?

*22 de agosto*

Entristecido por la partida de K. hacia Viena. No puedo decir que he estado enamorado de ella, pero su compañía me era grata. Me atraía su aire misterioso (un divorcio, una operación cesárea y una tentativa de suicidio, todo esto sólo a los 22 años de edad), su discreción y, sobre todo, su magnífico silencio. Un silencio casi tan abismal como el mío. Cuando hemos estado en mi departamento, pasaban horas sin que hablásemos. ¿Qué pensamientos habría tras de su cabecita ornada con una larga trenza nórdica? (Me gustaba deshacer esa trenza, hecha de tres cuerpos de largos cabellos castaños.) En fin, tal vez es mejor que se haya ido, porque si la hubiera frecuentado más, habría sentido la necesidad de retenerla a mi lado. Claro, ahora me quedo solo, una vez más.

*24 de agosto*

A veces pienso que todo lo sufrido hasta ahora —enfermedades, dolores, decepciones amorosas, frustraciones de orden mundano o literario— es apenas un anticipo, un pudoroso avance que me ha hecho la vida, comparado con todo lo que tengo que sufrir.

Y esta idea, en lugar de aterrarme, me produce una extraña turbación, casi una impaciencia por la llegada de calamidades más hondas. Será tal vez porque cada dolor me ha venido siempre con su parte de alegría y porque sería capaz de soportarlo todo con tal que se me dé, así, menudencias de dicha a costa de tanta desventura. Como los niños que, por un caramelo, tragan haciendo muecas el horrible plato de sopa de verdura.

*26 de agosto*

De mi madre, hasta hace poco, sólo conocí el rostro de entrecasa: el rostro de la preocupación, de la fatiga, de la reprimenda, de la inquietud. Ese rostro venía desde que nuestro padre estuvo vivo y fue el que nos tocó heredar, con todas sus arrugas, y otras más que nosotros fuimos cavando, siempre en el sentido del sufrimiento. Pero aun fuera de casa, en casa de nuestros parientes, mi madre conservaba su expresión torturada, porque siempre, en fiestas y cumpleaños, le tocaba a ella la parte dura, la faena de la cocina, la riña con las sirvientas y el albur de los platos rotos.

Sin embargo, una tarde descubrí que mi madre tenía otro rostro. ¿Por qué fui a esa *kermesse* del Parque de Miraflores?

Era un feo domingo y además una *kermesse* organizada por la Parroquia de Santa Cruz: el dinero recolectado iba a engrosar el capital de alguna banda de curas. No recordaba en ese momento que mi madre, como feligresa de esa parroquia, formaba parte del comité organizador de dicha tómbola.

Estuve vagando por los kioscos entre multitud de mujeres que yo conocí chiquillas y que ahora andaban casadas y habían procreado otras chiquillas. Me aburría enormemente, comí anticuchos y no los pagué, aprovechando del tumulto. De pronto me vi ante un kiosco donde rifaban, mediante una gigantesca rueda de la fortuna, multitud de canastas que contenían bebidas y alimentos. Fue entonces cuando vi el rostro. Al principio no lo reconocí: pero era mi madre la que estaba a cargo del kiosco, detrás del mostrador, sudorosa, arrebatada como siempre, pero esta vez su fatiga, lejos de envejecerla, le daba una radiante lozanía. Su rostro me hizo recordar al de sus fotografías de juventud: un rostro alegre, gracioso, invitador, ante el cual cedían los clientes y se enrolaban en la lotería, y hasta una voz distinta, que se dirigía a todos y cada uno, invitándolos dichosamente a tomar parte en el juego. Yo, oculto entre la multitud, estuve observando ese rostro, sin atreverme a acercarme, porque estaba seguro de que si me divisaba, caería sobre él toda la sombra que era capaz de contagiarle mi presencia. Y por eso me fui, avergonzado, remordido, porque tal vez ése, y solamente ése, era el verdadero rostro de mi madre.

*30 de agosto*

Vísperas de mis 32 años. Ni una sola carta, si exceptuamos la tarjeta de C. la memoriosa. Solo, en mi habitación, bebo mi coñac conmemorativo mientras anochece. No espero a nadie. No espero nada. Quizás mi único regalo fue el que recibí ayer, involuntariamente, de mi editora alemana: algunos ejemplares de mi libro de cuentos traducido al alemán. El año pasado pasé el aniversario en la buhardilla de 28 de Julio en Miraflores. A mediodía vino mi madre a preparar el clásico arroz con pollo. De noche una veintena de amigos me rodeaban. Tuve que preparar tortilla de patatas para todos.

¿Por qué quejarme? ¿No he huido acaso de eso? ¿No es preferible ver las piedras de Saint-Severin, cómo se van dorando y luego ennegreciendo en este crepúsculo caluroso?

*5 de setiembre*

Reencuentro con Víctor Li. Lo veo deprimido, al cabo de dos años de separación. ¿Quién sabrá cuáles son sus verdaderos problemas? Decepcionado de Lima, de San Marcos, de nuestros antiguos amigos. Decepcionado, sobre todo, de la filosofía idealista y de su profesión de profesor de filología clásica. Frases que repetía: «Somos una generación fracasada. Nos ha faltado espíritu de riesgo.» O: «Todo trabajo intelectual se justifica cuando es creativo. De otro modo, más vale la pena quedarse callado.» O: «¿Qué importancia tiene que yo publique un libro sobre Cratilo cuando un hombre ha dado diecisiete veces la vuelta a la Tierra y en las barriadas de Caracas y de Lima la gente se muere de hambre?»

*París, 12 de setiembre*

El crimen de anoche, cerca de mi ventana. Estábamos reunidos en casa: Pablo Macera, Pepe Durand, el arquitecto Arroyo, Pierre Deplace y yo. En medio de nuestra acalorada conversación escuchamos cuatro tiros de revólver. De inmediato Pablo, Pierre y yo nos asomamos a la ventana: el asesino venía corriendo por la calle Saint-Severin y dobló luego por la calle de Prêtres de Saint-Severin. Lo vimos claramente: llevaba un terno celeste, tenía facciones argelinas. Cosa extraña: corría sin prisa, no como quien huye de una fechoría, sino lenta y distraídamente, como quien ha olvidado algo en su casa o va a llegar tarde a una cita. No volteaba la cabeza para ver si lo seguían. Sonreía.

Pierre y yo salimos a la calle. Ya se había arremolinado la gente. La víctima estaba tendida en la esquina de Saint-Jacques y Saint-Severin. Sangre por los oídos, la nariz y la boca. Tenía los ojos abiertos y sus labios se abrían y se cerraban espasmódicamente.

Como de costumbre, la policía llegó media hora más tarde.

*8 de octubre*

Ayer, llamada telefónica de Mimí, para anunciarme su paso por París, rumbo a las Islas Canarias, donde pasará dos meses. Imposible acompañarla, pues yo no tengo vacaciones hasta el próximo año y ando además sin plata.

*11 de octubre*

En vísperas de la llegada de Mimí y mi casa llena de moscas. Mosca: Símbolo de la ruina.

No puedo hablar de miseria, ni de pobreza, puesto que duermo entre cojines y por allí rueda todavía una botella de coñac. Pero me alimento de té y de tostadas y no puedo exterminar a las moscas. Es decir, estoy arruinado.

El premio nacional de novela *(Crónica de San Gabriel)* que acabo de ganar en Lima me aliviaría sin duda (son 300 dólares), pero sé que se tardan en pagarlo y llegará como siempre ha llegado lo que necesito: fuera de oportunidad.

*9 de noviembre*

En estos días de enfermedad (hemorragia):
Jacqueline me obsequió huevos frescos
Alida me preparó un flan de chocolate
Coco Meneses me trajo leche
Pablo Macera me cocinó el pollo
Yolanda Macera lavó la vajilla
René Rodríguez me conversó por la noche
Mario Vargas Llosa me relató su viaje a Brujas
Pablo Paredes me devolvió una camisa negra
El agrónomo González me regaló su silencio
y los pintores Quintanilla y Orellana tocaron y cantaron huainos de Cusco y Jauja.

¿Puedo quejarme acaso de la amistad?

*28 de noviembre*

Alumbrándome con velas, en esta madrugada de huelga general.

Todos mis hábitos alterados a raíz de mi trabajo nocturno en la Agencia.

Hoy que tuve mi reposo semanal no supe qué hacer en la noche. Sin plata, fumo cigarros belgas. Tomo un té aguado, de una tetera milagrosa a la cual le saco el jugo hace días.

Escribo «El chaco», cuento, parece ser, prometedor. Silencio en la rue Saint-Severin. Ya no tardan en escucharse las pisadas de los primeros obreros, rumbo al metro Saint-Michel.

Divertida anécdota de Ricardo Paseyro, protagonizada hace algunos días en la galería Drout, durante el *vernissage* de Betancourt.

Se encuentra con Octavio Paz y con P. de M. a quien ataca al grito de *cocu* (la mujer de P. de M. vive con Octavio Paz). Octavio Paz trata de defenderlo, pero Paseyro, que es delgado pero violento, les pega a los dos. La mujer de P. de M., al ver maltratados a su esposo y a su amante, se lanza sobre Paseyro y le muerde un dedo. Paseyro grita *Concubine!* y cae al suelo de dolor. Octavio Paz y P. de M. lo rodean y le gritan al unísono: *Faux poète! Faux poète!*

*9 de diciembre*

Pequeña escena de confusión en la iglesia de Saint-Severin, donde siempre se realizan matrimonios. Se trataba sin duda de un matrimonio muy modesto, porque los invitados, con aspecto de epiceros endemoniados, llegaban ralamente a pie. Pero algo sucedía, algo de anormal, porque la veintena de personas, en lugar de entrar a la iglesia, daban vueltas confundidos por el atrio, llegaban a la esquina, espiaban. Vi salir luego a la novia, con traje blanco de calle, velo y ramo de azahar. La novia se echó decididamente a caminar hacia un bar de tabaco, seguida penosamente por una vieja. Al parecer iba a llamar por teléfono. Luego reapareció y regresó a la iglesia, discutiendo con la vieja. Todos siguieron parados en el atrio, mirando para un lado y para otro.

A veces un grupo iba hasta la esquina, otro grupo a la esquina opuesta. La novia se quitaba el velo, se lo volvía a poner. Al fin se fue caminando hacia la esquina de Saint-Jacques, seguida esta vez por el cortejo. Los pasantes se detenían para observarla y decir «*voilà la petite mariée!*». De pronto se escuchan unos gritos al otro extremo de la calle. De un taxi desciende un muchacho flaco y aturdido gritando «*J'y suis!*». Se acerca corriendo a la iglesia, con su terno azul de ceremonia que le queda muy ajustado. Desde la esquina de Saint-Jacques la novia también corrió hacia la iglesia, seguida por el cortejo. Las mujeres trastabillan sobre sus altos tacos y se sujetan los sombreros. Los hombres hacen flotar sus gabardinas. Ha empezado a llover. El joven de azul y la novia se encuentran en la esquina de la iglesia, se dan la mano y se dirigen rápidamente hacia el pórtico de la iglesia, entre el cortejo que resuella y los curiosos que en medio de la calle sonríen.

*20 de diciembre*

Paseo matinal por las calles heladas. El frío me expulsó de las márgenes del Sena y tuve que regresar a casa, casi corriendo, frotándome las orejas. Bebí media botella de vino y amparado por los buenos espíritus terminé mi cuento «El chaco», comenzado hace un mes. Lo terminé en un bello *rush*, pero no sé cómo habrá quedado. Cuarenta y una misteriosas páginas que no sé qué cosa contienen.

*23 de diciembre*

Hoy, absurda depresión prenavideña. Esos momentos en que uno no sabe si beber un trago, tragar una pastilla contra los nervios, tomar un laxante, darse un baño caliente o simplemente echarse a dormir como un cerdo. De un lado a otro en mi *chambre* coqueta, sin poder leer, ni escribir, ni siquiera ordenar las ruinas de la tertulia de anoche. De pronto, idea salvadora: escuchar música. Música de mis momentos felices. Carrera hasta la tienda de la Place Saint-Germain-des-Prés. Regresé con Vivaldis, Bachs y Armstrongs. Total, toda mi indemnización de Navidad gastada en discos, libros y bebidas. ¿Adónde voy?, me pregunto. Pero gracias a esto, leí un excelente cuento de Salinger, y escribí la primera página del tercer cuento de *Tres historias sublevantes*. Hasta encontré el epígrafe (el formal, me falta el de fondo) del librito: *Plutôt une répétition qu'une préciosité* (Léautaud).

*24 de diciembre*

Uno de esos instantes de superlucidez que nos condenan a la completa inacción. Incapaz de escribir otra cosa que estas notas. En esta Navidad se me juntan todas las navidades. Veo toda mi vida descarnadamente, como un documental, todo lo que no hice, todo lo que debo hacer. ¡Cuántas cosas por escribir! Ya no pienso en frases, ni en cuentos, sino en series de cuentos. ¿De dónde sacar fuerzas para llenar todos estos esquemas? ¿Y entusiasmo?

Los cuentos de la infancia, el «Calendario de los amores muertos», las «Historias triviales y conmovedoras», la colección de «Máximas menores»... ¿Para qué imaginar todo esto?

# 1961
## (ANOTACIONES SIN FECHAR)

*1961*

La interpretación que hace Macera de mí y de mi obra es un poco esquemática y refleja, a mi entender, la interpretación que da de su propia persona.

Considerarme como el epígono bastante degradado de cierta casta social —donde se aliaban el dinero y los adornos del espíritu—, injertado en una forma de vida burguesa que no acepto y amenazado por una revolución popular que me sería dolorosa, me parece inteligente, pero poco justa. Él ignora que por mi ascendencia materna soy un plebeyo, con igual título que no importa qué verdadero hijo del pueblo. (Mi bisabuela materna llevaba pollera y se peinaba con trenzas.) Ignora también que no extraño en absoluto los privilegios mundanos e intelectuales de mis abuelos rectores y ministros y que más bien gran parte de mi actitud en los últimos años puede definirse como una resistencia y casi hostilidad a «seguir ese camino» (no haberme recibido de abogado, no haber hecho lo que podía hacer para ingresar a la docencia de San Marcos, etc.). No conoce tampoco hasta qué punto carezco de una serie de sentidos específicos de la casta a la que me quiere asimilar: el de la propiedad, el del domicilio, el de la patria, el de la profesión, y hasta el de la familia.

* * *

El empleado que me atiende me dice: «Pase Ud. al patio, que lo va a llamar un *valet*.» Paso al patio y me encuentro con unas doscientas personas que esperan también que las llamen. La diferencia está en que a ellas las llaman por un micrófono, mientras que a mí me llamará un *valet*. Durante una hora y media espero esta llamada, sin desprender la vista de la puerta por donde presumiblemente entrará el *valet*. Al fin éste aparece: nada lo identifica en su manera de vestir, pero su rostro expresa el cansancio, la tristeza, el aburrimiento de un *valet* de Prefectura de Policía. No espero que me llame. Avanzo hacia él, que está recorriendo el patio con la vista, como para localizarme, sin conocerme, confiado en que me reconocerá por algún signo providencial. «*Monsieur* Ribeyro?», me pregunta. Me dice que lo siga. Recorremos pasillos interminables, llenos de puertas, bancas y personas que esperan. No hablamos. El *valet* va delante, cabizbajo, sin preocuparse de si lo sigo o no. Llegamos a un ascensor: está malogrado. Vamos a buscar otro ascensor. Un empleado pasa junto a nosotros y nos dice que también está malogrado. «Es necesario subir cinco pisos», me dice el *valet* abatido y me mira con rencor, como si yo tuviera la culpa de esa escalada. «He subido ocho veces en la mañana», agrega, y empieza a subir lentamente las escaleras, parándose en los descansos para resollar. Sólo cuando llegamos al quinto piso y empezamos a recorrer otros pasillos —esta vez se ve poca gente, pero sí muchos policías— me dice con un tono de reproche: «¿Por qué ha dejado pasar tanto tiempo sin renovar su Carta de Residencia?» Añade, mirándome de soslayo: «Le pueden seguir un proceso.» Se ve que nos acercamos a la oficina que busca, pues endereza el espinazo, su paso se hace más seguro y levanta más la cabeza. Esta vez, sin mirarme, me dice: «Diga que usted no había comprendido bien, que todavía no habla bien francés.» Luego me abre una puerta y en el momento de dejarme pasar me echa la primera mirada rápida, furtiva, un poco ansiosa, en la que reconozco, agradecido, una pizca de humanidad.

* * *

Quinto piso de la Prefectura de Policía, sala de «Gardes à vue». Dos pupitres, en cada cual hay un policía, sentados como para presidir una clase o dar una conferencia. Uno ha sacado sus lentes de un estuche y lee el *France Soir*, mientras guarda en una mano el encendedor con que ha prendido ya una buena docena de cigarrillos. El otro se ha quitado el kepí y lee un folletín. Los detenidos al entrar dejan su ficha en el pupitre de uno de los policías. Éste, sin molestarse en mirar al recién llegado, coge la ficha con un movimiento distraído y la apila sobre otras. El policía del *France Soir* tiene medias verdes y los pies cruzados. Uno de sus pies se mueve sin interrupción. El otro policía tiene los pies firmemente asentados en el suelo, como una persona que está sentada en el WC.

En la sala hay tres bancas alineadas frente a los pupitres y varias sillas alineadas contra las paredes.

Los detenidos están fumando o mirando el techo, las paredes. El único mueble de la sala es un alto armario, encima del cual hay una silla echada. ¿Qué hace esa silla allí? Misterio. A primera vista está en buen estado. Quizás, hace meses, alguien al hacer la limpieza la puso allí y desde entonces, por negligencia, no la han sacado. En la pared que da al patio hay una ventana enrejada. Por ella se ve flamear una bandera francesa y más allá se ve la aguja dorada de la Sainte-Chapelle.

* * *

En la Sala de Prensa de la Prefectura, cuatro grandes escritorios pegados entre sí, formando un enorme cuadrilátero. En cada escritorio un periodista. La superficie está llena de cartapacios, ceniceros y teléfonos. Cuando llego, uno de los periodistas está dando una noticia por teléfono, según una hoja manuscrita que ha sacado de un cartapacio: «La pequeña Chantal, de 13 años, fue encontrada esta mañana a las seis horas cinco estrangulada en el bosque de Boloña...» Un periodista viejo que lee a su lado la página del horóscopo de la revista femenina *Elle*, lo interrumpe: «Estrangulada no. Asfixiada, asfixiada con un pañuelo en la boca...» El informante rectifica la noticia: «La pequeña Chantal fue encontrada asfixiada... a consecuencia de un pañuelo que se le introdujo en la boca. La víctima había sufrido, según pudo constatar la policía, graves violencias.» El periodista vecino vuelve a interrumpir sin quitar la mirada de su revista: «Odiosas violencias... no graves violencias. Tú no conoces el estilo.» El informante vuelve a corregirse: «Espere usted... la pequeña Chantal había sufrido odiosas violencias, al parecer atacada por un pervertido.» Tercera intervención del otro periodista: «Se dice sátiro, no pervertido... Parece que no fueras hombre de letras.» El informante cubre el fono con la mano y se vuelve a su vecino: «Yo no soy un hombre de letras, ¡ah no!... nunca lo he pretendido...», y continúa dando su informe telefónico.

* * *

Era uno de esos hombres que en la mañana están siempre bien peinados, bien afeitados e impecablemente vestidos, pero en cuyo rostro pastoso y en cuyos ojos de un brillo fatigado se descubre que han dormido mal y se han levantado con esfuerzo, después de una noche ocupada en complicadas meditaciones o en el ejercicio de placeres refinados.

# 1962

*París, 13 de enero de 1962*

Ayer un redactor se acerca al servicio español y nos pregunta: «*Qu'est-ce que vous préferéz, un petit papier sur Brigitte Bardot ou un autre sur la catastrophe péruvienne?*» (aluvión donde murieron 7.000 personas). Esto es el periodismo.

Cuando tenía doce años me decía: algún día seré grande, fumaré y me pasaré las noches en un escritorio, escribiendo. Ahora soy ya un hombre, estoy fumando, sentado en mi escritorio, escribiendo, y me digo: cuando tenía doce años era un perfecto imbécil.

*14 de enero*

Terminar un cuento así: «Y la casa del maestro fue convertida en burdel por sus discípulos.»

* * *

Para qué andar tan de prisa si en la esquina menos pensada nos encontramos con la luz roja, gracias a la cual todos aquellos que sobrepasamos nos alcanzarán.

* * *

Los predicadores olvidan a menudo que a los impuros les bastan unos pocos días para olvidar sus peores infamias.

*28 de enero*

El curso que ha tomado mi vida últimamente. Me pregunto si esto es vivir o si por el contrario todo no será sino puro espejismo, y la forma esencial de vivir sea la precedente, la vida del solitario, en medio de sus papeles y sus innumerables proyectos. Sin tiempo para escribir. Pasan los días y las noches. Un pequeño, pero persistente desasosiego. ¿Qué busco? ¿Qué espero? Una brutal avidez de placer y un gran desprecio por la labor intelectual. Pero al mismo tiempo, una compasión enfermiza por la gente, por el hombre que sufre, es decir, por todos. Recordar los rostros de la gente del metro: fatigados, hartos, malhumorados, coléricos. Recordar a la niña, tras la puerta del bar, aún no tocada por la vida, pero en cuyos ojos se notaban ya los signos de la adultez y el espanto de mundo. Ella, por ser humana, contenía ya todo su dolor.

*9 de febrero*

En París la vida se desvaloriza cada día más y ahora se pueden conseguir muertos por muy poco precio. Para tener un mártir no hace falta que un partido o una facción envíe a su gente al campo de batalla. El campo de batalla está en las calles de la ciudad: basta frecuentar un café moro, vivir en el mismo edificio que un diputado gobiernista, tener un tío policía o simplemente ir a curiosear a una manifestación política. Se muere fácilmente, en el momento menos pensado y muchas veces sin saber en manos de quién: la OAS, el FLN o la CRS. Ayer, nada menos que ocho muertos, mientras yo hacía tranquilamente el amor. Ahora, cerca de la Bolsa, atmósfera de víspera de guerra civil. Gente que se arranchaba los periódicos, rostros asustados, carros de policía, huelgas por doquier, manifestaciones relámpago. ¿Adónde va Francia así?

*14 de marzo*

El bienestar es mudo y la angustia locuaz. Mi diario interrumpido desde que AC me acompaña. Si ahora lo abro es para consignar una amenaza imprevista contra mi paz al fin alcanzada: el próximo mes debo dejar mi departamento de Saint-Severin. Dejarlo cuando ya estaba acostumbrado a él, cuando le guardaba gratitud y cuando el sol, después de haber girado por todo el cielo, vuelve a entrar por el mismo sitio —dorando antes las gárgolas— por donde entraba la primavera pasada.

*17 de marzo*

La impresión que me producen ciudades como París o Barcelona, cuando las comparo con Miraflores, es que son unos enormes cementerios. No sólo por la arquitectura uniforme, monumental y gris —como los cuarteles del cementerio limeño— sino porque en sus casas ha muerto mucha gente. No hay habitación que no guarde el recuerdo de una agonía. Las casas de Miraflores, en cambio —sin considerar la parte vieja—, son casas que sólo han conocido nacimientos y bodas. Pocos féretros han atravesado sus lindos muros y sus jardines. Son casas donde la historia comienza o diría casi sin historia. En casas así la historia comienza con su primera capilla ardiente.

*25 de abril*

Por consignar: viviendo hace tres semanas otra vez en el Hotel Notre-Dame. Vista sobre el Sena y la catedral.

Llegada, al fin, de la primavera.

Proyecto de matrimonio con AC.

Paso de Jorge (cuñado) por París.
Carta de mi hermano diciendo haber dispuesto
de la plata del premio de la novela que gané
*(Crónica de San Gabriel).*
Búsqueda de un nuevo departamento.
Embrutecimiento en la AFP.
Nada escrito.

*25 de agosto*

Escena sublevante, que retrata el carácter mezquino y egoísta, por no decir inhumano, del patrón del bar de París. Café Les Finances, 9 de la noche. Poca gente; para ser exacto, dos personas en el mostrador, yo y un francés. De pronto penetra un viejo, bien vestido, con una mano cortada que sangra abundantemente. La sangre deja un reguero en el piso. La reacción inmediata de la patrona es gritar: «*Allez-vous en! Je ne veux pas des histoires.*» El pobre viejo no puede hablar y como se tambalea apoya su mano herida en el mostrador, ensuciando el cobre lustrado. Los mozos corren donde él para expulsarlo, obedeciendo la orden de la patrona. Lo más desesperante es que el hombre quiere hablar, pero no le salen las palabras, y se resiste a ser expulsado amenazando a los mozos con su mano herida. El viejo dice algo a la patrona y ésta responde: «*Ça ne me regarde pas.*» Los mozos van a consumar la expulsión, pero yo intervengo y grito desde el fondo de la sala, con un tono agrio pero de una autoridad que me sorprende: «*Appelez la police! Vous ne pouvez pas le lâcher comme ça.*» La patrona me mira y coge el teléfono, mientras los mozos siguen al viejo en sus evoluciones y van limpiando con una esponja las manchas de sangre que deja en el mostrador y con aserrín las que deja en el piso. La policía llega exactamente a los diez minutos. El viejo se entrega a ella y dice solamente: «*Je veux aller a l'hôpital.*»

*11 de setiembre*

Como un cazador a la expectativa de su presa, desde hace semanas, meses, acecho el momento de poder escribir algo. Me levanto pensando en qué momento del día me quedará una hora libre. Me acuesto imaginando que al día siguiente, entre una visita y una comida, se me ofrecerá así, inocente, confiada, la hora que tanto busco. Pero pasan los días, los meses, y entre el metro, el trabajo, el sueño y el amor, se me va la vida. Mi agente literario me acribilla a cartas pidiéndome originales para Alemania. De Lima me piden manuscritos. Y mis cuentos largos y cortos, mi descosida novela *Los geniecillos dominicales* y las piezas de teatro duermen en sus cartapacios póstumos. A veces cojo uno cuando voy a la Agencia y entre dos cables por traducir, o abajo, cuando salgo a tomar el café, lo ojeo ávidamente, buscando el punto muerto que es necesario activar, la palabra tarjada donde sucumbió mi ingenio. Todo es una comedia, claro. Mi cartapacio bajo el brazo es como el estoque que lleva el torero jubilado o el sombrero de hongo de alguien que se arruinó.

*19 de noviembre (Sueño)*

Vestíbulo de una casa elegante. Un hombre alto y moreno vestido con un *smoking* celeste, cuya particularidad es que el pantalón se le adelgaza en las pantorrillas gracias a dos lacitos que hacen recordar a las corbatas de mariposa, lo atraviesa y sube ágilmente las escaleras, sin ser interceptado por nadie. En realidad no hay nadie que pueda interceptarlo, pero en el sueño se da como sentado que nadie puede penetrar en esa casa sin una autorización especial o sin vencer algún obstáculo. Apenas el hombre desaparece se escucha una voz impersonal —como la de un narrador— que dice en francés: «*C'est grâce a un fâcheux incident que la fortune sourit a cet homme.*» Por la misma escalera se ve descender una procesión de tristes sirvientas —nadie lo dice, pero se sabe que son sirvientas y que se dirigen silenciosamente hacia los servicios higiénicos de la servidumbre. Por el fondo del vestíbulo se ve pasar a un grupo de hombres mal vestidos —obreros o esclavos— que se dirigen también a los servicios higiénicos. Los baños de las mujeres están separados del de los hombres por una gruesa pared. En el muro del último baño de las mujeres hay un orificio que comunica con el último baño de los hombres. Se ve a una de las sirvientas que acerca su sexo al orificio y a un negro que introduce su sexo desde el otro lado de la pared en el sexo de la mujer. Se escucha nuevamente la voz del narrador, que habla esta vez en castellano: «Se calcula que el sexo del negro debería tener 35 centímetros para haber podido hacer el amor con la sirvienta.» Otras voces comentan el suceso y una voz de mujer, no identificada, dice: «pero el sexo de Julio tiene 20 centímetros». A continuación se deja entender, sin imágenes pero también sin palabras, que el hombre del *smoking* celeste es hijo del negro y de la sirvienta y que por este motivo puede entrar libremente en la casa.

*20 de noviembre (Sueño)*

Estoy en el interior de una tienda extraña, que es al mismo tiempo un taller de reparaciones de calzado y una oficina del ramo de loterías.

Tengo un billete de lotería en la mano terminado en 11 y al cotejar la lista oficial veo que está premiado con 40.000 nuevos francos. Mi novia coge el billete, se lo entrega a una empleada y se va. Quedo ante el mostrador esperando que me paguen el billete o que me lo devuelvan. Sale un hombre gordo, con aspecto de zapatero remendón, con un martillo en la mano. Le pregunto por mi billete y se hace el desentendido. Un empleado suyo da vueltas a mi alrededor blandiendo una especie de lima o punzón. Yo insisto para que me devuelvan el billete, pero lejos de hacerme caso, el patrón y su dependiente me amenazan con sus instrumentos. De pronto me veo en la calle, frente a un paradero de autobuses donde espera mucha gente. El patrón de la zapatería aparece y yo comienzo a pegarle patadas. Mientras le pego, le digo a la gente que espera el ómnibus: «Este hombre se ha agarrado mi billete de lotería premiado.» El zapatero comienza a llorar y dice que me devolverá el billete. Entra a su tienda y sale con el billete en la mano. El billete está roto. Busco en mi bolsillo y encuentro el otro pedazo, terminado en 11. Me voy caminando por una calle.

(Le cuento el sueño a Alida. Ella compra un número de lotería terminado en 11. Sale premiado con 600 nuevos francos.)

# 1963

*París, 7 de enero de 1963*

*La fina hoja del puñal del tiempo*
*me traspasa*
*Ocioso, mustio, de pie ante la ventana*
*de la casa*
*Miro la plaza vieja que un sol tardío*
*abrasa*
*El bus vacío, verde y gris,*
*repasa*
*Con un pichón imberbe una paloma azul*
*se casa*
*Sólo mi tedio a mi ilusión*
*rebasa*
*¿Qué hacer, Dios mío, con la tarde que*
*se envasa?*
*Sólo sentir el tiempo que indolente*
*pasa.*

*20 de enero*

He invertido toda mi salud, mi tiempo y mis fuerzas en negocios espirituales completamente ruinosos.

* * *

Tenía el espíritu muy bien amoblado, pero daba la impresión de que no había terminado de pagar los muebles.

*22 de marzo*

Ayer, en la embajada, donde fui a entrevistar a Luis Alberto Sánchez por cuenta de la AFP, le digo: «Voy a hacerle una pregunta metafórica y quisiera que usted me la contestara también metafóricamente. El Perú es como una casa vieja, resquebrajada, a punto de venirse abajo. La oligarquía quiere pintar la fachada, el APRA apuntalar los muros y los "partidos extremistas" derribarla para hacerla de nuevo. ¿Está usted de acuerdo con esta imagen?» Sánchez responde de inmediato: «No. Los partidos extremistas quieren derribar la casa para vender el solar.»

*27 de abril*

Entrevista con Lobatón. Antes de partir de Francia me llamó por teléfono y nos encontramos al lado de la estatua de Montaigne. En un café de la rue Saint-Jacques, larga conversación acerca de la «situación». Ahora trabaja con el MIR (APRA Rebelde). Plan para formar un «Comité de ayuda a la insurrección en el Perú», con el cual estoy de acuerdo, siempre que sus bases sean amplias y se eviten las hasta ahora «capillas de carboneros» que se recelan mutuamente más que de la policía. Sentimiento de inferioridad frente a su dinamismo y su capacidad de vivir de acuerdo con sus convicciones. Le reproché discretamente la seudoclandestinidad de su pasaje por París, que hirió la susceptibilidad de las personas que creían gozar de su fianza. Se expresó con bastante reserva de Hugo Blanco; no sobre la autenticidad de su movimiento revolucionario sino sobre las posibilidades que tiene de extender su influencia, aislado como se encuentra, sin ayuda externa ni interna.

*28 de abril*

Así, como quien da cuerda de un viejo fonógrafo, cuántas veces, acodado en un mostrador, un vaso de vino o un café cargado ponen en funcionamiento la relojería de mi memoria y empieza la procesión de imágenes... imágenes de ciudades, de mujeres, de cuartos de hotel, de ferrocarriles, de libros, de puertos. Imágenes que se repiten, pero nunca iguales. Y yo, en medio de ellas, o más bien al margen, testigo más que actor de antiguas historias que apenas me conciernen. Por ellas me paseo como por un museo de figuras de cera y me reconozco con cierto estupor bajo disfraces banales: estudiante en Munich, bohemio en Madrid. ¿Qué hay de cierto en todo esto? ¿En qué medida mi imagen actual es el producto de la superposición de todas esas imágenes?

*10 de julio*

En «El hombre fuerte» (Fénix) he querido narrar simplemente una historia desde diferentes perspectivas. Para eso he utilizado seis personajes, que monologan sucesivamente acerca de los mismos hechos. Pero a medida que iba escribiendo el cuento estos personajes se iban tipificando cada vez más, hasta el punto que cada uno de ellos encarnaba a ciertos grupos representativos de nuestra estructura social. Fénix iba siendo progresivamente la encarnación de nuestro pueblo; Chacón, la de la clase dirigente; el enano Max, el intelectual; el teniente Sordi, los cuadros altos del ejército; el cabo Eusebio, la tropa. De este simbolismo sólo me he dado cuenta en las últimas páginas, que son las más «dirigidas», pero en las anteriores, inconscientemente, había ya puesto en boca de los personajes frases delatoras.

* * *

Los largos y ambiciosos poemas de Valéry, como los de *Narciso* e incluso *El cementerio marino*, se me caen ahora de las manos y no me parecen otra cosa que un ejercicio aplicado y talentoso de versificación de los cuales la poesía está ausente. Muchos de los versos que los forman, la mayoría, podrían haber sido escritos en el siglo XVII, formar parte de una tragedia de Racine. Valéry parece olvidar que la belleza es un valor temporal, válido dentro de determinado contexto y que la imitación es siempre un arte secundario, es decir, un artificio. Valéry, en su poesía al menos y en sus relatos, fue un imitador o, si se quiere, un combinador. Él no sacó nunca algo de la nada, sino que construyó a base de formas, imágenes, palabras conocidas y garantizadas. Por un poema como «Zona» de Apollinaire daría todos los versos de Valéry.

*2 de octubre*

¡Felices los tiempos aquellos —hace cincuenta o setenta años— en que un novelista podía contar ordenadamente una historia, con veracidad y estilo; en que un pintor podía copiar un paisaje o hacer un retrato con sensibilidad y talento; en que un músico podía inventar una melodía, llevarla al papel pautado y orquestarla! ¿Qué cosa ha pasado ahora? En nuestro tiempo todo lo mentado carece de sentido. Vinieron hombres que se llamaron Joyce, Picasso, Bartók y todo cambió. ¿Cambió porque era necesario o cambió por azar? Lo que tomamos ahora como «la evolución natural del arte», ¿no será otra cosa que el capricho de un artista determinado? ¿No seremos las víctimas inocentes de algunas cuantas personalidades extravagantes?

*23 de octubre*

¿Adónde va mi novela? Veo que sólo será el frágil reflejo de una amplísima intuición. A las cien páginas, Ludo no ha salido de un verano agitado. Pirulo apenas se dibuja. Armando es una sombra y los demás personajes nombres apenas. Terminaré por cortarla, naturalmente, por hacer de ella una «entrega». Y lo que quiero decir se me escamotea, huye de las palabras o no se deja apresar por ellas. Después de todo, ¿eso no es escribir? Tratar de darle caza, escribiendo, a una idea siempre fugitiva.

# 1963
## (ANOTACIONES SIN FECHAR)

*1963*

A las tres de la mañana Alida, Santiago y yo salimos de la casa de Desirée. Hemos dado unos cuantos pasos por la rue des Beaux-Arts, a esa hora completamente desierta, cuando al pasar por la pequeña florería que tiene la vitrina iluminada, escuchamos un ligero ruido detrás de la puerta. A través de los cristales vemos a una vieja caída en el suelo, que nos hace señas con la mano para que empujemos la puerta. Trato de abrirla, pero está cerrada con llave. La vieja se arrastra penosamente, levanta el brazo y abre la puerta. Sólo en ese momento podemos oír su voz. «*S'il vous plaît, aidez-moi. Je ne peux pas me lever. Je suis tombé a minuit et j'attends depuis des heures qui passe quelqu'un.*» Entre Santiago y yo la ayudamos a ponerse de pie. Pesa horriblemente. La sentamos en una silla y cuando nos vamos a ir, nos dice: «*Prenez une fleur pour la dame.*» Cojo un clavel para Alida. Y nos vamos deseándole buen año.

* * *

Lucho Loayza tiene en gran parte razón cuando dice que el Perú no ha vuelto a dar desde el incario una imagen universal de sí mismo. Digo en parte porque creo que, para el europeo, a la imagen del peruano inca y con plumas que se exportó durante la conquista y la colonia se ha superpuesto la imagen, exportada durante nuestros 150 años de vida republicana, del general ignorante y bravucón, que vive del cuartelazo y gobierna con los pies. Cuando alguien se entera de que somos del Perú no dice ya tanto: «Ah, los incas», sino «Ah, los generales, la revolución». Pero en todo caso, lo importante en la observación de Loayza es que la imagen que tiene el mundo de nosotros es una imagen anticuada, o estereotipada, que tiende a perpetuarse.

¿Cómo puede modificar un país su imagen universal? Solamente mediante una inesperada transformación, que no puede ser otra que la producida por una revolución social.

* * *

Los tres personajes del café Les Finances. El primero es *le général*, hombre de unos sesenta años, que lleva en la solapa de su abrigo la cintilla de la legión de honor. Debe ser un general en retiro que se dedica ahora a los negocios (gerente o miembro del directorio de alguna compañía). Tiene los labios fruncidos constantemente alrededor de un diminuto orificio bucal, gesto que le permite expresar sorpresa, alegría, lástima y toda una gama de sentimientos sin darse en ningún momento la pena de abrir un poco la boca. Sus ojos están escondidos en un pliegue de arrugas y cubiertos por una película vidriosa, como si estuviera bajo los efectos de una perpetua borrachera. Sus mofletes han perdido dureza y trepidan a la menor espiración de aire. Tiene el cutis rojo, recorrido por esas venosidades que se concentran y se dispersan en algunos puntos indeterminados del rostro. Constantemente mueve la cabeza en señal de afirmación, lo que acentúa su trepidación facial, y cuando habla un interlocutor no lo mira de frente sino de soslayo.

El segundo, un hombre de unos 45 años, alto, de frente despejada y bigote espeso, viste con cierta elegancia. Es sin duda un hombre de negocios que «quiere arribar». Se esmera en ser cortés, en demostrar soltura, ingenio, seguridad, decisión. Habla con rapidez, inclinando mucho la cabeza hacia el general y lanzando de cuando en cuando miradas desconfiadas hacia sus lados, como si estuviera tratando un asunto confidencial.

Tercera persona: la esposa del segundo hombre: rubia, un poco sofisticada, con aspecto de actriz y que el hombre de negocios lleva siempre consigo con la intención, al parecer, de que le sirva de argumento suplementario de convicción.

* * *

Al escribir trato de narrar algo de lo cual he sido testigo real o imaginario, algo que ocurrió en mi contorno o que inventé pero que me impresionó y que me parece que da una versión subjetiva, tal vez parcial, pero nunca falsa, de mi realidad, realidad generalmente sombría o inaceptable, que yo trato de imponer a mis lectores, apasionadamente, para comunicarme con ellos y hacerles compartir mis predilecciones y mis odios.

# 1964

*París, 16 de marzo de 1964*

Acabo de leer la novela de Mario Vargas *La ciudad y los perros*. Yo la encuentro sensacional. Todos los elogios que había oído y leído sobre ella me parecen plenamente justificados. Está prodigiosamente bien construida, escrita, elaborada hasta en sus menores detalles. De un *coup de pouce* maestro ha elevado la novela peruana y latinoamericana a un nivel literario universal.

*8 de mayo*

Desde hace dos días, desde que terminé mi novela *Los geniecillos dominicales*, trato de darme cuenta de si he escrito una porquería o algo bueno. Para las obras ajenas mi juicio es infalible. Para las propias, torpe y brumoso. Aún no la he releído de un tirón, como si fuera un lector X, sino por partes y al azar. Hay mucho que suprimir. Párrafos cursis, fatuos o charlatanes. Incluso capítulos. Sobre todo al comienzo: debo hacer de los cuatro primeros capítulos solamente dos. Hay partes buenas, inmejorables. Pero temo haberme dispersado mucho, haber proyectado la acción en muchas direcciones. Quedan partes oscuras. No sé si la lectura lineal le conferirá la unidad que parece faltar a la lectura salteada. En resumen, no estoy muy entusiasmado. Lejana aún la obra maestra.

*7 de junio*

Vivo desde hace quince meses a media cuadra del cementerio de Père Lachaise y sólo hoy, domingo soleado y ventoso, se me ocurre recorrer los cincuenta metros que me separan de la entrada de la rue de la Réunion.

Deslumbrado. Un portero me entrega por un franco un planito y me señala con el dedo las tumbas de Balzac, Molière, Chopin, Edith Piaf, etc. Al poco rato renuncio a buscar las sepulturas ilustres y prefiero perderme por los caminillos estrechos que bordean los mausoleos. Paz. Descubro a una vieja sentada en una tumba, tejiendo. Leo inscripciones: «Acuérdate de que eres polvo y en polvo te convertirás.» Muchos re tratos en las tumbas de mujeres que sonríen, sobre frases como «A mi querida mamá», «A mi cara esposa». Bustos de viejos mostachudos. Apellidos judíos por doquier. En la tumba de Édith Piaf, que encuentro al azar, no hay nadie. Un moscardón me pica en el cuello. El cielo se nubla y silban los árboles agitados por el viento. Senderos y tumbas. Me extravío. Me aburro entre tanto cadáver. Salgo al fin, tranquilo, pero con la saliva espesa, la boca llena de un sabor a muerto.

*22 de julio*

Nuestros estados de ánimo son tan frágiles. Qué poco basta (que se nuble el cielo, que veamos pasar una mujer bonita o simplemente que encendamos un cigarrillo o permitamos aflorar un recuerdo) para pasar del desaliento al optimismo o viceversa. Toda la coloración de la vida cambia. Toda la mañana y gran parte de la tarde estuve mustio, meditabundo, hojeando mi novela, encontrando sólo defectos no sólo en ella sino en mi vida, diciéndome: «Empezó la decrepitud.» Incluso le escribí a mi hermano, comunicándole algunas reflexiones al respecto. Al atardecer me asomé a la ventana que da a la rue de Bagnolet y pensé algo, algo impreciso que ahora no podría recordar, pero cuando regresé a mi mesa de trabajo estaba contento, más seguro de mí mismo, diciéndome «no soy cualquier cosa», «tengo algún valor», «hago las cosas bien, pero con retraso». Ahora, mientras escribo esto, mi entusiasmo —palabra muy pomposa, algo menos que entusiasmo— continúa y afronto este anochecer y, por consiguiente, todos los que vendrán con confianza. Pero, ¿quién me garantiza que esto durará? El hecho de haber mirado mi cenicero y haber calculado en él más de treinta puchos, restos de una sola jornada aún inconclusa, me atemoriza un poco, comienza quizás a vulnerar mi serenidad. Alida en la calle, comprando la cena. Quizás cuando regrese me encuentre nuevamente abatido.

*Agosto*

En el bosque salvaje del Château de Valeri, impresión sólo semejante a la que sentí hace quince años galopando en la plena puna sobre un potro serrano. Se desató la lluvia y sin motivo consciente comencé a correr por el bosque, sorteando truenos, troncos caídos, ramas, charcos y zanjas, sin rumbo. Al cuarto de hora me detuve atontado, empapado y perdido. Voz de mis compañeros que desde algún sitio me llamaban. Al correr, impresión de bestia acosada, del hombre perseguido por alguna horda mortal, del peligro de irrumpir en lo desconocido, semejante a la de galopar sin destino por la inmensa pampa tarmeña, a merced del caballo que saltaba sobre las matas de cactus y eludía las piedras.

*Setiembre*

Mi novela me parece un ladrillo, algo absolutamente indigesto. Más aún, un acto de agresión contra los lectores. ¡Y no termino nunca de copiarla! Me faltan diez capítulos. Scorza me pidió por carta que la presentara al concurso de *Expreso*, a fin de mes. Le dije que no tenía tiempo, que si se aplazaba el concurso, tal vez. Cada vez corto más párrafos. Debía eliminar capítulos íntegros. Debía en suma eliminarla toda. ¿Dónde está lo esencial de una novela? Como le decía a Wolfgang una vez por carta, una novela es una aglutinación de fragmentos innecesarios que forman un todo necesario. La mía me parece a veces todo lo contrario: una suma de capítulos necesarios que forman un libro innecesario. En fin, terminaré de copiarlo este mes. Y después veremos qué pasa.

* * *

Esta mañana en la peluquería, mientras el marica se ocupaba en encontrar las leyes que rigen mi peinado, me di cuenta de que ya no era joven. Ese espejo no podía mentir. Ojeras verdaderamente siniestras. Mi expresión me asustó. Los 35 años cumplidos hace poco estaban allí, innegables. Época de madurez. Y sin embargo, sin espejos, me siento aún inmaduro. Pienso que estoy justamente en la mitad de mi vida. Tal vez esto sea sólo una coartada de mi subconciencia, una defensa ante el sentimiento envolvente del fracaso ¿Cuándo escribiré un gran libro? Antes decía: a los 30 años. Ahora pienso que tal vez mi salvación esté en la década de los cuarenta. Si en ella no me realizo como escritor —al menos como eso, pues en los demás terrenos no tengo esperanzas—, creo sinceramente que me pegaré un tiro.

*Noviembre*

Alida en Orly, tratando de despachar mi novela por avión para ver si llega a tiempo al concurso de *Expreso*. Yo en cama, agripado, aburrido en este domingo soleado, frío. Extraña sensación la de no tener nada que hacer, ignorada por mí desde hace meses. Desde que regresé de Cannes no hice otra cosa que dedicarme a corregir y pasar en limpio la novela. No tenía un minuto libre ni para responder cartas. Ahora que la novela ha partido me sobran horas, se acumulan a mi alrededor y parecen exigirme que haga algo con ellas.

Leo un poco, pero sin entusiasmo. Fumo a pesar de la tos. Voy de cuando en cuando a la cocina para vigilar la preparación de un *pot-au-feu.* Pero siento en mí una energía sin uso, que esta página tal vez emplee fragmentariamente. De buena gana empezaría a escribir otro libro, aprovechando que la máquina «está rodada», pero no quiero empezarlo sin tener antes un «plan» bien organizado. *Los geniecillos dominicales* es un libro disperso y casi disparatado. Es la suma de varios libros. De allí la dificultad que tengo de encontrarle un título apropiado, pues el que lleva ahora es provisional. La lectura de Musil me ha hecho un poco de daño, pues me reconcilia con el «estilo literario», del cual había tomado la resolución, cuando terminé mi novela, de apartarme. Pero como le decía a mi hermano en mi última carta, ese camino es el más difícil, puede sólo ser justificado por la «perfección».

*26 de noviembre*

¿En manos de quién estará mi novela? Me pregunto esto ahora con cierta curiosidad, pero sin mucha inquietud. Debo admitir que tengo el defecto de desinteresarme pronto de lo que escribo. Mi novela me parece pertenecer ya a una época inmemorial. Su autor fue un JRR que me es casi ajeno. ¡Y hace sólo unos meses que la terminé! Ahora me preocupa más mi pieza de teatro sobre Oblitas, salga bien o mal. Rehago sus primeras escenas. Veo que tiene alguna semejanza de atmósfera con las cosas que escribe Arrabal, quizás porque somos casi de la misma edad.

Imposibilidad de concentrar mi interés en algo determinado. Ahora pasé por varias librerías y vacilé entre los siguientes libros: un manual de economía política editado en Moscú, un tratado de Pavlov sobre los reflejos, las *Confesiones* de San Agustín, *Artículos literarios* de Michel Butor y una historia de la Revolución francesa. Al final de cuentas compré un libro de cuentos de un autor checo, Ludvik Azkenazy porque tenía bonitas ilustraciones.

*Noviembre*

¿Por qué será que algunos prosistas franceses del siglo XIX tienen en su estilo algo de metálico, de incorruptible? D'Aurevilly, Villiers de l'Isle-Adam, Constant, Flaubert, Baudelaire, etc. A su lado, la prosa de Proust o de Gide, por bella que sea, parece blanda. Tal vez se deba a la persistencia en los primeros y a la frecuencia de ciertas palabras «duras», de aristas fuertes, engastadas en frases cortas. Esta pérdida de dureza se nota también en la poesía, si pasamos de Baudelaire simplemente a Mallarmé o de Rimbaud a Apollinaire. Bien entendido, no se trata de una apreciación literaria ni de emitir juicios de valor. La calidad de «metálico o incorruptible» que noto en los autores del siglo XIX es una impresión puramente «sensorial», de la prosa considerada como materia fonética en bruto o como ordenación de signos gramaticales.

*10 de diciembre*

En las dos hojas tipo tabloide de un boletín obrero americano he encontrado las siguientes siglas:

OIRT, ANACH, CTH, IADSL, ALPRO, FESITRANH, CIOSL, CTM, FENAECI, FIET, AIT, SENTI, CUNICOOP, CEIC, BGTUC, ILGWU, TUC, OFF, AFSCME, AFSME, BIU, FECECITLIH, CC, CTC, CIES, IRCA, SAMF, ICTT, CTMRA, NAACP, FITE, aparte de las más familiares ONU, OEA y OIT.

¿Cómo es posible, me pregunto, que empleando este lenguaje cifrado, la gente pueda llegar a entenderse? Cuando leo, por ejemplo, que «Siguiendo el programa de educación obrera del CTM, el ORIT, el OIDSL y el CIP, el secretario general del ICSL declaró que el CONARAL en su última reunión, con asistencia del delegado del CIOSL, había recomendado que en el próximo congreso del CFTC...», me siento profundamente desgraciado. ¿De qué hablan? ¿A quién se dirigen? El mundo se está convirtiendo así en una yuxtaposición de mundillos incomunicados frente a los cuales tenemos la impresión de ser «el eterno profano».

# 1964
## (ANOTACIONES SIN FECHAR)

*1964*

Tengo una gran desconfianza por los hombres que no fuman ni prueban un vaso de alcohol. Deben ser terriblemente viciosos.

* * *

Incansable para el amor, como las mujeres de cuello corto y ojos saltones.

* * *

Una farsa dramática sobre los últimos días de Hitler, en los sótanos de la cancillería de Berlín convertidos en refugio, fortaleza y hospital. Los rusos se encuentran a 500 metros y Hitler se obstina en dar pruebas de un mandato que ya no tiene razón de existir: nombra mariscales a sus subalternos, manda fusilar a presuntos traidores. Se casa, además, con su querida Eva Braun. A su alrededor sus generales comienzan a suicidarse en serie. La señora Goebbels hace poner inyecciones mortales a sus cuatro hijos para que no caigan en manos de los rusos.

Hitler regala un cuadro valioso a su piloto. Finalmente se suicida, después de haber ordenado que lo incineren. Eva Braun también se suicida. Hitler con bala y Eva con veneno.

* * *

Encontrar el género que convenga para expresar, pero con mayor fuerza y eficacia que hasta ahora, la complicidad entre banqueros, generales y altos miembros de la jerarquía católica en la dominación de los países subdesarrollados por la casta dirigente. (Germen de *Cambio de guardia*.)

* * *

De ahora en adelante ya no tienes ningún derecho de propiedad sobre tu cuerpo. Yo lo he adquirido. Tus senos son míos. Tus muslos son míos. Tu sexo es mío. Tu piel es mía. Soy el dueño no sólo de tu cuerpo, sino de lo que él supone: dueño de tu placer y de tu sufrimiento.

* * *

Ayer, en el hotel de Max Braun para acompañarlo a ver sus cuadros. Lo encuentro acostado con una mujer que no es su esposa. Su mujer en ese momento está posando desnuda en *La grande Chaumière*. Max se levanta y lo primero que hace es preparar una pipa de *hachisch*, que fuma con su amante. Salimos los dos. Largo viaje hasta Colombes, donde sus cuadros están depositados. Me habla de cosas que me son inaccesibles. Sus cuadros son espléndidos. Decido comprarle uno, aunque no tengo plata. Regresamos a su hotel. Su amante ya se fue. Su mujer lo espera. Max está nervioso. Diluye una píldora de heroína en una cucharita y se la inyecta en la vena del brazo izquierdo, después de ligarse el brazo con la correa de su pantalón. Todo esto mientras conversa con su mujer y hace bromas conmigo. Me dice que ha tenido cuatro hijos en Nueva York con cuatro mujeres diferentes, que prepara una exposición en Alemania, que no volverá a pintar hasta que no descubra nuevos materiales, pues ya el óleo, el *gouache*, el pastel, etc., no le satisfacen. Encontrar un material que traduzca las calidades luminosas de ciertos aparatos de física o de ciertos experimentos de laboratorio. Hablamos por supuesto de la droga. Le cuento mis funestas experiencias con la marihuana. Naturalmente que se ríe de mí: «En Estados Unidos hay unas píldoras que sirven para desmayarse.»

* * *

Manuel Beltroy camina dificultosamente a mi lado por el Barrio Latino, durante un breve paseo, sin mirar las iglesias, las casas, las calles, o sin verlas, debido a su vista gastada, contentándose con repetir por lo bajo: «¡Oh París!, qué buen tema para mi próxima crónica.»

Hablar es una enfermedad.

Hablar es un impudor.

M. B. haría gustosamente voto de pobreza, de castidad, pero jamás de silencio.

Vivir «en el mundo de la palabra» (lo decía Julio Cortázar de Pepe Durand).

Tres tipos de gente a evitar: 1. Los que hablan fuerte en los ómnibus y otros medios de transporte público. 2. Los que cuando nos van contando algo por la calle, nos obligan a veces a detenernos, en las partes más dramáticas o vívidas de su relato. 3. Los que tienen tendencia, al caminar hablando a nuestro lado, a recostarse contra nosotros, como si nuestra atención la imantara, de modo que uno se ve acorralado constantemente contra los muros o a punto de ser expulsado sobre la pista.

* * *

La historia se esclarecería si pudiera deslindarse clara, matemáticamente, la responsabilidad individual de la colectiva. Las crisis internacionales, ¿quién las provoca? Que estemos actualmente al borde de una guerra, ¿de quién depende? ¿De un hombre, de dos, de diez, de cien millones? Estados Unidos bombardeó Vietnam del Norte, ¿quién dio la orden? Vietnam del Norte había —al parecer— atacado antes a un barco de guerra norteamericano, ¿quién lo atacó? ¿Un marino? ¿La Marina? ¿El socialismo? Se habla de gobierno, ¿qué es un gobierno? ¿Qué rostro tiene? ¿Dónde está su conciencia?

Las abstracciones me molestan, tratándose de hechos, pero un grupo de hombres reunidos, ¿no es una abstracción? Como pensaba ayer, quizás el mundo no sea absurdo —en el sentido de Camus, un absurdo que significa un orden, es decir, una predestinación con signo negativo— sino simplemente incongruente. Que la humanidad desaparezca por culpa de un grumete borracho o un estadista con aerofagia.

* * *

¡Qué fatigante resulta Salinger en *Franny & Zooey* con su pequeña familia de personajes inteligentes! Gide vio justo cuando dijo que no había nada peor que crear personajes intelectuales: sólo se logra hacerles decir asnadas. Qué minucia, además, en su descripción, qué cuidado en hacer cambiar de posición a sus criaturas antes de cada réplica. En verdad, sus personajes se mueven como egresados del Actor's Studio: se extienden sobre la alfombra para conversar o ponen un pie en un diván. Además, qué manera de dilatar el tiempo, sólo gracias al artificio de la conversación. Estoy en la página 200 y sólo han pasado tres cosas: conversación de Franny y Lane en el restaurante, conversación de Zooey y su madre en el baño y conversación de Zooey y Franny en el Salón.

* * *

El grave defecto de las novelas de Robbe-Grillet es que están escritas no *par rapport* a la vida sino *par rapport* a la literatura. Como sucede con los pintores, los narradores pierden de vista su modelo, su punto de partida original y tratan de hacer de su obra no el reflejo personal de la realidad sino el reflejo personal de otros reflejos. La literatura, al igual que la filosofía, se va «historizando». Cada nuevo escritor coteja su obra con la de los escritores anteriores, no con el mundo. De este modo se llega a una rarificación de la materia novelística, que puede confundirse con el esoterismo. Así como es difícil comprender a Heidegger si no se conoce a Husserl, a Hegel, etc., al lector corriente le será difícil entender a Robbe-Grillet si no conoce a Kafka o a Proust o a Joyce.

* * *

Mi literatura —me refiero a mis últimos cuentos, a mi última novela— se desarrolla en los límites de lo factible, quiero decir, en un terreno insostenible, que ya no vale la pena explorar más. En otras palabras, me encuentro en un *impasse* y es inútil imitarme o que yo aliente mi imitación. Si es inútil imitarme o que yo aliente mi imitación. Si mi obra es legible y relativamente valiosa es porque me ha costado un esfuerzo infinito conseguir una pulsación emotiva sobre cuerdas gastadas. Soy como un buen actor obligado a desempeñar un mal papel. Un mal actor fracasaría en mi papel. En adelante, por consiguiente, debo emprender una gran aventura, al comienzo quizás penosa o tediosa, pero que me lleve al descubrimiento de mi papel. ¿Cuál será este papel? Confío en que sea importante, si me desembarazo de tantos escrúpulos.

* * *

Una novela no es como una flor que crece sino como un ciprés que se talla. Ella no debe adquirir su forma a partir de un núcleo, de una semilla, por adición o floración, sino a partir de un volumen herbóreo, por corte y sustracción.

* * *

Ver a Helba Huara en escena es un espectáculo aterrador. Si la finalidad del arte es suscitar en los espectadores el reposo, la distracción, Helba Huara no es una artista. Si existe un arte que turbe, que incomode, que logre el acoplamiento de la fascinación y de la punición, Helba Huara es una artista. En todo caso, creo que es indispensable ver alguna vez a Helba Huara. Indispensable porque nos ilustra acerca de ciertas posibilidades humanas de expresión, que se dan al margen de la palabra, del canto, o de la danza entendida en su forma convencional. Lo que nos ofrece Helba Huara en escena es un aspecto del ser, que no habíamos tenido ocasión de contemplar. ¿Danza? ¿Pantomima? ¿Mimodrama? ¿Psicodrama? No es eso y es todo eso al mismo tiempo. Y algo más: Helba Huara da sobre el escenario un compendio enigmático y feroz de la vida. Helba Huara es al mismo tiempo la partitura y el instrumento de su creación. Ella se utiliza a sí misma sin dejar de ser ella misma. Cada una de sus interpretaciones es una donación de su ser. De allí que sus números sean irrepetibles, únicos y, por esta misma razón, inolvidables.

# 1965

*París, 5 de enero de 1965*

El año 1964 ha sido fructuoso para mí, desde el punto de vista literario: publicación en Lima de dos de mis libros de cuentos, *Las botellas y los hombres* y *Tres historias sublevantes*; aparición en francés de *Les charognards sans plumes*; y en alemán de *Im Tal von San Gabriel*; firma del contrato con la editora holandesa para la publicación de *Crónica* en Amsterdam; propuesta aceptada de la televisión francesa para llevar a la pantalla chica mi cuento «Al pie del acantilado»; terminación de mi novela *Ludo y sus fantasmas* (o como se llame); terminación de mi obra de teatro sobre Oblitas Paz; invitación al coloquio de escritores de Berlín; presentación de «Santiago el pajarero» en Santiago de Chile. Esto bastaría para contentar a un hombre menos exigente que yo. Pero lo que a mí me fascina es la otra cara de la medalla: lo que he dejado de hacer, lo que salió mal, lo que no tuvo eco, lo que fracasó. Todas las realizaciones citadas tienen su lado lúgubre.

*18 de enero*

¿Será Racine un valor literario inflado? Relectura de algunas de sus piezas. Personalmente no «siento» su teatro, la perfección de sus versos distrae mi atención y la peripecia dramática se me esfuma en el torrente de alejandrinos. ¡Qué centenares de libros y ensayos se han escrito para explicar, demostrar, convencer de que Racine es un gran dramaturgo! Tal vez Hugo tenía razón en menospreciarlo. En cuanto a la opinión favorable de Anatole France, Valéry o Giraudoux me tiene sin cuidado, pues son escritores de género menor que trataban de exaltar las virtudes de su antepasado para poner de relieve sus propias virtudes.

Se elogiaban por *personne interposée*. Sólo algunas escenas de *Britannicus*, de *Bérénice* o de *Phèdre* continúan asombrándome, quizás porque en ellas hay un ajuste logrado entre versificación, acción y emoción. En cuanto a *Les Plaideurs*, inútil decirme que es una buena comedia. La he releído atentamente. Qué osadía comparar esta obra con las de Molière. Con razón dijo éste, según se cuenta, que la pieza de Racine «no valía nada». Sólo he encontrado en ella dos versos citables: «*Mais sans argent l'honneur n'est qu'une maladie*» y «*Pour dormir dans la rue on n'offense personne*» (respuesta que podría dar un *clochard* a un *flic* que lo interpele).

*11 de febrero*
*(Estados Unidos bombardea Vietnam del Norte)*

Mientras la situación en Vietnam nos lleva al borde de una guerra mundial, los diarios siguen anunciando encuentros deportivos, películas por estrenarse o libros por salir. Diríase que entre una y otra cosa —la posibilidad de una guerra y el libre curso de la vida civil— no existe relación. Me parece eso monstruoso. Hay momentos en que todos deberían callarse, todos los planes suspenderse. Sin embargo no es así: la vida civil penetra como un alegre río en un mar turbulento. ¿No decía Michelet que en pleno Terror se seguían representando comedias pastorales? Y yo mismo, sigo escribiendo mi novela *Cambio de guardia*, sin inquietarme si dentro de unos meses estaré en condiciones de terminarla o si quedará en pie un solo lector.

*11 de marzo*

A veces pienso que la literatura es para mí sólo una coartada de la que me valgo para librarme del proceso de la vida. Lo que yo llamo mis sacrificios (no ser abogado, ni profesor de la universidad, ni político, ni agregado cultural) son tal vez fracasos simulados, imposibilidades. Mi excusa: soy escritor. Mi relativo éxito en este terreno excusa mis torpezas en los otros. Siempre he huido de toda prueba, de toda confrontación, de toda responsabilidad. Menos de la de escribir. Diríase que llevo la vida a mi terreno, allí donde no puede darme ninguna sorpresa. Protegido del mundo, de la gente, solo frente a mi máquina de escribir, sin coerciones ni apremios, sin jueces, ni público, ni ovaciones ni rechiflas, en la arena solitaria de mi página en blanco, procedo a la *mise à mort* de la vida.

*29 de abril*

Desde hace años he hecho una observación bastante banal, pero que quisiera llegar a formular en términos claros, si fuera posible a definir en una sentencia. Todo está basado en la dificultad que experimento para «juzgar» a las personas, para pronunciar sobre ellas un juicio global: ético, intelectual, humano, etc. Esto se debe no sólo a que cada persona es un amasijo de cualidades y defectos, sino a que es casi imposible conocer el móvil o los móviles de sus acciones. Tan pronto una persona me parece digna de admiración como, al momento siguiente, absolutamente reprobable. Me entero de que alguien, por ejemplo, ha realizado un acto de generosidad inesperado y al día siguiente de que ha dado muestras de carencia absoluta de energía o de que ha hecho circular un chisme. ¿Qué opinar de esta persona? O de otra que da una excelente conferencia, pero que se niega a firmar determinado manifiesto por temor. Lo razonable sería seguir un método enumerativo y decir: tal persona tiene esto y esto otro en su activo y esto y lo de allá en su pasivo. Pero el asunto se complica porque las actitudes de las personas se modifican de acuerdo con su contorno o con sus interlocutores. Alguien puede ser generoso con X, pero egoísta con Y, inteligente ante Z, pero necio ante W. En resumen, quizás el error de todo este problema reside en que está mal planteado: es decir que es imposible pronunciar sobre una persona —ser complejo, cambiante, escurridizo, enigmático— juicios de carácter definitivo, como por ejemplo los que se pueden pronunciar sobre el mundo vegetativo o inerte. En otras palabras, a toda persona habría que considerarla como un «proceso», capaz de suscitar diversos juicios, incluso contradictorios, en el curso de su desenvolvimiento. Dentro de esta perspectiva, sólo la muerte permitiría la cristalización de una personalidad, no porque la muerte permita explicar una vida —siempre quedan incógnitas— sino porque interrumpe el proceso, es decir, el curso cambiante de la existencia. El inconveniente de esta posición, sin embargo, es que nos obligaría a vivir en una constante neutralidad afectiva: no hablar bien ni mal de nadie, no ser amigo ni enemigo, reservar su juicio o sólo emitir juicios de hecho aplicados a situaciones concretas: tal persona no es así (inteligente) sino que se portó así (inteligentemente) en tal ocasión. Todo esto lleva a un relativismo inaceptable, pero que habrá que adoptar como norma mientras no encuentre otra solución.

*6 de julio*

¿Por qué una novela tiene que empezar por la biografía de un personaje, por la descripción de un escenario o por la súbita inmersión en la trama dialogada o narrada de una situación? Podría empezar también por una receta de cocina, por una canción popular, por el editorial de un semanario dedicado a las investigaciones astronáuticas o por las conclusiones de un coloquio de parteras. No perder nunca de vista: en la literatura todo es convencional, en la novela no hay reglas, en la prosa caben todas las formas del lenguaje. Mi error es, inocente, ciegamente, ajustarme a un molde obsoleto, tonto, innecesario, donde toda mi ciencia y mi experiencia se echan a perder.

*6 de julio*

Lectura de algunos capítulos del libro de R. Mac Lean *Sociología del Perú*. Como autor es un producto típicamente peruano: contradictorio, monstruoso, inacabado. Al lado de páginas de gran lucidez, de análisis justos y ejemplares, se leen juicios torpes, falsos, dictados por la pasión o el rencor. Lo mismo puede decirse de su prosa o de su información: la primera alcanza en ciertos párrafos —sobre Bustamante, Odría o Beltrán— el tono de uno de nuestros más demoledores panfletarios, comparable a González Prada, a quien cita con frecuencia; la segunda es sorprendente, curiosa en muchos casos, pero superficial en numerosos. Ideológicamente es confuso: por momentos predica casi una revolución, pero en cambio elogia exageradamente el papel de la Iglesia, «su noble rol» en las conquistas sociales peruanas. Con los militares sucede lo mismo: en abstracto se deshace en panegíricos sobre su «sagrada misión», pero en detalle ataca a muchos gobernantes uniformados. Su elogio de Leguía es interesado y flagrante: leyendo su currículum se ve que fue prosecretario de su presidencia durante ocho años. Todo esto mueve a una pregunta: ¿se puede ser al mismo tiempo hombre político e historiador? La política activa ha puesto a Mac Lean en posesión de muchas informaciones de primera mano y le ha revelado el mecanismo de cientos de intrigas, que un profesional de la historia desconocería, pero al mismo tiempo lo ha parcializado, lo ha «comprometido» y le ha restado a su opinión toda serenidad.

*28 de setiembre*

La vida sólo se justifica cuando es un combate por el perfeccionamiento individual o por el mejoramiento de la condición humana. Ambas posibilidades pueden excluirse pero también complementarse. Me parece indigna la vida dedicada a la acumulación de bienes materiales, a la búsqueda del poder por el poder, a la conquista de una posición o de un nombre, así como detesto la vida cerril, vegetativa, resignada e incuriosa del pequeñoburgués o del obrero calificado. Decir que la vida es una y corta es un argumento de doble filo: precisamente porque es una y corta debemos esforzarnos en darle un carácter creativo. El escritor solitario que lucha contra las palabras para edificar una obra superior, el hombre de ciencia que se desvela por descubrir o inventar algo que salvará vidas o ahorrará esfuerzos, el líder político que se enfrenta al poder para acabar con una injusticia, son ejemplos de vidas creadoras. El creador es aquel que considera su vida no como un fin en sí mismo sino como un instrumento al servicio de una realidad que lo trasciende: arte, ciencia, justicia, verdad.

*25 de octubre*

Ayer, en la Agencia, a las once de la noche llegó la noticia temida: De la Puente Uceda y siete de sus compañeros, entre ellos Paul Escobar, acribillados a balazos en La Convención, cerca de Mesa Pelada. Los soldados tuvieron sólo tres heridos. A los cuatro meses de haber comenzado la guerrilla, tres de sus cabecillas han muerto. El único que hasta ahora escapa a la persecución es Lobatón.

El caso de Escobar es el que más me conmueve. En París hemos compartido a veces un pan, un poco de té, una moneda de un franco. El sótano húmedo en que vivía en la Montagne de

Saint-Geneviève, tan frío que había que calentarlo con un poco de alcohol que se echaba en una cacerola. Su trabajo de cocinero en el México Lindo, su otro trabajo de velador de un paralítico. Vida dura, quemada a los 30 años, desesperadamente. Glotón como era, reilón, optimista, en medio de toda su penuria. ¿Qué deja? Un hijo de tres años, su esposa en la cárcel y, sobre todo, su muerte.

*Octubre*

Tendencia a no escribir en este diario sobre mis experiencias inmediatas, a relegar éstas (vacaciones en España, viaje a La Habana) a la zona de lo no escribible.

Se diría que un tamiz se interpone entre mi espíritu y la realidad, la filtra y no deja apta para la escritura más que una materia enrarecida, despersonalizada y casi abstracta.

*Diciembre*

Hay días en que lo único que pido es que por amor de Dios no me vaya a doler la úlcera. Ya no pido encontrar buenas noticias en los diarios o en las cartas que recibo o poder escribir algo honorable, ni siquiera recibir dinero de algún lugar, sólo que se me ahorre ese dolor tenaz, renovado, artero, que en el metro, en la oficina, en casa o en la calle con amigos, me demacra en pocos segundos y me deprime moralmente hasta la misantropía. Ese dolor, sin embargo, me autoriza a meditar una vez más sobre las enseñanzas del dolor físico y sus efectos, filosóficos y morales. El dolor físico es el gran regulador de nuestras pasiones y ambiciones. Su presencia neutraliza de inmediato todo otro deseo que no sea la desaparición del dolor. Esa vida que recusamos porque nos parece chata, injusta, mediocre o absurda cobra de inmediato un valor inapreciable: la aceptamos en bloque, con todos sus defectos, con tal de que se nos dé sin su forma de vileza más baja que es el dolor. Porque éste nos recuerda nuestra más miserable condición animal: la del perro atropellado, la de la res en manos del matarife. Sólo cuando se va el dolor nos volvemos exigentes y empezamos a encontrarle peros a la vida. Pero el dolor regresa.

*23 de diciembre*

En vísperas de Navidad, proyectos literarios. Al acabar «El complot bisqueral» *(Cambio de guardia)* —espero hacerlo a mediados del año entrante— refundir *Los geniecillos*, que es a mi juicio una obra precipitada e incompleta, en una más amplia que abarque tres *volets*: *Ludo y los bohemios*, *Ludo y los hombres estables* y *Ludo y los guerrilleros*. El primero de estos libros se haría sobre la base de *Los geniecillos*, pero poniendo más el acento sobre los demás personajes: Pirulo, Segismundo, Javier, y añadiendo un pintor (Max Braun). Los bohemios son los desadaptados (inercia, falta de previsión, falta de ambiciones, moral particular, valores no crematísticos, evasión, individualismo, etc.). Este grupo tiene un lindero con la delincuencia: Daniel. Vivir hasta las últimas consecuencias este género de vida sólo puede llevar al sanatorio (Pirulo), al suicidio (Segismundo) o a la muerte por intoxicación o suicidio por etapas (Braun). O también al crimen: Ludo. El segundo *volet*: Ludo decide adaptarse. Episodios: vendedor, fiesta donde tío, profesor de universidad de provincia, traductor, abogado. Descubrimiento: renunciar a sus convicciones es el precio del éxito social. Este grupo, formado por sus amigos arribistas o arribados (abogados, comerciantes, etc.) no tiene límites con la delincuencia, sino que es la misma delincuencia, pero sacramentada socialmente. El tercer *volet*: Ludo se politiza, sea a través de un viaje, sea a través de antiguas relaciones que cultiva más tarde, sea por autoevolución. Frecuentaciones: Lobatón, Escobar, Chang, Heraud. Nota el parentesco entre los bohemios y los revolucionarios:

moral particular, valores no crematísticos, desadaptación o más bien rechazo del *statu quo*. Diferencias: humanitarismo en lugar de individualismo, acción en lugar de pasividad. Termina en una guerrilla.

La verdadera aventura en nuestra época es la política revolucionaria. Pintura del revolucionario latinoamericano o de país subdesarrollado. Diferencia entre el puro y el impuro. Arribismo de izquierda. Límites con la delincuencia, al igual que los bohemios. Obra larga, unas mil páginas impresas. Trabajo de algunos años, sin prisa, sin esperanza, sin apremio, sin otro premio que el placer que me producirá escribirla.

*31 de diciembre*

Al café Les Finances entran dos parejas. La muchacha de una de ellas me llama de inmediato la atención. Acompaña a un joven esbelto y guapo. Cuando eligen la mesa, ella insiste en que el joven se siente a su lado.

A partir de ese momento no hace otra cosa que dispensarle toda clase de atenciones. Hay un momento en que él saca un cigarrillo. Ella de inmediato le ofrece su colilla para que lo encienda, pero al mismo tiempo —dos servicios para un solo fin— le alcanza una caja de cerillas. Cuando destapan el vino, se apresura a servirle su copa. Aparte de esto, mientras conversan con la otra pareja, ella no hace otra cosa que escuchar lo que él responde, comentarlo, festejarlo, no sólo con palabras, sino con muecas, con caricias. Finalmente no puede contenerse, y le pasa el brazo por el cuello. Desde entonces queda adherida a él, no lo suelta. Le es necesario testimoniar que ese hombre le pertenece. Periódicamente le habla al oído y aprovecha de ello para besarlo en la mejilla. Otras veces, sin que nada lo deje prever, vuelve el rostro hacia él y frunce los labios. El joven, que no la ve, prevé tal vez alguna iniciativa y ladea ligeramente el rostro. La muchacha entonces avanza la boca y lo besa. Aparte de esto, la muchacha no observa nada, no sabe probablemente dónde está, de qué color son las paredes, quiénes son los mozos, ni ve al hombre pálido —yo— que, comiendo un *chateaubriand*, la observa.

Esa chica no está en el café. Está «instalada» en su hombre. Física, moralmente no vive sino del cuerpo de su amigo, el menor gesto de él desencadena en ella multitud de reacciones, basta que él cambie de posición para que todo el cuerpo de la muchacha se oriente de acuerdo con ese cambio. A eso se llama, más que amor, enamoramiento. Está en la época en que uno mata o se suicida por pasión. Pasará.

# 1965
## (ANOTACIONES SIN FECHAR)

*1965*

No hay nada más triste que las cartas postales que mis compañeros de oficina envían a nuestro servicio cuando salen de vacaciones. Tristes, porque como no tienen un destinatario individualizado sino están dirigidas a todos, nadie quiere hacerse cargo de ellas y permanecen almacenadas en su *panier*, muchas veces hasta que el que las envió regresa al trabajo y las encuentra allí y las recoge. Tristes también porque revelan que el colega en vacaciones se siente ligado, aun en su viaje, a la oficina y que, por más que el texto de estas cartas postales sea por lo general burlón, sienta por ella una especie de nostalgia al revés.

* * *

En mi novela sobre Atusparia debe quedar excluida por principio toda reflexión, toda descripción de ambiente, todo análisis de sentimientos, toda acotación del autor. Debe ser la novela sólo una sucesión o una yuxtaposición de «hechos» narrados escuetamente, con fragmentos de cortos diálogos. Suprimir todos los adjetivos. Las escenas deben ser breves y alternarse según un ritmo que queda por establecer. Los ritmos pueden ser dados especialmente por Atusparia y por Uchcu Pedro. Es posible que Montestruque sea una concesión a la retórica, que permitirá ironizar sobre ella y dibujar mejor al personaje. Las escenas de matanza y de crueldad deben ser narradas sin pizca de piedad y sin la intención de «enternecer»: deben ser más bien «constataciones», más o menos en el estilo de los «partes policiales». Sólo cumpliendo estrictamente estas reglas podrá evitarse que este libro sea un *Salambó* descolorido o un *Reino de este mundo* andino.

* * *

En el conocimiento que tenemos de las personas hay tres grados: el primero es el de la curiosidad o simpatía, el segundo es el de la reprobación; el último es el de la excusa. Viéndolo bien, debemos terminar por perdonar a todo el mundo. Basta aguzar un poco nuestra comprensión de una persona para explicárnosla, y una vez que esto ocurre, ¿qué cuentas podemos pedirle? Como a menudo repito, «no hay que exigirle a una persona más de una cualidad». Si una persona es generosa, ¿por qué pedir que sea inteligente? Si es cortés, ¿por qué querer que sea revolucionaria? Que nos permita al menos un ángulo por el cual podamos abordarla, un *terrain d'entente* y basta.

* * *

Hay días extraños en los que, no sé por qué motivo, la gente me mira. Hoy, por ejemplo, en el metro, en el café, en el jardín del Palais-Royal, me bastó penetrar dentro del campo visual de una persona, fuera hombre, mujer, niño, viejo, para ser observado. Como no soy guapo, debo pensar que soy horriblemente feo. Pero esto tampoco es cierto. En el espejo del café traté de mirarme objetivamente y me pareció notar que —hoy día— tenía una expresión anormal, atormentada tal vez o más bien inquietante. Sobre todo lo que me sorprende es que, cuando esto sucede, doy la impresión de no estar «donde debería estar». En el metro, para poner un caso, que uso todos los días maquinalmente, descubro a veces miradas que se resisten un poco a asimilar mi presencia. No son miradas hostiles, pero sí un poco asombradas. Y sin embargo, visto con discreción, siempre de gris, de modo que no cabe explicar el fenómeno por alguna extravagancia vestimentaria. En el fondo creo que todo esto se debe a que, a veces, doy la impresión de una extremada fragilidad.

* * *

Ayer, conferencia de Alejo Carpentier, presentado e interrogado por Claude Couffon. Comienzo un poco *pénible*. Couffon le pregunta por los primeros años de su vida y Carpentier permanece callado un momento. ¿Qué puede decir un escritor de su infancia ante quinientos auditores? Una infancia no se puede resumir en cinco minutos. Mal que bien, Carpentier sale del embarazo hablando en un castellano de acento un poco francés (las erres) pero donde se trasluce a veces una entonación caribeña. Al tocar el tema del surrealismo, Adamov, que está sentado en primera fila, a mi izquierda, le pide que hable francés. Carpentier acepta y el tono de su conferencia cambia. Se hace más clara, más amena, más espiritual. Influencia de la lengua utilizada. Carpentier, por lo demás, habla un francés exquisito, impecable. Desarrolla su teoría acerca del surrealismo inmanente de Latinoamérica, esbozado en el prólogo de *El reino de este mundo* y que yo tuve el privilegio de haber captado hace algunos años, cuando este libro cayó en mis manos. Al hablar de los escritores sudamericanos que en el año 30 vivían en París no menciona a César Vallejo, y a Neruda sólo incidentalmente. Adamov vuelve a interrogarlo, pero Carpentier no lo comprende bien, pues al parecer no conoce la evolución sufrida por el teatro de Adamov. Éste quiere dar a entender que su teatro se ha alejado del de Ionesco para acercarse al de Brecht. Carpentier lo sigue colocando entre el teatro de vanguardia francés, al lado de Ionesco y de Beckett. De allí un equívoco que no se disipa y que

Adamov prefirió no disipar. La última pregunta de Adamov tampoco es respondida: Adamov quiere saber si existe realmente un progreso en la obra de Carpentier a partir de sus escritos iniciales hasta su última novela y en qué reside este progreso. Carpentier prefiere responder en términos generales y sostiene una teoría muy discutible: a los escritores de hace cincuenta años les era muy fácil escribir, les bastaba narrar cronológicamente el nacimiento y el desarrollo de una pasión, con todas sus implicaciones psicológicas. El escritor de nuestra época debe conocer y comprender la coyuntura histórica y social en que vive y reflejarla en su obra. Carpentier parece olvidar al Voltaire de *Cándido*, al Flaubert de *La educación sentimental*, al Balzac del ciclo parisién, al Zola republicano. Todos estos escritores se interesaban por lo que sucedía en su época y trataban de comprenderla, para amarla o ridiculizarla.

Probablemente lo que quiso decir Carpentier es lo que dice Sartre en un capítulo famoso de *Qué es la literatura*: que los novelistas del siglo XIX consideraban a la persona humana como un *petit-pois* en una lata de *petit-pois*, es decir, próximos pero incomunicados, aislados. Y que en nuestra época existe la tendencia a no comprender al hombre sino en función de sus relaciones sociales y humanas, de su «situación», es decir, explicar al *petit-pois* no aisladamente, sino en función de los que lo rodean. O quizás lo que quiso decir Carpentier fue que el novelista de nuestra época —el latinoamericano— recurre como disciplina auxiliar a las ciencias sociales, a fin de comprender mejor la sociedad en que vive. No en vano los más destacados novelistas de Hispanoamérica —Asturias, Arguedas, Carpentier— son etnólogos o han realizado estudios de etnología.

* * *

¿Cabría aplicar a la sociedad humana, en cierta forma, la característica que los entomólogos acuerdan a la familia de la mosca *Simuliun*? Sabido es que estas moscas, que producen un tipo de ceguera, son peligrosas. El macho, según dice un autor, «es un inocente efímero que pasa su corta vida danzando encima del agua, entre millares de sus congéneres». La hembra se alimenta de sangre humana y de animales calientes: el macho, de «néctar de flores».

## 1966

*París, enero de 1966*

Seres imperfectos viviendo en un mundo imperfecto, estamos condenados a encontrar sólo migajas de felicidad.

*Marzo*

Ayer, reunión en casa con Mario, Hugo Neira y Ricardo Letts.

Este último me ha producido una excelente impresión. Su manera calma de hablar, pensando cada palabra que va a decir, mirando muchas veces no a su interlocutor sino a un punto neutro, me hace recordar un poco a Lobatón. Letts es más frío, más racional, menos apasionado, más realista. Su manera algebraica de analizar los problemas y las personas: «componer la figura», «trazar el cuadro», «establecer el ángulo», son fórmulas que retornan en sus exposiciones. Su dogmatismo, su puritanismo, me hicieron correr un poco de escalofríos. Denunció en muchos de nuestros amigos de izquierda la sensualidad en todos sus niveles, pero en especial la relacionada con las mujeres. Extrañado de saber, como lo informó Mario, que en Cuba existía aún un alto porcentaje de homosexuales o gente corrompida. Letts, como yo algunas veces, piensa que una revolución debe cambiar al hombre. Pero por exceso de severidad exige ya en una época prerrevolucionaria virtudes posrevolucionarias en los hombres de izquierda. Tal vez tenga razón y todo auténtico hombre de izquierda debe mostrar ya en sí los signos de una ética posrevolucionaria: es decir, ser desde todo punto de vista incorruptible.

*Marzo*

Diferencias entre celebridad y gloria (póstuma).

El hombre que ha amoblado su vida en espera de una celebridad que no llega. Sala de fiesta vacía, banquete al que los invitados no aparecen.

* * *

La vereda del mundo es demasiado estrecha para andar acompañado. Sólo el peatón solitario llegará puntualmente a la cita.

* * *

Navegar en un vaso hacia el reino de las sombras.

*1.º de abril*

Los muertos son peligrosos. Por eso hay que ocultarlos, aislarlos. Automáticamente se les niega el derecho de ciudad, mejor dicho, se les confina en ciudades especiales construidas para ellos, donde al menos se les tiene seguros. Viviendo hace tres años al lado del cementerio de Père Lachaise, me digo que la verdad esencial de mi vida es que ahora me encuentre aquí, pero que dentro de diez, veinte o treinta años, tenga que estar al otro lado del muro. ¿Por qué? Porque, como vulgarmente se dice, «nadie quiere hacerse del muerto». Enojosa presencia, por consiguiente, el exilio de la ciudad de los vivos. Todo esto, claro está, porque escucho *Saint-Louis Blues* tocado por Louis Armstrong (versión de 1954, en homenaje a Handy) y es como desenrollar las bobinas de mis últimos diez años de juventud. Escuchado en París, Amberes, Berlín, Lima, Ayacucho, Chosica, nuevamente París. Cada surco, cada gemido de la trompeta hace surgir vaharadas de recuerdos, de viejas ilusiones, episodios en tropel, impertinentes casi, que exigen el derecho de ser pasados en revista. «Baraja de cartas postales sentimentales y grises» dignas de ser echadas a una fosa, donde ni un sepulturero borracho querrá recogerlas. Hoy acá, mañana allá. El hoy y el mañana convergen cada vez más hacia el solsticio del cual el tiempo está excluido. Y entretanto, el tiempo que nos habita, acelera, fatigado ya de durar, pidiendo el retorno al manantial.

*26 de mayo*

Ayer, breve entrevista con Lucho Loayza, de paso por París. Conversación más bien parca y difícil, luego de cuatro años de ausencia. Ya no escribe. Le interesa poco la literatura, al menos la actual y sobre todo la peruana. Rehuyó hablar de Mario Vargas, de su meteórica ascensión, a pesar de que en dos ocasiones quise tocar el tema. Me dio la impresión de estar aburrido o deprimido o distraído. Le dije que la «gran novela de Lima» aún estaba por escribir, que qué cosa esperaba. En su opinión, Lima se transforma con tanta velocidad que cualquier cosa que se diga de ella será siempre anticuada. Habló bien sólo de Rulfo, de Carpentier y de Nabokov. Cortázar, Fuentes, etc., le parecen malos. Parece no haber leído mis últimos libros. Al menos no me dijo nada de ellos.

*(¿?)*

En el tren, regresando de la Costa Brava, la pareja de franceses. Ella, gorda, nariguda, blandengue, brujesca, pesadilla de

Goya. Él, rojo, baldado de una pierna, narigudo también, ojos de pescado sin memoria. La fealdad de ambos era en fin disculpable, pero lo que me sacó de quicio fue su vulgaridad. Lo primero que hicieron al entrar a nuestro compartimiento fue descalzarse. Luego empezaron a comer tirando los restos por la ventana, por encima de nuestras cabezas. Más tarde se adueñaron de los asientos que quedaban libres frente a ellos y pusieron sus pies desnudos encima. A mitad de la noche empezaron a manosearse: él le cogía el seno caído y blando, buscando el pezón a través del traje y ella descaradamente el sexo. «*Tu est fou*», decía la mujer. Él: «*J'ai trop mangé des cerises.*» Finalmente se echaron a roncar abrazados, bamboleándose. En un momento tuve a ambos encima, los castigué rudamente con el codo, pero como no despertaban me tuve que ir al pasillo por más de una hora, asqueado, presa de deseos homicidas. ¿Cómo puede haber gente así? ¿Quién los fabrica? ¿De dónde salen? ¡Con el trabajo que debe costar ser vulgar! ¿En qué mundo sin censura viven que les permite explayar toda su horripilancia? Probablemente tenderos, dueños de algún *bistrot* de los arrabales, comerciantes al por menor de productos opacos, acostumbrados a tratar con gente de una ralea que ignora el pudor, el tacto, el decoro. Esfuerzos vanos por amar al hombre cuando se encuentra especímenes de esta naturaleza.

* * *

Ligado por hilos a las finanzas del mundo entero, preso en la trama de un sistema de cifras y verificaciones que uno recusa y detesta pero en el cual desgraciadamente vive. Cuentas bancarias siempre deficitarias, facturas de grandes almacenes, amenazas de proveedores de bienes tan inútiles como las obras completas de Victor Hugo o la música para orquesta de cámara de Mozart, aparte naturalmente del Estado omnipresente, que termina por descubrir nuestro guarique y nos arrancha mediante un proceso nuestra paz, a cambio, dice, de las autopistas que construye y grandes oficinas públicas donde hace poco —y esto merece un panfleto— conocí el infierno cuando fui a cobrar unas insignificantes «alocaciones familiares» que me alcanzaron para comprar cigarrillos. Miro a mi carnicero, próspero, rozagante, enorme camioneta a la puerta, feliz y me digo ¿qué pasa? Miro al dueño del *tabac* que cultiva con tanto amor sus bigotes como su pancita y me pregunto ¿qué pasa? Ellos viven al margen del tormento y la amargura. ¿Por qué? Porque se levantan a las cinco de la mañana, despachan, producen, sirven, alimentan al circuito inextricable de las relaciones comerciales. Pero yo ¿no me he acostado desde hace diez años siempre a las cinco de la mañana? Justo, pero ¿ocupado en qué? *Hélas*, en nada productivo. Quien no da no recibe. Si quieres un beneficio, ofrécelo primero. Nada se da gratis en este mundo, sino la desgracia. Seguimos practicando el sistema del trueque: ideas por dólares, energías por pan, sabiduría por lentejas, experiencia por crédito, etc. Quien no ofrece nada como yo, nada merece. Al margen del mecanismo de la producción, no tenemos derecho a nada de lo producido. Parias.

*Setiembre*

El hombre que se sienta a las seis de la tarde ante la máquina de escribir, en esta casa, no es sino el saldo, el excremento del que, a las diez de la mañana, estuvo en la oficina. Fresco, despejado, todos los días entrego para poder vivir las siete mejores horas de mi vida. Durante ese tiempo uso y abuso de mi inteligencia, pulverizo mi resistencia física, me fumo el paquete de cigarrillos que luego en casa me hace tanta falta y que ya no podré consumir ni soportar. De este modo el que trabaja aquí es un hombre marginal, una subpersona mía, una sombra agotada, casi un pordiosero de las letras, que se afana, puja, se echa un par de tragos para recobrar un poco de fuerza o de entusiasmo y a la hora de penurias sólo aspira a comer y dormir. ¿Qué puedo dar de mí? Más aún cuando llego con un lenguaje romo, con un vocabulario decapitado, automatizado para la chatura y la banalidad, casi incapaz de combinar palabras puesto que en la Agencia toda combinación de este tipo es un error profesional. Esto me hace pensar que los círculos viciosos me persiguen o que tengo una tendencia a caer en su remolino. Para salir de la Agencia tendría que escribir una buena obra pero para escribir una buena obra tendría que salir de la Agencia. En dos o tres ocasiones he roto el círculo mediante un viaje, una escapada, una renuncia. Pero ya tengo 37 años.

*26 de octubre*

Ignoro si *Cambio de guardia* tendrá éxito o no, pero en todo caso es un libro escrito con una parte de mí que no me pertenece. Diría casi que es un ejercicio literario, a diferencia de *Los geniecillos* que, a pesar de ser una novela fallida, está hecho, no todo es cierto, con jalones de mi experiencia, de mi reflexión. Me doy cuenta de esto cuando leo fragmentos sueltos de *Cambio de guardia*. No me reconozco ni reconozco lo escrito. Seco, informativo, descriptivo, el libro parece una sucesión de autos de algún escribano un poco pretencioso. Quizás los fragmentos se sostengan entre sí y adquieran un valor arquitectural, una estructura monótona de edificio administrativo, sólido, eficaz, pero carente de belleza. Como ahora pensaba, debo reescribir *Cambio de guardia* desde otra perspectiva, alargándolo, poniendo un poco más de mí, pero sin llegar a la confidencia ni a la confesión.

* * *

No era una mujer vieja, pero daba la impresión de que debía contemplar su infancia como algo muy lejano.

* * *

Daba siempre la impresión de que acababa de salir de escuchar un concierto de música de cámara.

* * *

Parecía un diputado de provincia que acabara de perder unas elecciones.

* * *

El error que siempre he cometido en las discusiones es el haber dejado hablar a mi contrincante.

* * *

Necesidad de codificar mis conocimientos que por falta de uso se disuelven en el crepúsculo del olvido. Si supiera todo lo que supe, sabría más de lo que sé.

* * *

El camino al viajero: las huellas que he dejado en tus pies.

# 1967

*París, febrero de 1967*

Hasta ahora me considero como un hombre que ha sido aplazado en todas las pruebas de la vida. Me acerco a los 40 años sin gloria, sin dinero, sin salud, sin influencia, sin tranquilidad, sin perspectivas. Pasar revista a mis compañeros de estudios me empavorece. Muchos de ellos viven ya de sus rentas, incluso de los réditos de un prestigio intelectual (discutible, en ciertos casos). Yo, aún, en pleno combate, pero cada vez con menos resistencia y menos esperanzas. ¿Qué hago lejos de mi país, en una ciudad donde tengo sólo dos o tres amigos, obligando a mi mujer a una vida de encierro, en dos piezas con goteras y cucarachas, desempeñando un trabajo mecánico y subalterno? ¿Quién me ha exiliado y por qué? ¿Qué busco? ¿Qué aguardo? Me sorprende a veces que pueda sobrellevar esta vida sin caer en la depresión o sin pegarme un tiro.

*Mayo*

En estos dos meses se está resolviendo, lo sé profundamente, mi destino como escritor. Por un lado siento una especie de hastío, de agotamiento, de pereza, de decepción, por momentos de angustia ante el solo hecho de empezar a escribir algo. Por otro siento, presiento, en mí posibilidades que sobrepasan con largueza todo lo que he hecho hasta ahora, una especie de ímpetu, breve, es verdad, pero surcado de imágenes, de asociaciones, de fragmentos que me llevarían al acto de escribir instantáneamente, si dispusiera del tiempo, de la holgura para seguir adelante. En realidad, como me he dado cuenta desde hace meses, lo que necesito es sintonizar ese flujo verbal que vive soterradamente en mí, pero que constantemente se pierde o es interferido por ondas parásitas. Se trata de una voz, de un tono fundamental, que es el que dará a todo lo mío su coloración definitiva. Ese tono se acerca un poco a lo subjetivo, lo arbitrario, lo personal, algo dentro de la música de «Los eucaliptos», «Páginas de un diario», «Por las azoteas», algunos otros relatos escritos en primera persona (salvo los cuentos europeos). Quizás ésa sea mi verdadera voz. ¡Pero también hay otras! Es como si existiera en mí no uno sino varios escritores que pugnaran por expresarse, que quieren hacerlo todos al mismo tiempo, pero que no logran a la postre más que asomar un brazo, una pierna, la nariz o la oreja, alternativamente, en desorden, abigarrados y un poco grotescos. Por eso, actualmente, me mantengo un poco a la expectativa, sin querer tomar parte en esta lucha, con la esperanza de que algunos de estos homúnculos se sobrepongan, sacrificando a los demás, salvo que en la pelea todos perezcan y no me quede otro partido que el silencio.

*Octubre*

Las relaciones entre calidad y cantidad son curiosas, especialmente en lo que respecta a la belleza. La impresión que nos producen muchas calles de París no viene de la belleza individual de sus elementos sino de la acumulación de éstos en una perspectiva grandiosa. Tomada como unidad, cada casa de la rue de Rivoli es fea o cada edificio del bulevar Magenta. Pero lo que ya resulta imponente es ver dos kilómetros de esas construcciones alineadas, *à perte de vue.*

La misma idea pero invertida: nada es más gracioso, agradable y hasta conmovedor como ver a un niño dar sus primeros pasos. Pero en la *crèche* que hay frente a mi casa vi ayer algo que me heló: por una extraña coincidencia, quince o veinte niños, de los que acaban de aprender a caminar, aparecieron por la ancha terraza y empezaron a desplazarse en línea hacia un extremo, con su andar incierto, sus brazos que aspeaban, sus cabezas bamboleantes, gritando todos al mismo tiempo y era un espectáculo grotesco, enloquecedor, como si estuviera en presencia de una procesión de enanos locos, paralíticos o desrengados, escapados del gabinete de un fabricante de monstruos.

*(¿?)*

Al caminar por el bulevar Saint-Michel me doy cuenta de que mi marcha determina no sólo la de las personas que vienen inmediatamente hacia mí —y que tienen que esquivarme— sino la de aquellas que se encuentran a cinco o diez o cien cuadras más lejos. Basta que yo maniobre mi andar o me detenga ante un escaparate para que toda la circulación de peatones sufra de inmediato una modificación en apariencia ínfima pero cuyas repercusiones son literalmente infinitas. Un movimiento de aceleración o de retardo mío puede determinar que a cinco cuadras de distancia una persona pierda una luz verde, tenga que esperar el paso de los automóviles y por esta razón no se encuentre con una persona que buscaba con afán o lo atropelle un vehículo en la calle siguiente. Pero a su vez, mi marcha está determinada por la de las personas que cruzo o tropiezo y en realidad si yo en parte dirijo soy también dirigido. ¿Quién es en suma el que determina este complejo sistema de movimientos en una ciudad? ¿Aquel que madruga y fue el primero en poner los pies fuera de su casa? ¿Aquel que ayer se cayó en plena calzada y modificó por ello mismo o para siempre el tráfico de la ciudad? ¿O el turista que llegó hace unos días a París y salió a pasearse por los Campos Elíseos? ¿O el fundador de una ciudad lejana que vino a la nuestra? ¿El primer hombre que llegó al país, al continente, al mundo?

* * *

Yo leo prácticamente todo, quizás porque no puedo aún librarme de una concepción caduca de la cultura: la del hombre universal, aquel que debe saber todo. Como en esta época es imposible saber todo, lo único que logro es no saber nada bien y saber todo mal. Nada más desesperante para mí, por ejemplo, que entrar a una librería, como la Joie de Lire, en el Barrio Latino, con la intención de comprar un libro. Por lo general salgo sin comprar ninguno porque de inmediato, ante la vista de los libros, mi deseo de posesión se dispersa no sobre varios libros posibles sino sobre todos los libros existentes. Y si por azar compro un libro, salgo sin ningún contento pues su adquisición significa no un libro más sino muchos libros menos. La misma sensación de avidez y de decepción me producen los catálogos de libros: sobre todo esos catálogos donde todo está mezclado, la literatura con las ciencias sociales, el psicoanálisis con la historia, la ciencia con las artes plásticas. La lectura de cada título es para mí una promesa de placer y de sabiduría que se me impone sin ninguna prioridad. Y ahora que empleo esta palabra puedo diagnosticar que la causa de todo este mal es la imposibilidad de establecer entre mis deseos de lectura un orden prioritario, pues nunca he podido deslindar lo que debo saber y lo que debo ignorar. Y el resultado de todo ello en el plano material es que nunca he podido constituir una biblioteca orgánica, centrada sobre ciertos temas, autores o épocas, que pueda ir creciendo armoniosamente. Hace años que pienso que podría dedicarme a reunir libros sobre novela francesa del XIX, pero hasta la fecha sólo tengo las obras completas de Balzac, Flaubert y Victor Hugo. En cambio mis estantes se han ido llenando de libros que nada tienen que ver con eso, como para citar al azar, la vida de los rinocerontes o las traducciones de Virgilio hechas por el *abbé* Delille. En el plano espiritual, la dificultad de ordenar sus lecturas y su biblioteca se traduce por el más grande desorden mental. Mi cultura no es ni siquiera un bazar sino un baratillo, un mercado de las pulgas.

# 1968

*París, febrero de 1968*

Las personas habladoras que llegan a un grupo con la avidez de participar en una conversación a cuyos preámbulos no han asistido y que se esfuerzan durante los primeros segundos, guardando un silencio provisional acompañado de una atención extrema, en darse cuenta de qué se está tratando, cuál es la posición de los interlocutores, para, al primer descuido de éstos, meter su opinión hasta la empuñadura.

*Febrero*

Hallazgo ayer, a tres cuadras de mi casa, de una Fábrica de Acuarios. Gran perplejidad. Un acuario es algo tan raro —habrá uno por cada millón de casas o cada cien mil restaurantes u oficinas— que me era difícil pensar que se fabricaran en serie. Los imaginaba surgidos de la industria personal de su usuario o si se quiere improvisados por fanáticos de los peces o pacíficos dementes que añoran una ancestral vida submarina. Pero me equivocaba. También se fabrican. Y evidentemente sobre medida. Lo que prueba la imaginación de los industriales, que están siempre alertas para satisfacer nuestros más recónditos caprichos y la imposibilidad de toda quimera de este tipo, pues la más extravagante debe estar ya registrada, con su respectiva marca de fábrica.

*Mayo*

Es imposible dar cuenta en unas líneas del extraordinario ambiente de tensión y agitación que se vive en París en estos últimos días. Sólo cabría abocarse a una narración cronológica de los hechos, lo que ocuparía decenas de páginas. Un enjuiciamiento global sería simple y dejaría de lado todos los matices que dan su riqueza y su significado a lo que sucede. Lo único que se me ocurre decir es que estamos asistiendo, cotidianamente, a lo que se da por llamar «historia», aquellos acontecimientos que, por su importancia, marcan la vida de una nación y son luego reseñados y explicados en libros.

*Cannes, junio*

Departamento en el Palais-Rouaze, a cien metros de la Croisette, balcón *coté montagne* no *coté mer*.

Vista espléndida, no obstante. Costado del Hotel Carlton, cubriéndome parte del Esterel y sus puestas de sol. Viejas mansiones que coexisten, subsisten mejor dicho, al lado de edificios modernos, pues el equilibrio ha sido roto y las residencias con arboleda y tejas se asfixian entre edificios de concreto, de techos planos y amplias terrazas, para ofrecer más sol a los veraneantes. Al fondo las colinas de Vallauris y del Centro Helio-Marin, cuya cúpula sólo se ve desde el viejo Cannes. En la colina, escalonadas, quintas y palacetes de millonarios, rodeadas de pinos y eucaliptos y retamas, inaccesibles hasta para la vista, que apenas distingue un tejado, un pórtico, una hilera de ventanas. Frente a mi casa, en la acera del frente, una vieja residencia que me hace llorar de envidia, de nostalgia, de pena, de todo. Traicionada, rendida en su vejez. Fruto de alguna gran fortuna, ahora convertida en colegio para hijos de ingleses, llora su abandono entre el Hotel Regina y un edificio impersonal que podría estar igualmente en São Paulo o en Los Ángeles. Casa cuadrada, tejada con tejas rojas, simétrica, perfecta, que mi ignorancia en arquitectura me impide definir por el estilo. Digamos que es muy «Costa azul». Dos pisos, balcón delantero sostenido por columnas jónicas, seis ventanas por lado y un jardín que la rodea escrupulosamente por sus cuatro costados, un jardín con palmeras y laurel-rosa. La pobre ocupaba demasiado espacio para poder sostenerse como casa y hela aquí habitada por decenas de colegiales rubios que han instalado un tablero de básquet en el frontis y una mesa de ping-pong en los jardines.

* * *

A las siete de la mañana camino por las calles desiertas de Cannes en busca de una tabaquería abierta. Para hacer tiempo entro en un bar y pido un café expreso. Sólo hay dos clientes en el mostrador, bastante lejos uno del otro, entre los cuales me sitúo. A los pocos segundos noto que entre ambos clientes hay cierta tensión, como si a mi llegada hubiera interrumpido un cambio de palabras. El que está a la izquierda, corpulento, ligeramente calvo, rostro interesante, *beau garçon*, en suma, bebe una cerveza. El de mi derecha, canoso, bien vestido, peinado escrupulosamente, toma café. Como las observaciones se hacen por grados sucesivos me doy cuenta de otros detalles: el de mi izquierda está sin zapatos —lo que en el verano *canois* es admisible aunque un poco esnob— y además bastante mareado. El de mi derecha tiene los dedos índice y medio de su diestra completamente manchados de nicotina, negros como la brea, y las uñas inmundas. Esta mano, que contrasta tanto con su *tenue*, revela que ha pasado toda la noche por bares y cafés, fumando sin interrupción. Me doy cuenta luego de que es muy pálido, palidez de trasnochador empecinado, tal vez de pederasta nocturno a la caza de borrachines macizos y extraviados. Sigo bebiendo mi café entre las miradas de ambos parroquianos, a quienes mi perfil interpuesto los incomoda y tienen que avanzar el busto sobre el mostrador para localizarse. Al fin el vejete canoso paga su cuenta sin mirar al de la izquierda pero dirigiéndose ostensiblemente a él, dice mientras gana la puerta del bar: «*Je m'excuse de vous avoir importuné, mais je crois que c'est toujours intéressant d'échanger des points de vue. D'ailleurs, je suis très content d'avoir fait votre connaissance et, en surplus, je doit reconnaître que vos opinions m'ont été très instructives.*»

De inmediato reconozco el estilo del Barón de Charlus, del hombre distinguido que se dirige en un lenguaje cuidado y literario a sus amigos de ocasión.

*25 de julio*

Tarde en el jardincillo de la rue de la Procession, con mi hijo. Soleada, agradable, digna de haberse gozado, pero a mi ojo corrompido, a mi corrompida manía de mirar, interpretar, concluir, le debo más bien una penosa experiencia. ¿Qué sucede? ¿En este país? ¿En el mundo? Primero, los juguetes. Como se fabrican en serie, al final se confunden. Ya en Cannes había observado el mismo fenómeno, pero en menor escala. En «nuestra playa», había de pronto dos o tres niños que tenían un balde de plástico con un barquito en sobrerrelieve exacto al de nuestro hijo. Al final, no se sabía cuál era de cuál. Pero en fin, era pasable y con un poco de atención no cabía confusión alguna. Pero en este parquecillo —300 niños en 5.000 metros cuadrados— me bastó llegar y soltar al bebé en la poza de arena para darme cuenta de que todos los baldes, palas, rastrillos y pelotas eran iguales. Vi entonces el cortejo de mamás que recorrían el recinto enrejado recogiendo, examinando, rechazando o aceptando el juguete, de acuerdo además con normas ambiguas, arbitrarias, pues algunas aprovechaban la coyuntura para salir con un juguete mejor conservado y otras que, en la duda, por cortedad, preferían recoger el gastado. Mi conclusión inicial fue: comprarle a mi hijo juguetes personalizados, originales, de modo que no quepa el equívoco. Reflexión secundaria. Serían carísimos y además casi imposibles de conseguir, salvo que lo haga en otro país. Reflexión terciaria: si en París vive una mesocracia de tanto abolengo y *rompue* a la existencia colectiva en metros, restaurantes y paseos, la uniformidad debía ser total. Si todos los baldes, rastrillos y pelotas fueran absolutamente iguales, sin ningún adorno clandestino que los individualice, no habría ningún problema. Bastaría llegar, dejar sus juguetes y luego recogerlos, en forma genérica y cuantitativa: un balde, una pelota, etc., sin preocuparse si es el mismo balde o la misma pelota.

*Julio*

Las condiciones en que trabajo (sentarse ante la máquina para escribir lo que deseo) son inhumanas. Antes era encontrar las horas necesarias en el día. Ahora son a la semana, a veces al mes. Tengo que conquistarlas empecinadamente. Tienen que confluir además tantas circunstancias favorables: que esté despejado, que Alida salga con el bebé, que si sale sola el bebé se entretenga con sus juguetes o se duerma, que no llegue una visita, que no me moleste la úlcera, etc. Ahora, para poder escribir (Alida fue a almorzar a la casa de C. G.) tuve que encargarme del bebé desde las doce del día: almuerzo, paseo a un jardín, juego, baño, comida, nuevamente juego y luego 45 minutos, exactamente por reloj, 45 minutos de mecida en mis brazos, ya cansados, para que se duerma. Y cuando al fin puedo venir a mi mesa lo hago agotado, casi contra mi voluntad, sin ningún entusiasmo, lleno de cólera, de desasosiego. Si a eso se añade el trabajo en la AFP, las deudas, la angustia de no tener ninguna posibilidad de regresar al Perú (a mi casita de Miraflores, que tanto extraño) me siento desgraciado, sí, chancado, pisoteado. ¿Es esto una excusa? ¿Estoy tratando de justificar algún fracaso?

Nada de eso. Mi fracaso, si ocurre, se debe también a otros factores. Pero apunto uno, objetivamente.

*24 de agosto*

La soledad me descarría, me corrompe. El bohemio que hay en mí y que coexiste con este otro hombre en tantas cosas incorruptible, sale de bambalinas y ocupa la escena. Trasnochadas, bebederas sin medida, una desesperada búsqueda de aventuras, todo alternado con la escritura, es cierto, pero una escritura discontinua y de resultados aleatorios. En este sentido el matrimonio y la compañía de A. han sido para mí un seguro de vida. Mi actividad literaria se ha reducido desde entonces y en épocas se ha vuelto nula, pero mis inclinaciones al desorden han sido frenadas, mi autodestrucción contenida y mi frenética inmersión en el mundo, en la vida, recuperada hacia mi vida doméstica, hogareña y paradigmática. En todo mi tiempo de casado, nunca he dejado de venir directamente de la oficina a mi casa. Sólo una vez no vine a dormir, cuando me emborraché ferozmente con Alfredo Bryce y amanecí, no sé cómo, en casa de Américo Ferrari. Desde entonces he cometido pequeños excesos, pero siempre en compañía y con el beneplácito de mi mujer. Ahora que está lejos, he recuperado mi libertad de antaño, con todos sus riesgos. Pero ¿se tratará verdaderamente de libertad? Me imagino que es como la libertad de que hablan los viejos liberales, la de dejar a cada cual librado a su suerte, para que se muera de la forma que le convenga.

*20 de setiembre*

Tres horas tratando de hacer dormir al bebé para poder venir a mi mesa y escribir algo. Cada vez que me alejaba de la cama en puntas de pie se despertaba y comenzaba a llorar y a llamarme. Finalmente lo dejo despierto y vengo. Se baja y me sigue, sin llorar esta vez y queda a mi lado, silencioso a pesar de que le he gritado («Duérmete, por favor, me voy a volver loco, tengo que trabajar»), mirándome, esperando que le haga una caricia, cayéndose de sueño pero de pie, aguardando que me reconcilie con él, lo que haré, claro, en este mismo momento, porque nada de lo que yo pueda escribir vale los segundos de zozobra, de pena, que le haría pasar y que puedo tan fácilmente conjurar con un solo gesto y una renuncia.

*24 de setiembre*

El carácter desconcertante del trabajo humano. Por la ventana veo a un centenar de obreros que han acampado en la Place Falguière, con tractores, grúas, casetas metálicas para guardar herramientas y otros implementos complicados cuya función ignoro. Desde mi punto de mira forman un hormiguero muy ajetreado, en el cual cada individuo realiza una tarea aparentemente inútil y sin coordinación con el objetivo común pero que, poco a poco, va adoptando el aspecto de un trabajo planificado. Actos aislados y autónomos se van relacionando, los esfuerzos solitarios se enlazan, las unidades se agrupan y los grupos se amalgaman y de pronto me doy cuenta de que nada ha sido dejado al azar y de que toda esta actividad, engañosamente caótica, está dirigida por la razón humana, que en este caso puede estar encarnada por las figuras de un plano o por las órdenes de un capataz. Nada se aprende en la soledad, decía Brecht. ¿Podrá también decirse que nada se crea en la soledad? En todo caso nada de duradero. Robinson Crusoe podrá muy bien construir una choza y una barca, pero no renovar el sistema de desagües de una comuna. Ni siquiera el artista crea sus obras solo. Un manuscrito no será otra cosa que un montón de papeles sin aliento si es que no es impreso por otros hombres, encuadernado, multiplicado por mil, por diez mil, vendido y finalmente leído.

## 1968
## (ANOTACIONES SIN FECHAR)

*1968*

La caída de De Gaulle: Gulliver vencido por los enanos. Los franceses no soportan la grandeza, la desmesura. Prefieren una confortable mediocridad. Se regresa a los Guy Mollet, los Mitterrand, quizás los Bidault. Lo lamentarán. Que De Gaulle cayera en mayo pasado era justo, pues se trató de una ofensiva de estudiantes, jóvenes trabajadores de izquierda verdaderamente sana. Pero esta vez ha sido víctima de una conjura de tenderos, fascistas y comunistas de la cepa dogmática.

* * *

Descubrimiento en la rue Vercingétorix, oh terror, de un bar de borrachos. Borrachos como en Lima o como los que debían poblar las tabernas que frecuentó Malcolm Lowry. Perdida ya la esperanza de encontrar algo abierto (había cerrado en Montparnasse La Coupole, el Dôme, el Select, el bar-tabac innominado), me encuentro con este reducto, poblado de los bebedores que, a las tres de la mañana, embalados ya, recalan por azar o por olfato, o sabe Dios por qué, en el último muelle de la noche. Todos acodados en el mostrador, vociferando, los ojos brillantes, despeinados, las pupilas fijas, recubiertas con una película de colesterol o qué sé yo, ojos de pescado, de animal que habita un mundo líquido. Bebían espumante en copas aflautadas, vino blanco y rojo en copas panzudas, cervezas en vasos esbeltos, calvados en pequeñas copas casi cónicas. Pedí una cerveza, pero me dieron asco los pobres borrachines (un jorobado, un negro canoso, un calvo pederasta, una puta vieja) y me fui sin terminarla.

* * *

Raza de las cigarras, que ni siquiera silbas, pero dilapidas tu tiempo y tu vida, viviendo al lado de las hormigas, echando por las ventanas tu casa y tu salud, sin pensar en que el invierno es cada vez más cercano.

* * *

En el recipiente de celestial plástico yacían ahogados en sucia agua grasosa y fría, desde la semana anterior, los ágiles cuchillos, las obesas cucharas y los finos, penetrantes tenedores. Redondos platos de loza, otrora inmaculados, forman ahora altas torres desiguales, de cuyos diferentes pisos en diámetro y altura, colgaban un tallarín tieso, una hoja de marchita lechuga. ¡Y qué decir de las tazas! Concebidas para estar en un aparador o plenas de algún líquido perfumado en la mesa del desayuno o la merienda, rodaban ahora en la mesa de formica roja, con su poco o viejo té o café lleno de colillas, minúsculos palos de fósforos y cenizas. Un compuesto espeso y turbio las llenaba y las convertía en tumbas de veladas largas, turbulentas y falaces. Las espaciosas ollas, antes relucientes y metidas unas dentro de otras de modo que no ocupaban sino un solo espacio, el de la gran olla mayor, la abanderada del semanal sancochado, se desparramaba por el lavatorio, la refrigeradora, la cocina y el piso, ebrias, inmundas, lamentables, podridas. Y en medio de esta batalla perdida, por los utensilios, las repisas, las paredes, se deslizaban ágiles, fugitivas, fotófobas, las cucarachas.

* * *

Alida tiene muchísimas cualidades, pero un defecto: el no saber establecer una diferencia entre lo esencial y lo accesorio. Todas sus impulsiones vitales y todas sus apetencias se dan en el mismo nivel. Para ella tiene tanta importancia no ver una sola pelusa en la alfombra como que yo gane el Premio Nobel de literatura. Ella no puede hacerse el razonamiento de que si ganara ese premio no habría pelusas en la alfombra. Esto está relacionado con su incapacidad para establecer una prioridad entre sus actividades. Va dejando inconclusa una acción para emprender una intermedia que a su vez es suplantada por una ocupación parásita. El ejemplo típico: decide coser un vestido y va al ropero para sacar la máquina de coser, pero nota que la cerradura del ropero está oxidada y va al armario a sacar aceite, pero en el armario hay una mancha y va a la cocina a buscar un desmanchador, pero en la cocina la vajilla está sucia y sale a la calle a comprar un detergente, pero en la calle encuentra la farmacia abierta y decide comprar vitaminas... cuando sube se ha olvidado del detergente, el traje, la cerradura, la mancha, la vajilla y se sienta en el sofá a leer los poemas de Apollinaire.

* * *

El ímpetu, el coraje, la dichosa libertad con que el tren taladra de noche, a ciento cincuenta kilómetros por hora, la campiña francesa. De pie, en el corredor, observo por una ventana la oscuridad. Vano intento de reconocer las formas cercanas que iluminadas por el tren se escabullen de mi vista antes de que pueda aprehenderlas. Tal vez árboles o postes o cercos. Sólo lo lejano es reconocible: una casa con las luces encendidas, un tractor portando fanales que ara un terreno o una segadora que trilla. De pronto una fábrica en la lejanía, iluminada como un transatlántico, con sus altas chimeneas que despiden un humo rojizo.

* * *

Caída de De Gaulle:

Por no haber tolerado a un Quijote se condenaron a ser gobernados por una cohorte de Sanchos.

* * *

Los recuerdos voluntarios en las noches de insomnio, tan diferentes de los involuntarios de que habla Proust. Por un acto de voluntad podemos recobrar infinitos detalles de nuestro pasado. Ayer, mi memoria, como un faro, recorrió tenaz, fructuosamente los años en que íbamos a Agua Dulce en patota. He visto las ropas de baño que usábamos entonces, no sólo nosotros, sino los demás bañistas. Bellezas de la época, exactas, con toda su frescura. Los fortachones no fueron dejados de lado: el cojo Castro, el hombre de la toalla amarrada al cuello, el que llamábamos Errol Flynn y que tenía un doble. Los helados que comprábamos en la cuesta, el sabor de los helados, su precio. Todo, absolutamente todo «estaba allí»; sólo era necesario ir a buscarlo.

# 1969

*París, 22 de julio de 1969*

Relectura de mis «diarios íntimos» que hoy me llegaron de Lima. Diarios discontinuos que abarcan diez años: de 1950 a 1960, esto es, Lima, París, Madrid, Munich, París, Amberes, Berlín, Lima, Ayacucho, Lima. Los primeros de estos diarios, de 1950 a 1955, están ya irremisiblemente condenados y serán arrojados al fuego. Tal vez sólo guarde algunos extractos sobre cosas muy concretas. Perecerán como perecieron los que escribí de 1946 a 1949 y que contenían, según me enteré hoy, notas de lecturas y otras sandeces por el estilo. Lo que más me ha sorprendido en estos diarios es la cantidad de cosas que uno olvida (hay iniciales e incluso nombres que ahora no me dicen nada), la fugacidad de los sentimientos (desvelos y quejas por pasiones ya extinguidas) y la persistencia de los rasgos caracterológicos, de mis rasgos (desorden, improvisación, despilfarro, incapacidad de integración, etc.). Literariamente no tienen tal vez otro interés que el haber sido escritos por un escritor.

*2 de agosto*

Conversación inquietante con el joven alemán de la Agencia, aprendiz de escritor. Veo que los jóvenes (tanto europeos como americanos) que tienen entre 20 y 25 años menosprecian profundamente las cualidades que en un autor eran y son para nosotros, que nos acercamos a los 40, dignas de aprecio: la ironía, la prosa cuidada, el distanciamiento para con lo narrado, cierto humanismo entendido como una manera indulgente de escribir sobre el hombre o una tendencia a emitir sobre él ideas generales. Los autores que yo sigo admirando, Thomas Mann, Musil, Hofmannsthal, Broch, etc. (para sólo hablar de lengua alemana), son para ellos casi la negación de la literatura o más bien *vieux jeu*, gente de museo, que figuran ya en los textos escolares y sólo pueden ser materia de tesis doctorales o de irrisión. Incluso escritores como Peter Weiss, Enzensberger o Grass, son considerados por mi amigo como «establecidos», es decir, que han penetrado y se han inscrito en el circuito comercial de la industria literaria. En el fondo, lo que estos jóvenes admiran es una literatura aliteraria, que no reconozca géneros, ni estilos, ni cuidado, ni inteligencia. Su obsesión es el lenguaje *parlé*, viviente, la ruptura de toda convención, la muerte de la retórica tradicional tan arraigada en nuestros hábitos mentales, la inhumación del intelectualismo, el exilio de todo lo que huela a frase, aforismo, opinión, sentencia. Aman lo directo, concreto, espontáneo e *imagé*. En realidad esta reacción me parece saludable, válida y fecunda. Muchas veces yo, sin llevarlo a la práctica, he pensado y hecho anotaciones sobre este tema. Sólo veo una objeción a su manera de concebir la literatura: que dejan de lado el talento, el temperamento, la autenticidad. Cualidades que en realidad están por encima de toda doctrina, programa o toma de posición. Un escritor de talento puede actualmente escribir si quiere una novela pastoril, cuyos personajes se llamen Nemoroso o Filomena, utilizando todos los lugares comunes del Renacimiento, sus tropos más vulgares y hacer sin embargo un libro excepcional.

*3 de agosto*

Domingo, agosto, tres de la tarde. Nunca he visto la Place Falguière tan desolada. Por la hora, por el mes y por el día, cerrados los bares, los restaurantes y los comercios. No pasan automóviles. Un sol tristón cae sobre los árboles rígidos. Tres obreros portugueses al lado de una banca, pero no sentados en ella, conversan en su lengua, como si estuvieran en su pueblo, digamos en Villa do Conde, un domingo portugués, en agosto.

*31 de agosto (2 de la mañana)*

Recibo mis cuarenta años solo, en mi casa vacía. La Place Falguière desierta. Silencio. Como sólo una vez se cumple esta edad y como me siento leve, muy levemente deprimido (no por envejecer, sino por envejecer de cierta manera) compré, a pesar de mi pobreza, una botella de whisky y dos paquetes de cigarrillos rubios. Para poder servirme un trago tuve que lavar un vaso polvoriento, en una cocina donde hace días que no entro por no enfrentarme a la vajilla sucia.

Lo único que he hecho hoy por la casa ha sido cambiar sábanas y tender la cama y lo único que he hecho por mí, escribir una carta y leer *Diálogos de exiliados* de Brecht. Luego nada, aparte de mis siete horas en la AFP. Me gustaría estar con Alida y con mi gordo, ambos en Lima, haber comido con ellos, conversado, reído, peleado incluso. Fea soledad, cuando la imaginación se mella y uno no puede ya ni siquiera conversar consigo mismo.

*12 de setiembre*

Reflexionando ahora sobre mi prodigalidad. Todo dinero que llega a mis manos se quema, se desvanece. Y esto es tan viejo como mi memoria. La primera propina que recibí, cuando tenía cerca de tres años, fue dos centavos en una gorda moneda de cobre. Salí con ella a la calle y como veía que la gente daba dinero a un mendigo (esto ocurría en Tarma) yo también eché mi propina en el sombrero del viejo. Después se dice (anécdota familiar) que regresé para decirle que me la devolviera. No estoy muy seguro de esto último, pero sí de mi gesto poniendo el monedón cobrizo en el tongo del anciano sentado en el portón de nuestra vecina Vica. Luego, a los seis o siete años, cuando nos regalaron a mi hermano y a mí alcancías. Mi hermano, un poco más previsor que yo, almacenaba en ella sus propinas. Yo también, pero cada dos o tres días, con un gancho de pelo de mi mamá, extraía todo el capital por la ranura. Más tarde, ni hablar. Nunca pude tener dinero. Recibirlo y gastarlo. ¿Por qué? Cuestión de vehemencia. Desde entonces sabía, sin reflexión, que el dinero era la posibilidad de satisfacer un placer, pero a mí me interesaba más el placer que la posibilidad y por ello no podía diferirlo. Conozco sin embargo hombres que aman terriblemente el placer y son no obstante avaros. Cosa extraña, que debe tener alguna explicación. Las dos o tres veces que he tenido una suma importante de dinero en la mano, igual. Mi gratificación al salir de la C. F., suma equivalente a un año de trabajo, fue dilapidada en quince días (libros, Estrella, bares). Luego, cuando mamá vendió los departamentos. Lo que me tocó lo gasté en tres o cuatro meses, ni me acuerdo cómo. Nada era para mí imposible. Tenía mesa reservada en el Embassy, cerraba el burdel de Carlota. Pero antes, en Munich una vez y en París otra, cobré mi beca y esa misma noche me la gasté, sabiendo además, pero no importándome, que todo el mes tendría que vivir de préstamos. Los pródigos, ¿no serán en el fondo optimistas? Confían en el mañana o no les importa el mañana. Saben, en realidad, que todo podrá arreglarse. Los avaros son cobardes.

*18 de octubre*

La agilidad del pensamiento. Hago un gesto torpe y golpeo un vaso de vino. En el momento, fracción de segundo en que tarda la copa en inclinarse sobre mis papeles, efectúo una serie de operaciones mentales que se sueldan por una solución reconfortante. Pensé: va a manchar la carta que tengo que despachar a Lima; observé la zona de la mesa en que el vino iba a caer, identificando instantáneamente todos los papeles; recordé que dicha carta ya la había despachado; anulé la cólera y la angustia que mi temor inicial había encargado y que ya había emprendido su viaje hacia mi conciencia; cogí el vaso a punto de caer, sin poder impedir que salpicara un poco; pensé lo que ahora escribo.

*21 de octubre*

Ayer, ocho horas en las librerías del barrio para encontrar un tratado de Retórica. Y entre librería y librería, café. Al anochecer había bebido ya seis cafés, me temblaban las manos, me temblaban hasta las orejas. Entonces coñac, y como estaba solo y no veía pasar a ningún amigo y recordaba a los amigos lejanos o muertos, y como había hablado el domingo por teléfono con mi mujer y con mi hijo (en Lima por unos meses) que exclamó «¡Hola papá!», me descantillé. Me acosté apreciablemente borracho a las dos de la mañana. Perdí mi viejo impermeable negro por algún lugar. Pero no perdí mi tratado de Retórica, el único que encontré, reedición de un mamotreto de 1830 con prólogo de Gérard Genette. Encontré los nombres de las figuras que buscaba: epifonema y prosopopeya, aparte de decenas de otras figuras igualmente divertidas.

*31 de octubre*

Días feos, antipáticos, agripado (la tercera gripe en cinco meses), con cólicos, mi derrame sinovial (?) en la muñeca izquierda, horriblemente pelucón (seis meses sin ir al peluquero), gastando plata en libros que no leeré, en copetines para matar el tiempo, pensando en mi mujer, en mi hijo, detestando escribir hasta cartas, renegando de lo que he hecho, renunciando a lo que debo hacer, horas íntegras en un sillón mirándome el pulgar, pensando en algo impreciso o quimérico (en qué ciudad me compraría una casa si gano la lotería), odiando la oficina, descontento, aburrido o, para resumirlo en una palabra, amolado.

*26 de noviembre*

Conversaciones con Jan Hartmamn, el joven alemán contestatario. Divertido, inteligente, humor hamburgués. Forma cautivante de exponer sus puntos de vista. Veo sin embargo que tratándose de política, su interés por el «Tercer Mundo» es semejante al que experimentaban los burgueses del siglo pasado por el proletariado. El fenómeno es exacto, pero se ha extrapolado y amplificado. Así como los burgueses progresistas del siglo pasado veían en el obrero la virilidad, la fuerza, el porvenir, lo no contaminado, J. H. ve en los pueblos del Tercer Mundo la pureza, la espontaneidad, el no racionalismo, el porvenir en suma. Error, simplificación. Los revolucionarios burgueses pagaron caro su equivocación, así como ya algunos intelectuales europeos (¿Régis Debray?) sufrieron en carne propia el suyo. En ambos había como punto de partida una decepción: los primeros, decepción de su clase; los segundos, de su continente, de su cultura. Ambos viven además un mito: los burgueses decimonónicos al creer ciegamente que el proletariado era en sí una fuerza revolucionaria; los intelectuales europeos de izquierda al pensar que los pueblos del Tercer Mundo no quieren otra cosa que hacer la revolución. Los obreros en realidad, como se ha demostrado en más de una sociedad industrializada, no pretenden otra cosa que gozar de las ventajas y comodidades de la burguesía, del mismo modo que los pueblos del Tercer Mundo aspiran al estándar de vida de los europeos. En este sentido, entre J. H. y yo hay un malentendido fundamental, más de su parte que de la mía. Él no se imagina hasta qué punto hay en mí una persona que se interesa por la cultura europea, por su historia, su arte, sus diversas ideologías. No por el deseo de imitar, copiar o adoptar modos de vida o pensamiento, sino por curiosidad, por deseo de saber. Él recusa en bloque toda esta cultura que le parece en bancarrota y trata de buscar modelos de conducta en formas más «primitivas» y naturales de vivir. Su ideal es el colectivismo, o mejor dicho las pequeñas colectividades, como las que existen en Hamburgo, Berlín o Copenhague, que son para él experimentos en pequeña escala de lo que podría hacerse en una mayor. Y piensa que los pueblos del Tercer Mundo están mejor dotados para ello. Como si entre nosotros, seamos chinos, africanos o sudamericanos, seamos pueblo o peor aún clase media, no existieran ya todas las taras del individualismo, egoísmo, sentido de la propiedad, etc., que hacen ilusorio todo colectivismo extremo. Como ideal el colectivismo es quizás la forma más perfecta de vida, pero inalcanzable, pues para aplicarlo sería necesario destruir 2.000 años de historia que nos han preparado a no comprenderlo y a rechazarlo, y además sería menester una mutación del género humano que sólo se dará a través de un milenio de lucha o de una gran hecatombe universal.

*(¿?)*

Un problema que evidentemente me preocupa es el de mi propia identidad, el de reconocerme como el mismo en el tiempo. Yo no tengo conciencia de mi identidad y si en una época llevé un diario casi cotidiano creo que fue para salvar mi identidad de los avatares de una vida morosa, dispersa y vagabunda. Para ser más explícito, yo me niego a reconocer como mi persona al señor que llevaba mi nombre y que vivió un año en Amberes ocupado en asuntos de fotografía o al que años más tarde vivió en Berlín en una pensión siniestra. Me parece que eran otras personas, unos usurpadores de mi apariencia. Esta falta de identidad la he notado también en algunas otras personas, que sufren con el tiempo cambios tan notables que dan la impresión de haber prestado su cuerpo a diferentes usuarios. Sin duda que se trata de un problema de orden casi patológico y que un psiquiatra sería capaz de explicar. En la práctica esta falta de conciencia de la propia identidad se traduce por la imposibilidad de tener opiniones duraderas y de hacer proyectos a largo plazo. Literariamente, por cierta versatilidad, facilidad, discontinuidad que, a la postre, me puede resultar fatal.

* * *

Clorinda Málaga nos invitó hace unos días a un cóctel. Encontré allí a la viuda de Héctor García Ribeyro, Poupée Ayulo, que estaba alojada en casa de Clori. Me pareció extraña esta conjunción de nuestros parientes millonarios tanto por parte de madre como de padre. Pero al mismo tiempo fue para mí como una conjunción simbólica: la de la decadencia de nuestros ancestros. La poderosa Clori y la poderosa Poupée, reunidas en un salón, donde se olfatea ya el declive de su fortuna. Clori ya no es la esposa del Presidente y diría casi la hija de Don Fermín, del mismo modo que Poupée no es ya la mujer del Alcalde, en la gran mansión de Orrantia. Ambas saben ya, si no lo dicen, que están en un período histórico que asegura a corto plazo su extinción como familias que reunían el poder, el dinero y el prestigio. Otras familias surgen, oscuros hombres procedentes de las clases medias y de las provincias se abren camino, las desalojan, y las reducen a llevar una vida marginal, compuesta de recuerdos y de pequeños fastos costosos y mal recompensados. Este salón de Clorinda era algo así como el refugio de la vieja oligarquía latinoamericana en retirada que alterna aún con exponentes de cierta nobleza europea supérstite y sin voz ni fuerza. Esta vieja nobleza y esta vieja oligarquía son simétricas, una el reflejo de la otra. El Barón de Bonerville, viejo apoplético y panzón, me dijo que todos los años iba tres meses a España a cazar a Jerez con El Caudillo. Había allí también una condesa de ochenta años pero artificialmente conservada y puesta en pie gracias al artificio de algún galeno. A los diez minutos pidió un sillón para sentarse. Como réplica latinoamericana de estos fantasmas estaba un González Videla, no sé si hermano o primo del ex Presidente chileno, que fue para el Chile anterior a Allende algo así como los Prado antes de Velasco.

# 1970

*París, 4 de abril de 1970*

Revisando mis papeles en esta mañana de primavera tardía. Certidumbre de que si quiero proseguir mi carrera literaria sin caer en un período de receso o quizás de clausura tengo que darle forma a lo informe. Miles de hojas dobladas, tarjadas, mezcladas. Su lectura atenta exigiría meses de trabajo. Y su selección y su copia en limpio uno, dos años. Hasta ahora sólo he logrado recopiar una cincuentena de páginas de notas, bajo el título de *Prosas apátridas*. Pero quedan centenares de notas más, y de páginas de diario, y de cuentos y de artículos. Nunca sé a qué darle prioridad. Y todo se va enmoheciendo. Gran error no haber publicado *Cambio de guardia* cuando la terminé hace ya cuatro años. Me vería más libre ahora para emprender otras cosas. De todos modos, este año sólo quisiera hacer tres tareas: pasar en limpio mi veintena de cuentos inéditos, hacer una nueva copia al día de la novela y añadir a *Prosas apátridas* cincuenta páginas más. Con eso me sentiría satisfecho y probablemente optimista.

*(¿?)*

La literatura peruana se mueve en un campo de acción extremadamente reducido. Ello se debe a que los autores peruanos utilizan escasos géneros literarios: novela, cuento, poesía, teatro.

Es decir, los más antiguos, los que se cultivaban en Grecia. Nos falta esa extensión que le da a la literatura géneros más tardíos o géneros ancilares: ensayo, memorias, autobiografías, diarios, correspondencia, y los subgéneros como la novela rosa, la policial, el *roman noir*, de espionaje, ciencia ficción, novela histórica.

* * *

Creo que en la literatura latinoamericana hay una tendencia a sobrevalorar la técnica narrativa. No pienso que la técnica deba ser dejada de lado, pero tampoco debe erigírsele en criterio mayor para juzgar si una obra es actual o pasada de moda, moderna o anticuada. En el fondo la técnica es fácil, lo difícil es el contenido. Cuando yo cojo una novela y veo que el primer capítulo está escrito en primera persona, el segundo en monólogo interior, el tercero en narración omnisciente y así sucesivamente, no sigo leyendo. Algunos autores creen que basta utilizar ciertos procedimientos para estar, como dicen los franceses, *dans le vent*. Nada envejece tan rápido como los procedimientos. Hay quienes disfrazan una visión banal, simplista y vieja de la realidad con una técnica modernista. Como si la modernidad fuera cuestión de técnica. Nada más viejo por ejemplo que una novela como *L'agrandissement* de Claude Mauriac, que pretende en un alarde técnico narrar lo que simultáneamente sucede en el tiempo que tarda un semáforo en cambiar de luz; nada más moderno que una novela como *Sobre los acantilados de mármol* de Ernst Jünger, narración llana, simbólica y realmente transparente. La modernidad no reside en los recursos que se emplean para escribir, sino en la forma como se aprehende la realidad. Un escritor que sigue pensando como hace cincuenta años será un escritor caduco aunque eche mano a todos los recursos inventados por Joyce, Faulkner y Robbe-Grillet juntos.

* * *

He aquí pues, viejo rocín, en mitad de una vida insulsa y poco amena. Todo hemos gastado y nada conseguido, a no ser el derecho a ciertos miramientos, pues estamos más cerca de la sombra que de la lozanía. Y todo esto hay que consignarlo en un estilo un poco ceremonioso, ya que escribir es un rito que, como todo rito, excluye los gestos vulgares.

* * *

Un jabalí con la pezuña podrida aullando en una floresta oscura es menos digno de compasión que un hombre bajo el sol herido en el corazón con una herida invisible.

* * *

Con qué especie de envidia o de nostalgia leo en *les «comptes rendus»* de algunas novelas célebres que son un «fresco» de determinada sociedad en una época dada. Yo nunca podré concebir un «fresco» ni menos escribirlo, no cabe en mi espíritu abarcarlo, en la medida que el «fresco» implica una reflexión sobre la Historia combinada con una peripecia personal o individual. Yo he pasado siempre al lado de la Historia y he penetrado en la vida por puertas más pequeñas y disimuladas como pueden ser la aventura privada o la anécdota.

* * *

La manera encantadora de hacerte compartir su incomodidad.

* * *

La velocidad que ponemos en alejarnos de la vida.

* * *

Todo va entrando en orden. Las revoluciones se oficializan, se convierten en una conmemoración perfectamente reglamentada; los héroes, en motivo de discursos y de retórica; los muertos, en una corona de flores depositada ante una losa funeraria.

* * *

Ayer noche, mirando Notre-Dame iluminada, me doy cuenta de una de las razones que la convierten en una obra única en su género, para mi gusto la construcción más bella de la Humanidad: la equilibrada mezcla de robustez y de fragilidad. La robustez le viene de la piedra; la fragilidad, de la fineza de los detalles. Extrapolando, imaginar una obra literaria de un tema sólido, duradero, trabajado con infinita delicadeza.

* * *

Reflexiones sobre la comunidad. Desde la pareja hasta la sociedad universal. Fracaso de la misma. Hombre no animal social, sino animal solitario. Formas de comunidad que se han perpetuado: la orden monástica (disciplina y voto de silencio), ejército (disciplina y jerarquización). Otras formas: comunidad indígena, organizaciones tribales.

* * *

No era seco ni frío sino avaro de su afección. Podía ser educado y cordial, pero se notaba que algo había en él que no se transmitía, que era celosamente conservado y que no daba sino en forma excepcional cuando encontraba un objeto digno de merecerlo. La gente no sabía que él guardaba su afección para sí mismo, que al otorgarla sentía empobrecerse, porque la necesitaba de verdad para sí, pues, si la prodigase, hubiera terminado por odiarse y volarse el cráneo de un tiro. (¿Autorretrato?)

# 1971

*París, mayo de 1971*

Los árboles de la Place Falguière han reverdecido, una vez más. Sólo ahora, asomado al balcón, lo noto. Bella tarde de primavera, pero alicaído, tristón, con un poco de temperatura, en bata, sin ganas de salir. Bebí un poco de whisky aguado para reconfortarme, no me hizo efecto. Mujer e hijo en España (al acabar de escribir la última línea suena el teléfono y es mi mujer que llama de España: telepatía flagrante). Languidez, ni siquiera me atrae la perspectiva de ir a un café para sentarme en la terraza y ver los frutos de la estación, pequeños *shorts*, largas piernas. Será tal vez por lo que pensaba anoche, la rápida iluminación de una novela por escribir cuyo armazón vi y luego desarrollé. Algo más bien deprimente que apuntaré otro día, pues todo anda aún en mi cabeza, abandonado a su propia germinación.

*4 de julio*

Mario Vargas Llosa a almorzar en casa, con Patricia y sus dos hijos. Uno de los tantos encuentros esporádicos, en los últimos años, desde que, digamos, subió al carro de la celebridad. Difícil comunicación, a pesar de la presencia de Alfredo Bryce. En MVLL hay una afabilidad, una cordialidad fría, que establece de inmediato (siempre ha sido así, me doy cuenta cada vez más) una distancia entre él y sus interlocutores. Noté esta vez, además, una tendencia a imponer su voz, a escuchar menos que antes y a interrumpir fácilmente el desarrollo de una conversación que podía ir lejos. Quizás esta especie de indiferencia o de olímpica capacidad de flotación —estar presente y al mismo tiempo no estarlo— sea un privilegio del talento. Todo esto naturalmente hace de él una persona impenetrable. Tengo la impresión de que cuando uno alcanza cierta fama vive más para los artículos, las relaciones mediatas de la nota, la correspondencia, el coloquio multitudinario de un congreso literario, la entrevista, etc., que para la relación directa de persona a persona. Entre el hombre célebre y el mundo se tiende o se extiende un mundo de papel, una cortina libresca, letresca, de comentarios, citas, glosas y exégesis que en definitiva contienen y aíslan al hombre de la realidad para colocarlo en una especie de Olimpo del cual es difícil hacerlo descender para situarlo en el plano de la simple humanidad. Todo esto unido, claro, a un gran aplomo, una seguridad que convierte en apodícticas las más leves de sus observaciones. MVLL da la impresión de no dudar de sus opiniones. Todo lo que dice para él es evidente. Él posee o cree poseer la verdad. No obstante, conversar con él es casi siempre un placer por la pasión y el énfasis que pone al hacerlo y su tendencia a la hipérbole, lo que hace de su discurso algo divertido y convincente.

*Lima, agosto*

Macera, con quien cruzo apenas unas palabras en una fiesta: «Es en la edad mediana cuando adquirimos el rostro de nuestros ancestros. Al comienzo y al fin de nuestra vida sólo tenemos el rostro de la especie. Por eso todos los niños y todos los viejos se parecen.»

# 1972

*París, 23 de abril de 1972*

A la cuarentena he llegado a una situación que nunca pude antes prever y que, a otro que yo, lo colmaría de satisfacción. No sólo Agregado cultural en la ciudad más codiciada del mundo, sino Delegado adjunto ante la Unesco. Este último cargo, gracias a una serie de azares, me ha permitido además acceder como suplente a lo que se llama el Consejo Ejecutivo, y más aún, al Comité Especial de dicho Consejo, especie de supergabinete de la Unesco, donde sólo figuran quince representantes de todo el mundo. Me codeo con eminencias de la India, Francia, Suecia, Brasil, Reino Unido, Alemania, Estados Unidos, Egipto, etc., viejos zorros unesquianos que no podrán menos que preguntarse cómo un hombre de mi edad puede asistir a sus debates y discutir sus opiniones. Mi cuento «La insignia» se realiza. Pues la verdad es que yo sé poquísimo de esta organización a cuyo círculo más hermético he penetrado. Estoy allí no sé por qué, ni cómo, ni gracias a qué méritos. Lo que me permite no hacer un papel deslucido no es la inteligencia ni la experiencia sino ese fondo de sentido común y de discreción que nunca me han abandonado. Y el saber administrar con una ciencia infalible mi silencio. En las reuniones del Comité Especial, cada delegado está asesorado por una secretaría, que expurga la documentación en estudio y prepara sus intervenciones. En mi caso, solo, librado a mis propias luces, tengo que coger las cosas al vuelo e improvisar. Todo en realidad es una farsa. Aquí más que en otra parte. Y por lo mismo no saco de esto ni partido ni gloria. Me aburro. Añoro estar en otro lugar. Un cuartito de hotel. Un pueblo perdido del Perú donde sea maestro. Una playa. No tengo nada que ver con esos señores, por brillantes que sean. Soy opaco a su brillo.

*Abril*

Mala mañana, en la cual toda música me parece angustiosa. Pero prefiero su compañía al silencio. Tranquilidad de Sábado Santo. Esperando a Chariarse, Eielson y Sologuren, que vendrán a almorzar. Tres poetas en una sola bandeja. Y yo en el borde de ella con tantas ganas de quedarme callado.

*11 de julio*

Ahora, al releer fragmentos de historias o relatos jamás concluidos, inconcluibles además porque se ha roto la atmósfera espiritual en la cual fueron comenzados, descubro en mí cualidades de narrador que no me eran entonces perceptibles y que es prácticamente imposible ahora reflotar. Todo un mundo se ha ido a pique durante estos años de silencio y abandono. Nada podrá ser como antes. Para recuperar aquello tendría que aislarme durante meses en algún lugar apartado y esperar que mi cuerpo y mi espíritu pierdan todo el hollín acumulado en años de trabajo rutinario. Pero ello no será posible. Debo tener el coraje de considerarme como un autor clausurado.

*(¿?)*

El hombre nunca podrá saber más, cuantitativamente, que lo que ahora sabe. La producción de libros aumenta por cien, pero la capacidad de lectura permanece la misma. Si este ritmo se mantiene, en el año tres mil se publicarán un millón de novelas al año y salvo que se haya resuelto el problema de la longevidad, no podrán leerse como ahora más de cinco mil en toda una vida. ¿Cuáles cinco mil? Posiblemente las que ya están escritas.

* * *

El asesinato del industrial Luis Banchero por el muchacho de servicio Juan Vilca es algo más que un hecho policial: hay en él algo de ritual y de simbólico. Un adolescente que mata a un hombre maduro, un pobre a un rico, un enano a un gigante, un sirviente a un patrón, un cholo peruano a un descendiente de inmigrantes extranjeros, un hombre sin porvenir a un triunfador. Dejando de lado todo lo que pueda haber de trágico e ignominioso en este hecho, es posible que este acto sea una especie de anuncio, de premonición: el cholo Vilca, subdesarrollado y casi débil mental, eliminó en Banchero, por procuración, a toda una clase social.

* * *

Ayer conversación con MVLL. Su *charme* habitual. Lo interrogo por qué lo atrae tanto la selva, escenario de su próxima novela. Dice que no sabe, quizás por las aventuras de Tarzán. Luego explicita: un mundo totalmente diferente, donde hay hombres que todavía viven en función de la aventura. Cuenta el caso de un amigo que pasó diez años en la floresta buscando palo de rosa (palisandro). Tocamos el tema de la dificultad de escribir sobre lo muy cercano, su propia vida por ejemplo o hechos políticos que se han vivido. Admite que lo que no lo toca de muy cerca le deja más libertad. Omito explicar que ésa es una de las características de los artistas épicos.

* * *

Frases como «familia espiritual» me eran hasta hace poco sospechosas y no les había otorgado yo ninguna importancia. Pero a medida que vivo me doy cuenta de que tales filiaciones existen y que de pronto, sin el concurso de ningún intermediario cultural, racial o político, uno se encuentra pensando las mismas cosas que un hombre que vivió en un país lejano hace pocos o muchos años. Eso me ocurre con Kafka, con Svevo, con quienes no tengo ninguna relación, pues ellos son de origen semita y europeo y yo un epígono de viejas familias europeas emigradas a América mezcladas con autóctonos. Leyendo a Svevo he tenido la impresión de estar leyendo mi propia obra, no la que ahora escribo sino la que debí escribir si hubiera nacido en Trieste hace setenta años. Con Kafka, a pesar de las cosas superficiales que han dicho algunos críticos, y que versan sobre asuntos formales o ambientales, hay otro canal de contacto, que va mucho más lejos y que debe anotarse en el capítulo de una misma hermandad espiritual, esa hermandad de la que habla Proust y que no tiene nada que ver ni con la ideología ni con la biografía, una hermandad en suma que se integra en el orden de la sensibilidad, sin que para expresarse esta hermandad utilice los mismos símbolos. Kafka es mi hermano, siempre lo he sentido, pero el hermano esquimal, con el cual me comunico a través de señas y ademanes, pero entendiéndonos. Así como me comunico con Flaubert, odiándolo como si lo conociera y discutiendo a muerte con él, y con Rabelais, a quien con toda razón no podría soportar.

* * *

En el fondo lo que diferencia una ciudad de otra es la forma como los volúmenes están repartidos en espacio.

* * *

Desdeñan la historia para recomenzar por su propia cuenta y en miniatura la misma historia. (De las comunas de *hippies*.)

* * *

Desde hace tiempo el hilo de mi discurso está ovillado. Me bastaría dar sólo los primeros puntos pues sé que de ellos dependerá todo el tejido.

* * *

Cuando recobro la razón me vuelvo loco.

* * *

La gran admiración que nos despierta un escritor se nota no tanto en que nos impone la lectura de su obra sino la lectura de sus lecturas preferidas.

* * *

Con la edad nos convertimos en nuestra propia caricatura.

* * *

¡Cómo hacer, Dios mío, para quererme un poco más y no seguir empleando toda mi vehemencia y mi talento en destruirme!

* * *

Vaga idea de una *opera magna*, repertorio de una búsqueda estéril, no de la felicidad o del triunfo, sino de la paz y la armonía, de la concordancia entre yo y mi prójimo. Las etapas podrían ser la amistad, el concubinato, el matrimonio, la adhesión a un partido político, la vida en una colonia de *hippies*, la reclusión en un monasterio, el intento de integración en una comunidad indígena (o minoría racial o cultural, como los canchas de Lamas) sin encontrar en ninguna parte lo buscado. En todas aquellas experiencias hay siempre una persona, llamémosla Juan o Pedro, que hace fracasar, que sabotea el intento. Persona misteriosa, huidiza, maligna, multiforme, demoníaca. Comprobación de que esa persona soy yo mismo, o, mejor dicho, una otra parte de mi yo, que convive conmigo y me dobla y a veces me suplanta y me impide en definitiva alcanzar la UNIDAD.

*22 de diciembre*

Vísperas inciertas de Navidad. Julito enfermo, Alida preocupada, yo mejor de la úlcera al estómago pero con la amenaza de algo grave en el esófago, pues a veces los alimentos se me atascan. A pesar de ello, casa por la ventana, como es nuestra costumbre. Ya está el pavo encargado, el árbol navideño de pie y los regalos para nuestros invitados en sus lindos paquetes de colores. Champán y otras bebidas en cajones, cigarrillos por doquier, a pesar del daño que me hacen estos productos y de las exigencias de nuestra tambaleante economía. Espero con intranquilidad el diagnóstico de mis últimas radiografías.

*31 de diciembre*

Recibí neumático de mi médico convocándome de urgencia al hospital. Justo en vísperas de Año Nuevo. Poca delicadeza de su parte. Iré después de las fiestas.

# 1973

*París, 4 de enero de 1973*

Sólo faltaba eso: me tienen que operar. El médico me habló de una úlcera subcardial que ha cicatrizado mal y me obstruye el esófago. Parece que no abren por el vientre sino por el costado, cortando las costillas. Ya no queda otra solución: voy al matadero.

*9 de enero (Hospital Saint-Louis)*

Como siempre, me hago traer un *carnet* al hospital con la intención de escribir, pero termino por no hacerlo. Para escribir yo necesito mi marco habitual —cigarrillos, vino, un sillón cómodo, a veces música, una ventana a la calle—. De otro modo me es imposible hacerlo. Se diría que las ideas no brotan de mí espontáneamente, por una operación subterránea de mi espíritu, sino que son extraídas de mi contorno por un fenómeno de ósmosis. Además de todo esto, es casi indecente escribir en un hospital. Todo es tan terrible y al mismo tiempo tan banal. Un vecino que se muere, una comida que nos llega fría. Todo se da en el mismo nivel.

*7 de febrero (Clínica de Forcilles)*

El paisaje que veo por mi ventana es como para matar a cualquier convaleciente: una construcción gris, monstruosa, inconclusa, junto a una grúa oxidada; un camino enlodado permanentemente por las lluvias matinales; árboles pelados, y detrás, la planicie brumosa, inhospitalaria y sosa de l'Île de France.

*12 de febrero (Clínica de Forcilles)*

Hermosísimo día, casi primaveral, a no ser por un vientecillo frío que apuñala. Primer paseo a pie por el parque de la Clínica. Lo soporté bien y luego hasta subí por las escaleras, renunciando al ascensor. Sentimiento de bienestar mezclado con un poco de angustia, pues se acerca la hora del almuerzo y no sé si podré tragar la comida. De todos modos no hay mejoría notable y mis esperanzas de recuperarme disminuyen junto con mi paciencia y mi coraje.

*19 de marzo*

Lejano me parece el tiempo en que, viajando en el metro al amanecer, rodeado de obreros africanos, árabes y portugueses, apretado en esas albas frías por todo el subproletariado de París, leía yo, oscuro periodista, las *Geórgicas* de Virgilio, para consolarme. Leía la excelente traducción del *abbé* Delille, en edición original. Salía entonces de la Agencia a las cinco de la mañana y llegaba a casa a las seis para dormir hasta mediodía. Esos tiempos me parecen lejanos, pero más que nada inútiles. En ellos creo que nada aprendí y que sí mucho perdí. Fue un tiempo de deterioro, subterráneo pero eficaz, que años más tarde me llevaría al hospital y a lo que ahora soy: un convaleciente, condenado no sé hasta cuándo a llevar una vida de segundo orden, hecha sólo de privaciones.

*21 de marzo*

En vano espío por la ventana, en este primer día de primavera, la eclosión de las primeras hojas en los árboles de la Place Falguière. El frío de los últimos días ha retrasado el proceso. Pero no será por mucho tiempo pues bajo las ramas secas la savia bulle y al primer descuido brotarán los sarmientos. Machado ya expresó en dos versos simples y famosos el carácter intempestivo de este fenómeno. Sé que una mañana correré el visillo y veré, recién nacido, el verdor incipiente. Pero al igual que en el parque de la Clínica de Forcilles, siento que la estación no me toca ni me penetra. Entre mi conciencia y la realidad ha surgido una pantalla que me aleja de los objetos, los petrifica y los enfría. Y esta pantalla no puede ser otra que mi cuerpo enfermo, convaleciente, sometido a un régimen que ha alterado sus costumbres y sus hábitos, al punto que podría hablar de muda o de castración psicológica. Privado de cigarrillo, de alcohol, de condimentos, vivo en una especie de letargia, que me impide un contacto intenso y lúcido con el mundo. Esos estimulantes eran mi manera de insertarme en él. Su carencia me aparta de la vida o más bien me da de ésta una imagen que yo no reconozco.

*15 de abril*

Leyendo a Platón en esta primavera fría, la primavera más triste de mi vida. Triste no es la palabra: sin ilusión. No estoy convaleciente, como lo creí en un momento y lo escribí, sino nuevamente enfermo. El esófago vuelve a cerrarse tres meses después de operado, y comer se me hace cada vez más difícil. La perspectiva de una nueva operación no me seduce naturalmente, pero tampoco me arredra. Me deja más bien indiferente. Es por ello que no salgo, a veces ni de mi dormitorio y leo cosas antiguas, autores como Platón en quien, como todo profano, sin tomar en cuenta más de dos mil años de comentarios, glosas y exégesis, descubro cosas profundas, divertidas y, lo que no me proponía, actuales. Y personales, como aquella del diálogo *Gorgias*, en la que Sócrates menciona como bien principal la salud (luego la hermosura y la riqueza adquirida sin injusticia). La salud, lo que he perdido quizás para siempre.

*18 de abril*

Mi escritorio poblado de amuletos e ídolos, que no me traen ni esperanza ni consuelo. Un pequeño Buda de marfil, a quien no sé qué plegaria dirigir; un reyezuelo que me tocó en la torta de Navidad y que en vano escruto aguardando la fortuna que me debe deparar; un hombrecillo precolombino en bronce, cuya joroba pectoral froto a veces, como si tratara de acariciar y seducir al azar. Todo vano. No he encontrado aún un talismán capaz de dar al traste con mi incredulidad y mi escepticismo. Mi madre en España, mi mujer en el cine, mi hijo durmiendo. Todos vacan a sus ocupaciones y necesidades y se me olvida, se me va dejando gentil, dulcemente de lado, como algo que ya no sirve o que más vale la pena ya desde ahora olvidar.

*25 de abril*

El inconveniente de las casas de estetas es que no se sabe dónde terminan los objetos de arte y dónde comienzan las cosas. Anoche en casa de Jorge Eduardo Eielson me vi a cada momento en la imposibilidad de diferenciar un cenicero de una escultura o de servirme vino en un búcaro florentino sólo destinado a la contemplación.

*Abril*

¡Pobre Boeing, perdido en las alturas de este cielo tormentoso! Lo vi pasar entre dos nubes como una nave que deriva en el mar picado. ¿Quién implorará por él? ¿Cuál es el santo que lo protege? Alado, acerado, cibernético, pero tan frágil e indefenso, como mariposa en altamar extraviada.

* * *

Como un paquete de naipes caído, mi vida es la imagen de la *confusión* y el extravío. Para comprenderla es necesario que recoja las cartas y ponga en orden las figuras. Sólo mediante la reflexión. Y la escritura.

* * *

*Solre (Casa de campo del príncipe Leopoldo de Croïs)*

Nuestra vida no es más que la evolución en torno a unos cuantos objetos.

* * *

Dos maneras tan distintas de enfocar mi situación actual. Considerarla como una mala jugada de la perra vida, pues justo cuando he logrado una situación, es decir, un trabajo que me deja enorme tiempo libre y pagado lo suficientemente bien para salir, viajar a los países que no conozco, frecuentar a la gente que me interesa, tentar las aventuras que me atraen y, aparte de todo ello, disponer del ocio necesario para escribir, justo digo cuando las condiciones son favorables para llevar una vida *intensa* y creativa, me veo privado de toda energía y de todo deseo y de toda posibilidad de hacer proyectos, minado por una salud en quiebra, imposibilitado para todo tipo de esfuerzo y de goce físico y mental, convertido en una ostra o qué sé yo, en qué especie de ser frío y amorfo, solamente dedicado a contabilizar su duración.

Pero puedo ver también el reverso de la figura: ¡qué suerte que estando tan enfermo, tan privado de toda capacidad de trabajo, de todo esfuerzo continuado y de toda responsabilidad, tenga ahora este puesto que me permite ir sólo dos o tres horas al día o faltar cuando no me siento bien y dedicar el resto de mi tiempo al descanso y la recuperación!

* * *

La novela de los personajes charlatanes, ¿cuándo la escribiré? Decir todo lo que he pensado y que no pude decir. La verdadera palabra del mudo. Encontrar mis portavoces, sin que lo parezcan. Distanciarlos. Ponerles a cada cual una de mis cien máscaras y dejarlos vivir en libertad.

*Mayo*

Lo que no he aprendido en mis cuarenta y cuatro años de vida ni aprenderé nunca es a vivir. Saber vivir: frase banal, hecho capital. Harto de ver a mi alrededor gente que sabe vivir y ¡cómo además! De mis diez años en la AFP sólo saqué deudas y una enfermedad, mientras la mayoría de mis compañeros compraron casa, auto, muebles, viajes y queridas. Lo mismo en la Embajada y en la Unesco: el único peatón, el único que a veces no tiene ni para tomar el ómnibus ni para comprar cigarrillos. ¿Por qué? No sé sacar partido de mi situación. Todos acumulan, atesoran, incrementan su patrimonio, mientras que yo sólo dilapido hasta lo que no tengo.

*3 de mayo*

Ayer me desquité de mis largos meses de retención y cautiverio, yendo a un pequeño *bistrot* que conozco en la rue de Buci, donde se vende a granel el mejor vino y un delicioso queso. Cuántas veces en el hospital pensé en este reducto modesto, que para mí era entonces inalcanzable, algo a lo que debía renunciar para siempre. Sentado en el alto taburete, bebiendo el *gigondas* auténtico y fumando un cigarrillo, vi como antes discurrir la vida y me sentí vivir. Momento de beatitud, inolvidable. Ahora aún lo saboreo y lo extraño, recluido en casa por pura voluntad, por contrariarme y no dejar que mi instinto me encamine mal o malcamine. Soledad. Gozo del deber cumplido. Dejarme impresionar por el juez incorruptible, el viejo carabinero que me controla y me impone tantos daños morales, cuando me descarrío.

*4 de mayo*

Día interesante, como tantos otros días que no he anotado, que los he dejado pasar, con la indolencia de quien deja pasar la vida, así, bajo su ventana, tontamente, con muchas visitas que señalo casi al azar: Baldo Pestana, que me tomó nuevas fotos; Alfredo Bryce, con quien hablé tanto de Lima; Jorge Eduardo Eielson, memorable esteta, y Leopoldo Chariarse, viejo amigo, interminable conversación plagada de recuerdos y de proyectos... Ahora solo. Si escribo estas páginas es por el hábito antiguo de apuntar algo antes de acostarme, hábito que quizás recrudezca ahora que estoy pasando en limpio mis diarios olvidados, tanta tontería sin objeto, *con maudit.*

*13 de mayo*

Decisión de pasar en limpio mi cuento «La juventud en la otra ribera», escrito en 1969. Hacerlo a pesar de que la historia de los *travelers* no tiene asidero en la realidad, es absolutamente incongruente. La congruencia está en el relato mismo, al margen de la realidad. Si el relato no impone su propia credibilidad será un relato fallido. Oquendo hace dos años que me pide este cuento para Mosca Azul. Allá irá, pase lo que pase.

*6 de junio*

Mis temores se han confirmado y en opinión de mi médico debo someterme a una nueva operación. Termina así pues este corto período de aparente recuperación, en el que por momentos creí que me dirigía decididamente a la reconquista de mi salud. Vana esperanza. El esófago se ha estrechado justo en la sutura, y la comida pasa difícilmente. Aparte de ello, aparición de un bulto intercostal muy doloroso. Sé que esta nueva prueba será tan terrible como la primera, pero confío en que saldré adelante, por un puro esfuerzo de mi voluntad. Por no dejarle a mi mujer y a mi hijo otra cosa que deudas y porque ya es tiempo realmente de que escriba lo que debo escribir. A pesar de mi tenaz optimismo, me siento a veces enervado, inquieto porque sé que mis próximas semanas de sufrimiento repercuten en mi contorno. Mi mujer se adelgaza, mi hijo se traumatiza con mis estadas en el hospital, mi madre sigue invocando a sus dioses y su fe vacila, todo ello por culpa mía, por esta naturaleza indócil que cometió el error de abrirle un día las puertas a la enfermedad. Y sabemos que ésta, como toda desgracia, cuando entra se instala y no queda sino expulsarla, con todos los recursos que tenemos a nuestro alcance.

*6 de agosto*

Primera salida al Barrio Latino después de mi segunda operación. Tomé un café en el Old Navy, en la misma terraza y diría casi en la misma mesa en que, hace veinte años, bebía con Morros Moncloa los *beaujolais* que precedían al almuerzo. Como otras veces —pero esta vez peor, pues es verano y todo el mundo se ha ido— espié en vano el paso de algún conocido. Sólo turistas de las cinco partes del mundo. Las bellezas que entonces creía únicas, reemplazadas con creces y multiplicadas. Cuántas cosas han pasado en esos veinte años, la más grave de todas la pérdida de una salud que poco a poco, con qué lentitud y qué tenacidad, voy recuperando. Luego, paseo por librerías, pocas, pues aún me fatigo al caminar. No compré ningún libro, pues hubiera sido necesario comprar todos.

*17 de agosto*

No veo las horas de que termine este año espantoso, en el que no he hecho más que sufrir sin interrupción desde el 12 de enero, día de mi primera operación. La enfermedad, aparte de volvernos egoístas y envidiosos, nos hace caer en la superstición y la irracionalidad y uno cree así en los años fastos y nefastos. 1973 habrá sido fatal, 1974 será mejor, porque lo quiero intensamente y todo lo que he querido con esta fuerza lo he realizado.

*31 de agosto*

Cumplo hoy 44 años. Creí que no llegaría a esta edad, luego de mis dos operaciones. Ahora de lo que se trata es de llegar a los 45. Pero ése es otro cantar. No quiero que estas páginas que esporádicamente escribo se conviertan en un parte médico. ¿Pero de qué otra cosa puede hablar un enfermo si no de su salud? Alida y Julito en Italia, solo en casa con mamá. Como en un día cualquiera, nada de celebraciones.

*(Medianoche)*

Llegaron algunos amigos a saludarme. Herman Braun que me regaló una hermosa litografía suya, los Ciriani que me obsequiaron una torta de chocolate y Maggie Bryce que llegaba directamente de Lima, con un turrón y un cenicero de plata. Bebimos vino hasta tarde.

*2 de setiembre*

En vísperas de la llegada de Alida y Julito, ¡qué alegría! Mi silenciosa casa se poblará al fin de movimiento, ruido y esos pequeños pleitos que le dan tanta sal a la monotonía de una existencia sedentaria y morosa. Maggie se quedó a dormir en el cuarto de mamá. Lástima que no pueda viajar con ella a Alicante, donde nos espera Alfredo con casa en la playa. Podría tostar mi miserable esqueleto y beber con el autor de *Julius* los «últimos vinos del verano».

*5 de setiembre*

Después de algunos días de optimismo, decaimiento general. Desconfianza creciente en los médicos, concretamente en los médicos que me cuidan. Como se trata de un hospital de la Asistencia Pública, desinterés por los pacientes, a los que atienden por centenares. Mi cirujano debe de haber hecho unas trescientas operaciones en lo que va del año, dos de ellas a mí. No habiendo muerto en la mesa de operaciones, ni en los diez días siguientes a cada intervención, se siente desligado de mí y de toda responsabilidad y me deja en manos de dietistas, de subalternos o enfermeras, sin interrogarse seriamente sobre mi caso. Cada vez que me ve no sólo no me escucha sino que no me deja ni hablar, todo le parece natural: que no aumente de peso, que tenga dificultades crecientes para deglutir, que cada una de mis digestiones sea atroz. Cambiar de especialista, sí, pero para ello miles de dólares y probablemente demasiado tarde.

*15 de setiembre*

Qué pocas fuerzas tengo y qué poco ánimo para hacer algo por Chile y mis amigos chilenos ahora presos, prófugos o fusilados. Un año atrás, sólo uno, ya habría corrido a la Embajada de

Chile para ver en qué podía ayudar, ya hubiera entrado en contacto con escritores para redactar y difundir el sempiterno manifiesto de repudio tan banal pero a veces tan eficaz. Ahora, encerrado en casa, sólo utilizo el teléfono para entablar algunos contactos, aportar enmiendas al manifiesto, dar nombres y direcciones de posibles firmantes. Eso es todo. Mario Vargas Llosa me debe llamar de Barcelona para darme su opinión sobre lo que debe hacerse. Supongo que ya habrá conseguido las firmas de García Márquez, Jorge Edwards, José Donoso (esta última lo dudo) y escritores catalanes. Xavier Domingo llevará el documento a la France-Presse. Mañana lo recogerá de casa. Manuel Scorza me llamó para decirme, con su imaginación apocalíptica, que lo de Chile era el preludio a una guerra civil latinoamericana, lo que es mucho decir, pero que no debe ser descartado. En estos momentos tirios y troyanos se unen, olvidan sus rencillas y obran en el mismo sentido, aunque, debo reconocerlo, no con los mismos objetivos. Lo que importa en realidad es hacer frente común contra la represión que desatarán los militares golpistas y que afectará tanto a militantes anónimos como a célebres, tal Pablo Neruda, de quien no sabemos nada. El viejo poeta correrá tal vez la misma suerte que su amigo de juventud Federico García Lorca, lo que haría sus destinos convergentes con cuarenta años de diferencia, ironías de la vida. Como soy escéptico creo, en fin, que la suerte en Chile ya está sellada, pero al menos tratemos de *limiter les dégâts* y evitar que el ejemplo haga «mancha de aceite» y no vaya a despertar tentaciones en el Perú.

*16 de octubre*

Miles de hojas en blanco esperan desde hace meses en los cajones de mi escritorio Regencia ese resplandor, ese golpe de azar, ese desgarramiento, no sé cómo llamarlo, ese impulso espiritual, que me permita comenzar el libro largo que anhelo escribir y del cual no sé aún nada, en el mundo de brumas, de esterilidad y de cansancio en el que vivo desde comienzos de año, libro que probablemente nunca escribiré. Como le decía ayer a Bryce, escribir es como tejer; es necesario saber en qué «punto» se hará la obra: una vez elegido el punto, la obra sale sola. No sé si en latín o en qué otra lengua que ignoro se utiliza el mismo verbo para el acto de escribir y de tejer. Pero aparte del punto, como me di cuenta luego, es necesario conocer de antemano el molde: saber si uno quiere tejer un calcetín o una bata. Todo esto es más complejo de lo que uno cree. Y como no tengo ni el punto ni el molde, las hojas, mis tantas hojas inmaculadas, se van llenando de fragmentos como éste, que se yuxtaponen para formar lo inorgánico, lo discontinuo, la negación de lo que quiero hacer, en suma, el testimonio de la no obra, de la sequedad y la pequeñez.

*22 de noviembre*

Mañana viajo a Lima por un mes. ¡Quién iba a decirlo en agosto pasado! Minado entonces por la enfermedad, sin ánimo y sin voz, arrastraba por casa una existencia vicaria en la que no cabía otro proyecto que sobrevivir un día más. Ahora —si bien no estoy sano y probablemente nunca lo esté— me atrevo a arrostrar un largo viaje, desafío sus ajetreos y fatigas, me comprometo a dar conferencias y asistir a comilonas, transportado más por un brío interior que por una verdadera energía física. Como al envejecer aprendemos a sacar provecho de todo, mi enfermedad al menos me ha servido para robustecer mi vieja fuerza moral, que tuve de joven y luego mellé en la rutina. Deseos de ver Lima otra vez, mis amigos y parientes, recorrer nuevamente los escenarios de lo memorable.

*28 de diciembre (Vuelo Lima-Caracas)*

Bebiendo mi primer trago, mientras regreso a París. Visión de Lima desde el aire, sus chatas barriadas, algunos edificios dispersos, avenidas rectas, los acantilados, el mar. Sensación de cansancio luego de estas cuatro semanas de haber sido el *enfant chéri* de mi familia; amigos y hasta desconocidos que me abordaron en la calle para pedirme autógrafos.* Deseos de estar nuevamente en mi casita de la Place Falguière, encontrar la rutina y el reposo. La popularidad no va con mi talento y la simpatía excesiva me mata.

A mis pies la Amazonia: planicies de un verde pardusco, un río ondulante de aguas terrosas, a veces doradas, vano intento de distinguir una casa, un pueblecito.

*(Vuelo Caracas-París)*

En el avión contacto otra vez con gente aborrecible, ya lo había olvidado. El francés que viaja a mi lado. En el Perú he visto gente fea, pobre, mal trajeada, ignorante, pero no pequeño-burgueses de esta genealogía, especie que Francia fabrica con un acabado de la mejor manufactura, desde la época de Balzac. Un ejemplar firmado, en suma. Veamos: calvicie avanzada; una nariz larga pero no encorvada, lo que le daría cierta dignidad o cierta malignidad, sino sencillamente prolongada hasta infringir las leyes del decoro o de la gravedad; orejas muy separadas y los labios, Dios mío, los labios inexistentes, metidos hacia dentro, configurando esas bocas no boca que tantas veces he visto en el metro parisino, símbolo del ahorro, la malagracia y la mezquindad. Manos gruesas y toscas, lo que revela un no muy lejano origen campesino o el desempeño juvenil de algún oficio manual, pues ahora parece ser dueño tal vez de un taller o pequeño negocio en Venezuela. Su no boca devoró sin embargo todo lo que le fue servido, no perdonó un mendrugo de pan, una arverjita, repitió el café, todo lo que era gratis, la naranja-

* A raíz de la publicación de los primeros volúmenes de *La palabra del mudo.*

da, pero rehusó el vino al informarse de que la botellita de un cuarto valía un dólar. Terminada la cena se descalzó, sacó de una bolsa de plástico unas zapatillas de trapo —de aquellas que usan las porteras de París y venden en los Monoprix en pilas y desparejadas—, cerró los ojos y se quedó inmediatamente dormido. Digamos que este hombre tenía a su lado una mujer, su mujer. Por más que la observé no distinguí en ella nada. Era la mujer no sólo sin boca sino sin rostro y sin ser, una exudación que emanaba de la sustancia de su marido.

*31 de diciembre*

Mi viaje a Lima, de donde regresé hace dos días, ¿glorificación o suicidio? Por un lado, claro, los agasajos, el reconocimiento, la consideración, el afecto, los elogios tardíos pero casi unánimes, las invitaciones, ofertas, promesas y pagos... Pero por otro, físicamente, ¿no es acaso un acto de demencia haber entregado mi pobre cuerpo a un trajín intolerable el mismo año en que he estado dos veces al borde de la muerte? Tragos, comilonas, conferencias, entrevistas. Y moralmente, sensación de haber sido quizás en el fondo manipulado, puesto en el mercado como un producto cualquiera, envilecido por la publicidad y maculado por la propaganda. Expuesto al asedio de repugnantes reporteros, fotografiado en actitudes de una obscena intimidad. ¡Qué resistencias he tenido que vencer para afrontar esa situación! Si no fuera por esa áurea de irrealidad que cobra el mundo cuando tengo que aparecer en público y dirigirme a un auditorio, ese estado sonambúlico en el cual dejo de ser yo mismo para delegarme en un ser subalterno que me reemplaza y obra en mi nombre, sin mucha responsabilidad además, pues al día siguiente yo me reconozco apenas en sus actos o en sus palabras. Mundo ficticio el de la fama, por local o provinciana que sea, que nos circunda además de una pantalla adulona y a veces servil, impidiéndonos ver lo que hay detrás de todo ello y que es seguramente lo verdadero. En este sentido la lección de humildad que fue para mí la conversación de una hora con Lucho Loayza en Miraflores, que llegó también a Lima y sin aspavientos. En él me vi yo mismo, pero perfeccionado e invulnerable. Reencontrar en París la oscuridad y el aislamiento. Más feliz, más decente ahora, aquí, escribiendo esta página, escuchando a Bach y oyendo jugar a mi hijo, que aplaudido, obsequiado, prostituido en Lima.

# 1974

*París, 7 de enero de 1974*

Uno de los hechos capitales de mi reciente viaje a Lima fue mi reencuentro con C., luego de doce o trece años de separación. Ello confirmó mi vieja teoría, formulada en este mismo diario, de que nuestro pasado no es una adquisición segura, de que está amenazado constantemente por el presente. Y podría decir que este reencuentro ha ensombrecido, mutilado o degradado lo que mejor conservaba de nuestras horas en común. Yo que me lamentaba en 1958 —lo sé pues ahora recopio mi diario de esa época— de no ver a C. entre el público cuando di mi conferencia en la ANEA, distinguí en 1973, mientras hablaba en el INC, un rostro conocido en el auditorio: tardé unos segundos en reconocer que era C. ¿Qué hacía allí? ¿No estaba en Estados Unidos con su marido y sus hijos? Su presencia no me turbó ni mucho menos y proseguí mi conferencia con ese aplomo que no sé de dónde me sale cuando una multitud me escucha. Al término de la conferencia, C. se acercó a mí, pero no dijo una sola palabra y permaneció como extraviada o sonámbula cuando la besé en las mejillas saludándola. Al día siguiente me llamó por teléfono y salimos a almorzar, a La Pizzeria, como en los viejos tiempos. Allí me enteré de que había enviudado hacía cuatro meses y hacía apenas unos días que estaba en Lima con sus tres hijos. La vi ajada, envejecida, gastada. No sólo los rasgos de su fisonomía sino los de su carácter se habían acentuado, no en el mejor de los sentidos. Conversamos libremente, recordamos tantas cosas, nos reprochamos amistosamente tantas defecciones recíprocas. Yo pensaba entretanto en el encarnizamiento que pone el tiempo en destruir nuestras ilusiones: esa señora que estaba a mi lado fue la hermosa muchacha a la que tanto quise y por la que tanto sufrí, que me procuró tanto placer como dolor, y que marcó profundamente mi existencia. Yo encontraba largo el almuerzo y casi temía que después de él me propusiera un paseo en su automóvil, con el peligro de dar un resbalón y caer en el terreno del sentimentalismo recalentado.

Días más tarde volvimos a vernos en un almuerzo que me dio Jorge Benavides en su casa de Los Cóndores. Llegué tarde pues por coincidencia me había invitado también a almorzar el general Velasco. Estaban los viejos amigos de París, pero tampoco en ese marco más apropiado surgió nada. Me trajo en su auto a Lima, asistimos a un cóctel que me dio Gustavo Valcárcel y luego fuimos a cenar a La Pizzeria. Más tarde vagamos en su auto por las calles de Miraflores, para comprobar cómo la ciudad al igual que nuestras vidas había sufrido las leyes del deterioro. Noche extraña, más bien decepcionante, en la cual dos espectros se reivindicaron de un antiguo desfallecimiento que los había marcado, más por terquedad que por verdadero deseo. En suma: experiencia fatal. No regresar, bajo pena del peor de los castigos, ni a la mujer que quisimos en nuestra juventud ni a la ciudad donde fuimos felices.

*12 de enero*

Estos sábados interminables, cuando me quedo solo en casa con Julito y mientras él juega en el corredor, poblando su soledad con cientos de personajes que hablan y actúan, yo pongo un disco en el aparato y *papeleo*, es decir, vivo entre mis papeles, para inventar un verbo. Releo mis diarios viejos, ordeno cartas, hojeo uno que otro manuscrito, apunto una frase, busco un párrafo en un libro, arreglo maquinalmente una hilera de mi biblioteca o me extiendo en el diván a pensar en nada, hasta que al fin, sí, cuando atardece, escucho en mí, como tantas otras veces, el llamado de la ciudad.

Lo escucho y lo obedezco. Y como no puedo dejar a mi hijo solo, lo arrastro en mi correría. Caminata sin destino hasta que recalo en una taberna donde mientras él dibuja en un papelito yo bebo con delicia mi primer *gigondas*.

*Nyon (Suiza), 12 de febrero*

Arco iris sobre el lago Leman. Sensación de bienestar, pero de fatiga, después de un baño caliente. Mi hijo y sus soldados sobre la alfombra del cuarto del hotel. Pueblecito más bien tristón, donde no sé qué hemos venido a hacer. Un escritor cuarentón y un niño de siete años, perdidos en una estación balnearia, decrépita, en pleno invierno y en Suiza.

*Nyon, 13 de febrero*

Lucho Loayza vino anoche a verme desde Ginebra. Reanudamos la conversación interrumpida en diciembre pasado en Miraflores, cuando nos dimos cita en La Pizzeria. Luego paseamos por el malecón desierto, sombrío y glacial viendo nadar a los cisnes en el lago y escuchando graznar a las gaviotas.

*(2 de la tarde)*

Pequeño restaurante en la estación de esquí de St. Cergue, adonde llegamos mi hijo y yo en un trencito rojo, luego de una hora de ascensión, en busca de la nieve. Bebo un delicioso vino rojo de Vaud. Los pies helados por haber venido vestido de ciudadano a un lugar que exige una indumentaria cara y sofisticada. Mientras me reconforto en el restaurante abrigado, mi hijo hace *luge* en las pendientes nevadas.

*(7 de la noche)*

En el bar del Hotel Nyon, el tipo solitario sentado al lado de la mesa concurrida, que participa desde su rincón en el regocijo general, pero a su manera. Tipo universal. Sigue atentamente la conversación, festeja con risotadas las bromas, se atreve a veces a intercalar una exclamación, rara vez un breve comentario, pero está allí, presente y ausente, dentro y fuera del grupo, convidado de piedra. Mi antítesis, yo, que estando en grupo, tengo siempre ojo para los solitarios, a quienes desde la distancia acompaño.

*(9 de la noche)*

Todos esos lugares históricos, como el lago Leman, marco de la vida de tantos artistas célebres, se van convirtiendo con el tiempo como en esos cuadros famosos, mencionados en los catálogos, comentados por los críticos, que uno ve en los museos y mira indiferentemente, sin encontrar en ellos nada más que el eco de una admiración ya extinguida.

*Nyon (St. Cergue), 16 de febrero*

Nuevamente en esta estación de invierno, en el restaurante del vino *vaudois*, mientras mi hijo hace *luge*. Incubo un nuevo resfrío sobre las cenizas del anterior. Fue la caminata de ayer por las calles heladas de Ginebra, en compañía de Lucho Loayza, recorriendo librerías, cafecitos, museos. Compré varios libros de Buzzati. Museo de instrumentos musicales antiguos. Luego en casa de Lucho conversación literaria, partida de ajedrez que me ganó. Retorno tarde a Nyon.

*París, 5 de marzo*

En las temporadas de verdadero trabajo creativo, como la que ahora atravieso, llego a un estado de completa desencarnación y todo lo que me rodea me es absolutamente indiferente. Mis relaciones con las personas y las cosas se vuelven difusas, fantasmales. Deambulo en un espacio de niebla, inconsistente. Respondo maquinalmente a lo que se me dice, como sin saber lo que como, el mundo se convierte en una acumulación de objetos privados de toda realidad, los problemas que habitualmente me atormentan, como las deudas, la salud, pierden toda vigencia, hay como una ruptura o más bien una transferencia de mi persona de un universo a otro, un universo que probablemente no existe, pero que mi imaginación ha construido, y en el cual me instalo, solamente atento a sus exigencias, dejando para el otro sólo la presencia de mis reflejos. En este sentido la actividad creadora tiene analogía con las experiencias de la embriaguez o la droga.

*13 de marzo*

Hoy, almuerzo eclesiástico en la residencia del Delegado del Vaticano ante la Unesco. Residencia que cualquier delegado de nuestros países quisiera tener: mansión particular de cuatro pisos, escaleras alfombradas, vajilla de porcelana, etc. La comida digna de un prelado, con un exquisito vino y un servicio de gran hotel. Conversación abyectamente reaccionaria. Me pregunto si no habría sido yo invitado por equivocación. ¿O es que el Perú no ha logrado aún modificar su imagen y es considerado por muchos como un bastión del catolicismo y del conservadurismo? El motivo de este almuerzo era un futuro homenaje al padre Poveda, educador fusilado por «los rojos» en la guerra civil española, fundador o inspirador de la orden laica de las teresianas, diez mil maestras repartidas por todo el mundo. Perú incluido. Esta reunión me hizo reflexionar seriamente acerca de mi teoría sobre los modales. Nuestra discrepancia acerca de todo lo que se habló era tan grande que no pude abrir la boca. Anticomunismo cerril, babosería franquista, inquina contra el clero progresista, declaraciones como «todos los guerrilleros latinoamericanos son unos delincuentes comunes», etc., todo esto unido a una charlatanería italianizante y españolizante de la mejor cosecha. Horrores de la diplomacia.

*14 de marzo*

En el restaurante de la Unesco se me acerca la mujer de Italo Calvino a la que no conocía y que no sé de dónde me conoce y me dice que su marido está leyendo mis cuentos y quiere hablar conmigo. Quedamos en que me buscará cuando regrese a París. Supongo que a Calvino, que es consejero de algunas editoriales italianas, le habrán interesado mis cuentos, lo que me alegra y más aún me sorprende, pues lo que él escribe actualmente está en las antípodas de lo que yo hago. Él hace años que dejó el realismo de sus primeras obras, para abocarse a la tarea de renovar, desde un punto de vista que algo tiene que ver con el estructuralismo, el género narrativo corto, con un endiablado talento.

*15 de marzo*

A pesar de mi salud para siempre quebrada, de mis achaques y de mis vicios, tengo la certidumbre de que viviré aún largo tiempo, me aferraré a la vida como un escarabajo, veré perecer a hombres robustos y sanos y terminaré viendo los albores del año 2000, siendo mirado como un diplodocus que sobrevivió a su era, cuando desde temprano estaba ya resignado a irse tranquilamente del brazo de la muerte.

*21 de marzo*

Proyecto —o menos que proyecto, anhelo, sueño— de tener una casa en el malecón de Miraflores, frente al mar, donde pueda pasar tardes tranquilas, interminables, mirando el poniente, pensando, escribiendo si me provoca, tal vez con uno o dos amigos, buenos discos, un buen vino, mi pequeña familia, un gato y la esperanza de sufrir poco.

* * *

Necesidad de encontrar lo que aquí se llama un *second souffle*, un nuevo impulso que me permita afrontar con energía y optimismo esta segunda parte que me queda por vivir, sin caer en ese escepticismo estéril, esa dejadez y ese abandono que se reflejan en la mayoría de mis *Prosas apátridas*. Una ocupación que me absorba y me rejuvenezca, una pasión por algo inédito u olvidado, como creí hace días que sería la música sacra, un trabajo de investigación que me vuelva implacable con el tiempo malgastado.

* * *

Me gusta ver las obras de los pintores taciturnos porque son fragmentos de su alma, que rescatan para tratar de reconstituir su paisaje interior. Fragmentos que bastan a un buen observador para conocer el conjunto, como basta a veces analizar una astilla para saber cómo era el navío que naufragó.

* * *

Quinto día consecutivo de lluvia. Depresión. Incapaz de liberarme de la influencia del clima e invocar como Pascal «el buen tiempo interior». Pobre Place Falguière encharcada, pobres árboles secos aún, a pesar de que hoy empieza la primavera. Y pobre de mí, sin ganas de hacer nada, ni leer, ni escribir, apenas garabatos coloreados en un cuaderno de dibujo. Ciclo de marasmo, tal vez, después de intensos días de creación, ya pasados y olvidados.

*22 de marzo*

Me temo que mi hijo haya heredado casi todos mis defectos, unidos a los de mi mujer, lo que ya sería demasiado. Con los míos hubiera sido suficiente para hacer de él un inteligente desgraciado. Esa impaciencia, esa vehemencia, esa incapacidad de concentración, esa desconfianza en las apariencias y el feroz deseo de descubrir lo oculto y enmascarado de las cosas, unido a la ligereza para asociar y concluir, son típicamente míos y en parte de Alida, pero de ella tiene además el gusto no disimulado por ganar el afecto y si es posible la admiración de las personas, el apetito por acumular cosas que no podrá disfrutar, sólo por saber que están al alcance de su mano, la falta de noción del tiempo y tantas cosas más.

*23 de marzo*

Lectura de Henry James, a quien conocía poco. Hablando con Lucho Loayza en Ginebra de este autor, en especial de su cuento «El dibujo en el tapiz», nos preguntábamos si al igual que el personaje de este relato, Henry James tenía un secreto, es decir, un hallazgo en su manera de escribir que lo distinguía de los demás escritores. Según Loayza, que conoce toda la obra de James, este secreto era «el punto de vista». En gran parte es cierto. Ahora que leo *Washington Square* me doy cuenta de que el narrador, aparentemente omnisciente y que emplea a menudo el «yo», penetra en el mundo interior de casi todos sus personajes y lo analiza con una extremada sutileza, pero en el caso de varios de ellos —o de uno, como en el libro que leo— escamotea todo análisis y lo presenta como «visto» por los demás. Nosotros sabemos perfectamente lo que piensa y siente y quiere cada uno de sus personajes, salvo Morris Townsend, el pretendiente, del cual sólo nos da lo que los demás personajes saben de él. Gracias a este recurso crea un clima de misterio, de suspenso, de tensión, por momentos de angustia que le da a la novela —aparte de otras cualidades— su encanto y su interés. Qué lejos estamos entonces de un Balzac o un Flaubert, que sabían todo de sus creaciones y al no dejarle al lector ninguna posibilidad de completar los silencios los vuelve completamente pasivos.

*7 de abril*

La inusitada zarabanda de candidaturas a la presidencia que ha suscitado la muerte súbita de Georges Pompidou me despertó al comienzo interés pero ahora sólo una irresistible hilaridad. Encuentro todo esto tan grotesco, tan digno de Labiche o de Courteline. En realidad la vida es un endiablado sainete. Que en cosas tan serias como imagino debe ser la política se produzcan estas situaciones hechas de sorpresas, de *coups de théâtre*, de zancadillas, de ganadas por puesta de mano, de perplejidades, de guerrillas de salón, le hace perder toda majestad a tan noble tarea y la reduce a las dimensiones de un juego de palomillas disputándose un palmo de terreno, un mirador, una pelota de jebe. Y lo peor es que todo está revestido de solemnidad, hombres canosos, de frac, depositarios de altas funciones, son los actores de esta pieza de la cual ellos mismos son los cómicos autores involuntarios. Quizás esta manera de ver las cosas se deba a que para mí la avidez del poder o el poder a secas es un objeto completamente extraño y que no desempeña ningún papel en mi vida. No entiendo qué tipo de voluptuosidad, de orgasmo debe producir el saberse ungido del cargo que afanosamente se persigue y que, desde mi punto de vista, es sólo una fuente inagotable de problemas, responsabilidades, preocupaciones, esfuerzos y contratiempos. La mejor prueba es la extinción del presidente Pompidou, consumido por su función. ¿Los honores? ¿El mando? ¿El respeto? ¿El dinero? ¿El goce? ¿Qué busca un presidente de la República, por señalar una de las instancias más altas del poder? Tanto más agradable sería ser un anónimo ciudadano que pueda disponer parsimoniosamente de su tiempo, único bien en definitiva que no tiene precio. El poder, después de todo, según creo comprenderlo ahora, más que una vocación es un vicio. Entonces, que Dios los bendiga y no hay nada que hacer.

*13 de abril*

Desde hace una semana o diez días vivo con Alfredo Bryce, alojado en casa después de su ruptura con Maggie y del viaje de Alida a Egipto. Dos escritores en una misma casa podría ser nefasto, pero Alfredo es tan comedido, ordenado, discreto que prácticamente puedo seguir llevando mi vida de solitario, sin sentir casi su presencia.

*20 de abril*

Muchos días sin escribir una línea, quizás a causa del relativo desorden en que vivo, ausente mi familia, quizás debido a un decaimiento en mi estado de salud, una pérdida progresiva de mis energías, como si mis fuerzas fueran implacablemente tragadas por un enemigo interior. Lo noto porque cada día me parecen más largas las distancias, más altas las escaleras, más pesados los paquetes, más dañina la comida, menos reparador el sueño, más vana e inútil, en definitiva, la vida. Esos deseos de no levantarse de la cama, de no despertar, que son para mí el signo de la renunciación. Confío en que supere esta crisis, como he superado otras peores y que pueda mirar el mundo con un poco de interés y de amor.

*Abril*

Cuando observo mis fotografías de escritor en las solapas de mis libros o en entrevistas y pienso que quien las mira no soy yo sino alguien que nunca me ha visto y que sólo me conocerá por esas imágenes me doy cuenta de lo poco que transmiten, de su insignificancia y su traición, pobre figura tensa, ectoplasma deliberadamente insípido, fijación de lo móvil, negación de lo cambiante, trozo de hielo con el que se pretende representar la corriente impetuosa de un río.

*8 de mayo*

Trabajo creativo suspendido. Cuentos por pasar en limpio, por corregir o por terminar. Obras de teatro que debo mecanografiar para que las publique el INC. Prólogo interrumpido a los poemas de Chariarse. Vano intento de encontrar un tema para el concurso de obras televisables convocado en Lima, con premio de 100.000 soles. En fin, un desastre. Paso las tardes encerrado en casa, fumando y tomando café, pues he decidido privarme hasta del vino, única bebida alcohólica que me permitía desde hace dos años. Apenas escribo cartas y por las mañanas, en la Unesco, oficios o informes. En realidad, atollado, a la espera de un incierto «segundo aliento», como decía hace unas semanas. Pasan los días y el aliento no llega. Leo poco, más ensayos e historia que literatura. Veo estúpidos programas de televisión. Converso con mi hijo. Me anquiloso.

*31 de mayo*

Malos días, decaimiento de salud; aparte de las insoportables digestiones, seguidas de náuseas, sudor frío, fatiga, lo que los franceses llaman *hématurie*, orinar sangre. Yo que antes contaba mi bienestar por meses, semanas o finalmente días, ahora lo cuento por horas. Recordar y agradecer que ayer y hoy me sentí bien de diez a diez y media o de tres a cuatro de la tarde. Noches entrecortadas por diez o doce despertares en los que vomito una saliva biliosa. Amanecer exhausto. A pesar de ello llevé adelante mi prólogo a la poesía de Chariarse, que terminé hace tres días y ahora corrijo. ¿De dónde saco fuerzas? Menos mal que mi trabajo en la Unesco es por ahora suave, pero muchas veces me voy y me vengo a pie de la oficina, me arrastro más bien hasta ella en esta primavera tan variable. Ningún deseo de nuevos exámenes y consultas médicas. La sola posibilidad de una nueva hospitalización u operación me aterra. Seguramente que la soportaré, como las anteriores, pero a costa de tantos esfuerzos que no sé si más vale la pena sobrellevar estoicamente su mal hasta que éste nos elimine.

*16 de junio*

Hay ciertas músicas premonitorias, que penetran en nuestra vida por *effraction*, en momentos en que se avecinan grandes desgracias domésticas. Así el preludio de *Cavalleria rusticana*, que todo el mundo tarareaba poco antes de la muerte de mi padre, porque en esos días había puesto esta ópera en Lima un conjunto italiano o el *Sueño de amor* de Liszt, que se escuchaba a cada rato por la radio o en los entreactos de los cines, en las épocas más sombrías de mi adolescencia, cuando sentía flaquear mi salud, víctima de los primeros síntomas del mal que, mucho más tarde, quebraría definitivamente mi vida.

* * *

Dentro de cuatro días nuevamente al hospital. Está visto que no me libraré ya de estas temporadas en esos recintos odiosos, donde se fabrica dolor al estado puro. Esta vez es para una cistoscopia o introducción por la uretra de una sonda polivalente, a través de la cual pueden mirar, fotografiar, cortar, cauterizar. Todo esto a raíz de que sigo orinando sangre desde hace cinco semanas, sin que se sepa la causa. Probablemente tengo algo en la vejiga, un tumor, una llaga, una irritación, sabe Dios qué. Lo cierto es que me dormirán una vez más y que mi organismo será violado por instrumentos agudos, que por extirpar un mal lo hacen tanto. En fin, serán sólo cuatro o cinco días de sufrimiento, poca cosa para quien ha pasado por trances peores. Pero de todos modos, estas cosas cansan.

*21 de junio*

El alcohol produce en nuestros sentidos una vibración que nos permite distorsionar nuestra percepción de la realidad y descifrar sus mensajes. Aquello que debía ser percibido como una totalidad llega a nosotros descompuesto y podemos así tomar nota de sus elementos y establecer entre ellos un nuevo orden de prioridades. Al beber cambiamos sencillamente de lente y recibimos del mundo una imagen que tiene en todo caso la ventaja de ser distinta a la natural. En este sentido la embriaguez es un método de conocimiento. La embriaguez moderada, es decir, aquella que nos aleja de nosotros mismos sin despedirnos, no la borrachera, en la cual se rompe todo contacto entre nuestra conciencia y nuestro comportamiento.

*1.º de julio*

Revisando mis viejos cartapacios, encuentro por lo menos cuatro o cinco novelas comenzadas o comienzos de novelas. ¿Qué tara contenían que las condenaba a la esterilidad? La más avanzada es la de Atusparia, que llega a las setenta páginas; luego la de Lima, que alcanza otro tanto. Pero también hay una ayacuchana que se interrumpe a las veinte, otra parisina —*Dolente amoris*— que no pasa de las quince, todas esbozos, impulsos narrativos que se apagaron a mayor o menor término. No creo que sea la ausencia de plan lo que me ha impedido continuarlas, pues tanto *Crónica* como *Geniecillos* fueron escritas sin plan alguno. Ha sido quizás la falta de ese espacio interior en el que debían haberse expandido, ese vacío aspirante del que carecí porque otras ideas, otros proyectos y otras preocupaciones llenaron de escombros o de escollos el terreno donde debía efectuarse la edificación. El terreno está aún ocupado y si quiero escribir una nueva novela debo empezar por limpiarlo. Lo que significa publicar lo inédito, concluir lo digno de ser concluido, arrojar lo incorregible. Pero esta tarea exige ya una rigurosa disciplina, un sentido de las prioridades y una confianza en el tiempo de los que carezco.

*5 de julio*

El lunes a Italia de vacaciones por tres semanas. Hago este viaje sólo por llevar a mi hijo, pues en el estado en que estoy, más me valdría quedarme en casa, sin hacer otra cosa que el menor esfuerzo posible. Pero es cierto también que Roma me atrae y que tal vez me hará un poco de bien arrastrar mis 46 kilos y mis dos enfermedades por la divina ciudad y los escenarios donde hace nueve años pasé inolvidables días. Podré así medir mi desgaste y poner a prueba mi capacidad de estoicismo, al volver a caminar sobre los pasos de «mi antiguo verano feliz». Después de todo, sufrir aquí o allá viene a ser lo mismo y si el trajín precipita mis males, *tant pis*. Me daré el gusto al menos de menospreciar el sufrimiento y de sacarle algún partido a este cuerpo que no sirve para nada.

*7 de julio*

Como en mi caso las cosas se presentan siempre en su forma más exasperante, ya no son dos sino tres las enfermedades que llevo a Italia: aparte de la esofagitis aguda y de la *hématurie* (orinar sangre) me ha venido una de esas gripes con tos, mucosidad y dolor de garganta que me ponen, más que cualquier otra cosa, de un humor de perro. Esas gripes que antes combatía eficazmente con abundante coñac, lo que no me curaba pero al menos me distraía de mis males y que ahora trato en vano de paliar con ralas tazas de té y jarabes inmundos. ¿Qué dios maldito se obstina en dirigir sobre mí todas sus flechas, sin errar un tiro?

*Porto Ercole, 9 de julio*

A mi llegada a Italia, desaparición automática de algunos de mis males, por lo pronto el resfrío, que hizo mutis con el primer rayo de sol romano, y el insomnio, que quedó en París, atormentando a sabe Dios qué pálido ciudadano. La casa solariega en que estoy, en lo alto del Monte Argentario y a quince kilómetros del más cercano centro habitado —Porto Ercole— es una mansión maravillosa, obra de algún millonario demente: dos piscinas, diez habitaciones con baño, cocina ultrasofisticada, salón rústico, salón morisco, biblioteca, y una huerta-jardín construida en diferentes terrazas donde alternan vides, higueras, olivos, retamas, rosales, buganvilias, cipreses y geranios y por todo sitio pérgolas con mesas, sillones y hamacas. Silencio, paz, cielo purísimo, el mar calmo al fondo de la quebrada.

*Porto Ercole, 10 de julio*

Me pregunto si un hombre, hecho como yo para el tormento, podría sobrevivir en un escenario como éste, donde sólo cabe el regalo, el reposo y el placer. He hojeado en la biblioteca preciosos libros de arte, he dado un paseo matinal por la huerta, he respirado el aire tonificante de la colina, he tomado un café delicioso cerca de mediodía, he fumado varios cigarrillos tendido en una hamaca, me he zambullido en la piscina. Y ya siento caer sobre mí esa especie de ansiedad, de fastidio, el traje mojado del aburrimiento. ¿Qué añoro, en suma? No creo que el bullicio de la Place Falguière, ni mis dolencias, ni mis preocupaciones de oficina. Busco quizás cierto riesgo, cierta incertidumbre, sin los que la vida me parece insulsa. Y aquello sólo pueden dármelo las grandes ciudades, porque mi espíritu necesita del movimiento, de la metamorfosis, para funcionar, no del tiempo detenido ni del espacio inerte. Puedo sacar de mí muchas cosas, pero siempre gracias a la presión exterior, que aquí no existe. Aquí sopla un aire virginal, arcádico, que me condena a la contemplación, a una especie de sabiduría silenciosa.

*Porto Ercole, 11 de julio*

Los cantos que anuncian la victoria se anticipan siempre a la victoria y encubren a menudo un inminente desastre. Yo que me vanagloriaba hace dos días de mi buen estado, estoy ahora derrumbado en mi cama, después de haber vomitado bilis durante una hora. En torno mío planes para ir al puerto, a la playa, a un restaurante campestre, donde unos amigos. Yo sólo aspiro a descansar y ni siquiera me atrevo a hollar con la mirada el día espléndido, del cual la ventana entreabierta me muestra el sol dorando un olivo.

*Porto Ercole, 13 de julio*

Sentado en el brocal del estanque de las ranas, mirando el reguilete regar la terraza de los tréboles, oyendo a lo lejos los acordes de la cuarta sinfonía de Schumann, sabiendo que cada objeto que me rodea es precioso —sea cenicero, lámpara, taburete o libro—, el objeto soñado, buscado y encontrado, bebo a lentísimos sorbos un *chianti* clásico Antinori 1963 y con él la dulce vida del descanso y la abundancia. ¡Qué grande es el mundo para los ricos! Ellos disponen no sólo del tiempo sino del espacio. En esta casa disfrutamos, en varios kilómetros a la redonda, de todo el sol, de todas las colinas, de todo el silencio, de toda la placidez, de todas las flores y de todos los frutos. Las huestes de los pobres emergentes y tenaces, que en este momento transpiran en los veinte metros cuadrados de una pieza de ciudad sonora y sucia, no nos alcanzarán hasta dentro de varias generaciones, cuando esta mansión sea una ruina y tengan que construir otra con sus escombros.

*Porto Ercole, 17 de julio*

Parado en el cerco de piedra que cae a pico sobre el vergel descuidado de los olivos contemplo la quebrada que desciende hasta el mar y al fondo de la cual se divisa, plomizo y calmo, el Tirreno. Atardece. Mi oído ausculta la naturaleza y descubro que lo que yo tomaba al comienzo por silencio no es más que una trama extremadamente apretada de ruidos: grillos, cigarras, ranas, abejas, moscardones, pájaros, tan tupida que forma una melodía uniforme sin un solo intersticio donde pueda colocarse una pausa. En suma, la voz de la naturaleza que canta su canto inmemorial, el que escucharon hace veinte siglos Julio César, Horacio o Catón. ¿Qué me separa de ellos? En tanta soledad, aparentemente nada. Al hollar su espacio inmaculado, diríase que me he vuelto su contemporáneo. Pero siempre hay algo que nos reconduce a nuestro tiempo y nos recuerda que las eras no pasan en vano. Al voltear la cabeza distingo en la cumbre del Monte Argentario, irritante por lo escarpado e imposible, los siete discos gigantes de una estación de radar.

*Porto Ercole, 18 de julio*

El placer de vivir se torna en un insoportable suplicio cuando se está minado por una enfermedad secreta. ¡Qué de esfuerzos tengo que hacer para disimular lo mal que me siento la mayor parte del día! Invento mil pretextos para renunciar a un paseo, a una invitación, a un baño en el mar y refugiarme en mi dormitorio, donde reclinado en cuatro almohadones veo escabullirse horas soleadas que podrían ser felices. Propósito de adelantar mi regreso a París. En mi departamento de la Place Falguière podré sufrir solo, como un perro, sin despertar la compasión de nadie.

*Porto Ercole, 19 de julio*

Excursión a la playa frustrada por súbita tormenta con truenos y centellas que nos obligó a levantar nuestro improvisado campamento y emprender fuga precipitada. Al llegar a casa, se disipan las nubes y reluce el sol. Así, cambiante como el tiempo, mi salud. Ayer casi moribundo y hoy pleno de energías. Trepé cuestas escarpadas, cargué bultos pesados, bebí innumerables cafés, desdeñé la siesta cotidiana y afronto el atardecer con una reserva de energías que no sé aún qué destino darle, tal vez baño nocturno en la piscina. De todos modos, resolución de estar en París a fin de mes, con breve escala en Roma, donde espero ver a Emilio Adolfo Westphalen y tentar casi lo imposible: que dos silenciosos hablen.

*Porto Ercole, 22 de julio*

Lo desagradable de las enfermedades —y de allí que nos vuelvan intratables, egoístas— es que nos desconectan del mundo para condenarnos a la sintonía permanente de nuestro organismo. Todo nuestro interés está volcado en él, que se convierte así en el único objeto digno de interés, con exclusión de todos los demás. Estamos al acecho de sus ruidos, ronquidos, secreciones, sobresaltos, pulsaciones, mutaciones, evaluando sin descanso lo que significa una mejoría o un empeoramiento. La salud, en cambio, es el olvido de nuestro cuerpo, que deja de ser un escollo para convertirse más bien en un pasaje transparente a través del cual nos comunicamos con el mundo y con los demás. La salud hace de nuestros cuerpos una abstracción, mientras que la enfermedad lo carga de un peso imposible, que nos obliga a sobrellevarlo como un paquete inmundo por dondequiera que vayamos.

*Porto Ercole, 25 de julio*

Excursión solitaria a una de las colinas del Monte Argentario, provisto de un bastón y un puñal. Ascendí durante media hora por un estrecho sendero hasta divisar la quebrada vecina. Pero decepción, pues no vi ninguna culebra ni divisé ningún gato montés. Encontré sólo varias piedras de cuarzo y otra blanda, que en la sierra norte del Perú llaman *comba* y que puede ser tallada con un cuchillo. Como no llevaba botas no pude internarme por parajes más sombríos en busca de «la imposible aventura».

*París, 8 de agosto*

Desde hace cuatro días solo en mi departamento de la Place Falguière, sus habitaciones silenciosas, desordenadas y sucias. Pagué cuentas, respondí innumerables cartas, efectué expediciones nocturnas a Montparnasse y el Barrio Latino. Pasé a máquina las notas tomadas en Porto Ercole. Me examiné. Tomé conciencia de cómo me voy alejando de la comunidad, de la actualidad, para confinarme cada vez más, al menos en estas páginas, al inventario de mi propio transcurrir, sus vaivenes, albores y desastres. En el Perú, en el mundo, suceden cosas de las cuales tomo mentalmente nota, pero sin ánimo de convertir aquello en un tema de meditación o en un motivo de acción. Sensación de cautividad, de marginalidad, de las cuales me es imposible, no por falta de interés, sino de fuerzas y de ambición, salir.

*21 de agosto*

Un brevísimo examen y compruebo que tengo poquísimos amigos, al menos aquí en París. Pensaba que dentro de diez días será mi cumpleaños y que probablemente tenga que pasarlo solo, pues no tengo a quién invitar. La mayoría de mis amigos están, claro, en Lima. En París prácticamente nadie, salvo Alfredo Bryce, ahora de vacaciones en México. Los demás están repartidos: Rodríguez Larraín en Aix-en-Provence, Ruiz Rosas en Bruselas, Lucho Loayza en Ginebra, Piqueras en Pietra Santa. En París no me queda sino Xavier Domingo. En cuanto a mujeres, ni hablar. He tenido amigas sólo de ocasión, salvo dos o tres, también ausentes. La verdad es que la frecuentación de los hombres ha sido para mí siempre más interesante que la de las mujeres, a las que la mayor parte de las veces he utilizado, reaccionaria y machísimamente, como fuente de placer. Error ya irremediable. Y en fin, luego están los miles de conocidos, cuyos nombres y rostros, pasados los cuarenta años, se me empiezan a confundir u olvidar. Espero al menos hablar por teléfono con mi mujer y mi hijo y si no veo a nadie ese día la pasaré como otros cumpleaños: indiferentemente, leyendo un libro y bebiendo una copa de vino.

* * *

Una nueva forma de narrar no implica necesariamente innovaciones espectaculares de carácter técnico o verbal sino un simple desplazamiento de la óptica. El asunto consiste en encontrar el ángulo novedoso que nos permita una aprehensión inédita de la realidad. Pienso particularmente en el caso de Kafka —por oposición a Joyce—, cuya novela *América* releí en Porto Ercole con infinito placer.

* * *

Está visto que la próxima novela que escriba, la última creo —si la escribo—, no la podré concebir mediante el esfuerzo de mi inteligencia sino que surgirá en mí como una iluminación, algo que caiga en mi conciencia como un aerolito, desde territorios ignotos de mi ser. Ello porque inútilmente hoy y en días anteriores he pasado en revista decenas de temas, motivos, personajes, situaciones, tramas que podrían incitarme a la escritura, pero que no despertaron en mí sino desdén o aburrimiento. En estas meditaciones me sedujo por un momento como tema —y título incluso— «La imposible novela», pero rápidamente entreví en ella el peligro de que se convirtiese en cajón de sastre, es decir, en confesión de impotencia, o en esas novelas sobre la novela tan a la moda y que son producto más bien de espíritus mediocres o estériles. Si novela escribo, tendrá que ser novela de verdad. En este sentido, admiro la fe de Vargas Llosa en el género y su tenacidad en seguir escribiendo novelas-novelas, cuando gran parte de sus congéneres hacen acto de dimisión y no escriben sino parodias de novelas.

*31 de agosto*

Un cumpleaños más. Anoche, sin ganas de salir ni de hacer nada, lo recibí en mi cama, leyendo un libro sobre los Borgia y comiendo un *hot-dog* que yo mismo me preparé. El *hot-dog* me cayó pésimo, estuve vomitando y no pude dormir hasta las cinco de la mañana, gracias a un Nembutal. Pero a las ocho ya estaba sonando el martillo eléctrico con que hacen no sé qué huecos en la Place Falguière y me desperté. Horas de verdadera zozobra, sin saber qué meterme en los oídos, pues no había algodón. Opté por darme un largo baño y luego traté de escribir, pero el martillo seguía sonando. Decidí ir a almorzar a casa del Cónsul, donde se homenajeaba a un amigo y donde apenas comí y me aburrí espantosamente. Ahora nuevamente en casa, atardece y no haré tampoco nada, no quiero festejos ni regalos.

Xavier Domingo me había ofrecido venir a casa para cocinar un conejo con mostaza, pero decliné su oferta. Me gusta pasar mis cumpleaños completamente solo, sin otra compañía ahora que mi gato. Ya bastante ha sido haber recibido carta de mamá —la única— y llamada telefónica esta mañana de mi mujer, desde Capri. ¿Qué más? Más tarde beberé unos vasos de buen vino y si me da hambre me prepararé unos humildes tallarines. Corregiré mi teatro, que estoy pasando en limpio, y leeré en la cama un tomo de Diderot.

*3 de setiembre*

Noche más bien diabólica, como hacía años que no pasaba, como debo prometerme ahora que no volveré a pasar, no sólo por ahorrarle a mi pobre cuerpo un desgaste suicida, sino para preservar a mi inteligencia del daño que le causan los excesos. Todo comenzó con una inocente botella de Pomerol que bebí en casa, compartida al final con una amiga que llegó del Perú. Pero la amiga, al hacer escala en Colombia, había traído un paquete de yerba, la renombrada yerba colombiana.

Preparó tres pitillos, que fumamos conversando. Hacía por lo menos diez años que no probaba marihuana. A diferencia de otras veces, no me causó otro efecto que dotarme de unas insospechadas energías y darme un hambre lobuna. Fuimos a cenar a Montparnasse y allí bebí un excelente Saint-Émilion. Mi amiga partió a medianoche y quedé varado en pleno bulevar, sólo, picado el diente, a la deriva como un trasnochador cualquiera. Me dirigí al Select y comencé a beber sin continencia, rodeado de una fauna heteróclita: un escenógrafo francés, un pintor norteamericano, un joven poeta canadiense, un periodista argentino, tres o cuatro amigas de los nombrados y otras personas más que se acercaban al grupo, saludaban, bebían y se iban. El ambiente era más bien frenético, en apariencia jocundo, pero de una desesperante tristeza. Un manojo de solitarios emborrachándose y tratando de gozar de una ilusoria compañía. A las cuatro de la mañana, el pequeño gendarme que todavía queda en mí o el ángel de la guarda, si se quiere, me sacó de allí y me recondujo a casa, en estado naturalmente lamentable. Dormí apenas un par de horas y amanecí quebrado, irritado, con una mala conciencia que ni siquiera estas líneas de confesión y de arrepentimiento disiparán, pues no impunemente uno se maltrata y la contrapartida de esas horas de aparente liberación es el sufrimiento razonado.

*26 de setiembre*

Pasé hoy en limpio mi cuento «El polvo del saber», el segundo que escribo en el curso del año, después de «Tristes querellas en la vieja quinta». Por oposición al anterior, cuento breve, más que cuento relato autobiográfico, sin intriga, dentro de la línea de «El ropero, los viejos y la muerte». Cada vez más me oriento por esta vía, cuyos antecedentes son «Los eucaliptos», «Página de un diario», «Por las azoteas». Relatos tal vez demasiado personales, que mis críticos no aprecian, pero que para mí tienen un encanto particular. Ellos quizás son los fragmentos de las memorias que nunca escribiré.

* * *

Ayer, día particularmente agobiante, pues fui interlocutor durante varias horas, y en lugares distintos de Manuel Scorza y de Rodolfo Hinostroza que, por lo demás, hace tiempo que están reñidos.

Con Scorza había tomado cita en La Coupole, donde tomamos dos burdeos y conversamos de cinco a siete de la noche. Como siempre ingenioso, chispeante, divertido, pero esta vez quizás un poco más sincero que de costumbre. Me dijo que estaba cansado de su novela cíclica, que el quinto volumen tal vez no lo escribirá, que todo esto le ha servido para aprender a narrar, que su próxima obra será mejor. Me detalló su método para promoverse, sin pasar por agencias literarias: bombardear a las editoriales con cartas, *dossiers* y cablegramas, lo que le cuesta «una fortuna». Hablamos naturalmente del *boom*. Se jactó de haberlo destruido. Me ofreció ayudarme en la publicación de mi novela inédita *Cambio de guardia*. Pronosticó que él corría el riesgo de llegar a ser «una persona ilustre».

Con Hinostroza, que regresó hace poco del Perú, conversación a otro nivel. Sin duda esa cabeza es un hervidero de ideas, pero que llevan en sí la tara de su no aplicabilidad. Y todo se debe al error frecuente en las personas imaginativas de querer transponer soluciones de una realidad a otra realidad completamente diferente. Es un simple error de cronología muchas veces. ¿Cómo van a comprender las autoridades peruanas alegatos a favor de la libertad sexual o del uso libre de ciertas drogas en un país que aún no ha resuelto problemas como el analfabetismo, la mortalidad infantil, la vivienda, la falta de fuentes de trabajo, etc.? De todos modos sus puntos de vista son valiosos y es necesario tomar nota de ellos.

*18 de octubre*

Nuestro actual Embajador, según he podido observar, es una víctima del mito del criollismo. Como en nuestro país y en muchos otros de América Latina «ser criollo» es una virtud nacional, pues lo contrario es ser un cojudo, X., que es germano de origen y de aspecto, trata constantemente de reivindicar su condición de «peruano criollo» con expresiones y bromas que lo atestigüen y lo laven de la mancha vergonzante de ser un «extranjero pelotudo». Expresiones y bromas que no van ni con su temperamento ni con su talante y que, por ello mismo, demuestran generalmente lo contrario de lo que persigue. Lo que es lamentable en un hombre capaz, que debería por el contrario haber asumido desde el comienzo y con entera responsabilidad su naturaleza no criolla y haber extraído de ella fuerza y respetabilidad. Pero esos mitos locales son para muchos invencibles, más en una etapa como la que vive nuestro país.

*22 de octubre*

Mi organismo, como esas carcochas desgastadas y parchadas, ha llegado a un estado de funcionamiento rutinario, pero óptimo, que ninguna ley mecánica explica y que por ello mismo despierta la admiración. No comprendo cómo sufriendo al mismo tiempo tantas dolencias y enfermedades, durmiendo tan mal comiendo tan poco y fumando tanto, puedo levantarme temprano, ir y volver a pie de la oficina y desplegar una actividad respetable, más ahora que ha comenzado la Conferencia General de la Unesco. Pero, como esas carcochas, temo que un día me quede plantado en el camino o sencillamente me sea imposible arrancar y que ya no haya compostura posible. No quedará más remedio, entonces, que remolcarme hasta el depósito de chatarra y dejarme para siempre en compañía de lo inservible.

*25 de octubre*

La simpatía y la adhesión que encuentra entre algunos hombres una mujer como M. H., que se caracteriza por su empuje, su brusquedad, su energía, su autoritarismo, no es como yo creía al comienzo el reconocimiento del macho que ve en esta mujer a un igual, a su par, sino todo lo contrario, el afloramiento de la parte femenina del hombre que se rinde ante tan despliegue de virilidad. En suma, una inversión de sexos.

*31 de octubre*

Pobre Place Falguière, ni te veo ya cuando te miro, fatigado como estoy ahora, la mente ganada por estériles ocupaciones —ponencias que presentar, informes que redactar, proyectos que defender, etc.—, la vista incapaz de hacer el menor esfuerzo de aprehensión y la sensibilidad mellada por la rutina. Pero sé que tus árboles han perdido sus hojas, que continúan demoliendo tus viejas casas y que este invierno, con la primera nevada, cuando en fin, en un momento de lucidez, pueda observarte, advertiré la fealdad que te ha venido y tu insoportable tristeza.

*6 de noviembre*

Hace unos días, en una de esas caminatas de la oficina a casa en este otoño frío, me vino el primer verso de mi epitafio y llegando a Place Falguière, lo escribí. Ahora lo transcribo:

*Como barco que sale en busca del naufragio*
*Levo anclas cada día para hacerme a la vida*
*No temo ni avería mar brava o mal presagio*
*Otros antes jugaron semejante partida*
*Mi arrojo no demuestra más que el arte del plagio*
*Si zozobro qué importa en mi tumba perdida*
*Que pongan vino rojo el aire de un adagio*
*Una pluma quebrada y el verso de un suicida.*

Dejando de lado su discutible calidad, creo que el fondo del poema no necesita ninguna explicación. En mi actual situación —orinando sangre desde hace seis meses, vomitando bilis todas las mañanas— es obvio que el no hospitalizarme es un desafío y una inmolación. Y las razones que me hacen proceder así son temporales y espirituales: el no querer endeudarme más con médicos y operaciones —aún debo 15.000 francos al hospital

Saint-Louis— y el no querer alarmar a mi familia. Como el carro viejo de que hablaba hace unos días o el barco de mi epitafio, me dirijo con plena conciencia hacia mi destrucción.

* * *

Anoche, pequeña reunión en casa en honor de Martha Hildebrandt, a quien quise retribuir las atenciones que tuvo para conmigo en Lima, el año pasado. Sólo escritores y pintores: Chariarse, Bryce, Sánchez León, Guzmán, Laske, Braun. Leopoldo leyó sus 30 sonetos de Spoleto. Memorable. Luego provoqué una viva discusión entre Martha y los plásticos, que terminó a gritos, como era de esperar. Pero la sangre no llegó al río y todos se fueron en grupo, contentos creo yo, a las tres de la mañana, y luego de haber cenado un respetable arroz con pollo y despachado siete botellas de un vino exquisito que me costó mucho conseguir y que, para mi vergüenza, nadie elogió.

*13 de diciembre*

Hace unos días, una de esas salidas con Chariarse, tan parecidas unas a otras, no por la naturaleza de sus episodios sino por el esquema que las informa: la improvisación permanente, pero subterráneamente la búsqueda tenaz de objetivos muy precisos. El pretexto inmediato de la salida era cenar con el futurólogo austríaco Robert Junck, con quien teníamos cita en el Deux-Magots. Eso de cenar con este personaje era sólo un proyecto de Chariarse, pues el futurólogo estaba en compañía de una periodista francesa y tenía otros proyectos para la noche, de los que tanto Leopoldo como yo estábamos descartados. A los pocos minutos partió y nos dejó, particularmente a mí, frustrados. Pero Leopoldo ya tenía una solución de recambio: un millonario inglés lo había invitado a cenar esa noche, acababa de acordarse, lo conoció en el tren Dusseldorf-París, me llevaría a la cena. Pero ¿dónde diablos vivía este millonario inglés? Leopoldo no recordaba ni su nombre ni su dirección. Los había apuntado en un papel y este papel estaba en su actual residencia. Abandonamos el Deux-Magots para ir a pie bajo llovizna pertinaz rumbo a su «actual residencia» que, para sorpresa mía, no era otra que el viejo edificio de La Sorbona: está alojado, en efecto, en casa del Rector adjunto de esa universidad. Amplio y lujoso departamento en el cuarto piso, en el que Leopoldo dispone de un dormitorio con baño. Buscando entre sus papeles encuentra el teléfono del enigmático inglés y lo llama. Por lo que pude captar de la conversación, el inglés no se acordaba no sólo de la invitación a cenar sino de quién era Leopoldo y aparentemente lo mandó al diablo. En consecuencia, nueva frustración. ¿Qué íbamos a hacer? Pero no era para desesperar: el Rector adjunto de La Sorbona podía invitarnos a cenar en su casa, según Leopoldo; era cuestión de llamarlo por teléfono a su oficina y decirle que lo estábamos esperando. Nueva llamada telefónica, tan inútil como la anterior: el Rector tenía mucho trabajo y llegaría tarde a cenar.

Bueno, lo mejor era regresar a mi casa. Ya me estaba poniendo el abrigo, pero había olvidado que para Leopoldo cada contratiempo contiene potencialmente su propia solución. ¡Ya estaba!: iríamos a cenar a un restaurante marroquí que él conocía donde se comía el mejor cuscús de París. En un santiamén estábamos en la calle y deteníamos un taxi. El famoso restaurante quedaba por Denfert-Rochereau. Yo le previne que no podía comer cuscús y que sólo bebía vino burdeos. Restaurante absolutamente desierto. Al revisar la carta veo que sólo hay cuscús y vino argelino. Hago de tripas corazón y pido lo que hay.

Pero ya Leopoldo ha salido dos o tres veces para llamar por teléfono. Regresa diciendo que una amiga vendrá, no a cenar con nosotros, sino a tomar el «té verde» final. Comida mortal y cara, vino imposible, pero conversación interesante. En una mesa alejada cenan dos argentinas y un francés. Leopoldo reconoce a una de las argentinas y desde la mesa la saluda en alta voz y se enfrasca en conversación animada, con gran curiosidad de los otros comensales, curiosidad que, a medida que se prolonga esta charla, se va convirtiendo en fastidio. Al final nos acercamos a la mesa de su interlocutora con nuestra taza de «té verde». Leopoldo (que me ha invitado, pues yo no he sacado dinero ni chequera) se pone de pie para pagar la cuenta, me llama y me dice que no le alcanza la plata y que irá a su «residencia actual» para buscar dinero. Parte y me deja injertado en un grupo que no conozco, con el cual no sé qué hablar y sin plata en el bolsillo. Larga ausencia. Los otros comensales se van yendo. Al final quedamos sólo las argentinas, el francés y yo. La camarera merodea con las cuentas. De pronto irrumpe una mujer preguntando por Leopoldo. Yo presumo que es la amiga cuya llegada me había anunciado para el «té verde» y le digo que en efecto la estábamos esperando, Leopoldo había salido un instante y ya no tardaba en regresar. Pero no era esa amiga, era otra a la cual había dado cita en ese restaurante, sabe Dios cuándo y con qué propósito, pues él mismo, creo yo, no sabía horas antes que estaría allí. La amiga toma asiento y decide esperarlo. Al final la camarera presenta las cuentas. Situación bochornosa: el francés paga su consumo y el de las argentinas, pero yo no puedo hacerme cargo de la otra nota, y alego que he sido invitado y espero al oferente. Argumentación sospechosa que la camarera acepta a regañadientes, protestando que es tarde, que ya van a cerrar. Al fin Leopoldo aparece, pero no solo: lo acompaña el Rector adjunto de La Sorbona. Pedimos más «té verde». El Rector, hombre simpatiquísimo, parece haber sido traído un poco a la fuerza a esa reunión tardía, de la que no espera nada, concesión que su cortesía hace al gurú peruano. Una segunda mujer irrumpe en escena: es *madame* B., la amiga que Leopoldo esperaba para el «té verde». No pasa del umbral: al ver que esa cita, que ella probablemente esperaba discreta, es genérica y mundana, hace el ademán de retirarse. Leopoldo se pone de pie, pronunciando una frase memorable: «El yoga organiza la realidad como un sueño» y sale tras su amiga. Cambian palabras en la pieza vecina y la amiga se va. Quedamos aún media hora conversando. Las argentinas y el francés parten. Luego nosotros abandonamos el restaurante. En la calle se despliegan varias posibilidades: una) ir juntos a tomar un trago o un café, idea que rechaza el Rector, dos) regresar cada cual a su casa, lo que Leopoldo acepta e inicia con el Rector una heroica marcha a pie hacia La Sorbona, tres) ir a tomar *un pot* donde la amiga presente de Leopoldo, lo que éste considera mejor aún, por lo cual abandona al Rector en plena caminata y regresa donde su amiga y yo que estábamos buscando un taxi. Cuando íbamos a subir al taxi, Leopoldo cambia de opinión, por última vez, pero este cambio definitivo significa la realización de lo que perseguía desde que abrió los ojos esa mañana. Todo el resto, el futurólogo, el inglés millonario, el restaurante marroquí, el Rector, yo, su amiga que invitaba el *pot*, todo eso no eran más que peripecias intermediarias, diversiones, pues de pronto se despide bruscamente de nosotros, y parte a la carrera, sí, a la carrera, como si lo persiguiera una jauría, y se detiene ante el portal de una casa, en la cual vive y quizás lo espera *madame* B., su viejo amor y la musa de todos sus poemas. El yoga no organiza su realidad como un sueño. El yogui adapta perfectamente su sueño a la realidad.

*23 de diciembre*

Vísperas de Navidad. Rechazamos varias invitaciones, de modo que la recibiremos en casa, prácticamente solos. Vendrán a lo más dos o tres personas. Hoy adorné el árbol pascual, observado por los tres hijos del poeta martiniqués Glissant. Alida ha encargado un enorme pavo, que tardaremos una semana en terminar. Y hablando de renuncias, decliné hoy invitación a La Habana, que se había hecho extensiva a mi mujer e hijo, por razones de salud. Si viajo a algún lugar en enero próximo será a

Lima, a recoger los dineros que por allá me deben y poder con ellos reanudar mi tratamiento médico, abandonado hace tantos meses. Escribí en estos días un artículo y un cuento, este último en apenas una hora. Leí un poco de psicología y de lingüística, y de literatura sólo a Cortázar, que me dedicó gentilmente su último libro la semana pasada.

*26 de diciembre*

Nuevamente establezco la analogía entre el juego y el acto de escribir y siempre partiendo de la observación de mi hijo. Ambas actividades son exploraciones de la propia personalidad y en este sentido viaje, diversión, sorpresa y descubrimiento. En las tantas horas que pasamos juntos en casa me doy cuenta de que el estado de ánimo que lo conduce a sus juguetes es similar al que me sienta frente a mi máquina: insatisfacción, aburrimiento, deseo de ceder la palabra al otro o los otros que hay en nosotros mismos, asumir nuestras personalidades ovulares o rechazadas y darles momentáneamente vida, al fin de cuentas desdoblarnos o multiplicarnos en el espejo de nuestra fantasía. Efecto sedativo de ambas actividades: olvido de sí mismo, pérdida de la noción del tiempo y, a su término, retorno plácido y fatigado a nuestra realidad.

# 1975

*6 de enero*

El más insignificante de los hombres deja una reliquia —su pantalón, su medalla, su carta de identidad, un rizo guardado en una cajita—, pero son pocos los que dejan una obra. Por ello las reliquias me deprimen y las obras me exaltan. Por ello también rara vez visito la «casa del artista», se trate de Balzac, Beethoven o Rubens y prefiero la compañía de sus libros, melodías o pinturas. Las reliquias segregan un aroma de frustración, de servidumbre y sobre todo de ausencia, pues son el signo visible de lo que ya no está. Su valor es sólo condicional: en tanto que fueron usadas por éste u otro y su misma supervivencia es un acto de caridad, pues de no haber pertenecido a alguien hace tiempo que hubieran corrido la suerte de sus dueños. Nada más angustioso que ver el sillón de Voltaire, la tabaquera de Bach o el pincel de Leonardo. Sólo la presencia y el uso de sus dueños dota a los objetos de significación.

*6 de enero*

Soy algo relativamente precioso y frágil, quiero decir un objeto que ha sido duro y costoso fabricar —estudios, viajes, lecturas, trabajos, enfermedades— y por ello lamentaría que este objeto no tenga la posibilidad de dar todo su rendimiento. Hacer una adquisición y luego tirarla por la borda es insensato. Yo me siento cada vez menos mío y más propiedad de los otros, de quienes me han hecho con su protección, su afecto, su tolerancia e, incluso, su desdén. Es por ellos por lo que quiero vivir y crear, así aparentemente no escriba sino para mí, pues estoy convencido de que si hay finalmente un beneficiario no seré yo, para quien sólo la tumba es cierta, sino los aún inexistentes y seguramente pocos pero leales lectores del mañana.

*6 de enero*

Preparando mi *dossier* para postular a una de las becas de la Fundación Guggenheim, lo que no pude hacer el año pasado por diversas razones. Suponiendo que se me conceda, podré pedir licencia en la Unesco y regresar al Perú por unos seis meses, a fin de tomar contacto real con el país. Oficialmente, doy como pretexto la novela sobre Atusparia, pero la verdad es que este asunto ha ido progresivamente perdiendo interés para mí, salvo que renazca cuando regrese. Más que nada quiero estar unos meses en mi casa, en mi país, entre los míos, ver vivir a la gente, escucharla hablar, ver de cerca lo que pasa, viajar por donde pueda, reunir elementos de juicio que me permitan, sin la distorsión de la distancia, decidir si vale la pena pensar en un retorno definitivo o si es mejor continuar mi larga vida de extranjero.

*París, 16 de enero (3 de la tarde)*

Debo recordar esta fecha: hoy me enteré de que fue de *cáncer* de lo que me operaron dos veces en 1973. Secreto celosamente guardado por Alida y unos pocos amigos. Digamos que lo sospechaba vagamente, pero no tenía la certeza y esa incertidumbre me permitía afrontar mis males con un optimismo relativo. Ahora Alida me lo dijo y comprendo que lo haya hecho, pues imagino que le era insoportable seguir cargando sola el peso de esa verdad. Pero ha sido también un error no habérmelo dicho a tiempo, pues no hubiera descuidado ni mi régimen ni mi tratamiento, como ha sucedido este último año. Desde hoy todo cambia para mí, pues el malestar que he sentido en los últimos meses —*hématurie*, náuseas, acidez, bilis— se inscribe en la más sombría de las perspectivas: la reaparición de este mal y probablemente en varios lugares. Así pues, más fregado de lo que suponía, condenado en verdad. ¿Qué hacer? Supongo que nada, al menos por ahora. Será cuestión de pensar en estos días si, ante esta nueva situación, cabe adoptar una nueva línea de conducta, más acorde con quien sabe ya que la fiesta va a terminar y que es necesario prepararse para abandonar dignamente la escena.

*(7 de la noche)*

Continúo la agobiante lectura de manuscritos de novelas para el concurso «José María Arguedas», del que soy jurado. Hace una semana me llegaron tres enormes paquetes de Lima con 33 obras. Ya me despaché 26. Hoy en la tarde leí la novela de Adolph *Las cajitas chinas de César Loayza*. ¿Qué me desagrada en este libro? La desesperante voluntad de mostrarse ingenioso. La facilidad para hacer frases a cada momento. Las abundantes alusiones culturales para entendidos. El excesivo y casi ostentoso deseo de no tomarse muy en serio. Cierto tonillo insolente, provocador. Encontré una bella evocación de la vieja Lima. Novela de política-ficción, género bastardo que me deja más bien frío.

*¿17 de enero?*

Tomando una copita de jerez, como quien dice para remontarse el ánimo, en este sábado extrañamente tibio para la época, pero para mí interiormente gris. Casi toda la tarde —Alida en su trabajo y Julio en un cumpleaños— solo en casa, mi cáncer y yo. Hacemos lo que se llama un *bon ménage*, no me puedo quejar. Aproveché para poner un poco de orden en mis papeles íntimos, ordenar las páginas sueltas de mi diario, que no tienen ni pies ni cabeza. Todo anda metido en un cartapacio y ni yo mismo me entiendo. Luego leí un poco de manuscritos del concurso, interesándome mucho por el de Carlos Calderón, que es lo mejor que hasta ahora he encontrado. Es un escritor con estilo, para decir una banalidad, pero la verdad es que lo tiene. Su mundo es un poco el de Congrains y el de algunas obras de Reynoso, pero se diría que revisado por una especie de Martín Adán pueblerino y no precioso. No Barranco, la barriada vista por un poeta. La choza, el arenal, los cerros, mundo mágico de una banda de adolescentes.

*25 de enero*

Dentro de una semana a Lima por quince o veinte días. Voy a recoger el dinero que necesito para someterme en París a los análisis y tratamientos que necesito. Unos tres mil dólares me bastarán y confío que Milla me los proporcione, a cuenta de obras futuras. Aparte de esto, perfectamente habituado a mis males y al carácter irreparable de los mismos. De lo que se trata es de durar lo más posible y tener así tiempo de no dejar al desaparecer mucho desorden. Llevo por lo demás una vida completamente normal, como lo que quiero, fumo y bebo vino, a pesar de las noches insoportables que paso. Mientras esté de pie o sentado no sufro, pero me basta extenderme para que empiecen las náuseas, la acidez, los gases. Estoy sorprendido de la frialdad con que afronto todo esto. Pero no lo atribuyo a la valentía sino a la inconciencia.

*3 de marzo*

Es inconcebible cómo habiendo estado el año anterior dos veces a punto de morir pueda ahora aguardar esta primavera impaciente, con ardor, como si ella me tuviera reservada una promesa que ya no debería esperar y que yo no solicito, esperarla este domingo escuchando óperas románticas, fumando, envenenándome con un alcohol finísimo pero dulcete, escribiendo lo que vanamente intento, obras maestras, como si esta fórmula, inventada por nuestros abuelos, tuviera ahora alguna circulación.

*11 de marzo*

Mi último viaje a Lima fue un éxito, si considero que conseguí lo que me propuse: obtener de mis editores el dinero necesario para pagar en París algunas deudas y afrontar posibles gastos médicos. Entre Milla, Peisa y el INC reuní unos 4.000 dólares, de los que traje 3.600, quedando en Lima 400 en gastos y regalos. Éxito también fue en la medida que volví a sentirme halagado y festejado por familiares y amigos, quienes me recibieron con un afecto sincero. Lo que me defraudó fue no haber podido, al igual que en las veces anteriores, salir de Lima, a no ser a las barriadas, las playas del Sur y el valle chosicano. Hermosos baños en Conchán, cuyo inmenso mar plomizo me hizo vibrar. Deprimente visita al pueblo joven Villa El Salvador. Nostálgico paseo por el viejo Barranco, cuyos adorables ranchos y mansiones de adobe han sido muy afectados por el último terremoto. Y sobre todo crepúsculos del malecón de la Marina y las olas incesantes al pie del acantilado. Mi cuerpo soportó bien el ajetreo, subí un kilo y desapareció misteriosamente —como vino— mi *hématurie*. Sin embargo, con nadie pude hablar de mi enfermedad, de la verdadera. Y todos saben de qué se trata, no es un secreto para nadie, una indiscreción de mi sobrina Roxana me lo indicó. Reserva recíproca. Tabú. Al igual que la tuberculosis de mi padre.

*12 de marzo*

Hay nociones que nuestra inteligencia no ha podido hasta ahora explicar, ni siquiera concebir, por más que durante siglos se haya aplicado a ello. Una es el infinito, pero pienso sobre todo en el tiempo. Toda tentativa por comprender este fenómeno o definirlo tropieza con tal dificultad que nuestra razón desfallece y sólo tiene que recurrir a la metáfora o la relación analógica para representárselo: el río, el camino, el continente de nuestro ser. A tal punto que he escuchado decir a un célebre filósofo que como el tiempo no es un objeto tampoco es un problema, a lo más un misterio. Con lo que no se resuelve nada. Quizás una de las maneras de abordar el tema sería considerarlo como el receptáculo del acontecer, la suma de los sucesos, y definirlo así no por lo que es sino por lo que contiene. Pero ello tampoco es satisfactorio. En todo caso lo que nosotros podemos concebir es un espacio sin tiempo, pero no un tiempo sin espacio. El tiempo necesita de las cosas para existir. En un universo absolutamente vacío el tiempo no existe. El tiempo es así una cualidad del ser. Pero que no puede separarse de él. El tiempo no puede aislarse ni almacenarse, ni en un calendario, ni en una clepsidra. No podemos ahorrarlo para utilizarlo luego. El tiempo desaparece conforme se usa. Hacia atrás no hay absolutamente nada: nada separa al día de ayer de la batalla de Lepanto, están unidos por su propia inexistencia. En este sentido el único tiempo posible es el futuro, pues lo que llamamos presente no es sino una permanente desaparición. Pero el futuro mismo no sabemos en qué consiste, es una mera posibilidad. Sabemos que está allí, que está siendo, pero ¿dónde?, ¿cómo? Sólo podría decir que es la caída de nuestro ser.

*19 de marzo*

En toda revolución, para combatir al adversario principal es necesario contraer alianzas indeseables. Mientras subsista el «amiguismo» (esa trenza de relaciones entre personas de diferente bandera política) no podrá haber en el Perú una verdadera revolución. Una revolución implica una ruptura, que abarca la amistad, la familia, los negocios, etc. De otro modo sólo habrá metamorfosis. De allí que toda revolución sólo puede ser de clase contra clase y no dentro de una clase, pues entre clases antagónicas no existe posibilidad de «amiguismo».

*20 de marzo*

Al nacer se nos dan unas cuantas fichas y al vivir debemos encontrar las restantes para recomponer el rompecabezas de la realidad. Ignoro si son pocos o muchos los que logran reconstruirlo, pero yo pertenezco a aquellos que se irán del mundo sin haber visto el dibujo escondido.

*5 de abril*

Un departamento frente al mar —entre el cuartel San Martín y la quebrada de Armendáriz—, una habitación recóndita con libros, discos y grabados; un sillón de cuero para descansar o dormir; un salón grande donde quepan mis amigos cercanos; y los medios para estarse en casa, sin otra tarea que pensar, conversar, escribir, fantasear. A eso se reducen todas mis aspiraciones en 1975.

*21 de abril*

Interrumpí mi paseo en el Barrio Latino porque no me sentí a la altura de este espléndido día de primavera. Entre él y yo no había diálogo posible. Demasiado luminoso para mi abatimiento, demasiado deportivo para mi elegancia, demasiado tentador para mi cansancio, demasiado juvenil para mi cuarentena. Digamos más bien que el día me cerró todas sus puertas y no pude introducirme en él por ningún intersticio. De este modo, refugiado en casa, sin otra alternativa que mirarlo de cuando en cuando por la ventana, mientras prosigo la historia de Bob.

*23 de abril*

Leyendo la novela de Carpentier *El recurso del método* —estoy sólo en la página 60— me doy cuenta de uno de los peligros que acechan a los escritores ausentes muchos años de su país: el hacer una literatura apátrida, inspirada en los libros y no en la vida. Por lo que hasta ahora he leído, la novela es un bazar de nombres propios y de referencias eruditas. Este defecto se acentúa a causa de otro rasgo de carácter que creo advertir en Carpentier: el temor de que por latinoamericano y por comunista se le vaya a reprochar ignorancia en materia de cultura occidental. Entonces hace ostentación de ella, pero con una exuberancia tropical. Es como el nuevo rico que acude a la fiesta con su traje más elegante y con todas sus joyas. Su estilo más que precioso es un estilo enjoyado. Su «tirano ilustrado», además, no llega a hacerse carne, sigue siendo verbo y nada más que verbo. Hasta ahora no creo en él: es una figura literaria laboriosa e inverosímil.

*24 de abril*

Perspicacia: por la misma vereda que yo camina un sujeto pálido, magro, con anteojos y pelo rapado, vestido con un traje gris, camisa y corbata, llevando en su mano derecha un maletín negro y, cosa insólita, una enorme mochila en la espalda. Espontáneamente, sin ninguna reflexión previa, me digo: es un católico. ¿Por qué un católico? Podía ser también un protestante. Sin embargo, me respondo, un protestante no se pondría terno y corbata para llevar una mochila, andaría tal vez en pantalón corto o *blue jeans*. Es católico, prosigo, porque une a su *tenue* convencional una voluntad deportiva. Pero no tengo necesidad de seguir cavilando: el sujeto se introduce en una residencia confesional llamada École de la Croix.

En la rue Bargue: una vieja sigue regando las flores de su ventana en una casa que va a ser demolida dentro de unos días.

En la rue Lecourbe: escucho el inconfundible grito *Au voleur! Au voleur!* Y veo a un argelino gordo y un poco viejo que corre por la calzada llevando una bolsa de tela en la mano. Lo persigue un señor con *blazer* azul y anteojos, también un poco gordo. Ambos corren con dificultad, pero es presumible que el argelino llevará las de ganar, por su necesidad de escapar a su perseguidor. Sin embargo varios transeúntes, más jóvenes y atléticos, se suman al perseguidor y uno de ellos alcanza al fugitivo y le mete una zancadilla. El argelino rueda como una bola y pierde la bolsa. Se levanta y trata de seguir corriendo, pero ya está cercado y alguien le da un puñetazo. En grupo lo reconducen a la tienda de la cual había salido, una ferretería. El hombre del *blazer* lo amonesta mientras caminan. El argelino está terriblemente pálido.

*28 de abril*

Reuniendo datos para mi conferencia en Utrecht sobre novela peruana leo una «Trayectoria cronológica» de Ciro Alegría de unas cincuenta páginas. ¡Qué depresión me ha causado esta lectura! Yo sabía que la vida de Ciro nunca fue fácil, pero ver acumularse año tras año enfermedades, deudas, prisiones, hijos, divorcios, decepciones, es verdaderamente agobiador. Muy sensibilizado como estoy para lo que sea enfermedades y dolor físico, siento en carne propia sus dolencias, desde que muchas de ellas las he conocido: vómitos de bilis, dolores de cabeza, hemorragias, operación del estómago. Y aparte de eso sufrió de tuberculosis y bronquitis permanente. Una verdadera vida de paria, a pesar de que al final fue diputado, pero qué importa eso, ya estaba físicamente liquidado y espiritualmente también, por haberse tenido que «rajar» toda la vida en trabajos alimentarios y generalmente mal pagados, escribiendo articulejos, libros de encargo, dando conferencias, haciendo traducciones, etc., lotería de todo escritor de país subdesarrollado. Destino trágico, en realidad, que me obligará a revisar mi opinión sobre él, pues es injusto en este caso separar la vida de la obra.

¿Cuántas veces lo vi? No creo que más de cuatro o cinco. En casa de Carlos Zavaleta en 1960, en casa de la Beba Macedo de Montoya creo que el mismo año, en un paseo que hicimos con Zavaleta a Punta Negra en el verano de 1959, en Berlín en 1964 durante un congreso de escritores, en París en 1965 cuando lo invité a cenar a mi casita de la rue de la Réunion. Creo que eso es todo.

*28 de abril*

Paul Valéry propuso alguna vez escribir una historia circunscrita exclusivamente a las obras, sin alguna referencia a sus autores. La idea es muy sugestiva y no niego que haya hecho correr culebrillas por la espina dorsal de algunos exquisitos. Pero simplemente se trata de una paradoja de intelectual, porque la idea es inhumana e insensata. Las obras no salen del aire. Las obras literarias son obras del hombre, de hombres concretos que vivieron en un país, en una época, sufrieron determinadas experiencias y padecieron o gozaron de la vida en una forma intransferible. Es cierto que se ha abusado de la crítica biográfica y es cierto también que una obra, una vez escrita, adquiere cierta independencia y puede, en ausencia de todo conocimiento del autor, ser juzgada como obra anónima, arriesgando naturalmente hipótesis. Pero cuando se conoce al autor y hay datos sobre él, ¿para qué desdeñarlos? Son innumerables los ejemplos de obras que serían para nosotros menos claras o comprensibles si no fuera por el conocimiento de la vida del autor. Que el *Quijote* hubiera sido escrito por un indio del Cusco sería diferente a que lo escribiera Cervantes, así como saber que *Los cantos de Maldoror* fueron escritos por un joven uruguayo nos permite una apreciación diferente a si hubiera sido escrito por un viejo hombre de letras francés, padre de familia y condecorado.

*29 de abril*

Viajé hoy por expreso a la Foire de Paris para visitar el *stand* de los vinos. Unos doscientos puntos de gustación y venta de los mejores *crus* de Francia. Un verdadero regalo. Terminé por encargar 24 botellas de un Saint-Émilion que me pareció excelente, a medio camino entre el gran vino de ceremonia y el vino casero de todos los días, es decir, entre los lujos que se puede pagar un millonario y los placeres que se ofrece modestamente un aficionado. Me obsequiaron una botella, que ahora consumo pausadamente, diciéndome que soy víctima del vicio más sutil y caro, como es el de los burdeos de calidad. Reconfirmo que el vino es la única bebida realmente noble; su color, su densidad, su sabor, su fuerza nutricia no tienen par. Esta invención de Sileno además me matará, estoy convencido de ello, ahora que siento renacer en mi vientre las marcas del *cangrejo*. Desde hace días deglución más difícil, más náuseas nocturnas, digestiones más pesadas, acidez insidiosa y casi permanente. El veneno está allí, acechándome, comiéndome, y yo, displicente, confiando en las virtudes del olvido, me voy a probar vinos a la Foire de Paris.

*3 de mayo (De Utrecht a París)*

Por la ventanilla del tren, que cruza rápidamente Amberes, distingo la torre de la catedral, el rascacielos de la Compañía de Teléfonos y más allá, rumbo a Bruselas, el edificio de la fábrica Gevaert y me digo ¡cuánto he gozado y padecido bajo el cielo antuerpiense!* De eso hace dieciocho años. Sentimiento manriqueño de la fugacidad del tiempo y de la vanidad de las pasiones.

*4 de mayo*

En mi prólogo a la poesía de Chariarse digo que su larga residencia en el extranjero significó para él una ruptura con la poesía en lengua española. Lo que es cierto en un aspecto (la poesía actual en español), pero falso en otro, pues esa experiencia implicó también un acercamiento a la poesía en español, o si se quiere al idioma español a secas. Chariarse me dio la clave de esta paradoja cuando me dijo que en los últimos diez años conversaba, daba sus cursos, escribía sus cartas en alemán o en francés, pero que el español lo reservaba para escribir poesía. Era su lengua sagrada y secreta, como lo fue el latín durante siglos en el medioevo para los hombres de letras. Y este uso privilegiado del español, en función de su obra poética, es lo que le ha permitido afinar su conocimiento y volver extremadamente sutil su utilización. Tener presente y desarrollar esta idea si amplío alguna vez el prólogo.

*7 de mayo*

Anoche cena en un restaurante carísimo con Jorge Eduardo Eielson y esta mañana no me levanté porque la lluvia que comenzó ayer continúa y ya son las siete de la noche y no tiene tra-

* *Mimí.*

zas de acabar nunca. Día horrible que pasé casi todo en cama, leyendo periódicos, revistas, mirando por momentos programas para niños en la TV y meditando sobre la enfermedad del *cangrejo*, que luego de una pausa prosigue su trabajo tenaz, implacable, sin encontrar en mí más que indiferencia, una falta total de ganas de ir donde el médico. ¿Para qué? Comprobará lo que sucede y ordenará los insoportables exámenes, radios, biopsias, tubos que a uno le meten por la boca, y decidirá tal vez una nueva operación, si cree que aún vale la pena, lo que aparte de endeudarme aún más, me hará bajar otros diez kilos y prolongará un tiempo más una vida que no me interesa vivir. Preferible es continuar con su mal, que nos extinga como está previsto y si el sufrimiento se vuelve intolerable —a nadie le hablo en realidad de mis noches en vela— se tomarán las medidas necesarias para terminar con ello. Mientras tanto, trataré de seguir llevando mi vida normal, diciéndole a todo el mundo que me siento muy bien, que todo va viento en popa, por cortesía simplemente, como mi padre ocultó durante veinte años el mal que lo roía.

*8 de mayo*

Cuando le pregunté a Cortázar, una noche que vino a cenar a casa, qué le parecía *El recurso del método* de Carpentier, me dijo que no le gustaba y añadió por todo comentario: «dice cosas que todos sabemos». Al leer meses más tarde la novela de Carpentier me di cuenta de que se trataba justamente de lo contrario: que en cada página decía cantidades de cosas que yo no sabía, que era una mina de informaciones históricas, culturales, etc. Pero, reflexionando mejor, convine en que Cortázar tenía razón, pues lo que había querido decir era en realidad que Carpentier decía «cosas que todos podríamos saber» sin tener necesidad de recurrir a *su novela*, de encontrarlas exclusivamente allí, pues eran informaciones sacadas de otros libros. En una palabra, el juicio de Cortázar era exacto, pues la novela de Carpentier nos transmite una suma de conocimientos no personales, no una experiencia personal de la realidad, aquello de intransferible y de único, que es lo que da valor a un libro.

*11 de mayo*

El incomprensible mecanismo de la creación literaria: durante más de un mes intenté todos los días proseguir mi cuento apenas comenzado «Parábola de Bob»*, sin lograr añadirle una línea, a pesar de mi empeño. Ayer, en que no tenía ganas de hacer nada, cojo al azar el manuscrito, con la intención sólo de releer lo avanzado y, sin proponérmelo ni darme cuenta, lo concluyo. ¿Por qué? Nada estaba previsto ni preparado. La historia me fluyó como dictada, alguien dentro de mí la había estado escribiendo sin consultarme y aprovechó un momento de descuido para hacerla visible.

*11 de mayo*

Mal que bien, en la Place Falguière he logrado crear un ambiente que me dota del tiempo, de la atmósfera, del espacio necesario para hacer lo que quiera, especialmente escribir. Ya hasta los obstáculos me son familiares y sé cómo sortearlos. Por ello pienso que mi proyecto viejamente ambicionado de regresar a Lima podría encontrar escollos en la vida práctica, cotidiana, que me priven de esta atmósfera tan arduamente conseguida aquí. Por ello es que vacilo y no llego a tomar una decisión. Sigo soñando con mi departamento con vista al mar, al mar de mi infancia, pero me pregunto si no seré poblado, acosado por imprevistas presencias, reales o imaginarias, que me impidan estar dentro de mí, como ahora lo estoy. Y entonces ¿qué hacer? Pues el retorno a Lima sería sin boleto de vuelta. Es

* «Alienación».

posible, claro, que luego de tanteos y ensayos logre recrear allá el clima propicio a mi manera de ser. Pero ello costará meses, quizás años de esfuerzos y yo no puedo girar ni un solo cheque sobre el porvenir.

*11 de mayo*

Cuando no estoy frente a mi máquina de escribir me aburro, no sé qué hacer, la vida me parece desperdiciada, el tiempo insoportable. Que lo que haga tenga valor o no es secundario. Lo importante es que escribir es mi manera de ser, que nada reemplazará. Cuando imagino una vida afortunada, millonaria, veo siempre el lugar donde pueda seguir escribiendo. Si no fuera necesario comer, dormir, trabajar, no abandonaría este sitio, donde nada me incomoda, donde gozo del más completo albedrío, donde soy dueño del mundo, de mi mundo, sus fabulaciones, hazañas, torpezas, locuras, el mundo irreal de la creación, al lado del cual no hay nada comparable.

*12 de mayo*

Mis *Prosas apátridas*, viéndolo bien, no son la obra de un moralista, en la medida en que ellas no proponen una conducta. Un moralista, a pesar de su escepticismo, busca señalar ciertas reglas de vida y mal que bien indicar el camino que debe seguirse para lograr la salvación. En mis prosas hay pocos o ningún consejo. Todo se circunscribe al ámbito de la verificación personal, sin lección ulterior. Y éste quizás sea su defecto. Pues, de cada una de las prosas, podría tal vez haber tirado una moraleja. Aunque tal vez éstas se encuentren implícitas y yo esté pecando por abundancia. En todo caso yo hubiera querido formular algunas máximas, algo que le pudiera servir a alguien, que se pudiera citar e invocar en momentos de desamparo y encontrarse en ellas la fuerza para no dejarse vencer. Pero, ¿cuáles son esas máximas? Quizás diez, no más. Uno de estos días formularé mi decálogo.

*16 de mayo*

Hoy, mientras almorzaba, obstrucción del esófago, lo que no me ocurría desde hacía meses. Media hora de indescriptible malestar, tratando de remediar el mal bebiendo agua y vomitando. Menos mal que estaba solo en casa y nadie pudo percatarse de lo ocurrido. Accidente que ensombrece más un porvenir ya de por sí sombrío. Aparte de ello, cansancio y pérdida del kilo que tan laboriosamente había ganado desde comienzos de año. Hago lo posible por no tomar las cosas a lo trágico, pero a veces no puedo evitar sentirme verdaderamente triste.

*19 de mayo*

Ayer linda tarde en casa con Alfredo Bryce, Arturo Azuela y Saúl Yurkievich. Azuela me obsequió *El tamaño del infierno* y Saúl, *Fricciones*. Me siento bien con mis amigos escritores, así no hablemos de literatura. Azuela, que ha leído últimamente algunos de mis libros, fue extremadamente gentil y me dijo «que uno conoce siempre demasiado tarde a sus precursores». ¿Qué le puede haber interesado en lo que escribo? Yurkievich me trajo la carta de una profesora mexicana que se declara «devota lectora» mía y que ha escrito una buena reseña sobre *La palabra del mudo*. Veo que poco a poco aparecen nuevos lectores míos y que me voy haciendo de lo que se llama «un público». Esto —aunque se dé aún en pequeña escala— halaga mi vanidad, lo reconozco. Recompensa tardía, tal vez, pero en fin recompensa.

*22 de mayo*

El *cangrejo* últimamente se ha avivado y desde hace unos días da verdaderos saltos de pantera. Noches insoportables y en las mañanas esfuerzos inhumanos para levantarme. Y a pesar de ello persisto en no ver a mi médico. Una amiga nuestra, Flora, que haciendo honor a su nombre estaba floreciente, ha sido devorada en dos meses por el mismo mal. ¿Por qué dura tanto el mío? Yo no le ofrezco otra resistencia que el no tomarlo demasiado en serio.

*30 de mayo*

Anoche cena en casa de Manuel Scorza, con motivo del paso por París de Juan Rulfo y Tito Monterroso. Aparte de los nombrados estuvieron Alfredo Bryce, Jorge Enrique Adoum, Sergio Pitol, Enrique Lihn, Claude Couffon, Queca Edwards (hermana de Jorge) y una gran cantidad de damas y señoritas que no conocía. Reunión amena, con mucho vino, salvo para Rulfo que desde hace años sólo bebe Coca-Cola. Rulfo respondió a la imagen que me había hecho de él a través de referencias de amigos: discreto, escurridizo, hermético. Cabeza pequeña, cutis seco, contextura frágil. Conversamos poco, en realidad, pues fue muy acaparado por algunos caballeros y especialmente pegajosas damas.

*1.º de junio*

Si alguien me preguntara, ¿qué desearías para tu hijo?, diría antes que nada «una salud de hierro». Enseguida, «una inteligencia deslumbrante». ¿Y después? Después nada. Ya para qué.

*2 de junio*

Desistí de ir a la casa de Bryce, donde estaban Rulfo y Monterroso. Cuando ponía los pies en la calle empezó a llover y eso fue para mí como una advertencia. La naturaleza me ordenaba dar marcha atrás y la obedecí dócilmente. De este modo a las ocho de la noche estaba ya en la cama, viendo por televisión una película policial. Facilidad con que cambio un proyecto por otro. La reunión en casa de Bryce nunca volverá a repetirse, fue probablemente una de esas situaciones únicas e inolvidables. Odio la lluvia.

*Junio*

Proyecto novela policial. Un respetado profesor universitario, padre de familia, es víctima una noche de una pulsión homosexual. Como su familia está ausente (se ha ido a Estados Unidos, a Europa, a Río, en un tour), se va al bar de un barrio popular (La Victoria, Surquillo, etc.), bebe muchos tragos, entra en conversación con un fornido negro y lo convence para que venga a su casa a seguir bebiendo. Una vez en casa (vive por Monterrico u otro barrio apartado y recoleto) bebe con su invitado, le habla de literatura; le obsequia un libro de poesía (¿Chocano?) y, reprimida su pulsión, trata de que su invitado se vaya. Pero éste está muy borracho y se queda dormido en un sofá. Al fin de madrugada logra despedirlo en un taxi. Al día siguiente recuerda que el negro se ha llevado el libro, en el cual había apuntado el teléfono de su casa (o que tenía un *ex libris* con su dirección). Teme entonces que el negro, que había sospechado a qué obedecía esa invitación, intente regresar a verlo o chantajearlo. Toma entonces la resolución de suprimirlo. Pero el asunto es que no sabe cómo se llama ni exactamente dónde vive. El único dato que tiene es la séptima cuadra del jirón X. Tampoco se acuerda de cómo era el negro. Después de algunas indagaciones (su familia ya llegó a Lima) se da cuenta de que en la cuadra séptima del jirón X viven cinco negros. Entonces empieza a suprimir uno por uno, pero en la casa de ninguno de ellos encuentra el libro de poemas que le regaló. Al inspector José María Morales, alias *Cervantes* y a su ayudante Cabanillas, les toca resolver el caso.

*20 de junio*

Sólo ahora que mi hijo partía a un paseo con sus compañeros de colegio, un viaje de un día pero sin nuestra compañía, al verlo tan deseoso ya de irse, con su cantimplora y sus provisiones, preguntando la hora, mirando por la ventana si algún condiscípulo ya estaba en camino, sólo ahora comprendo cómo mi madre debió sufrir cuando me vio partir en 1952 para Europa, en viaje sin fecha de regreso, casi sin medios ni proyectos, sólo por el deseo de partir, de conocer, de aventurarme, viaje que duró casi seis años y que luego de un interludio se volvió a repetir más tarde, diría yo definitivamente. Los hijos sólo comprenden, cuando a su vez tienen hijos, todo lo que le han costado a sus padres en tiempo, esfuerzo, preocupación, vigilias, cuidados, servicios, privaciones, sacrificios. Cada vez más pronto despliegan sus pequeñas alas y empiezan a volar, movidos por alguna ley de la especie que los fuerza a ser ingratos y a olvidar durante largo tiempo, porque les es necesario andar solos por el mundo, hasta que a su vez, ya saciados o decepcionados o instalados y con hijos, son olvidados, dejados de lado por éstos y la historia se repite y es de nunca acabar.

*29 de junio*

Una cincuentena de páginas de la esperada novela de García Márquez *El otoño del patriarca.* ¡Cuánto color, relieve, fertilidad, música hay en esta prosa! Y noto que empleo, sin proponérmelo, adjetivos tomados de otras artes que la literatura.

*6 de julio (Tren de París a Roma, 3 de la mañana)*

Dolor de muelas en el Palatino. Cinco horas dando vueltas en la cómoda cama de mi compartimiento individual, que me costó tan caro y del cual me prometía obtener tanto disfrute. Pastillas calmantes que nada hacen. He leído íntegramente *Le Monde*, hasta los avisos comerciales; he sentido al tren detenerse en estaciones fantasmales (¿Milán? ¿Torino?); he fumado casi todo un paquete de Marlboro. El dolor persiste y se redobla cada vez que apoyo la cabeza en mis almohadones privados, con los que siempre viajo. Y hacía por lo menos veinte años que no sufría este mal, ¿por qué ahora? ¿Es un castigo? ¿Una advertencia? La última vez fue, creo, en Munich, en 1956. Pero entonces creía en las virtudes de la voluntad como antídoto al dolor y lo llegaba a suprimir pensando intensamente en que se trataba más bien de una sensación agradable. Ahora ensayé ese método pero sin resultados. Y pronto amanecerá y veré, si levanto la persiana, las casas de campo ocres, lacre, de la campiña romana.

*Capri, 6 de julio*

A las pocas horas de llegar a Capri y luego de caminar hasta el *belvedere* para observar los farallones y el mar siento al fin el cansancio del viaje. Hace veinticuatro horas que salí de París. Para reconfortarme bebo un *grand cru* Château Martinet 1971 que mi primo me ha ofrecido para celebrar mi llegada y escucho los conciertos para flauta de Albinoni, mientras contemplo por encima del cerco de la casa el poniente y las casitas de Marina Piccola. Y en filigrana, el recuerdo de Capri, hace diez años, cuando vine por primera vez a esta isla y era tan vigoroso, tan joven.

*Capri, 8 de julio*

Mi segunda jornada caprense será consagrada al reposo, pues ayer, presumiendo de mis fuerzas, descendí hasta la playa de los farallones y tres horas más tarde sufrí horriblemente para subir la cuesta, que debe tener unos mil escalones. Con la esperanza de reponerme tomé un café cargadísimo que me cayó pésimo y estuve vomitando toda la noche. Hoy lectura y paseo a la plaza para tomar un helado.

*Capri, 9 de julio*

Magro ejercicio natatorio. Apenas unos doscientos metros en ir y venir hasta una boya roja, en la playa de los farallones. Envidia de mi hijo que sin ningún estilo pero con una tenacidad de rana se pasa dos o tres horas en el agua recorriendo en total distancias inverosímiles. Pero tiene ocho años. Un poco mayor que él, mi hermano y yo hacíamos excursiones de Chorrillos a Barranco o entrábamos tan profundamente en el mar de Miraflores que veíamos los árboles, las casas, en el alto acantilado.

*Capri, 10 de julio*

Comprendo ahora, como en otros veranos, la diferencia entre el estilo sajón y el estilo italiano y por extensión latino de baños de mar. Los italianos se arrojan al agua acrobáticamente y se internan en el piélago a la máxima velocidad, como si estuvieran disputando una carrera de cien metros libres. Naturalmente que a los cincuenta metros se detienen exhaustos, descansan un rato y regresan penosamente a la orilla. Los sajones, en cambio, se meten al agua sin salpicar una gota, como si se introdujeran a una tina, y lentamente se adentran cientos de metros. Y regresan al mismo ritmo, como de una siesta. Para los italianos el baño es un espectáculo; para los sajones, una forma de reposar.

*«Après-midi»*

Mi primo J. es un apasionado melómano, tiene un gusto muy fino para la decoración, su sentido de la moda es infalible y posee el don de los negocios, pero no lee nunca, de modo que en su casa no hay un solo libro. Por primera vez me encuentro así en una casa donde no hay ni un embrión de biblioteca y como los libros que traje ya los terminé me encuentro desamparado, desequilibrado, sin saber qué hacer con esas horas huecas que forman el grueso de las vacaciones. ¡Qué falta me hacen esos interlocutores perfectos que son los libros, que uno escucha y abandona a su gusto, sin que se enteren ni protesten, si bien hay algunos ruidosos —como decía Macedonio Fernández de Victor Hugo— «que siguen hablando cuando el lector ya se ha ido»!

*Capri, 11 de julio*

Café expreso en la placita central de Capri, hojeando el *Corriere della Sera* y observando el denso flujo de veraneantes. Hercúleos mozos que lucen sus muslos tostados y sus pectorales velludos, inefables niñas embutidas en sus *blue jeans*, más bellas que cualquier mármol florentino, pero sobre todo, *hélas*, viejos panzones en pantalón corto, calcetines y sandalias, viejas pintarrajeadas en bikini con horribles colgajos de carne en el vientre, várices y celulitis en las piernas o esqueléticos ancianos con sombrero de paja y saco de lino, que derivan en la tarde soleada tanteando con su bastón su último verano.

*Capri, 13 de julio*

Mediodía en la playa de los farallones. Apenas una ensenada rocosa de aguas inmaculadas, donde caben unas doscientas personas, pero uno de los lugares más bellos y probablemente más caros de Europa. Como en tantas playas del mundo hay que pagar aquí la entrada, la sombrilla, la sillona, el colchón, pero aparte de ello hay que *llegar* a esta playa, lo que representa una enorme inversión en esfuerzo y dinero. Primero el viaje a Italia, luego el traslado a la isla en aliscafo, después el inclemente descenso hasta el fondo del abismo. Sólo veranean en los farallones los italianos muy ricos, que tienen casa en Capri o que alquilan una residencia por todo el verano o que deciden instalarse en los carísimos hoteles del lugar. Me cuenta mi primo que años atrás hubo un momento de auge económico en Italia que favoreció a las clases medias y Capri se vio sumergido por el turismo de masa, lo que rompió el equilibrio de la isla y amenazó su prestancia. Bastó duplicar o triplicar los precios para que entraran en juego las implacables leyes de la economía. La burguesía napolitana tuvo que renunciar a su temporada caprense y limitarse a una que otra excursión dominical. Los farallones se han convertido así en una playa casi familiar, donde viene siempre la misma gente, la que *puede*. Nuestros vecinos son los Olivetti (máquinas de escribir), los Brionvega (aparatos eléctricos), un director de Alfa-Romeo (automóviles), otro de Lauro (transportes marítimos), aparte de uno que otro anónimo y pudiente turista alemán o norteamericano. Nosotros sólo tenemos acceso a este lugar gracias a mi primo, que hace años vive en Capri y conoce a todo el mundo. Debemos pasar por afortunados latinoamericanos. ¡Si supieran!

*Capri, 14 de julio*

Albertina, Domiciana, etc., las más preciadas joyas de la alta burguesía italiana retozan a mi lado en sus minúsculos bikinis, sin que yo les conceda otra cosa que una mirada indiferente o por momentos un poco curiosa, la del conocedor que descubre un detalle inédito en una obra de arte, pero nada más, ninguna impulsión, ni siquiera mental, me aproxima a ellas, como hubiera ocurrido años atrás. Es que yo he arrancado de mí hasta la última raíz de toda tentativa amorosa y veleidad romántica, pues no puedo disponer en ningún momento de mi cuerpo. Estoy amenazado en todo momento del día o de la noche de desfallecimientos tan variados y súbitos que me he convertido en un asceta involuntario. No acepto ni paseos, ni comidas, ni bailes, ni siquiera conversaciones, nada que exija de mi tensión, atención, prestación, y delego en mi mujer y mi hijo el derecho de representarme y gozo a través de ellos, vicariamente, de los placeres de la vida.

*Capri, 16 de julio*

Vacaciones interrumpidas. Debo retornar mañana a París por asuntos oficiales. Hoy mi último baño. Me cansé nadando, pero más tarde subí la empinada cuesta con una prontitud casi indecente. Ahora, té frío en la terraza de Salvatore, que tiene la mejor vista de Capri. Adiós, bella isla, cuándo te volveré a ver.

*20 de julio*

Anoche cita con Xavier Domingo y un amigo argentino en Montparnasse. Ingerencia de varios vinos. Pudo haber sido una noche catastrófica si es que a tiempo no reaccionara. De pronto me di cuenta de que estábamos con tres jóvenes tunecinas, en una sala de baile, haciéndoles una corte que me hizo recordar a las más idiotas épocas de mi juventud. Me puse de pie y me fui sin despedirme. Larga caminata hasta casa.

*26 de julio*

En el anochecer absolutamente límpido, intachable, un Boeing cruza el cielo celeste lentamente, ave acerada, que recoge en sus alas un sol que ya no vemos y nos lo devuelve, lentamente deriva hacia oriente y desde mi balcón lo miro y le hago una seña inútil que nadie verá ni responderá, pero con la que rindo homenaje a sus viajeros cinturados que desde lo alto verán sólo una mancha de luces y a nuestra época, nuestro mundo, en el cual no pienso a menudo, pero que nos ofrece de pronto estas visiones alucinantes, que me arrebatan.

*27 de julio*

Anoche linda y pequeña fiesta en casa, con Xavier Domingo, Oswaldo Caballero y unas amigas francesas, reunión muy sana, sin ninguna *arrière-pensé* sólo para conversar, escuchar música, comer, pasar el tiempo. Mis invitados se fueron en pleno día, luego de desayunar. Yo preparé un excelente cebiche, al que le añadí hongos y pimientos y Xavier unos pajaritos fritos con setas que fueron una delicia. Ahora he lavado la vajilla y puesto un poco de orden y me he sentado a escribir, las puertas del balcón abiertas sobre esta tranquilísima tarde dominical soleada. Me siento realmente bien y feliz, habitado es cierto por el recuerdo de mi hijo y de mi mujer que en la ínsula caprense deben estar retozando en la playa de los farallones. Gozo con placeres banales, humanos y burgueses, como tener una minúscula familia a la que adoro y estarme en mi pequeño hueco, solo, escribiendo. Al sentarme pensé reflexionar un poco sobre Portugal, país que nos brinda todos los días una aleccionadora lectura. Pero me pone tan triste verificar cómo se cumplen todas mis predicciones: la revolución portuguesa será una vez más una revolución *ratée*.

*28 de julio*

Esta mañana pené para levantarme. Sufría de una fatiga inmemorial, no me sentía con ánimos ni para mover el dedo meñique, pero tuve que ponerme de pie pues era el día de la Fiesta Nacional y tenía que ir a la Embajada. A medida que pasaban las horas las fuerzas me fueron renaciendo y en la recepción patriótica ya me encontré en forma. Curiosas reuniones estas tan convencionales y poco convincentes. Como era de esperar, vinieron los estudiantes «gauchistas», una pequeña banda de muchachos más bien siniestra, muchos con barba, serísimos, sin ningún humor, que repartieron sus volantes incendiarios, se sentaron en un rincón mirando con infinito asco a todo el resto y al poco rato se fueron, esta vez sin lanzar ninguna arenga. Estos jóvenes me dan una profunda lástima, pues viven en un mundo irreal, fabricado de lecturas, de ilusiones, de eslóganes, de fórmulas salutarias que no son otra cosa que *flatus vocis*. Lo grave es que con estos mozos no cabe ninguna posibilidad de conversación ni de polémica. Están al otro lado de la barrera, en el mundo de la irracionalidad.

*29 de julio*

Por más que tendamos hacia la bondad o hacia la perfección, no podemos evitar a veces pequeños actos de crueldad o de malevolencia, que son como emergencias de nuestra vieja naturaleza ancestral, cuando nuestra conducta no estaba controlada por nuestra inteligencia. Así, yo he notado que soy en algunas ocasiones extremadamente malvado con mi gato y me empecino en hacerlo sufrir. Yo que tolero que duerma en mi cama, que le permito sentarse durante horas en mis piernas, que no lo sanciono nunca por más que desgarre el forro de los muebles o rompa la vajilla, lo privo a veces de su comida. Pudiendo abrirle su lata de paté, me invento cualquier pretexto para no hacerlo, para castigar quizás su excesiva glotonería, su obstinación en recordarme que ya le toca comer, el ostensible servilismo de que es capaz en estos momentos de carencia. Claro que a las pocas horas ya estoy arrepentido y después de pedirle disculpas lo recompenso.

*31 de julio*

De pronto uno se descuida y aparece bajo nuestros rasgos, pulidos, modernos, personalizados, el rostro del Ancestro. Así

Alejandra, la linda mexicana, siempre tan bien arreglada y maquillada, voltea súbitamente el rostro al escuchar un estampido que la asusta y veo aflorar en ella la máscara del tolteca. Y en la francesa que bosteza en el café creyendo que nadie la ve asoma el tiranosauro.

*1.º de agosto*

Ayer fue un día particularmente nefasto, uno de aquellos días *negros* sobre los cuales ya escribí hace algún tiempo una prosa apátrida. Todos los objetos se habían confabulado contra mí y mis relaciones con la realidad fueron catastróficas. Empecé por sufrir una invasión de moscas enormes, velludas, que enloquecidas por el calor ocuparon mi casa. Como era imposible espantarlas, tuve que correr a una tienda y comprar el más poderoso insecticida, con el cual les di implacablemente muerte luego de un combate homérico. Luego saqué una botella de leche de la refrigeradora y se me cayó al suelo haciéndose trizas, con la particularidad además de que la leche estaba cortada y quedó todo el piso de la cocina cubierto de vidrios y de nauseabundos cuajos. Tuve que sacrificar cuatro secadores para recoger esa inmundicia. Luego decido preparar en la batidora un cóctel inédito, con vodka, agua mineral, menta y hielo y no sé por qué razón el aparato estalla e inunda toda la pieza de una melaza verde. Pero aquí no termina la serie: un frasco de ají amarillo —precioso, enviado de Lima— que intento colocar en una repisa se me escapa y ahora son nuevamente vidrios y una pasta picante lo que se extiende hasta por las ventanas y paredes. En ese momento no pude evitar el ponerme de rodillas y dar de gritos de indignación y en mi arrebato di un puñetazo a un armario hinchándome la mano. A estos incidentes se añaden muchísimos más, que sólo enumero en forma incompleta: mi gato vomita dos veces en la alfombra, el lavatorio del baño se atora, los visillos del cuarto de mi hijo se caen (misteriosa razón) y me cuesta un trabajo infinito volverlos a poner, finalmente los invitados que esperaba a cenar no vienen, sin dar ninguna excusa, y me dejan delante de fuentes de comida, laboriosa y caramente preparada, comida que apenas pruebo y que hoy tendré que echar a la basura.

*3 de agosto*

Nada me agota ni me enerva más que ordenar mi escritorio. Es una tarea que me impongo sólo cada tres o cuatro meses, cuando ya sus cajones no cierran. Esta mañana de domingo los abrí y comencé a sacar los papeles a puñados y los fui tirando sobre la alfombra. Luego empezó el trabajo de clasificar esa montaña. ¿Por dónde empezar? Los grupos se fueron haciendo cada vez más numerosos: cartas de editores, cartas familiares, cartas de oficina, cartas de amigos, de conocidos, de desconocidos y naturalmente las que estaban ya contestadas o sin contestar o contestadas a medias. Aparte de esto, facturas pagadas o generalmente sin pagar, estados de cuenta bancarios, formularios del fisco para utópicos pagos de impuestos, notas de la Seguridad Social, carnés de todo tipo (sanguíneo, de vacunas, militar, unesquiano, periodístico, etc.), tarjetas postales recibidas o en blanco, pedazos de papel con notas incomprensibles, tarjetas de visita de personas que ya ni sé quiénes son, sobres con estampillas, pliegos de preguntas para entrevistas que nunca responderé, catálogos de librerías... ¡para qué seguir! Y como siempre la perplejidad ante un papel que no sé a qué grupo pertenece: por ejemplo una carta de Oviedo que no sé si clasificar entre las cartas de amigos o las cartas de editores, pues está dedicada a su Prólogo para la edición de *Prosas apátridas*. Y como siempre también, abandono el trabajo a la mitad, metiendo en sus cartapacios lo que he logrado agrupar y regresando todo el resto a los cajones del escritorio, como venga y como caiga, hasta dentro de unos meses.

*4 de agosto*

Este diario se va convirtiendo en el archivo de mis desastres. Llega hoy mi estado de cuenta bancario y compruebo que nuestra situación económica no es solamente precaria, cosa que muchas veces he dicho aquí, sino desesperada. Mi sobregiro supera al monto de mi sueldo, de modo que cuando deposite éste quedaré siempre debiendo al banco. Así no podré pagar este mes la casa, ni el teléfono (que ya lo cortaron), ni la electricidad y gas (que amenazan con cortar), ni las viejas cuentas a las Galerías, ni tantas otras cosas. Aparte, naturalmente, que no tendré dinero para mis gastos del mes que, por exiguos que sean cuando me quedo solo, existen. Que no tenga salud, pasa: es una maldición que no me podré quitar nunca de encima, pero que además de ello tenga que torturarme por asuntos económicos, es demasiado. ¡O una u otra cosa, pero no las dos juntas, por favor, potencias infernales o celestes! En vano reflexiono, escruto, indago, viendo de dónde podré procurarme el dinero que necesito. Y, como otras veces, sólo veo como solución mi trabajo literario. Yo, que siempre he detestado y hecho lo posible por no vincular creación literaria y ganancia, me veo constreñido a eso. Tener que fabricar para la venta (artículos de periódico, lo que sea) o tener que vender lo que no estaba destinado originalmente a ello (novela inédita, cuentos) me pone de pésimo humor y me aflige.

*6 de agosto*

Sólo salvaré mi vida perdiéndola.

Lindas, orgullosas muchachas, por más que hagáis terminaréis por encontrar en vuestra vida un tremebundo instrumento.

Mi plazo llegará, pero mis deudas yo no las pago. Revolución auténtica no se hará nunca por referencia al pasado, sino al porvenir. Revolución no es copia, sino invención. Revolución revoluciona.

*12 de agosto*

Desde hace muchos días desánimo para escribir. Paso mis horas libres idiotamente, mirando por el balcón, leyendo un periódico, encendiendo la tele, durmiendo, hojeando un libro ya conocido. Por lo menos media docena de cuentos comenzados esperan el impulso final, lo mismo que varios artículos para diarios. Falta de ganas, de estímulos internos y externos. Mi imaginación sin embargo trabaja, pero no con la suficiente energía como para sentir la necesidad de darle forma a lo pensado. Me refiero en especial a la novela policial y a la del viaje al cosmos, dos cosas completamente diferentes, pero que dentro de mí maduran. Aparte de ello, atenazado por dos concepciones opuestas del estilo, que fluyen en mí de una doble vertiente: el estilo torrencial y enjoyado, de frases muy largas y cargadas de hechos y referencias, y el estilo directo, simplísimo, el no estilo, que he vuelto a admirar en Stendhal, de quien estuve releyendo por partes *Lucien Leuwen*.

*12 de agosto*

Relectura un poco a vuelo de pájaro de mi diario, desde la época de mi primera operación, hace dos años y medio. Veo que no hay tantas referencias a mi enfermedad, como yo creía. Y en los últimos tiempos, varias personas conocidas han sido llevadas a la tumba por el mismo mal, en forma fulgurante, entre ellas Viruca Miró Quesada. La verdad es que de estos asuntos prefiero no hablar. Desde que me enteré de lo que sufría no he conversado con nadie de ello, ni siquiera con mi mujer. Sólo a mi hermano le hice una referencia en una carta, pero no volvimos a tratar el tema. No entiendo qué especie de prohibición pesa sobre la palabra cáncer. Reacción primitiva, como la que existía en la antigüedad ante ciertas palabras, que no se pronunciaban por la creencia de que era una manera de atraer el mal que significaban.

*18 de agosto*

Quién, Dios mío, quién comprenderá que cada palabra que he escrito he tenido que pensarla laboriosamente y la he puesto sin dejarme vencer casi nunca por la facilidad. Cuántas horas de una vida, a cuya seducción he sido tan sensible, he tenido que sacrificar por alinear una palabra tras otra, sin ninguna esperanza de recompensa ni de éxito, atento sólo al veredicto de mi propia conciencia, sin otro premio tal vez que la satisfacción de haber obrado bien. Así, escribir bien es un acto profundamente moral donde estética y ética se confunden.

*20 de agosto*

En pleno meollo de mi cuento *Terra incognita*, que es muy delicado, pues quiero narrar lo esencial en forma elusiva, de modo que sea necesario leer detrás de las palabras. El viejo profesor que sufre una pulsión homosexual e invita a un negro a su casa. Al final no pasa nada. Pero muchas veces lo importante es lo que no pasó. Es el relato de la omisión.

*Agosto*

Olvidarse de los matices e ir a lo esencial, sólo los genios. Los firuletes para los inteligentes.

Distraída, indiferentemente leemos las estadísticas sobre las personas que al año sufren accidentes de avión, agresiones, robos, cáncer, como si se tratara de algo que no nos concerniera, que «le pasa a los demás». Y de pronto sucede que somos uno de esos casos. Y nos convertimos en una cifra.

*30 de agosto (2 de la tarde)*

Anoche me animé a salir, después de diez o doce días de encierro, cediendo a una invitación a cenar de Chariarse, sin imaginar el sombrío epílogo que tendría la jornada, sombrío para mí, quiero decir. La cosa empezó muy chariarzanamente, con una cita en La Coupole, adonde llegó naturalmente tarde para pedir la única bebida que no tenían: una sidra. Luego fue la marcha hacia el restaurante que le habían recomendado, en cuya ruta abordó y recolectó a una extraña mujer que parecía drogada. Ésta nos abandonó, por suerte, al llegar al restaurante, que para indignación mía era un restaurante vegetariano. No había nada que beber, aparte de jugos de legumbres, y la comida que no dudo es muy saludable no me tentó en absoluto, limitándome a pedir una ensalada de tomates. Leopoldo en cambio, que adora el régimen vegetariano, no sólo se dio un banquete sino que entabló relación con todos los comensales de nuestra mesa, un adicto al yoga como él, una estudiante argelina, otros extraños sujetos que estaban unidos por un fanático espíritu de secta basado en la austeridad y la abstinencia, al punto que una de las vegetarianas quiso impedirme fumar en la mesa. Al final recolectamos a la argelina y la acompañamos hasta su casa en fatigosísima caminata. Paso por alto la cantidad de personas que Leopoldo encontró en su camino y a quienes distribuyó prospectos de su curso sobre yoga. Lo cierto es que a medianoche estuvimos al fin solos otra vez en La Coupole y pudimos tener una conversación interesante y fecunda, en la que volví a apreciar su sentido de la improvisación y el dinamismo sin fallas de su discurso mental. Convinimos en que tanto por los caminos de la reflexión occidental como de la meditación oriental se podía llegar al mismo lugar: el ámbito de la renunciación, de la serenidad y de la sabiduría. Una hora más tarde, estando ya a punto de meterme en la cama, me llama por teléfono para anunciarme que el general Velasco había sido depuesto por el general Morales Bermúdez, según le acababan de avisar. Algún mecanismo de defensa debió funcionar en mí. Pues di la noticia por no recibida y apagando la luz me quedé inmediatamente dormido.

Pero hoy es diferente. Y veo en toda su magnitud las consecuencias desastrosas que puede tener para mí este hecho político. Estando gravemente enfermo y acribillado de deudas, se abre ante mí la perspectiva de quedarme sin trabajo, sin recursos, abandonado en París y lo que es peor con familia, pues si no la tuviera el asunto no me causaría mayor preocupación. Solo me he bandeado durante años sin tener un céntimo, pero es verdad que era joven, estaba sano y podía trabajar en lo que fuese. Naturalmente que estoy tal vez prejuzgando. Yo parto del hecho de que sea perentoriamente separado de mi cargo, debido a que mi amistad con Velasco es conocida y a que obtuve mi actual puesto por su mediación. Y parto también del principio de que la orientación del nuevo gobierno sea tan notoriamente reaccionaria que tenga que renunciar a mi situación. Pero sobre esto último carezco de información. Los datos que he podido recabar hoy en diarios, agencias de prensa, llamadas telefónicas son bastante confusos y no me permiten formarme aún una idea de lo que exactamente ha pasado. Como le dije esta mañana a Alida, que me llamó alarmada de Capri, habrá que esperar unos días para tomar una decisión y sobre todo no precipitarse.

*(10 de la noche)*

Faltan apenas dos horas para el 31 de agosto, día en que cumpliré cuarenta y seis años. He puesto en el fuego a cocinarse unos tallarines, lo único que encontré después de husmear por la cocina. Magra cena conmemorativa. Y solitaria además, como me ha ocurrido otras veces y como me gusta además. Y me encuentro muy tranquilo a pesar de las malas noticias, de las deudas, enfermedades y otros problemas. Como pensaba ahora en el balcón, no estoy realmente apegado a nada, todo pueden quitarme y a todo puedo renunciar, salvo a tres cosas: mi hijo, mi mujer y mis papeles. El resto lo regalo, aunque no sea mucho: libros, discos, ropa, unos cuantos muebles, cuadros de amigos. Es sobre todo mi pequeña familia lo que me preocupa y tiemblo ante la sola idea de que puedan sufrir.

*31 de agosto*

Mi mejor regalo en este aniversario ha sido la buena noche que pasé, habiéndome despertado sólo dos veces, sin náuseas ni ardor. Mañana dominical dedicada al trabajo, pues al fin logré pasar en limpio mi cuento *Terra incognita* que terminé hace diez días. Probablemente necesite una tercera copia, pero recibí carta de mi editor que me urge para que le envíe el tercer volumen de *La palabra del mudo*, lo que me obligará a concluir rápidamente otros relatos comenzados y dejar sin pulimento los ya listos. Escuchando a Sidney Bechet, espero a Leopoldo que viene a almorzar.

*1.º de setiembre*

Coco Meneses me llama hoy por teléfono de Palma de Mallorca para anunciarme la muerte de Raúl de Verneuil. Noticia que me aflige, pues era un personaje legendario, un excelente amigo y un artista de la vida, por quien todos los que lo conocíamos en París teníamos admiración y afecto. Muchos de nosotros lo considerábamos incluso inmortal, pues nadie sabía exactamente su edad, era el peruano que estaba más tiempo en París —llegó, creo, hacia el año 1918—, seguía llevando la vida de un mozo, pues adoraba trasnochar, discutir, beber sus vinos, organizar almuerzos y reuniones, siempre alegre e infatigable, con una energía que muchos envidiábamos. Pero estaba visto que todo tiene su límite y que Raúl no era inmortal.

*3 de setiembre*

Ayer redacté mi carta de renuncia a mi cargo en la Unesco. Lo he hecho para desembarazarme de mis escrúpulos y problemas de conciencia. Se trata de una decisión de tipo ético, no político. Con ella quiero expresar mi fidelidad al «amigo vencido», no avalar sus errores ni censurar al nuevo régimen. Las primeras medidas que ha tomado éste van más bien en el sentido de lo que yo deseaba: deshacerse de dos ministros que no me inspiraban confianza y suspender la medida de expulsión contra varios hombres de izquierda (Letts, Lauer, etc.), que son viejos amigos. Claro que esto no es suficiente para evaluar su orientación, pero cabe pensar que los cambios en la línea no serán radicales. Mi carta de renuncia la enviaré a un funcionario de la Cancillería que se encargará de su tramitación.

*4 de setiembre*

El más simple gesto puede modificar a veces toda nuestra vida. Y un gesto simple es por lo general mecánico, no proviene de una determinación o una elección, sino que brota de nosotros antes de que una serie de controles hayan podido reprimirlo. Así pienso ahora en ese atardecer en Amberes en el cual, al ver pasar a Mimí en bicicleta desde la ventana de mi pensión, levanté la mano y le hice una seña que fue respondida. Podía no haberla hecho. Fue un riesgo, una carta que jugué sin mayor proyecto. Pero estableció un contacto, las señas se continuaron, luego el conocimiento, la amistad, las relaciones suspendidas por mi viaje a Berlín y Lima, la correspondencia, la cita en París y mi regreso a Europa que, si no hubiera sido por seña impensada de la tarde antuerpiense, nunca se hubiera producido.

*5 de setiembre*

Con el retorno de Capri de Alida y Julito reconstitución de la tribu y vuelta a la vida comunitaria.

Rápida adaptación a sus hábitos, rumores, manías. Mi mujer pone un orden impecable en toda la casa mientras mi hijo dispara con una insoportable escopeta de fulminantes. Yo voy de una pieza a otra mirando, fumando, pensando, callando.

*6 de setiembre*

Finalmente no despaché mi carta de renuncia luego de llamar a la Cancillería para comunicarle mi decisión a Carlos García Bedoya. Carlos me dijo que me dejara de tonterías, que mi cargo (Delegado Permanente adjunto en Unesco) era más técnico que político y que además lo merecía. Me dijo también que no había habido una ruptura con el régimen anterior, sino ajustes y correcciones. Sus argumentos no me parecieron muy convincentes, pero me dejé convencer. Razones materiales prevalecieron sobre las principistas.

*7 de setiembre*

En una playa solitaria de la costa peruana, una casa de adobe. El piso de ladrillo o de grandes piedras planas, los muros interiores pintados con cal. Una gran pieza —sala, comedor, escritorio— y dos o tres dormitorios. Pocos muebles. Lámparas de gasolina, cocina y refrigeradora de gas. Por todo paisaje el mar y el arenal. Vida retirada, consagrada a la natación, a la pesca, a la lectura, al descanso. Una bicicleta para ir al pueblo más cercano. De vez en cuando la visita de un amigo. Escribir si me da la gana. No tener que afeitarse, ni ponerse zapatos, ni corbata. Proyecto que regresa a mí, cada vez con mayor insistencia y mayor precisión.

*25 de setiembre*

Ese sentimiento optimista de un lado pero nostálgico y tristón de otro que me produce la frecuentación de ciertos amigos mucho más jóvenes que yo, en los cuales me veo a mí mismo como era hace veinte años, sanos, ávidos, llenos de ilusiones y de proyectos, que alquilan su primer estudio, viven con su primera querida, están escribiendo su primer libro y para quienes la vida es una pendiente que van jubilosamente escalando sin saber que la cresta está allí no más, más cerca de lo que suponen, y que pasada ella sólo los aguarda la *degringolade.*

*2 de octubre*

Corroboro ahora por azar, al ver inesperadamente mi imagen en un espejo, el deterioro de mi salud en los últimos días, de lo cual algo sabía por mi fatiga, mis noches infames, mi desánimo. Pero me faltaba la ratificación gráfica, la única que verdaderamente nos impresiona en esta época de cultura visual. Es cierto que no me habían faltado espejos antes, pero siempre me acerqué a ellos preparado, sabiendo más o menos lo que iba a ver e interiormente dispuesto para recoger el aspecto más favorable. Pero ahora, al encender bruscamente la luz del baño con la intención de buscar un remedio, me encontré con un rostro amarillo, escuálido, agobiado, surcado por arrugas no de vejez sino de sufrimiento, que me impresionó porque me di cuenta de que es el verdadero, el que los otros ven y que yo me negaba a reconocer como el mío. Ese rostro no miente y expresa todo lo que padezco y todo que me espera. La extinción lenta y, por ahora, sin dolor. Pues reconozco que este mal tiene al menos la delicadeza de irnos quitando suavemente la vida, cada día unos gramos menos de peso, un deseo menos de comer, un poco más de náuseas o de cansancio, un rasgo ligeramente acentuado hacia el dominio de la amargura, una dificultad para tal esfuerzo o tal alegría. En el fondo me congratulo de haber visto esta imagen pues ella me sitúa en la realidad y me recuerda lo que sé pero que constantemente olvido: que mis días están contados, pero no como los de cualquier humano, para quien esta certeza carece de plazo, sino como la del animal de lidia que acaba de entrar al ruedo y sabe que poco le falta para salir arrastrado.

*1.º de diciembre*

Días sin escribir una línea, leyendo más bien revistas literarias, ensayos, documentos históricos, actas de coloquios de diversa índole, entre ellos los dos volúmenes del dedicado por el Colectivo Change a los temas Lenguaje, Revolución, Locura, Historia, Relato. Esta última lectura me ha dejado asombrado por un lado y afligido por otro. Asombrado del saber de los ponentes, afligido por la esterilidad de este saber. Es posible que de todo este despliegue de sutileza, de información, de brillo salga algo alguna vez, pero más vale un soneto de Baudelaire o un párrafo del Bataille que citan tanto que las mil páginas de exposiciones y discusiones durante la década del coloquio. Estos especialistas que tanto saben en particular sobre el lenguaje (pues a pesar de venir de diversos horizontes están impregnados de Jakobson, Benveniste, Chomsky, semiótica, transformacionismo) confunden a menudo el lenguaje discursivo con el creativo. Algunos piensan estar creando cuando sólo están discurriendo. Y hay ponentes que sólo se expresan a través de clichés de moda ¡y barajan un vocabulario actualísimo!, pero con tanta persistencia y aparente propiedad que su esfuerzo resulta al final cómico.

*6 de diciembre*

Luchando empecinadamente para escribir algunos cuentos más destinados a *La palabra del mudo*, tercer tomo. Sin resultado. Tengo por lo menos unos diez empezados o por corregir y no me siento con ánimo para terminarlos o revisarlos. De este modo ese tercer volumen tendré que completarlo con cosas viejísimas, que me limito a pasar en limpio, cambiando aquí y allá alguna palabra, como «Demetrio» o «El carrusel», el primero de los cuales lo escribí hace 22 años; nada menos. Esto se debe a que el cuento ya no me dice nada, como forma de expresión; es un género caduco, salvo que se intente reformarlo *de fond en comble*, lo que no es mi caso. Yo sé que podría escribir veinte o treinta cuentos más de impecable factura, pero sería un poco artificial, casi un hábito, una tarea mecánica, industrial y por eso mismo sin interés, al menos para mí. Una nueva novela tampoco me atrae, ya he empezado tantas y allí quedan las pruebas. Creo que debo concentrarme en mi autobiografía, libro libre, para decirlo cacofónicamente, en el cual la invención apenas interviene. En fin, como escritor estoy en la etapa más difícil y será en estos últimos años o meses de vida que me quedan, que lograré inclinar la balanza hacia la permanencia o hacia el olvido.

*6 de diciembre*

Días, tal vez semanas, en que no digo nada sobre mi salud, más bien sobre mi enfermedad. En resumen, he abandonado todo en manos de lo que podría llamarse destino. En este último año he visto morir a varios amigos o conocidos, víctimas del mismo mal, morir a veces en forma fulminante, apenas unas semanas entre la declaración del mal y su desenlace. ¡Pero lo mío dura ya tanto! Dentro de un mes se cumplirán tres años de mi primera operación. Nunca olvidaré ese mes de enero de 1973, en que fui confiadamente al hospital Saint-Louis para operarme de una úlcera al estómago y me desperté cortado en el tórax —aparte del estómago—, enorme corte que me venía desde el omoplato izquierdo hasta el ombligo. Y cinco meses más tarde cortado en el mismo sitio, por razones que entonces no entendía y que aún sigo sin entender. Porque la verdad es que nunca he hablado con mi médico sobre esto y apenas cambiado unas palabras con mi mujer. ¿Qué tengo, en suma? ¿Qué puedo esperar? ¿Qué plazo se me puede dar? Que me operaron de un cáncer, es evidente, lo saben hasta quienes no deberían saberlo. Pero luego, ¿qué? Lo cierto es que, aparentemente, el mal no progresa, pero se mantiene. Mis noches son horribles y trato de ocultar en lo posible mis tres o cuatro levantadas para ir al baño a vomitar o tratar de hacerlo, torturado por un ardor al esófago que no me ha abandonado desde que me operaron. Desde entonces no sé lo que es dormir de seguido ni horizontalmente, como todo el mundo, sino casi sentado sobre almohadones y por etapas de una o dos horas. Lo que no me explico es de dónde saco fuerzas en la mañana para levantarme, tomar desayuno, fumar el primer cigarrillo e ir a mi oficina caminando, en días ardientes o congelados. Yo creo que sobrevivo sólo por rutina o por un acto de voluntad. Y estuve tan cerca de la muerte después de mis operaciones. ¡Cómo me ayudaron entonces parientes y amigos! Si no me abandoné fue porque mi madre estaba a mi lado y porque mi mujer disimulaba toda su angustia y porque mi hijo no se daba cuenta de nada y porque tantos amigos venían a hacerme compañía. En fin, sigo sin saber nada, aparte de que alguna vez seré una cifra más en una estadística de los que mueren de lo que muero.

*9 de diciembre*

Lo que me aterroriza es que mi diario, si alguna vez se llega a publicar (incluyendo en él las *Prosas apátridas* en el momento en que fueron escritas, si es posible fecharlas), pueda convertirse en un libro «formativo», en el sentido en que se encuentre en él algo de ejemplar o recomendable, cuando se trata por lo general de una serie de fragmentos «informativos», que no pretenden sino dar cuenta esporádicamente de mi vida activa o reflexiva. Yo temería que alguien se parezca a mí, pues no tengo nada que enseñar, salvo por oposición o negación. Yo soy literalmente un «hombre sin cualidades». En mi vida todo es resta o división, no hay el menor signo positivo. Carezco de voluntad (pues si la tuviera no habría fumado ni bebido durante años para librarme del mal que me mata), de ambición (pues habría aprovechado situaciones privilegiadas para sacar ventaja de ellas), de coraje (pues me habría ido a las guerrillas en 1964), de lealtad (pues debería haber renunciado *públicamente* a mi cargo cuando cayó Velasco), de previsión (pues debería poner orden en mi vida ahora que me estoy yendo de ella y dejo mujer e hijo). En suma, soy el mal ejemplo, lo que debe descartarse. Lo único que puede redimirme es quizás mi lucidez para juzgar mi situación, mi tenacidad en seguir escribiendo a pesar de obstáculos naturales y accidentales y esa especie de irradiación interior (salud moral, la llamo, a falta de otro término) que me permite pasar sobre mis adversidades cotidianas para seguir viviendo, basado en el principio de que siempre tenemos algo que hacer, por poco que hagamos.

*9 de diciembre*

Desde hace años hay un problema que me atormenta y cuya explicación he buscado vanamente en la lectura de psicólogos, lingüistas, filósofos e historiadores. Y es el problema de las relaciones entre el pensamiento y el lenguaje o, en otros términos, entre la idea y la palabra que la expresa. Sólo he encontrado posiciones antagónicas y algunas intermedias, pero no muy convincentes. Para los unos no existe un pensamiento previo al lenguaje. Ambos constituyen un solo fenómeno. Para otros hay un pensamiento prelingüístico, es decir, se trata de dos procesos diferentes. Para unos terceros hay ciertas formas de pensamiento no lingüístico, como por ejemplo, el razonamiento matemático. En realidad, el problema sigue pendiente y su solución eventual, si se produce, marcará una de las grandes etapas en el dominio del conocimiento.

*19 de diciembre*

Trabajando duramente con Germán Carnero en la Conferencia sobre el empleo de las *mass-media*. Contentísimo con la competencia de Germán en este tipo de reuniones, que exigen tantas cualidades: resistencia física, conocimiento del procedimiento, visión clara de los objetivos por alcanzar, realismo, facilidad en las relaciones humanas, rapidez de decisión, etc. Hasta ahora hemos logrado imponer las dos tesis peruanas sobre el Nuevo Orden Económico Internacional y la necesidad de incluir a las agencias internacionales de noticias dentro de los medios de información sometidos a una deontología. La tercera tesis, sobre la socialización de la prensa, tuvimos que retirarla, previa consulta al Canciller, pues corría el riesgo de no ser aprobada. Preparé al respecto un texto que nos permitió salir con elegancia del atolladero.

*20 de diciembre*

Yo establezco una diferencia muy nítida entre escribir y publicar. Escribir es para mí un asunto personal, una tarea que me impongo porque me agrada o me distrae o me ayuda a seguir viviendo. Publicar, en cambio, es un fenómeno diferente, una gestión que encomiendo a otra parte de mi ser, al administrador, bueno o malo, que todos tenemos dentro. El autor se desentiende de lo que hace el administrador, el cual generalmente considera a la obra como una mercancía y la vende a quien sea para equilibrar el presupuesto doméstico. De este modo puedo decir sin contradecirme que escribo porque me gusta y publico para ganar dinero. Lo que no impide reconocer que no me gusta todo lo que he escrito y que al cabo de veinte años de publicar he ganado sumas irrisorias que el decoro me impide precisar.

*31 de diciembre*

Como en Navidad, recibiremos esta víspera de Año Nuevo. Nuestra pequeña casa será poblada por heterogéneas personas, aviadores, diplomáticos, escritores, pintores, profesores, etc., que no tendrán dónde sentarse pero que terminarán por encontrar un lugar, aunque sea en el suelo o en el corredor, y aposentarse en él con su vaso, su cenicero y su plato. Placer de la hospitalidad, que tanto nos sigue costando. Arruinados, pero invitando. Si tuviésemos realmente fortuna me pregunto qué ágapes no organizaríamos, qué no inventaríamos por ver a nuestros amigos o conocidos contentos.

## 1976

*8 de enero*

Como el año pasado para esta época, a punto de viajar nuevamente a Lima, esta vez con Julito. Puedo hacerlo gracias a la gentileza de Lalo Justo Caballero, quien pone los pasajes a mi disposición, con una generosidad que rebasa ampliamente los favores que yo pueda haberle hecho. Mi objetivo es arreglar con Carlos Milla la publicación de mi novela inédita, a fin de poder con su importe pagar deudas y empezar el año sin deberle a nadie. Aparte de ello ver a familiares y amigos, tomar un poco de sol, descansar si es posible. En días pasados tuve una terrible advertencia: una pequeña hemorragia digestiva, lo que no me ocurría desde el año 1972. Pude controlarla a tiempo, sin que nadie se enterara. Pero he quedado inquieto, pues nada me atemoriza más que ese accidente, que puede reproducirse en cualquier momento y en forma más grave, sin que nada lo anuncie. Aquí no tengo ya tiempo de ver a mi médico, pero en Lima tal vez me haga un chequeo.

*13 de enero*

Leyendo una colección de documentos sobre Historia del Perú encuentro la linda carta de Felipe de Segovia, vecino de Jauja, dirigida al licenciado Lope García de Castro, en 1566, que es en sí una pequeña joya narrativa, lo que me hace pensar una vez más en la técnica literaria del *engaste* que hace un tiempo pensé utilizar. El *engaste* consiste en incluir literalmente un texto ajeno dentro de uno propio, con el objeto de resaltar su valor. No debe confundirse con el *collage*, en el cual el efecto se logra no por el valor del objeto *collé*, pues éste por lo general es un objeto o figura neutro o indiferente, sino por la disposición que se le da dentro de una estructura. En el *engaste* en cambio lo engastado tiene ya un valor artístico, pero que no había sido apreciado como tal debido a que estaba inmerso o formaba parte de un dominio no literario o no artístico. Así como la carta de Segovia, hay, deben haber, cantidades de textos (cartas, fragmentos de diarios, informes, avisos publicitarios, sentencias judiciales, períodos de sermones, etc.) que pueden ser engastados. El engastador, en realidad, sólo debe construir un marco para que la pieza se luzca. Palma, en este sentido, fue un precursor de este procedimiento, con la diferencia de que él modificaba la joya y muy rara vez la colocaba tal cual.

*13 de enero*

Comprendo ahora con mayor claridad que lo que le resta audiencia y repercusión a mi obra literaria es su carácter antiépico, cuando el grueso de los lectores de narrativa anhelan la epopeya. El lector europeo, que vive en un mundo no épico, por simple necesidad de evasión y de contraste busca en la literatura latinoamericana las grandes acciones, los personajes coloreados, los inmensos espacios, las fuerzas telúricas, los fenómenos sociales o de grupo. Todo ello se encuentra en García Márquez, Asturias, Rulfo, Vargas Llosa, Arguedas, etc. El lector latinoamericano igualmente, pero por razones diferentes (por vivir en un mundo donde es posible la epopeya), busca lo mismo que el lector europeo. Y el mundo de mis libros, *hélas*, es un mundo más bien sórdido, defectista, donde no ocurre nada grandioso, poblado por pequeños personajes desdichados, sin energía, individualistas y marginados, que viven fuera de la historia, de la naturaleza y de la comunidad. Ludo Totem es tan extranjero en su ciudad como Lucho en la hacienda San Gabriel. En *Crónica de San Gabriel* no hay una sola descripción de la casa-hacienda, que es sin embargo el decorado casi único de la acción. Mi temperamento antiépico me impide la descripción de grandes acontecimientos históricos y sociales o la presentación de personajes colectivos (comarca, pueblo, país). Y esto mismo influye sobre mi estilo, que es un estilo tenue y sin vigor, sutil tal vez y lleno de finezas, apto para lo minúsculo pero inútil para lo grandioso. De allí que me haya sido imposible hasta ahora acometer seriamente la novela sobre Atusparia, que exigía de mí una visión épica de la realidad. Pues el estilo, como dice Proust, no es una cuestión de técnica sino de visión.

*Febrero de 1976*

Salgo ahora a comprar mi cotidiana botella de buen burdeos y veo sentados en una banca de la Place Falguière a un par de *clochards* que deben tener ya, en este atardecer, buenos litros de ordinario tinto en el estómago y que aún continúan libando a pico de una botella que se ofrecen uno al otro ceremoniosamente. Y me digo que yo soy igual que ellos, su hermano, pero solapado, emboscado en un cargo, una situación, una apariencia de respetabilidad. Ellos han tenido el coraje de hacer de su vida lo que querían, tirando todo por la borda, adiós documentos, trabajo, domicilio, familia, país, responsabilidad, mientras que yo me he dejado seducir por las formas y he aceptado la existencia de las instituciones. ¿Serán ellos los únicos hombres libres que quedan sobre la tierra?

*París, 11 de marzo*

En estos días placer de escribir, dos cuentos en una semana, ideas que traje de Lima y que desarrollé rápidamente, sin entrar en sutilezas. Cuentos simples, a mi vieja manera, en los cuales lo importante es contar una historia. Bajo este impulso quisiera escribir tres o cuatro más y dejar al fin terminado el tercer volumen de *La palabra del mudo*. Luego veré ya qué puedo hacer de nuevo, en este año que será un año de viajes, a Lima el mes pasado, a Túnez a fin de mes, a Roma en abril, a Francfort en setiembre, a Kenya en octubre, si es que entretanto no me desplazo por otros lugares, siempre forzado, pues dadas mis condiciones físicas preferiría no moverme de casa.

*Marzo*

Mi novela *Cambio de guardia* debí publicarla hace diez años o nunca. Entonces —1966— hacía apenas un año que había publicado *Los geniecillos dominicales*, venía pues muy bien sacar la nueva novela, lo que no demostraba progreso testimoniaba al menos trabajo. Pero diez años más tarde es insensato. No me reconozco en ese libro, ni siquiera puedo releerlo para tentar una que otra corrección. Si lo publico es porque es la única manera que tengo de obtener los dos mil o tres mil dólares que necesito para pagar deudas.

*4 de abril (Tren París-Torino)*

Viaje sencillamente infernal. Tren sin calefacción y sin vagón restaurante, lo que significa haber pescado un resfrío y estarme revolcando de hambre y de acidez. Aparte de ello, como siempre me sucede, en mi solitario compartimiento de primera se instala una especie de demente, que durante horas me habla repitiendo la misma frase *(J'ai n'ai pas de père, ni de mère, ni de bon dieu ni de chien, mais il faut que l'on me respecte)*. En Chambéry desciende el loco pero es sustituido automáticamente, como por un juego de puesta en escena teatral, por un ferroviario borracho, que se cae sobre mí, está a punto de vomitarme, se queda dormido con la bragueta abierta y un cigarrillo encendido en la mano que yo tengo que darme el trabajo de apagar antes de que queme el forro del asiento. Está además tan resfriado como yo, de modo que a su primer estornudo le salen por las fosas nasales dos gusanos de moco verde. Y falta aún una hora para llegar a Torino. Si no tuviera que ver a Einaudi por los derechos de autor, hubiera viajado a Roma en avión directamente y me hubiera evitado catarro, hambre, desquiciados y alcohólicos.

*Roma, 5 de abril*

Recluido en mi enorme y cómoda alcoba del Instituto Ítalo Latinoamericano, con un humor de perros. No sólo a causa del resfrío, que le resta todo encanto a mi breve estada en esta ciudad, sino por la inutilidad de mi escala en Torino, pues por una huelga bancaria no pudo Einaudi pagarme mis derechos de autor. Enfermo y sin plata, espero al buen Julio Macera que me llevará esta noche a cenar con Westphalen. Mañana debo dar mi charla aquí y no tengo ganas de preparar nada. Leo con enorme interés a Buzzati, cuyos relatos me han acompañado desde que salí de París.

*7 de abril (Tren Roma-París)*

De regreso a París, esta vez en el Palatino, luego de mi corta excursión a Roma. Probablemente sea la última vez que tome este tren, pues el servicio ha decaído en forma escandalosa. Adiós los memorables trenes internacionales, en los cuales uno estaba seguro, si hacía el sacrificio de pagar su cochecama personal e ir al vagón restaurante, de hacer un confortable viaje. Ahora el servicio se ha puesto al nivel de la nueva clientela, que no sé de dónde sale, pero que no exige nada. Los lindos comedores-coche de antaño con muelles-butacas y manteles de lino, son ahora cantinas con mesas de formica y vulgares sillas de cuatro patas, donde mozos mal trajeados sirven una comida infecta. El desayuno era también un placer, pues los pasajeros se reencontraban después del sueño, lavados y afeitados en el cómodo coche, donde eran servidos a su gusto. Ahora funciona el sistema del *self-service*: uno mismo tiene que coger su azafate, servirse su pan, su *croissant*, llenar la taza con café en una especie de caño, y trastabillar hasta encontrar un sitio libre. Y sentarse frente a una señora en zapatillas o un viejo en saco de pijama. Todo esto me deprime. Se me dirá que los viajes se han democratizado. Pero que los nuevos clientes exijan la misma atención que los antiguos, puesto que pagan lo mismo que ellos. Lo que quizás sea pedirle peras al olmo.

*8 de abril*

Monsieur de Montserin, mi vecino de los altos, un profesor de colegio gordito y conversador, que hablaba un castellano perfecto, muere repentinamente en la calle de un ataque cardíaco, en plena flor de la edad. Días antes me había abordado en la escalera para comentar la muerte de nuestro conserje, ocurrida la semana anterior. Yo que tenía prisa evité su comentario y me escabullí balbuceando algo así como «Sí, fue algo lamentable». Pero ahora que el turno le llegó, tan pronto además, recuerdo que al hablarme de la muerte del conserje tenía los ojos muy abiertos, la voz insegura, como si algo le dijera que él era el próximo de la lista.

*París, 9 de abril*

Como la casi totalidad del dinero que finalmente pude traer de Roma servirá para pagar deudas, me permití reservar una pequeña cantidad con el objeto de hacerme un regalo, pero tan minúscula que sólo me alcanzó para comprar flores y libros. Unos tulipanes de un amarillo casi anaranjado que se deshojarán en un par de días y algunos volúmenes de ficción y filosofía que tal vez sólo alcance a hojear en el resto de mi vida, antes de que se amarillen y se apolillen. Las flores y los libros están ahora en la mesa, los frutos de la naturaleza reunidos con los frutos del espíritu. Tan diferentes en apariencia, pero marcados por el destino común de su caducidad.

*17 de abril*

Renazco de una gripe feroz, con fiebre muy alta y tos incontenible, como no me daba, según creo, desde mi juventud. En realidad es la secuela del resfrío que traje de Lima y que no curé bien, pues rebrotó durante mi viaje a Roma el 5 de este mes, para convertirse finalmente en esta crisis gripal que me ha tenido en cama toda esta semana. Con dos kilos menos, demacrado y débil he tomado sin embargo la determinación de levantarme, pues el día está soleado, dar una vuelta y esta noche asistir a una cena en la Marne. Ya sé por experiencia que el sentirse bien depende muchas veces de un acto de voluntad. Hasta me he animado a encender un cigarrillo y estrenar una finísima copa de cristal Bacará que Alida me regaló hace ya días para mis libaciones personales.

*18 de abril*

Escuchando en la TV la misa de Resurrección de este domingo pascual. Transmitida para toda Europa desde una abadía belga. Bellísimos coros y cantos latinos entre los que reconocí y seguí íntegramente, sin haber olvidado una sílaba, el *Pater Omnipotentem* que cantaba hace cuarenta años en el colegio. Espectáculo impresionante que desafía por su boato y perfección de puesta en escena cualquier obra dramática. Me reconforta esto de la trasnochada de ayer, en casa de Miguel Rojas Mix, convaleciente apenas de gripe. Cenamos allí con Bryce, pero nos quedamos hasta las cuatro de la mañana. Estupendo hombre Rojas Mix, magnífica biblioteca y sobre todo documentación iconográfica. Conversación enriquecedora para mí, pues sabe horrores de cosas. Nos leyó el plan de su próximo libro, una *América imaginaria*, es decir cómo nos han visto los europeos a través de crónicas de viaje, leyendas, mitos, dibujos, obras literarias, etc. Plan extremadamente vasto, como le dije, y en el cual caben en realidad varios libros. Me prestó una rarísima novela chilena del siglo pasado sobre la Guerra del Pacífico, que probablemente no terminaré de leer, pues sus dos volúmenes hacen mil páginas y está pésimamente escrita. No tengo vocación de erudito. Sé que es un documento invalorable para conocer el marco histórico e ideológico de esa contienda, pero me fatiga leer lo que carece de valor literario.

*18 de abril*

Experimento: coger un mapa del mundo y ponerlo de cabeza, tratando de convencernos de que el mundo es realmente así, es decir, que Chile, por ejemplo, se encuentra al norte del Perú o que España al norte de Francia. ¡Qué molestia y qué desasosiego produce esta inversión! ¡A qué se puede deber si, en realidad, en el mundo no hay ni norte ni sur ni oriente ni occidente y que el hecho de representarnos siempre el mundo en cierta postura es el fruto de una decisión convencional? Pero basta hacer esta experiencia para que algo en nuestro interior se tambalee, no sólo nuestra visión de la geografía sino hasta nuestra visión de la historia, lo que demuestra hasta qué punto estamos condicionados por ciertas representaciones, que han terminado por convertirse en nosotros de hecho cultural en natural.

*1976*

Cuando comparo a mi generación con las anteriores, me digo que es bastante presuntuosa y desvalida. La verdad es que no hemos tenido un poeta como Vallejo, ni un ensayista como Mariátegui, ni un historiador como Basadre, ni un político como Víctor Raúl (de su influencia, tenacidad y fuerza de seducción, dejando a un lado las ideas). Quizás la única figura de nuestro equipo sea Vargas Llosa, pero en lo restante (incluyendo juristas, prosistas, oradores, periodistas) los viejos nos sacaron ventaja. Un González Prada, un Riva Agüero, un Luis Alberto Sánchez, ¿dónde están?

*1.º de mayo*

En estos días, lectura de Balzac. *Un début dans la vie*, por recomendación de Lucho Loayza, a la que añadí *Albert Savarus* y *Une ténébreuse affaire*. Todas novelas menores, con relación, digamos, a las *Ilusiones perdidas* o *Le père Goriot*, ¡pero qué incomparable genio del narrador! *Une ténébreuse affaire* me dejó intrigado, fascinado, aplanado, por su misteriosa amalgama entre historia y ficción, personajes inventados dialogan con Napoleón, Talleyrand, Fouché y todo parece tan natural. Aparecen también en esta novela los siniestros *flics* Corentin y Peyrade —de tan sucio papel al final de *Esplendor y miseria de las cortesanas*, pues desenmascaran a Vautrin y provocan el suicidio de Lucien—, en quienes veo en embrión al detective de la novela policial posterior (Poe, Conan Doyle), por su poder de observación y su inteligencia deductiva.

*6 de mayo*

El tiempo primaveral, que tanto se hizo esperar, llegó hoy sorpresivamente y me encuentra seco como un tronco otoñal, sin savia ni fuerza, mirando desganadamente los árboles floridos de la plaza y las luces del día que se va. Quizás todo se deba a las revistas que me dejó ayer una viajera peruana y que hoy leí y que me deprimieron tanto. En todas ellas, sean de derecha o de izquierda, para utilizar estos puntos de referencia, sólo vi envidia, fanatismo, mala fe, embuste, maldad, falsedad, interés, vulgaridad y mal gusto. Cuando uno hojea una revista de derecha desea furiosamente ser un hombre de izquierda, a tal punto están redactadas por cavernícolas, que dicen cosas tan insensatas como que el Perú es un «país católico», que debemos estar agradecidos a nuestros «amigos rubios» del Instituto Lingüístico de Verano (norteamericanos agentes de la CIA) y que lanzan una campaña de delación y difamación contra todo lo que pueda tener un cariz comunista. Pero cuando uno lee un órgano izquierdista, sin encontrar idioteces como las citadas, se siente incómodo porque adivina en sus redactores a sectarios sin dos centímetros de frente, a idealistas empachados de viejas utopías o a mercenarios de la pluma, codiciosos personajes balzacianos que ven en la lucha política un instrumento o medio de promoción social. Entonces uno ya no sabe qué hacer, quizás sólo aplaudir a los militares que, conscientes a medias de estos problemas, juegan con una u otra tendencia y buscan vanamente un equilibrio, pero dejándose llevar cada vez más por una inercia conservadora. Prueba de ello es esta alborada de la llamada «prensa libre», que permite florecer pasquines manejados por gánsters. Y que el presidente diga que la cruz, sin darse cuenta de todo lo ridículo de su gesto, debe ser el emblema de la Revolución peruana. A problemas insolubles, soluciones insólitas, me digo yo. Si tuviera salud, libertad y coraje trataría de inventar nuevas formas de vivir. Sólo me queda registrar y comentar.

*9 de mayo*

El otro día, yendo a una cita, paso por delante de las librerías que se encuentran frente a la vieja Escuela de Medicina y me detengo súbitamente frente a uno de esos cofres de libros de ocasión que están en plena vereda y mis ojos descubren en el acto el voluminoso tratado de patología toráxica, que hacía tiempo deseaba consultar. Sin pena encuentro el capítulo referente al esófago y leo febrilmente, imágenes al apoyo, todo lo referente al cáncer de esta parte de nuestro organismo. Cerré el libro y seguí mi camino informado, agobiado. Quizás lo que leí ya lo sabía, un poco por intuición, pero era la primera vez que lo veía escrito y refrendado por una autoridad de la medicina.

Este mal es mortal en un noventa por ciento. El último recurso es la cirugía —como en mi caso, dos veces—, pero ella sólo puede diferir, retardar un desenlace fatal. La tendencia general de este mal es la recaída o la metástasis o generalización del cáncer. La recaída implica una nueva intervención quirúrgica, pero en mi caso sería sobre un paciente físicamente poco preparado para soportar sus consecuencias. La metástasis no tiene remedio. Pero hay casos milagrosos, dice también el tratado. No emplea esa palabra, habla más bien de excepciones, de casos paradigmáticos y que han pasado a los anales de la medicina. Tal un paciente que sobrevivió dieciocho años a una operación similar a la mía. Yo el próximo mes cumplo tres años de mi segunda operación. Y me sigo interrogando si seré la excepción o la regla.

*11 de mayo*

En Balzac las coordenadas espacio-temporales son extremadamente precisas y no queda nada librado a la indeterminación. Cada relato, cada personaje, está en su lugar y en su época. En sus novelas hay una estructura en forma de embudo, que se repite con frecuencia y que consiste en pasar de lo general a lo particular. En lo que respecta al espacio, empieza describiendo la región, luego la ciudad y finalmente la casa en la cual viven el o los personajes. En lo que respecta al tiempo, las referencias iniciales son a la época, luego al marco histórico inmediato y por último al día y a menudo la hora en que la acción se desarrolla. En el fondo de este doble embudo espacial y temporal se hallan el héroe y sus comparsas. Y éste o éstos son descritos de lo exterior a lo interior: empieza por el vestido, sigue por el aspecto físico y fisonómico y termina por el carácter. Así, para él, el carácter es no sólo el producto de una región, una ciudad, una casa, sino de una época y una coyuntura temporal, parte de un cuerpo y un rostro, sin contar naturalmente el importantísimo papel que desempeña la «clase», la casta, la situación social, la renta. Balzac no se contenta con indicar que su personaje es aristócrata, burgués, plebeyo, sino que nos señala con absoluta precisión el monto de sus ingresos.

*17 de mayo*

Ayer se cumplieron tres años de mi segunda operación y traté de escribir unas líneas sobre eso, pero me fue imposible. Hay algo en mí que se resiste a evocar esos días atroces, que trata de borrarlos de mi memoria, como si temiera que su recuerdo reviva en mí nítidamente el sufrimiento. Paso por alto mi mes en el hospital, cuando estaba ligado por cuatro sondas a la vida. Pero no puedo dejar de registrar ahora la terrible impresión que me produjo, cuando vine a casa, la confrontación con mi espejo habitual del baño. Vi en el vidrio mi propio cadáver, el resto inservible de mi naturaleza. Un ser esquelético, exhausto, con pellejos colgantes donde había antes pectorales, bíceps, nalgas y pantorrillas, algo apenas reconocible —ojos enormes y negrísimos, nariz afilada, mejillas hundidas, labios descoloridos—, algo con lo que era imposible seguir viviendo. Lloré de indignación y de impotencia y de miedo, pues estaba seguro de que todo eso habría que botarlo pronto de la vida y me abandoné durante unos días, en los que continuaba sin poder dormir ni comer ni caminar. Pero lenta, paciente, esforzadamente me fui recuperando, cuando ya nadie lo esperaba —ni mi madre que un día, harta de verme quejar, me dijo crudamente: «Bueno y qué, si te tienes que morir acéptalo»— y así primero comí un día un puré de papas, otro día caminé diez metros, otro pude dormir tres horas seguidas, y estas marcas fueron aumentando, hasta que al mes y medio pude ir a comprar el pan a la tienda de la esquina y quince días después fui a una librería del Barrio Latino y luego fumé un cigarrillo y más tarde bebí un vaso de vino. A fines de agosto, para mi cumpleaños, me di cuenta de que nada podía ser como antes, pero que estaba salvado. Ni el cáncer ni la cirugía habían podido contra mi tenaz naturaleza y dos meses más tarde estaba viajando a Lima y dejando a todos asombrados con mi inesperada vitalidad.

*22 de mayo*

Anoche hasta las dos de la mañana leyendo las *Obras ascéticas* de Quevedo. Rescato estos punzantes y barroquísimos párrafos sobre su tema preferido:

> ¡Oh miseria humana, no sólo fugitiva, sino instantánea e envidiosa de algún momento de reposo y consuelo; que si llegas, te vas; que si pasas, no vuelves; que antes de venir, molestas; venida huyes, y pasada no tornas! Vivimos tiempo, sin poder decir cuál antes que se pase, sin poder decir cuánto antes que se acabe. En un propio instante se vive y se muere. Ninguno puede vivir sin morir, porque todos vivimos muriendo.
>
> Mi infancia murió irrevocablemente; murió mi niñez, murió mi juventud, murió mi mocedad; ya también falleció mi edad varonil. Pues, ¿cómo llamo vida una vejez que es sepulcro, donde yo propio soy entierro de cinco difuntos que he vivido? ¿Por qué, pues, desearé vivir sepultura de mi propia muerte y no desearé acabar de ser entierro de mi propia vida?
>
> Del vivo al muerto no va otra diferencia sino que el vivo está muriendo cada día y la postrera ahora. El que muere no tiene más que morir; y el que vive tiene que morir más. Luego si la

> muerte es temerosa por muerte, más la debe temer el que la padece para padecerla, que el que la padece para acabarla de padecer. Todo lo hacemos al revés: tememos la muerte y queremos más muerte; deseamos que no se llegue y queremos que no se acabe. Toda nuestra ansia es vivir la muerte y todo nuestro miedo es que acabe nuestra muerte de morir.

¿Cómo no reconocer allí a Séneca, Luciano, Montaigne, Manrique, Vallejo?

*23 de junio*

Anoche en casa de Herman Braun hasta las tres de la mañana, conversando en torno a mi proyecto de escribir un libro sobre su *viaje*. El año pasado empecé esta obra, pero la abandoné a las pocas páginas, pues me pareció insensato ocuparme de esas cosas. Un viaje en platillo volador, ¿quién puede dar crédito a esas historias? Pero hace unos días volví a pensar en el asunto y vislumbré la forma de llevarlo a cabo, sin caer en el descrédito ni el ridículo: redactar simplemente un testimonio. Me voy a limitar a transcribir su relato, sin poner nada de mí. Simple función de escriba. Se trata en realidad no de una obra literaria sino de un documento. Convinimos en que me hará dibujos de lo que vio. La segunda etapa, es decir, la publicación del libro, la dejamos pendiente, pues una obra de esta naturaleza y con ilustraciones debe ser difícil de colocar. En todo caso estuvimos de acuerdo en que ese aspecto era accesorio; por el momento lo que interesa es el placer de la creación.

*¿25 de junio?*

Suspendido todo trabajo intelectual a causa del calor agobiante. Desde hace varios días 35 grados a la sombra. Apenas llego a casa me meto a la ducha fría y quedo en paños menores el resto del día. He tenido que renunciar al vino, que no soporto a esta temperatura, para dedicarme a beber Coca-Cola, naranjadas y otros refrescos. No hago más que dormitar, ver TV o leer un poco. Como sólo ensaladas. Abandonados mi cuento «El Rosedal» y el relato «El viaje de Herman».

*5 de julio*

Reflexión desencantada sobre el Perú, donde hace un par de días se instauró el estado de urgencia. Secuencia tradicional: endeudamiento, inflación, medidas de austeridad, descontento, huelgas, pillaje, represión, cierre de revistas, etc. Incomodidad de ser un funcionario —mal pagado es verdad y supernumerario por añadidura— pero en fin alguien que vive del erario público. Deseo de buscar una situación independiente, que me permita ser completamente libre y decir lo que quiera. Conciencia de que si no he alcanzado esa situación hasta los 46 años no la alcanzaré nunca.

*6 de julio*

Había pensado escribir un breve texto comparando la *Autobiografía* de Benvenuto Cellini con la «Carta a un amigo» de Abelardo, cuando por azar me entero de que esta comparación ya había sido hecha por un crítico inglés. Coincidencia que me hace pensar una vez más que no hay idea original sobre la tierra. De todos modos creo que escribiré mi texto, pues el parentesco entre ambas obras es para mí un tema excitante, que me permitirá llegar a ciertas conclusiones.

*6 de julio*

El otro día que llevé a mi hijo a las Tullerías y que regresamos a pie casi hasta la casa, cruzando el Sena, el Barrio Latino, caleteando en tiendas, librerías y cafés, me di cuenta de hasta qué punto llevo una vida insensata, sin ningún contacto con la ciudad, confinado en mi barrio en demolición, sin ver otra cosa que la minúscula Place Falguière. ¡Y esto dura ya tres años! Al comienzo era explicable, pues convalecía de dos operaciones y no tenía ni fuerzas ni ánimo para salir a vagabundear. A ello se añadieron luego mis dificultades económicas, pues por modesta que sea una salida siempre implica gastos imprevistos. Estas dos razones se mantienen en parte y explican mi enclaustramiento. Pero la tercera razón es la más poderosa: que el trabajo de Alida la obligue a salir todos los días, sin excepción, de modo que tengo que quedarme en casa como guarda de mi hijo. Así que prácticamente nunca voy al cine, al teatro, a la ópera, a una exposición, donde un amigo, a un café. París no existe para mí. Es sólo el camino que hago a pie diariamente en las mañanas de la casa a la oficina y viceversa. Luego la casa, de donde salgo en cortas expediciones para comprar un periódico, bebidas, alimentos. Nada más. Y esto no tiene solución.

*17 de julio*

La ventaja de frecuentar a colegas —escritores, en mi caso— es que nos incitan al trabajo, por sugestión, por emulación. En estos días que he visto dos veces a José Donoso he sentido el vivo deseo de continuar escribiendo, de esforzarme por concluir o tratar de concluir lo comenzado. El caso de Donoso es en particular estimulante porque se trata de un escritor que tiene fe en lo que hace y en la literatura en general, una pasión contagiosa. Hemos proyectado una excursión sentimental a Rouen, tras las huellas de Flaubert.

*18 de julio*

Debo tener siempre presente esto, que a menudo tiendo a olvidar: lo que quedará de mí será lo que escribo y todo lo demás —eficacia en mi trabajo oficinesco, brillantez en las reuniones sociales, etc.— carece completamente de importancia. Debo hacer lo único que sé hacer más o menos bien, lo que me agrada hacer y lo que otros no pueden hacer en mi lugar: escribir mis historias boludas o sutiles, hasta reventar.

*20 de julio*

Los enigmas de la creación literaria. Yo que hace semanas, meses, peno por avanzar y concluir varios cuentos comenzados, empiezo a mediodía uno nuevo y lo concluyo un par de horas más tarde, casi perfecto a mi entender, sin necesidad de correcciones. Es cierto que se trata de un cuento corto y familiar, pero de todos modos. ¿De dónde salen estas historias y estas formas? Probablemente están allí. Hay panes que salen quemados y panes que salen enteros del horno, del mismo, sin saber por qué.

*20 de julio*

Conciencia nuevamente hoy de lo imbricado de mis problemas y de la dificultad de encontrarles una solución. Me pregunto si la reflexión aclara o más bien complica las cosas. A fuerza de pensar logré aislar al menos dos interrogantes graves: ¿Los deberes para con uno mismo deben primar sobre los deberes para con los demás? ¿Qué me conviene a mí en última instancia en tanto que escritor? Todo está relacionado naturalmente con la situación política en el Perú, que desde hace días me tiene en un estado de angustia e indecisión. Que se ha consumado un viraje a la derecha no cabe ya la menor duda. Volvemos al gobierno militar de tipo tradicional. En estas condiciones continuar desempeñando un cargo oficial me parece indigno. Lo honesto sería renunciar. Con esto aplacaría mis problemas de conciencia, sería fiel a mis convicciones y añadiría un blasón a mi biografía. Todo eso me parece perfecto, sí, ¿pero los deberes para con mi familia? Por salvaguardar mi dignidad, ¿debo exponer a mi mujer y a mi hijo a una vida incierta, errante y seguramente mendicante? ¿Qué debe prevalecer en este caso: mi honor o la seguridad de los míos? Segundo interrogante: si admito que mi preocupación principal es proseguir mi labor literaria, ¿dejar mi cargo no significa comprometerla aún más de lo que está? La Unesco, mal que bien, me deja el tiempo libre para escribir o tratar de escribir en las tardes. Si no he aprovechado mejor este tiempo es por otras razones (salud, crisis artística, etc.), pero la sola posibilidad de saber que dispongo de ese tiempo me reconforta. Dejar mi cargo sería embarcarse en la aventura de sobrevivir, lo que ocuparía todo mi tiempo en trabajos alimentarios y adiós literatura. Claro que todo esto no es tan simple. Puedo también suponer que el hecho de cambiar de situación, por difícil que sea la nueva, modifique las bases de mi actividad literaria, en un sentido positivo. Pero, ¿quién lo puede garantizar?

*23 de julio*

Mi novela *Cambio de guardia* debe salir para el 28 de julio, según mi editor. No podía haber escogido mejor día ni coyuntura más especial para sacarla, justamente cuando en el Perú se ha producido un «cambio de guardia». Esto puede tener eventualmente para mí consecuencias graves, pero estoy dispuesto a correrlas, ya no podía en verdad demorar más la aparición de este libro escrito hace diez años. Es cierto que el libro se sitúa una época diferente, pero por analogía puede interpretarse como una alusión a lo ocurrido en los últimos días. Simple coincidencia.

*24 de julio*

La casa en ese desorden que siempre precede a la partida en vacaciones. Dentro de dos días Alida y Julito viajarán a Capri. Gracias a amigos que los alojarán y a un préstamo se pudo financiar este viaje, al que ya se había renunciado, debido a nuestra pésima situación. Yo quedaré en París, como otros años, sin otra compañía que mi gato. No serán para mí días de reposo, sino de zozobra, a causa de lo que pasa en Perú. Ya algunos miembros de nuestra Embajada se han quitado la careta progresista que mostraban hasta hace poco y pregonan con insolencia su credo reaccionario y fascista. Miserables que el régimen de Velasco, por tolerante y andar con medias tintas, no liquidó del Ministerio. El viejo aforismo se cumple una vez más: una revolución que se detiene a medio camino cava su propia tumba.

*2 de agosto*

A pesar de lo mal que me siento, insisto en sentarme todos los días en mi escritorio para sacar adelante tantas cosas comenzadas o abandonadas. Ayer empecé por quincuagésima vez mi cuento «Silvio en El Rosedal» y no pasé de las dos páginas. Hoy pasé en limpio algunas nuevas prosas apátridas, archivadas desde hace meses en un cartapacio. Siento que la vida se me escapa, y con ello prácticamente todo por hacer. Pero quizás este «por hacer» sea lo que me mantiene en vida. Si todo estuviera ya hecho, no haría el menor esfuerzo por vivir.

*3 de agosto*

Sorpresa de ver ahora caminando por la calle a un anciano al que daba por muerto. El asunto se remonta a unos días atrás, cuando al encaminarme en busca de un taxi para ir a una recepción veo delante de mí a un viejo que se tropieza en la vereda y cae de narices. Yo estaba apuradísimo, pero como la calle estaba desierta y no había quien le prestara auxilio me acerqué para levantarlo. Imposible hacerlo solo, no sólo porque el anciano era corpulento, sino además inválido, ya que andaba apoyado en dos bastones. Al caer se había roto la nariz contra el suelo y le salía tal chorro de sangre que me salpicó los zapatos y tuve que sacar mi pañuelo para ponérselo como un tampón en la nariz. Un muchacho apareció y entre los dos logramos poner de pie al viejo, quien sin decir una palabra, ni siquiera gracias, prosiguió su camino, pero al dar dos o tres pasos más perdió los bastones y volvió a caer, estrellándose esta vez contra un muro antes de quedar extendido en el suelo. Esta vez se abrió un hueco en la frente. Estaba tirado en un charco de sangre. Intenté nuevamente levantarlo, pero ya el muchacho había desaparecido. Esperé que alguien me ayudara, diciéndole al caído *Ecoute, mon vieux, je vais te relever, attends un instant.* Pero como nadie pasaba, me dirigí a una *épicerie* y comuniqué lo ocurrido a la dueña. «Mi marido no está», fue lo único que me respondió. Entré entonces a una panadería y la buena panadera salió en el acto, se horrorizó al ver a ese hombre desangrándose y entró nuevamente a su negocio para llamar a la *Police-Secours.* Como ya se había reunido más gente y me encontraba con retraso aproveché para escabullirme. Pero durante la reunión me sentí un poco incómodo, pensando en lo que le habría pasado al pobre viejo. Vana preocupación, pues ahora caminaba como una gacela apoyado en sus bastones, feliz de la vida, como si no hubiera pasado nada.

*10 de agosto*

Así como es posible reconstruir un dinosaurio a partir de una de sus vértebras, podría reconstruirse el mundo a partir de un dinosaurio y el universo a partir del mundo. El todo está contenido en la parte como la parte en el todo.

*14 de agosto*

Si deseo tener salud es, entre otras cosas, para tener otro hijo. Eso sería beneficioso para mi mujer, para Julito y para mí.

Un ser más en casa haría más equilibradas nuestras relaciones afectivas. Alida se vería colmada en sus apetencias maternales y recobraría su gusto por la vida hogareña; Julito encontraría un derivativo para su atención y su insaciable curiosidad, actualmente fijada en nosotros, y tendría en el futuro una compañía y una responsabilidad; yo me desembarazaría de la imagen obsesional de mi hijo, pues tendría que compartir mis cuidados y mi afecto. Pero es inútil hablar de este problema, una de las grandes frustraciones de mi vida.

*17 de agosto*

Ayer larga conversación con Jacqueline W. hasta la madrugada, en vísperas de su viaje al Perú. Le entregué discos y carta para mi hermano. Conversación más bien desencantada, en la que pasamos revista a los veinte y tantos años que tenemos en París, los viejos amigos que se han muerto o han desaparecido, los sueños juveniles literarios y políticos, la obra no hecha o apenas esbozada. Desencanto, pero también la serenidad de esas charlas en medio del silencio nocturno y la ciudad dormida, charlas lentas, sinuosas, circulares, elipsoides, cómo describirlas, llenas de recomienzos y no terminaciones, sencillamente libres y sin afectación. Recordamos las épocas en que traducíamos a Valéry en un hotelito de la rue de Lille o a Vallejo en mi estudio de Saint-Severin; la casa de Desirée en la rue de Beaux-Arts, por donde pasaron tantos peruanos que murieron asesinados como perros en las guerrillas o que terminaron en puestos oficiales, como yo; nuestros amores y aventuras recíprocas y amistades hechas y deshechas; y Lima, la inolvidable, y el Perú que ella adora por encima de todo. Agradable noche, pero qué trabajo me costó levantarme para ir a la oficina y qué cansado me siento hoy día.

*23 de agosto*

Dentro de tres días regresan mi mujer y mi hijo de Capri y termina así mi mes de soledad, sin pena ni gloria. Esta vez no he hecho nada que me reconforte, literariamente hablando, si exceptuamos una que otra prosa apátrida y mis largas entrevistas con Herman con miras al libro sobre su viaje. En otro terreno, sí tuve experiencias de tipo humano, afectivo, que dejarán su marca y, de una u otra manera, me han enriquecido. Algo de cine, es cierto, y de lecturas sólo Quevedo, en quien cada vez encuentro más cosas similares a las que pienso y siento y tan bien dichas además que me eximirán de escribirlas.

*30 de agosto (11 de la noche)*

Vísperas de mi cumpleaños, esperando a Alida que llega de Italia, feliz por haber concluido mi cuento «Silvio en El Rosedal». Este último hecho justifica mi mes de soledad y recluimiento, que hasta hace poco me parecía condenado a la esterilidad y el fracaso. Pero en los últimos días hice un esfuerzo y terminé este relato empezado tantas veces hace dos o tres meses. Y en las condiciones más horribles: rodeado de caca de gato, que se ensució en todos los maceteros que me rodean, la alfombra inmunda pues la aspiradora se malogró, el dedo índice derecho tronchado por un absurdo corte con una lata de conserva, mal de salud y atormentado por la falta de sueño. Lo que me obliga a revisar mi teoría sobre la necesidad de una atmósfera y un decorado apropiados. Pero quizás la confirme, pues el relato es de una tristeza sin par. Tendré que dárselo a un lector de plena confianza para que me diga si al fin he logrado expresar, sin recurrir a la confidencia, lo que guardo en mí.

*7 de setiembre*

Por primera vez, en mis diez años de vida matrimonial, mi breve familia se encuentra dispersa, en países y continentes. Julito en Capri, Alida en Nueva York y yo en Place Falguière. Cada cual formando el vértice de un triángulo que ocupa buena parte del planeta. No puedo negar que disfruto de cierta paz y trato de sacar provecho de ella, pero me sorprendo a menudo evadido en espíritu, testigo invisible de sus vidas y trajines. Sólo deseo que no sufran, que todo les salga bien y que los males que a cada familia le toca por la ley de la vida recaigan enteramente sobre mi cabeza.

*París, 8 de setiembre*

Recibí hoy un ejemplar de mi novela *Cambio de guardia*, que Milla acaba de editar en Lima. No me gusta ni la cubierta ni el tipo de letra, que encuentro pequeñísimo. Quizás por esto he hojeado y releído el libro sólo por partes, encontrándolo inaguantable. Se trata de una novela completamente *ratée* y ahora me explico por qué vacilé tanto en publicarla, diez años de postergaciones. Si lo hice fue tal vez por los 200.000 soles que me pagó Milla en enero pasado y que en realidad se fueron en pagar deudas. No le encuentro a este libro ninguna virtud, no me reconozco en él. *Crónica de San Gabriel* tiene cierta frescura y *Los geniecillos dominicales* buenos capítulos, pero esta serie de pequeñas secuencias austeras, secas, descriptivas o dialogadas no me interesan ni interesarán seguramente a nadie. Trato de comprender por qué y cómo escribí esta novela en mi buhardilla de la rue de la Réunion. Y a la distancia creo comprender la razón que me movió a hacerlo y el clima espiritual en que vivía: era la época de las guerrillas peruanas, muchos amigos míos fueron masacrados en ellas, curas, militares y oligarcas formaron un bloque indisoluble para contrarrestar ese peligro. Yo vivía entonces indignado y angustiado por el fracaso de esa tentativa, en la que sin sentido de la realidad tantos pusimos vanas esperanzas y quería expresar en alguna forma mi cólera y mi desencanto. No vi nada mejor que burlarme y zaherir a curas, banqueros y generales. Pero como el sentimiento era pasajero, los resultados no podían ser profundos. Ahora veo que todo fue un rapto de mal humor, en sus inicios, que se fue convirtiendo en una *corvée*. El libro no salió de mi trasfondo, como algunos de mis cuentos, «Silvio en El Rosedal», por ejemplo, sino de un estado de ánimo. Por ello no pienso defenderlo, pero tampoco atacarlo. Que corra su suerte y sucumba, si es necesario. O que alguien le encuentre algún mérito, si le parece.

*29 de setiembre*

Probablemente el único mérito que tenga *Cambio de guardia*, ahora que la he vuelto a hojear, es la aridez de su estilo, puramente funcional, operativo, que transmite la acción sin pararse en adornos ni circunloquios. En una época en que las experiencias y búsquedas en materia de lenguaje son moneda corriente en la prosa narrativa, esta novela es un antídoto. Con lo que me sitúo una vez más fuera de época, con todos los inconvenientes que esto apareja.

*París, 16 de octubre*

Veo con placer que Janos Ritzos, a quien conocí en La Habana hace diez años, comienza a ser reconocido como uno de los más grandes poetas vivos. Sin haber leído entonces nada de él me impresionó mucho su personalidad. Varias veces cenamos juntos en el lujoso restaurante de Varadero. Me encantaba su distinción, sus modales de gran señor, su porte casi británico. Fue el único que tuvo derecho a un ventilador en el hotel suntuoso pero con el aire acondicionado fuera de uso. En la piscina tomaba su baño matinal de pie, con el agua hasta la cintura y con sombrero de paja. En un excelente francés me dijo cosas muy finas sobre Proust. Creo que era homosexual o en todo caso muy amanerado. Cuando me enteré de que los coroneles griegos lo habían metido preso imaginé su sufrimiento en una isla inhóspita, tan apegado como parecía a la comodidad y a las cosas agradables de la vida. Fue entonces cuando leí sus poemas y reconocí en él la fuerza del poeta pánico. Me hizo recordar a Píndaro, a Anacreonte. Impresión de estar frente a la grandeza.

*26 de octubre*

Cinco días en cama con gripe, sin fumar un cigarrillo ni beber una gota de vino. Ni escribir una línea, naturalmente. Sólo lecturas: autores mexicanos (Paz, Azuela, Elizondo), César Moro, textos sobre surrealistas y finalmente de Vallejo y sobre Vallejo. Por una asociación natural estas lecturas me condujeron a comparar a Moro con Vallejo. Me preguntaba por qué en Vallejo no he encontrado referencias a Moro ni viceversa. Ambos vivieron en París, en la misma época, pero no se frecuentaron. Sus temperamentos eran muy diferentes, pero podían haberse visto y, en tanto que poetas, haber trabado cierta amistad. Sólo Julio Ortega, en una nota de *Figuración de la persona*, cita una carta de André Coyné, en la que éste le cuenta que ambos poetas se conocieron por intermedio de Alfonso de Silva, pero que «no tenían nada que decirse». Supongo que Vallejo estaba ya embarcado en su mística revolucionaria y marxista y por consiguiente antisurrealista, mientras que Moro participaba con Breton y otros en diversas manifestaciones surreales. Extraño que Coyné, que ha estudiado con tanto cuidado a Vallejo y lo ha admirado, sea al mismo tiempo el mayor exégeta de Moro. Es el único, a mi juicio, que ha escrito específicamente un ensayo sobre «Vallejo y el surrealismo», tema interesante, tratado muy por encima y episódicamente por otros autores, entre ellos Xavier Abril. Vale la pena tal vez retomar el tema y reexaminarlo, pues es un tema clave, riquísimo en sus implicaciones literarias y políticas. Prefigura un poco la querella entre poesía pura y poesía social, que se agudizó años más tarde y fue causa de tantos malentendidos y arbitrariedades. El artículo de Vallejo «Autopsia del surrealismo» me parece sectario e injusto, tanto como el desprecio de Moro por la poesía vallejiana y el indigenismo, al que calificaba de una forma de «barbarie literaria». A pesar de que Moro murió hace veinte años y Vallejo casi cuarenta, falta aún un poco de distancia para estudiar el problema no digo sin pasión, pero sí al margen de rivalidades y querellas de tipo personal. No conocí a Moro, pero de él me han hablado con veneración algunos amigos. Otros en cambio me han dado de él una semblanza sombría. S. C., por ejemplo, que lo frecuentó en su casa de Barranco, cuando Moro llegó a Lima de México, lo describe como un hombre un poco *demodé*, muy refinado, afrancesado y nostálgico de París, incluso triste. De todos modos, creo que una comparación entre Moro y Vallejo —ahora que se exalta tanto la figura del primero— es un poco abusiva. Moro merece todo nuestro respeto por la seriedad con que asumió su vocación literaria y la fidelidad a su estética surrealista, sin hacerle concesiones ni al mismo Breton, pero la figura humana de Vallejo es más trágica y profunda e impresionante. Admito que Moro, además, literariamente, es un magnífico poeta, quizás el mejor y más auténtico surrealista de Latinoamérica, pero justamente allí reside su defección con respecto a Vallejo. Moro fue el primero o el que con mayor calidad y empeño y sacrificio irrigó la poesía latinoamericana con lo que el surrealismo podía tener de nuevo y de fecundo, pero por ello mismo era el agente de un movimiento que lo precedió y al cual se adhirió y enriqueció. Vallejo en cambio creó, él solo, todo un movimiento, removió y sacudió la poesía en lengua española y la modificó, no diré para siempre, pero al menos por un largo período, sin el apoyo de ninguna doctrina preestablecida, sin otro recurso que su propio poder de invención.

*31 de octubre*

Dos resfríos consecutivos y mi estado general de salud, que se mantenía más o menos estable desde hacía meses, ha decaído. Fatiga, pérdida de peso, malestar permanente. Hace dos o tres días que como apenas, mi estómago rechaza toda clase de alimento. Náuseas, acidez, en una proporción mayor que la cotidiana y que ya sabía neutralizar, unido a otra forma de mal o de indisposición que no puedo ni siquiera nombrar pues es indescriptible. Algo así como una especie de vacío en el estómago, pero al mismo tiempo de pesadez, paradójicamente un vacío pesado, no quiero ni pensar, pues es horrible, y como no sé en qué consiste no puedo contrarrestar. Veo de este modo cerrarse, comprimirse cada vez más mis expectativas de vida. Confío que veré el año 1977, pero el 78 será difícil. Salvo que entretanto ocurra algo, no sé, lo que se llama un milagro. Gasto el dinero que me falta jugando al loto, a la lotería, a los caballos. ¡Hasta qué punto es necesario estar desesperado para confiar en estas cosas!

*31 de octubre*

Hace unos días larga conversación con Carlos Calderón, que regresa a París después de doce años. Entonces estaba enfermo y se alojó unos días en nuestra buharda de la rue de la Réunion, antes de ir a un sanatorio. Lo veo repuesto, maduro, habiendo entretanto realizado lo que de muchacho quería: ser un escritor. Su novela aún inédita es una linda obra, llena de verdad, de ternura, de fuerza y de poesía. Me dice haber arreglado la parte final, que yo encontré floja hace dos años y que me impidió abogar para que se le diese el premio Good Year. A través de él he podido reconstruir la imagen que tienen de mí algunos jóvenes escritores peruanos. En particular, el grupo que él frecuenta, el grupo Narración, que gira en torno a Miguel Gutiérrez. Se trata de escritores muy politizados, a la imagen de su líder —salvo el propio Carlos, que mantiene con el grupo cierta distancia— pero que darán en el próximo decenio un impulso nuevo a nuestra narrativa. Si yo tuviera treinta y tantos años y viviera en Lima sin duda pertenecería a ese grupo o al menos mantendría con él buenas relaciones.

*2 de noviembre*

Anoche desperté soñando con Eça de Queiroz y me desvelé durante una hora recordando sus novelas. Creo que las recordé todas, a pesar de haberlas leído entre los quince y los dieciocho años. Recordé detalles curiosos: por ejemplo, que dos de ellas, *La reliquia* y *La ilustre casa de Ramires*, contienen a su vez otras novelas, escritas por el protagonista de las principales. Recordé las semejanzas que había entre muchas de sus obras y las de Flaubert, a quien tanto admiraba. Recordé sus excelentes crónicas periodísticas, principalmente las de París y de Londres y las cartas de Fradique Mendes. Y sus cuentos, muchos de ellos para mí inolvidables, como «Uma repariga loura», «O tesouro», y «O defunto», que mi padre nos leyó alguna vez. Y también sus vidas de santos, lo menos bueno de él a pesar de ser lo último. Esto me confirmó en el carácter indeleble de las lecturas de la adolescencia y la influencia que dejan en nosotros. Tendría ahora que releer su obra para verificar si posee la calidad que guarda en mi memoria. En todo caso sigue siendo para mí un gran novelista injustamente olvidado. Creo que nunca he visto en Francia citado su nombre o alguna de sus obras en ninguna revista o artículo literario, ni tampoco he visto traducciones de sus libros al francés. Tentación de escribir sobre él un breve ensayo reivindicatorio.

*14 de noviembre*

Escritor discreto, tímido, laborioso, honesto, ejemplar, marginal, intimista, pulcro, lúcido: he allí algunos de los calificativos que me ha dado la crítica. Nadie me ha llamado nunca gran escritor. Porque seguramente no soy un gran escritor.

*20 de noviembre*

Después de publicar el tercer volumen de *La palabra del mudo* —comienzos del 77, supongo— pensar seriamente en *Conmutaciones.* Serie de cuentos puramente experimentales, aplicando en cada uno una técnica diferente, muchas veces inédita. Algunos están ya pensados: en «Claro de luna» aplicar al relato el *tempo* de la sonata de Beethoven en sus tres movimientos; en «Caja de cambios» relatar la historia en cuatro velocidades sucesivas y una marcha atrás; «Muñeca rusa» es el cuento metido dentro de otro cuento, mediante el sistema de paréntesis, guiones y corchetes, que se abren y se cierran, dejando al centro el más breve y sólido de los relatos; «Engaste» es el texto conocido (fragmento de un clásico o crónica histórica) enmarcado en un relato imaginario que modifica su sentido; «Anamorfismo» es más bien un ensayo tipográfico, texto que sólo se puede leer gracias a un espejo; para «Bola de nieve» releer algunos cuentos de Buzzati, en el que existe en embrión esta técnica; finalmente «Fuga a cuatro voces», el más complicado, son las cuatro historias —más una receta de cocina— que surgen mientras un niño le cuenta a su mamá la película que ha visto esa tarde. Ver también la posibilidad de exacerbar lo no dicho, algo así como Henry James + Henry Moore, un relato en el cual el silencio sea tan importante como la voz, así como en las esculturas del autor citado no son las formas sólidas sino el espacio que las separa lo que le da sentido a la obra.

*22 de noviembre*

Anoche, idos los otros invitados —Alfredo Bryce, J. E. Adoum, Hugo Neira, Rojas Mix— conversación literaria hasta las cinco de la mañana con Carlos Calderón. ¡Cosas que no hacía desde tanto tiempo atrás! Amanecí hecho una piltrafa y a duras penas pude llegar a la oficina. Carlos podrá escribir relatos magníficos y puedo yo haberlo ayudado en algo. No literariamente, pero en lo que llamamos, a falta de otro nombre, el plano humano. Mientras escribo esto escucho en la TV que André Malraux está moribundo. Mao, Calder, Man Ray, Jean Gabin, meses antes Max Ernst, dentro de algunas horas Malraux, toda una época se hunde, el siglo se va. Y con él tal vez el marxismo, el surrealismo, el vitalismo, el intelectualismo (Gabin un *bon vivant*, Malraux el intelectual francés ejemplar), mundo en el que nos hemos bañado y que de una u otra forma ha orientado nuestra vida. Todos muertos viejos, además, entre los setenta y ochenta y tantos años. ¡Cuántos pedestales quedan vacíos! Y cómo se precipitan hacia ellos los candidatos.

*25 de noviembre*

La desolación cotidiana de sentarse frente a la máquina de escribir. Sin ganas de hacer nada. De esto hace ya semanas. Todo me parece estúpido, banal, trillado, sin interés, perecedero. Deseo de hacer otra cosa que lo previsto, de abandonar la ruta para tomar el atajo. Así me conduzca al páramo.

*Diciembre*

Hoy mientras asistía a la inauguración de la Asamblea Ordinaria del Comité Oceanográfico Internacional, en la Unesco, tomé viva conciencia de que estaba completamente ausente del lugar y desinteresado del asunto. Como lo estoy casi siempre en cualquier lugar que me encuentre. En general estoy donde no está mi cuerpo, pero tampoco completamente fuera, digamos con un pie en el plato y otro a su costado. Es como una especie de desfase o de *décollage* entre mis actos y mi pensamiento. En mí hay una resistencia a asumir completamente la realidad o a responsabilizarme por mi conducta. Prefiero desde el comienzo y por principio establecer una distancia.

*18 de diciembre*

Anoche cena en un restaurante chino con Manuel Scorza y Claude Couffon. Hacía meses que no veía a ambos. Reunión divertida. Manuel, a pesar de los defectos que muchos le atribuyen, es un personaje interesante. Dejando de lado su tendencia a la retórica, es de una inteligencia ágil y una imaginación galopante. Me parece haberlo visto más centrado y realista que otras veces. Preocupadísimo por la posibilidad de una guerra con Chile, que en su mente adquiere las proporciones de una catástrofe planetaria. Medianamente satisfecho de su «saga» andina, cuyos dos últimos volúmenes ya terminó. Embalado sobre todo con una novela cómica que ha comenzado y que no vacila en calificar de genial. Muy impresionado por la *boutade* que lancé, al decir que el Perú tenía por su geografía, su historia, su pasado, una «vocación imperial» y que no le quedaba otra cosa que anexar a sus vecinos (Ecuador, Bolivia) o desaparecer. Como tercera posibilidad hablé de una Confederación Andina, formada por estos tres países, y que podría hablar de igual a igual con potencias como Argentina o Brasil. Halagüeño para con mi obra y más comprensivo para con la de otros, Vargas Llosa, Bryce, etc., con la que antes era reticente.

*21 de diciembre*

Este fin de semana, lindo paseo al monte Saint-Michel con Julito y mi primo J. Alida había preparado un minucioso plan de viaje, indicando horarios de trenes y autobuses, direcciones de hoteles y restaurantes, lugares dignos de ser visitados, de paso, que nosotros pusimos un empeño especial en no respetar, de modo que, aparte de ver la vieja abadía, no hicimos nada de lo previsto. Improvisamos todo, lo que resultó más divertido. El paisaje bretón me aburrió un poco: manzanos para la sidra y vacas para la mantequilla.

*23 de diciembre*

Bebiendo un buen *cru* de Château Margaux 1972, comprado con mis últimos veinte francos, en estos ruinosos días prenavideños. El ropero está ya lleno de regalos: álbumes con óperas de Wagner y Mozart, cajas con sesenta lápices de colores, soldados, libros, pañuelos, perfumes, etc. Todo comprado al crédito, naturalmente, gracias al descubierto que nos tolera la Société Générale, nuestro bendito banco. ¡Y aún falta el árbol —que en casa quieren siempre muy grande—, el pavo, las bebidas y los dulces! ¿Qué hacer? Girar más cheques, como es posible en esta sociedad de consumo, tan hábil para exprimirnos. Endéudese y después arrégleselas. Pero no se prive de nada. «No se mantenga al margen de la Sociedad General», «En la Sociedad General su interés es capital», he aquí algunos de los eslóganes de nuestros banqueros. Porque además son «nuestros» banqueros, como también asegura la publicidad. Es casi como decir «nuestros» empleados. Y uno termina por creérselo. En fin, tampoco hay que hacerse mala sangre. En otros países donde el crédito no funciona, estaría ahora pidiendo plata prestada para comprar regalitos de pacotilla, con toda la humillación que el pedir prestado implica. La ventaja de pedirle al banco es que éste carece de rostro.

*26 de diciembre*

Hace un año o más, todas las tardes que vengo de comprar el periódico, veo a la señora que le da de comer a los gatos del terreno baldío, a través de la palizada. Al fin hoy me detengo y le dirijo la palabra. «¿Hay muchos gatos, señora?» «Tres: el negro que está allí, ¿lo ve?, el gris y otro gris con una mancha en la pata.» «¿Y todos los días viene?» «Todos los días. Pero no sólo aquí. Allí doblando la esquina hay otro terreno cercado por la maleza; también allí hay tres gatos, negros los tres.» Abriendo su bolsa me muestra las provisiones: una botella de leche y una olla con carne mezclada con arroz. «La carne la compro en una carnicería que queda en la Plaza Saint-Charles. Hay que tomar el ómnibus 62, bajarse en la calle Saint-Charles y caminar hasta la plaza. Todo allí es más barato. Compro tripas, hígado, riñoncitos y carne molida. Todo más barato.» «Los gatos ya la conocen.» «Seguramente. ¡Pero cómo los voy a dejar así! Ya bastante tienen con no tener casa, vivir así en el frío, en la humedad.» «¿Tiene usted familia?» «Claro. Tres hijos y siete nietos. ¿Por qué me pregunta eso?»

# 1977

*París, 7 de enero de 1977*

Quinto resfrío en los últimos meses, lo que sumado a mis males permanentes me pone de un humor de perros. Privado por unos días de cigarrillo, no hago más que dormir y leer. Henry James, Carson McCullers, de quien encargué casi todos sus libros, aparte de las memorias de Casanova.

*18 de enero*

Cotejando fechas veo que las tres novelas que he publicado fueron escritas en una década. Empecé *Crónica de San Gabriel* en Munich en 1956 y terminé *Cambio de guardia* en París en 1966. Entre ambas escribí *Los geniecillos dominicales*. Las tres escritas entre los 27 y los 37 años, mi década de novelista. Ni antes ni después de estas fechas he escrito una novela. Antes porque no me sentía maduro, si exceptuamos algunas tentativas muy juveniles que eran más bien relatos largos. Después, porque no estaba seguro de pisar en ese género un terreno muy sólido. Digamos que las tres son novelas fallidas, cada vez más.

*24 de enero*

Ayer terminé mi cuento «El marqués y los gavilanes» y con ello doy por concluido el tercer volumen de *La palabra del mudo*. Quedan a la mitad o por corregir muchos otros cuentos que ya creo que nunca dejaré expeditos porque no me gustan, porque contienen una tara que me impide acabarlos, por tantas otras razones. Entre ellos «La conmemoración», «Cuando no sea más que sombra», «Te cuento la peli», «Las laceraciones de Pierluca», etc. ¡Para qué hablar! El cuento que terminé ayer no me satisface por completo, al menos no tanto como «Silvio en El Rosedal», pero creo que está bien. Al recopiarlo tendré tal vez que hacer algunos reajustes y correcciones. El personaje de don Diego terminó por inspirarme conmiseración y de personaje ridículo se convierte en trágico y en muchos aspectos ejemplar. Ésos son los misterios, los imprevistos de la creación literaria, cuando el proyecto inicial se ve modificado desde el papel por un ser inventado que cobra vida propia y nos impone su propio destino. Aparte de esto, terminé de leer el manuscrito de la nueva novela de Alfredo Bryce *Tantas veces Pedro*. La encuentro sensacionalmente divertida y si llegara a reescribir algunas partes y reequilibrar el conjunto podría ser una obra maestra. Confirmo que es el más grande narrador humorístico peruano y al respecto no existe en nuestra literatura términos de comparación. Las partes segunda y tercera son impecables, pero el comienzo es flojo, lo mismo que el final. De todos modos el balance es positivo. Claro que mi lectura está un poco viciada porque lo conozco muy bien y conozco a los personajes femeninos de su novela. No sé cómo reaccionará un lector X. Sobre este libro podría decir muchas cosas, pues me atañe muy directamente, en la medida que es una obra que muchas veces planeé y que hasta comencé a escribir —la historia de mis amores con algunas mujeres— pero que abandoné porque no encontré el tono ni pude desprenderme del lastre sentimentaloide y autobiográfico. Alfredo logra, a pesar de ciertos detalles narcisísticos y de autocomplacencia, separar al personaje del autor. Ya volveré sobre esto.

*25 de enero*

Hoy, al pasar un pedazo de carne, obstrucción del esófago, lo que no me ocurría hacía tiempo. Duró horas además y los esfuerzos que hice para eliminarla me dejaron agotado y deprimido. Mala seña, cuernos. Yo sé que tengo allí algo maligno que me arde todos los días y me obliga a comer todo en pedacitos, pero no pensaba que el conducto se había estrechado tanto. El *cangrejo*. Ni pensar en hacerme examinar. La mecánica de una primera consulta conduce forzosamente a una nueva operación y no estoy física ni económicamente preparado para ella. Mi única esperanza es ganar algunos miles de dólares en el loto para poder someterme a un tratamiento en regla, salga pato o gallareta. Entretanto no cabe sino esperar y seguir haciendo mi vida normal, sin molestar a nadie, ni preocupar sobre todo a los míos.

*15 de febrero*

El alcoholismo, ¿simple coincidencia en los tres dramaturgos que encarnaron hacia el año sesenta el teatro del absurdo: Beckett, Ionesco, Adamov? De su gusto por el trago no me queda duda. Beckett conversando en el café Cluny con una muchacha y tomándose uno tras otro whiskies dobles puros. Ionesco, la última vez que lo vi, pasaba o más bien flotaba por el bulevar de Montparnasse llevando en una mano una botella de gin Gordon y en la otra un cartón de gaseosas. Adamov en el mostrador del Mabillon o del Old Navy absorbiendo enormes copas de vino tinto.

*20 de febrero*

Con un ímpetu completamente en contradicción con mi estado de salud y hasta contra las circunstancias materiales —corte de corriente, compra de dos velas para seguir escribiendo— prosigo corrigiendo los cuentos para el tercer tomo de *La palabra del mudo*, sabiendo de paso que toda esta laboriosa construcción me concierne muy poco y meditando más bien en los apuntes que anoté hace poco en una libreta que lleva por título «Demolición N. Uno» y en la que trazo la estética de una nueva etapa literaria. Se trata de proceder a una inversión copernicana. Proceder del todo a la parte y no de la parte al todo. Hasta ahora toda mi obra ha tenido como célula matriz la frase. A partir de una frase articulo un párrafo, de un párrafo un cuento, de un cuento un libro, de un libro una obra.

*15 de marzo*

En una fracción de segundo presiento el peligro: el camión que se acerca aceleradamente no podrá pasar entre los autos estacionados a un lado de la pista y la camioneta con la puerta abierta detenida en el lado opuesto. Doy instintivamente un paso atrás justo cuando el camión pasa como un celaje arrancando la puerta de la camioneta. Ésta sale despedida como un proyectil cortante y pasa a medio metro de mí. El camión sigue su marcha sin detenerse. El propietario de la camioneta, que debe haber entrado a una casa, no se da cuenta de nada. Los accidentes se producen así, con una vertiginosa rapidez. Pero nuestros reflejos san a veces más rápidos aún.

*22 de marzo*

Leyendo el diario de Léautaud —no los 19 tomos, sino un buen resumen en 1.000 páginas publicado posteriormente— me doy cuenta del carácter estéril, irritante de este tipo de obras, refugio de escritores fascinados por su propia persona y que no pudieron nunca emanciparse de la autocontemplación para acceder a la esfera verdaderamente creativa y superior de la impersonalidad. Esto no quiere decir que diarios de este tipo no tengan páginas admirables, pero la verdadera obra debe partir del olvido o la destrucción (transformación) de la propia persona del escritor. El gran escritor no es el que reseña verídica, detallada y penetrantemente su existir, sino el que se convierte en el filtro, en la trama, a través de la cual pasa la realidad y se transfigura.

*7 de abril*

Alida y Julito en Túnez, hace unos quince días. Vacaciones pascuales, en busca de un poco de sol y de exotismo. Yo en casa, solo, como tantas otras veces. Salí una vez al cine y otra a cenar en casa de Bryce con Arturo Azuela. Luego encerrado, leyendo, escribiendo. Terminé las memorias de Casanova, avancé en el diario de Léautaud, fabriqué un artículo de periódico, leí cantidades de diarios y revistas, incomprensibles artículos sobre astronomía, biología, etc. Me cortaron el gas por falta de pago y tuve que pasar dos días sin calefacción, sin quitarme el abrigo y sin poder cocinar, comiendo sánguches. Rechacé invitaciones para cenar, para ir al café, al cine, sólo por no tener que afeitarme. Decididamente me voy convirtiendo en el personaje de uno de mis cuentos.

*10 de abril*

Cómo puedo decirlo: la cara de incredulidad, de embelesamiento, de pasmosa sorpresa, de desconcierto total que pone la estudiante gorda y ya mayor a quien me decido a recibir para hablarle un poco de *Crónica de San Gabriel*, sobre la que prepara una tesis. Probablemente nunca ha estado *tête a tête* con un escritor y la situación —el hecho de que quien le habla es el mismo que ha escrito la novela que admira— le parece irreal, tiene que hacer un esfuerzo para darse cuenta de que sí, que el autor está frente a ella y que le está contando sólo a ella cómo, cuándo, por qué escribió ese libro. No se atreve a preguntar nada, tal vez ni siquiera entiende lo que le digo; yo mismo me siento incómodo, pues me doy cuenta de que no sé a qué nivel y con qué palabras tengo que hablarle, ahora que no importa quién hace en La Sorbona una tesis de doctorado. Cuando termino de hablar queda muda, sus labios se mueven pero de ellos no sale ninguna voz. Al fin me pide que le apunte en un papel algunos nombres propios que he pronunciado. Cuando me da la mano para despedirse siento que en esa mano me entrega todo su ser, su lealtad, su reconocimiento. ¿Qué habría pasado, me pregunto, si la hubiera recibido un escritor realmente célebre? Claro que éstos no tienen tiempo ni ganas de conceder estas audiencias. No me estoy burlando, en verdad. Poco le di y mucho se llevó. No me refiero a las ideas sino al instante. Ésos son en realidad mis lectores, debo tenerlo presente.

*15 de abril*

La parejita modesta que hacía cola ante la ventanilla de cobranzas para pagar el teléfono que les habían cortado. Humillada, por encontrarse en esa situación, pero dispuesta a salvar su dignidad, a costa de cualquier alarde. Al llegar ante el empleado para entregar su cheque, dice: «Usted comprenderá, de estas pequeñas cuentas uno se olvida. Cuando tenemos que hacer pagos tan importantes, las letras de la casa de campo, del automóvil. No puede uno estar pensando en todo. Cualquiera se distrae.» El empleado asiente con la cabeza benévolamente. Quizás ha escuchado ese discurso miles de veces, el discurso del pobre no resignado.

El fino poeta viene a casa a presenciar por la TV en colores un partido mundial de fútbol. Como el equipo latinoamericano va perdiendo con el europeo, surge en él el hincha fanático, el apasionado futbolista callejero, el asiduo cliente vociferante y desmesurado de las tribunas populares y al ver que un germano incursiona peligrosamente por el área brasileña, se pone de pie y le grita al defensa negro que sale a su encuentro: «¡Suénalo, cháncalo, rómpelo, mátalo!»

*16 de abril*

Anoche conversación literaria con Carlos Calderón que se prolongó hasta las tres de la mañana. Carlos es actualmente la única persona con quien tengo este tipo de conversaciones, quizás porque me contagia su pasión literaria. Con él además me siento en confianza y puedo hablarle crudamente de mis proyectos, logros y fracasos. Hablamos más que nada de su libro inédito de cuentos *Pelea de fondo*, que me había dejado a leer. Le di mi opinión cuento por cuento, sin reparos. En general, el libro es muy bueno, se nota una personalidad de escritor ya formada, una manera peculiar de contar las cosas, una mirada nueva, incisiva, poética sobre un sector muy específico de la sociedad peruana, una voluntad permanente de estructurar el relato en forma original. Todo ello unido a veces a incorrecciones, descuidos, cierta oscuridad no resuelta, defectos menores fáciles de enmendar. Infancia, adolescencia, familia, barrio, pequeña clase media, pequeños hechos reales pero vistos desde un ángulo que los impregna de una luz extraña, por momentos irreal, una literatura, como le dije, típicamente barranquina, así como algunos de mis relatos, los de Lucho Loayza o Mario constituyen una literatura miraflorina. Certeza de que está haciendo una obra valiosa, a la que sólo le faltan algunos ajustes y un *coup de chance* para ser conocida y apreciada.

*17 de abril*

*Un jour si beau que je n'ose pas l'entamer. Le considérer tout simplement comme un objet de contemplation.*

*17 de abril*

A falta de salir, larga conversación telefónica con Alfredo Bryce que trabaja heroicamente en su tesis sobre Montherlant. Me confesó su inquietud y algo de desaliento al no tener aún respuesta de las editoriales sobre el manuscrito de *Tantas veces Pedro*, su última novela. Tuve un poco de dificultad en tranquilizarlo. Pero entiendo perfectamente que para algunos editores este libro sea desconcertante. Sigo pensando que es inferior a *Julius*, libro mucho más denso, rico, orquestado, a pesar de ser primerizo. Pero *Pedro* tiene otras virtudes, entre ellas su carácter de abandono, de renuncia a un tipo de narración sobre el mundo limeño que él considera ya cumplido con *Julius* y que de volver a enfocar sería redundante. No quise recordarle lo que le dije cuando leí el manuscrito: que era una novela que tendría grandes defensores y grandes detractores. A pesar de las reservas que le hice, yo me sitúo entre los primeros, pues es un libro valiente, fresco, a veces insolente, escrito con «las tripas», para emplear esta fea expresión francesa, el tipo de libro arriesgado que es necesario escribir alguna vez, pues la literatura es también eso, desafío, diversión, invención, cagarse en la tapa del órgano y hacer lo que a uno le da la gana. Todos los reparos (abuso del diálogo, cierta autocomplacencia en sus propias aventuras, laborioso esfuerzo a veces para lograr la comicidad) son pequeñeces al lado de su carácter espontáneo, aluvional, confesional.

*17 de abril*

Dentro de unos meses se cumplirán diez años que vivimos en la Place Falguière. Diez años es mucho en una vida. Me pregunto cómo he soportado este lugar tan feo, cómo he podido infligirle a mi familia, en particular a mi hijo, este barrio sin alma, este departamento minúsculo y cómo he podido además encontrar aquí alicientes para escribir y sobrevivir. No comprendo. Pienso en un departamento más espacioso en un barrio alegre y atractivo o en una casa con jardín en un malecón tranquilo. Pienso en ello y me digo que nunca, que jamás, vana quimera. Estoy físicamente liquidado e intelectualmente en declive para pensar que las cosas puedan cambiar. Esto es mi cima, estas tres piezas atestadas de libros, este balcón sobre una plaza inclemente, este edificio sin ascensor, este barrio de peones árabes, africanos y portugueses. Casa de Miraflores, con su jardín y sus frutales, su avenida arbolada, su mar cercano, sus potreros y sus huacas, sus vecinos amables y la banda de amigos. Para qué pensar en ella si ya ni siquiera existe, a no ser en mi memoria. Diez años; demasiado.

*21 de abril*

Mientras hago tiempo en casa esperando la hora de ir al cine cojo por azar el diario de Anaïs Nin, que no pensaba leer hasta terminar con el de Léautaud y me embalo con la lectura, al punto que me olvido del cine y me devoro casi la mitad del primer volumen. Excelentes retratos y análisis de Miller y Artaud. Recuerdo de pronto que el escultor peruano Gonzalo More fue amigo de ella y en el segundo tomo de su diario encuentro referencias a él bajo el nombre de Rango y de su esposa Helba Huara bajo el nombre de Zara. Leí muchos párrafos al respecto. Quedé un poco desconcertado, a causa del interés que concede Anaïs a Gonzalo (tal vez fue su amante, no lo puedo saber aún), a quien yo conocí bastante por los años 1954 y 1955, cuando vivía en Montrouge. Gonzalo ya era entonces un hombre canoso, gastado, golpeado por la bohemia y las privaciones, sin la vitalidad y el entusiasmo con que lo pinta Anaïs por el año 1935. Esculpía poco y vivía, aparte de con su mujer, con una norteamericana más joven que él. ¿Será exacto el retrato de Anaïs? Lo dudo un poco, así como observo que se equivoca al decir que Helba Huara se había vuelto sorda. ¿Sorda? He conversado con ella muchas veces y la he visto incluso bailar en el teatro (es cierto que sin música). De todos modos tengo la impresión de que Anaïs se dejó un poco impresionar y casi embaucar por el *côté sudamericain* de Gonzalo —ese personaje que muchos latinoamericanos se fabrican en París, artista, bohemio revolucionario, exótico, etc.—, lo que se trasluce en lo que cuenta de él. Se trasluce, digo, pues en filigrana se adivina el aspecto-farsa, retórica y pose del personaje, a pesar de los esfuerzos de Anaïs por darle envergadura y sinceridad. Que al mismo tiempo frecuentara a Miller y que a menudo compare la influencia del uno y el otro sobre ella me parece sospechoso en una mujer tan perspicaz.

*21 de abril*

Mi calidad de funcionario, el hecho de depender del puesto que tengo para vivir, recorta mi libertad de opinión al mismo tiempo que me dota de libertad de acción. Todo esto es complicado. Sin este puesto no tendría tiempo libre para escribir, ni posibilidad de comprar libros, mantener con decoro a mi familia, ir de vacaciones, etc. Pero en el campo de la opinión el asunto me molesta cada día más y si quiero dejar el puesto es para recobrar la libertad de decir y escribir lo que quiera. Pensaba esto a propósito del caso Macera, a quien se le va a seguir un proceso por haber declarado en una entrevista que el Perú «es un burdel». Los más cavernarios medios patrióticos, tal vez castrenses, no conozco los detalles del asunto, han tomado su declaración al pie de la letra. Insulto a la patria que merece sanción. Es grotesco. He sentido el impulso de escribir una carta pública para comentar el asunto, tomando naturalmente el partido de Macera, por quien tengo tanta amistad y admiración. Pero, claro, me doy cuenta de que no puedo hacerlo. Mi situación en la Cancillería es cada vez más inestable: a la menor contracción presupuestal saldré volando; con ese gesto no daría sino armas o pretextos para ser cancelado. En consecuencia no puedo hacer nada. Y esto me mortifica. Podría escribirle una carta personal a Macera, expresándole mi simpatía, pero no vale la pena: sería descargarse baratamente de un problema de conciencia. En consecuencia, no queda más que callar y aguantar.

*21 de abril*

Esta tarde homenaje o más bien «encuentro» con Borges en una librería de París. Recibí invitación, bastante exclusiva. Decisión de no ir. ¿Por qué? Sigo pensando que Borges es un gran escritor, quizás el más grande escritor vivo de lengua española. Sus libros me siguen acompañando y releo siempre con placer sus cuentos o breves ensayos. Pero con la edad se ha vuelto insoportablemente reaccionario. Todos sabíamos que era un hombre de derecha, un caballero conservador, pero de allí a convertirse en un apologista de Pinochet y del régimen argentino, con el mayor desparpajo, me irrita. Podía haberse quedado callado y le perdonaríamos sus viejas tomas de posición. ¡Es tan fácil en realidad no decir nada! Pero aprovecha cualquier ocasión para, en nombre de un orden ideal, poner en la cúspide a tiranuelos, sin el mayor deseo de comprender la situación real del continente en el que habita. Claro que todo esto será olvidado dentro de decenas de años, como se olvidan actualmente tantos detalles sórdidos en la biografía de los grandes escritores. Pero no estamos viviendo en el futuro sino en el presente. Quedarán sus libros, nos olvidaremos del hombre. Como a otros tantos, su talento lo salvará, a pesar de él.

*21 de abril*

¿Qué quedan de mis noches *montparnassianas*, en los años 1971, 1972, cuando al salir a medianoche con Xavier Domingo de la France-Presse recalábamos en el Domme, la Coupole o la Rose-bud y bebíamos vino hasta las dos o tres de la mañana? Fue en esas noches, creo, en las que quemé mis últimos cartuchos de bohemio y arruiné para siempre mi salud. Pero las recuerdo con nostalgia. Xavier y yo hablábamos *à batons rompus* de literatura, política, oficina, mujeres, etc. A veces algún otro compañero de trabajo se nos unía o caía a nuestra mesa algún artista del barrio: el cantante Paco Ibáñez, el escultor cubano Cárdenas, etc. Pero en general la pasábamos solos, salvo cuando dos o tres veces al mes decíamos *draguer* un poco y levantábamos o intentábamos levantar algún par de noctámbulas. Los resultados fueron más bien mediocres. En los últimos meses, quizás porque ganábamos un poco más, reemplazábamos a menudo el vino por el champán y pedíamos una botella de Dom Pérignon en su vistoso balde plateado. Nos encantaba darnos ese lujo nocturno y despertar la envidia de algunos sedientos y pobres peatones que pasaban frente a la terraza del café buscando un convite. Con Xavier era imposible no encontrarse siempre en una situación teatral. ¡Qué actor genial hubiera sido! Sus dones de imitador, su gusto por el disfraz, su inagotable ingenio, todo esto unido a una completa amoralidad, un regocijante y contagioso gusto por la vida, lo convertían en un compañero encantador. Cuando ahora voy a veces de día a Montparnasse, al cine o en busca de un libro, paso siempre por el Domme y miro la terraza donde trasnochábamos. Hace cinco años apenas y me parece ya tan lejano.

*24 de abril*

Mis cuarenta años de aficionado al fútbol (mi primer *match* lo vi en Lima hacia el año 1937) me hacen apreciar y comprender este deporte con toda la agudeza de la experiencia. Por eso los jóvenes o improvisados locutores deportivos franceses me irritan por su ignorancia. Comentan los partidos con una óptica de neófitos. Desde que un jugador toca la pelota y hace un pase puedo darme cuenta de si es un buen jugador. A los cinco minutos de un encuentro he calado a ambos equipos, descubierto sus cualidades y defectos, previsto su eventual desenlace, descifrado su táctica seguida y la que convendría emplear. De esto puedo vanagloriarme sin vergüenza pues no tiene ningún mérito, simple cuestión de oportunidad. No sólo he visto miles de partidos sino que los he jugado. Así, ayer en la TV descubrimiento al fin de un jugador francés el verdadero talento: Platini. Apenas recibe la pelota ya su mirada ha abarcado todo el terreno, ha visto dónde están los adversarios y dónde los partidarios mejor colocados, por dónde conviene avanzar o a quién entregar el esférico. Esa visión soberana del espacio del juego, privilegio de los grandes. Ello unido a una contextura física ideal, una fulminante fuerza en sus disparos, un *dribbling* imprevisible, una serenidad absoluta y una elegancia de ejecución hacen de él un fenómeno y de su contemplación un verdadero gozo. Escribo esto sin mayor cuidado. Pensando en que tal vez mi destino era ser cronista futbolístico.

*7 de mayo*

Enviado el manuscrito del tercer tomo de *La palabra del mudo* a mi editor, me doy cuenta de que ya no tengo nada que hacer, me sobra el tiempo, me aburro. Varias tardes en que me siento frente a la máquina y lo único que hago es fumar. Mi *Autobiografía*, comenzada hace dos o tres años, me interesa un pito y no tengo el menor deseo de proseguirla. Las nuevas prosas apátridas están prácticamente terminadas y no me provoca añadir una más. ¡Más cuentos! Ni hablar. Veinte o treinta comenzados o en borrador, pero que abandono sin ningún pesar. ¿Otra novela? No, sobre todo eso no: ya perdí tanto tiempo en *Cambio de guardia* para resultados tan lamentables. Debo buscar otra cosa, no sé qué, tal vez por el lado de la historia, algún episodio que me subyugue y me incite a revivirlo, a recrearlo o algo más particular, algo absurdo, un libro de poemas, digamos, o un diccionario de personajes conocidos o ficticios o una recopilación idiota sobre un asunto idiota. Lo cierto es que debo por lo menos intentar algo, pues la inactividad literaria me mata.

*12 de mayo*

Pensar seriamente en escribir algo sobre Léautaud, cuyo diario estoy a punto de terminar. En un principio para periódico, luego tal vez para revista. ¿Qué interés en escribir sobre esto? En primer lugar para mí, pues me permitiría ordenar un poco la impresión de malestar, de irritación, de depresión que me causa esta lectura, al mismo tiempo que de admiración. Luego porque creo que es un autor que debe ser conocido, aunque sea por curiosidad, pues es un producto típicamente francés, uno de esos autores de la «segunda repisa» de la biblioteca, que el propio Léautaud consideraba como más interesantes que las grandes figuras.

Pero el asunto es extremadamente complejo. No sé aún por qué lado abordarlo. Se presta a tal cantidad de consideraciones conexas: los diarios íntimos, el estilo, la ficción, la vida literaria francesa, la franqueza, la pobreza, la soledad, etc. Tendría en un comienzo que limitarme a uno o pocos temas (su concepción de la literatura, por ejemplo, o sus relaciones con algunos grandes escritores de su época, Gide, Valéry, o su misoginia, o su pasión por los animales, o su comportamiento durante la ocupación); en fin, el asunto es muy vasto. Y eso que yo no he leído su diario integral en 19 volúmenes, sino algunos tomos sueltos y la edición resumida en 1.000 páginas que publicó Mercure en 1968. En todo caso lo único que tengo ya pensado es el comienzo del artículo: «Sería necesario leer cada mañana antes de empezar el día un par de páginas del diario de Paul Léautaud a fin de afrontar la vida sin ninguna pretensión, ni énfasis, ni ilusión...»

*14 de mayo*

Recorrí inútilmente diez o quince librerías del Barrio Latino buscando las obras de Paul Léautaud que me interesaban. Ni rastros de *Le Petit Ami* o de *In memoriam*. Sólo el *Diario*, que ya leí, o algunos volúmenes de su correspondencia, lo que no me atrae por ahora. Al fin en colección de bolsillo encontré *Amours*, librito que no conocía y que he empezado a leer con delicia. Deseo de traducir algo de él para una de esas colecciones que editan los catalanes, Tusquets en particular, libros breves y más bien raros, para los que existe un público curioso por los segundones y marginales.

*17 de mayo*

Terminado el diario de Léautaud comienzo el de Jünger, que ya había leído en 1961, sólo para verificar algunas cosas que el primero dice sobre el segundo, pues ambos se frecuentaron durante la ocupación alemana. Experiencia curiosa cotejar diarios contemporáneos. Léautaud menciona muy especialmente una llamada telefónica de Jünger, que quería despedirse de él antes de abandonar París, a punto de ser liberada por los aliados. En el diario de Jünger, el día en que Léautaud anota esta llamada, no hay ninguna mención a ella. Para Léautaud esta llamada fue el hecho más importante de su jornada; para Jünger probablemente una llamada más entre las muchas que haría, hecho desdeñable que no merecía figurar en su diario.

Otra verificación más importante: Jünger menciona en su diario una conversación con Léautaud a propósito del estilo y cita textualmente la respuesta de éste al reproche que le hacían de escribir con la sequedad de un empleado: «*Alors vivent les employés.*» Léautaud menciona también su respuesta, años más tarde, es cierto, pero como hecha a Duhamel. ¿Quién dice la verdad? Pero lo más importante de la comparación de ambos diarios es la diferencia abismal que separaba a Léautaud de Jünger, al punto que me pregunto cómo podían conversar y simpatizar. Sólo hay un punto en común y quizás hasta dos. El primero es que Léautaud no tenía el menor rencor contra los alemanes —al punto que un día encontró inscrita en su casa con tiza la frase «Aquí vive un colaborador»— así como Jünger hizo una «guerra limpia» y sin odio contra Francia. El segundo, amor a los animales. Pero aparte de esto las diferencias son totales. Jünger es el prototipo del humanista germano, conocimiento de lenguas, curiosidad insaciable, pasión por la lectura, formación filosófica y tendencia a la abstracción, todo ello reforzado por un gusto por los viajes, la aventura y el riesgo (Legión Extranjera, dos guerras como soldado y oficial, etc.) y un esfuerzo tenaz por comprender su época y su mundo a través de la acción y la reflexión. A Léautaud no le interesaba nada, ni el arte, ni la lectura, ni la política, ni la sociedad, ni la ciencia, ni la filosofía, todo lo que no fuera su propia y pequeña vida de escritor pobre y segundón y los avatares del mundillo literario en el que vivía. Superioridad de Jünger.

*19 de mayo*

Nuevamente Anaïs Nin, el tomo de su diario inmediatamente anterior a la Segunda Guerra. La irritante figura de Rango (Gonzalo More) me vuelve a dejar pensativo. ¿Uno vale por sus propias cualidades o por lo que ven en uno los demás? Gonzalo More era el típico, pintoresco revolucionario de *bistrot* latinoamericano, como los que ahora abundan en París. Romántico, teatral, obtuso, retórico, negligente, bohemio, borracho y haragán. El seudoartista estéril, bondadoso, es verdad, pero con la bondad un poco fácil del primitivo y del pobre. El mestizo subecuatorial que se inventa un país mítico y trata de sacar partido con las mujeres de su condición de desarraigado y de racialmente diferente, exótico. Se quejaba y lloraba por la suerte de la República española, pero no se le ocurrió nunca enrolarse en las Brigadas Internacionales, como lo hicieron tantos otros. Se lamentaba de su indigencia, pero era incapaz de subvenir a sus necesidades con un trabajo regular, ni siquiera cuando Anaïs le regaló una prensa manual. Pregonaba su cariño por su mujer, la bailarina Helba Huara, pero muy bien podía ésta esperarlo en el hospital para que le llevara su almuerzo, en un bar del camino se quedaba tomando tragos, el portaviandas sobre el mostrador. Todo no era sino palabras y buenas intenciones. Detalles odiosos: quema en el muelle del Sena los libros de Anaïs, porque según él la confinaban en el mundo del sueño y la alejaban de la revolución. Lo único que hizo fue vivir a expensas de Anaïs y cuando empezó la guerra, el furioso antifascista se refugió en Estados Unidos. Me doy cuenta de que soy duro con este compatriota, pero me irrita que Anaïs le dé tanta importancia en su diario, como si se tratara de un ser excepcional. Yo sólo recuerdo de él su corpulencia, su vitalidad, su bello tipo de zambo peruano, un poco viejo ya, pero viril y atractivo. Cuando lo conocí, en 1954, ya Anaïs lo había dejado, seguía viviendo con Helba Huara, pero era otra norteamericana la que completaba el triángulo, una *manequin* ya un poco marchita pero con medios para ayudarlos. En esa época estaba obcecado porque alguien le financiara una escultura de César Vallejo. Vivía en un pobre ranchito de Montrouge y preparaba unos excelentes frijoles.

*20 de mayo*

Que mi hijo, a los diez años, se pase toda la mañana echado en su cama, escuchando en su tocadiscos muy pensativo y a menudo sonriente, a los conjuntos musicales más modernos, es algo que me intriga, me inquieta más bien. ¿Es normal? Yo tuve también esos períodos de beatitud musical, pero a los catorce o quince años y con música clásica, no moderna. Recuerdo que escuchaba en la radio hasta cinco o seis horas seguidas de música; me conocía los programas de memoria; no toleraba que mis hermanos me interrumpieran. Pero a su edad para mí la música no existía, eran otras mis ocupaciones. No creo que sea precocidad, pues en otros aspectos mi hijo es muy niño, sexualmente, por ejemplo, o en materia de lecturas: aún no le entra a libros que yo ya había leído a su edad. La música actúa más bien sobre él como un decorado o un estimulante, que le permite aislarse en la casa y soñar. ¿Soñar qué? He allí el misterio.

*25 de mayo*

Debería consignar la reunión de la otra noche en casa. Reunión literaria, poetas y narradores, todos peruanos, para leerse recíprocamente. Estas veladas pueden parecer anacrónicas y de hecho lo son. Yo por lo menos hacía más de veinte años que no asistía a una de ellas. Pero resultó divertida y hasta cierto punto útil. Habíamos convenido que las críticas, serían implacables. Asistieron Alfredo Bryce, Rodolfo Hinostroza, Carlos Calderón, Elqui Burgos, Armando Rojas, Óscar Málaga, Henderson, Patrick y José Rosas Ribeyro y Juan Manuel Sousa, que escribe con un seudónimo tan confuso que nunca puedo recordarlo. Algunos de ellos habían venido con sus amigas, amantes o esposas, vaya uno a saber. Tres botellas de whisky y unas diez de vino. ¿Qué recordar de esta velada? La escena que leyó Bryce de *Tantas veces Pedro*, la parte final del capítulo «Dios es turco». Éxito absoluto. Los poemas de Henderson y Burgos. El cuento de Carlos Calderón. El resto más discutible. Y discutido. Polémica dura entre Hinostroza y yo. Hinostroza no leyó poemas sino parte de su novela inédita, que yo objeté calificándola de testimonio psicoanalítico, no sé si con o sin razón. El fragmento que leyó me pareció en todo caso eso. Me ha dejado el manuscrito para que lo lea íntegramente. En fin, los autores fueron desertando, a medida que avanzaba la noche. Sólo quedamos hasta el amanecer Hinostroza, Málaga y yo, conversando amenamente acerca de la novela policial y otros tópicos sobre los que teníamos, sin verdadera preparación, ideas geniales.

*27 de mayo*

Cada noche me muero un poco. La muerte no es un acto sino un proceso. Cada levantada para vomitar, cada ida al baño o a la cocina para prepararme un remedio, cada insomnio de una o dos horas son mis cuotas nocturnas de muerte que voy almacenando y me van minando, comiendo. No hay pues muerte súbita, ni siquiera en los accidentes. Éstos nos endosan otra muerte que la nuestra, la que llevamos dentro desde que nacemos, el cáncer aún no visible, la enfermedad larvada, que estaba a punto de declararse pero que el accidente impidió.

*28 de mayo*

Lectura del libro inédito de Hinostroza *Aprendizaje de la limpieza*. ¿Qué es esto? Ni novela ni relato, más bien el resumen de las numerosas sesiones donde sus analistas, en el curso de las cuales evoca su infancia y trata de identificar y liberarse de sus fantasmas. Me causó una fuerte impresión, mucho mejor que la del fragmento que leyó la otra noche en casa. Libro audaz, curioso, escrito con una fuerte carga oral y muy simplemente, lo que no excluye admirables efectos poéticos, a pesar de la inevitable parte escatológica. Uno termina por habituarse a su aparente aspecto caótico y a la reiteración a veces complaciente por lo anal, lo oral y otras referencias freudianas que implican la presencia constante de la caca, el culo, la pinga, los orines, etc. Libro terriblemente triste además pero despojado de todo sentimentalismo. En tanto que documento psicoanalítico su valor puede ser esencial; esto no me compete: lo dirán psiquiatras y analistas. Yo sólo aprecio su valor literario. Me hizo pensar en mi abandonada autobiografía, en la que al evocar mi infancia excluyo todo lo que Hinostroza menciona. ¿Por qué? No sólo creo que sea por pudor, sino porque a mí me interesa más describir mi entorno que mi propia persona y luego porque tengo la impresión de que en mi caso los conflictos freudianos madre-hijo, padre-hijo y otros complejos tan estudiados, no asumieron una forma dramática; al menos yo nunca lo he percibido así. Mis relaciones con mis padres fueron siempre más bien armoniosas. A pesar de mi rara memoria para los hechos de mi infancia, no recuerdo haber conocido pulsiones sexuales hacia mi madre ni asesinas hacia mi padre. Tampoco lo onírico desempeñó un papel vital en mi vida. Recuerdo muy pocos de mis sueños, alguna vez noté algunos. En todo caso no hago el menor esfuerzo por retener su mensaje. Siempre me ha aburrido leer descripciones de sueño

*28 de mayo*

Tentativas vanas hoy por reanudar mi autobiografía. Escribí cuatro páginas, pero luego noté que eran inútiles, carecían de todo interés, banalidades. No veo la razón de continuar este libro. No ha tomado punto y en consecuencia es ridículo seguir moviendo la cuchara. Me pregunto entonces qué debo escribir ahora que tengo tiempo y deseos de hacer algo. Nada se perfila dentro de mí. Presiento un largo período de silencio. Antes los he conocido y fueron generalmente fructuosos. Pero era más joven y estaba sano.

*31 de mayo*

Mañana antes del mediodía en Barcelona y al atardecer en Almería. Vacaciones que me tomo no sé por qué, pues lo mismo me daría no hacerlo o hacerlo más tarde. En Barcelona sólo estaré unas horas para cobrar unos míseros derechos de autor. En Almería tomaré un taxi hasta la playa de Carboneras, salvo que me vaya a recoger en auto Emilio Rodríguez Larraín. Hotel El Dorado. Quince días en los que seguramente me aburriré, pues mi flacura me impide frecuentar la playa y bañarme como todo el mundo. Lo haré tal vez a horas tempranas, sólo por nadar. Tomaré sol vestido. No pienso llevar libros. En Barcelona si me animo compraré algunos.

*Barcelona, 1.º de junio de 1977 (5 p.m.)*

Esperando el avión para Almería en el bar del aeropuerto. ¡Qué lamentable comienzo de viaje! Llego a Barcelona a las 9 de la manana, prometiéndome pasar el día visitando la ciudad, haciendo regulares escalas en cafés, bares y tascas, hasta la hora de embarcarme para Almería. Lo primero que leo en el periódico es: «Hoy empezó a las 6 de la mañana una huelga de bares, cafeterías, restaurantes y hostelería...» Toda la mañana la pasé andando por la ciudad, sin tener dónde sentarme un momento para pedir un café, un vino, un sánguche, lo que sea. Muerto de sed, de hambre y de fatiga. Al fin encontré un guarique donde me sirvieron un abominable expreso.

Esto no es todo. A mediodía tomo un taxi rumbo a la editorial Tusquets para cobrar unos derechos de autor, exiguos, es verdad, pero que me permitirían financiar mi paso por Barcelona y llevar incluso reservas a Carboneras. La persona encargada de la contabilidad examina la liquidación que la editorial me había enviado a París, saca de un cajón varios billetes de mil pesetas y cuando me los va a entregar se contiene. Situación digna de un relato de Nabokov. «Iba a cometer un error —me dice—. La cantidad que figura aquí está en rojo. Esa suma nos la debe usted a nosotros, no la editorial a usted.» En efecto. ¿Cómo no me había dado cuenta? Me presentaba como acreedor, cuando era en realidad deudor. Bochorno. Pedí excusas. Mi escala en Barcelona se volvía completamente estúpida. Para vengarme de esta decepción me hice conducir al restaurante de un gran hotel, lo único que estaba abierto, y pedí un gigantesco menú, que apenas pude probar. Luego en taxi al aeropuerto, rodando por sillones y mostradores hasta el atardecer, hora en que sale el avión para Almería.

*Carboneras, 2 de junio (12 m.)*

Mi primer baño esta mañana, en mar impoluto y playa solitaria, seca, arenosa, playa casi peruana. Cada cual tiene su Edén, éste es mi Edén. Valía la pena el esfuerzo y los contratiempos para haber llegado hasta aquí. Ni un solo testigo de mi cuerpo que con todos los huesos, venas y tendones a la vista parece un plancha anatómica.

Hotel El Dorado, curiosa mezcla de modernidad y vetustez. Construido hace una quincena de años para albergar a los actores de un filme de aventuras, está la mayor parte del año semicerrado por lo cual muchas de sus instalaciones muestran a comienzo de temporada los estigmas del abandono. La piscina seca, surrealista, con sillas, mesas y mecedoras dentro. Bares y vestíbulos desiertos, polvorientos (grandes mamparas de vidrio rajado), recorridos por viento del Levante. Cuando llegué anoche, después de hacer 70 kilómetros en taxi desde Almería, no había nadie, ni empleados ni clientes. Recorrí íntegro el hotel, dando voces, entrando incluso hasta en los dormitorios, seguido sólo por un gato que maullaba. Al fin un muchacho apareció de no sé dónde, cargó mi escaso equipaje y me instaló en una habitación con baño y terraza sobre el mar. Luna llena, solar, que permite ver detalles del paisaje a kilómetros de distancia. Calma sobrenatural.

*(6 p.m.)*

Lo único malo es que el cuerpo no responde y que por ello no puedo instalarme en la tranquilidad, el gozo. Esta mañana no pude terminar de almorzar. Para no defraudar al dueño, que se había esmerado en servirme mucho y bien, tuve que llevarme disimuladamente parte del pescado y las patatas en mi pañuelo y arrojarlo a la playa. Quizás sea el contragolpe del largo viaje, sobre todo el de taxi, por un camino lleno de baches y desvíos.

*3 de junio (11 a.m.)*

A pie hasta el pueblo, a unos dos o tres kilómetros, para echar una carta. Típico pueblecito mediterráneo, como hay cientos aquí y en Sicilia, Túnez, Grecia, etc. Casitas blancas de un piso, con ventanas de rejas y puertas de madera, algunas lindamente talladas. Calles estrechas de tierra, muy limpias sin embargo, regadas por los habitantes. Pocos comercios, pobres y mal surtidos. ¿De qué vive esta gente, me pregunto? La pesca no es cuantiosa, no hay campiña (salvo higueras, almendros e incipientes parcelas de tomates y frijoles), tampoco una sola industria aparte del turismo que se implanta lentamente (Hotel El Dorado y unos pocos mesones, en los que todavía se ofrece a la manera antigua «comida y cama»). Misterio. Pero sensación de bienestar, de serenidad, de equilibrio. Al regresar al hotel me sigue por la carretera un perro pastor alemán sin collar, que salta a mi lado y me mordisquea juguetonamente las manos, las sandalias. A pesar de no hacerle caso no me deja un instante. Curioso: al sentir su respiración agitada y silbante, regresan a mí con una densidad de vida emocionante mis paseos de niño hacia el mar de Miraflores, precedido por mi perro lobo Rin Tin Tin, que saltaba y resollaba como este perro paria.

*(12 m.)*

Como la mañana está nublada y ventosa renuncio al baño de mar y me instalo en el gran bar del hotel, uno de los más diabólicos, seductores, que he visto en mi vida. Malcolm Lowry hubiera estado feliz aquí. Aún no está abierto al público, puesto que no hay público. Como no hay empleados, uno tiene que ir a buscarse su bebida a la cocina. Siete enormes mamparas en arco que dan a la playa. Gruesas mesas de madera, muy de mesón español y butacones forrados en damasco. Piso de ladrillo, con algunas alfombras. Y un aire de olvido, de ausencia, de balneario condenado. El dueño me ofrece una botella de rioja Viña Albina cosecha 1970, que encuentro sin cuerpo, insípido. Aprovecho para encargarle algunas botellas de Marqués de Riscal o Vega Sicilia si va a Almería. Veo irrumpir el sol de pronto, el viento cesa, el mar se tranquiliza. Pasa una pequeña barca de motor, con tres hombres que, inclinados sobre la borda, observan el mar, como si buscaran a un ahogado.

* * *

Anoche cené donde Emilio Rodríguez Larraín, que hace diez meses se ha instalado con toda su familia en una casona al pie de un cerro, huyendo del ajetreo de las grandes ciudades. Bella terraza de treinta metros de largo sobre el poniente. Enorme *atelier* y cantidades de alcobas. Eucaliptos y almendros. Mi viejo amigo Emilio y su adorable familia, que hace veinte años frecuento en tantas ciudades. Hace dos años dejó de beber luego de tratamiento psiquiátrico, pues estaba llegando al punto de *no return*. Ahora hace hermosas esculturas en madera y mármol y extraños cuadros que deja meses en el techo de su casa para que la naturaleza participe en su ejecución. Hablamos naturalmente de Miraflores, nuestra infancia y juventud, el colegio Champagnat, los malecones, el mar. Recordamos el

París de los años 50, tantos amigos ahora dispersos, desaparecidos, hundidos o prósperos. ¡Qué fuerte personalidad y qué manera tan libre, aventurera de vivir! Siempre como un gitano, de un país a otro, de una ciudad a otra: Florencia, Milán, París, Roma, Llansá, Madrid, Aix, Carboneras, próximamente Barcelona. Siempre de paso, sin instalarse definitivamente, abandonando casas, muebles, cuadros por todo sitio, ¿en busca de qué?, ¿huyendo de qué?... Y su mujer y sus hijos que siguen adictos, admirativos.

*(9 p.m.)*

En la meseta gris, crepuscular, pelada, se desliza a lo lejos una mancha oscura, acompañada por una música de cencerros. No es una alucinación, ni un sueño. Simplemente un rebaño de cabras. Se va estirando conforme se acerca, las campanillas tintinean más fuerte. Un cabrero a la zaga da gritos antiguos. Al llegar a la carretera el rebaño lo sigue apenas un trecho para trepar luego la empinada colina. La cabra tira al monte. Y el cabrero también.

*4 de junio*

Esta mañana paseo con Emilio hasta Agua Amarga, la playita vecina en la que pasé hace 14 años inolvidables vacaciones con Alida y los Camino. Era entonces caleta pesquera con veintena de casas y vivienda aislada con pozo e higueras donde nos alojamos. Ahora casas nuevas, pequeños edificios, fondas, restaurantes. Nuestra vieja vivienda demolida. Sólo reconocí los hangares abandonados, que sirvieron antaño tal vez como depósito de una mina cercana, y que, cuando veraneamos allí, servían de letrina al pueblo.

*5 de junio*

Como siguiendo mi costumbre parisina me despierto a las siete de la mañana, las mañanas se hacen largas, interminables, hasta las dos de la tarde, en que sirven el almuerzo en el hotel. Horas que lleno a través de ocupaciones sucesivas y diversas: desayuno, lectura en la terraza, escritura en el gran bar abandonado, soleada, baño de mar, paseo, conversación con el gerente del hotel, extraño portugués que pasa la mayor parte del tiempo tocando su órgano electrónico en el comedor, tangos, viejos boleros, fados. Después del almuerzo, siesta y un nuevo baño de mar si el tiempo está bueno. Al anochecer a cenar donde Emilio. En medio de una vida distinta uno termina siempre por crear su rutina.

*(7 p.m.)*

Atardecer sobre el mar inmóvil. A través de las mamparas del gran bar observo la playa desierta. ¡Qué desperdicio de espacio, de paz y de silencio! Nadie más que yo para apreciarlo. La pena, el dolor, solo. Pero el gozo, sólo compartido.

*6 de junio*

Mojácar, pueblecito moro, construido en lo alto de una colina que domina el mar y el valle, a unos veinte kilómetros de Carboneras. Menos bello que Níjar, pero mismo tipo de pueblo suspendido. ¿Qué forzó a los árabes a instalarse así, lejos de la playa y la planicie? Verdadera acrópolis, pero sin la función religiosa y social que tuvo en las ciudades griegas. Pueblos vigías, miradores, protegidos no por murallas sino por lo escarpado del terreno. Qué diferencia con la ciudad racional, ortogonal de los urbanistas romanos y los colonizadores españoles.

Entre Carboneras y Mojácar, en una quebrada seca y apartada, una casa de adobe, vetusta, rodeada de magueyes y tunares. Emilio me dice que allí vive hace años un inglés sesentón, ex profesor de Cambridge, soltero, alcohólico, sin otra compañía que manadas de gatos. Imaginar su vida.

* * *

Ayer en Carboneras, pequeña feria, anticipo de la fiesta patronal que se avecina. Kioscos de frituras, puestos de tiro al blanco, sillas voladoras, exacto a las fiestas populares de mi país. Y como hay tantos gitanos morenos, pobres y mal vestidos me siento como en un pueblito de la costa peruana.

* * *

Pensando en otros viajes, en otras vacaciones en lugares apartados —Ischia, Porto Ercole, Albufeira, etc.— me digo que el mundo es grande, que hay aún enormes espacios capaces de contener a cientos de millones de humanos. Un simple viaje en avión basta para demostrar hasta qué punto las aglomeraciones urbanas son minúsculas en comparación a las extensiones desiertas o deshabitadas. Toda la humanidad, según leí alguna vez, entraría en el lago Lehman, que tiene sólo algunos kilómetros de largo. No es el espacio el que falta, sino el espacio habitable.

*7 de junio*

Dentro de una semana pasaré 24 horas en Madrid. Poco tiempo para una ciudad para mí tan llena de recuerdos y que hace una década no visito. Creo que renunciaré a ver a los amigos que allí tengo, en especial a los viejos *copains* de la France-Presse y que están ahora bien instalados en la revista *Cambio 16*: Domingo, Utrilla, Salas, Caballero, etc. Probablemente, cambiando de bordo y de estilo, sólo vea a Carlos Rodrigo, exiliado durante la época de Velasco y ahora al frente de un floreciente bufete de abogado. Amigo de colegio y universidad. Estando perseguido en 1971 por sus vinculaciones con el «imperio» Prado, asistió (disimulado por una tupida barba) a una conferencia que di en el INC y se acercó al final a felicitarme, sin que yo pudiera captar en ese momento lo amistoso de su gesto. Vieja deuda que tengo que pagar.

* * *

Lectura de novelas policiales prestadas por Emilio, pues no traje libros. Clásicos del género: Chase, Chandler, Spillane, etc. Este último *(The Long Wait)* lo mejor hasta ahora. Sentido endiabladamente ingenioso de la intriga, lo que siempre he envidiado en estos autores.

* * *

La obstinación del mar por deshacerse de algo lo atormenta. Casi una hora empujando hacia la orilla un objeto rojo, grande, aparentemente mesita o silla, caído tal vez de un barco. Cuando parecía que ya iba a encallar en la arena la resaca lo jalaba, lo mecía un momento, lo volvía a expulsar hacia la playa, nuevamente lo arponaba, una y otra vez, hasta producir angustia. Cambió el viento de dirección y el mar de corrientes y el objeto se alejó de la orilla hacia adentro hasta desaparecer. Sensación como de alguien que hubiera querido comunicar un mensaje y que terminó por callarse.

*8 de junio*

En la terraza de mi cuarto, luces apagadas, medianoche, observando el firmamento. Espectáculo sobrecogedor. En el cielo límpido millones de luminarias. Imposible orientarse. Sensación de vértigo, de pavor. ¿Por qué? Pasa un satélite artificial.

*9 de junio*

Nuevamente esta noche, pero con Emilio y su familia, mirando las estrellas, tendidos en el techo de su casa. Estuvimos casi una hora, como hipnotizados o embriagados, sin hablar. ¿Cómo puede uno olvidarse de mirar el cielo, cuando es quizás el único contacto que nos queda con el infinito? Culpa de las ciudades que lo ocultan, lo velan, lo ensucian, lo opacan con sus propias luces. Esta vez no sólo sensación de caída, de haber sido absorbido por el ojo del universo, sino de estar mecido por un cántico. ¿Los poetas no hablan acaso de «la música de las esferas»?

* * *

Paseo con Emilio en auto por el *arrière pays*, las colinas y quebradas alejadas del mar. A no ser por el calor y la brisa marina, se diría que estoy en la sierra peruana, subiendo hacia la puna. La misma estructura de los cerros, un poco rocosos y monótonos; la misma escasa vegetación: tunares, magueyes, uno que otro eucalipto. Rebaños de cabras y carneros. Soledad. Casonas de muros blancos, viejas y aisladas, a las que sólo faltan las tejas para ser la casa-hacienda. Al retornar, otro paisaje: el cauce seco del río. Los pocos automovilistas lo utilizan como una pista, muy ancha y arenosa, que va de las montañas al mar. Por aquí hace siglos o milenios descendía un verdadero torrente, a juzgar por la anchura del lecho, las márgenes escarpadas de roca pizarrosa y lavada. Ahora que sólo llueve diez o quince días al año no es más que un recuerdo, una ruina geográfica y por ello mismo majestuosa, extraña.

*11 de junio*

A mediodía espesas nubes surgen en el poniente, ocultan el sol y empieza a llover sobre la playa. Los pocos veraneantes levantamos nuestras tiendas y nos refugiamos en el hotel. El día se va al agua, pero no me entristece, pues ya el sol comenzaba a fatigarme. El paisaje se transforma. El mar, hasta ahora una laguna, se enardece y tumbos barren la orilla. Los cerros, grises. El aguacero esfuma sus antes nítidos contornos. Belleza de la lluvia barriendo el mar veraniego.

* * *

Anoche la fiesta de Carboneras (San Antonio creo, pero no sé qué San Antonio) que dura tres días. Tiendas, juegos, rifas, baile público en la placita apergolada. La orquesta River's toca música pop. Los lugareños, incluidas gitanas en *blue jeans*, bailan no diré con el arte de las metrópolis pero con una gracia e intuición admirables. Linda juventud, tan incontaminada aún, por el aislamiento, de los problemas de las grandes urbes. Emilio y yo, casi cincuentones, esperamos en vano un bolero para lanzarnos al ruedo. Muchachas tan guapas, entre ellas sus hijas, la rubia y la morena. Pero esperamos en vano. Nos retiramos decorosamente a medianoche.

*12 de junio*

Todo Edén lo pica, lo mella la perfección, la rutina, el hastío. A los diez días de estar acá, maravillosa playa soleada y solitaria, comienzo a encontrar el tiempo largo, inusable, y a añorar otra cosa que no sea la pura naturaleza. No en vano he vivido veinte años en París. Urbe agitada, bulevares ruidosos, multitudes anónimas, comercios, vehículos, la droga del aire viciado y pútrido de la civilización, ¿dónde está? Mi proyecto de reclusión en playa perdida peruana, ¿será, más que una utopía, una idiotez?

*París, 18 de junio*

Hace tres días llegué de Carboneras, luego de escala de 24 horas en Madrid. Encontré una quincena de cartas con buenas y malas noticias. Entre las buenas lo bien que se presenta la adaptación al cine de «Fénix», lo que me reportará unos 5.000 dólares. Las malas, la salud de mi tío Fermín, a quien se le ha declarado al parecer una cirrosis fulminante. Aparte de ello, pésimo tiempo en París, niebla, llovizna, etc. El bronceado que traje del mar comienza a desvanecerse. Hoy mi primera excursión a librerías de Montparnasse, donde compré el diario de Virginia Woolf.

*21 de junio*

Ayer y hoy recopié el diario de Carboneras, suprimiendo muchas cosas, corrigiendo otras. Magro resultado. Estas notas me aburren. Nada comparable al verdadero trabajo inventivo, para el que me siento últimamente tan poco dispuesto. Mientras tanto, hábiles obreros municipales derribaban los árboles de la Place Falguière, lo único fresco, hermoso que quedaba en ella. De los nueve (¿olmos?) han quedado cuatro. ¿Hasta cuándo?

*22 de junio*

Carta a Pablo Macera pidiéndole datos sobre causa célebre peruana que me pueda incitar a escribir algo dentro del género que ahora me interesa, la crónica histórica, la evocación de un hecho importante del pasado, pero que pueda tener repercusiones en nuestra época: enseñanza, advertencia, censura. Esto significa abandonar por ahora la ficción, la fabulación, ¿por qué no? Estoy harto de inventar o de tratar de hacerlo. Quiero partir de un hecho real interesante, de preferencia crimen, proceso, conspiración y analizarlo, estudiarlo detenidamente desde varios ángulos, buscando sus causas, implicaciones, consecuencias, contradicciones y ambigüedades.

*24 de junio*

Esta tarde me entregué a ese acto culpable y vagamente vergonzante que es leer sus propias obras impresas. Releí una decena de cuentos de *La palabra del mudo* que no leía hacía cantidades de años. Sorpresa. Tengo que admitir, así parezca petulante, que me parecieron bien, quizás porque inconscientemente hice una buena selección. ¡Y algunos son viejos, tienen diez o quince años! Había olvidado muchos detalles de escritura, esos pequeños detalles que, en medio de la banalidad, refulgen y constituyen, en realidad, el secreto de mi estilo. Aparte de que en otros aprecié la sequedad, la síntesis, el poder de expresar más de lo aparente. En fin, sensación reconfortante, vanidosa y sin embargo, ¿por qué?, un poco melancólica.

*24 de junio*

Extendido en la cama observo los dedos de mis pies y me digo qué poco contacto e interés mantenemos con algunas partes de nuestro cuerpo. Nosotros prestamos atención normalmente a nuestra cara, a nuestras manos, a nuestro sexo, a nuestra musculatura o nuestra línea, pero los codos ¿quién se los mira?; ¿la nuca?; ¿las corvas? Y los dedos de los pies que, ahora descubro, son curiosos, hasta feos diría, pero dotados cada uno de una fuerte individualidad, independientes a pesar de su agrupación, móviles y desdeñados. La costumbre del calzado ha modificado su función o mejor dicho la ha anulado y la conducirá probablemente a la atrofia total. Presos en los zapatos, vida carcelaria de algo que fue antaño tan útil para nuestra especie. ¡Qué injustos somos para con ellos y cómo deben sentirse postergados, olvidados! Por ello a veces se vengan con callos o uñeros. Y nos recuerdan así que todavía existen.

*25 de junio*

Mirando por la ventana, por una asociación de ideas que sería largo explicar, viene a mí la imagen de Alfredo Castellanos, el gran Alfredo, muerto hace unos meses a los 47 años, la edad que yo tengo. ¡Qué crispación, qué desasosiego pensar en él, su vida malograda, su vida desesperada! ¿Qué le sucedió? Trato de ver claro, pero hay cosas que no entiendo. La droga, el alcohol, lo quebraron para siempre, ¿pero qué lo llevó a beber y a drogarse? Predisposición natural, influencia del medio, deseo de evasión, terror a la realidad, lucidez excesiva, problemas personales insolubles, nunca sabremos a ciencia cierta lo que determinó que a los 18 o 20 años renunciara a la vida normal, ordinaria, para vivir contra ella o fuera de ella. Desde entonces sanatorios, clínicas, tratamientos, operaciones, intercaladas con períodos de recuperación en los que llegó a trabajar, incluso casarse, tener un hijo. Pero para recaer siempre en el ultramundo, artificialmente conseguido, que lo llevó a la tumba. Pero en fin, lo que quiero anotar es su extraña, inolvidable personalidad. Su aspecto masivo, corpulencia casi anormal; todo en él era grande: sus pies, su cabeza. Llegó a pesar más de cien kilos. Su manera de hablar, con voz tan lenta y apagada para su masa, pero a la que comunicaba inflexiones extremadamente sutiles que dotaban a sus palabras de una carga irónica, cómica, melodramática, según las circunstancias. Los términos que utilizaba, inventados por él, mediante la deformación de vocablos corrientes o tomados de poemas famosos. Pero sobre todo su conversación, que no pretendía ser profunda, pues trataba de las cosas más banales, pero que debido a su afectada seriedad, cobraba un aire inédito y diría memorable.

Añadamos a esto la contradicción entre su manera de vestir tan convencional o sus gestos tan ceremoniosos y pausados y su comportamiento, que era la trasgresión permanente de toda norma social y el ejercicio de lo imprevisible.

Sus puntos eran los sacerdotes, no por anticlericalismo o irreligiosidad, sino por lo que ellos representaban: una institución, un orden, una disciplina, un emblema de respetabilidad. Cuando veía a uno en la calle se le acercaba con su proverbial aire cortés y benévolo, como si le fuera a preguntar la hora, y le decía las cosas más espantosas, pausada, delicadamente: usted es un cretino, hágame una paja por favor, acabo de matar a mi hijo, etc. En las funciones de cine, cuando había una escena que le gustaba, se ponía de pie y comenzaba a aplaudir acompasadamente, gritando: «Bravo, formidable, exquisito, que la repitan» hasta que el público lo hacía callar con sus protestas. Entraba a una pastelería, se comía una empanada de carne, la pagaba y salía. De la puerta regresaba, pedía otra empanada, la pagaba y salía. Volvía a entrar y repetía la operación diez o veinte veces, ante la mirada desconcertada del pastelero, que no sabía si era víctima de una broma o si debía felicitarse por contar con un cliente tan goloso. Le encantaba abordar a un desconocido en la calle y hacerse pasar por un íntimo amigo de él, en forma tan persuasiva que el desconocido empezaba a interrogarse, a dudar, a entrar en el juego. Y estas cosas no las hacía «para la galería», por una vocación teatral, pues la mayoría de las veces las hacía sin testigos, solamente por el placer que le producía turbar a las personas, colocarlas en una situación insólita, incongruente y que las dejaría pensativas durante toda su vida. ¿Surrealismo? Ni hablar, pues en esa época nosotros sabíamos muy poco del surrealismo.

Estas bromas implicaban ciertos riesgos. Lucho León, que lo admiraba tanto, que lo observó mejor que nadie y conserva el anecdotario más completo sobre su persona (que ha prometido publicar), contaba que una vez se acercó a un corpulento negro con el propósito de hacerle la pasada del «amigo íntimo». El negro no entró en el juego y lo amenazó con romperle la cara. Alfredo se puso de rodillas y empezó a adorarlo como a un dios, repitiendo con su voz más plañidera: «Perdón, hermanito; discúlpame, hermanito: ha sido una equivocación.»

*1.º de julio*

Desde hace días espero inútilmente el aerolito, el aluvión, como quiera que se llame aquello que irrumpe en nuestro mundo y nos incita a escribir. Pero la verdad es que yo no favorezco esta irrupción, no hago lo suficiente de mi parte para preparar el terreno. Pienso que me llegará al azar de una lectura, de una conversación, pero no dirijo las primeras ni pongo mucha atención en las segundas. Mis lecturas siguen siendo impenitentemente dispersas, sin coherencia ni continuidad y puramente hedonísticas. Salto de un libro a otro, muchas veces sin terminarlo en ese momento. Si, como me propongo, quiero escribir sobre un hecho histórico que tenga para nuestro tiempo significación, debo hacer un esfuerzo, hurgar entre mis viejos libros peruanos, trazarme un plan de lecturas (Palma, Basadre, Porras, Vargas Ugarte, cronistas, etc., ¿por qué no?), lo que siempre difiero o ensayo sin entrar a fondo en la materia. Atusparia lo tengo archivado, a pesar de tener nueva documentación que aún no he revisado seriamente. Claro que es un tema demasiado amplio y complejo. Yo preferiría algo más concreto (concreto no, más simple tal vez), algo que pueda ser circunscrito con más facilidad y analizado, repensado, descrito. Le pedí a Macera en carta reciente que me dé algunas pistas, lo que ahora me parece idiota, pues estas cosas no se pueden tratar a la ligera, ni él tendrá tiempo de responderme ni yo de explicarle con más detalle lo que quiero.

*2 de julio*

La estrechez de mi casa me obliga a tener todos mis papeles guardados, escondidos, extraviados, dispersos en cajas, cajones, armarios, roperos y no puedo así abarcar de una mirada lo que estoy haciendo, lo que podría hacer, lo que debería haber hecho, como ocurriría si tuviera una amplia pieza de trabajo y ese utópico mueble lleno de cajones que tantas veces he imaginado y en el cual todo esté espaciosamente distribuido y clasificado, de modo que pueda revisar lo que quiera en cualquier momento sin la menor vacilación. ¿Excusa para mi inactividad o mi falta de perseverancia? De ninguna manera. Pero obstáculo cotidiano que me pone en mala postura, pues me impide estar en contacto con lo que constituye mi mundo y me confina a la soledad de mi pequeña mesa donde no encuentro nada de lo que busco y me rodea todo lo que me estorba.

*3 de julio*

El chancho peruano, tan sucio, errátil y mostrenco, ¿era más sabroso que el rosáceo *cochon* francés? Lo juraría, aunque tal vez se trate de una de esas infidelidades de la memoria. Pero lo cierto es que el adobo de cerdo que prepara Alida ahora en casa, según vieja receta limeña, me parece que no tiene la consistencia ni el olor del que yo comía de niño y que era mi plato preferido (tanto como el arroz con huevos fritos). Sin embargo compré un kilo del mejor lomo y hemos utilizado ají traído del Perú. Esos chanchos inmundos de la costa y la sierra, tan huraños y asustadizos, que deambulaban por muladares y chacras, con sus minúsculos ojos y su rabito ridículo, ¿qué comerían? Vaya uno a saberlo, caca tal vez, pero convertida en pulpa divina en el interior de su cochina fábrica.

*4 de julio*

Hojeando mi edición de Palma (Aguilar, 1957). No sé qué pensar. Creo que para tener una opinión definitiva tendría que leerme íntegramente el tomo. Íntegra y ordenadamente. Las cosas que he leído me han aburrido, muchas veces molestado. De muchacho recuerdo que me entretenía (papá nos leía *Las tradiciones* en alta voz y era un excelente lector) y me parecía un prosista ejemplar. Su estilo me parece ahora amanerado, rebuscado y lo que es peor sin gracia. No encuentro humor o más bien un humor boludo, de tío viejo, a base de refranes y otros perendengues. Pero, como repito, a lo mejor hay en él una evolución y entre las tradiciones de su primera y última época su estilo se vuelva más natural y menos florido. La edición además está mal hecha: no indica la fecha en que fue escrita cada tradición. Lleva como introducción unos pésimos poemas de José Gálvez y unas notas flojísimas de Angélica Palma. Incomprensión total del problema indígena, que es el verdadero problema peruano. Al respecto ilustrativo artículo sobre «Supersticiones de los peruanos», en el que se refiere a los andinos con una mentalidad completamente occidental, colonialista y elitista. Los califica de «gente semisalvaje». ¿Como veía el Perú don Ricardo? Debo cuidarme de hacer extrapolaciones y tratar más bien de ponerme en su contexto. Palma conocía muy bien la historia de su país y la vida limeña, pero del resto del Perú de su tiempo sabía poco. Él encarnó la ilusión de las «repúblicas criollas» dirigidas por mestizos cultos, no solubles en el resto del país autóctono, orgullosos de su peculiaridad con respecto a las metrópolis europeas, pero más aún de lo que lo ligaba a ellas. Su hija subraya la buena impresión que produjo en España, durante el Congreso Americanista, por su «buen hablar y su purismo», lo que contradice su esfuerzo por introducir peruanismos y neologismos en el diccionario.

*5 de julio*

El carácter coralino o polipopular de las lecturas. Veo en un *Le Monde* una reseña sobre Hermann Hesse. Esto me incita a buscar y releer un viejo ensayo de Curtius sobre este autor. La lectura del ensayo me mueve a releer *Demián*. La de esta novela a lanzarme sobre mi antiquísima edición de *El lobo estepario*. Comienzo a hacer el recuento de los libros de Hesse que tengo. Observo que me faltan muchos, entre ellos el principal, *El juego de abalorios*. Incursión por librerías para conseguirlos y ponerlos en mi mesa de noche, con la certidumbre de que en un momento dado se extinguirá mi interés por este autor y será suplantado por otro, de acuerdo con el mismo esquema.

*5 de julio*

Pobre Place Falguière, nadie te reconocerá mañana, lo único que quedará de ti será lo que yo puedo decir de ti, tus nueve olmos ahora reducidos a cenizas, tus casitas de dos pisos demolidas, tus cafés con terraza inexistentes, tus pequeños comercios convertidos en bancos y agencias de viajes, tu placita provinciana violada por tanta carrocería, tu antiguo vecindario suplantado por inmigrantes oscuros que deambulan en túnica como en plena floresta, tu viejo sabor de rincón arrabalero sepultado por edificios grises e inhumanos. Nada queda de ti, pequeña plaza. Día a día te vas hasta de mi recuerdo. Cuando te quiera mirar no te veré, nadie te encontrará ni sabrá que exististe, mañana, en cualquier momento.

*5 de julio*

Extensible, lentísimo anochecer veraniego. Julito en viaje de vacaciones y Alida en sus asuntos, hace horas que espero llegar lo oscuro escuchando discos. Las diez y media de la noche y aún hay claridad en el cielo y tardan las estrellas en asomar en aire tan radiante. Ya ni sé lo que he escuchado, en todo caso Vivaldi, el concierto para flautín, segundo movimiento, que sigue siendo para mí una expresión cimera, como lo son ciertos nocturnos de Chopin, no por su calidad musical, sino porque están entrelazados con momentos dramáticos de mi vida: Chopin, vísperas de la muerte de papá; Vivaldi, durante mi convalecencia en Forcilles, el pabellón de los cancerosos. Y tarda la noche aún, Boeings plateados cruzan el cielo rumbo a Nueva York, El Cairo, Tokio, dejando su larga, nítida estela. Y yo aquí, en el cuarto ya penumbroso, estático, mudo, diciéndome cuánto tiempo perdido para otros goces, empresas, afanes, empleado simplemente en verme durar.

*5 de julio*

Ahora comprendo el alcance simbólico del título de mi novela *Cambio de guardia*. Cambié de guardia para caer K.O.

*5 de julio*

Leyendo el tomo VII de *La historia de la Marina peruana*, dedicado a la guerra contra España, encuentro por primera vez una descripción física de mi tatarabuelo, Juan Antonio Ribeyro, que era por entonces ministro de Relaciones Exteriores y jefe del gabinete. Hasta entonces sólo había visto fotos o retratos. Es el comisario Salazar y Mazarredo, enviado de España al Perú, el que lo describe en un informe a la Corona española. Dice textualmente: «Hombre de unos 55 años, alto de cuerpo, de sangre algo mezclada y de mirar astuto.» Digamos que en la edad se equivoca pues en la fecha del informe, 1863, mi tatarabuelo tenía sólo 53 años. Pero como el error no es muy importante, cabe suponer que el resto del retrato es verosímil. Alto y de mirar astuto no me llama la atención. Eso de «sangre algo mezclada» sí. ¿Qué quería decir el enviado español con eso? Supongo que se refiere a algo de sangre mestiza, probablemente mulata. Los rasgos de Juan Antonio, a juzgar por su iconografía, son completamente occidentales, lo mismo que su tez. Es su cabello un poco rizado la huella de su origen negroide. Que le venía seguramente por parte de madre, una señora Estada, de quien no sé nada, pues su padre, don Melchor, de quien sólo tengo un retrato, era un español muy gallego que, según mi padre, tuvo al parecer una librería.

*5 de julio*

Anoche actuación en la Embajada con motivo de la presentación del libro de poemas de Enrique Peña Barrenechea. Una reedición de poemarios juveniles agotados y obras posteriores. Me tocó presentar el libro, la parte literaria quiero decir, pues el embajador Bákula hizo la protocolaria, oficial, etc. ¡Qué lío! Dos días de trabajo para preparar sólo tres páginas en francés. Leí y releí el libro encontrando buenos poemas, pero sobre los cuales no se me ocurría decir nada. Sobre todo para una ceremonia como la prevista, con un público tan heterogéneo. Opté por la cosa más personal, subjetiva, una especie de envío a EPB. En todo caso, me propuse decir lo máximo brevemente a tres niveles: EPB, por quien tengo tanta simpatía estimación; el cuerpo diplomático, a quien me propuse lanzar un sutil dardo; los jóvenes poetas peruanos presentes, a quienes hice invitar. Finalmente fueron estos últimos quienes, me parece, apreciaron mis palabras. Al resto se les pasaron por las narices. Luego de la ceremonia, expedición a Saint-Germain-des-Prés, sólo escritores y plásticos (Guzmán, Balarín). Trasnochada al viejo estilo, tomando vino rojo como condenados, discutiendo a voz en cuello de las cosas de siempre. Estaban Hinostroza, Armando Rojas, Rosas Ribeyro, Elqui Burgos, Carlos Calderón, dos o tres mujeres y el joven poeta mexicano Mariano Castro Flores o Flores Castro, nunca sé cómo llamarlo, encantador. Nos dieron las siete de la mañana. A casa para tomar una ducha e ir a la oficina. Demasiado viejo y gastado para estas carreras.

*18 de julio*

Este ping-pong entre el bienestar y el malestar, entre el entusiasmo y el abandono, entre la vida y muerte comienza a parecerme estúpido, subalterno. Una semana de excelente estado, trabajando en mis asuntos, sobre todo en el guión para *Fénix* y de pronto, sin motivo aparente, se me atraca una sopa en la boca, no puedo pasarla y me quedo sin almorzar, deprimido, inquieto, taconeando desesperadamente en el fondo del más sombrío presagio. ¿Quién puede aguantar este vaivén? Ese cuento de Gógol o de Andréiev, o tal vez otro autor ruso, en el cual prometen o mejor dicho amenazan con matar a alguien, pero sin decirle qué día o año. Pasa su vida en el peor de los infiernos. Lo mismo yo. En verdad, es el caso de todo el mundo, pero no se dan cuenta, no piensan en ello y además no tienen, como yo, la prueba de lo visible y como de lo inminente. Y entretanto, debo seguir trabajando. Este guión representa para mí las vacaciones de mi familia, el pago de algunas deudas, esas cosas horribles e íntimas que no debería mencionar. Total: afeitarse, poner buena cara, hacerse el disimulado y tratar de mostrarse sereno. No alocarse, sobre todo, ni dejarse impresionar. Todavía creo en la existencia de la zona en la cual nuestra voluntad tiene cierto poder sobre toda forma de amenaza. Estoy bien, me siento perfectamente, puedo seguir adelante. Espero ahora a tres poetas, que quizás por primera vez se encuentren: Leopoldo Chariarse, José Ruiz Rosas y Reynaldo Naranjo. Les di cita en casa a la misma hora, para ver si mato tres poetas de un tiro.

*18 de julio*

Releo la página anterior y me digo que me he ido por las ramas, que quería decir otra cosa. En una palabra, que a estos malos signos no debo atribuirles ninguna importancia. He conocido otros y peores y no pasó nada. En consecuencia, ni darse la pena de consignarlos, ni mucho menos de atribularse por ellos. Más bien pensar en qué medida podemos actuar sobre nuestro organismo desde el plano de la voluntad. Una enfermedad es un hecho real, una enfermedad como la mía, algo que se da a nivel celular y que puede verificar el microscopio, la radiografía, la biopsia, etc. Pero esa enfermedad es un proceso químico, aparentemente inaccesible a nuestro control. Ese proceso sigue su marcha mientras seguimos viviendo, hasta hacer la vida imposible. El asunto está en poder localizar el punto de convergencia, en el cual el proceso biológico se cruza con otros factores que pueden influir sobre él y determinar su curso. Es la zona del milagro. El pensamiento no es una emanación imponderable, un soplo, algo contiene, conduce y ordena. Dirigirlo poderosamente sobre el punto vulnerable y actuar sobre lo infinitamente pequeño y destructor. Ensayarlo, al menos. Y por ello mismo mostrarse confiado, en la medida en que creemos contar todavía con un arma.

*24 de julio*

Empezó mi vida de solitario estival. A las nueve de la mañana Alida y Julito partieron en auto de amigos rumbo a Capri, con escalas y permanencias en Niza, Venecia y Roma. De inmediato me puse a trabajar. El maldito guión sobre *Fénix* lo tengo que entregar a fin de mes, si quiero en agosto tener algún dinero extra. Enseguida los actos ya rutinarios para mí del soltero ocasional: hacer las compras para la comida, poner un poco de orden en la casa. No pienso salir ni ver a nadie hasta fin de mes, salvo viaje a la oficina.

*26 de julio*

Ayer terminé el guión después de varias horas de encarnizado esfuerzo. Me doy cuenta de que este tipo de trabajo no tiene nada que ver con la literatura. Me doy cuenta también de que es menos complicado de lo que uno supone y mucho mejor pagado que las cosas serias. Sin pasarlo en limpio, haciendo sólo unas correcciones al margen, lo despacharé mañana a Alemania y me sujetaré así al plazo estipulado.

Esta tarde aprovechando un claro entre dos aguaceros, rápida salida a Montparnasse en busca de libros. Es extraño: los autores que busco, por famosos que sean, no se encuentran por ninguna parte o poco. No pude así comprar las novelas de Virginia Woolf que me interesaban, ni las de Hesse, ni las de Thomas Mann. Había en cambio toneladas de autores menos importantes, hasta en ediciones de bolsillo. Terminé comprando dos tomos más del diario de Anaïs Nin, el *Diario del exilio* de Trotsky y una novela de Burroughs. Para V. W. tendré que ir a la editorial Plon o Stock, no sé quién la ha editado, o husmear por alguna gran librería del Barrio Latino.

*29 de julio*

Lectura en estos días de algunos libros sobre los ovnis, con miras a documentarme para el viejo proyecto de *El viaje de Herman*. Sólo he encontrado uno que me parece realmente serio, el de Allen Hynek, traducido del inglés con el título de *Los objetos volantes no identificados: ¿Mito o realidad?* Astrónomo de profesión, director del observatorio de la universidad de Ohio, trabajó durante años por cuenta del Ministerio del Aire norteamericano y por su propia cuenta en un programa de investigación sobre los ovnis. Su libro es lúcido, desapasionado, documentado y científicamente convincente. Es quizás el único científico de envergadura que concluye por la afirmativa: los ovnis existen.

Hynek analiza los casos de aparición de ovnis según un método *in crescendo*: luces nocturnas, discos diurnos, ovnis vistos a menos de 200 metros, ovnis vistos de cerca y que dejaron marcas reconocibles de su paso y finalmente ovnis dotados de «habitantes» vistos por testigos.

Pero no habla ni menciona —sólo una vez— un caso como el de Herman, que sería la culminación de esta serie progresiva de aproximación al fenómeno: la de un humano que entra al ovni, que «viaja» en él y que conserva de esta experiencia un catálogo variadísimo de informaciones. Hynek no hubiera en realidad tomado en consideración un testimonio como el de Herman porque no se ajusta a su criterio de base: sólo aceptar aquellos fenómenos que han sido presenciados o vividos por más de un testigo.

De todos modos creo que el testimonio de Herman le habría interesado a título personal, así sólo lo citara incidentalmente en una nota o apéndice, pues es el único testimonio, a mi juicio, que aventura una explicación del mecanismo ovni y aporta datos inéditos sobre el contacto con los «otros».

*30 de julio*

*Magus entulemia zotimos argentilo saler trapemio carnígeno ampulario per tulimo cántimo galerio amaro túpifo pertinelo agaz faluso molico nay otal caparlí oliz daritú molaz ármico sumicario antel dumigú irtel grimalo jusipal portilo fima capulio ximeral pal comal emportú laclezio sórbito margalillo ortelio matí capudacio relas miotrape rical póquimo tulero descarmito ampelullo maqúin.*

Palabras inventadas
Llegar a mil o más
Y escribir con ellas un libro.

*2 de agosto*

Días más bien enojosos, deformes, irrecibibles. Decreté «casa abierta» la semana pasada: el primer día tuve tres comensales, el segundo siete, el tercero quince que se quedaron a almorzar y a cenar, después de dejar la casa hecha un desastre, toda la vajilla sucia, mi bodega arrasada, la alfombra quemada y manchada y mi pobre salud doblegada. Tuve que cerrar la puerta, descolgar el teléfono y meterme en la cama todo el fin de semana, a régimen de leche y jugos de fruta.

Encima de eso llegó de Dinamarca el sofá de cuero que encargó Alida, algo monstruosamente grande; no había forma de hacerlo entrar en la casa y finalmente fue metido a la fuerza en la sala-escritorio donde ha quedado horrible, desproporcionado. Todo a su lado se ve enano, viejo y pobre y ya no hay nada que hacer: se quedará allí hasta el Juicio Final; no hay quién lo mueva ni quiera comprarlo. Y por él tengo que pagar lo que vale un auto pequeño o un pisito en una playa perdida de España o el Perú: 2.000 dólares. No sólo es un mueble sin proporción alguna con la dimensión de la casa sino con nuestros medios económicos, un despilfarro estúpido.

*3 de agosto*

En estos días de encierro, lectura del tomo tercero del diario de Anaïs Nin (Nueva York, años 1939-1944). Sus relaciones con Rango (Gonzalo More) se me vuelven claras y explicables, aunque subsisten algunos puntos de sombra. Como no conozco la vida de Anaïs más que por su diario —y en él hasta ahora no habla nunca explícitamente de sus relaciones sexuales— sólo puedo conjeturar que Rango era su amante, uno de ellos, pero el más antiguo y duradero. Es obvio además que desde hacía unos diez años lo mantenía, a él y a su mujer Zara (Helba Huara). Como seguía ayudando a Henry Miller, con regularidad, y esporádicamente a decenas de amigos artistas. En Nueva York, Anaïs cala más profundamente en la personalidad de Rango, denuncia su pereza, su inseguridad, su verbosidad política que lo eximen de la acción política, su extraña dependencia de Zara (enferma, sorda, loca). Pero al mismo tiempo cataloga lo que para ella son sus virtudes: fuerza, virilidad, antiintelectualismo, conocimiento directo de la vida, rechazo de la sociedad mercantil y por ello mismo del trabajo, etc. Paralelo de sus relaciones con Rango y con Miller, a quien muchas veces compara. Confiesa sentirse en alguna forma explotada por ellos. Masoquismo. Sólo cuando termine de leer los tomos siguientes veré más claro la figura y podré intentar un breve ensayo que podría llamarse «Un peruano en la vida de Anaïs».

*3 de agosto*

Mis libros han merodeado por el mercado peruano y dado tímidos pasos por Francia, Alemania, Italia, Holanda, Polonia, pero hay dos países importantes en los cuales nadie me conoce: Estados Unidos y la Unión Soviética. Y por coincidencia recibo casi el mismo día invitaciones a enviar mis obras para lectura y eventuales traducciones. La de la Unión Soviética es más seria, pues recibí carta de traductor pidiéndome ejemplares para publicación segura. La de Estados Unidos más oblicua: un crítico y profesor español, radicado en Nueva York, que me sugiere enviarle mis libros para gestionar y recomendar su traducción a través de un instituto que se ocupa del asunto.

*4 de agosto*

Anoche, a pesar de mi dieta, orden y descanso de los últimos días, crisis «cangrejoide» mucho más intensa que otras noches. Ningún remedio era capaz de calmar el devorante ardor, las náuseas y los otros síntomas indefinibles que acompañan estas crisis nocturnas. Andaba por mi casa desierta dando gritos y terminé apoyado sobre uno de mis estantes de libros, a punto de llorar, pidiéndole socorro a mi madre. El malestar duró media hora y se fue como vino, intempestivamente. A las dos y media de la mañana quedé dormido casi sentado contra mis almohadones y desperté a las ocho, con las piernas y los brazos de trapo. Un supositorio de Lamaline (15 miligramos de extracto de opio) y ¡up! a trabajar.

*4 de agosto*

Mis tres «joyas», las únicas que tengo, fuera de uso. Hace algunas semanas mi encendedor de oro Dunhill sufrió un desperfecto que le impide ser recargado con gas; hace unos días mi lapicero de oro Parker agotó su carga y no le encuentro repuesto. Hoy cayó al suelo mi reloj de oro Omega y se fue al diablo. Ni reloj, ni lapicero, ni encendedor, objetos que aparte de su utilidad eran preciosos, por ser regalos que Alida me hizo con tanto sacrificio.

*4 de agosto*

Yo he despachado en mi vida miles de cartas, paquetes, revistas, libros, manuscritos y creo que nunca o quizás una o dos veces no llegaron a destino, a pesar de que generalmente no me daba el trabajo de recomendarlos. Pero esta vez que despacho un objeto único e irreemplazable, con todas las garantías del caso (perfectamente envuelto, recomendado, urgente, etc.), el objeto no llega. Me refiero a la maqueta fotográfica para la cubierta del tercer volumen de *La palabra del mudo*. El valor real de esta maqueta puede cifrarse y asciende, según factura del taller de fotomecánica, a unos 1.200 francos, sin contar el trabajo del artista Herman Braun, que hizo el diseño gratis. Pero su valor real o mejor dicho potencial es mucho mayor y eso me causa un perjuicio incalculable. Por lo pronto retraso de la publicación del libro y seguramente por ello aplazamiento de mi viaje a Lima en la fecha prevista, que debía coincidir con la salida del libro. Luego imposibilidad de recrear la misma maqueta y por consiguiente confección de otra distinta a la de los dos primeros volúmenes, lo que restará armonía al conjunto. En fin, el retraso y la desarmonía repercutirán a su vez sobre la suerte de este volumen, con todas las consecuencias que eso puede acarrearme: no llegará a tiempo a las personas a quienes se lo había prometido (para que dicten un curso universitario previsto, para un homenaje a mí en tanto que autor, para ser leído por editoriales que me interesan y que, roto el contacto por mi tardanza en el envío, exigirán de mí nuevas gestiones) y cuando llegue producirá mal efecto ver el último tomo bajo una presentación diferente (yo soy muy sensible a estos aspectos visuales). En fin, me pregunto por qué no se perdió una de las tantas cartas o impresos idiotas que envío en lugar de este objeto... me lo pregunto a mí, claro, pues ¿a quién diablos se lo voy a preguntar? El azar, la mala suerte no tienen oídos, o si los tienen no escuchan jamás plegaria ni reclamación.

*6 de agosto*

Al fin encontré, en el quinto acto, al cabo de varias horas de audición, el famoso *lied «Morgenlich leuchtend im rosingen schein»* de los *Maestros Cantores* que tanto le gustaba a mi padre y que tantas veces escuché de niño en la vieja vitrola a cuerda de Miraflores. Emoción al reconocer la extensa y densa melodía, que ya se insinúa en el primer acto, pero que sólo en el último se ajusta perfectamente a la que guardaba mi memoria. Y al reconocerla regresa a mí mi infancia, torrencialmente, con todos sus gozos y tormentos, pequeños detalles que brotan como un géiser, mi saco de cuero, las dalias del jardín, mi cañoncito con llantas de goma que disparaba balas, la sopa de verduras que detestaba, mi vecino el señor Pizzini...

*7 de agosto*

Qué significación tiene esta vida, me pregunto. Días sin salir de casa, salvo en las mañanas para la oficina. No veo a nadie, no hablo con nadie, no busco a nadie. Mi minúscula casa me abastece de todo lo que necesito. Libros, comida, música... Empecé incluso un cuento, «Conversación en el parque», cuyo personaje principal es Castellanos. Justo recibo hoy de su viuda fotocopia de su cuento «Crisálida», que data en 1949, hace casi treinta años... De todos modos, no entiendo por qué me encierro, me escondo. No es sólo cuestión de salud o de dinero. En otros veranos solitarios me encontraba igual o peor que ahora y sin embargo salía a los bulevares, iba a los cines, invitaba a una amiga o un amigo a compartir mi soledad. Ahora ningún interés. Apenas llego de la oficina a mediodía me pongo pijama y clausuro la jornada, en lo que al exterior se refiere. Vivo en un mundo irreal, entre lo que ya no existe, rodeado de fantasmas. Me pregunto si no será el comienzo de alguna forma de locura. No olvidar la predicción de mi amigo Perucho: «Mi amigo Julio enloqueció al anochecer.»

*8 de agosto*

Poniendo un poco de orden en mis papeles (tarea un poco utópica en verdad, pues lo único que hago es pasar el desorden de un lado a otro), encuentro mi diario de la década del sesenta. Relectura rápida. Poco interesante. Me preocupo mucho de mis propios asuntos, pero no digo nada del telón de fondo, de las personas que frecuentaba, de mi trabajo no literario, de lo que pasaba en París y en el mundo. Decisión de todos modos de pasarlo en limpio, pues sólo yo puedo orientarme en esa acumulación de papeles que muchas veces no tienen indicación de lugar, ni fecha. He notado así cierta estructura cronológica en estos escritos. El diario de la década del 50, que ya está en limpio y que abarca mi viaje a Europa, mi retorno a Lima en el 58 y mi vuelta a París en el 60. Luego viene la segunda década, que podría llamar la «Década de la France-Presse», los diez o doce años que trabajé en esa agencia y en los que arruiné mi salud para siempre. En fin, a partir del 70 viene «Década de la burocracia», mi puesto en la Embajada y luego en la Unesco, con la definitiva quiebra de mi salud en el año 1973 y todas sus secuelas. Serán unas mil páginas a máquina, en total, poquísimo comparado con los grandes diarios (Anaïs Nin, Léautaud, etc.) y cuánto más estrecho su ámbito, pues por mi diario no pasan personajes famosos: he conocido tan pocos y además tan poco he dicho sobre los que conocí. Mi diario no ha sido nunca el reflejo del mundo sino la crónica sombría de mi propia vida, en lo que ésta tenía de más personal.

*8 de agosto*

«Basta mirar mucho rato una cosa para que ésta se vuelva interesante», dice Flaubert en su correspondencia. Sí, pero se le olvidó añadir: «y también incomprensible». Así las cosas, los edificios que veo por el balcón, sobre la Place Falguière, van perdiendo a medida que los observo su naturalidad, su seguridad, su realidad para convertirse en objetos absurdos, inexplicables, altos cubos de concreto perforados por rectángulos luminosos, moles cuadriculadas divididas en pisos donde gente como yo está instalada en pequeños habitáculos y aislada de todo y de todos. Y en esos espacios amontonados pero incomunicados tienen que vivir, sufrir, dormir, gozar, morir, toda la vida. ¿Cómo así se ha llegado de la caverna, de la tienda a esas gigantescas cajas tan semejantes unas a otras como las celdas de las abejas? ¿Por qué? No entiendo. Todo cuadrado, todo cúbico, todo regido por el ángulo de 45 grados. ¿No hay otra forma de utilizar el espacio, otra figura, otra manera de apropiarse del vacío y habitarlo? Trato de imaginar lo imposible y no puedo concebirlo justamente porque es imposible. Algún genio vendrá y nos enseñará dentro de qué formas debemos estar y cómo deben organizarse estas formas, pero que no sea eso, por favor.

*10 de agosto*

El profundo resentimiento de los animales. Mis relaciones con mi gato han llegado en estos días al punto de ruptura. La semana pasada, cuando trajeron el suntuoso sofá de cuero, lo sorprendí en el momento en que se aprestaba a afilar sus uñas sobre el fino material —como lo había hecho con los anteriores sillones hasta dejarlos en hilachas— y le di un fuetazo en el anca. Se enojó un poco y anduvo algo esquivo. Anoche, a las cuatro de la mañana, me desperté con el deseo de verificar una frase de *Bouvard y Pécuchet* y al entrar en la sala metí el pie en un charco hediondo: el gato acababa de orinarse en la alfombra. Lo perseguí para refregarle las narices sobre sus orines y darle a entender que no debía hacer pipí fuera de su caja. Esta mañana, antes de ir a trabajar, estuve buscándolo por toda la casa para darle su comida. No había trazas de su persona. Miré y busqué por todo sitio sin encontrarlo. Posibilidad, pero remota: que se hubiera salido por algún sitio, pero lo único que había dejado abierto era una alta ventanita del baño que da, además, sobre un patio a veinte metros de altura. Al llegar del trabajo seguí buscándolo sin resultados. Sólo cuando encendí el horno de la cocina de gas para calentar un plato, apareció. Estaba debajo de la cocina y el calor probablemente lo expulsó. ¿Cómo se había metido allí? Es un lugar casi inaccesible. Sin embargo, allí había encontrado refugio. Salió, se metió bajo un ropero y cuando apagué el horno volvió a meterse bajo la cocina. Allí ha pasado toda la tarde, sin querer salir. Por más que lo he llamado, hecho sonar su plato de comida y abierto su lata de paté. Antes bastaba que abriera su lata para que el ruido del abridor lo trajese a la carrera. Ahora nada. Sigue refugiado en su hueco y no obedece a ninguna exhortación ni tentación. Sólo de vez en cuando, al llamarlo cariñosamente, emite un débil maullido. En su memoria infalible de animal algo ha ocurrido, algo que lo aleja definitivamente de mí y me convierte de ahora en adelante en su enemigo.

*11 de agosto*

No falta nada, casi nada, para que el desorden alcance en casa un carácter irreversible. Como otros veranos en que ando solo, basta que deje de hacer un día la vajilla o de tender la cama o de bajar la basura, para que a ese día se sume otro y de pronto ya no encuentro un solo plato o tenedor limpio, ya no hay sitio donde echar los restos de comida ni un cenicero donde apagar una colilla ni un lugar en el dormitorio donde colgar una camisa. Es verdaderamente horrible. No puedo ni cocinar y prefiero comerme un sánguche y tomarme un vaso de leche. Mi único refugio es mi mesa de trabajo, que hoy traté de ordenar y tiré a la mitad el arpa, muerto de angustia y de cansancio. En medio del caos traté de abstraerme y continuar mi cuento «Conversación en el parque» pero no pude avanzar sino unas líneas. Sólo puedo escribir esta nota, como si me bastara consignar el desorden y describirlo para alcanzar sobre él una primera conquista, aunque sea mental.

*11 de agosto*

Dentro de veinte días voy a cumplir 48 años, la edad en que mi padre murió, y si yo muero también a esa edad no voy a dejar nada, aparte de deudas, y a mi familia en el mayor desamparo. Mi padre, al menos, nos dejó una casa en Miraflores, pequeña es verdad, pero con un lindo jardín y con sus muebles. Dejó también el dinero de su indemnización, lo que nos permitió subsistir unos cinco años e incluso construir dos departamentos de renta, que luego fueron vendidos. Pero yo, ¿qué voy a dejar? Si no tuviera hijo y mujer, me importaría un pito irme del mundo sin el menor bien, pero no es mi caso. Se me pone la carne de gallina, tiemblo al pensar que mi hijo vaya a sufrir las humillaciones de la pobreza y que mi mujer se encuentre en la indigencia. Si hago un inventario de lo que tengo, se resume en pocas cosas: 2.000 libros, un escritorio ya viejo y quiñado, un tocadiscos, una máquina de escribir, dos camas, el viejo juego de sillones Crapaud y el gran sofá de cuero, aún no pagado. Y nada más, aparte de vajilla, discos, ropa. Es cierto que dejo mis escritos, que pueden tener un valor pero a los que es difícil ponerles un precio. ¿Qué representan en efecto mis cuentos, novelas, diarios, correspondencia y otros papeles? Cero. Algo de prestigio, pero nada más. Cuando pienso en esto, creo que las energías, el tiempo, la concentración, el sacrificio, el empeño puesto en escribir debería haberlo empleado en dejarles a los míos la posibilidad de vivir confortablemente, sin dependencia, libres, en condiciones de hacer lo que quisieran y sin pedirle favores a nadie. Porque sólo así, cuando uno puede pagar el precio de su vida, se puede ser más o menos feliz.

*12 de agosto*

Pertenezco a esa categoría de dilapidadores de fortunas imaginarias. Por lo menos una vez a la semana, la víspera de los resultados del loto o de la lotería, celebro una fiesta secreta en la que dispongo pródigamente del premio deseado. En tantos años noto que la manera de disponer de esta fortuna mental carece de fantasía y sigue siempre las mismas variantes. Una parte para mí, otra para mi mujer, otra para mi hijo, exactamente iguales.

Una cuarta parte, cuyo monto varía de semana en semana según me sienta más o menos generoso, está destinada a nuestras familias. En lo que respecta a mi parte, reservo un porcentaje para ayudar a artistas y escritores, mediante becas o premios, que les permitan vivir un tiempo con holgura, dedicados completamente a la creación. El resto ya está distribuido: una casa en Lima, frente al mar; un pequeño carrito para recorrer el Perú; una buena biblioteca y dinero en algún banco o negocio seguro que me permita vivir sin dependencia el resto de mi vida. Tanto he pensado en esto que diría casi que lo he vivido y si alguna vez me llega no me producirá ninguna sorpresa. Diré simplemente: «Bueno, ya era hora, procedamos.»

*13 de agosto*

Terminé ahora mi cuento «Conversación en el parque», cuento extraño, mezcla de tantas cosas, a las cuales ni yo mismo les encuentro un sentido. Inspirado en lo que me contó mi hermano sobre Alfredo y Javier. Pero inscrito en otro plano. Cosas que salen un poco del subconsciente. En la mañana, expedición a librerías, frustrada por brusca degradación del tiempo, se nubló, enfrió, se interpoló un día hosco en pleno verano. Compré el tomo segundo de la biografía de Virginia Woolf, por Quentin Bell. Anoche había leído el primer tomo, aprovechando una aguda crisis de cangrejitis que me mantuvo despierto entre la una y las cinco de la mañana. Excelente libro. Estos ingleses son maestros en este tipo de trabajos. Traté de comparar a Anaïs Nin con Virginia, cuyos diarios he leído. ¡Qué diferencia! Si hubiera tenido la ocasión de conocer a una de ellas, no hubiera vacilado por Virginia. El diario de Anaïs es más rico en acontecimientos, viajes, aventuras, personajes célebres, pero no sopla en él ese aire de genialidad que se respira en el otro.

*14 de agosto*

Siniestro domingo, que me niego a recibir. A pesar de que estamos en el corazón del verano, humedad, niebla, frío. Estoy tentado de encender la calefacción.

En todo caso no saldré ni a la esquina, ni me quitaré el pijama, ni me afeitaré; ésa será mi venganza. Mi única aventura, llamada telefónica a Capri para conversar largo rato con mi familia. Luego lectura de la biografía de Virginia W. Conmovido y aterrado por el proceso de su locura. Me digo que, después de todo, los males de que sufro son más soportables, a pesar de su brutal aspecto físico, que los que afectan el espíritu, la mente, el sistema nervioso. Debo congratularme de tener un indestructible equilibrio psíquico. Hace días escribí que mi predilección por la soledad y el encierro constituían quizás un germen de locura, pero es evidente que exageraba. Puedo estar nervioso, a veces deprimido, inquieto, preocupado, pero ello no pasa de los límites de lo tolerable y de lo controlable. Pongo un disco, abro un libro, enciendo un cigarrillo y pronto planeo soberanamente sobre mis pequeñas miserias.

*14 de agosto*

Sin razón ni causa visible, releí esta tarde las cartas de Mimí, que hacía por lo menos quince años estaban guardadas en un cartapacio rojo. Son cartas que datan de diciembre de 1960 a mayo de 1962. Después de esta última no conservo ninguna, no sé qué se habrán hecho, pero recuerdo en todo caso que nos seguimos esporádicamente escribiendo hasta que me anunció su matrimonio, hacia el año 1970. Tampoco sé dónde están las cartas anteriores a 1960, las que me envió a Berlín, Lima y Ayacucho. Sensación de desapego, de sequedad al leer cartas que me fueron entonces tan queridas y esperadas. Mimí era realmente adorable y no me arrepiento de haberla conocido ni de los años en que sentimentalmente viví bajo su dependencia. El placer de su compañía y de su afecto compensan largamente el dolor que me causó nuestra ruptura. Sus cartas son sencillas y sobre todo francas, y esto último yo no lo comprendí entonces. Como no comprendí tampoco que vivíamos en otra época y que ella era ya una muchacha emancipada, para quien yo era sólo uno de sus tantos amigos, uno de los primeros tal vez, es cierto, pero del que se valió, como de otros, para testar sus inclinaciones afectivas, sexuales, intelectuales. Finalmente se casó con un inglés y se fue a vivir a la Costa del Sol, donde su marido tenía un negocio de flores. En 1972, al pasar por dicha región, estuve a punto de ir a visitarla, tenía su dirección, pero a última hora no lo hice. Luego habré estado unas diez veces en Bélgica y nunca se me ocurrió averiguar, a través de su madre o hermanos, qué era de su vida. Lo que sí quisiera es alguna vez recuperar las cartas que le escribí. Deben ser cartas pésimamente escritas, pues lo hacía en francés, pero ejemplos patológicos de la pasión amorosa.

*15 de agosto*

Larga caminata hasta el Barrio Latino, en una mañana de una insólita, sobrecogedora belleza. Aún no salgo de mi estupor; tendría que referirme a De Chirico, a Delvaux para dar cuenta de mi impresión. Paisajes urbanos desolados, perspectivas de fachadas a pérdida de vista, sin otra cosa que un peatón o dos, generalmente una turista semidesnuda, inmóvil, consultando un plano. Nunca he visto París tan desierto. Los negocios cerrados, ni autos ni autobuses. Agosto es así, pero además era lunes, día en que cierran la mitad de las tiendas y además feriado, día de la Asunción. Aparte de ello, a mitad de agosto muchos turistas ya han partido y el grueso de los veraneantes aún no ha regresado. Flotaba en un París alucinante, en la mañana soleada pero fresca, atraído por el tañido de las campanas de Saint-Germain-des-Prés. La placita de la iglesia estaba vacía, ni un solo auto estacionado. Volvía a ser el *village* de la posguerra. En el café Bonaparte, prácticamente solo, bebí expreso negrísimo sentado en la terraza, sin salir de mi incredulidad, preguntándome si no estaba soñando.

*16 de agosto*

Imposibilidad de pasar en limpio mi cuento «Conversación en el parque», pues mi máquina no anda bien, el rodillo se bloquea al final de cada línea y a mí me gusta que la copia sea perfecta. Ahora está marchando bien mi máquina, por ejemplo, pero en cualquier momento cae una tecla sobre otra; no lo puedo prever. Aproveché entonces para escribirle larga carta a Bryce y para comenzar un relato o más bien descripción de mi enfermedad, comenzando por el principio, es decir, por el año 1952. Abandoné el asunto a las tres páginas, pues entraba en demasiados detalles y quiero ser muy conciso. Lo que quiero en realidad es rescatar mi experiencia hospitalaria y transmitir las impresiones de un «gran operado», con toda la crudeza del caso y las reflexiones concomitantes sobre la medicina, la cirugía, la enfermedad, la salud, etc. Será simplemente un testimonio, pero que puede tener cierto interés, aunque sea para los médicos.

*18 de agosto*

El caso de C. A. C., millonario peruano, que todos los años, desde sabe Dios cuándo, en todo caso desde antes de la última guerra, viene por seis u ocho meses a Europa. Es ya una bella ruina: tres infartos y una hemiplejia. Tiene un brazo y una pierna paralizados. Su mujer ya lo dejó y viaja con una especie de secretaria-enfermera-dama de compañía, que se encarga de cortarle la carne en los restaurantes, vestirlo y desvestirlo, manejarle el automóvil, etc. No obstante sus males, bebe una botella de whisky al día y come lo que le da la gana, en los mejores restaurantes. Sufre de incontinencia y se orina en cualquier lugar y en cualquier momento. Por este motivo sólo se aloja en caros hoteles donde ya lo conocen y donde no les importa que en pleno *hall* o comedor deje sobre la alfombra el charco de su meado. Alguna vez dijo que había sido presidente del Perú y mozos y *maîtres* lo tratan de *Monsieur le president*. Le gustan aún las mujeres y da a entender que se acuesta con su dama de compañía, lo que sus amigos dudan. Es cínico, se burla de sí mismo, sabe que está medio muerto, pero le importa un pepino. Hablando un día de los sobornos practicados por la firma norteamericana Lockheed —el príncipe Bernardo de Holanda, el entonces premier italiano, etc.—, me dijo que en el Perú también la firma había dado comisiones secretas, 100.000 dólares, para que adquirieran su material aéreo. «Pero, ¿quién demonios recibió la comisión?», le pregunté entre sorprendido e indignado. «Yo», me respondió.

*18 de agosto*

A las seis de la tarde llamada por teléfono de Lima de mi cuñada Luci, esposa de Juan Antonio, para preguntarme alarmada cómo estaba, que la radio local había anunciado que estaba «gravísimo». Media hora más tarde llamada del corresponsal de la Agencia Ansa en París, para decirme que le habían pedido de Roma verificar la noticia de mi «deceso». Como es natural, le opuse un enérgico *mentís*. Más tarde fui yo quien llamé a Lima para hablar con mi mamá y tranquilizarla. Se ha tratado sin duda de una broma, pero una broma odiosa.

*20 de agosto*

Anoche cena-lectura-debate en casa de Armando Rojas. Leí mi cuento «Conversación en el parque», que fue destrozado por Hinostroza y Carlos Calderón, con argumentos en gran parte pertinentes. Rodolfo sobre todo caló en lo hondo y se dio cuenta de la gran falla, que yo había notado: que el cuento no es un diálogo de Alfredo con Javier sino un monólogo mío, una sucesión de «prosas apátridas». Carlos Calderón observó lo mismo y me hizo recordar uno de los consejos que le di hace años: la dificultad de presentar personajes intelectuales. Ambos tienen razón. Yo convengo en que el diálogo es artificioso, a veces forzado. No estoy de acuerdo sin embargo en que mis personajes «no tienen existencia», en que son meros pretextos para decir algunas cosas que no sé en qué otra forma decir. Alfredo y Javier existen realmente y su diálogo fue cierto. Quizás se expresan con demasiada propiedad, eso puede corregirse. Los poetas, en cambio (a Rodolfo lo sitúo entre narradores-poetas) quedaron muy impresionados: Mariano Castro Flores, Armando Rojas, etc. En fin, luego seguimos bebiendo y a las tres de la mañana vinimos a casa Rodolfo y su amiga mexicana, Carlos y Armando. Hablamos de la revista en proyecto. Lúcida exposición de Rodolfo sobre la revista que él ve y su necesidad de ampliarla a escritores de otros países y lenguas. Armando, Carlos y yo preferimos que al comienzo sea peruana, basada en las lecturas y debates que hemos realizado. Propuse dos títulos para la misma, que fueron provisionalmente aceptados: «El buen salvaje» y «Puerta falsa». Estos proyectos de revista me hicieron recordar a *Los geniecillos dominicales.* A las ocho de la mañana seguíamos discutiendo y tomamos desayuno en casa.

*20 de agosto*

Escribí dos cartas, salí a comprar algo para la comida, puse una cantata de Bach en el tocadiscos, tomé un vaso de vino, encendí un cigarrillo, me asomé al balcón para ver el atardecer y de pronto sentí caer sobre mí toda la tristeza del mundo. ¿Qué hacía allí, Dios mío, en ese final de sábado, solo, mirando la plaza mutilada, con tan pocas ganas de vivir? ¿Dónde el cálido amor, la jubilosa amistad, el goce duradero? Pronto 48 años y sigo hablando conmigo mismo, dando vueltas en torno de mi efigie doblegada, roída por el orín del tiempo y la desilusión. Helado, seco, hueco, como una lápida olvidada en el más minúsculo cementerio serrano, mi propia lápida.

*21 de agosto*

El sueño, buen compañero, absorbe mis penas y dolencias y esta mañana amanezco optimista, con ganas de salir, de hacer cosas. Llamo a Capri para hablar un cuarto de hora con Alida y luego me lanzo a caminar por las calles desiertas de París. En la rue de Rennes me detengo en las vidrieras de las tiendas cerradas para contemplar los objetos de mis codicias: una librería extraña donde venden sólo preciosos libros de ebanistería con ilustraciones a pluma, una mueblería inglesa que exhibe un sillón *Chesterfield*, la vinería Nicolas y sus Grands Crus inaccesibles. Llego así al Barrio Latino y me siento en el café Bonaparte a ingerir el ritual expreso *Bien serré* que, como de costumbre, me cae pésimo. Luego al mercadito de la rue de Buci en busca de algún comestible. Intento retornar a pie, pero a medio camino renuncio y subo a un taxi. Me reciben los maullidos de mi gato, a quien he encerrado en la cocina por haberse meado anoche nuevamente en el sofá.

*22 de agosto*

Un amigo rico compra una vieja barcaza fluvial, de esas que circulan por el Sena llevando carbón u otros minerales, con el propósito de acondicionarla y convertirla en una casa flotante. Como en Holanda hay una mano de obra especializada en este tipo de trabajos, decide llevar la barcaza a Amsterdam y para ello contrata los servicios de tres muchachos que entienden de navegación. Antes de comenzar el viaje mi amigo, que a pesar de su fortuna es muy democrático, le explica a sus tripulantes que en esa embarcación no hay capitán ni marineros, todos son iguales, todo se va a decidir de común acuerdo: el trabajo que hará cada cual, los puertos donde se debe atracar, lo que se comerá en cada menú, etc. El viaje empieza muy bien, pero a los pocos días mi amigo se da cuenta de que a él le tocan las faenas más duras: baldear la cubierta, hacer la vajilla, lavar la ropa de trabajo. Poco a poco los tripulantes han ido tomando la dirección de las operaciones y él transformándose en su subalterno. Sorprende incluso una conversación de los marineros en la que planean desembarcarlo en el próximo puerto y proseguir solos el viaje. Al llegar al próximo puerto pretexta hacer unas compras, pero en realidad busca el apoyo de la policía y desaloja a los rebeldes. Para poder continuar el viaje contrata nueva tripulación y esta vez la reúne en la cubierta y dice: «Este barco es mío. Aquí mando yo. Ustedes no tienen sino que obedecer y si no están de acuerdo se bajan.» Sólo así pudo llegar a Holanda y convertir su vieja barcaza en casa flotante.

*22 de agosto*

Respondo a una entrevista para la Agencia Ansa, una más, por qué diablos tengo siempre que ceder a estas solicitaciones, que me toman tiempo, me aburren y me irritan... y me obligan a decir banalidades, casi siempre las mismas. Y que no me aportan nada, además, pues no contribuyen a mi renombre ni halagan mi vanidad ni me producen ningún beneficio material. Pienso que lo hago simplemente por generosidad, por servir al periodista a quien le han encargado la tarea y que se sentiría frustrado en su misión si no la cumple.

*25 de agosto*

Hay calles de París que me aterrorizan, y que prefiero evitar a costa de largos rodeos. La que va de mi casa al correo de la rue Vouille o la que lleva a la antigua escuela de mi hijo. Caminando por esas calles hace años me sentí morir, pues sin saberlo me estaba desangrando. En particular en 1970, cuando después de dejar a mi hijo en su escuela regresaba y la fatiga que sentía desde el día anterior se acentuó bruscamente, tuve la impresión de que atravesaba un desierto abrasador, que escalaba una montaña inaccesible, que nunca llegaría a casa. La cabeza me daba vueltas, el piso se hundía bajo mis pies, cada paso que daba era una conquista contra fuerzas demoníacas que habían jurado mi destrucción. No sé cómo pude subir los dos pisos y caí extenuado en la cama, lívido, resollando, sin fuerzas para ir al baño, a pesar de la urgencia que sentía de hacerlo. Cuando lo hice comprobé lo que ocurría: heces negras, la melena. Debía haber perdido uno o dos litros de sangre. No tenía casi pulso, tenía los pies y manos helados. Encontrar un médico tardó horas y más aún una clínica que me recibiera. Yo veía en medio de una especie de bruma a mi mujer prendida del teléfono llamando aquí y allá. Al fin vino una ambulancia. Me bajaron en camilla. En la plaza había muchos curiosos. Creo que durante el viaje caí en coma, pues apenas recuerdo la ruta. Recobré la conciencia cuando la ambulancia estaba detenida frente a una clínica privada. Eran las diez u once de la noche. Luego me introdujeron en un cuarto común donde había cuatro o cinco enfermos que veían televisión. El interno de turno ordenó de inmediato una transfusión de sangre y me quedé dormido hasta el día siguiente. Tres veces más me llevaron al hospital en ambulancia. Por eso tampoco puedo escuchar la sirena de las ambulancias.

*28 de agosto*

Leyendo con placer y, espero, provecho, la *Vie de Henry Brulard* de Stendhal, en una linda edición en dos volúmenes. Tengo la impresión de que esta obra la leí hace ya veinte años, en Munich, pues algunos pasajes me parecen familiares. Pero entonces no era tan sensible a la naturalidad, la libertad, la gracia con que está escrita. La leo sin caer en la beatería, notando la cantidad de párrafos sin ningún interés, de referencias inútiles, que sólo pueden significar algo para los stendhalianos, lo que no es mi caso. A la caza sólo de esas observaciones esporádicas, sobre personas o ideas, que surgen espontáneamente de su pluma, como apartes o digresiones, y que constituyen el verdadero encanto del estilo de Stendhal. De todos modos, no suscribo la opinión de Léautaud de preferir este libro a sus novelas.

*31 de agosto (12 m.)*

Yo que pensaba recibir mi 48 cumpleaños metido en la cama con un buen libro, como en veces anteriores, lo recibo inesperadamente cenando en forma opípara en La Coupole, en amena conversación con un desconocido. Rectifico, con un muchacho que había conocido unas horas antes y que acababa de llegar de Lima recomendado a mí por Fico Camino. Chico simpático, con vocación literaria y lector inteligente de *Prosas apátridas*. Digamos también, para ser justo, que quien cenó opíparamente fue él, pues yo me limité a mordisquear un fino pescado a la parrilla y a comer un pedazo de queso, acompañado por un excelente Morgaux 1963, lo que encareció el convite, pues tuve que pagar 200 francos. No me arrepiento de esta salida nocturna, que me permitió escaparme de mi hueco y sentirme joven, sano, en un ambiente tan cargado para mí de viejas *performances* como La Coupole. Luego regresamos a casa para tomar el café y seguimos conversando hasta las tres de la mañana, hora en que lo despaché a dormir en el cuarto de Julito. De este largo diálogo he sacado en limpio que en Lima hay un grupo de jóvenes, entre los 20 y 25 años, que me leen y me aprecian y para quienes el librito que he citado es tema de reflexión y de discusión. Ello me deja pensativo, pues me hace sentir «responsable». ¿En qué sentido? En el sentido inquietante de ser tomado como modelo e imitado. Y nada me aterra más que llevar a la gente por el mal camino.

*(8 p.m.)*

Llamada de Alida de Roma para saludarme por mi cumpleaños. Luego llamada de Pierre Deplace para decirme que Monte Ávila se interesa por nueva edición de *Prosas apátridas*. Convergencia de esta llamada con lo escrito esta mañana sobre este libro. Al atardecer visita de Barbara G. que me trae una rosa y unos objetos en oro tan lindos como inútiles, que Alida le había encargado fabricarme para esta fecha. ¿Cómo se llaman estos objetos? Deben tener algún nombre, supongo, pero no lo conozco. Son esas pequeñas barras que se ponen en las puntas del cuello de la camisa para evitar que éstas se doblen. Esas barras son en general de plástico, pero Alida ha tenido la idea genial de que sean en oro, lo que debe tener una significación tan profunda que no llego a percibir. Generalmente los objetos en oro son objetos que se lucen, pero que no están destinados a permanecer ocultos, como en este caso. ¡Vaya uno a saber lo que piensan las mujeres! El día menos pensado enviaré una camisa a la lavandería sin haberle sacado las barras y adiós regalo y tesoro.* En fin, larga conversación con Barbara sobre temas de su predilección: experiencias extrasensoriales, platillos voladores, cuerpo astral, etc., sobre los que posee una rara erudición. Prometió darme acceso a su biblioteca. No

* Lo que ocurrió años después (agosto de 1987).

pudo quedarse a cenar, por lo cual me apresto hoy a solitaria celebración.

*11 de setiembre*

Hace días que tengo en mi mesa el cartapacio que lleva por título «Novelas comenzadas», quince o veinte, a lo más. Sólo tres o cuatro de ellas tienen cierto poder germinativo. En particular una de las más antiguas, basada en mis relaciones con C. Tentación de retomar estos fragmentos dispersos y deshilvanados, para una narración mediana de unas cien o ciento cincuenta páginas. Lo malo es que esta experiencia está combinada en el tiempo, entrelazada con mi historia con M., de modo que para no dejar vacíos en su desarrollo tendría también que incluir la segunda aventura, lo que alargaría demasiado mi proyecto. Escribir ambas historias por separado o en contrapunto, problema por resolver.

*13 de setiembre*

Con mis ediciones continúa la serie negra. El tercer tomo de *La palabra del mudo* está listo hace más de seis meses, en manos de editor e impresor. Primero se extravió la carátula en el correo y tuve que hacer gestiones aquí y allá hasta encontrarla, lo que representó tres meses de atraso. Luego, cuando el libro está ya en pliegos corregidos, sale en Lima una ley o reglamento que suspende la cuota de divisas a los importadores de libros. Total, que Milla no puede pagar al impresor barcelonés y mi libro quedará atracado no se sabe hasta cuándo. Puede ser unos meses, un año o siempre. Tanto trabajo acumulado, tantos sacrificios y penares para nada, para ser una ruma de papeles que seguirán deteriorándose hasta ser inutilizables. Y esto crea un hueco entre los dos primeros tomos de *La palabra del mudo* y el tercero, hueco que irá anchándose y en el cual terminaré por hundirme hasta el cogote. Cuando aparezca, si aparece, nadie se acordará de los dos primeros, será un grito en un arenal oscuro. Mierda. Vaina. Quisiera alinear todas las groserías y desahogarme. Y por el atascamiento de esta edición, suspendidas todas mis gestiones para traducir mis cuentos. Hace ya tres o cuatro años que no hago nada, en este sentido, pues esperaba el tercer volumen para ofrecer un producto *fini*, completo e imponente, aunque sea por la masa. He escrito carta a mi primo, director del Banco de la Nación, para ver si puede hacer algo por mí, pero no creo que lo pueda. César Iglesias es justamente el funcionario inflexible, implacablemente pegado a los reglamentos y si no hay nada que hacer en mi caso no lo hará nunca. Aunque uno nunca sabe.

*26 de setiembre*

Mi cuento sobre el «Abominable», que comencé bien hace unos días, no debe convertirse en un *Moby Dick* enano ni mucho menos en un El *viejo y el mar* a escala reducida. Para evitarlo debo encontrar una dirección diferente y por ello una solución diferente. Puede tratarse de una aventura en solfa, la falsa aventura de dos idiotas, que encuentran en realidad otra cosa que lo que buscan. O más seriamente encuentran su presa —y no saben qué hacer con ella— o descubren que la presa está dentro de ellos o es uno de ellos.

*27 de octubre*

Después de haber leído varios tomos de las *Obras completas* de Maupassant —en particular la correspondencia y artículos, pues la mayoría de los cuentos ya los conocía, aunque releí algunos de los maestros, *M. Roque et Ce cochon de Morin*— me precipito sobre las obras completas de Victor Hugo. Dejo de lado las novelas, que ya conozco, paso muy rápidamente sobre su teatro, que es francamente inaguantable y me privo de su poesía, que es lo único que falta en mi colección, para recaer sobre sus escritos íntimos. Este aspecto de los grandes escritores es el que cada vez me interesa más, sus papeles marginales: cartas, diarios, notas, borradores, artículos, etc. Me entretiene meter las narices en este desván, siempre tan revelador. Me entero así del temor, la repulsa de V. H. por los *gauchistes* de la época; Proudhon, por ejemplo. Ambos son enemigos a muerte de Napoleón III y eso debía unirlos, pero a V. H. el filósofo le da más miedo que el emperador, pues a éste lo considera un «terrorista» mientras que al primero «un terrorista y medio».

*28 de octubre*

Todos o casi todos los escritores de mi generación han escrito su gran libro narrativo, que condensa su saber, su experiencia, su técnica, su concepción del mundo y la literatura. Vargas Llosa, *La casa verde*; Roa Bastos, *Yo el supremo*; Carlos Fuentes, *Terra nostra*; Goytisolo, *Recuento*; García Márquez, *Cien años de soledad*; Donoso, El *obsceno pájaro de la noche*, etc. Sólo yo no he producido un libro equivalente y a los 48 años no creo que lo pueda producir. La obra vasta y compleja, densa y sinfónica, está fuera de mis posibilidades. Quizás en *Cambio de guardia* perdí la ocasión de hacerlo, si en lugar de buscar la síntesis y el estilo administrativo hubiera desarrollado cada secuencia y ahondado más en los personajes. Pero entonces estaba yo obcecado por la entreverada sucesión de cortísimas escenas... En suma, nada importante he hecho, tres novelitas, cada vez menos convincentes, casi un centenar de cuentos y otras cosas menores. Nada de eso me permitirá permanecer, durar. Jugador de tercera división, algunos me vieron alguna vez hacer una jugada maestra y meter un magnífico gol. Algunos, luego me olvidaron.

*31 de octubre*

¿Cómo pasar de la redacción de cables y aerogramas oficinescos a la de mi artículo sobre Maupassant y Marie Bashkirtseff? Ausente el Embajador, he pasado toda la mañana ocupado en la escritura de estas misivas burocráticas, sobre asuntos urgentes y concretísimos. ¡Y en la tarde en casa me encuentro con mi artículo inconcluso! No se trata de una cuestión de estilo, pues de buena gana emplearía en este artículo el mismo que para los cables, sino de una cuestión de atmósfera. Tengo que hacer un esfuerzo enorme para sacudir mi espíritu de todas las adherencias de mi ocupación matinal y «ponerme en condición», es decir, retornar al año 1884, al París de la Tercera República, al Maupassant de los 34 años, etc. Lo que intentaré hacer con ánimo alegre y esfuerzo ejemplar.

*2 de noviembre*

*Canto de sirena*, de Gregorio Martínez, premio de novela del concurso Good Year. Las cuarenta páginas que he leído me han dejado *rêveur*. ¿Qué pasa? No puede negarse: calidad excelente de una prosa inspirada en el habla popular de la región nasqueña. Pero es lo que yo llamo las prosas inventadas, las que no salen del interior del autor sino de su reflexión sobre el lenguaje, prosa mental y reflexiva en el doble sentido: reflexión sobre la escritura y reflexión del lenguaje nativo. El resultado es interesante, pero me fatiga y me parece afectado. Como la prosa de Azuela en *El tamaño del infierno*. El autor se borra, desaparece e inventa una prosa que no es la suya sino la de su personaje. ¿Todos los escritores no hacen eso, los novelistas o autores de ficción en particular? Es posible que muchos lo hagan, pero el resultado es válido cuando hay correspondencia entre la voz del autor y la voz del personaje, como en Rulfo, digamos, o Arguedas. Otros no nos transmiten sino su propia voz: Flaubert, Stendhal, Céline, Kafka; por más intermediarios que utilicen, escuchamos siempre el mismo tono, el de ellos, único, inconfundible. Y cuestiones de prosa aparte, a esta novela le falta armazón, es pura orla, bordadura, espuma. Novela invertebrada, tipo moluscoide. No se encuentra nada sólido en su interior, algo que resista al manto que la cubre y que sirva de sostén a las palabras. Éstas se caen de la hojas del árbol, sencillamente porque no hay árbol.

*2 de noviembre*

¡Diablos! Si las últimas treinta o cuarenta novelas que he tratado de leer no las he terminado es porque deben tener algún defecto, algo que les impide colmar mis expectativas. Largo sería citarlas, pero es un hecho: me aburren, me irritan. Esto debería servirme de lección. Tratar justamente de escribir una novela en la que encuentre lo que espero. Una novela compuesta con las ausencias de las novelas de los demás.

*2 de noviembre*

Husmeando ahora entre viejos trastos encuentro un paquete de discos antiguos y entre ellos uno que compré en Berlín hace exactamente veinte años, es decir, en noviembre de 1957, un Sidney Bechet. Y al escucharlo evoco mi pobre pensión en «Reinikendolfern Strasse» (no sé si estará bien escrito), el entonces «barrio francés» de la antigua capital dividida en sectores de ocupación. Y me acuerdo de paso de, ¿cómo se llamaba? ¿Héléne? ¿Barbara? ¿Gisella? Un nombre de este tipo, la primera amiga que tuve en esa ciudad, mi primera amante alemana. Y de todo lo relacionado con ella. Su cara, su cuerpo, su pelo, sus pecas. Historia que puede caber en veinte líneas. Una noche voy a un bar del barrio y pongo discos en el *juke-box* mientras tomo un copetín de un alcohol que creo se llamaba

Escorial. Dos muchachas beben algo en una mesa vecina del bar casi desierto. Cuando una de ellas se levanta para elegir un disco me acerco —cosa rara, pues nunca he tenido impulso para este tipo de abordajes— y le pregunto si le gusta algo en especial y si quiere bailar. Todo esto en un alemán bastante primitivo, pero en todo caso mejor que el que ahora sé. La muchacha elige un disco y acepta el baile. Y basta que la tome en mis brazos para darme cuenta de que ella no esperaba otra cosa que eso y mucho más, no por tratarse de mí, sino porque era su costumbre o por alguna otra razón. Bailamos largo rato, les invité a un Escorial y luego las acompañé al paradero de un autobús. Quedamos en vernos otro día en el mismo bar. Vino sola y luego de unos copetines fuimos a mi pensión. Entramos clandestinamente, pues el patrón era un viejo gordo y cojo de aspecto furibundo. A la mañana siguiente —nos habíamos quedado dormidos más de la cuenta— tocan la puerta. Era la empleada que arreglaba las habitaciones. Héléne o Gisella tuvo apenas tiempo de cubrirse con una toalla y se escondió tras la puerta, mientras yo me hundía bajo las cobijas. La empleada empezó a barrer y a ordenar la habitación y de pronto distinguió a la intrusa emboscada. Yo me vi perdido, me dije ahora la va a echar a gritos, va a llamar al patrón y finalmente éste me va a expulsar de la pensión. Pero me equivoqué. No contaba con la solidaridad que puede crearse en ciertos casos entre las mujeres. La empleada se llevó el índice a los labios para pedirme silencio. Le indicó a la muchacha que se vistiera mientras ella iba a espiar al corredor. Al poco rato regresó y por señas le dijo que podía ya salir, pero rápido. Y Gisella o Barbara se fue sin ser vista. Desde entonces vino varias veces a mi cuarto, siempre cerca de medianoche, después de encontrarnos en el bar del barrio. Se retiraba al amanecer, antes de que el patrón de la pensión se despertase. Pero algo debió sospechar éste o tal vez la empleada terminó por delatarnos, pues un día que llegué a mi pensión el viejo gordo cojo me esperaba en mi pieza, había puesto mis maletas en medio del cuarto y me ordenó entre vociferaciones que debía abandonar la casa. Lo que hice en el acto, pues no quedaba otra alternativa, y me trasladé a la pensión de mi amigo Hernando Cortés. Por culpa de este incidente perdí contacto con mi amiga. Yo no sabía dónde vivía; nuestra próxima cita había sido concertada en la puerta de la pensión, una pensión en la que yo ya no habitaba y me devané los sesos pensando dónde encontrarla. Al fin me vino una especie de luz: recordé que me había dicho que trabajaba en una tienda de discos del barrio. Una tarde me puse a recorrer todas las tiendas de discos de «Reinikendolfern». Y al fin, después de mil situaciones incómodas, logré encontrarla. Pero cosa extraña: no me reconoció o no quiso hacerlo; fue inútil entablar con ella un diálogo. ¿Por qué? Nunca lo sabré. Para no quedar mal ante el dueño que nos observaba compré un disco, el disco de Sidney Bechet que ahora escucho. Volví a mudarme a otro barrio de Berlín y ya no la vi más.

*19 de noviembre*

Anoche nuestra decimosegunda, me parece, jornada de lecturas, esta vez en casa de madame F., con fondo culinario preparado por Hinostroza: gigantesca olla de frijoles. Ambiente cargado, tenso, por momentos confuso. Con grandes momentos de brillo y otros de insoportable aridez. Esta vez se incorporaban Leopoldo María Panero y Óscar Mansur, un español y un argentino, aparte de la dueña de casa, francesa, que también es escritora. Leopoldo llegó ya borracho, lo que creó una atmósfera un poco bufa e inquietante, aparte de que cometimos el error de dejar la lectura para después de la cena y los aperitivos, por esperar a Saúl Yurkievich. Lunel llegó con sus dos mujeres y una pareja de amigos. Panero había traído también a su barra. Éramos unas veinte personas. Empezó Hinostroza con un poema en francés y cuatro poemas inspirados en el tarot, notables estos últimos, aunque siempre un poco dentro de la línea de «contranatura», quiero decir regidos por un código bastante hermético, en el que se perciben aún influencias poundianas. Luego empalmó Panero, con la lectura de un cuento que acababa de escribir y que naturalmente tuvo enorme dificultad para leer, pues estaba a mano y además su curda le impedía una buena elocución. Optó por interrumpir su lectura a la mitad e hizo bien pues el texto era larguísimo. Hinostroza, que estuvo ayer inspirado, agresivo y de una delirante locuacidad, lo demolió, razón por la cual Leopoldo se echó a dormir y roncó durante gran parte de la velada.

Armando Rojas leyó fragmentos de un poema extenso que a mí en particular me impresionó mucho, palabras sueltas, dispersas, entre cortes y silencios, palabras truncas, arcaísmos, todo ello mecido por un gran aliento, un soplo que parece venir de Inglaterra, no me explico por qué. Carlos Calderón siguió con un cuento que Hinostroza alabó mucho, pero que a mí no me gustó en exceso, quizás porque algo de su trama se me escapó. Discusión con Hinostroza sobre la importancia de «la historia» en el cuento de Calderón. Para él lo importante era la atmósfera del relato, el gris limeño, la banalidad cotidiana, al margen del hecho mismo narrado. Entre las otras lecturas cito sólo la del poema de Yurkievich, «Cubil», que desencadenó en Hinostroza un ataque de una virulencia y una inteligencia desmesuradas: calificó al poeta de bufón del rey, de pretender laicizar la poesía y despojarla de su religiosidad, le reprochó haberse empeñado en la demolición de la poesía y finalmente le imputó carecer de oído y componer una música de lata. Saúl soportó el ataque con gran serenidad y elegancia, aunque supongo no le habrá gustado mucho verse expuesto en público a tanto ensañamiento. Cito por último el relato de Mansur, verdadera sorpresa, una de las mejores cosas de la noche, narración *naïve* (¿hasta qué punto? no lo sé), pero que logró la unanimidad, por su carácter divertido y completamente *loufoque*, al punto que el propio Panero, que se despertó, participó en el regocijo general. Yo leí cinco prosas apátridas inéditas, a falta de otra cosa. Impresión favorable, con las conocidas reservas de Hinostroza: escritor del siglo XVIII (ya no del XIX), moralista, hombre que habla *urbi et orbi*, como el Papa, etc. En definitiva, una buena reunión, en la que la palma se la llevó Rodolfo, más brillante que nunca y cuyas intervenciones, a veces muy largas y repetitivas, dieron el tono.

*9 de diciembre*

Nuevamente en París, después de cuatro días pasados en Grenoble. Invitado por el CERPA a un coloquio de peruanistas sobre temas geográficos, en el que se discutieron muchas cosas incomprensibles. Lo mejor, mi reencuentro con Alberto Escobar y su familia, instalados en Grenoble desde hace un par de meses; la calurosa hospitalidad tan bordelesa o peruana de Henry Bonneville; y mis breves paseos por los parajes stendhalianos: la Place Grenette, la rue Bonne, por donde el pequeño Beyle iba donde su profesor Le Roy, que le enseñaba no sé si música o dibujo. Excelente clima, aunque comprobé una vez más que en las ciudades cercadas por altas montañas me asfixio un poco.

*13 de diciembre*

Libreta de apuntes de Vallejo, la que tenía en su saco al ser hospitalizado poco antes de su muerte. Escrita parte a lápiz y parte a tinta, apenas unas quince páginas. Documento importante, más por ser las últimas notas de Vallejo que por su contenido. Corresponde a la época en que escribió los poemas postreros de *Poemas humanos* y *España, aparta de mí este cáliz*. La libreta fue obsequiada por Georgette a Bernardo Roca Rey y por éste a su hijo Thierry, quien me la mostró. Me ha prestado una versión mecanografiada que estoy analizando. Anécdota de su gato que interrumpe con su pata el poema que escribe Vallejo, y Vallejo lo da por concluido y más aún por escrito por su gato. Dos o tres frases muy profundamente vallejianas, aparte de una interesante observación sobre arte proletario y arte revolucionario. El resto son listas de palabras o de grupos de palabras, materiales seguramente de poemas o prosas. Aconsejaré a Thierry publicar estas notas en una buena revista, con un comentario adecuado.

*15 de diciembre*

En los últimos 25 años se nota en Occidente un renacimiento del interés por la alquimia. Una revisión sumaria de la bibliografía sobre la materia muestra que a partir del año 1950 se han multiplicado no sólo los estudios de carácter general y de divulgación sobre esta disciplina, sino que se han reeditado numerosas obras clásicas y de acceso difícil, desde los alquimistas medievales hasta los modernos, entre estos últimos las obras de Fulcanelli. En Francia, en particular, la alquimia es no sólo materia de estudios sino de praxis y sería largo dar la lista de aquellos que han pasado de la alquimia especulativa a la operativa. Este interés por la alquimia es correlativo al que se advierte por el ocultismo, la astrología, las místicas orientales, la parapsicología. Algunos comentaristas atribuyen esta actitud a un rechazo de la sociedad tecnocrática de nuestra época. Otros, desde una perspectiva diferente, ven en ello el resultado de una manipulación destinada a desviar a la juventud estudiosa de los problemas urgentes y reales de nuestra sociedad para confinarlos en el callejón sin salida del esoterismo y la irracionalidad.

*16 de diciembre*

Carlos G. B. operado de cáncer al esófago en Estados Unidos. Motivo de reflexión para mí. En la oficina, la secretaria

Charo A., con su pesimismo y *méchanceté* habituales, me dice: «De eso, nada. A mi padre lo operaron de lo mismo. A los seis meses, pum. Y a mi hermano X. también. Duró menos: dos o tres meses.» ¿Me lo dice a sabiendas de mi caso o por simple distracción? La escruto, pero no descubro nada. Sin darme por aludido, hablo de mis operaciones y lo duro que es *remonter la pente*. Luego le escribo breve carta a Carlos, en la que pongo a su disposición mi experiencia.

*21 de diciembre*

Dentro de pocos días otra vez Navidad y aquí arreando, como se dice, pujando, tirando para adelante, viendo con terror cómo estas fiestas se suman cada vez más rápido a otras fiestas similares, se van repitiendo, convirtiendo en ceremonia, en monumentos rituales, señas que uno va dejando para creer que ha vivido, que ha durado. Función de las efemérides: luchar contra la dispersión y el olvido y mantener nuestra identidad. Así, yo evoco otras Navidades y me voy reconociendo en ellas. La de hace veinte años en Munich, con Alberto Escobar y Hernando Cortés, en Blumenstrasse. Por coincidencia, Escobar vendrá con su familia el 24 para compartir nuestro pavo pascual y Hernando me escribe carta desalentada de Lima, en vísperas de partir para Ecuador, de fugarse más bien, con una muchacha a la que ha dejado encinta y diciéndome que ha *raté* su vida. ¿Por qué malogrado su vida? Todo esto es tan relativo. Todo depende de los modelos o cánones o criterios con que la juzgue. Intención de escribirle una larga carta para tratar este asunto, lo que será ocasión para mí de elucidarlo un poco. Pero de esto no quiero hablar. Tal vez de los libros que se acumulan sobre mi escritorio y que voy leyendo, escrutando, hojeando poco a poco. *Yo el supremo*, de Roa Bastos, que me deja patidifuso, libro precioso, odioso, que no sé por dónde coger, pero que tiene una solidez sobrenatural que puede llegar a convertirlo en un libro sagrado. Marguerite Yourcenar, contra la que tenía tantas prevenciones y que al fin me decido a leer, reconociendo en ella al gran escritor en francés de nuestra época, dentro del linaje clásico naturalmente, pero que lleva su arte hasta esa perfección que podría llegar a ser su única tara. Poe, con el que me reencuentro al cabo de treinta o más años (no lo releía desde que tenía 14 o 15 años) y en el que redescubro al profeta. Stendhal, *Memorias de un turista*, demonios, a lo mejor su obra maestra. Sciascia, escritor que debo seguir, siento que me va impregnando, horadando, no sé cómo decirlo; en fin, mostrando algo que hasta entonces nunca había visto. Finalmente, algunos libros sobre alquimia, en los que me resisto a entrar a fondo, en parte por desconfianza, en parte por temor de dejarme tentar por la tradición hermética.

*27 de diciembre*

Más que deseo, vehemencia por ver aparecer el tercer tomo de *La palabra del mudo*. Milla me asegura en última carta que debe estar ya por salir. Como no tengo copias en limpio de los cuentos sino sólo borradores, no los he releído desde que los envié a la imprenta. Creencia de que será mi mejor colección de cuentos. Si bien, como le decía a Oquendo en larga misiva, estoy ya convencido de que empleo un género muerto, sin curso en nuestra época. Serán pues curiosidad, puro anacronismo, entrega a los cada vez más raros lectores de relato corto.

*27 de diciembre*

Muerte del general Velasco. Se sentía venir después de su última operación en Estados Unidos y las dos más recientes en Lima. Muerte oportuna que lo libra del sufrimiento físico de sus mutilaciones y dolencias y del sufrimiento moral de ver triunfar a sus enemigos. Aún es temprano para hacer un balance de su gobierno y juzgar a la persona. Que el país se transformó bajo su mando, a veces autoritario y arbitrario, nadie lo niega. Que cometió muchos errores, tampoco. Lo cierto es que puso en acción una mecánica del cambio, de inspiración populista, que lo llevó a su pérdida. Era peligroso para los ricos y privilegiados, por eso suscitó tantos odios. Su memoria será mancillada durante uno o más decenios. Con argumentos muchas veces ciertos pero en realidad secundarios (que algunos de sus familiares medraron, que muchos de sus amigos robaron, etc.) pues pasan al lado de lo esencial: que nunca el Perú estuvo tan cerca de una forma original de socialismo, al que le faltó tiempo, retoques y rodaje para probar si era viable.

*27 de diciembre*

G. P., bello exponente de la vieja oligarquía agraria peruana que no se reconvirtió a tiempo y por ello se quebró con las reformas velasquistas. Vive en la casa de una de sus ex esposas, durmiendo en el sofá-cama de la sala, vendiendo o más bien malvendiendo los cuadros que adquirió en su época de esplendor.

*28 de diciembre*

¿Qué es lo que me impide entrar con «pasión» en las novelas de Marguerite Yourcenar? Desde hace días duerme en mi escritorio, apenas comenzada, su novela *L'œuvre au noir*. Admito que está admirablemente escrita, una calidad de prosa que obliga forzosamente a remitirse por comparación a los grandes maestros. Pero si no entro en el libro es que sé que, como escritor, no tengo nada que aprender de él. Digo «como escritor» y me explico.

*28 de diciembre*

Entra sin anunciarse en nuestra oficina en la Unesco un peruano de paso por París, pues se ha enterado de que aquí trabaja X., que fue su amigo íntimo en el colegio, durante la escuela primaria. Hacía unos veinte años que no se veían. Sorpresa, emoción del reencuentro, adornado de recuerdos comunes. Pasado este primer instante, el visitante se da cuenta de que no tiene nada que hablar con su viejo camarada. Sencillamente porque es mucho más inteligente. La amistad infantil no sobrevive a un desarrollo desigual de la inteligencia. Hasta los doce o catorce años, esta diferencia no cuenta, pues los niños se comunican a través del juego, la afectividad, la simpatía. Pasada esa edad, los más inteligentes comienzan a buscar interlocutores a su medida. En los veinte años que no se veían, X. no había leído nada, no había aprendido nada, no había pensado en nada. Hijo mimado de padres adinerados si no ricos, había llevado una vida fácil, incuriosa, navegando sobre la superficie de las cosas, atento sólo a su bienestar, su figura, su vestuario, su placer, vida en la cual se excluía toda forma de actividad intelectual, aparte de la más frívola: un poco de cine, teatro u ópera, porque hay que estar al día y poder opinar en una reunión. El visitante, en cambio, en esos veinte años, había hecho funcionar su mecanismo mental y tratado de comprender en qué mundo estaba, en qué país vivía, hacia dónde iba la sociedad, qué se podía hacer... Dos o tres tentativas por tratar estas materias con su antiguo camarada no tuvieron eco. Cuando quiso hablar de marxismo, de desarrollismo, de alienación, empleando el vocabulario que se usa en estos menesteres entre entendidos, se dio cuenta de que su interlocutor no comprendía los términos utilizados, de que estaba completamente en la luna. Enojoso silencio. Casi hostil. Se despidieron prometiéndose llamarse para ir a cenar. Pero ninguno lo hizo.

*29 de diciembre*

Plaga de nuestra época: la tendencia a organizar reuniones, conversatorios, seminarios, coloquios, mesas redondas, encuentros, debates, confrontaciones, a propósito de todo. Verdadera epidemia. No son ya los organismos internacionales ni los grandes centros del pensamiento y la cultura los que tienen el monopolio de estos eventos, sino que la costumbre se ha extendido a todos los niveles de la vida cívica: alcaldías, prefecturas, cines de barrio, asociaciones de empleados, comités de estudiantes, agencias de viaje, librerías, productores de TV anuncian a cada momento la realización de un debate, siempre de «palpitante actualidad», como la toma de rehenes, el aborto, el feminismo, la pornografía, la droga, la jubilación a los sesenta años, los transportes en común, el medio ambiente, el turismo de masas, etc. Y hasta los propios particulares, sin pasar por el canal de alguna institución, no resisten a la tentación de organizar coloquios a domicilio y así he recibido invitaciones a «cenas-debate», por lo general en casa de algún burgués ilustrado o aristócrata progresista, que quieren darle a sus reuniones mundanas un carácter utilitario.

*30 de diciembre*

Me pregunto a veces por qué no terminé las cosas comenzadas y que ahora otros realizan y se presentan como novedad. Esa novela de la cual existen tantos fragmentos y que presenta en forma alusiva o a veces directa la historia de mis amores juveniles. O la novela histórica o inspirada en la historia *(Atusparia)* abandonada hace una docena de años. Incluso *Cambio de guardia*, de haberse publicado en 1966, hubiera merecido otra lectura. Intuí nuevos caminos, pero no tuve el entusiasmo para recorrerlos o la fe o el estímulo. Perdida la ocasión, ya no me queda nada por hacer, que no sea o parezca imitación o influencia. Y mis otros proyectos —policial, ciencia ficción, etc.— correrán la misma suerte, seguirán siendo un borrador, menos, una intuición, cuando ya los otros los hayan realizado. El arte literario, fatalmente, excluye los bosquejos y sólo acepta las realizaciones.

*(Sin fecha)*

Curioso el hecho de invitar a almorzar a una familia de cinco personas y que no vengan, ni avisen que no vienen. Uno se ha pasado toda la mañana en mil trajines, hacer las compras, limpiar bien la casa, preparar una buena cocina, acicalarse y vestirse y de pronto comienza a pasar el tiempo y los invitados no llegan. La invitación era a la una de la tarde, da la una y media y nada, luego las dos, las tres menos cuarto. Nadie toca la puerta. No sabe uno qué hacer: ¿se habrán olvidado? Poco probable, pues la invitación fue hecha hace apenas dos días. ¿Un accidente? Posible, pero alguien podría habernos prevenido. ¿Un malentendido sobre el día y la hora? Difícil. Y el tiempo sigue pasando, ya son las tres, las tres y cuarto. Debate sobre si se debe o no esperar para almorzar. Un plazo más, digamos, las tres y media. Nadie. Entonces, ya sin apetito de tanto nerviosismo, amargados, comprobando que la salsa se enfrió y hay que comerla recalentada y que sobrarán kilos de quesos y otras cosas fungibles que será necesario echar a la basura, uno tiene que comer de mala gana, siempre con la preocupación de que aún pueden llegar y encontrarnos en plena manducación, lo que es feo, así no tengan excusa. Pero finalmente, así no hayan venido, los invitados ausentes han estado más presentes que nunca, más incluso con su vacío a que si hubiesen estado aquí, a nuestro alrededor.

*(Sin fecha)*

En fin, después de tantas vueltas y rompederas de cabeza, pensando cómo arreglar la casa y cómo ganar espacio, hemos resuelto hacer de la sala-comedor un escritorio, lo que en realidad significa que será un escritorio donde se recibirá a los amigos y además se comerá, y no como antes una sala donde se comía y se escribía o un comedor donde venían los amigos y estaba la biblioteca. En el fondo, creo que todo viene a ser lo mismo: esta sola pieza grande de la casa seguirá siendo maleable, proteica y servirá a mil usos, según las horas y las circunstancias. El acento, sin embargo, se ha puesto sobre las estanterías, que ya cubren dos de sus cuatro paredes, lo que hizo a mi hijo declarar que le parecía estar en una biblioteca municipal. Y en este escritorio truena y reina el enorme sillón de cuero *Chesterfield*, el aún impagado monstruo inasimilable. Como su tono oscuro se ha tragado la luz, ha sido necesario rescatarla mediante mil extravagancias de color, muchos cuadros en todo un muro, cojines *liberty*, nuevo forro rayado para los sillones *crapaud* y otras invenciones del mismo género. En fin, creo que ha quedado bien o lo está quedando, pues faltan aún cortinas y mesas para las lámparas. Yo me siento a gusto, sobre todo ahora que mi escritorio, después de deambular por toda la pieza, ha quedado entre las dos ventanas que dan a la Place Falguière, lo que de día me permite ver la circulación de coches y gente y de noche le da a esta habitación, vista de la plaza, el aire de un faro inextinguible o del guarique de un filósofo que se devana los sesos en meditaciones nocturnas.

*(Sin fecha)*

Hace algunos días comencé una tercera versión de mi novela *Atusparia*. La primera data de 1965 y la abandoné por la página cincuenta o sesenta. La segunda la intenté años después, pero bajo la forma de una pieza de teatro también abandonada. Ahora reincido en la novela, pero con una óptica diferente. Mi propósito es narrar toda la sublevación, pero desde el punto de vista de un solo personaje: el loco Anacleto. ¿Por qué éste y no otro? Podía haber sido el mismo Atusparia o el periodista Montestruque o un personaje inventado (campesino, maestro de escuela, soldado, etc.). No puedo entrar ahora en detalles, pero me parece que la «mirada» del loco Anacleto ofrece mayores posibilidades narrativas, más libres y abiertas y que tienen implicaciones sobre el mismo lenguaje. Sólo desde la perspectiva de un insano, pero un insano singular, muchas veces lúcido, poeta por añadidura, componedor de canciones, marginal y no protagonista, se pueden enfocar los hechos en forma más rica, variada, vigorosa y cuando sea necesario delirante. No será fácil, claro, y las primeras páginas me están costando mucho trabajo. De ellas depende todo.

# 1978

*4 de enero de 1978*

Año Nuevo fatídico, que recibí en la cama, revolcándome de dolor de estómago. Afuera estallaban petardos y pasaban caravanas de autos haciendo sonar sus bocinas. Algo comí o bebí el 30 que me hizo daño, aunque supongo más bien que fueron los malditos supositorios de lamaline, de los que me pongo tres diarios desde hace años, sin motivo alguno, por puro vicio, por la creencia de que me dan energías. Han terminado por irritarme la mucosa intestinal. En fin, sea cual fuere la causa, sufrí como un chancho, chillé y pataleé, lo que le dio a este *reveillon* un carácter original. Suprimí el vino, los supositorios, toda otra comida que no sea sopa de verduras y la verdad es que ahora me encuentro mejor que nunca, al punto que he decidido mantener este régimen por tiempo indefinido, con excepción, claro está, del cigarrillo, que he reducido pero no suprimido. Para mantenerlo he dado instrucciones a Alida de que no abra la puerta de la casa a nadie, lo que hasta ahora ha cumplido al pie de la letra. Sólo el aislamiento absoluto, al menos durante un tiempo, me permitirá fortalecer mis buenas resoluciones.

*9 de enero*

Alida en el Japón, el Embajador en América del Sur, un mes de libertad en casa y en la oficina. Libertad no es quizás la palabra apropiada, pero en todo caso me siento más diponible y menos tenso. Lo que repercute sobre mi rendimiento. Por ahora sólo poner orden en mis papeles, hacer la gran *lessive* anual, mientras espero que de un momento a otro surja el esperado y ya verdaderamente utópico impulso creador.

*10 de enero*

Estos primeros días del año compilando y ordenando las cartas de mi hermano, diecisiete años de epístolas casi semanales. Luego haciendo lo mismo con mi diario, del mismo período. Este último tendría que pasarlo en limpio, sobre todo las páginas que van del 60 al 70, muchas de ellas no fechadas o escritas en el inmundo papel de la agencia France-Presse. Tarea pesada, que no me provoca por ahora realizar. Basta por ahora una clasificación aproximativa. Las cartas de mi hermano no tienen un valor literario, ni ése es su propósito, pero son una mina de informaciones —personales, familiares, nacionales— y constituyen como el acompañamiento, un poco en claroscuro, de mi vida y mis escritos. Me hace pensar en esos coros o músicos que asisten a las *vedettes* en sus presentaciones televisadas, pero que no se ven, sin que por esto se pueda decir que no contribuyen a la realización del espectáculo. En cuanto a mi diario, no sé aún qué valor tiene, ni si alguien tendrá el coraje de leerlo. No por su extensión —pues hasta ahora no pasaría de mil páginas impresas— sino porque contiene menos referencias a lo exterior a mí de lo que yo creía. Y lo referente a mí elude cada vez más los hechos para limitarse a reflexiones o alusiones a los hechos. De todos modos pienso proponerle a Thorndike la publicación de mi diario 50-60 a manera de ensayo.

*19 de enero*

Ocupado mis horas libres del día en releer de continuo o por partes el tomo tres de *La palabra del mudo* que esta mañana recogí del correo. Impresión general favorable. Confirmo mi preferencia por ciertos relatos, entre ellos «Silvio», el mejor que he escrito. Otros, como «Tristes querellas», también me impresionaron, rico en detalles concretos, la acumulación de incidentes e historias triviales y archisabidas logra su efecto. *Terra incognita* es acabado. «El embarcadero» me pareció desgarrador, tristísimo, un himno a la bebida, a la embriaguez. «El marquez» tiene su gracia. E intercalados entre los relatos extensos, los cortos, algunos autobiográficos, como el «Polvo del saber», «Fabiola», o «Sobre las olas», que desempeñan un papel secundario en el conjunto, pequeños interludios que permiten respirar. En fin, creo que el libro está bien, quizás el más logrado de los tres volúmenes.

*23 de enero*

Publicado el tercer tomo de *La palabra* no tengo ya ninguna excusa para mi inactividad literaria. ¿Qué hacer ahora, me pregunto? Lo más natural sería tratar de sacar adelante los cuentos comenzados o planeados con miras a un cuarto volumen. Lo más natural, digo, y lo que conviene más a mi temperamento pero, como tantas veces lo he repetido, estoy ya harto del cuento. Estoy seguro de que podría «fabricar» diez o veinte más de la misma factura, pero serían variaciones sobre el mismo tema, en una palabra, virtuosidad. ¿Es un defecto esto? No enteramente, pero a mí, en particular, me causa desasosiego. Y sin embargo es quizás lo único que puedo hacer más o menos bien. Tal vez es inútil pensar en empresas más vastas. Corredor de cien metros planos, no te inscribas en la próxima maratón.

*24 de enero*

Alida hace ya, ¿cuánto tiempo?, quince días o más en el Japón. Dos llamadas telefónicas y una carta. Desde su partida no he salido sino una vez, a una reunión literaria en La Coupole. No cuento naturalmente mis viajes matinales a la oficina, bajo un tiempo desastroso, nevadas, ventoleras, chaparrones. En las tardes, lectura y últimamente ajedrez. El tablero está armado desde hace una semana en la mesa de la sala-escritorio y me entretengo reproduciendo partidas de Bobby Fischer, pues no tengo con quién jugar. A veces ensayo partida con mi hijo, pero aún esta muy crudo para que me entretenga. Y el mismo Bobby no me seduce mucho. Reconozco que es uno de los grandes, pero le falta ese toque de fantasía o de locura que admiro en los maestros del siglo pasado. Tendría que comprar algunos libros de ajedrez con los encuentros inmortales. Loayza (Lucho) pasó a verme hace unos días y no me atreví a desafiarlo. No sólo porque nos pusimos a hablar de libros y autores durante horas sino porque es un jugador muchísimo más formado que yo. Fue el único que le ganó a Bobby Fischer en unas simultáneas jugadas en Nueva York hace años. Y con eso creo que digo todo. A propósito de Lucho, volví a verlo esta vez desanimado, desencantado de su propia obra y contagiosamente escéptico de la ajena. Por alguna razón psicológica que sería interesante indagar cada vez se distancia más de lo que escribe en español y de lo que se escribe en nuestro tiempo. Sigue con sus viejos amores, entre los franceses, Balzac, Stendhal, Saint-Beuve, pero sobre todo los clasicísimos: Dante, Homero, etc. Sobre Vargas Llosa: «Es un Balzac que quiere escribir como Flaubert.» Sobre poesía latinoamericana: Darío sigue siendo el mejor y entre los peruanos Westphalen. A propósito de este último, entre mis lecturas un número de la revista *Creación y Crítica* en su homenaje. Una veintena de artículos laudatorios. Me dejaron acomplejado, pues admito que no conozco toda su poesía, he leído sólo poemas sueltos. ¿Será en realidad el gran poeta de su generación? (No olvidemos que en ella está Moro, Abril, Martín Adán.) Tal vez. De esto debo cerciorarme. No excluyo que alguien pueda «quebrar el muro de lo efímero» con una obra minúscula, que se reduce a una treintena de poemas, escritos además en su juventud. Son casos raros. Pero el importante —y con esto veo que llevo agua a mi molino— es el escritor de la segunda etapa, el de la madurez, que no se deja amilanar por nada, ni siquiera por la propia opinión que tiene de sí mismo, y sigue escribiendo hasta reventar.

*26 de enero*

Revisado nuevamente los cuentos del tercer volumen de *La palabra*. Encontré más erratas, sobre todo en «Silvio». Esta vez redescubro en el «Embarcadero» una aplastante tristeza, que sólo lograrán percibir tal vez los bebedores, quienes como el inolvidable Perucho (modelo del cuento) y yo mismo en ya lejanísimas noches anduvimos sedientos, aterrorizados por la proximidad del alba, en busca del «embarcadero».

*27 de enero*

Ahora ni siquiera sé qué libros me llevaría a una isla desierta. Años antes tenía mal que bien elegidos a mis autores. El tiempo, las lecturas, lejos de traerme certezas me han sembrado de dudas. Esta tarde quise elaborar una nueva lista y me fue imposible hacerla. Pero al menos construí un esquema que me puede permitir hacer una elección balanceada, sin entrar en duplicaciones. Tracé diez grupos o géneros para escoger en cada uno de ellos un autor: Poesía, Novela, Cuento, Filosofía, Ensayo o Crítica, Historia, Diario-Memoria-Autobiografía, Teatro, Ciencias Sociales (antropología, sociología, economía etc.) y Marginalia (autores que no entran en ninguna clasificación o cuyas obras más importantes pueden caer dentro de diferentes géneros).

1. Poesía: Horacio, Dante, Quevedo, Baudelaire, Whitman, Vallejo.
2. Novela: Cervantes, Balzac, Flaubert, Proust, Musil, Kafka.

3. Cuento: Poe, Maupassant, Chejov, Buzzati.
4. Teatro: Shakespeare, Pirandello, Brecht, Chejov, Goethe.
5. Ensayo y Crítica: Montaigne, Saint-Beuve, E. Wilson.
6. Filosofía: Platón, Spinoza, Heidegger.
7. Historia: Tácito, Michelet, Gibbon, Toynbee, Braudel.
8. Diario, Autobiografía o Memorias: Amiel, Jünger, Kafka, Saint-Simon, Chateaubriand, Casanova.
9. Ciencias Sociales: Marx, Freud, Lévi-Strauss, Jakobson.
10. Marginalia: Melville, De Quincey, Borges, Jünger, Stendhal, Baudelaire, Diderot.

*28 de enero*

Desde hace algunos días reanudación de las *Mémoires d'outre-tombe* de Chateaubriand, cuya lectura abandoné en 1975. ¡Demonios, es un escritor de cojones! A cada momento, fiel a mi manía de subrayar lo memorable, tengo que coger mi lápiz. Lo encuentro modernísimo, a pesar de ser católico, monárquico, aristócrata y conservador. A mi juicio es el mejor producto literario de la Revolución Francesa, la que no produjo grandes escritores. Contra ella, es verdad, pero aquí no interesa la posición del autor sino el resultado de la obra. Por curiosidad releo paralelamente la *Histoire de la révolution française* de Michelet y cotejo pasajes referentes a los mismos episodios. La toma de la Bastilla, por ejemplo. Visiones diametralmente opuestas como era de esperar. ¿Quién tiene la razón? Podría suponerse que Chateaubriand, en la medida en que fue testigo del hecho. Pero un testigo parcial. Michelet, que sólo revive el hecho sobre la base de documentos, ¿no es también parcial en tanto que republicano, incrédulo y burgués? Uno no sabe qué pensar. Pero ambos son dignos contrincantes y sus evocaciones rivalizan por su plasticidad. Y su pasión. Volviendo a Chateaubriand, su modernidad reside en que las grandes transformaciones sociales y políticas, a pesar de realizarse en contextos diferentes, determinan un mismo tiempo de reacciones: los que participan en ellas, los que las aprovechan, los que las rechazan, los que las combaten, los que se mantienen al margen, los que las ignoran...

*6 de febrero*

Alida llegó de Tokio hace tres días y aún seguimos en casa viviendo «a la hora japonesa». Quiero decir invadidos, ocupados, apabullados por la cantidad de productos de la industria y arte nipón que trajo y que nos han conmutado al mundo de la electrónica: computadoras minúsculas más livianas que una caja de cerillas, radios ultrachatos, relojes programados que dan el día, la hora, el mes, sin errores, hasta el año 2099, una grabadora-radio-toca-casetes, un telescopio que aumenta 180 veces, kimonos, batas y sobre todo juguetes para Julito, juguetes desarmables, transformables, hermosísimos, terribles, que son alternativamente robots, tanques, aviones, buques, etc. En fin, frente a estos productos, cuyo funcionamiento apenas intuimos, me siento como el «salvaje» del continente americano que veía por primera vez un libro, un arcabuz, un reloj, una brújula.

*12 de febrero*

La nevada matinal se reanuda al anochecer y yo en bata japonesa, sin haber salido en todo este domingo, me entretengo haciendo dibujos *naïfs* y hojeando libros de poemas. Entre ellos Umberto Saba, que descubrí hace poco y en quien encuentro un calor fraternal, una afinidad de temperamento y una enseñanza: quedarse en su ciudad, ser el cantor de su urbe. Si yo hubiera sido poeta, me hubiera gustado escribir sólo sobre Lima como Saba sobre Trieste. Es extraño que los mejores poetas peruanos hayan escrito contra Lima y los peores a favor. Les faltó a los primeros un poco de humildad, de indulgencia y de amor.

*12 de febrero*

Los grandes escritores crean de inmediato un cisma, en el sentido de ruptura y de fundación. Son heterodoxos, heréticos y postulan con su obra una nueva verdad.

*12 de febrero*

Cada vestimenta es fruto de una cultura y está adaptada a un modo de vida y una función. Ahora que me puse la bata japonesa me di cuenta de que no iba con mis quehaceres ni con mi hábitat. Las anchas mangas se me metían a cada momento en el lavatorio del baño o en el lavadero de la cocina o se enganchaban en las perillas de las puertas. Incluso estuvieron a punto de ser presa del fuego en que cocía mi sopa. Terminé por quitármela. Esa ropa va en casas más espaciosas o desnudas, casas japonesas, y en hombres mimados y contemplativos que no tienen que estar haciendo la vajilla, ni cocinando, ni circulando por departamentos minúsculos atiborrados de objetos angulosos.

*20 de febrero*

Preparativos de viaje a Lima, el quinto en estos últimos años. Dentro de ocho días debo estar caminando por el malecón miraflorino, lejos de este invierno que parece instalarse para rato, con sus nevadas y su inmundo deshielo. Esta mañana, al ir caminando a la oficina, estuve a punto de caer tres veces, al patinar sobre capas de escarcha. No creo que mi viaje a Lima coincida con la salida de mi libro (tercer tomo de *La palabra*), pues de Milla no tengo noticias.

Voy en realidad no sé para qué, no tengo un objetivo preciso, aparte de ver a familia y amigos. Entretanto, trato de proseguir *Dolente amoris*, comenzado en 1971. Tres páginas en una semana. Me cuesta trabajo «entrar» en el asunto. El libro está en ese período frágil, decisivo, en el cual puede despegar o irse a pique. En él pienso meter todas las otras historias comenzadas e interrumpidas y que habían partido cada cual por su lado, cuando en realidad constituían una sola historia, pero enfocada desde diferentes ángulos. París, Amberes, Madrid, Lima, son los decorados cambiantes de un solo tránsito, el del amor doloroso, que es lo que intentaré expresar.

*24 de febrero*

Flaubert decía, me parece, que la gente que va a viajar se encuentra ya un poco ausente. Así ayer cuando caminaba por los grandes bulevares sentí de pronto un olor a mar y a anticuchos, mi espíritu estaba en Lima, y tuve que hacer un esfuerzo para darme cuenta de que me encontraba en realidad en París, cerca de las Galerías Lafayette, donde tenía que recoger un paquete. Mi ensimismamiento había sido tan profundo que sólo ahora que escribo recuerdo haber visto de paso una mujer tendida en el suelo, presa de un ataque de epilepsia, rodeada de algunos curiosos y de una anciana que, por entre las piernas de los mirones, le tocaba con el dedo índice la cabeza.

*24 de febrero*

En mangas de camisa miro desde el balcón el atardecer sobre la Place Falguière, sorprendido de la forma intempestiva como hemos pasado de un invierno infecto a un prefacio primaveral, con cielo despejado, cálida brisa y trinos de pájaros vesperales. Hace unos días la plaza estaba cubierta de nieve y no me atrevía a mirarla sino descorriendo el visillo, ni a salir salvo con abrigo, gorra y bufanda. El buen tiempo se anuncia justo cuando estoy en vísperas de partir, no veré esta vez brotar en los pocos árboles pelados los primeros sarmientos. Cuando regrese, la plaza habrá reverdecido, para mi goce y la dicha de las palomas.

*8 de abril*

A los ocho días de haber llegado de Lima miro por la ventana la pobre Place Falguière, escucho las canciones más románticas y melosas de Aznavour, me compadezco por un catarro intempestivo y por un diente que se me cae, escruto mis papeles, hojeo libros de alquimia que empiezan a aburrirme, vigilo con el olfato un guiso que se cuece en la cocina, me enraízo nuevamente en mi rutinaria vida parisina, fumando mis cigarrillos mentolados, resignado, añorando.

*15 de abril*

Ayer con el Embajador dejamos una corona de flores en la tumba de Vallejo. Esta tarde dejaré con mis amigos poetas palabras y poemas. ¿Qué sentido tienen estos homenajes? Probablemente ninguno. El propio Vallejo miraría estas ceremonias con sarcasmo. Honrar a los muertos forma parte de una vieja tradición. Tradición que en nuestra época ya no tiene sentido, pues se da fuera de su contexto cultural: religioso, mágico, mítico. Lo sigo pensando en quienes iremos, todos incrédulos, todos escépticos. Pero esto se presta a confusiones. Por un lado están los restos materiales, las reliquias y símbolos (la tumba, los huesos o polvo del homenajeado), por otro su memoria, el respeto o admiración por él mismo. Una y otra cosa nada tienen que ver. Yo sigo reverenciando a mi padre, pero soy incapaz de ir a visitar su tumba. Mi reverencia se da en un plano que no requiere de signos ostentatorios. Él está presente en mí en otras formas. En resumen, no dejar otra cosa que obras o memoria, para evitar peregrinaciones. Si alguien quiere honrarme cuando desaparezca que me lea o me comente. Nada de flores o discursos delante de lo que no existe.

*18 de abril*

Paraguas al ristre, me lanzo a la calle desafiando la tormenta y recorro las rutas anegadas y ventosas de esta primavera inclemente. Recalo finalmente en una gran librería y me aprovisiono un poco al azar de libros que en realidad no me fascinan pero en los cuales espero hallar alguna información que satisfaga vieja curiosidad. La *Poética* de Aristóteles, con la esperanza de encontrar alguna explicación del término «manique» que Curtius utiliza en un ensayo sobre Eliot y que califica no a los poetas cerebrales sino a los inspirados. *Benito Cereno* de Melville, porque me parece que alguna vez leí en este relato una descripción de Lima. *Chateaubriand et son groupe littéraire* de Saint-Beuve, para que me ayude a situar un poco mejor las *Memorias de ultratumba* que hace meses tengo como libro de cabecera y que por ello mismo leo poco y no llego a terminar. En fin, hojearé estos libros, recogeré de aquí y de allá algo y luego los sepultaré para siempre en sus nichos de mi biblioteca.

*22 de abril*

Relectura de *Prosas apátridas*, tanto las que publicó Tusquets como las que publicará Milla. Probablemente es lo mejor que he dado de mí. Encuentro algunas que me sorprenden y me emocionan porque no se cómo surgieron ni por qué las expresé así. Son textos que me sobrepasan, quiero decir que son mejores que yo. Creo que en este libro, en ciertos momentos, avancé más allá de mi propia frontera.

*12 de mayo*

Días sin escribir nada en este cuaderno ni en ningún otro. *Printemps pourri.* Corrigiendo las pruebas de *Prosas apátridas aumentadas* que me envió Milla de Lima. Posando para el retrato que me hace Herman Braun. Leyendo sin orden diarios (Strindberg, Svevo, Klee, etc.), relatos (Melville, Sciascia, James, etc.). Tratando de organizar homenaje a Vallejo, lo que se vuelve cada vez más complicado a medida que consulto más personas. Adaptándome al nuevo Embajador en la Unesco —R. M. Pereira— pues cada nuevo jefe impone un nuevo estilo de trabajo. Soñando siempre con el imposible golpe de suerte que me permita ser alguna vez un hombre completamente libre.

*16 de mayo*

De mis males, ¿qué queda al cabo de cinco años de operado? Sólo dos cosas —aparte de mi flacura. La primera, la acidez mezclada con ardor y quemazón que me asalta infatigablemente una hora después de las comidas o en plena noche y que neutralizo con una emulsión calmante que siempre tengo a la mano. La segunda es la fatiga, una fatiga intensa que, paradójicamente, no me viene al término de una jornada de trabajo sino al despertarme en la mañana y al levantarme después de la siesta. Para deshacerme de ella rápidamente, uso los malditos supositorios a base de opio (lamaline) o de cafeína (supomaline) que se han convertido para mí en imprescindibles. Estos dos males, acidez y fatiga, son fastidiosos por cotidiano pero en fin soportables. Los otros males, preoperatorios —dolor, hemorragias—, no los he vuelto a conocer en cuanto a la obstrucción del esófago, sólo se hace presente muy esporádicamente, cuando por prisa o descuido no mastico bien. En consecuencia tengo razones para considerarme como casi curado. Casi, digo, y por ahora.

*23 de mayo*

Mi escritorio se alejó de la ventana y volvió a ocupar un ángulo de la pieza, víctima de uno de esos tantos desplazamientos de muebles que jalonan la historia de esta casa. No veo ya la plaza, el gran sillón de cuero, las estanterías con libros, las macetas con plantas y ahora el tocadiscos, cuya introducción en este espacio originó todos los cambios. Me pregunto qué cosa escribiré en este nuevo emplazamiento, pues siempre ha sido así, cada nueva posición ha segregado su propia producción y ha marcado una era, así sea la mala o la infecunda.

*27 de mayo*

Yo que he abandonado la vida nocturna hace tanto tiempo, comienzo a descubrir un nuevo aspecto de París, que es el de sus esplendorosas, surreales mañanas. Los sábados, en particular, salgo muy temprano y me voy caminando hacia el Barrio Latino, sin nada preciso que hacer, al azar de mis andanzas y encuentros. Husmeo por librerías, tiendas de discos, entro a un café para tomar un expreso y hojear un periódico, paso por antiguos lugares donde viví, vuelvo a observar prendas de la ciudad como el Sena, el Pont-Neuf, Notre-Dame, etc. De toda esta ciudad mi visión era más bien vespertina y febril, la de tantos años en los que rondé al anochecer y hasta la madrugada por bares y bulevares, solo o con amigos, bebiendo, drogando, discutiendo. Entonces en las mañanas dormía o, más tarde, cuando tuve que trabajar regularmente, las pasaba encerrado en una oficina o en la calle, pero alienado por el trabajo, sin la disponibilidad para aprehender lo que me rodeaba...

*29 de mayo*

A mi edad, ¿tengo al fin que conocer la experiencia de la enemistad? Es algo que hasta ahora había evitado cuidadosamente, salvo un esporádico ataque que me lanzó un diario aprista en 1965, esporádico pero artero, acusándome de agente de las guerrillas peruanas y peligroso comunista. Nunca supe cómo este infundio llegó a Lima, pero sospecho que fue una maquinación entre Carlos Espinoza y Haya. En fin, en esa época concebí rencor y enemistad por ambos, pero al poco tiempo olvidé el asunto y me consideré nuevamente libre de enemigos. Ahora la situación ha resurgido, pero en forma más cercana, directa y masiva. Y la acusación se ha invertido: soy el agente de un gobierno fascista y un escritor burgués y reaccionario. Debo tener presente los nombres que firman el documento: José Rosas Ribeyro, Patrick Rosas Ribeyro (tal vez lejanos parientes míos, pero no tengo pruebas), Enrique Verástegui y Óscar Málaga, todos poetas peruanos residentes en París. Lo feo del asunto es que yo los consideraba como amigos, hasta hace sólo unos días, a todos los he recibido en casa, les he ofrecido mi comprensión y mi simpatía y los he servido cuando ha sido necesario. No importa, probablemente eso no cuenta. Pero han sido ellos quienes han saboteado las Jornadas Literarias que con tanto esfuerzo, empeño y amplitud habíamos organizado en el Instituto de Altos Estudios de América Latina, dando cabida a todo el mundo, a escritores de diversas tendencias e ideologías, con el solo propósito de que mostraran al público su obra en gestación. ¿Por qué tanta bajeza e indignidad? Hasta hace unos días estaban de acuerdo en participar, pero ayer surgió el problema, en vísperas de la inauguración de las Jornadas, que ya fueron naturalmente canceladas. Un acto típicamente terrorista: amenazaron con presentarse en masa para leer un documento acusatorio contra los organizadores, provocar una polémica pública, proponer una consulta entre los asistentes y si fuera posible desalojarnos de la actuación para sustituirnos como lectores. Todo ello además con el apoyo de un grupo maoísta, con el cual ocasionalmente se han aliado para darle mayor peso a su intervención. Hasta ayer el asunto pudo haberse evitado, pues a medianoche Rodolfo Hinostroza y Armando Rojas, dos de los organizadores, fueron a casa de los objetores para negociar un acuerdo. Jornadas, leyeran sus cargos y comunicados, pero dejaran el debate para el término de la actuación, cuando el público se hubiera retirado, pues no nos parecía adecuado someter a los asistentes a discusiones y querellas internas. Mis «sobrinos» fueron los más intransigentes y dijeron no: leerían su comunicado denunciador y exigirían que de inmediato se pasara a debate, con el propósito además de repetir la figura no sólo el día de la inauguración sino durante las próximas cuatro jornadas. Esta posición era inaceptable y en consecuencia, para evitar que el público tuviera que sufrir un grotesco espectáculo, decidimos anular las actuaciones. Esto, para decirlo claramente, ha sido una derrota para nosotros, pues los objetores han logrado su objetivo: impedir que nos expresemos en una actuación pública. Impedir que leamos los poemas, cuentos, ensayos, etc., que escribimos y que el público nos escuche e interrogue. Todo esto es feo, siniestro. ¿Cuáles son sus argumentos? Que los organizadores hemos manipulado y arreglado el programa para realzarnos, lo que es falso. En lo que a mí concierne no tengo nada que ganar y sí mucho que perder en figurar en jornadas como éstas, rodeados de tantos mierdas y mediocres. Hinostroza, Bryce, Chariarse y unos cuantos más hacíamos un favor a los escritorzuelos invitados, en asistir y participar en este evento. Luego los ataques nominales: Rojas un arribista, Naranjo un agente de la CIA, yo un escritor fascista. Fascistas son los métodos que ellos utilizan: la intimidación, la amenaza y la fuerza para silenciarnos. En fin, todo esto es aún para mí demasiado mortificante para comentarlo y ya tomaré en los días que vienen una actitud más serena y adoptaré una estrategia a seguir.

*31 de mayo*

Trato de recordar dos ideas que tuve hace días, que pasaron rápido, pero dejándome la impresión de que valía la pena ahondarlas. Una era algo así como, a través de un caso límite, poner en tela de juicio nociones tan arraigadas como nacionalidad, identidad cultural, alienación, traición. Me ponía en el caso de una pareja de europeos que aceptan un trabajo en un país africano como profesores de colegio. Tienen un hijo que nace y pasa su infancia en dicho país africano. El hijo se forma bajo la presión de dos mundos antagónicos: el europeo, familiar, occidental, de su hogar; el africano, negro, autóctono, de su barrio, colegio, ciudad. Este niño, llegado a adolescente o joven, puede sentirse profundamente enraizado con el país en que ha nacido y crecido: su clima, su música, su cocina, sus costumbres, sus problemas, su lengua o dialecto, sus amistades, etc., sin dejar por ello de sentirse también ligado al mundo cultural de sus padres. Se produce en ese país un brote de xenofobia, los extranjeros blancos, europeos, son mortificados, expoliados, expulsados. El niño —ya joven— decide quedarse, tomar partido contra su propia familia y su propia patria paterna que apenas conoce. Para éstos es un traidor, alguien que ha renunciado a sus orígenes para inscribirse en otros. Para los autóctonos seguirá siendo un partidario sospechoso y nunca será plenamente aceptado, a pesar de su buena fe. Podemos invertir la figura: el hijo de obreros africanos que se instalan en Francia buscando mejores condiciones de trabajo, que a pesar de ser negro se adapta y asimila a la cultura francesa. En caso de conflicto entre Francia y el país de sus padres elige el ser francés. Será también considerado un traidor a su raza, a su origen, a su familia, etc. Injustamente.

La otra idea estaba relacionada con el mestizaje y tiene en cierta forma contacto con la anterior. El mestizaje entendido como un fenómeno cultural más que racial. Pero esto es más complicado. Pensaba en Lezama Lima, su contacto con Aristóteles, por ejemplo. No lo ha leído en el original ni ha hecho una traducción impecable al español, como el profesor García Bacca. Pero lo ha interpretado a su manera y convertido en una nueva cosa que ha servido de fundamento a su poética. Lezama Lima ha operado un acto de mestizaje cultural, García Bacca una simple transcripción cultural. Éste habrá procedido con una seriedad académica inatacable y por ello mismo plausible y útil, pero es el poeta quien ha abierto una vía fecunda y nueva, pues no ha habido repetición sino «cruce» y de este cruce ha surgido algo que no existía. Lo mismo puede decirse de Mariátegui y su lectura de Marx, Gramsci, etc. Quizás no fue su mejor lector, pero adaptó las nociones que encontró en esos autores a su propia realidad. El mestizaje como única forma de contacto intercultural, lo que permite fundir una realidad en otra e innovar y por ello mismo evitar el anquilosamiento y la petrificación.

*31 de mayo*

Larga conversación con Carlos Calderón sobre los sucesos relacionados con las fallidas Jornadas Literarias y el documento redactado y puesto en circulación por los objetores, que sólo pude leer hoy. A los cinco firmantes ya mencionados (los dos Rosas Ribeyro, Verástegui y su mujer, Óscar Málaga, se añade el de un tal Pedro Barrionuevo, a quien nunca he visto en mi vida). Sé que se negaron a firmarlo Elqui Burgos, Carlos Henderson y otros escritores a pesar de estar muy ligados al grupo de Georges Mandel (llamado así por la calle donde viven los objetores). En realidad, este documento o manifiesto es demagógico, oportunista, en muchas partes falso y definitivamente tendencioso.

Para ser objetivo hay en él algo de cierto y válido, que soy el primero en reconocer. Estas Jornadas Literarias se iban a realizar en un momento político grave y doloroso para el Perú, pues en los últimos días ha habido muertos, deportados y presos, entre elementos de izquierda. Yo recuerdo incluso que cuando llegaron las primeras noticias sobre la represión en el Perú, sugerí postergar las jornadas, pues el momento no me parecía propicio. Pero se trató sólo de una sugerencia que apenas se registró, pues todos estaban demasiado embalados con esta actuación. Que el documento denuncie esa represión me parece bien, pero lo que me parece falso es que nos imputen no haber tenido conciencia de ello. Tanto es así que habíamos aceptado que antes de la inauguración de las Jornadas se leyera un texto sobre la situación peruana. En consecuencia no pueden reprocharnos el habernos encerrado en una «torre de marfil» y haber querido hacer un acto «aséptico, burocrático y cultural». Todo lo contrario, estábamos dispuestos a ceder, aunque no estaba en el programa, la tribuna a quienes quisieran referirse a la situación en el Perú, se tratara de maoístas, trotskistas o anarquistas.

En fin, me doy cuenta de que tendría que escribir cincuenta o cien páginas para explicar todos los detalles y pormenores de estos incidentes, a lo que renuncio, pues el asunto no vale la pena. En síntesis el documento mezcla diversos blancos y disparos, que no tienen nada que ver entre sí: reproches puramente literarios, como el hacer una literatura «aséptica» y desvinculada de la realidad peruana, reproches personales de carácter moral, reproches de tipo ideológico, etc. Es de nunca acabar. Yo sólo quería dejar sentado lo que a mí me concierne y veo que el documento hila fino para no irritarme y dejar una puerta abierta al entendimiento, es aconsejador y paternalista. En suma, se me reprocha mi posición escéptica y el no haber denunciado en mi obra al régimen militar peruano, que para ellos no es sólo el del fenecido velasquismo sino el de Morales Bermúdez. Sólo algunas observaciones: Verástegui —excelente poeta— trabajó durante un año en *La Crónica* durante el régimen de Velasco y escribió sobre mí un artículo laudatorio que se titulaba «Ribeyro, un escritor ejemplar». Aparte de eso gozó recientemente de la beca Guggenheim, lo que me parece bien (a pesar del carácter sionista y capitalista de esta fundación), si es que no hiciera gala ahora de una heroica marginalidad. José Rosas Ribeyro trabajó durante el velasquismo en SINAMOS, considerado por la ultraizquierda como el organismo más desmovilizador y reaccionario de este régimen. Patrick Rosas Ribeyro vino hace apenas una semana a pedirme un trabajo en la Unesco y, cosa que rara vez hago, le escribí una carta de recomendación al Jefe de Personal. Aparte de esto, ¿quién habla de «torre de marfil» y de literatura aséptica? ¿Qué diablos tiene que ver con la situación peruana el *Monte de goce* de Verástegui y sus delirios eróticos, la chabacana poesía de Málaga sobre sus mujeres, sobre las que textualmente se «tira un pedo en la cara»? Yo no he querido sino excepcionalmente hacer literatura no aséptica, pero mi obra contiene más realidad peruana y crítica de esta realidad que la de ellos. Y, entre otras razones, porque ellos no tienen una obra.

Todo es realmente tan incoherente, demuestra tanta ignorancia. El documento lleva como epígrafe un texto de César Moro. «Contra el arte adormidera, por un arte quitasueño.» Esta frase es ya en sí un manifiesto, una poética. Pero, ¿no saben los que suscriben el manifiesto que Armando Rojas, uno de los más violentamente atacados en su texto, es un gran admirador de Moro y está haciendo su tesis sobre este autor? ¿Ignoran que Moro fue homosexual, lo que no tiene ninguna importancia, pero en cambio sí que jamás se interesó por la política y por la revolución que ellos pregonan; que ignoró y desdeñó a César Vallejo, que es para ellos su norte; que fue completamente europeizante, al punto que escribió la mayor parte de su obra en francés; que en su poesía no existe el menor eco del contexto social peruano como ellos reclaman en nosotros? Todas estas objeciones, pues, me parecen ridículas desde mi punto de vista, pero para ellos, debían serlo, pues es en nombre de ellas que me atacan y nos atacan. En fin, todo es grotesco y no tiene ni pies ni cabeza.

*3 de junio*

Probablemente acabo de cometer el mismo error que hace quince años: comprar un automóvil sin saber conducir y sin tener el menor deseo de aprender a hacerlo. En consecuencia, la suerte de este carro será semejante a la del anterior, quedará estacionado varios meses frente a la casa, hasta que oxidado y envejecido por falta de uso tenga prácticamente que regalarlo. La única posibilidad es que Alida, que tiene nociones de manejo, saque su brevete de piloto, pero eso también lo veo problemático, pues su trabajo le deja escaso tiempo para lecciones, cursos teóricos y exámenes. Si compré un vehículo es porque se trató de una verdadera ocasión: excelentemente conservado a pesar de sus años y a un precio irrisorio. Tan barato que ya hay gente que se está ofreciendo comprármelo por más. El hecho de tener este vehículo no me produce ninguna satisfacción ni colma en mí ninguna necesidad. Estoy acostumbrado a movilizarme a pie o, para distancias largas, en taxi. Y pensar que hace veinte años, en Lima, imploraba, lloraba por poder tener un carro, lo que era para mí inaccesible, pues hubiera necesitado ochenta sueldos para pagarlo, cuando ahora lo he pagado con la cuarta parte de mi sueldo. El carro era entonces para mí la libertad, la consideración, el triunfo; ahora, un artefacto inútil y un problema que no sé cómo resolveré.

*3 de junio*

Herman Braun terminó hace unos días de hacerme un retrato, un acrílico de aproximadamente un metro por uno y medio. Seis sesiones de pose y el resto del trabajo de memoria, con el apoyo de una foto ampliada. No he visto aún el resultado final, pero no creo que difiera mucho de lo que ya estaba hecho el día de mi última pose. Me parece un buen retrato, el parecido es innegable, la técnica rembrandiana muy bien aplicada. Claro, cada cual tiene de su cara su propia imagen, que generalmente es la más favorable. Y Herman da de mi cara la versión que yo muchas veces he visto en espejos y fotografías, pero que inconscientemente tiendo a sustituir por otra que halaga más mi vanidad. En resumen, Herman da mi imagen cadavérica, fatigada, envejecida, que es seguramente mi verdadera imagen y no la que yo trato de hacer prevalecer, y que guarda mi memoria, hecha de momentos efímeros de bienestar, de descanso, de placidez, de ilusión juvenil. Aparte de eso hay pequeños detalles ya imposibles de corregir, como el que yo figure con el pelo corto, cuando por lo general yo ando con el pelo muy largo y despeinado. Sucede que cuando me tomó las fotos-modelo yo acababa de cortarme el pelo. En cuanto a la calidad plástica del retrato, su valor como obra independiente del modelo o del parecido, no sé aún qué opinar, hasta que no vea el resultado final, lo que debe ocurrir en estos días. Hemos programado, en broma naturalmente, una inauguración en regla, con velo, discursos, fotos e invitados. Un *mini-vernissage* paródico. Lo que en realidad no me hace mucha gracia. Con este retrato Herman inaugura una nueva serie de retratos rembrandianos, de amigos o colegas, que tienen la particularidad —al menos ése es su proyecto— de que el modelo intervenga en la hechura del retrato. Si se trata de un escritor, con manuscritos suyos que serán pegados en el cuadro; si es un pintor, con algo que éste pintará en algún lugar reservado de la superficie. Idea interesante, pero que como toda idea original necesita ser refrendada por los resultados.

*3 de junio*

Lectura en estos días de dos relatos largos que me han pasmado, regocijado. Uno de Henry James, «La vie médianne» y otro de Svevo, «Une farce réussie».

En ambos, el personaje principal es un escritor, tipo siempre difícil de tratar literariamente. Y sin embargo ambos logran su objeto y cómo además. El relato de James es mucho más sutil, velado, misterioso, una especie de complemento de «The figure in the carpet». El de Svevo más extenso, irónico, cruel, por momentos realmente atroz. Pero impecables, ambos, ejemplares como método de escritura y tentativa de expresar a través de una historia una arte poética. Incitación a escribir algo dentro del mismo espíritu, pero que me concierna más directamente. Tener presente que James y Svevo fueron casi contemporáneos: James nació 18 años antes que Svevo y murió 12 años antes, es decir, tuvieron medio siglo en común.

*5 de julio*

Interrumpido este diario a máquina durante exactamente un mes, a raíz de un decaimiento de salud, producto de una gripe, lo que me obligó a suprimir tabaco y vino y ponerme a régimen vitamínico. Intenté reemplazarlo por un diario manual, pero sólo anoté vaguedades, esporádicamente, sin ganas ni brío. Estaba realmente amolado, deprimido, distraído, incapaz de concentrarme y sin fuerzas para sobreponerme. Ahora he recomenzado a fumar, pero moderadamente y reencuentro mi equilibrio. Mi equilibrio espiritual, no el bienestar físico, pues la gripe ha dejado secuelas graves, ha abierto una fisura en mi resistencia al mal zodiacal, que tiende a manifestar más acentuadamente sus síntomas: fatiga, acidez, malestar nocturno, etc. En fin, hace ya cinco años de mi segunda operación y, según las estadísticas, estoy en el período crítico. Sólo mi fuerza moral, para llamar así a lo que no tiene nombre, me permitirá superar este mal trance y siento, presiento que ya lo estoy logrando. La prueba, reanudar estas páginas, preludio quizás a otro tipo de escrituras y actividades. En todo este mes leí más que nunca, todo lo que me pasaba por mis manos: Sade, Jünger, Wilde, Verne, Chateaubriand, etc., sin orden ni concierto. Sade me empalagó y me irritó, tendría que pensar bien por qué razón, pues no se trata de razones puramente éticas. Necesito concluir sus *Obras completas* y sacar mis conclusiones.

De Londres llegan quejas sobre Julito, que hace una semana

está viviendo en casa de una familia inglesa, por un mes, a fin de iniciarse en la lengua insular. La familia ya no lo quiere tener, pues lo considera malcriado, desordenado, vulgar, etc. Siendo peruano, además, lo deben desdeñar un poco e identificar con la idea que puede tener un inglés de un peruano. La verdad es que no me extraña la reacción de la familia inglesa, pues Julito ha sido mal educado. Ni Alida ni yo hemos podido corregir su desorden, irresponsabilidad, prodigalidad, vehemencia, etc. Alida, porque su trabajo le impide ocuparse de él, estar en casa a las horas en que él come, juega o se acuesta. Yo, por liberalismo o falta de carácter. Aparte de ello, Julito es hechura de la escuela comunal francesa. Ésta pudo haber sido, hace diez o veinte años, una escuela aceptable, desde el punto de vista modales, lenguaje, educación, aparte de instrucción propiamente dicha. Pero ya no lo es. La mayor parte de los alumnos que la frecuentan son hijos de pequeños comerciantes, obreros, y sobre todo trabajadores inmigrantes: árabes, españoles, portugueses, etc. Lo que puede aprender en un hogar como el nuestro es neutralizado y contrarrestado por el medio escolar, de sus amigos y del barrio. Carece de maneras, su comportamiento es tosco, su lenguaje populachero. Para eso ya no hay remedio, al menos por ahora. Ya Alida piensa en el remedio tradicional: un buen internado, donde lo tengan al breque y le impongan disciplina y modales, férreamente. Un internado inglés, por ejemplo. Pero, ¿quién puede garantizar cómo son actualmente esos internados? A lo mejor ha ocurrido lo mismo que en las escuelas comunales francesas. En fin, problema mortificante, que se añade a otros problemas.

*5 de julio*

Tres cartas de la editorial Gallimard, en estos últimos meses, la primera acusando recibo de *La palabra del mudo*, la segunda excusándose por no tener aún una respuesta, la tercera anunciando una próxima decisión. Esta política dilatoria contiene potencialmente un rechazo, imagino. Y la verdad es que no veo qué interés puede tener esta editorial, o cualquier otra francesa, en traducir mis cuentos. Para un lector europeo carecen de atractivo. El Perú que yo presento no es el Perú que ellos imaginan o se representan: no hay indios o pocos, no ocurren cosas maravillosas o insólitas, el color local está ausente, falta lo barroco o el delirio verbal... *Bref*, obra inaceptable, porque no confirma sus juicios o sus prejuicios. Y al respecto, nada que hacer, pues no voy a adaptar mis escritos a sus gustos o intereses. Yo me limito a narrar lo que he vivido, visto o intuido, *sans tricher et si ça ne va pas, tant pis*.

*5 de julio*

Conversando con el embajador R. M. Pereira, coincidencia sobre muchas cosas. Una de ellas, nuestra resistencia a dejarnos asimilar por una cultura diferente a la nuestra. Reivindicamos nuestra condición de sudamericanos, peruanos específicamente, a pesar de vivir en París y, tratándose de mí, hace 18 años. Y en este caso peruanidad significa mestizaje. Respeto, estima, incluso admiración por la cultura francesa y por extensión europea, pero nada más, ni deseo de imitación ni aceptación ciega. Los franceses son tan exóticos para mí como nosotros debemos ser para ellos. Que una larga residencia aquí nos haya inoculado algunos de sus rasgos, es otra cosa. Yo detesto ser tomado por un francés o un parisino (como por un italiano o un español), no quiero ser otra cosa que un mestizo peruano, un hombre que camina por el filo de la navaja de varias corrientes culturales, con todas sus virtudes y sus defectos.

*6 de julio*

El tiempo del *nouveau roman* ya pasó en Francia, pero seguimos en el tiempo de la novela nueva, es decir, de la novela del vacío. La revista *Change* acaba de publicar un número dedicado a las nuevas formas narrativas, lo que confirma con creces mi apreciación. Una decena de creadores y de críticos opinan de cómo se debe narrar en nuestra época, lo que a la postre resulta instructivo, pero por negación: lo que ellos nos enseñan es cómo no se debe narrar. Si Francia no ha producido después de Proust y, si se quiere, de Céline un novelista genial, no es porque la novela ha muerto sino porque se han muerto los novelistas. Sartre no se equivocó cuando decía hace una treintena de años que la riqueza de la novela anglosajona venía de que los escritores llegaban a la literatura a través de la vida, mientras que en Francia llegan a través de la literatura. De un tiempo a esta parte las novelas francesas son escritas por profesores y para profesores. El novelista francés actual es un señor que no tiene nada que decir sobre el mundo, pero sí mucho sobre la novela. Parece que se estuviera retornando a un nuevo período de literatura alejandrina: un virtuosismo y un *savoir faire* incomparables, pero que son reducidos a la inanidad por una carencia total de sustancia, de energía, de *eidos*, que Platón reverencia como el signo de la creación.

*7 de julio*

Ahora releyendo por puro azar *Un mundo dividido* de Washington Delgado encuentro al final su hermoso poema «Globe Troters» (?) y se me ocurre hacer una brevísima antología, tal vez comentada, que se llame algo así como *Mis mejores diez poemas peruanos* (poetas vivos). De hecho incluiría este poema de Washington (suprimiendo tal vez el penúltimo párrafo, que me parece inútil) y luego ¿qué? Un poema de Leopoldo Chariarse, tal vez su «Elegía por abril de 1934» o quizás alguno de *Los ríos de la noche*. No faltaría tampoco Westphalen, ni Jorge Eduardo Eielson, pero tendría que encontrar en ellos «el poema». Probablemente también un Bendezú de *Cantos* y un Romualdo. Me faltarían sólo cuatro que serían seguramente Hinostroza (un fragmento de *Contranatura*), Antonio Cisneros y para terminar dos poetas más jóvenes, a elegir entre Verástegui, Armando Rojas, Abelardo Sánchez León, etc. Tendría que sacrificar, entre los de mi generación, a Gonzalo Rose y Belli, no porque no sean buenos poetas, sino porque no veo «el poema» representativo. La antología sería más de poemas que de poetas. Con ello quiero referirme a poemas largos, densos, envolventes, que fluyan, resuenen, vibren. Establecería así la diferencia entre poetas y poemas. Tenemos muchos buenos poetas, pero pocos grandes poemas. Éste sería mi criterio para la selección. Aparte de mi propio gusto, que vierte hacia lo elegíaco y metafísico.

*8 de julio*

Revisé hoy someramente lo que llevo escrito de mi autobiografía y veo que todo anda desilvanado, vago, sin brío ni coherencia. Si exceptuamos las primeras 17 páginas que llevan el título de «Ancestros», el resto está por rehacer o corregir. Advierto una vez más la falta de una idea directora. Tal vez debo apoyarme en este defecto como en una virtud o una técnica y escribir el resto bajo la forma de fragmentos, episodios o *flashes*, sin respetar escrupulosamente la cronología.

*8 de julio*

No se de qué materia están hechos mis proyectos, por modestos y aparentemente viables que sean, materia porosa, autodestructora, que apenas hechos se desvanecen. O el error está tal vez no en el proyecto sino en su ejecutor. Así, mi breve antología de poemas, me parece ya irrealizable, porque no encuentro los libros que deseo en mi biblioteca, esos libros precisamente o porque en los libros no encuentro los poemas que esperaba o no los encuentro dignos. Lo mismo mi autobiografía, que apenas hace unas horas me proponía continuar, ahora me parece idiota, sin interés, asunto trillado. ¡Qué insoportable tarea evocar mi infancia o adolescencia! Pero como yo no escarmiento, me hago ya nuevos proyectos. Puesto que ésos no marchan, insistir con los cuentos, hacer la lista de los 34 que me faltan para la centena y empecinada, maníacamente irlos escribiendo, uno por uno. Sólo así, creo, colocándose en la posición excéntrica del obcecado, del alienado, pueden sacarse las cosas adelante.

*11 de julio*

Alida debe partir urgentemente a Lima mañana o pasado mañana, para ver a su padre, que se encuentra gravísimo, hospitalizado, con un cáncer a las vías urinarias. Una vez más esta enfermedad nos golpea. Hace cinco años su madre moría de un cáncer al páncreas. Entonces no pudo Alida moverse de París, pues yo mismo acababa de ser operado. Esta vez, a pesar de que no me siento bien y necesitaría también atención y compañía, la dejo partir, pues sé que mis males los puedo capear y contrarrestar y en definitiva ella es por ahora más necesaria allá que acá. De todos modos, esto me inspira una serie de reflexiones sobre los lazos de sangre y los otros. Más otras reflexiones que alguna vez desarrollaré.

*13 de julio*

Alida partió hoy para Lima, yo parto mañana para Londres... La *petite famille* se dispersa por varias vías y diferentes motivos. Alida que está sana va a ver a su padre que está enfermo, dejando a su marido enfermo. Y el marido enfermo va a ver a su hijo que está sano. Enrevesado cruce sentimental entre enfermos y sanos. ¡Qué lío! A mi regreso debo aprovechar mis días de soledad para sacar adelante algo, quizás mi relato *La fuga* que empecé con fuga hace dos días, para usar el mismo término, que cae a pelo. ¡Que el Señor del Gran Poder me auxilie e ilumine en este difícil período!

*15 de julio*

De vuelta de Londres, adonde me dirigí ayer en el viaje más demoledor, ruinoso e insensato que he hecho en toda mi vida. En resumen: taxi a la Estación del Norte, tren hasta Boulogne, barco hasta Dover, ómnibus hasta estación ferroviaria, tren hasta Londres, taxi hasta el hotel, taxi (una hora) hasta Wallington —y el mismo camino de vuelta, pero invertido— y todo eso ¡para ver solamente un cuarto de hora a Julio! De Londres no vi nada, ciudad que tanto me interesaba recorrer, para compararla a la que conocí hace veinticinco años. En fin llegando a casa me he puesto pijama y en la cacerola unos tallarines, pues ni ayer ni hoy almorcé.

*16 de julio*

El amor paternal es una pasión violenta, insaciable y generalmente estéril, pues rara vez es pagado de vuelta. Eso me decía hoy, al recordar la breve entrevista ayer con mi hijo, al cabo de mi largo viaje a Londres. La sensación de impotencia, de desgarramiento de no poder verlo más de quince minutos, cuando le había prometido por teléfono pasar un par de días con él. Sé perfectamente que él había ya imaginado esos dos días a su manera y en su interés: cines, tiendas de juguetes, golosinas y tal vez uno que otro paseo por un parque o museo, para conceder algo. De todos modos, como fuese, me di cuenta de que se vio frustrado y decepcionado cuando al llegar a Wallington le dije que el taxi me esperaba en la puerta y que apenas iba a quedarme con él unos minutos. Lo vi además un poco perdido y como exiliado en casa de esa familia inglesa, donde por mejor atendido que esté no podrá imponer sus caprichos ni sentirse seguro de una protección irrestricta. Sé también que ya se habrá olvidado de mi paso y de su momentánea frustración y que estará tratando de sacar el mayor partido posible de la compañía de los chicos de su edad y del lindo lugar donde reside. Pero soy yo el que me siento mal, porque debe tener momentos de desasosiego o de soledad que nadie, salvo nosotros, podrá aplacar.

*18 de julio*

Como en mis mejores épocas, inmensamente solo, escuchando a Vivaldi (concierto para cuatro violines) a todo volumen, en medio de una casa irremediablemente desordenada (cena anoche con Hinostroza, Calderón, Rojas y Burgos), escribiendo un relato largo, libre y descabellado, recalentando en la cacerola arroz de ayer, el pucho en la boca y el burdeos a la mano, en este anochecer veraniego, Dios me proteja y me permita llevar por mucho tiempo adelante mi vida esteparia.

*24 de julio*

Mi relato «La fuga» en el que trato de contar la historia de un escritor que no puede concluir la obra emprendida se está convirtiendo en mi propia historia. Hace días pataleo por sacar el relato del estancamiento, sin lograr otra cosa que tachaduras, repeticiones, nuevas versiones, etc. Sensación de estar mirándome en un espejo. Y la cosa se complicaría más si, como en un momento pensé, la novela de dicho escritor fuera sobre un escritor que no puede escribir y así sucesivamente.

Emilio y su familia vienen por unos días a París y se alojan en la *peniche* que un amigo pudiente les deja. La *peniche*, por adentro, es un *petit palais* flotante, anclado en el Sena, con dormitorios, baños, salón alfombrado, taller, teléfono, etc. Pasan los primeros días en el confort y el lujo, como millonarios en su yate. De pronto el generador se malogra y se quedan sin luz, sin agua en los baños y cocina, sin ventilación, etc. No pueden lavarse ni cocinar ni alumbrarse sino con velas. Emilio me dice: «¡qué vaina! Nos hemos clochardizado. No puedo ser rico ni de prestado».

*31 de julio*

Terminé mi cuento «La fuga».* Una treintena de páginas que se reducirán a quince o veinte, después de las correcciones. Tengo la impresión de que pasé «al lado del asunto» y que si hubiera puesto más empeño, habría hecho algo importante. Pero he preferido dejar que las cosas sucedan tal cual pues las imperfecciones de esta obra transmiten mi propia imperfección. Este relato es la prueba de lo relatado.

*2 de agosto*

Recapacitando sobre mi cuento «La fuga», cuento a todas luces fallido y la posibilidad de arreglarlo. Mi intención inicial de dejarlo tal cual se basa sólo en el hecho de que el cuento trata de alguien que *raté* su relato. De este modo el cuento en sí se identifica con su contenido. Pero esta argumentación no es defendible. Un razonamiento de esa naturaleza nos llevaría a los peores equívocos. Un pintor, por ejemplo, que titula su cuadro «Cuadro malo» y hace una porquería. No se puede expresar el *échec* con el *échec*.

*3 de agosto*

Después de dos días de esplendoroso sol, el verano nuevamente se descompone y esta tarde recio aguacero sobre París y

* Título definitivo: «Ausente por tiempo indefinido».

sobre mi ánimo hundido en una tristeza sin fondo. Tristeza que me vino así, al estar solo en casa, escuchando mis viejos discos de música barroca y mirando la Place Falguière ensombrecida por los nubarrones. Es la inactividad lo que me entristece, probablemente. Sin ganas de corregir lo escrito ni de leer ni de salir, la lluvia me cogió indefenso y me anegó dejando al desnudo mis fundamentos.

*7 de agosto*

Tres días en Trouville, con Julito y Santiago. Este último fue conduciendo nuestro auto y nos alojamos en el departamento de un amigo. Comprobación que el mal tiempo normando no es una fantasía. Días infectos con frío y aguacero. Sólo Julito y unos cuantos turistas se metieron al agua. Julito sobrepasó a nado la zona permitida, lo vi braceando a más de 200 metros de la orilla, en zona correntosa y con mar movido, completamente solo y tuve unos horribles momentos de angustia. Tuve que dirigirme al puesto de vigilancia para alertar a los nadadores vigías. «Ya hemos visto a ese hombre», me dijeron. «Es mi hijo, un niño de once años», precisé. Sólo entonces sacaron su bote de goma con motor y lo empujaron hasta la orilla, pero ya Julito salía muy orondo, como de una pileta, ni fatigado ni asustado. Recordé mi época de nadador infante y muchacho, cuando solo o con amigos hacía imprudentes pero siempre felices expediciones en mares bravíos, y lo reconocí en ese momento como mi legítimo heredero.

*8 de agosto*

*Hanté* en estos días de Trouville por el recuerdo de Flaubert, como el año pasado en Grenoble por el de Stendhal. Flaubert veraneaba de muchacho en este balneario. Quedan aún en pleno malecón muchas construcciones de los años

1830. Fue precisamente hacia el año 1837 o 1838 que vio en la playa, en esa playa, a Elisa Schlesinger, a quien no olvidaría nunca. Fue cerca de Trouville, en Pont-Peveque, donde sufrió en plena adolescencia el primer ataque del mal que lo acompañó toda su vida. Hay en la playa, cerca del Casino, un Hotel Flaubert. Muy tarde en la noche contemplé por la ventana del departamento, situado en un promontorio, la playa brumosa, solitaria, bañada por una luz sobrenatural, la alta marea invadiendo la orilla, dos, tres barcos cruzando el horizonte negro, las siluetas de las viejas casas normandas intactas, apacibles y vi lo que él veía entonces. De este mundo, sin embargo, en el que hay algo de gótico, de fantasmal, no queda nada en su obra, que yo recuerde. La costa normanda no figura para nada en su obra, como sí en la de Maupassant. Tal vez sólo en su cuento «Un corazón simple», lo que tendría que verificar, o en alguna obra de juventud.

*8 de agosto*

Comprendo una vez más, pero en forma más tangible, la importancia de la intendencia, la administración, el orden. En este mes que Alida está ausente, se ha añadido al desorden de su partida, el del viaje de Julito a Londres, el de mi propio viaje a esa ciudad y el de nuestra excursión a Trouville, de modo que la casa es un amontonamiento de maletas abiertas tiradas por los suelos, pilas de ropa limpia o sucia, periódicos y semanarios leídos o sin leer, ropa a medio lavar, vajilla inmunda, bolsas de basura, discos fuera de sus fundas, juguetes dispersos en todo sitio y encima de ellos orines del enorme gato insaciable y en algunos rincones caca del mismo felino sucio y a raíz de eso moscas y moscardones, animales que odio, sin que pueda hacer nada o poco para remediar este desastre, sin ánimo a veces de entrar a una casa convertida en un recinto excremencial...

*9 de agosto*

Comprendo perfectamente que muchos escritores hayan detestado a su padre o hayan tenido con él serios conflictos de origen freudiano u otro —Kafka, Stendhal, K. Mansfield, para citar los que recuerdo ahora— pero en mi caso tal situación no se produjo. Tal vez porque mi padre tuvo la delicadeza de morirse cuando yo entraba a la adolescencia y me evitó, lo mismo que a mis hermanos, fricciones y discrepancias que hubieran podido surgir más tarde. Pero no creo que sea ésa la razón, pues a los quince años tenía yo plenamente conciencia de lo que me unía a él y de lo que me separaba, así como una visión justa de sus defectos y cualidades. Reconozco que era colérico, soberbio, autoritario, desdeñoso. No compartiré nunca su manía por el orden, la higiene. Su racismo, sus ideas políticas que viraron hacia el fin de su vida hacia la reacción, me son extrañas. Pero todo ello pesa poco en la balanza, al lado de su inteligencia diamantina, de su saber, de su coraje, de su independencia de juicio, de su ironía que por momentos llegaba al sarcasmo, de su humor y dones histriónicos, de su elegante manera de expresarse, encontrando siempre fórmulas insólitas y, en el fondo, de su enorme bondad, pero una bondad razonada, que era fruto de la lucidez más que del sentimentalismo. Debería alguna vez trazar su semblanza y creo que estoy obligado a hacerlo, si me propusiera catalogar tantos gestos o palabras suyas memorables.

*11 de agosto*

Atardecer, la casa solitaria, salí al jardín. La parra *exhangüe* sobre la enramada. Los tacones trepando por el muro. Las dalias orillando el césped. Los viejos cipreses descuidados, desiguales, con telas de araña entre sus ramas. La solitaria magnolia. La sombra de los eucaliptos, en cuyo follaje canta una cuculí. Un lucero, dos, en el cielo aún claro. La campana del parque, a lo lejos. En la grama trazas amarillas de tantas antiguas, repetidas pisadas. Tibia brisa otoñal.

Paz, plenitud. Y tú no estás aquí, tú, ya no estás. (Recuerdo de papá.)

*13 de agosto*

Caminata en el atardecer de este domingo en busca de una panadería. Compruebo una vez más el carácter proletario de este barrio. Subproletario, mejor dicho, pues está habitado en su mayor parte por trabajadores inmigrantes: obreros portugueses, albañiles árabes, barrenderos de África negra. En Lima no existe un equivalente de un lugar así, pues no importamos mano de obra. Pero por su fealdad, su mediocridad, su marginalidad, podría compararse a una barriada. ¡Y hace diez años que vivo aquí!

La imprudencia de vivir tan aislado cuando se tiene a su cargo un niño, me decía al volver de la panadería. Pensaba que podía atropellarme un carro o desplomarme víctima de un ataque. Ausente Alida en Lima, sin recibir visitas ni llamadas, sin una red de relaciones sólida que pueda tomar la rienda de mis asuntos, imagino los horribles días de desconcierto y angustia que pasaría mi hijo, esperando mi imposible llegada. Prever esta eventualidad.

Terminada corrección de mi cuento «Ausente por tiempo indefinido» (llamado antes «La fuga» o «El grupo»). Cuento fallido, como la obra que escribe el protagonista. Pero ilustrativo.

*18 de agosto*

Ayer larga conversación con Barbara, quien vino gentilmente para poner orden en casa. Tocamos sus temas favoritos: percepción extrasensorial, objetos volantes no identificados, espiritismo, yoga, satanismo, Zen, sectas de diferente pelaje, astrología, alquimia, etc. con excursos sobre personajes como Gilles de Rais, Casanova, Sade, Cagliostro, Kardec, Gurdjiev, Hitler, etc. Diálogo impregnado de una exquisita irrealidad.

*19 de agosto*

Anoche lectura de cuentos fantásticos en casa de Uribe. Leyeron el anfitrión (2), Calderón (2) e Hinostroza (1). Una buena «cuvée», como se dice, si bien todos los cuentos leídos no se ajustaban *strictu senso* al género fantástico. El más original y mejor construido fue el de Hinostroza. Los de Uribe, de una gran calidad de escritura para un autor todavía joven. Uno de los de Calderón, excelente; el otro, un poco confuso. Yo no pude leer, pues no había terminado mi relato, por más que me esforcé horas antes de la reunión. Por coincidencia, la casa de Uribe queda en los altos de una editorial francesa dedicada al género fantástico.

*21 de agosto*

Recibí hoy los primeros ejemplares de *Prosas apátridas aumentadas*, que me envió Milla de Lima. La carátula me parece pésima, chata, sin relieve, insípida. No sé si Milla habrá utilizado bien los fotolitos que preparó Herman Braun y que a mí me parecieron aceptables, al menos al verlos en la mesa de montaje. Tengo la impresión de que se ha olvidado de imprimir un color. En fin, tendré que consultar con Herman, para ver si ésa era realmente su idea. Si ésa era, admito que Herman esta vez se equivocó. Si no, Milla ha actuado con negligencia. En cuanto al contenido del libro, apenas lo hojeé. Estoy aún demasiado saturado de estos textos para poder apreciar su valor.

*24 o 25 de agosto*

Ni sé a cuánto del mes estamos. Sólo sé que dentro de unos días cumpliré 49 años. Excursión sabatina a las disquerías para regresar con mi habitual carga de música barroca. Escucho un concierto para violín de Tartini, mientras se cuece el arroz. Anoche lectura hasta tarde del diario de K. Mansfield, la edición integral. Ayer carta a mi hermano y a Milla. Querellas con mi gato, por su insaciable apetito y sus meadas. Comprobación de que el año pasa y no he escrito prácticamente nada. Deseo de copiar mis diarios a partir del 60, pero no encuentro por ningún lugar los originales. Debería anotar la conversación de hace unos días con X., ex ministro del Interior del Perú, en casa de Y., diplomático. Sólo los tres y sus esposas. Una de mis raras salidas sociales, por interés en conocer al personaje. Creo que es la primera vez que hablo con un ministro del Interior, alguien que se ocupa de la represión, del orden, de la seguridad del Estado. Personaje complejo, contradictorio, siniestro en algunos aspectos. ¿Cómo se puede, me pregunto, aceptar un cargo de esa naturaleza y asumir la responsabilidad del encarcelamiento, la deportación, la tortura llegado el caso? No cabe dentro de mí tal grado de frialdad o deshumanización, no sé cómo llamarlo, de alguien que pone la razón de Estado por encima de escrúpulos y problemas de conciencia. Reflexionar acerca de si se trata de una alta forma de sacrificio o de una predisposición al ejercicio de la violencia.

*27 de agosto*

De mi conversación con el ex ministro del Interior, retengo sólo esto: en un momento, bajo efectos del tercer o cuarto trago, dice: «Yo he autorizado la tortura de... (por desgracia no retuve el nombre, era algo así como Fernández o González), pero gracias a ello pudimos recuperar 350 kilos de dinamita, que iban a ser empleados en actos terroristas.» La justificación en sí no me interesa, ya soltó lo que nunca debería haber dicho. La carne se me puso en ese momento de gallina y preferí cambiar de conversación. Me preguntaba, ¿cómo era posible que este señor simpático, ameno, cortés, acompañado de una esposa joven y guapa, tan cordial y que pide que lo tuteen, pueda admitir con naturalidad un acto de esa naturaleza? No cabía dentro de mí. Pero, entonces, ¿es verdad? ¿La tortura es decidida así, por un hombre, uno solo, que se echa este crimen sobre su conciencia? ¿Y que además lo justifica y por ello mismo lo convierte en un no-crimen? La única explicación que le veo a su proceder es que la ejecución material del acto está tan alejada de él, gracias a una serie de intermediarios, que su responsabilidad se desvanece en el trayecto. Porque, claro, no es él el torturador. Tiene que haberle dado la orden a un adjunto, que la transmitió a un ayudante y éste a su vez a un subalterno, hasta llegar así al agente directo de la tortura, tipo de hombre cuya entraña no puedo imaginar puesto que, a pesar de obedecer órdenes (su justificación) es quien está en contacto directo con el dolor, la técnica del dolor y el espectáculo del dolor. ¿Cómo se puede llegar a eso? A alto nivel se invoca la razón de Estado; en el más bajo, la orden recibida. Vanas excusas, pero que funcionan y ponen al descubierto nuestra satánica, pobre naturaleza.

*28 de agosto*

Llamada telefónica de Alida para anunciarme que saldrá de Lima el miércoles para estar el jueves en París, vía Bruselas. Me quedan en consecuencia tres días para tratar de poner orden en casa. Antes que nada, llevar a la lavandería toneladas de ropa sucia. Pero no sé para qué anoto estas estupideces. Lo importante es que la operación a su padre tuvo éxito. Ya me dará detalles, que para mí tienen sumo interés. Toda la casa huele a gas, demonios, y hay tres enchufes de luz malogrados.

*29 de agosto*

Intuición animal: hago en el piso del baño una pila con la ropa que debo llevar a la lavandería esta tarde. El gato se acerca, la observa, la huele, comienza a separar las prendas con las uñas, desdeñando mi ropa o la de Alida, hasta que encuentra una camisa de Julito, única ropa suya del lote. Frota contra ella su cabeza y finalmente la lame. El gato sabe que Julito es en casa su único protector, quien realmente lo quiere, a pesar de que Alida o yo somos quienes le damos su comida y le limpiamos su poza de arena. Pero sabe también que en nosotros no hay amor sino sólo tolerancia.

*29 de agosto*

Después de leer los excelentes —algunos realmente acabados— cuentos de Edgardo Rivera, me pregunto si vale la pena abundar en este género, que tiene ya en el Perú tantos y tan buenos representantes, en las generaciones que me siguen. En ese dominio ya no puedo enseñar nada. Mi misión está cumplida. Pero no veo qué otra cosa puedo hacer, si compruebo que la novela o la autobiografía me son imposibles o me aburren. Buscar con ahínco una nueva veta, en la cual pueda decir algo nuevo, original. *Prosas apátridas* fue quizás una de ellas, pero ya no me interesa seguir haciéndolas. Reflexionar sobre algunos de mis viejos proyectos, como los «engastes» o los episodios históricos reelaborados. No dejarse vencer por la rutina o la facilidad.

*4 de setiembre*

Pequeños detalles que me halagan tanto o más que leer a veces la elogiosa crítica de alguien que admiro. En un diario de Lima veo una borrosa foto y descubro en ella mi nombre inscrito en una especie de vitrina o pizarrón. La leyenda de la foto dice: «Periódico mural de los alumnos del Colegio Peruano Chino 10 de octubre, de Pueblo Libre.» En este colegio, que debe ser popular, se ha creado un diario mural que lleva mi nombre. ¿Cómo así? ¿De dónde vino la idea? ¿Por qué en este colegio y no en otro? (por ejemplo, el colegio donde estudié o algún otro colegio de la burguesía limeña). ¿Mis libros llegan a un público popular al cual en principio no están destinados? ¿Se reconocen estos lectores en mis relatos? ¿No es más gratificante este tipo de homenaje sin nombre y sin rostro que el que pueda recibir de mis amigos o pares «cultos»? Impresión parecida o aún mayor me produjo la visita que me hicieron las alumnas de un colegio nacional, durante mi viaje a Lima de 1971. Veinte o treinta niñas de 14 a 16 años, conducidas por su profesora y a quienes recibí en la Casa de la Cultura, pues me pareció el lugar más apropiado. Me trajeron una enorme cartulina para que les escribiera algo, me grabaron unas palabras y me obsequiaron varias cintas de máquina de escribir para que «siguiera escribiendo». Y con ese necio descuido que me es habitual y me avergüenza no retuve ni el nombre o número del colegio ni su dirección, pues me hubiera gustado enviarle mis libros que luego aparecieron. Para un escritor, por elitista que se considere, y dejando de lado todo sentimentalismo, gestos de esta naturaleza constituyen su verdadera recompensa, más que premios, elogios o ganancias.

*4 de setiembre*

Alida llegó de Lima y Julito de Niza, con dos días de diferencia. Alida me trae cantidades de libros míos y ajenos, entre ellos *Visión histórica del Perú* de Macera, que leo con deleite y provecho. Buena y sugestiva síntesis de veinte mil años de nuestra historia. En el libro hay más dudas que afirmaciones, hipótesis que teorías —se diría que en el Perú todo está por hacerse en materia de historia—, lo que me incita a reflexionar sobre la vocación del escritor y la historia a secas. A primera vista pareciera que la historia fuera el último refugio de los filósofos. Pero dejo esto aparte, la historia en sí misma está lejos de ser una ciencia exacta y en consecuencia no se puede aplicar a ella las leyes de la causalidad y por ende deviene inexplicable. Atribuirle a un hecho histórico una causa inmediata o aparentemente visible me parece aberrante. Más aún cuando esa causa es a su vez un efecto que remite a otra causa y así indefinidamente. Un simple ejemplo: atribuir la actual bancarrota peruana al régimen del general Velasco —como he escuchado y leído— es improbable o indemostrable. Es ceder a la falacia de relacionar los hechos históricos de acuerdo con una secuencia temporal o una concomitancia. Un fenómeno histórico determinado puede tener su origen no en una coyuntura inmediatamente anterior sino en algo que se produjo muy lejos en el tiempo o en el espacio, etc.

*5 de setiembre*

En el ómnibus me vienen sin motivo a la mente palabras como orfandad, postrimerías, menesteroso, derogación y otras que ahora no recuerdo y que encuentro en sí sugestivas, bellas, capaces de engastarse en frases o períodos narrativos. Son a veces así palabras sueltas las que generan una expresión, un título y sirven de detonador a un discurso que las sobrepasa pero que estaba potencialmente contenido en ellas.

*7 de setiembre*

Ayer almuerzo con mi tío C. F. R. en el Hotel Meurice. Digamos que no es la primera fortuna del Perú, ni nunca lo ha sido, pero está entre las primeras y por ello mismo pertenece objetivamente a lo que se llama la «oligarquía». No la oligarquía de la tierra, pues nunca tuvo haciendas —su esposa sí— sino a la industrial, empresarial, comercial, financiera, etc. Su firma importadora es una de las grandes firmas peruanas, pero aparte de ello tiene intereses directos en cantidades de negocios y su nombre figura en los consejos de administración de sociedades anónimas y bancos. Mi padre, que trabajó en su firma veinte años —y yo dos— reconocía en él una «inteligencia relampagueante», según su propia expresión (y no sólo para los negocios). Pero no quisiera hablar del empresario, sino del hombre, suponiendo que pueda hacerse la diferencia y cortar a una persona en dos como una manzana...

La verdad es que no puedo seguir escribiendo sobre esto. Me doy cuenta ahora de que mi padre nos inculcó un sentimiento, no de rencor o de desdén para con sus parientes ricos, sino un sentimiento de independencia y de distancia. Las razones íntimas las ignoro, aunque las sospecho (problemas familiares, entre otros, de los que hablo en mi incipiente autobiografía). Pero hay también otras razones que están en la raíz del problema y que explican la formación y la consolidación de una clase media en el Perú, de la cual mi padre se consideraba representante y que asumió en forma intransigente.

*8 de setiembre*

Vuelvo a pensar sobre lo anterior y advierto que este tema de la clase media es uno de los motivos solares en torno al cual doy vueltas hace tiempo sin encontrar la forma de penetrar en él. Como otros temas, tales el mestizaje, la nacionalidad, la cultura, que vuelven a mí obstinadamente, pero sin esperanza que pueda ahondarlos, a pesar de considerar que son esenciales para una serie de definiciones. Y todos creo que están relacionados entre sí, forman parte de un mismo ovillo que sería necesario deshilvanar. A ellos se añade el gran tema de la historia, que probablemente los envuelve a todos.

Anotar ahora por lo menos algunas ideas. La clase media

por ejemplo. Tal como yo la entiendo y la asumo es una manera de insertarse en la realidad. Lo que implica naturalmente aceptar la existencia de estratos sociales, que se sitúan a diferentes niveles y que poseen cada cual sus costumbres, ideales, modos de vida, proyectos, ambiciones, en suma una «ideología». Yo sé cuándo estoy frente a un oligarca o a un proletario —y esto todo el mundo lo sabe, lo que convierte mi observación en una bobería—, pero sé también que no quiero ser ni lo uno ni lo otro. Hay pues una elección que, como toda elección, excluye otras probabilidades. Es siempre arriesgado razonar a partir de hipótesis, pero suponiendo que mañana por un golpe de suerte (loto, lotería, etc.) me vuelva millonario, no pretendería ni pensaría despegar hacia la esfera de las clases dominantes (imposible evitar las fórmulas) y seguiría considerándome un hombre de clase media, no por modestia o soberbia, como se le llame, sino porque con esta clase mis contactos y afinidades son más fuertes y veo en ella un espectro lo suficientemente amplio como para colmar mis necesidades de relaciones humanas. No buscaría en consecuencia ni la frecuentación, ni la consideración, ni la aceptación, ni la asimilación de parte de los poderosos.

*10 de setiembre*

La aparición de un miserable pericote echó a pique este domingo que prometía ser de una memorable placidez y diría hasta de un áureo encantamiento. Todas las condiciones estaban reunidas: sol radiante, aire tibio, calles calmas, casa ordenada, cocina excelente, buen ánimo en mí y en los míos... De pronto el bicho surgió fugazmente en el dormitorio, Alida dio de alaridos y ya no necesité más para darme cuenta de que el día zozobraba a causa de este incidente ridículo. Sin remedio además, pues de nada valió persuasión, resolución, ironía para reducir el incidente a su verdadera dimensión y devolverle a la jornada sus bellos presagios. Hasta ahora, que anochece, Alida se ha mantenido alarmada, exasperada, al borde de la histeria y yo alarmado, exasperado, al borde de la histeria, no por el ratón, sino por Alida. Así, ese inofensivo, insignificante roedor a mí no podía turbarme ni distraerme. Pero es a través de Alida que me vulnera. Lo que me sugiere una serie de reflexiones: lo inocuo, lo banal, se convierte en intolerable cuando «pasa» por el *écran* amplificador de un allegado nuestro.

*24 de setiembre*

Escritura de cartas (Loayza, mi hermano), lecturas deshilvanadas (Historia de la Música, Melville, el Expresionismo, un homenaje al historiador Georges Duby, etcétera.) pero de trabajo creador nada. Este año será uno de los más estériles de mi vida. Entre mis lecturas un autor interesante, Bukowski, la actual coqueluche de los norteamericanos... Lo vi además en la TV. Me hizo recordar a mi querido Alfredo Castellanos, su «geule», su barba, su alcoholismo, su humor, sus réplicas... De haber nacido Alfredo en USA hubiera sido un Bukowski. En el Perú no pasó de un marginal, con frecuencia insoportable. Los libros de Bukowski me inspiran reflexiones interesantes que una invencible pereza me hace abandonar para otra día.

*26 de setiembre*

Volviendo a Bukowski, ¿por qué en un país como el nuestro no surgen o son excepcionales los escritores de ese tipo? Quiero decir, un escritor que escriba con «sus tripas», lo que le pasa por la mente, en la forma más directa, brutal y vulgar, sin ninguna censura (decir que Nixon es una mierda, Bernard Shaw un cretino, Genet una mujercilla, Shakespeare un pesado, etc.), sin ninguna pretensión de hombre de letras o de pensador sutil y sin aceptar ninguna convención (literaria, moral, cívica, etc.). El hecho es aparentemente inexplicable. Puede explicarse que en Francia, por ejemplo, sea difícil que se dé un escritor de ese temple, porque es un país con una tradición literaria muy acendrada, donde el que se dedica a escribir tiene ya en la cabeza todos sus modelos y le han metido la retórica a golpes desde la escuela primaria y ha recibido además una lengua mascada o afinada en siglos de trabajo colectivo y con la cual es difícil hacer algo nuevo. Lo que no es el caso del Perú, donde es posible teóricamente llegar a la literatura (a escribir) por vías no establecidas o trilladas, que permitirían formas de escribir bukowskianas. Las razones de este fenómeno son complejas. Me vienen a la mente algunas: la literatura en el Perú está reservada a las elites, en consecuencia a gente que ha pasado por la universidad, con todo lo que esto implica. Quien no ha hecho su universidad o al menos su colegio no escribe, sencillamente porque no ha aprendido a escribir ni a leer. USA en cambio permite la asimilación de una idea de la literatura y un aprendizaje de la cultura que se da al margen de la escolaridad. Aparte de ello hay otro elemento: el desarraigo. Por subdesarrollado que sea el Perú, su población está más instalada en la sociedad, a través de la miseria, la mediocridad, la bonanza o la riqueza. No existe entre nosotros esa masa demográfica de inmigrantes o hijos de inmigrantes aún no integrados, que culturalmente buscan una raíz, y al no poder reivindicar ninguna, son más libres. Todo esto está pésimamente explicado. Pero yo me entiendo y eso es lo que me importa por ahora. En nuestro medio una literatura tipo Bukowski no tiene pase, pues antes de lanzarse a escribir es necesario haber aprendido muchas cosas, entre otras las «bellas letras» y otras majaderías. Quienes se sitúan al margen de estos patrones no tienen cabida ni audiencia. Todo el mundo entre nosotros quiere «escribir bien», demostrar, probar que se hacen las cosas igual o mejor que en otros lugares. Dependencia, imitación, *performance*. El escritor debe ser culto, hábil, saberlas todas, ser un cunda. Se escribe *par rapport* a otras literaturas o a cierta idea de la literatura comúnmente aceptada en ciertos polos de opinión, no *par rapport* a sí mismo. Y otras cosas más...

Con lo que aquí digo no estoy defendiendo la literatura de Bukowski, ni mucho menos. Me parece muy bien que se escriba así, pero también de otra manera. En todo caso yo —que nunca alcanzaré ni la milésima parte de la audiencia de B.— nunca escribiré así. Por las razones que ya he explicado y por otras. Lo que escribe Bukowski es impresionante, pero se agota con su lectura. No hay más de lo que se dice. Su discurso se superpone geométricamente a su significado. No hay esas fisuras, eso no dicho, lo callado o reprimido, lo simplemente insinuado, que para mí le dan a lo escrito su dimensión o su sobresignificación. Luego, ninguna voluntad de trascendencia, de elevarse por encima del instinto, lo inmediato, animal, ordinario. El bistec en plena cara y se acabó. Todos sabemos que el hombre es una bestia, como decía Pascal, pero decía que también es un ángel. El ángel de B. tiene alas de papel y juega al béisbol. Yo no creo en ángeles con alas de papel, carne o aluminio, pero sí creo en la necesidad de planear, al escribir, sobre lo vulgar y buscar otra cosa que el recuento hiperrealista de nuestras archisabidas miserias.

*28 de setiembre*

—Misterios de la memoria. Desde hace días trato de reconstruir la letra latina completa del *Patrem Omnipotentem* (Credo) que cantábamos en el colegio, sin lograrlo y al despertarme esta mañana recuerdo haber soñado que lo cantaba y logro colmar los vacíos que me faltaban. ¿Dónde estaban estos fragmentos del canto? ¿Por qué nunca he podido concientemente recordarlo? ¿Por qué ocurrió durante el sueño?

—En el ómnibus: belleza de la raza negra. Frente a mí una pareja joven. Él fornido, peinado moda africana, bigote tupido, rasgos un poco recios, pero de una admirable fuerza, regularidad y simetría. Ella, de un óvalo frontal perfecto, ojos rasgados, finísima nariz con aletas que parecían talladas por un artífice en madera preciosa, impecable dibujo de los labios y un trazo de mentón casi florentino. ¿Florentino? No sé por qué. Influencia inconsciente de los patrones de belleza «occidentales».

—Ventajas de la castidad, la continencia o la autorrepresión. Ello puede desembocar en la histeria, la angustia y asumir formas patológicas ya estudiadas. Pero, en ciertos casos, crea una tensión interior provechosa, que nos permite expresarnos por vías indirectas, sublimadas, de las que el arte se nutre.

*12 de octubre*

Emerjo penosa, lamentablemente de una segunda gripe anual que me alcanzó en los mejores días del otoño y me tumbó en cama, presa de males inenarrables... Demacrado, amarillo, más enclenque que nunca, me asusta mi imagen en el espejo y asusto a los demás. Necesitaría una semana de montaña y descanso para reponerme pero, ausente el Embajador, he debido retornar a la oficina y afrontar tareas y problemas superiores a mis fuerzas, en vísperas de la Conferencia General... Hoy, al cabo de diez o más días de abstinencia, he podido encender mis primeros cigarrillos (mentolados) y sentarme frente a mi máquina. ¿Para qué?, me pregunto. Para escribir esto y renunciar, por falta de entusiasmo, a todo lo que quería decir.

*12 de octubre*

Lectura de autores peruanos en la Casa de España, penosa experiencia que me atrevería a calificar de «ribeyriana», pues podría ser perfectamente un cuento mío. Improvisación, falta de homogeneidad, público ralo. Hasta el último momento no se sabía en qué orden se iba a leer, si habría o no presentación, etc. Empieza el inefable Enrique Peña con su voz inaudible y sus manos temblorosas y sus comentarios marginales a los poemas que lee (recortes de periódicos en los que se habla de él o él escribe). Sigue María Eugenia González Olaechea (la organizadora) con voz de declamadora y con acotaciones fuera de lugar («este poema pertenece a mi libro X., editor Mejía Baca, carátula de Bracamonte, dibujos de Y., que tiene dos cátedras de Arte en la Universidad de São Paulo»). Luego Armando Rojas, cuyos textos se pierden entre idas y venidas de alguien que trae un azafate con vasos de agua y María Eugenia que manipula una grabadora. Enseguida yo, mi cuento «Los españoles», ex profeso, que leo sin ánimo, pues sé que el público está ya fatigado. Continúa Elqui Burgos, el más fregado de todos, pues María Eugenia al manipular la grabadora comete algún error y se sobrepone a la lectura un ruido insoportable y alguien entra a la sala y le dice al Director de la Casa de España que lo llaman por teléfono y el fotógrafo le hace señas a María Eugenia para que le entregue un nuevo rollo de películas... Cuando le toca leer a Reynaldo Naranjo estoy transpirando, me estalla la cabeza de dolor, tengo ganas de toser y escupir mi gripe aún no curada, recuerdo que Julito está solo en casa y abandono precipitadamente el local sin despedirme de nadie. En la puerta me cruzo con mis «sobrinos» Patrick y José Rosas Ribeyro, quienes aparentemente no habían sido invitados y llegan tarde con algún propósito sórdido. Lo sabré uno de estos días.

*13 de octubre*

Como lo preví, los propósitos de mis «sobrinos» eran sórdidos, según me contó hoy por teléfono Naranjo. Cuando terminó la lectura, uno de ellos tomó la palabra para increpar a gritos a Elqui Burgos y Jorge Nájar por participar en esa «reunión burguesa» en la que había «representantes de la dictadura militar peruana» (supongo que se referían a mí) y otras sandeces por el estilo. De nada valió que el director de la Casa de España los llamara al orden e invitara a una discusión ponderada. Lo mandaron a la mierda y se fueron. En fin, hicieron su consabido *show*, que me parece necio y ridículo. Que hubieran criticado la reunión por lo que yo mismo la critico (su carácter *raté* de velada literaria escolar) me hubiera parecido aceptable. Lo inaceptable es que lo hagan en nombre de ideales políticos y una ética revolucionaria que no casa con la enjundia de este par de hampones. La calidad de los ideales se mide por la magnitud de las acciones. Perder su tiempo en interrumpir o denigrar una velada de esta naturaleza (sin ninguna importancia, en una sala minúscula, prácticamente clandestina) indica hasta qué punto no tienen otra cosa que hacer ni otra militancia que ejercer que dedicarse sistemáticamente a hacerse presentes en ellas y sabotearlas. Con esa mocería fácil dejan tranquila su conciencia de rebeldes y creen haber cumplido un acto político memorable. Pobres diablos, en suma, que no merecen ni mi desprecio. Ya para mí se han convertido en personajes cómicos. La próxima vez que me inviten a una lectura voy a exigir que me garanticen la irrupción de Patrick y José para poder gozar de su perorata folklórica.

*13 de octubre*

Comparaciones: yo tiendo a vivir con la atención hacia el pasado (pasado histórico, familiar, personal), mientras que Alida vive hacia el futuro. Jamás ella habla de sus padres, de su infancia o simplemente «hace recuerdos», por cercanos que sean. Conforme vive, va borrando lo vivido. Anímicamente está situada en el tiempo que vendrá (lo que debe hacer esta tarde, el viaje que debe emprender la semana próxima, sus proyectos para el año o los años entrantes) y hacia ello se orientan todas sus acciones. Y no se trata de una cuestión de edad (pues ya tiene 35 años y a esa edad yo ya vivía en contacto frecuente con mi pasado).

Tal vez sea una cuestión de vitalidad, de optimismo, de confianza en sí. O de ambición. No retener nada del pasado significa que nada en él la satisface o la colma y que todo está aún por conquistarse.

*14 de octubre*

Alfredo Bryce, que llegó hace unos días de sus largas vacaciones en Brasil y España, me llama alarmado, pues Hinostroza le ha pedido albergue en su casa y todo parece indicar que piensa instalarse allí *sine die*. Conociendo el orden maníaco de Alfredo y sus hábitos acendrados de trabajador solitario (para escribir) me imagino el trastorno que este huésped le habrá traído. Rodolfo tiene una personalidad invasora, ocupa un enorme espacio físico, mental, verbal, a mí me agrada su compañía durante unas horas, pero no me sentiría a mi gusto si tuviera que compartir con él casa chica. Situación delicada para Alfredo, pues todos apreciamos el talento de Rodolfo y sabemos que su situación material es pésima y que se le debe ayudar, pero siempre que esto no implique sacrificios excesivos y sobre todo pérdida de una independencia que cuesta tanto conquistar. Me dice Alfredo que ya su huésped escribe en su escritorio y tiende su ropa lavada en la casa. ¡Es tan difícil aguantarse a sí mismo! En fin, esto me hace pensar en el caso Rodolfo, su dificultad para encontrar «su lugar» en algún sitio (trabajo, mujer duradera, etc.) siendo un hombre dotado, sano, ambicioso... Tanto imbécil o mediocre han conseguido ya cierta estabilidad. Y él no ha hecho sino vivir a salto de mata desde que llegó a París y de eso hace diez años. Todos hemos pasado por eso, pero de muy jóvenes y por tres o cuatro años. Rodolfo se acerca a los cuarenta años. Ya no es un mozalbete ni tampoco un hombre que ha elegido precisamente vivir a salto de mata. ¿Qué es lo que falla en su naturaleza?

*15 de octubre*

En una reciente encuesta entre críticos de renombre internacional se clasificó a Bacon entre los diez pintores más importantes de nuestra época. A mí personalmente la pintura de Bacon no me apasiona. Pero sí me interesa el bastidor de su pintura, el personaje, sus declaraciones. Siento con él una afinidad que nada justifica. Aunque tal vez sí: dublinense como Joyce y tantos otros artistas que adoro, generalmente alcohólicos y que han llegado a la celebridad después de una larga travesía. Prácticamente hasta los 50 años Bacon no era muy conocido. Cuando se acerca a los 70 no sabe qué hacer con su reputación ni su dinero.

La famosa editorial de arte Skyra acaba de dedicarle dos volúmenes de su colección Los Senderos de la Creación, con prefacio de Michel Leiris. Una larga entrevista y múltiples reproducciones de sus cuadros. Sobre éstos no hay nada que decir. Salvo que me producen incomodidad, esas formas delicuescentes, babosas, que no tienen nada que ver con el realismo ni con la fantasía. Son excrecencias del ser, cancerosas, repudiables. Pero preferencias e irritantes. Existen por encima de nuestras preferencias y antojos. No hay forma de quitárselas de la memoria.

Con sus declaraciones, en cambio, me siento inmediatamente en confianza. Esto es absurdo. Hablar de un pintor no por lo que pinta sino por lo que dice. ¿Y qué, finalmente? Yo nunca he podido desligar la obra del hombre. Y lo que finalmente me interesa es más el hombre que la creación.

He encontrado en él, por ejemplo, una magnífica solución a un problema que muchas veces me he planteado y sobre todo que me han planteado. «Se puede ser optimista y totalmente sin esperanza.» A primera vista es una paradoja, un *non-sens*. Pero luego explica: «Tu naturaleza íntima puede ser totalmente sin esperanza, pero tu sistema nervioso es de una trama optimista.» ¡Luminosa explicación! Bacon encuentra siempre razones para la incongruencia. Esta fórmula la hago inmediatamente mía pero invirtiéndola: «Se puede ser pesimista, pero henchido de esperanza.»

*17 de octubre*

Ayer en el Centro Pompidou conferencia de Mario Vargas Llosa, invitado por el Pen Club francés —en tanto que presidente del Pen Club Internacional— y por Gallimard. Luego cóctel en una galería de pintura. Muchísimo público. La conferencia muy clara y didáctica. Muchos de sus puntos de vista —tema, algo así como «La situación del escritor latinoamericano»— coinciden con los míos, que he expuesto en artículos y conferencias. Otros más discutibles y que podrían haber sido quizás más matizados. Pero en fin, bien. Es una posición sólida y defendible. Durante el cóctel, cuando estuvo ya libre de admiradores y admiradoras, pudo conversar un poco con sus colegas peruanos: Bryce, Alonso Alegría, Hinostroza, yo, no recuerdo quién más. Me incomodó un poco la actitud de Hinostroza, quien no pudo o no supo dejar de lado su actitud de provocador. Hay que decir las cosas como son: ciertas reglas de juego deben ser respetadas. El homenajeado era Mario y nosotros estábamos allí para dejarlo hablar, para que se sintiera cómodo entre compatriotas y amigos. No para discutir con él o tratar de lucirnos. Cuando Mario contaba sus experiencias en Cambridge, Hinostroza a cada momento intervenía, sin animosidad, pero con el propósito evidente de hacerse presente, de dejar sentado su disconformidad con algunas afirmaciones, para tratar de rebatir otras, finalmente para dar su propia opinión sobre la función de la universidad, etc., lo que nadie le había pedido ni quería escuchar, no porque no sea interesante, sino porque no era oportuno y porque además obligaba a Mario a pasar de narrador a polemista, lo que no era su intención ni tampoco la nuestra. En dos ocasiones intervine para desviar la conversación hacia un terreno donde hubiera seguro consenso, pero H.

volvía nuevamente a la carga, en un momento se lanzó a hacer una serie de consideraciones sobre el «humanismo» y me di cuenta de que Mario «sentía» que lo estaban llevando fuera de sus dominios. Pero supo zafarse con un hábil retruécano. Cuando H. dijo que la enseñanza de Cambridge entrañaba el riesgo de desvitalizar a los estudiantes, Mario respondió: «Pero no, viejo, y después de todo, ¿qué? Es preferible intelectuales desvitalizados que vitales intelectualizados.» En suma, me di cuenta de que la actitud de H. estaba dictada por un complejo frente a Mario, complejo de ser un escritor que aún «no ha llegado», pero que tiene confianza en sí, se «caga» de estar frente a una «vedette» y no le importa un pito interrumpirlo o rebatirlo, lo importante es no perder la ocasión de hacerse valer, opinar, brillar, en una palabra, «robarle el *show*». Bryce y yo no tenemos frente a Mario ningún complejo, lo tratamos como a un par, tampoco hemos «llegado» ni tenemos su prestigio ni seguramente su talento, pero eso no nos incomoda ni nos frustra y por ello mismo no tratamos en ningún momento, públicamente, de oponernos a él ni impedirle que se luzca. En privado, si la ocasión se presenta, podemos sí discutir con él, censurar sus libros o sus actitudes, si vemos en ellos algo de censurable. Pero no en el marco de una recepción dada en su honor y a la cual asistimos —porque así está establecido por las normas de la buena educación— para celebrarlo.

*23 de octubre*

Fatigadísimo no sólo a causa de la gripe que aún se agarra de mí y mis pobres pulmones con dientes y uñas, sino del insignificante pero voraz zancudo que anoche me atacó en el cuarto de Julito impidiéndome dormir de dos a cinco de la mañana. Inútil combate contra un ser tan pequeño y escurridizo y para quien resultaba tan fácil camuflarse en una pieza cuyas paredes están íntegramente cubiertas de pósters, dibujos, figuras y objetos de toda naturaleza. Cada vez que apagaba la luz y me recostaba en mis almohadones sentía su agudo zumbido y a los segundos su picotón. Encendía la luz y ya no estaba visible. Esto duró una hora al menos, hasta que opté por permanecer con la luz prendida, cuando ya tenía las manos y la cara enronchadas. Pero con luz y todo, apenas el sueño me vencía, volvía al ataque y era imposible descubrir dónde se había refugiado con su gotita de sangre en la trompa abyecta. Sólo una vez lo distinguí y me precipité sobre él con una improvisada pero apropiada arma (la gaceta de la Galería Drout), mas el insecto se esfumó y se perdió en la enorme y polícroma estantería con juguetes, libros y discos, donde toda localización era utópica. Decidí permanecer despierto para, la gaceta mortal en la mano, neutralizar su próximo ataque, pero más astuto que yo el perverso esperó que me adormeciera para picarme en el párpado. A las cinco de la mañana tiré la gaceta y el arpa y me dije duérmete aunque te masacre. Lo que sucedió, naturalmente. Yo sitúo este estúpido incidente en un plano filosófico, no banal, y me pregunto por qué Dios, de quien somos su hechura a imagen y semejanza, entes dotados de razón y una misión terrena y celestial, permite la existencia de esos minúsculos bichos, para los cuales no hay salvación ni condenación, ni ética ni estética, bichos infernales y no divinos, cuya única finalidad es torturarnos, atormentarnos, destruirnos, impedirnos en última instancia cumplir las tareas para las cuales estamos hechos. ¿Para qué han sido creados sino para ridiculizar nuestra fe y para dudar de la bondad del Todopoderoso? Bondad, es un decir. Su existencia.

*24 de octubre*

Olvidé consignar almuerzo viernes pasado en restaurante Place Falguière con Mario V. Ll. y Alfredo B., mis dos conspicuos colegas y compatriotas. Es obvio que los escritores hablan poco de literatura. Hablamos de política, educación de los hijos, costo de la vida, viajes, amigos y conocidos, dolencias físicas (Mario y yo estábamos agripados), etc. Sólo al final del almuerzo Mario se refirió a su próxima novela, a pedido mío. Es sobre la revuelta de los «cañudos» o «canutos», ni sé cómo se dice, movimiento campesino y milenarista brasileño del siglo pasado. «Novela de aventuras», dijo Mario. Hablamos también un poco de libros y autores. Comprobé que los novelistas famosos leen poco a sus contemporáneos del oficio. Y quizás con razón, pues si se pusieran a leerlos no tendrían tiempo de escribir. Mario ha racionalizado sus lecturas en función de lo que escribe y excluye en lo posible lo que no tiene relación con su trabajo del momento. Había leído sin embargo mi última edición de *Prosas apátridas* y me hizo un caluroso elogio, que yo agradecí sin darle moneda de vuelta, pues venía el ómnibus que lo llevaría al Barrio Latino y aun así no viniera me hubiera sido difícil decirle que me gustaba *La tía Julia*, que no considero a la altura de sus libros anteriores. Ya tendremos ocasión quizás en Lima de hablar de estas cosas. En suma, reunión amena, cordial, prueba de que aparte de algunas discrepancias políticas no existe entre Mario y Alfredo y yo rencillas, envidias ni contenciosos que puedan mellar nuestra vieja amistad.

*25 de octubre*

He perdido contacto desde hace tiempo con mi yo creador y sido despedido por alguna fuerza centrípeta o movimiento ondulatorio hacia una tierra desierta donde no encuentro ni ánimo ni recursos para escribir ni inventar. ¿Cuál es la causa?, ¿cuál la coyuntura? Lo ignoro, pero creo en todo caso que debo buscar otro campo por donde tirar mi arado. Europa, Francia, París, Place Falguière, son ya diez años de repetición de los mismos movimientos físicos y mentales y de observación, desde el mismo minúsculo mirador. Sé lo que me conviene ahora, cambiar de ubicación y por ende de disposición. Cierta estabilidad, incluso de rutina, han sido para mí siempre necesarios. Pero ello tiene sus límites y hay momentos en que la rutina confina con el anquilosamiento y la esterilidad. No ceso de soñar con mi casa en malecón miraflorino o playa peruana: otro clima, otro paisaje, otras voces, otras visiones. ¿Cómo hacer para poder cumplir este modestísimo sueño, que para otros sería más bien una pesadilla? Es tan poco lo que pido que alguna potestad tendrá que escucharme.

*25 de octubre*

Anoche, de pura casualidad, durante insomnio, cojo un tomo de *Port-Royal* y caigo en notas y apéndices sobre una polémica entre Saint-Beuve y Balzac a propósito de dicho libro. Curiosa discusión, entre dos autores que admiro y que se atacan encarnizadamente. La inteligencia contra la genialidad. Deseo de profundizar las relaciones entre ambos, buscar el origen de sus discrepancias y darle a cada cual su parte de razón. ¿Cuestión de mujeres, como sugiere el autor de las notas? No me parece suficiente. Cuestión más bien de gusto y de ideología. El monarquismo y el catolicismo de Balzac, sus veleidades nobiliarias debían ser insoportables para un burgués republicano, laico y escéptico como S.-B. Yo me siento más cerca de este último y aprecio cada vez más su inteligencia diamantina y la calidad de su escritura, donde no hay pompa ni desmesura, pero ¡diablos!, ¿cómo no admirar también a ese monstruo capaz de escribir *Ilusiones perdidas* y *Esplendor y miseria de las cortesanas*, que para mí siguen siendo sus obras cimeras? En verdad, es ridículo querer establecer comparaciones entre ambos, literarias quiero decir. *Port-Royal* es una «chef d'œuvre» dentro de su género (género híbrido además, mezcla de historia, crítica literaria, obra de moralista, etc.), así como *La Comedia Humana* lo es dentro de la ficción. Y humanamente, S.-B. no era ambicioso, vanidoso, ampuloso como B., pero tenía otros defectos menos visibles pero igualmente reprobables.

*26 de octubre*

La bestia de Bukowski ha dejado en mí su pútrida semilla y así no puedo ver una mujer, por bella joven y aseada que parezca, sin que de inmediato me venga a la mente una de sus expresiones corrientes: «*Tu as surement une chatte qui pue.*» Lo que me inspira repugnancia y mata en mí toda atracción o deseo. Tendré que esperar aún mucho tiempo para que el fantasma de este crápula no se interponga entre la realidad femenina y mis apetitos. Lo que es una prueba del poder de su obra, que está dirigida en este sentido al desmantelamiento, a la demolición de todo romanticismo sexual.

*27 de octubre*

Los meses que llevo escuchando música barroca me han permitido regresar a Mozart con un oído nuevo y una adoración renovada. Redescubro en él una profundidad y un arte inventivo que antes percibía superficialmente. La música instrumental barroca sólo tenía dos vías para salir de su virtuosidad y su monotonía: el fortalecimiento orquestal, que dio origen a la sinfonía romántica (Beethoven, Brahms, Schumann, Tchaikovsky, etcétera) o la simplificación del elenco sonoro, de donde sale la música de cámara mozartiana. A Mozart le bastan cuatro o cinco instrumentos para construir toda una arquitectura musical extremadamente compleja, cuya genialidad consiste en obtener brillo de la austeridad.

*31 de octubre*

Anoche cena en Le Vert Galant con Carlos G. B. y nuestras respectivas mujeres. Antes y durante la cena hablamos de todo menos de lo que nos atañe personalmente y nos asemeja y nos liga en el futuro: haber sufrido la misma operación por la misma enfermedad.* Sólo al salir del restaurante, mientras íbamos caminando de la Île de la Cité a Saint-Germain, nos retrasamos y abordamos decididamente el tema, mientras nuestras mujeres andaban por delante. Nuestros padecimientos han sido semejantes, si bien mi caso fue más grave, a juzgar al menos por los resultados. Él perdió sólo ocho kilos y yo dieciséis. Él puede comer normalmente y no sufre de ninguna secuela grave, ni acidez, ni náuseas, ni fatiga, etc. Mi única ventaja es que yo pasé ya los cinco años de supervivencia media y él tiene menos de un año de operado. Pero aparte de ello, conciencia ambos de que el trauma que deja este mal lo marca a uno para siempre.

*2 de noviembre*

La cuarta Conferencia General de la Unesco que se celebra desde que trabajo allí. Más visible ahora que antes el carácter absurdo de esta reunión maratónica de cinco semanas. Desde hace diez días los oradores se suceden en la tribuna para leer su discurso de política general. La sala semivacía, los asistentes leen periódicos, conversan, dormitan. Los oradores saben que claman en el desierto y por ello no ponen ningún entusiasmo. Todos además parece que leyeran el mismo discurso, con ligeras variantes. En la mesa ya el director general, el presidente de la Conferencia y otros miembros importantes han sido reemplazados por sus suplentes. En los casilleros, en los sitios de cada delegación, se acumulan toneladas de documentos que nadie lee. Dentro de sus cajas de vidrio los intérpretes traducen del ruso, del árabe, del chino discursos que nadie escucha. Sólo en los pasillos hay animación, conciliábulos, apartes misteriosos. Allí reinan las «vacas sagradas» de la organización: vejetes que sesionan por segunda o tercera vez en el Consejo Ejecutivo o que presiden comisiones importantes o comités restringidísimos. Se

* Cáncer al esófago.

desplazan orondos, acosados por un avispero de peticionarios que quieren obtener alguna información o el apoyo a una propuesta. A veces se encuentran dos de estas vacas y se saludan ceremoniosamente pero también cómplicemente. Ellos sí saben por dónde está la cosa. Los demás no la manyan. Y yo preparando el discurso para el plenario; sobre la base del borrador que ayer hizo el Embajador. Ramasijo de lugares comunes sobre el desarme, los bienes culturales, las comunicaciones, el nuevo orden económico internacional y otros tópicos similares. Ordenar un poco el asunto y darle una redacción unesquiana. Mi cuento «La insignia» no es nada al lado de esto.

*5 de noviembre*

Que me alejo y me desintereso cada vez más de mi realidad, de mi tiempo, lo comprobé una vez más esta tarde al andar por el bulevar de Montparnasse, de librería en librería, buscando inútilmente los *Yambos* de André Chénier, sin la menor atención por los libros y revistas de hoy, ni por los anuncios de los cines y teatros, ni por el abigarrado populacho que discurría por las arterias, ni por nada que no fuera el mundo de mis lecturas y curiosidades, centradas ahora en los escritores que sufrieron el impacto de la Revolución Francesa, entre ellos Chénier, el cual perdió hasta la cabeza. Como no encontré nada de Chénier, compré dos tomos con extractos de las memorias de Saint-Simon —a falta de poder comprar las memorias completas— y heme aquí sumergido aún en épocas más lejanas, gozando de esta incomparable prosa, enterándome de detalles ridículos, cotidianos, humanos, repugnantes, fútiles o sublimes. ¿Qué diablos tengo yo que ver con estas cosas? Con Luis XIV nada, pues es un mundo que conozco poco y no me atrae en particular. Pero sí que con todo lo que se relaciona al *rapport* entre los intelectuales y escritores y la R. F. Creo que fue un momento estelar de la historia humana, en el que se dieron situaciones paradigmáticas y que por ello mismo sigue siendo actual.

*10 de noviembre*

Escuchando música de Cimarosa y Manfredini con mi impecable pantalón de *velours beige* y mi fina chompa italiana de angora, me paseo osunamente en mi escritorio en esta fría mañana otoñal, como un dandy casero, diletante y aburrido. Hoy asueto en la Unesco, mañana día del Armisticio, pasado mañana domingo, ¡tres días libres al fin! Y ya me pregunto en qué los ocuparé. Ayer hasta las nueve de la noche en la Unesco, esperando el momento de presentar y defender un proyecto de resolución, sin que finalmente llegara ese momento, pues el debate se empantanó en una cuestión de procedimiento verdaderamente insoluble, que ni siquiera el asesor jurídico logró esclarecer. Alida en Málaga desde ayer con una coleccionista japonesa que no habla ni papa de español —y por qué lo tendría que hablar, además—, Julito en el colegio, sólo yo y dentro de mí tantos Virgilios, Quevedos, Manriques, que quisieran decir algo sobre la naturaleza o sobre el fluir del tiempo. Hojarasca en las calzadas de la Place Falguière, dieciocho años casi que me encontraba con M. frente a Notre-Dame. (Y de M. me acordé porque se fue a vivir —y a lo mejor sigue viviendo— en Málaga con su marido inglés.) ¡Qué lío es todo esto! Porque se cruza con las memorias de Saint-Simon, que siguen peloteando en mi interior, y con la súbita conciencia de que soy una especie de tránsfuga del Tercer Mundo que sigue haciendo lo que no le corresponde.

*10 de noviembre*

En las tantas y tan largas tardes y noches en que me quedo solo en casa con Julito, hay momentos en que no puedo aplacar ni disimular mis males y entonces me quejo, grito, maldigo y explayo mi sufrimiento sin pudor ni continencia y la reacción de mi hijo no es de consuelo ni auxilio sino de irritación: «¡No hay acidez», grita, «mentira, no existe la acidez, es hambre lo que tienes, en el colegio también siento eso, como algo y se me pasa!» Falsa irritación, además, que revela su preocupación, su alarma, su impotencia por no poder ayudarme, su desazón, al fin, ante algo que ignora pero tal vez presiente. Hacer todo, Dios mío, por evitar en el futuro esas escenas.

*11 de noviembre*

El embajador W. de R.: distinguido, satisfecho, plácido, majestuoso. Cuando sube al estrado unesquiano a presidir las sesiones lleva en el rostro una sonrisa condescendiente, magnánima, arzobispal, parece que fuera a echar una bendición a toda la sala. Paciente, sereno, tenaz, el debate puede caldearse, pero él no pierde la calma, navega sobre el tumulto como un experimentado almirante y su contagiosa sangre fría apacigua finalmente la tormenta. Por los pasillos circula con pasos cortos pero rápidos, que no menoscaban su dignidad, ligeramente inclinado hacia adelante, pues sus piernas son un poco cortas para su estatura, distribuyendo saludos, inclinaciones de cabeza, apretones de manos o breves y confidenciales apartes, todo ello impregnado de benevolencia y de unción. ¡Qué buen Papa hubiera sido o qué escuchado consejero de algún poderoso monarca! Es inteligente sin ser brillante, erudito en varias materias y —lo que es precioso para los foros internacionales— políglota: aparte del español, que escribe con la propiedad y la galanura de un académico de la lengua, habla perfectamente el francés, inglés, alemán, italiano, portugués, lo que le permite presidir las sesiones sin utilizar audífonos, salvo cuando se habla árabe o ruso. En fin, una de las vacas sagradas de la organización.

*11 de noviembre*

Anoche durante uno de mis frecuentes desvelos me levanto y cojo al azar mi Cervantes, lo que no hacía desde años atrás, ni sé cuántos. Hojeo aburrido *La Galatea* y *Persiles y Segismunda*, confirmando que son definitivamente ilegibles y, como es de esperar, recaigo en el *Quijote. Mon Dieu!* ¿Es que he leído alguna vez este libro? Una vez íntegramente en mi juventud y por partes muchas veces. Pero esta vez me pareció estar leyendo otro libro. Por donde lo cogí encontré detalles sorprendentes. No me refiero al tema, a la escritura, sobre lo que tanto se ha dicho, sino a asuntos técnicos, que me parecen actuales. Los desdoblamientos entre el autor y el narrador, las reflexiones teóricas sobre el arte de novelar, la inserción de poemas, cuentos, canciones, dentro del cuerpo narrativo y tantas otras cosas que ahora parecen el último grito. En el famoso episodio del combate entre el Quijote y el vizcaíno, Cervantes interrumpe el relato para decir que no sabe cómo concluyó, pero que confía en lo que sabrá más tarde, gracias a alguna otra fuente. Y en el capítulo siguiente encuentra la continuación de la historia en un manuscrito árabe que se llama precisamente *El Quijote de la Mancha*, escrito por Cide Hamete Benengeli, lo que le permite concluir el episodio del combate, pero sin decir, en ese momento, si el resto de la novela también está tomada del manuscrito arábigo. Qué importa, además, pero ya creó allí un problema hermenéutico. Casi al final de la primera parte, cuando es llevado enjaulado por el cura y el barbero a su casa, aparición del canónigo y su comitiva, quien sostiene con el cura un diálogo que es toda una exposición de la estética cervantina sobre la novela, la comedia y la literatura en general. A tal punto importante que hay un momento en que, sin transición, Cervantes-narrador, dejando de un lado a su personaje, continúa desarrollos que encuentran sus ideas. En fin, habría tanto que decir sobre esto y otros detalles que ahora se me hacen visibles. ¿Y cómo no encontrar una semejanza entre el episodio de la pastora Marcela y Remedios la Bella de *Cien años de soledad*? La doncella cuya belleza mata. En la novela de G. M., Remedios desaparece por levitación. En el *Quijote* es al revés: desciende de una alta montaña al mundo de los humanos, como una aparición, y se esfuma luego en un boscaje después de un memorable discurso. Habría que hacer una nueva «lectura» del *Quijote*, desde nuestra época y con la ayuda de todo el aparato conceptual y técnico actual, para redescubrir la riqueza, la fecundidad de este libro único, milagroso, pues nada de lo que escribió antes o después, ni siquiera lo mejor, como las *Novelas ejemplares* o los *Entremeses*, hubieran hecho de su autor un genio universal.

*18 de noviembre*

Adiós Cervantes, adiós Saint-Simon, adiós piadosos señores de *Port-Royal*, absorbido como estoy en el remolino de la Conferencia General, sin tiempo para leer ni los periódicos. Menos mal que sólo faltan diez días para su clausura. Y luego dos años de tranquilidad. Si me mantienen en mi puesto —problema que siempre se plantea a fin de año— trataré de organizar mejor mis esparcimientos, y encontrar un justo equilibrio entre lo que debo consagrar a la escritura, los viajes o el reposo llano. Estos últimos tiempos he estado demasiado encerrado, demasiado pasivo, demasiado proclive a invertir mis ocios en el placer infecundo del «escuchador de música». ¡Qué de tardes no he pasado al pie del tocadiscos!

*28 de noviembre*

Clausura de la Conferencia General, aniversario de Julito (pequeña cena china para sus amigos), ofensiva preinvernal de frío, temor de un nuevo catarro, entrevista para *El Café Literario* (Bogotá), lectura de Ricardo Palma (con miras a un ensayo sobre su naufragio de 1855 y su hipotética muerte ahogado: ¿cómo veríamos Lima sin las *Tradiciones*?), en fin, nada más que anotar.

*8 de diciembre*

En el día me despacho un cuento, sí, ¡pero con cuánto esfuerzo! Debo haberlo comenzado diez o veinte veces. Se trata además de lo que llamo mis cuentos «mínimos», pequeña historia que cabe en cuatro páginas a máquina. Como ellos podría escribir mil (exagero, cien o un poco más) y en un año tener material para dos o tres tomos. Pero no se trata de eso. Ya no sé qué hacer, es la verdad. Tampoco quiero embarcarme en escribir cuentos «máximos» (tipo «Silvio» o «La otra ribera») o la imposible novela. Leyendo hace poco a Cervantes pasó por mí un soplo que no tuve el tiempo de captar (¿por qué?, alguien me interrumpió, sonó el teléfono, no sé), desgraciadamente, pues recuerdo que me sentí impulsado a comenzar algo... Luego, todo se disolvió. Guardamos todos un libro, tal vez, un gran libro, pero que en el tumulto de nuestra vida interior rara vez emerge o tan rápidamente que no tenemos tiempo de arponearlo. Visión romántica de la literatura, se dirá. En la TV, anoche, con qué seguridad hablaban Robbe-Grillet y otros autores, plenamente lúcidos y concientes de lo que hacían. Son ellos seguramente los verdaderos escritores.

*18 de diciembre*

De más en más se va convirtiendo mi diario, en especial el de este año, en el cuaderno de las lamentaciones. Testimonio de la sequedad, de la no obra. En vano he tratado en estos últimos días de escribir algunos cuentos para arrancarle a 1978, *in extremis*, algún fruto. Pero nada. Pataleo ahora, luego de mi «cuento mínimo», en un cuento «medio», diálogo idiota de varios idiotas sobre un autor invisible que debe ser también un idiota, aunque en realidad soy yo, pues lo que hacen los personajes es comentar muy ligeramente una novela mía. «Té literario.» La verdad es que cuando se vive como yo tan encerrado, con tan poco desgaste y riesgo (y no falta de ganas sino por preservar mi salud mellada), nada podemos recibir del exterior y nos vemos condenados a escribir nimiedades: el gato que se vuelve a mear, el libro que compré, el auto que se malogró por falta de uso, lo caro que se pone todo, etc. Espero que mi viaje a Lima dentro de quince días, si bien es viaje ya ritual, me abra algunas ventanas o aunque sea un respiradero sobre otra cosa que el paisaje gris de mi vida incolora.

*23 de diciembre*

Días prenavideños, que para mí siempre son angustiosos, agotadores. Ayer, en una de esas inclementes zonas de París, cerca de La Défense, concebidas en función de los automovilistas y en las cuales los peatones son los sarnosos, los excluidos. Imposible atravesar las arterias sin semáforos, recorridas por pilotos dementes y mucho menos tratar de encontrar un taxi. Larga caminata cargado de paquetes en busca de una boca de metro. En la noche hasta las cuatro de la mañana en casa de Herman Braun, con Alfredo Bryce y hoy a las nueve ya estaba de pie, saliendo a las calles glaciales para comprar lo que faltaba. Tiendas repletas, ómnibus atestados, agitada muchedumbre en las veredas llevando cajas, bolsas, árboles de Navidad. No encontré los libros que quería, no me atreví a entrar al FNAC pues hubiera muerto triturado. Para regresar, naturalmente, ni un solo taxi. Trepé a un ómnibus después de un pugilato con viejos y viejas tan enervados como yo. Llego y en toda la mañana Alida y Julito, en pijama, no han aún decorado el árbol pascual, mejor dicho, lo han decorado y desdecorado y vuelto a decorar veinte veces y están nuevamente desdecorándolo para ensayar una nueva decoración. ¡Qué pasión por lo superfluo!, exclamo. La primera como la vigésima decoración eran problemente iguales. No importa, pero les encanta a ambos pasar sobre la superficie de la vida, obcecados por el detalle vistoso, al punto que ni siquiera han tomado desayuno. Salgo nuevamente, pues había olvidado encargar el pavo, tardo horrores buscando una tienda donde comprar un enchufe de luz y cuando regreso el árbol está no sólo sin sus adornos sino esta vez en otro lugar de la sala y sobre un banco, del cual finalmente descenderá. Doy cuatro gritos que me calman, así no produzcan el menor efecto sobre mis auditores, me digo que soy un imbécil por vivir en urbes como París y por celebrar las Navidades como mil millones de otros cretinos y recalo en mi mesa para tomar nota de mi alienación personal y de la tontería universal.

*28 de diciembre*

Bajo la impresión de la lectura en francés de Alberto Savinio, Maupassant y el otro, que hace algún tiempo leí en italiano, pero sin captarlo cabalmente. Extraño libro, del cual debo retener muchas cosas y volver sobre ellas cuando disponga de tiempo. No tanto sobre las cuestiones de fondo, es decir, sobre Maupassant, pues por más seductor, sutil, genial que sea su versión de este escritor, hay cierto *partis pris* que no me convence. Privilegiar al Maupassant alienado sobre el cuerdo es una idea simpática, surrealista por ello supongo que Breton le tuvo tanta estima, pero no resiste un análisis serio. No sé si Savinio tuvo oportunidad de leer las obras completas de Maupassant (en todo caso no la edición que yo tengo, que recoge numerosos cuentos hasta entonces dispersos en periódicos). Hay ya, antes de su locura, un Maupassant atraído por lo fantástico, lo inexplicable, lo insólito, lo siniestro. Hay además el Maupassant que se drogaba y al cual Savinio alude muy de paso. Hay también una serie de aportes técnicos de M. al cuento, que ni siquiera aún han sido suficientemente explorados. Lo que me atrae en el libro de Savinio son varias cosas: su carácter conversacional (sin caer en la trivial oralidad de moda), la técnica de la digresión (como en De Quincey), la erudición natural (tan difícil de mostrar sin caer en la pedantería), el humor y finalmente el carácter ecléctico del género empleado, que puede pasar por una biografía, un estudio literario, un ensayo psicoanalítico, una obra de ficción, etc. ¿A qué se debe que se le haya reconocido tan tarde en tanto que gran escritor? El prologuista lo atribuye a su diletantismo (como ha ocurrido en música con Benedetto Marcello, con quien le encuentro una extraña afinidad). Eso cuenta, claro, pero deben haber intervenido también razones ideológicas (como en el caso de Buzzati), pues en tanto que hermano de Giorgio de Chirico, que fue acusado de fascista, y debido a su actitud antichovinista y anticomunista, tan poco oportuna, durante la última guerra, fue seguramente inscrito en alguna lista de autores réprobos o sospechosos por los comisarios de la literatura.

*30 de diciembre*

Si mi unión con Alida fracasa algún día no será tanto por la oposición de nuestros caracteres como por la identidad de nuestros defectos. Su orden con mi desorden, su higiene con mi desaliño, su locuacidad con mi silencio, su sociabilidad con mi enclaustramiento, mal que bien han hecho buen *ménage* durante casi veinte años... Pero es nuestra común imprevisión y prodigalidad lo que nos pone en una situación en la que nuestra sociedad deja de ser viable. Ambos no tenemos la menor idea del ahorro, de la economía, de la intendencia de la casa y nos precipitamos inconsciente y casi desesperadamente hacia la ruina.

Nuestra táctica es la de la *fuite en avant*: mientras más deudas, más gastos. Es así que este año, en el que tanto ella como yo tuvimos entradas extras que nos hubieran permitido equilibrarnos, lo cerramos con un déficit monstruoso y para el cual no hay ningún Fondo Monetario Internacional que pueda refinanciar... Y como ambos somos ilusos —y por ello optimistas, a pesar de lo que se diga de mí— dejamos suceder las cosas con la esperanza de que mañana o el mes próximo realice ella el negocio o yo la obra que nos permitan salir a flote.

## ANEXO

*Versiones libres en español del autor de algunos pasajes escritos originalmente en francés.*

*3 de marzo* (página 101)

Diez días de inactividad absoluta, sin escribir, casi sin pensar. Lanzado en Balzac, me he dejado sumergir por este monstruo de la naturaleza. ¿Balzac realista? ¡Qué craso error! No conozco autor más sustancialmente romántico. Estoy convencido también de que Balzac no era un escritor: era un visionario, un mago, un alquimista, alguien sobrehumano. No pensaba mediante palabras ni imágenes, sino por situaciones, capítulos, volúmenes. Antes de morir tenía la intención de escribir aún 50 libros para terminar *La Comedia Humana.*

*15 de enero* (página 127)

Mi aventurilla con Françoise llegó a su fin, como era de prever. Ella tuvo la suficiente inteligencia para facilitarme el desenlace de una situación de hecho que tendía a volverse intolerable. Fuimos empujados uno hacia el otro por las circunstancias, sin sentir en nosotros mismos el menor interés.

*5 de agosto* (página 152)

En resumen me habló y me dijo exactamente lo que me temía: «Yo te quiero mucho, pero no estoy enamorada de ti. Es mejor que no nos veamos más, o, en todo caso, volver a vernos como simples amigos.»

(Página 153)

—Es tu culpa —añadió—. Me miras todo el tiempo, me dices cosas bonitas a cada rato. No puedo enamorarme de alguien tan insistente. En fin, espero que no te molestes.

—¿No estás molesto, verdad?

(Páginas 153-154)

—¿Qué te ocurre? —me interrogó—. Tienes una cara.

—En verdad, no estoy molesto, Mimí —le respondí—. No estoy molesto, pues tú me habías obligado a cambiar mis viejas costumbres y ahora puedo retomarlas. Me había convertido en un hombre aceptable, solamente por ti. Tenía la intención de llevar una vida ordenada, prudente, práctica, solamente por ti... Había renegado incluso de mi pasado, un pasado que tú no conoces, solamente por ti... Ahora todo cambia, vuelvo a ser lo que era, me rescato con alegría, te voy a mostrar además algunos aspectos de mi persona que tú ignoras y que quizás te den miedo... ¿Qué sabes tú de mí? Nada. Para ti soy un señor de un país lejano que te corteja, un hombre adinerado tal vez, en todo caso un hombre de porvenir, que trabaja en una importante firma, un hombre serio, sin vicios, sin secretos... Pero te voy a decir la verdad: yo soy un aventurero. Toda mi vida he sido un aventurero. Tú, Mimí, tú también no eres otra cosa que una parte de mi aventura... Si me has hecho daño, si me has hecho desgraciado, lo lamentaré, es cierto, pero no te guardaré rencor, pues en mi sistema de vida la desgracia está prevista o, para decirlo de otro modo, porque solamente las desgracias sucesivas pueden permitirme llevar esta aventura a su fin...

(Página 154)

—Y ahora, ¿qué vamos a hacer? —preguntó.

—Lo que tú quieras. Solamente hay dos soluciones: no vernos o vernos cuando tengas ganas.

—¿Y qué haré cuando tenga ganas?

—Me enviarás una carta.

*20 de octubre* (página 165)

He caído en un estado de tristeza nocturna que me devora. Salvo la presencia de una persona, nada podrá consolarme. Estoy como nunca alienado y languidezco de amor y de abatimiento. ¿Mis últimos días en Mortsel serán desdichados? Yo me había prometido gozos caritativos y justos y he aquí que el sufrimiento me consume. Vanidad, equívocos, cuántas fuerzas invencibles se interponen entre mí y el objeto de mi locura. Renuncio a comprender, maldigo las complicaciones de la razón y extraño la simplicidad de los animales, su puro presente sin memoria.

—Quinto aniversario de mi partida del Perú.

*24 de octubre* (página 165)

Nada he sacado en claro, a pesar de mi larga conversación con Mimí, esta tarde. Sin embargo, salí de su casa un poco tranquilizado. Estaba esplendorosa, su carne tenía el brillo y la redondez que se ve solamente en los cuadros de los maestros flamencos.

Frase suya: «A tu lado me siento torpe, eres tan inteligente, sabes tantas cosas.» Ayer cumplió dieciocho años.

*31 de octubre* (páginas 168-169)

(Fragmento de conversación con Gastón Martens.)

—¿De dónde es usted, señor?

—Del Perú.

—¿Del Perú?... Ah, sí, sí, sí... ¿Hace calor en su país, señor?

—En el verano hace calor, pero en el invierno no.

—Ah, sí, sí, sí... ¿Y cuántos habitantes hay en su país, señor?

—Diez millones.

—Ah, sí, sí, sí... un millón, formidable, sí, sí, sí...

—Diez millones.

—¿Diez millones? Ah, sí, sí, formidable, sí, sí, sí... ¿Usted es de Bolivia, no es así, señor?

—Soy del Perú.

—Ah, es verdad, del Perú, sí, sí, sí... ¿Y qué produce su país, señor?

—Petróleo, caña de azúcar, algodón...

—Ah, sí, sí, sí... ¿Y la temperatura? ¿Hace calor en su país?

—Ya se lo dije, depende de la estación. En verano hace calor, en invierno frío.

—Ah, discúlpeme... sí, sí, los Andes... Su país, Bolivia, está en los Andes, ¿no?

—¡El Perú!

—¿El Perú?... ¡Pero usted me había dicho que era de Bolivia!

—Le dije que era del Perú...

—Ah, sí, sí, sí, excúseme, sí, sí, sí... ¿Y hace calor en su país, señor?

*24 de febrero* (página 198)

No concibo mi vida más que como un encadenamiento de muertes sucesivas. Arrastro tras de mí los cadáveres de todas mis ilusiones, de todas mis vocaciones perdidas. Un abogado inconcluso, un profesor sin cátedra, un periodista mudo, un bohemio mediocre, un impresor oscuro y, casi, un escritor fracasado. Noche de gran pesimismo.

## ÍNDICE ONOMÁSTICO


Abelardo, Pedro: 495
Abril, Xavier: 506, 610
Adamov, Arthur: 313-314, 519
Adán, Martín (Rafael de la Fuente Benavides): 444, 604
Adoum, Jorge Enrique: 457, 510
Aguirre, Manuel: 35, 37, 39
Agustín de Hipona, San: 286
Albinoni, Tomasso: 454
Alegría, Alonso: 651
Alegría, Ciro: 443
Alighieri, Dante: 604-605
Allende, Salvador: 361
Amiel, Henri Frédéric: 1, 65, 91, 144, 606
Anacreonte: 511
Andréiev, Leonid Nicoláievich: 557
Angell, Luis Felipe: 16
Apollinaire, Guillaume: 104, 270, 286, 349
Aransaenz, Jorge: 16, 147
Arguedas, José María: 314, 437, 482, 584
Aristóteles: 611, 616
Armstrong, Louis: 236, 247, 321
Arrabal, Fernando: 285
Arrau, Claudio: 10
Arrese, Alberto: 18
Arroyo: 243
Artaud, Antonin: 525
Asturias, Miguel Ángel: 314, 482
Ayulo, Poupée: 360
Azkenazy, Ludvik: 286
Aznavour, Charles: 610
Azuela, Arturo: 450, 505, 521, 584

Bacon, Francis: 650
Bach, Johann Sebastian: 229, 247, 397, 435, 575
Bákula, Juan Miguel: 556
Balarín: 556
Balzac, Honoré de: 101, 107, 162, 282, 314, 332, 395, 409, 435, 489, 491-492, 604-605, 655-656, 667
Banchero, Luis: 377
Barbey d'Aurevilly, Jules: 44, 50, 286
Bardot, Brigitte: 257
Barrionuevo, Pedro: 617
Barthes, Roland: 79, 89
Bartók, Béla: 270
Basadre, Jorge: 489, 551
Bashkirtseff, Marie: 584
Bataille, George: 472
Baudelaire, Charles: 46, 92, 104-105, 234, 286, 472, 605-606
Bechet, Sidney: 209, 468, 585, 587
Beckett, Samuel: 231, 313, 519
Beethoven, Ludwig van: 32, 435, 509, 656
Bell, Quentin: 570
Belli, Carlos Germán: 5, 36, 626

Beltrán: 303
Beltroy, Manuel: 293
Benavides, Jorge: 38-39, 48, 96, 187, 189, 402
Bendezú, Francisco: 16-17, 201, 213, 625
Benveniste, Émile: 472
Bernardo de Holanda, príncipe: 574
Bernasconi, Carlos: 29
Betancourt: 245
Bidault, Georges: 347
Blanco, Hugo: 268
Bonerville, barón de: 360
Bonneville, Henry: 589
Borges, Jorge Luis: 527, 606
Borgia, los: 421
Bos, Charles du: 50, 67, 87, 89, 125, 149
Brahms, Johannes: 656
Braudel, Fernand: 606
Braun, Eva: 291
Braun, Herman: 391, 427, 494-495, 502, 559-560, 563, 612, 620-621, 635, 664
Braun, Max: 292, 306
Brecht, Bertolt: 313, 343, 355, 606
Breton, André: 505-506, 665
Broch, Hermann: 354
Bryce Echenique, Alfredo: 342, 371, 389, 392, 394, 410, 420, 427, 450-452, 488, 510-511, 518, 521, 524, 534, 573, 615, 649, 651-654, 664
Bryce, Maggie: 391-392, 410
Brueghel el Viejo, Pieter: 211
Buda (Sakyamuni, príncipe Siddharta Gautama): 386
Bukowski, Charles: 643-645, 656
Burgos, Elqui: 534, 556, 617, 629, 647
Burroughs, William: 559
Busch, Adolf: 10
Bustamante Rivero, José Luis: 303
Butor, Michel: 286
Byron, Lord (George Gordon): 105
Buzzati, Dino: 404, 485, 509, 606, 662
Caballero, Oswaldo: 459, 543
Cagliostro, Alessandro conde de (Giuseppe Balsamo): 635
Calder, Alexander: 510
Calderón, Carlos: 438, 507-508, 510, 523, 534, 556, 575, 588, 617, 629, 635
Calderón de la Barca, Pedro: 34
Calvino, Italo: 406
Camba, Julio: 141
Camino, los: 541
Camino, Fico: 579
Camino Brent, Enrique: 208
Camus, Albert: 50, 158, 234, 294
Cárdenas, Agustín: 528
Carnero, Germán: 476
Carnero Checa, Genaro: 213
Carpentier, Alejo: 230, 313-314, 321, 442, 447-448
Carrasco, Tulio: 16-17
Casanova, Giacomo: 517, 521, 606, 635
Casapía, José: 201-202
Castellanos, Alfredo: 14, 17-18, 549, 551, 565, 643
Castillo, Carlos: 56, 76
Castro, Fidel: 213, 230
Castro Flores, Mariano: 556-557, 575
Castro Mendívil: 16
Catón el Joven: 417
Céline, Louis-Fernand: 234, 585, 625
Cellini, Benvenuto: 495
Cervantes Saavedra, Miguel de: 445, 452, 605, 661-663
César, Cayo Julio: 417
Chamfort (Sébastien Roch Nicolas): 144
Chandler, Raymond: 544
Chang: 306
Chariarse, Leopoldo: 18, 24-25, 27, 36, 45, 80, 162, 376, 389, 411-412, 427-430, 446, 466, 468, 557, 615, 625
Chase, James Hadley: 544
Chateaubriand, François-René de: 606, 611, 622

Chejov, Anton: 33, 145, 163, 606
Chénier, André: 658
Chirico, Giorgio de: 572, 666
Chocano, José Santos: 452
Chomsky, Noam: 472
Chopin, Frédéric: 22-23, 282, 555
Cimarosa, Domenico: 659
Ciriani, los: 391
Cisneros, Antonio: 626
Conan Doyle, Arthur: 489
Congrains Martin, Enrique: 100, 236, 438
Constant, Benjamin: 31, 125, 162, 221, 286
Cordero, Alida: *véase* Ribeyro, Alida de
Cortázar, Julio: 293, 321, 431, 447
Cortés, Hernando: 34, 151, 173, 181, 198, 201, 203, 214, 587, 591
Couffon, Claude: 313, 451, 511
Courteline, Georges: 409
Coyné, André: 505
Cratilo: 243
Croce, Benedetto: 89
Croïs, príncipe Leopoldo de: 387
Curtis, Jean-Louis: 50
Curtius, Ernst Robert: 50, 89, 104, 554, 611
Custine, marqués de: 107, 162

Dabit, Eugène: 162
Darío, Rubén: 604
Debray, Régis: 358
Debussy, Claude: 46
Del Solar: 5, 10
Delgado, César: 18
Delgado, Washington: 625
Delille, Jacques: 333, 384
Delvaux, Paul: 572
Deplace, Pierre: 243, 580
Diderot, Denis: 422, 606
Domingo, Xavier: 393, 420, 422, 458-459, 527-528, 543
Donoso, José: 393, 496, 583
Dostoievski, Fiodor Mijailovich: 50
Duby, Georges: 643
Dumas, Alexandre: 107
Durand, José: 237, 243, 293

Edwards, Jorge: 393, 451
Edwards, Queca: 451
Eielson, Jorge Eduardo: 376, 386, 389, 446, 625
Einaudi, Giulio: 485
Eliot, George (Mary Ann Evans): 611
Elizondo, Salvador: 505
Enzensberger, Hans Magnus: 354
Epicteto: 111
Ernst, Max: 510
Escobar, Alberto: 7-9, 14-15, 18, 36, 42, 53, 56-57, 66, 76, 94-95, 98-99, 101, 111, 122, 589, 591
Escobar, Paul: 304, 306
Espinoza, Carlos: 614

Faulkner, William: 230-231, 366
Fernández, Macedonio: 456
Ferrari, Américo: 342
Ferreyros, Carlos: 5-6, 108, 640
Fischer, Robert (Bobby): 604
Flaubert, Gustave: 11, 40, 44, 104, 141, 231, 234, 286, 314, 332, 378, 409, 496, 508, 566, 584-585, 604-605, 609, 631-632
Flynn, Errol: 350
Fouché, Joseph: 489
Fournier, Alain: 50, 125
France, Anatole: 105, 300
Francisco I de Francia: 81
Franco, Francisco: 71, 360
Freud, Sigmund: 606
Fromentin, Eugène: 125
Fuentes, Carlos: 321, 583
Fulcanelli: 590

Gabin, Jean: 510
Galdo, Raúl: 26
Gálvez, Aurelio: 237
Gálvez, José: 553

García Bacca, Juan David: 616
García Bedoya, Carlos: 470
García de Castro, Lope: 481
García Lorca, Federico: 393
García Márquez, Gabriel: 393, 453, 482, 583, 660
García Ribeyro, Héctor: 46, 49, 360
García Ribeyro, Ramón: 58
Gascar, Pierre: 63
Gaulle, Charles de: 347, 350
Genet, Jean: 221, 643
Genette, Gérard: 357
Geraldy, Paul: 50
Gibbon, Edward: 606
Gide, André: 44, 50, 65, 71, 104-105, 189, 286, 294, 530
Giesekin, Walter: 10
Giraudoux, Jean: 300
Glissant, Edouard: 430
Goebbels, Magda: 291
Goethe, Johann Wolfgang: 94, 127, 234, 606
Gógol, Nikolái: 557
González: 237, 244
González Olaechea, María Eugenia: 647
González Prada, Manuel: 303, 489
Goya, Francisco de: 322
Goytisolo, Luis: 583
Grammont, conde de: 89
Gramsci, Antonio: 617
Grass, Günter: 354
Grau, Michel: 18, 25
Guevara, Pablo: 233, 237
Gurdjiev, Georg Ivánovich: 635
Gutiérrez, Eduardo: 28, 117
Gutiérrez, Miguel: 508
Gutiérrez, Rafael: 56
Guzmán: 427, 556

Hampton, Lionel: 46
Handy, William Christopher: 321
Hartmamn, Jan: 358
Haya de la Torre, Víctor Raúl: 121, 124, 489, 614
Hegel, G. W. F.: 295
Heidegger, Martin: 295, 606
Hemingway, Ernest: 231, 234
Henderson, Carlos: 534, 617
Heraud, Javier: 306
Herodoto: 159
Herrera, Luciano: 173
Hesse, Hermann: 94, 554, 559
Hildebrandt, Martha: 427
Hinostroza, Rodolfo: 423-424, 534-536, 556, 575, 587-589, 614-615, 626, 629, 635, 649, 651-652
Hitler, Adolf: 178, 291, 635
Hofmannsthal, Hugo von: 94, 354
Hölderlin, Friedrich: 94, 175
Homero: 610
Horacio Flaco, Quinto: 417, 605
Huara, Helba: 296, 525-526, 533, 561-562
Hugo, Victor: 162, 300, 322, 332, 456, 582-583
Husserl, Edmund: 295
Hynek, Allen: 559-560

Ibáñez, Paco: 528
Ionesco, Eugène: 313, 519
Ísmodes, Aníbal: 56

Jakobson, Roman: 472, 606
James, Henry: 408, 509, 517, 612, 621-622
Joyce, James: 270, 295, 366, 420, 650
Junck, Robert: 427
Jünger, Ernst: 159, 230, 366, 531-532, 606, 622
Justo Caballero, Lalo: 481

Kafka, Franz: 16, 50, 225, 295, 378, 420, 585, 605-606, 633
Kardec, Allan: 635
Kayser, Wolfgang: 64, 72, 89
Klee, Paul: 612
Kleiber, Carlos: 10

La Bruyère, Jean de: 176, 178
La Granje: 162
Labiche, Eugène: 409
Larbaud, Valery: 158
Laske: 427
Lauer, Mirko: 469
Léautaud, Paul: 234, 247, 520-521, 525, 530-532, 566, 579
Lee, Leslie: 201
Leguía, Augusto Bernardino: 303
Leiris, Michel: 650
León, Luis: 550
Leonardo da Vinci: 435
Letts, Ricardo: 319, 469
Lévi-Strauss, Claude: 606
Lezama Lima, José: 616
Li Carrillo, Víctor: 38-39, 43-44, 55, 57, 61-62, 66, 77, 82, 105, 111, 146, 242
Lihn, Enrique: 451
Loayza, Luis: 230, 237, 275-276, 321, 397, 403-404, 408, 420, 489, 523, 604, 643
Lobatón, Guillermo: 268, 304, 306, 319
Loli, Luis: 62, 76, 79, 99, 123, 146
Lope de Vega, Félix: 34
Lowry, Malcom: 347, 540
Luchting, Wolfgang: 95, 284
Luciano de Samosata: 494
Luis XIV de Francia: 658
Luna, Fico: 8
Lunel, Augusto: 587

Mac Lean, R.: 303
Macedo de Montoya, Beba: 444
Macera, Julio: 485
Macera, Pablo: 15, 237, 243-244, 251, 372, 526-527, 547, 551, 639
Macera, Yolanda: 244
Machado, Antonio: 385
Málaga, Clorinda: 55, 360
Málaga, Óscar: 534-535, 614, 617, 619
Mallarmé, Stéphane: 50, 286
Malraux, André: 510
Malsio, José: 37
Man Ray: 510
Mandel, Georges: 617
Manfredini, Francesco: 659
Mann, Thomas: 78, 88, 94-95, 354, 559
Manrique, Jorge: 494, 659
Mansfield, Katherine: 633, 636
Mansur, Óscar: 587-588
Mao Tsé-tung: 510
Marañón, Gregorio: 13, 65-66, 191
Marcello, Benedetto: 666
Mariátegui, José Carlos: 489, 617
Martens, Gaston: 168, 669
Martínez, Gregorio: 584
Marx, Karl: 606, 617
Maupassant, Guy de: 582, 584, 606, 632, 665
Mauriac, Claude: 366
Maurois, André: 50
McCullers, Carson: 517
Mejía Baca, Juan: 78, 647
Melville, Herman: 606, 611-612, 643
Meneses, Coco: 244, 468
Merlin, condesa de (María de las Mercedes Santa Cruz): 107
Merlina (Baladine Klossowska): 158, 162
Michelet, Jules: 162, 300, 606
Milla, Carlos: 438-439, 481, 503, 581, 592, 608, 611, 635-636
Miller, Henry: 525-526, 562
Milosz, Czeslaw: 50
Mimí: 144-150, 152-158, 162, 164-167, 169-170, 177, 188, 203-206, 209, 211, 215, 220-222, 229, 231, 236-239, 243-244, 446 *n*, 469, 571, 581, 659, 668-669
Miró Quesada, Viruca: 464
Mitterrand, François: 347
Molière: 282, 300
Mollet, Guy: 347
Moncloa, Morros: 25, 38, 46, 390
Monguió, Luis: 213
Montaigne, Michel Eyquem de: 127, 190, 268, 494, 606

Monterroso, Augusto: 451
Montherlant, Henry de: 127, 524
Moore, Henry: 509
Morales Bermúdez, Francisco: 467, 618
More, Gonzalo: 525-526, 532, 561
Moro, César (Alfredo Quispez Asín): 505-506, 604, 619
Mozart, Wolfgang Amadeus: 322, 512, 656
Musil, Robert: 230, 285, 354, 605

Nabokov, Vladimir: 321, 537
Nájar, Jorge: 647
Napoleón I de Francia: 489
Napoleón III de Francia: 583
Naranjo, Reynaldo: 557, 615, 647
Neira, Hugo: 319, 510
Neruda, Pablo: 313, 393
Nerval, Gérard de (G. Labrunie): 234
Nietzsche, Friedrich: 94
Nin, Anaïs: 525-526, 532-533, 559, 561-562, 566, 570
Nixon, Richard: 643

Odría, Manuel Arturo: 303
Oquendo, Abelardo: 389, 592
Orellana, Hugo: 233, 237, 244
Ortega, Julio: 505
Oviedo, José Miguel: 462

Palma, Angélica: 553
Palma, Ricardo: 202, 234, 482, 551, 553, 660
Panero, Leopoldo María: 587-589
Paredes, Pablo: 244
Pascal, Blas: 407, 645
Paseyro, Ricardo: 245
Pavese, Cesare: 230, 234
Pavlov, Ivan Petrovich: 286
Paz, Octavio: 245, 505
Peña Barrenechea, Enrique: 43, 556, 646
Pereira, R. M.: 612, 624
Perucho: 5-6, 12, 25, 27, 31, 98-99, 128, 137, 195-196, 565, 605
Pestana, Baldo: 389
Piaf, Edith: 282
Picasso, Pablo: 270
Píndaro: 505
Pinilla, Francisco: 25, 55, 78, 113, 118
Pinochet, Augusto: 527
Piqueras: 420
Pirandello, Luigi: 606
Pitol, Sergio: 451
Pittigrilli (Dino Segre): 141
Platini, Michel: 529
Platón: 385, 606, 625
Poe, Edgar Allan: 489, 592, 606
Pompidou, Georges: 409-410
Porras Barrenechea, Raúl: 15, 551
Poveda, Pedro: 405
Prado, los: 361, 544
Proudhon, Pierre Joseph: 583
Proust, Marcel: 149, 160, 164, 189, 191, 286, 295, 350, 378, 483, 505, 605, 625
Puccinelli, Jorge: 15-16
Puente Uceda, Luis de la: 304

Queiroz, Eça de: 508
Quevedo y Villegas, Francisco de: 493, 502, 605, 659
Quincey, Thomas de: 606, 666
Quintanilla, Alberto: 244

Rabelais, François: 378
Racine, Jean: 178, 270, 299-300
Rais, Gilles de: 635
Récamier (Julie Bernard), madame: 107
Rembrandt (Hamerszoon van Rijn): 136
Revueltas, Emilio: 146-147
Reynoso, Oswaldo: 438
Ribeyro, Alida de (esposa del autor): 244, 259, 263, 275, 283-284, 341, 349, 355, 380, 391-392, 408, 410,

430, 436, 438, 467, 470, 487, 496, 498, 501-503, 512, 521, 541, 552, 554, 558, 561, 563, 576, 580, 601, 603, 607, 620, 623, 627, 632, 634, 637-639, 642-643, 648, 659, 664, 666
Ribeyro, Juan Antonio: 555-556
Ribeyro, Julio (hijo): 380, 391-392, 402, 438, 470, 481, 498, 500-501, 503, 512, 521, 554, 558, 580, 607, 622-623 628, 631-632, 638-639, 647, 652, 659, 660, 664
Rilke, Rainer Maria: 158, 162, 209
Rimbaud, Arthur: 92-93, 286
Ritzos, Janos: 504
Riva Agüero, José de la: 489
Rivera, Edgardo: 638
Roa Bastos, Augusto: 583, 591
Robbe-Grillet, Alain: 294-295, 366, 663
Roca, Thierry: 589-590
Roca Rey, Bernardo: 589
Rodrigo, Carlos: 544
Rodríguez, René: 231-232, 244
Rodríguez Larraín, Emilio: 29, 420, 537, 540-546, 629-630
Rojas, Armando: 534, 556, 574-575, 588, 614-615, 619, 626, 629, 647
Rojas Mix, Miguel: 488, 510
Rosas Ribeyro, José: 534, 556, 614, 617-618, 647-648
Rosas Ribeyro, Patrick: 534, 556, 614, 617, 619, 647-648
Rose, Juan Gonzalo: 213, 626
Rousseau, Jean Jacques: 126, 144
Rubens, Petrus Paulus: 435
Ruiz, Esperanza: 39
Ruiz Rosas, Alfredo: 29, 420
Ruiz Rosas, José: 557
Rulfo, Juan: 321, 451, 482, 584

Saba, Umberto: 607
Sade, Donatien Alphonse François, marqués de: 622, 635
Sagan, Françoise: 38, 39, 104
Saint-Beuve, Charles Agustin: 604, 606, 611, 655
Saint-Simon, Claude Henri de Rouvroy (conde de): 606, 658-659, 662
Sainte-Barbe: 107
Salas: 543
Salazar Bondy, Sebastián: 17
Salazar y Mazarredo, Eusebio: 555
Salinger, Jerome David: 247, 294
Sánchez, Luis Alberto: 268, 489
Sánchez León, Abelardo: 427, 626
Sand, George (Aurore Dupin): 107
Santa María, Esteban: 62
Sartre, Jean Paul: 108, 314, 625
Savinio, Alberto: 665-666
Scherhen, Hermann: 10
Schlesinger, Elisa: 632
Schneidewind, Paul: 108, 110, 114, 131, 162
Schubert, Franz: 145
Schumann, Robert: 416, 656
Sciascia, Leonardo: 592, 612
Scorza, Manuel: 283, 393, 423, 451, 511
Segovia, Felipe de: 481-482
Séneca: 494
Shakespeare, William: 606, 643
Shaw, George Bernard: 643
Silva, Alfonso de: 505
Sócrates: 385
Sologuren, Javier: 376
Sousa, Juan Manuel: 534
Spillane, Mikey: 544
Spinoza, Baruc de: 33, 606
Stalin (Iósif Vissariónovich Dzhugashvili): 79
Steinbeck, John: 231
Stendhal (Henri Beyle): 43-44, 72, 99, 105-107, 162, 222, 232, 464, 579, 585, 592, 604, 606, 631, 633
Stern, Daniel: 107
Strauss, Johann: 79
Strindberg, August: 612
Sueldo Guevara, Rubén: 17-18
Svevo, Italo: 378, 612, 621-622

Tácito, Cayo Cornelio: 606
Talleyrand-Périgord, Charles Maurice de: 489
Tartini, Giuseppe: 636
Tchaikovsky, Piotr Ilich: 656
Thibaudet, Albert: 89
Thibault, Jacques: 10
Thorndike, Guillermo: 602
Thorne, Lola: 17
Tolstoi, Leon: 66
Toynbee, Arnold Joseph: 606
Torroba: 108
Trotsky, Liev: 559

Uribe, Álvaro: 635
Utrilla: 543

Valcárcel, Gustavo: 213, 402
Valdelomar Pinto, Abraham: 234
Valdivieso: 16
Valéry, Paul: 44, 104-105, 120, 142, 151, 162, 270, 300, 444, 501, 530
Vallejo, César: 100, 234, 313, 489, 494, 501, 505-506, 533, 589-590, 605, 610, 612, 619
Van Tieghem, Paul: 89
Varela, Blanca: 38
Vargas Llosa, Mario: 230, 233, 236-237, 244, 281, 313, 315, 371-372, 377, 393, 421, 482, 489, 511, 523, 583, 604, 651-654
Vargas Ugarte, Rubén: 551
Vargas Vicuña, Eleodoro: 18, 26, 100
Velasco Alvarado, Juan: 361, 402, 467, 475, 409, 544, 592, 618, 640
Verástegui, Enrique: 614, 617-619, 626
Vercingétorix: 347
Verdi, Giuseppe: 11
Verne, Jules: 622
Verneuil, Raúl de: 468
Vilca, Juan: 377
Villiers de l'Isle-Adam, Auguste (conde de): 286
Villon, François: 225
Virgilio: 327, 384, 659
Vivaldi, Antonio: 209, 247, 555, 629
Voltaire: 220, 314, 435
Vossler, Karl: 89

Wagner, Richard: 512
Walter, André: 105
Weiss, Peter: 354
Weissenberg, Alexis: 10
Weller, Jacqueline: 127, 244, 501
Westphalen, Emilio Adolfo: 418, 485, 604, 625
Whitman, Walt: 605
Wilde, Oscar: 136, 622
Wilson, Edmund: 606
Woolf, Virginia: 547, 559, 570-571

Yaranga, Abdón: 76
Yourcenar, Marguerite: 592-593
Yurkievich, Saúl: 450, 587-588

Zapata, Milton: 75
Zavaleta, Carlos Eduardo: 17-18, 91, 100, 444
Zola, Émile: 308.

## ÍNDICE

**VII** *Apartarse de uno mismo*, por Enrique Vila-Matas

**1** Introducción
**3** Primer diario limeño (1950-1952)
**19** Primer diario parisino (1953-1955)
**51** Diario madrileño (1955)
**73** Segundo diario parisino (1955)
**85** Diario muniquense (1955-1956)
**115** Tercer diario parisino (1956-1957)
**133** Diario antuerpense (1957)
**171** Diario de Berlín, Hamburgo y Francfort (1958)
**183** Segundo diario limeño con interludio ayacuchano (1958-1960)
**217** 1960
**223** 1961
**249** 1961 (Anotaciones sin fechar)
**255** 1962
**265** 1963
**273** 1963 (Anotaciones sin fechar)
**279** 1964
**289** 1964 (Anotaciones sin fechar)
**297** 1965

**309** 1965 (Anotaciones sin fechar)
**317** 1966
**327** 1967
**335** 1968
**345** 1968 (Anotaciones sin fechar)
**351** 1969
**363** 1970
**369** 1971
**373** 1972
**381** 1973
**399** 1974
**433** 1975
**479** 1976
**515** 1977
**599** 1978

**667** *Anexo*

**671** *Índice onomástico*